日檢N2

全方位攻略解析

文字 語彙 本

解析

雙·書·裝

MP3

WINNER

序言

　　日本語能力試驗（JLPT）是由日本國際交流基金會主辦、日本外務省協辦，以外國人為對象的日語考試。日文檢定廣泛應用於各處，包含大學入學申請和日本留學申請，也還用於應徵國內外企業的工作。

　　JLPT 自 2010 年起改為五個級數，每年各級數的題目和難易度會有小幅度變動。本書網羅了改制前後的歷屆考題，依照日檢的基本宗旨徹底分析，掌握呈現最新出題趨勢，和往後的出題方向。

　　雖然我很想向所有利用本書學習的讀者保證，你們百分之百可以通過考試。可是俗話說的好「人不學，不知義。」就算擁有絕佳的教材，仍要依靠學習者自身的努力，才能取得合格的分數。很可惜我無法代替各位努力，但是我衷心期盼各位藉由本書的輔助都能順利通過考試。以下提供幾點建議事項，希望能對各位有所幫助。

1. **每天撥出固定的時間學習，持續學習不中斷**。雖然兔子跑得快，但是堅持到底的烏龜必定能超越懶惰的兔子。
2. **使用累積複習法學習**。請採用累積複習的方式，假設今天讀了 1 到 10 頁，明天就讀 1 到 20 頁，隔天再讀 1 到 30 頁。
3. **請務必熟記本書列出的所有文字、語彙和文法**。此處的「所有」指的是除了答案，還要背下所有的例句、題目、讀解、和聽解文章。
4. **多看日劇或日本新聞，製作專屬於你的單字本和文法筆記**。JLPT 的測驗目的不光只是測試你的日文相關知識，便是要確認你是否能在日語環境中自在無礙地生活。
5. **考前一天，保持沉著冷靜的心，不疾不徐地完成最後準備**。請事先備妥准考證、考試文具和身分證，睡眠充足。
6. **請在考場上盡情發揮你一路以來累積的實力**。碰到不懂的題目時，請善用本書傳授的猜題技巧，大膽選出答案。由於其命中率極高，千萬不要輕易更改答案。
7. **你付出的努力絕對不會背叛你，請大聲向周邊朋友宣告你已經通過考試。**

　　最後，希望以本書準備 JLPT 的各位，都能順利通過檢定！

作者　金男注

JLPT 指南

何謂 JLPT ？

Japanese-Language Proficiency 的縮寫，以非母語的日語學習者為對象，針對其運用日語溝通的能力進行檢測和認定的官方考試。1984 年，由日本國際交流基金會與日本國際教育支援協會共同舉辦。

為了因應來自四面八方的考生以及各式各樣的報考動機，自 2010 年起開始實施新制 JLPT，一年舉辦二次 (7 月和 12 月第一個星期日)。

級數

分成 N1, N2, N2, N4, N5 五個級數，N 代表 Nihongo(日本語) 和 New 的意思。

	級數	認證基準
難	N1	能理解在廣泛情境之下所使用之日語。
	N2	除日常生活所使用之日語外，亦能大致理解較廣泛情境下之日語。
	N2	能大致理解日常生活所使用之日語。
	N4	能理解基礎日語。
易	N5	能大致理解基礎日語。

測驗科目與測驗時間

舊制 JLPT 主要用來檢測考生具備的日本語知識，而新制 JLPT 則檢測考生是否具備活用日語文字、語彙、文法等言語知識的能力，並由聽解、讀解測驗，判斷考生是否懂得實際運用該語言進行溝通。

級數	第一節		休息時間	第二節
N1	言語知識（文字・語彙 ・ 文法）・ 讀解 110 分鐘			聽解 65 分鐘
N2	言語知識（文字・語彙 ・ 文法）・ 讀解 105 分鐘			聽解 55 分鐘
N3	言語知識（文字・語彙） 30 分鐘	言語知識（文法）・ 讀解 70 分鐘	20 分鐘	聽解 45 分鐘
N4	言語知識（文字・語彙） 30 分鐘	言語知識（文法）・ 讀解 60 分鐘		聽解 40 分鐘
N5	言語知識（文字・語彙） 25 分鐘	言語知識（文法）・ 讀解 50 分鐘		聽解 35 分鐘

合格標準

JLPT 成績須符合①總分達合格分數以上；②各分項成績達各分項合格分數以上才能判定為合格。如有一科分項成績未達門檻，無論總分多高，也會判定為不合格。以「分數等化」計算分數，即採用相對計分的方式。

等級	合格分數／總分	分項		
		言語知識（文字・語彙・文法）	讀解	聽解
N1	100 分／ 180 分	19 分／ 60 分	19 分／ 60 分	19 分／ 60 分
N2	90 分／ 180 分	19 分／ 60 分	19 分／ 60 分	19 分／ 60 分
N3	95 分／ 180 分	19 分／ 60 分	19 分／ 60 分	19 分／ 60 分
N4	90 分／ 180 分	38 分／ 120 分		19 分／ 60 分
N5	80 分／ 180 分	38 分／ 120 分		19 分／ 60 分

＊ N2 總分的合格門檻高於 N2。

N2 測驗題型

依照不同的等級，JLPT 的測驗內容會有些許差異，請務必仔細確認。

測驗科目		題型分類			
			出題重點	題數	考題內容
言語知識・讀解	文字・語彙	1	漢字讀法	5	將漢字用平假名讀出的試題
		2	漢字寫法	5	將平假名寫成漢字的試題
		3	詞組形成	5	詢問衍生字和複合字的試題
		4	文章脈絡	7	選出符合句意的字彙
		5	近義替換	5	找出和提示字彙擁有類似含意的字彙
		6	用法	5	找出正確使用提示字彙的句子
	文法	7	語法形式判斷	12	找出最適合填入句子空格中的用語
		8	句子的組成	5	將字彙按句意依序排列
		9	文章的語法	5	找出最適合填入句子空格中的用語
	讀解	10	內容理解（短篇）	5	文章長度約 200 字：日常生活、公司業務、說明文、信件等
		11	內容理解（中篇）	9	文章長度約 500 字：較簡易的評論、解說、隨筆等
		12	綜合理解	2	文章長度約 600 字：閱讀兩篇文章，並作比較及綜合
		13	觀念理解（長篇）	3	文章長度約 900 字：立論展開比較明快的評論
		14	信息檢索	2	文章長度約 700 字：廣告、手冊、報章雜誌等
聽解		1	主題理解	5	詢問對話後採取什麼行動最合適
		2	要點理解	6	先閱讀選項，再聽音檔，詢問是否理解音檔內容
		3	概要理解	5	詢問是否理解說話者的意圖或主張
		4	即時應答	12	聽短的問句，選出最合適的回答句
		5	綜合理解	4	比較及綜合兩篇訊息，詢問是否理解內容

目次

1 言語知識（文字・語彙・文法）・讀解

文法篇

實戰模擬試題　469

本書使用方法

本書專為想在短時間內通過日檢 N2 的考生所設計——徹底分析近幾年出題趨勢，列出各大重點題型，並提供內容豐富的實戰擬真題目。只要讀完本書，就能達成合格目標。本書按照實際測驗分成二大項，這二大項再細分成五大重點篇章，各篇章分別列出其**重點題型**和**解題策略**。並在最後附上一回完整的實戰模擬試題，試題亦按照學習重點的順序編寫而成。

1 言語知識（文字・語彙・文法）・讀解

文字篇

將 N2 中的日語漢字詞彙分成：頻出單字、近年常考單字和必考單字。考生可以按照單字的出題頻率依序學習。除了列出必考漢字之外，還額外整理出發音相似、易混淆的漢字，以供考生一併熟悉相關詞彙。請由「**再次複習**」單元複習重點單字，最後完成「**迎戰日檢**」，由各個句子測試自己的實力。

語彙篇

按照各項語彙試題類型、出題要點基準，將字彙整理排列出來方便考生學習。
問題 3：詞組形成，整理衍生字和複合字。
問題 4：文章脈絡，整理出會在整個語彙篇出題的字彙，先按詞類分類，再按字母順序排列。
問題 5：近義替換，以學習同義字為主。最後透過迎戰日檢試題培養臨場考試的作答能力。

文法篇

將類似的必考文法形式和連接形式，整理排列出來，讀者要連同例句一起熟記。透過穿插在中間的試題練習，來確認自己學習理解的程度。另外透過這些日常生活中經常使用的句子，不但能熟悉文法，還能自然學會包含在句子裡的句型。最後，透過依據近年常考文法形式而編寫成的迎戰日檢試題，總結本單元的學習。

讀解篇

日檢改制後，讀解題型內容變得相當多元。本書對此進行分析，並提供迅速有效迎戰各大題型的解題策略。請藉由「迎戰日檢」中的試題，熟悉解題的感覺。

2 聽解

聽解篇

說明不同聽解題型的重點，並提供各題型的解題技巧。「迎戰日檢」中收錄了符合最新出題趨勢的實戰試題，請藉由試題練習剛學會的解題技巧。另外，試題旁特別留下空白處，方便考生在解題時可以隨手記下重點。

完整一回模擬試題

提供完整實戰模擬試題，讓考生可以練習 JLPT N2 中各題型。作答時，請搭配本書最後一頁的答案卡一起使用。建議實際摸擬實際考試，在規定的時間內作答完畢。完成整份模擬試題後，請參考答案和解析，自我檢討答錯的題目。

本書的特色

1 ### 獨家解題技巧，一天一個單元助你短時間內通過 N2
作者將 JLPT 的文字、語彙、文法、讀解、聽解各大題的內容，綜合濃縮成一本，以**一天一個單元**的設計，讓學習者能迅速有效地準備考試。

書中獨家公開 N2 各大題的解題技巧，讓學習者能輕鬆掌握並運用在實戰考試當中。只要跟著本書精心設計的進度一步步學習，保證可以在 35 天內通過 N2！

2 ### 最新趨勢擬真試題，完美迎戰實際測驗
2010 年改制後的日本語能力試驗（JLPT），以非母語的日語學習者為對象，測試其日本語知識和活用能力。目前日檢出題範圍並不明確，考生必須掌握最新出題趨勢和各大題型的變化，才有可能合格，甚至是高分通過檢定。

本書**分析改制後的所有考題**，**精選頻出單字和重點題型編寫出擬真試題**。只要完成本書的重點題目和擬真試題，就能完美迎戰日檢。

3 ### 縝密學習計畫表，確實執行進度學習，累積深厚功力
本書精心安排了學習計畫表，帶領學習者從基礎開始累積實力，循序漸進邁向實戰測驗。由「**重點題型攻略→累積言語知識→迎戰日檢**」三階段逐步學習，累積深厚的日文功力。

重點題型攻略：分析 JLPT N2 中出現過的 19 大重點題型，並列出各題型的解題策略和學習技巧。

累積言語知識：提供基本概念，幫助學習者累積解題的基礎實力。完成基礎學習部分後，請由「再次複習」單元培養解題的能力，練習如何將先前學過的重點，運用至題目中。

迎戰日檢：提供豐富多元的擬真試題，並依照各大題分類，方便學習者集中學習各大題的重點題型。

實戰模擬試題：在應考前，必做「實戰模擬試題」以作為考前衝刺複習，測試自己一路以來累積的實力。

學習計畫表

35 天衝刺計畫

本書精心準備了短期學習計畫表，請依照下方計畫表的進度，落實專屬於你的學習計畫。

Day 01	Day 02	Day 03	Day 04	Day 05	Day 06	Day 07
文字篇 問題 1／2 頻出字彙／ 近年常考單字	文字篇 問題 1／2 必考單字	文字篇 問題 1／2 迎戰日檢 擬真試題 1-10	文字篇 問題 1／2 迎戰日檢 擬真試題 11-20	文字篇 總複習	語彙篇 問題 3	語彙篇 問題 4 累積語言知識
Day 08	**Day 09**	**Day 10**	**Day 11**	**Day 12**	**Day 13**	**Day 14**
語彙篇 問題 4 迎戰日檢	語彙篇 問題 5	語彙篇 問題 6	語彙篇 總複習	文法篇 問題 7／8／9 必考文法 1	文法篇 問題 7／8／9 必考文法 2	文法篇 問題 7／8／9 必考文法 3
Day 15	**Day 16**	**Day 17**	**Day 18**	**Day 19**	**Day 20**	**Day 21**
文法篇 問題 7／8／9 必考文法 4	文法篇 問題 7／8／9 必考文法 5	文法篇 熟記完整句子	文法篇 熟記完整句子	文法篇 問題 7／8／9 迎戰日檢 1-8	文法篇 問題 7／8／9 迎戰日檢 9-15	文法篇 總複習
Day 22	**Day 23**	**Day 24**	**Day 25**	**Day 26**	**Day 27**	**Day 28**
讀解篇 問題 10	讀解篇 問題 11	讀解篇 問題 12	讀解篇 問題 13	讀解篇 問題 14	讀解篇 總複習	聽解篇 問題 1
Day 29	**Day 30**	**Day 31**	**Day 32**	**Day 33**	**Day 34**	**Day 35**
聽解篇 問題 2	聽解篇 問題 3	聽解篇 問題 4	聽解篇 問題 5	聽解篇 複習	實戰模擬測驗	實戰模擬測驗 總複習

JLPT

N2

1

言語知識 (文字・字彙・文法)
讀解

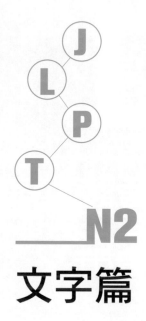

N2

文字篇

問題 1　漢字讀法

問題 2　漢字書寫

 合格攻略 TIP

第一節考試時間為 105 分鐘，在 105 分鐘內要寫完文字及語彙、文法、讀解等試題，所以在這節考試中，時間的分配是重要的關鍵。文字及語彙、文法，最多在 20 ～ 30 分鐘內完成，並劃記好答案卡，之後將剩下的 80 分鐘留給讀解試題。

重點題型攻略

問題 1　漢字讀法 (題數為 5 題)

題型說明　1 句中有一個畫底線的漢字詞彙,從選項中找出該漢字的讀法。

　　　　　2 漢字的讀法可能會是音讀、訓讀或特殊發音。

> 〔例題〕
>
> 急成長している中国は物価の変動が激しいそうだ。
>
> 1 さびしい　　　2 きびしい　　　3 くやしい　　　4 はげしい

解題技巧　**1 不需要讀完整個句子。**

　　　　　2 只看畫底線的漢字,從四個選項中選出答案。

　　　　　3 如果無法選出答案,再閱讀整個句子,推測漢字的意思並選出答案。

　　　　　4 不會的題目就算想破頭也想不出答案,所以碰到不會的漢字,就利用上述的第 3 項技巧,盡快選出答案,以確保其他試題的作答時間。

　　　　　5 碰到不會的題目,**千萬不要先空著不答**,否則後方題目劃錯格的機率極高。

　　　　　6 完成該題型的所有題目,確認答案卡劃記完畢後,才能繼續作答下一個題型。

問題 2　漢字書寫（題數為 5 題）

題型說明

1 句中有一個畫底線的平假名詞彙，從選項中找出該平假名的正確漢字寫法。
2 平假名會是漢字的音讀、訓讀或特殊發音，三類平均出題。
3 也會考區分有無長音、清音或濁音等發音。

〔例題〕

<u>うちゅう</u>には数多くの星がある。

1 宇宙　　　　2 宇油　　　　3 字宙　　　　4 字油

解題技巧

1 **閱讀整個句子。**
2 理解整句話的含意，並確認畫底線平假名的字義，再從四個選項中選出正確的漢字。
3 如果無法選出答案，請再次確認整句話的含意，推測畫底線平假名的意思並選出答案。
4 **不會的題目就算想破頭也想不出答案，請務必確保其他試題的作答時間。**
5 **碰到不會的題目，千萬不要先空著不答**，否則後方題目劃錯格的機率極高。
6 完成該題型的所有題目，確認答案卡劃記完畢後，才能繼續作答下一個題型。

學習策略

(適用於問題 1, 2)

1 N2 考題中的字彙通常為**日常生活**中常用的字彙。
2 熟記**基礎教材中出現的所有基礎文字及字彙**。
3 熟記**改制前的歷屆字彙和改制後公布的歷屆試題**。
4 擴大學習和歷屆字彙有關的音讀、訓讀及字彙。
5 難易度仍和改制前 2 級差不多，所以一定要練習作答歷屆試題，並學習正確答案之外的文字及字彙。
6 熟背本書列出的 N2 必考文字及語彙。

累積言語知識

N２頻出單字

名詞

あ 痛(いた)み　疼痛；痛苦

印刷(いんさつ)　印刷

腕(うで)　胳臂；手腕；本領

延期(えんき)　延期

～億(おく)　億

か 改札口(かいさつぐち)　剪票口

回復(かいふく)　恢復；康復

火山(かざん)　火山

環境(かんきょう)　環境

観察(かんさつ)　觀察

乾燥(かんそう)　乾燥

観測(かんそく)　觀測

記事(きじ)　報導；新聞

規模(きぼ)　規模

行事(ぎょうじ)　活動；儀式

許可(きょか)　許可

記録(きろく)　紀錄

禁止(きんし)　禁止

空港(くうこう)　機場

経済(けいざい)　經濟

警備(けいび)　警戒；戒備

景色(けしき)　景色

下宿(げしゅく)　廉價旅館；供食宿的公寓

欠点(けってん)　缺點

原因(げんいん)　原因

検査(けんさ)　檢查

講義(こうぎ)　授課；講座

強盗(ごうとう)　強盜

候補(こうほ)　候補

誤解(ごかい)　誤解

混乱(こんらん)　混亂

さ 作業(さぎょう)　作業；工作

雑誌(ざっし)　雜誌

参加(さんか)　參加

地震(じしん)　地震

失敗(しっぱい)　失敗；失誤

指摘(してき)　指正

首相(しゅしょう)　首相

出版(しゅっぱん)　出版

順番(じゅんばん)　依序

状況(じょうきょう)　狀況

正直(しょうじき)　老實；誠實

招待(しょうたい)　招待

商品(しょうひん)　商品

省略(しょうりゃく)　省略

審判(しんぱん)　審判

森林(しんりん)　森林

人類(じんるい)　人類

成功(せいこう)　成功

相互（そうご）　相互

操作（そうさ）　操作

想像（そうぞう）　想像

装置（そうち）　装置

尊重（そんちょう）　尊重

た 代表（だいひょう）　代表

中古（ちゅうこ）　中古

注文（ちゅうもん）　訂購；點餐

調査（ちょうさ）　調査

著者（ちょしゃ）　作者

都合（つごう）　情況；原因

展示（てんじ）　展示

天然（てんねん）　天然

途中（とちゅう）　中途

な 荷物（にもつ）　行李；貨物

は 販売（はんばい）　販賣

被害（ひがい）　受害；受損

光（ひかり）　光線；光輝

舞台（ぶたい）　舞台

部品（ぶひん）　零件；元件

貿易（ぼうえき）　貿易

法律（ほうりつ）　法律

募集（ぼしゅう）　募集

保存（ほぞん）　保存

ま 窓（まど）　窗戶

や 優勝（ゆうしょう）　第一名；冠軍

ら 流行（りゅうこう）　流行

礼儀（れいぎ）　禮儀；禮貌

歴史（れきし）　歴史

動詞

あ 与（あた）える　給予；賜予

誤（あやま）る　犯錯；弄錯

争（あらそ）う　競爭；爭論

か 重（かさ）ねる　堆疊；再加上

傾（かたむ）く　傾斜；傾向於

決（き）まる　決定；歸結；當然

異（こと）なる　不同

さ 備（そな）える　具備；設置.

た 耕（たがや）す　耕作

疲（つか）れる　疲勞；疲累

続（つづ）く　繼續；持續

届（とど）く　送達

な 流（なが）す　使〜漂流；作罷；不放在心上

悩（なや）む　煩惱；犯愁

塗（ぬ）る　塗抹

は 拾（ひろ）う　撿拾

含（ふく）める　包含；包括

ま 守（まも）る　守護；保護

認（みと）める　認可；同意

求（もと）める　追求；要求；求出；購買

や 雇（やと）う　雇用

喜（よろこ）ぶ　高興；愉悅

形容詞

忙（いそが）しい　忙碌的

涼（すず）しい　涼爽的

乏（とぼ）しい　貧乏的；缺乏的

貧（まず）しい　貧窮的；貧乏的

珍（めずら）しい　稀奇的；罕見的

請選出下列漢字的正確讀法。

名詞（清音和濁音）

1. 代表　(a だいひょう　b たいひょう)

2. 観察　(a がんさつ　b かんさつ)

3. 警備　(a けいび　　b きょうひ)

4. 記事　(a きし　　　b きじ)

5. 原因　(a えんいん　b げんいん)

6. 地震　(a ちしん　　b じしん)

7. 人類　(a じんるい　b にんるい)

8. 販売　(a はんばい　b ばんまい)

9. 記録　(a ぎろく　　b きろく)

10. 部品　(a ぶひん　　b ふひん)

11. 検査　(a けんさ　　b げんさ)

12. 想像　(a そうそう　b そうぞう)

13. 禁止　(a ぎんし　　b きんし)

14. 回復　(a がいふく　b かいふく)

15. 経済　(a けいざい　b けいさい)

16. 延期　(a えんぎ　　b えんき)

17. 被害　(a ひがい　　b ひかい)

18. 順番　(a じゅんばん b しゅんばん)

19. 展示　(a でんし　　b てんじ)

名詞（長音）

20. 保存　(a ほうぞん　b ほぞん)

21. 環境　(a かんきょう b かんきょ)

22. 調査　(a ちょうさ　b ちょさ)

23. 優勝　(a ゆうしょう b ゆしょう)

24. 流行　(a りゅうこう b りゅこう)

25. 著者　(a ちょうしゃ b ちょしゃ)

26. 空港　(a くうこう　b くこう)

27. 成功　(a せいこう　b せこう)

28. 乾燥　(a かんそう　b かんそ)

29. 商品　(a しょうひん b しょひん)

30. 状況　(a じょうきょう b じょきょう)

---

1 ⓐ　2 ⓑ　3 ⓐ　4 ⓑ　5 ⓑ　6 ⓑ　7 ⓐ　8 ⓐ　9 ⓑ　10 ⓐ　11 ⓐ　12 ⓑ　13 ⓑ　14 ⓑ　15 ⓐ
16 ⓑ　17 ⓐ　18 ⓐ　19 ⓑ　20 ⓑ　21 ⓐ　22 ⓐ　23 ⓐ　24 ⓐ　25 ⓑ　26 ⓐ　27 ⓐ　28 ⓐ　29 ⓐ　30 ⓐ

請選出下列漢字的正確讀法。

名詞（長音）

1　首相　（a しゅうしょう　b しゅしょう）

2　装置　（a そうち　　　b そち）

3　募集　（a ぼうしゅう　b ぼしゅう）

4　途中　（a とうちゅう　b とちゅう）

5　省略　（a しょうりゃく b しょりゃく）

6　貿易　（a ぼうえき　　b ぼえき）

7　法律　（a ほうりつ　　b ほりつ）

8　中古　（a ゆうこう　　b ちゅうこ）

9　誤解　（a こうかい　　b ごかい）

10　候補　（a こうほ　　　b こうほう）

11　相互　（a そうごう　　b そうご）

12　許可　（a きょうか　　b きょか）

名詞（特殊發音）

13　都合　（a とうごう　　b つごう）

14　操作　（a そうさ　　　b そうさく）

15　天然　（a てんぜん　　b てんねん）

16　審判　（a しんぱん　　b しんばん）

17　火山　（a かさん　　　b かざん）

18　注文　（a ちゅうぶん　b ちゅうもん）

19　強盗　（a きょうとう　b ごうとう）

20　舞台　（a ぶたい　　　b ぶだい）

21　行事　（a ぎょうじ　　b ぎょうし）

22　荷物　（a にぶつ　　　b にもつ）

23　正直　（a せいちき　　b しょうじき）

24　下宿　（a かしゅく　　b げしゅく）

25　作業　（a さぎょう　　b さごう）

名詞（其他）

26　雑誌　（a ざつし　　　b ざっし）

27　失敗　（a しっぱい　　b しっばい）

28　欠点　（a けってん　　b かってん）

29　出版　（a しゅつはん　b しゅっぱん）

30　混乱　（a こんらん　　b こんなん）

1 ⓑ　2 ⓐ　3 ⓑ　4 ⓑ　5 ⓐ　6 ⓐ　7 ⓐ　8 ⓑ　9 ⓑ　10 ⓐ　11 ⓑ　12 ⓑ　13 ⓑ　14 ⓐ　15 ⓑ
16 ⓐ　17 ⓑ　18 ⓑ　19 ⓑ　20 ⓐ　21 ⓐ　22 ⓑ　23 ⓑ　24 ⓑ　25 ⓐ　26 ⓑ　27 ⓐ　28 ⓐ　29 ⓑ　30 ⓐ

請選出下列漢字的正確讀法。

名詞（其他）

1. 森林　　(a さんりん　　b しんりん)

2. 印刷　　(a いんさつ　　b いんさい)

3. 痛み　　(a かなしみ　　b いたみ)

4. 参加　　(a さんか　　　b ざんか)

5. 億　　　(a いく　　　　b おく)

6. 光　　　(a きょう　　　b ひかり)

7. 歴史　　(a れきし　　　b えきし)

8. 腕　　　(a うで　　　　b こし)

動詞

9. 認める (a あつめる　　b みとめる)

10. 重ねる (a かさねる　　b たずねる)

11. 塗る　　(a ぬる　　　　b なる)

12. 悩む　　(a なやむ　　　b いたむ)

13. 届く　　(a ほどく　　　b とどく)

14. 雇う　　(a やとう　　　b とう)

15. 求める (a もとめる　　b ほめる)

16. 続く　　(a つづく　　　b きずく)

17. 疲れる (a あらわれる　b つかれる)

18. 含める (a ふくめる　　b さめる)

19. 拾う　　(a そろう　　　b ひろう)

20. 喜ぶ　　(a はこぶ　　　b よろこぶ)

21. 耕す　　(a たがやす　　b ついやす)

22. 守る　　(a まもる　　　b くもる)

23. 流す　　(a ながす　　　b のがす)

24. 与える (a あたえる　　b さかえる)

25. 異なる (a ことなる　　b どなる)

26. 誤る　　(a あやまる　　b そまる)

形容詞

27. 乏しい (a まずしい　　b とぼしい)

28. 珍しい (a めずらしい　b あたらしい)

29. 涼しい (a すずしい　　b まずしい)

30. 貧しい (a まずしい　　b すずしい)

---

1 ⓑ　2 ⓐ　3 ⓑ　4 ⓐ　5 ⓑ　6 ⓑ　7 ⓐ　8 ⓐ　9 ⓑ　10 ⓐ　11 ⓐ　12 ⓐ　13 ⓑ　14 ⓐ　15 ⓐ
16 ⓐ　17 ⓑ　18 ⓐ　19 ⓑ　20 ⓑ　21 ⓐ　22 ⓐ　23 ⓐ　24 ⓐ　25 ⓐ　26 ⓐ　27 ⓑ　28 ⓐ　29 ⓐ　30 ⓐ

請選出下列字彙的正確漢字寫法。

名詞

1. だいひょう　(a 代表　b 大表)
2. かんさつ　(a 権察　b 観察)
3. けいび　(a 敬備　b 警備)
4. げんいん　(a 原因　b 原困)
5. きろく　(a 記録　b 記縁)
6. けんさ　(a 険査　b 検査)
7. そうぞう　(a 想像　b 想象)
8. えんき (　a 連期　b 延期)
9. ひがい　(a 疲害　b 被害)
10. けいざい　(a 経済　b 経剤)
11. かんそう　(a 乾燥　b 乾操)
12. きぼ　(a 規模　b 規漠)
13. そうち　(a 措置　b 装置)
14. ぼうえき　(a 貿易　b 貿陽)
15. しょうたい　(a 紹待　b 招待)

16. こうぎ　(a 講議　b 講義)
17. れいぎ　(a 礼義　b 礼儀)
18. れきし　(a 歴史　b 歴使)
19. こんらん　(a 混難　b 混乱)
20. けってん　(a 欠点　b 次点)
21. そうさ　(a 操昨　b 操作)
22. いたみ　(a 痛み　b 通み)
23. めずらしい　(a 貧しい b 珍しい)
24. まずしい　(a 貧しい b 乏しい)

動詞

25. あやまる　(a 誤る　b 違る)
26. ことなる　(a 違なる b 異なる)
27. もとめる　(a 求める b 救める)
28. つかれる　(a 疲れる b 被れる)
29. ひろう　(a 拾う　b 捨う)
30. つづく　(a 続く　b 組く)

---

1 ⓐ　2 ⓑ　3 ⓑ　4 ⓐ　5 ⓐ　6 ⓑ　7 ⓐ　8 ⓑ　9 ⓑ　10 ⓐ　11 ⓐ　12 ⓐ　13 ⓑ　14 ⓐ　15 ⓑ
16 ⓑ　17 ⓑ　18 ⓐ　19 ⓑ　20 ⓐ　21 ⓑ　22 ⓐ　23 ⓑ　24 ⓐ　25 ⓐ　26 ⓑ　27 ⓐ　28 ⓐ　29 ⓐ　30 ⓐ

名詞

あ 運賃(うんちん)　運費；車錢

か 開催(かいさい)　開辦；舉辦

拡充(かくじゅう)　擴充

感謝(かんしゃ)　感謝

勧誘(かんゆう)　勸誘；勸說

管理(かんり)　管理

規模(きぼ)　規模

行事(ぎょうじ)　儀式；活動

拒否(きょひ)　否決；拒絕

距離(きょり)　距離

景色(けしき)　景色

現象(げんしょう)　現象

講義(こうぎ)　講座；授課

混乱(こんらん)　混亂

さ 撮影(さつえい)　攝影

至急(しきゅう)　立刻；趕緊；火速

指摘(してき)　指正

地元(じもと)　在地；當地

収集(しゅうしゅう)　收集

修正(しゅうせい)　修正

招待(しょうたい)　招待

象徴(しょうちょう)　象徵

省略(しょうりゃく)　省略

相互(そうご)　相互

率直(そっちょく)　直爽；率直

損害(そんがい)　損害

尊重(そんちょう)　尊重

た 種(たね)　種子；根源

頼(たよ)り　倚靠；依賴

調節(ちょうせつ)　調節

治療(ちりょう)　治療

伝統(でんとう)　傳統

登録(とうろく)　登録，註冊

討論(とうろん)　討論

隣(となり)　隔壁；旁邊

は 福祉(ふくし)　福祉

再(ふたた)び　又；再次

変更(へんこう)　變更

防災(ぼうさい)　防災

豊富(ほうふ)　豐富

ま 密接(みっせつ)　緊密相連；密切相關

模範(もはん)　模範

や 油断(ゆだん)　疏忽大意

要求(ようきゅう)　要求

世(よ)の中(なか)　世道上；世界上

ら 礼儀(れいぎ)　禮儀；禮貌

動詞

あ 焦(あせ)る　著急；焦躁

祝(いわ)う　祝賀；祝願

補(おぎな)う　填補；補足

驚(おどろ)く　吃驚；驚訝

か 囲(かこ)む　圍繞；包圍

傾(かたむ)く　傾斜；傾向於

暮(く)らす　生活

削(けず)る　削減

さ　誘(さそ)う　邀請；勸誘

優(すぐ)れる　卓越；出色

属(ぞく)する　屬於；隸屬

備(そな)える　具備；設置；安裝

は　果(は)たす　實行；完成；實現

含(ふく)める　包含

触(ふ)れる　接觸；觸及

ま　乱(みだ)れる　混亂；不穩定；紊亂

恵(めぐ)まれる　受惠；受到恩賜

や　敗(やぶ)れる　敗北；失敗

形容詞

鮮(あざ)やかだ　鮮豔的；鮮明的

辛(から)い　辣的

順調(じゅんちょう)だ　順利的

乏(とぼ)しい　不足的；缺乏的

憎(にく)い　可憎的

激(はげ)しい　劇烈的；猛烈的

貧(まず)しい　貧困的；貧乏的

請選出下列漢字的正確讀法。

名詞（清音和濁音）

1　拡充　(a かくちゅう　b かくじゅう)

2　管理　(a かんり　　　b がんり)

3　地元　(a ちもと　　　b じもと)

4　防災　(a ほうざい　　b ぼうさい)

5　開催　(a かいさい　　b がいさい)

6　治療　(a ちりょう　　b じりょう)

7　伝統　(a てんとう　　b でんとう)

8　至急　(a しきゅう　　b じきゅう)

9　福祉　(a ふくし　　　b ふくじ)

10　感謝　(a かんしゃ　　b がんしゃ)

11　登録　(a とうろく　　b どうろく)

12　尊重　(a そんじゅう　b そんちょう)

名詞（長音）

13　勧誘　(a かんゆう　　b かんゆ)

14　模範　(a もうはん　　b もはん)

15　礼儀　(a れいぎ　　　b れぎ)

16　講義　(a こうぎ　　　b こぎ)

17　相互　(a そうご　　　b そご)

18　招待　(a しょうたい　b しょたい)

19　修正　(a しゅうせい　b しゅせい)

20　規模　(a きぼう　　　b きぼ)

21　要求　(a ようきゅう　b よきゅう)

22　省略　(a しょうりゃく　b しょりゃく)

23　調節　(a ちょうせつ　b ちょせつ)

24　距離　(a きょうり　　b きょり)

25　油断　(a ゆうだん　　b ゆだん)

26　収集　(a しゅうしゅう　b しゅしゅ)

27　象徴　(a しょうちょう　b しょちょう)

28　変更　(a へんこう　　b へんこ)

29　豊富　(a ほうふ　　　b ほふ)

30　討論　(a とうろん　　b とろん)

---

1 ⓑ　2 ⓐ　3 ⓑ　4 ⓑ　5 ⓐ　6 ⓐ　7 ⓑ　8 ⓐ　9 ⓐ　10 ⓐ　11 ⓐ　12 ⓑ　13 ⓐ　14 ⓑ　15 ⓐ
16 ⓐ　17 ⓐ　18 ⓐ　19 ⓐ　20 ⓑ　21 ⓐ　22 ⓐ　23 ⓐ　24 ⓑ　25 ⓑ　26 ⓐ　27 ⓐ　28 ⓐ　29 ⓐ　30 ⓐ

請選出下列漢字的正確讀法。

名詞（其他）

1　世の中 (a　せのなか　　b　よのなか)

2　景色　 (a　けいしき　　b　けしき)

3　行事　 (a　こうし　　　b　ぎょうじ)

4　再び　 (a　ふたたび　　b　さいたび)

5　頼り　 (a　もより　　　b　たより)

6　運賃　 (a　うんいん　　b　うんちん)

7　撮影　 (a　ざつえい　　b　さつえい)

8　種　　 (a　たね　　　　b　ね)

9　密接　 (a　みつせつ　　b　みっせつ)

10　率直　 (a　そつちょく　b　そっちょく)

動詞

11　誘う　 (a　きそう　　　b　さそう)

12　優れる (a　すぐれる　　b　やぶれる)

13　恵まれる

　　　　　　(a　かこまれる　b　めぐまれる)

14　驚く　 (a　おどろく　　b　おそらく)

15　含める (a　ふくめる　　b　もとめる)

16　祝う　 (a　あじわう　　b　いわう)

17　敗れる (a　つぶれる　　b　やぶれる)

18　乱れる (a　みだれる　　b　くたびれる)

19　触れる (a　ふれる　　　b　いれる)

20　焦る　 (a　あわせる　　b　あせる)

21　備える (a　そびえる　　b　そなえる)

22　傾く　 (a　かたむく　　b　ふりむく)

23　果たす (a　はたす　　　b　わたす)

24　削る　 (a　けずる　　　b　ゆずる)

25　補う　 (a　おぎなう　　b　おこなう)

26　属する (a　ぞくする　　b　さくする)

形容詞

27　激しい (a　きびしい　　b　はげしい)

28　乏しい (a　とぼしい　　b　めずらしい)

29　貧しい (a　まずしい　　b　はずかしい)

30　辛い　 (a　からい　　　b　にがい)

---

1 ⓑ　2 ⓑ　3 ⓑ　4 ⓐ　5 ⓑ　6 ⓑ　7 ⓑ　8 ⓐ　9 ⓑ　10 ⓑ　11 ⓑ　12 ⓐ　13 ⓑ　14 ⓐ　15 ⓐ
16 ⓑ　17 ⓑ　18 ⓐ　19 ⓐ　20 ⓑ　21 ⓑ　22 ⓐ　23 ⓐ　24 ⓐ　25 ⓐ　26 ⓐ　27 ⓑ　28 ⓐ　29 ⓐ　30 ⓐ

請選出下列字彙的正確漢字寫法。

名詞

1	かくじゅう	(a 広充　b 拡充)
2	かいさい	(a 開最　b 開催)
3	でんとう	(a 伝統　b 伝続)
4	ふくし	(a 副止　b 福祉)
5	とうろく	(a 登録　b 登緑)
6	かんしゃ	(a 感謝　b 感射)
7	ちりょう	(a 治寮　b 治療)
8	ぼうさい	(a 訪災　b 防災)
9	かんり	(a 官理　b 管理)
10	もはん	(a 漠範　b 模範)
11	かんゆう	(a 勧誘　b 観誘)
12	そうご	(a 相互　b 想互)
13	しゅうせい	(a 修正　b 収正)
14	しょうりゃく	(a 星略　b 省略)
15	ようきゅう	(a 要求　b 要救)

16	しょうちょう	(a 象徴　b 像微)
17	ほうふ	(a 豊副　b 豊富)
18	とうろん	(a 討論　b 吐論)
19	しゅうしゅう	(a 収集　b 取集)
20	さつえい	(a 最影　b 撮影)
21	みっせつ	(a 密折　b 密接)
22	そっちょく	(a 率直　b 正直)
23	たね	(a 動　b 種)
24	うんちん	(a 連賃　b 運賃)

動詞

25	やぶれる	(a 敗れる b 財れる)
26	みだれる	(a 乱れる b 活れる)
27	あせる	(a 集せる b 焦せる)
28	そなえる	(a 整える b 備える)
29	くらす	(a 暮らす b 募らす)
30	ふれる	(a 解れる b 触れる)

---

1 ⓑ　2 ⓑ　3 ⓐ　4 ⓑ　5 ⓐ　6 ⓐ　7 ⓑ　8 ⓑ　9 ⓑ　10 ⓑ　11 ⓐ　12 ⓐ　13 ⓐ　14 ⓑ　15 ⓐ
16 ⓐ　17 ⓑ　18 ⓐ　19 ⓐ　20 ⓑ　21 ⓑ　22 ⓐ　23 ⓑ　24 ⓑ　25 ⓐ　26 ⓐ　27 ⓑ　28 ⓑ　29 ⓐ　30 ⓑ

31 かたむく   (a 頃く   b 傾く)

32 けずる   (a 消る   b 削る)

33 おぎなう   (a 捕う   b 補う)

形容詞

34 はげしい   (a 劇しい b 激しい)

35 からい   (a 辛い   b 幸い)

31 ⓑ 32 ⓑ 33 ⓑ 34 ⓑ 35 ⓐ

名詞

あ 汗(あせ)　汗水

案外(あんがい)　意外；出乎意料

安定(あんてい)　安定

胃(い)　胃

異常(いじょう)　異常

泉(いずみ)　泉；泉水

一秒(いちびょう)　一秒

移転(いてん)　轉移

移動(いどう)　移動

違反(いはん)　違反

飲酒(いんしゅ)　飲酒

宇宙(うちゅう)　宇宙

雨量(うりょう)　雨量

永遠(えいえん)　永遠

永久(えいきゅう)　永久

絵具(えのぐ)　顔料

応援(おうえん)　支持；聲援

応対(おうたい)　應對

欧米(おうべい)　歐美

大声(おおごえ)　大聲

奥(おく)　裏頭；內部；深處

汚染(おせん)　汙染

温泉(おんせん)　溫泉

か 改善(かいぜん)　改善

開封(かいふう)　開封

係員(かかりいん)　課員；部員

菓子(かし)　糖果糕點

肩(かた)　肩膀

仮定(かてい)　假設

可能(かのう)　可能

壁(かべ)　牆壁

革靴(かわぐつ)　皮鞋

環境(かんきょう)　環境

看護(かんご)　看護；護理

勘定(かんじょう)　計算；結帳；考慮；估計

缶詰(かんづめ)　罐頭

看板(かんばん)　看板

機嫌(きげん)　心情；情緒

気候(きこう)　氣候

規制(きせい)　限制；規定

喫茶店(きっさてん)　咖啡店；茶館

希望(きぼう)　希望

客(きゃく)　客人

救助(きゅうじょ)　救助

急速(きゅうそく)　急速

競争(きょうそう)　競爭

恐怖(きょうふ)　恐懼；害怕

曲線(きょくせん)　曲線

距離(きょり)　距離

禁煙(きんえん)　禁菸；戒菸

金額(きんがく)　金額

区域(くいき)　區域

偶然(ぐうぜん)　偶然

草(くさ)　草

薬(くすり)　藥

管(くだ)　管子

靴(くつ)　鞋子

雲（くも）　雲

訓練（くんれん）　訓練

警告（けいこく）　警告

計算（けいさん）　計算

形式（けいしき）　形式

芸能（げいのう）　娛樂性表演；技藝

血液（けつえき）　血液

結果（けっか）　結果

煙（けむり）　煙

研修（けんしゅう）　進修；研習

減少（げんしょう）　減少

建設（けんせつ）　建設

幸運（こううん）　幸運

公害（こうがい）　公害

航空（こうくう）　航空

高層（こうそう）　高層

構造（こうぞう）　構造

声（こえ）　聲音

氷（こおり）　冰

呼吸（こきゅう）　呼吸

故郷（こきょう）　故郷

国際（こくさい）　國際

骨折（こっせつ）　骨折

小麦（こむぎ）　小麥

雇用（こよう）　雇用

さ　～歳（さい）　～歳

～際（さい）　～時候；～之際

才能（さいのう）　才能；才幹

裁判（さいばん）　裁決；訴訟

財布（さいふ）　錢包

坂（さか）　斜坡

寺院（じいん）　寺院

事件（じけん）　案件；事件

自身（じしん）　自身

実現（じつげん）　實現

湿度（しつど）　濕度

指導（しどう）　指導

死亡（しぼう）　死亡

島（しま）　島

姉妹（しまい）　姉妹

習慣（しゅうかん）　習慣

周辺（しゅうへん）　周邊

宿泊（しゅくはく）　住宿；過夜

趣味（しゅみ）　興趣

寿命（じゅみょう）　壽命

主要（しゅよう）　主要

準備（じゅんび）　準備

～賞（しょう）　～獎

紹介（しょうかい）　介紹

承認（しょうにん）　承認；認可

将来（しょうらい）　將來

食欲（しょくよく）　食慾

諸国（しょこく）　諸國

女優（じょゆう）　女演員

処理（しょり）　處理

資料（しりょう）　資料

深刻（しんこく）　嚴重；深刻

進歩（しんぽ）　進步

深夜（しんや）　深夜

信用（しんよう）　信用；信賴；相信

信頼（しんらい）　信賴

姿（すがた）　面貌；舉止

隅(すみ)　角落

税金(ぜいきん)　税金

晴天(せいてん)　晴天

政府(せいふ)　政府

設計(せっけい)　設計

接触(せっしょく)　接觸

絶対(ぜったい)　絕對

節約(せつやく)　節約

戦争(せんそう)　戰爭

全部(ぜんぶ)　全部

相談(そうだん)　商量

底(そこ)　底部；限度

祖父(そふ)　祖父

損得(そんとく)　損益；得失

た　互(たが)い　互相

畳(たたみ)　榻榻米

谷(たに)　峽谷；山谷

他人(たにん)　外人；第三者

束(たば)　捆；把

卵(たまご)　雞蛋

単純(たんじゅん)　單純

団体(だんたい)　團體

担当(たんとう)　負責；擔任

遅刻(ちこく)　遲到

兆(ちょう)　兆

超過(ちょうか)　超過

頂点(ちょうてん)　頂點；頂峰

貯金(ちょきん)　儲蓄；存款

直接(ちょくせつ)　直接

常(つね)　平常；經常

罪(つみ)　罪行；過失

停車(ていしゃ)　停車

鉄橋(てっきょう)　鐵橋；鐵路橋

展開(てんかい)　展開

独立(どくりつ)　獨立

泥(どろ)　泥巴

な　内容(ないよう)　內容

仲(なか)　關係

波(なみ)　波浪；浪潮

涙(なみだ)　眼淚；淚水

人間(にんげん)　人類；人品；世間

主(ぬし)　所有人；一家之主

熱演(ねつえん)　傾全力表演

年齢(ねんれい)　年齡

は　灰色(はいいろ)　灰色

配布(はいふ)　分發；散布

犯罪(はんざい)　犯罪

反対(はんたい)　反對

判断(はんだん)　判斷

悲劇(ひげき)　悲劇

皮膚(ひふ)　皮膚

評価(ひょうか)　評價

表現(ひょうげん)　表現

平等(びょうどう)　平等

夫婦(ふうふ)　夫婦

普及(ふきゅう)　普及

付近(ふきん)　附近；周圍

複雑(ふくざつ)　複雜

服装(ふくそう)　服裝

変化(へんか)　變化

変更(へんこう)　變更

帽子 (ぼうし) 　帽子

方針 (ほうしん) 　方針

放送 (ほうそう) 　播送；廣播

防犯 (ぼうはん) 　預防犯罪

方法 (ほうほう) 　方法

訪問 (ほうもん) 　訪問

星 (ほし) 　星星

骨 (ほね) 　骨頭

ま　祭 (まつ)り 　祭典；慶典

万一 (まんいち) 　萬一

湖 (みずうみ) 　湖泊；湖水

港 (みなと) 　港口；碼頭

未来 (みらい) 　未來

昔 (むかし) 　昔日；從前

虫 (むし) 　昆蟲；蟲子

娘 (むすめ) 　女兒

村 (むら) 　村莊；鄉村

群 (む)れ 　群；成群

免許 (めんきょ) 　執照

目的 (もくてき) 　目的

や　約束 (やくそく) 　約定；承諾

家賃 (やちん) 　房租

輸入 (ゆにゅう) 　進口

指 (ゆび) 　指頭

容易 (ようい) 　容易

幼児 (ようじ) 　幼兒

夜中 (よなか) 　午夜；深夜

ら　理解 (りかい) 　理解

両替 (りょうがえ) 　兌換；換錢

留守 (るす) 　外出；不在

例外 (れいがい) 　例外

冷凍 (れいとう) 　冷凍

列島 (れっとう) 　列島

恋愛 (れんあい) 　戀愛

連続 (れんぞく) 　連續

連絡 (れんらく) 　聯絡

老人 (ろうじん) 　老人

わ　輪 (わ) 　圓；環

請選出下列漢字的正確讀法。

名詞（清音和濁音）

| 1 | 泥 | (a とろ | b どろ) |

| 2 | 港 | (a みなと | b みなど) |

| 3 | 草 | (a くさ | b ぐさ) |

| 4 | 涙 | (a なみた | b なみだ) |

| 5 | 谷 | (a たに | b だに) |

| 6 | 畳 | (a たたみ | b だたみ) |

| 7 | 卵 | (a たまこ | b たまご) |

| 8 | 管 | (a くた | b くだ) |

| 9 | 靴 | (a くつ | b ぐつ) |

| 10 | 雲 | (a くも | b ぐも) |

| 11 | 声 | (a こえ | b ごえ) |

| 12 | 互い | (a だかい | b たがい) |

| 13 | 姿 | (a すかた | b すがた) |

| 14 | 看板 | (a かんばん | b かんぱん) |

| 15 | 大声 | (a おおこえ | b おおごえ) |

| 16 | 遅刻 | (a ちこく | b じこく) |

| 17 | 相談 | (a そうたん | b そうだん) |

| 18 | 指導 | (a しとう | b しどう) |

| 19 | 訓練 | (a くんれん | b ぐんれん) |

| 20 | 担当 | (a たんとう | b だんとう) |

| 21 | 独立 | (a とくりつ | b どくりつ) |

| 22 | 希望 | (a きぼう | b ぎぼう) |

| 23 | 血液 | (a けつえき | b げつえき) |

| 24 | 禁煙 | (a きんえん | b ぎんえん) |

| 25 | 金額 | (a きんがく | b ぎんがく) |

| 26 | 研修 | (a けんしゅう | b げんしゅう) |

| 27 | 老人 | (a ろうにん | b ろうじん) |

| 28 | 小麦 | (a ごむぎ | b こむぎ) |

| 29 | 複雑 | (a ふくざつ | b ふつさつ) |

| 30 | 宿泊 | (a しゅくはく | b しゅっぱく) |

---

1 ⓑ　2 ⓐ　3 ⓐ　4 ⓑ　5 ⓐ　6 ⓐ　7 ⓑ　8 ⓑ　9 ⓐ　10 ⓐ　11 ⓐ　12 ⓑ　13 ⓑ　14 ⓐ　15 ⓑ
16 ⓐ　17 ⓑ　18 ⓑ　19 ⓐ　20 ⓐ　21 ⓑ　22 ⓐ　23 ⓐ　24 ⓐ　25 ⓐ　26 ⓐ　27 ⓑ　28 ⓑ　29 ⓐ　30 ⓐ

請選出下列漢字的正確讀法。

名詞（清音和濁音）

1　進歩　(a しんぼ　　　b しんぽ)

2　単純　(a たんじゅん　b だんじゅん)

3　冷凍　(a れいとう　　b れいどう)

4　団体　(a たんたい　　b だんたい)

5　応対　(a おうたい　　b おうだい)

6　判断　(a はんたん　　b はんだん)

7　仮定　(a かてい　　　b がてい)

8　悲劇　(a ひけき　　　b ひげき)

9　改善　(a かいせん　　b かいぜん)

10　連続　(a れんそく　　b れんぞく)

11　防犯　(a ほうはん　　b ぼうはん)

12　減少　(a けんしょう　b げんしょう)

13　損得　(a そんとく　　b そんどく)

14　芸能　(a けいのう　　b げいのう)

15　停車　(a ていしゃ　　b でいしゃ)

16　気候　(a きこう　　　b ぎこう)

17　偶然　(a くうぜん　　b ぐうぜん)

18　展開　(a てんかい　　b でんかい)

19　機嫌　(a きけん　　　b きげん)

20　公害　(a ごうかい　　b こうがい)

21　裁判　(a さいはん　　b さいばん)

22　方針　(a ほうしん　　b ぼうしん)

23　欧米　(a おうへい　　b おうべい)

24　変化　(a へんか　　　b へんが)

25　構造　(a こうそう　　b こうぞう)

26　湿度　(a しつと　　　b しつど)

27　缶詰　(a かんつめ　　b かんづめ)

28　準備　(a じゅんひ　　b じゅんび)

29　実現　(a じつけん　　b じつげん)

30　自身　(a ちしん　　　b じしん)

---

1 ⓑ　2 ⓐ　3 ⓐ　4 ⓑ　5 ⓐ　6 ⓑ　7 ⓐ　8 ⓑ　9 ⓑ　10 ⓑ　11 ⓑ　12 ⓑ　13 ⓐ　14 ⓑ　15 ⓐ
16 ⓐ　17 ⓑ　18 ⓐ　19 ⓑ　20 ⓑ　21 ⓑ　22 ⓐ　23 ⓑ　24 ⓐ　25 ⓑ　26 ⓑ　27 ⓑ　28 ⓑ　29 ⓑ　30 ⓑ

請選出下列漢字的正確讀法。

名詞（清音和濁音）

1. 喫茶店 (a きっさてん　b ぎっさてん)

2. 骨折　(a こっせつ　　b ごっせつ)

3. 国際　(a こくさい　　b ごくさい)

4. 曲線　(a きょくせん　b ぎょくせん)

5. 結果　(a けっか　　　b げっか)

6. 移転　(a いでん　　　b いてん)

7. 他人　(a たにん　　　b だにん)

8. 事件　(a じけん　　　b じげん)

9. 犯罪　(a はんざい　　b ばんざい)

10. 目的　(a もくてき　　b もくでき)

11. 深刻　(a しんこく　　b しんごく)

12. 建設　(a けんせつ　　b げんせつ)

13. 反対　(a はんたい　　b はんだい)

14. 革靴　(a かわくつ　　b かわぐつ)

15. 違反　(a いばん　　　b いはん)

16. 安定　(a あんてい　　b あんでい)

名詞（長音）

17. 賞　　(a しょう　　　b しょ)

18. 氷　　(a こおり　　　b こり)

19. 距離　(a きょうり　　b きょり)

20. 政府　(a せいふう　　b せいふ)

21. 環境　(a かんきょう　b かんきょ)

22. 雇用　(a こうよう　　b こよう)

23. 趣味　(a しゅうみ　　b しゅみ)

24. 看護　(a かんごう　　b かんご)

25. 戦争　(a せんそう　　b せんそ)

26. 宇宙　(a うちゅう　　b うちゅ)

27. 皮膚　(a ひふう　　　b ひふ)

28. 灰色　(a はいいろ　　b はいろ)

29. 一秒　(a いちびょ　　b いちびょう)

30. 区域　(a くいき　　　b くいいき)

---

1 ⓐ　2 ⓐ　3 ⓐ　4 ⓐ　5 ⓐ　6 ⓑ　7 ⓐ　8 ⓐ　9 ⓐ　10 ⓐ　11 ⓐ　12 ⓐ　13 ⓐ　14 ⓑ　15 ⓑ
16 ⓐ　17 ⓐ　18 ⓐ　19 ⓑ　20 ⓑ　21 ⓐ　22 ⓑ　23 ⓑ　24 ⓑ　25 ⓐ　26 ⓐ　27 ⓑ　28 ⓐ　29 ⓑ　30 ⓐ

請選出下列漢字的正確讀法。

名詞 (長音)

1. 普及　(a ふうきゅう　b ふきゅう)

2. 急速　(a きゅうそく　b きゅそく)

3. 恐怖　(a きょうふう　b きょうふ)

4. 呼吸　(a こうきゅう　b こきゅう)

5. 承認　(a しょうにん　b しょにん)

6. 貯金　(a ちょうきん　b ちょきん)

7. 輸入　(a ゆうにゅう　b ゆにゅう)

8. 免許　(a めんきょう　b めんきょ)

9. 開封　(a かいふう　b かいふ)

10. 救助　(a きゅうじょう　b きゅうじょ)

11. 汚染　(a おうせん　b おせん)

12. 超過　(a ちょうか　b ちょか)

13. 処理　(a しょうり　b しょり)

14. 配布　(a はいふう　b はいふ)

15. 付近　(a ふうきん　b ふきん)

16. 幼児　(a ようじ　b よじ)

17. 異常　(a いじょう　b いじょ)

18. 夫婦　(a ふうふ　b ふふう)

19. 競争　(a きょうそう　b きょそう)

20. 応援　(a おうえん　b おえん)

21. 鉄橋　(a てっきょう　b てっきょ)

22. 資料　(a しりょう　b しりょ)

23. 諸国　(a しょうこく　b しょこく)

24. 両替　(a りょうがえ　b りょがえ)

25. 祖父　(a そうふう　b そふ)

26. 永遠　(a えいえん　b ええん)

27. 高層　(a こうそう　b こそう)

28. 故郷　(a こうきょう　b こきょう)

29. 容易　(a ようい　b よい)

30. 変更　(a へんこう　b へんこ)

---

1 ⓑ　2 ⓐ　3 ⓑ　4 ⓑ　5 ⓐ　6 ⓑ　7 ⓑ　8 ⓑ　9 ⓐ　10 ⓑ　11 ⓑ　12 ⓐ　13 ⓑ　14 ⓑ　15 ⓑ
16 ⓐ　17 ⓐ　18 ⓐ　19 ⓐ　20 ⓐ　21 ⓐ　22 ⓐ　23 ⓑ　24 ⓐ　25 ⓑ　26 ⓐ　27 ⓐ　28 ⓑ　29 ⓐ　30 ⓐ

請選出下列漢字的正確讀法。

名詞（長音）

1. 服装　(a ふくそう　b ふくそ)

2. 列島　(a れっとう　b れっと)

3. 晴天　(a せいてん　b せてん)

4. 税金　(a ぜいきん　b ぜきん)

5. 幸運　(a こううん　b こうん)

6. 移動　(a いどう　b いど)

7. 訪問　(a ほうもん　b ほもん)

8. 頂点　(a ちょうてん　b ちょてん)

9. 飲酒　(a いんしゅう　b いんしゅ)

10. 雨量　(a うりょう　b うりょ)

11. 死亡　(a しぼう　b しぼ)

12. 紹介　(a しょうかい　b しょかい)

13. 女優　(a じょうゆう　b じょゆう)

14. 才能　(a さいのう　b さいの)

15. 航空　(a こうくう　b こくう)

16. 停車　(a ていしゃ　b てしゃ)

17. 放送　(a ほうそう　b ほそう)

18. 周辺　(a しゅうへん　b しゅへん)

19. 計算　(a けいさん　b けさん)

20. 規制　(a きせい　b きせ)

21. 可能　(a かのう　b かの)

22. 永久　(a えいきゅう　b えいきゅ)

23. 表現　(a ひょうげん　b ひょげん)

24. 帽子　(a ぼうし　b ぼし)

25. 評価　(a ひょうか　b ひょか)

26. 信用　(a しんよう　b しんよ)

27. 例外　(a れいがい　b れがい)

28. 主要　(a しゅうよう　b しゅよう)

29. 方法　(a ほうほう　b ほうほ)

30. 設計　(a せっけい　b せっけ)

---

1 ⓐ　2 ⓐ　3 ⓐ　4 ⓐ　5 ⓐ　6 ⓐ　7 ⓐ　8 ⓐ　9 ⓑ　10 ⓐ　11 ⓐ　12 ⓐ　13 ⓑ　14 ⓐ　15 ⓐ
16 ⓐ　17 ⓐ　18 ⓐ　19 ⓐ　20 ⓐ　21 ⓐ　22 ⓐ　23 ⓐ　24 ⓐ　25 ⓐ　26 ⓐ　27 ⓐ　28 ⓑ　29 ⓐ　30 ⓐ

請選出下列漢字的正確讀法。

名詞（長音）

1　年齢　(a ねんれい　b ねんれ)

2　将来　(a しょうらい　b しょらい)

3　形式　(a けいしき　b けしき)

4　財布　(a さいふう　b さいふ)

名詞（特殊發音）

5　寿命　(a じゅめい　b じゅみょう)

6　平等　(a へいとう　b びょうどう)

7　人間　(a にんげん　b にんかん)

8　勘定　(a かんてい　b かんじょう)

9　留守　(a りゅうしゅ　b るす)

10　万一　(a まんいち　b ばんいち)

11　家賃　(a かちん　b やちん)

名詞（其他）

12　汗　(a かた　b あせ)

13　束　(a たば　b うた)

14　奥　(a すみ　b おく)

15　壁　(a から　b かべ)

16　煙　(a けむり　b みかた)

17　虫　(a むし　b いし)

18　波　(a すな　b なみ)

19　泉　(a いずみ　b からだ)

20　湖　(a みずうみ　b やすみ)

21　常　(a いつも　b つね)

22　坂　(a すがた　b さか)

23　歳　(a せい　b さい)

24　隅　(a おく　b すみ)

25　兆　(a せん　b ちょう)

26　仲　(a かわ　b なか)

27　村　(a まち　b むら)

28　娘　(a むすこ　b むすめ)

29　骨　(a くち　b ほね)

30　胃　(a い　b ち)

1 ⓐ　2 ⓐ　3 ⓐ　4 ⓑ　5 ⓑ　6 ⓑ　7 ⓐ　8 ⓑ　9 ⓑ　10 ⓐ　11 ⓑ　12 ⓑ　13 ⓐ　14 ⓑ　15 ⓑ
16 ⓐ　17 ⓐ　18 ⓑ　19 ⓐ　20 ⓐ　21 ⓑ　22 ⓑ　23 ⓑ　24 ⓑ　25 ⓑ　26 ⓑ　27 ⓑ　28 ⓑ　29 ⓑ　30 ⓐ

請選出下列漢字的正確讀法。

其他

1	指	(a ゆび	b はし)	
2	際	(a とき	b さい)	
3	星	(a めし	b ほし)	
4	島	(a とり	b しま)	
5	群れ	(a かれ	b むれ)	
6	輪	(a わ	b ひ)	
7	罪	(a つみ	b かみ)	
8	主	(a しるし	b ぬし)	
9	約束	(a やっそく	b やくそく)	
10	絶対	(a ぜつたい	b ぜったい)	
11	絵具	(a えぐ	b えのぐ)	
12	直接	(a ちょくせつ	b ちょっせつ)	
13	係員	(a けいいん	b かかりいん)	
14	姉妹	(a しまい	b しめい)	
15	警告	(a けいこう	b けいこく)	

16	祭り	(a つゆり	b まつり)	
17	夜中	(a やなか	b よなか)	
18	節約	(a せつりゃく	b せつやく)	
19	食欲	(a しょっくよく	b しょくよく)	
20	深夜	(a しんよ	b しんや)	
21	恋愛	(a れんあい	b ねんあい)	
22	接触	(a せつしょく	b せっしょく)	
23	熱演	(a ねつえん	b れつねん)	
24	案外	(a あんえい	b あんがい)	
25	連絡	(a ねんらく	b れんらく)	
26	信頼	(a しんらい	b しんれい)	
27	未来	(a みらい	b みれい)	
28	温泉	(a おんせん	b おんちん)	
29	理解	(a れかい	b りかい)	
30	自身	(a じぶん	b じしん)	

---

1 ⓐ　2 ⓑ　3 ⓑ　4 ⓑ　5 ⓑ　6 ⓐ　7 ⓐ　8 ⓑ　9 ⓑ　10 ⓑ　11 ⓑ　12 ⓐ　13 ⓑ　14 ⓐ　15 ⓑ
16 ⓑ　17 ⓑ　18 ⓑ　19 ⓑ　20 ⓑ　21 ⓐ　22 ⓑ　23 ⓐ　24 ⓑ　25 ⓑ　26 ⓐ　27 ⓐ　28 ⓐ　29 ⓑ　30 ⓑ

請選出下列字彙的正確漢字寫法。

名詞

1	どろ	(a 泥	b 涙)
2	なみだ	(a 戻	b 涙)
3	たたみ	(a 宜	b 畳)
4	たに	(a 谷	b 浴)
5	くも	(a 雷	b 雲)
6	かんばん	(a 看坂	b 看板)
7	そうだん	(a 相談	b 想淡)
8	けつえき	(a 血夜	b 血液)
9	きんえん	(a 禁要	b 禁煙)
10	きんがく	(a 金頃	b 金額)
11	たんじゅん	(a 単級	b 単純)
12	れいとう	(a 令東	b 冷凍)
13	おうたい	(a 応対	b 応代)
14	ひげき	(a 悲撃	b 悲劇)
15	れんぞく	(a 連続	b 運続)

16	ぼうはん	(a 防犯	b 放犯)
17	げんしょう	(a 減小	b 減少)
18	きこう	(a 気候	b 気侯)
19	ぐうぜん	(a 遇然	b 偶然)
20	てんかい	(a 展開	b 典開)
21	きげん	(a 機兼	b 機嫌)
22	さいばん	(a 裁半	b 裁判)
23	こうがい	(a 公害	b 公割)
24	ほうしん	(a 方針	b 方釘)
25	こうぞう	(a 構造	b 購造)
26	しつど	(a 湿度	b 湿渡)
27	じゅんび	(a 準備	b 準飛)
28	こっせつ	(a 骨折	b 骨析)
29	こくさい	(a 国祭	b 国際)
30	けんせつ	(a 建設	b 健設)

---

1 ⓐ　2 ⓑ　3 ⓑ　4 ⓐ　5 ⓑ　6 ⓑ　7 ⓐ　8 ⓑ　9 ⓑ　10 ⓑ　11 ⓑ　12 ⓑ　13 ⓐ　14 ⓑ　15 ⓐ
16 ⓐ　17 ⓑ　18 ⓐ　19 ⓑ　20 ⓐ　21 ⓑ　22 ⓑ　23 ⓐ　24 ⓐ　25 ⓐ　26 ⓐ　27 ⓐ　28 ⓐ　29 ⓑ　30 ⓐ

請選出下列字彙的正確漢字寫法。

名詞

1	きょくせん	(a 曲線　b 曲緑)
2	はんざい	(a 氾罪　b 犯罪)
3	しんこく	(a 探刻　b 深刻)
4	こおり	(a 永　b 氷)
5	せいふ	(a 政付　b 政府)
6	きょり	(a 拒離　b 距離)
7	しゅみ	(a 赴味　b 趣味)
8	こよう	(a 雇用　b 個用)
9	かんご	(a 看護　b 看議)
10	ふきゅう	(a 普及　b 普扱)
11	きょうふ	(a 恐布　b 恐怖)
12	こきゅう	(a 平吸　b 呼吸)
13	ちょきん	(a 預金　b 貯金)
14	ゆにゅう	(a 輸入　b 輸入)
15	めんきょ	(a 免許　b 勉許)

16	きゅうじょ	(a 求助　b 救助)
17	ちょうか	(a 趣過　b 超過)
18	おせん	(a 汗染　b 汚染)
19	しょり	(a 処理　b 拠理)
20	おうえん	(a 応援　b 応媛)
21	しりょう	(a 資料　b 資科)
22	しょこく	(a 緒国　b 諸国)
23	こきょう	(a 古郷　b 故郷)
24	ようい	(a 容易　b 谷易)
25	ふくそう	(a 服装　b 複装)
26	せいてん	(a 清天　b 晴天)
27	こううん	(a 辛運　b 幸運)
28	いどう	(a 移働　b 移動)
29	ぜいきん	(a 説金　b 税金)
30	ほうもん	(a 訪門　b 訪問)

---

1 ⓐ　2 ⓑ　3 ⓑ　4 ⓑ　5 ⓑ　6 ⓑ　7 ⓑ　8 ⓐ　9 ⓐ　10 ⓐ　11 ⓑ　12 ⓑ　13 ⓑ　14 ⓐ　15 ⓐ
16 ⓑ　17 ⓑ　18 ⓑ　19 ⓐ　20 ⓐ　21 ⓐ　22 ⓑ　23 ⓑ　24 ⓐ　25 ⓐ　26 ⓑ　27 ⓑ　28 ⓑ　29 ⓑ　30 ⓑ

請選出下列字彙的正確漢字寫法。

名詞

1	しょうかい	(a 招介　b 紹介)
2	こうくう	(a 船空　b 航空)
3	ほうそう	(a 防送　b 放送)
4	しゅうへん	(a 周辺　b 週辺)
5	きせい	(a 規制　b 規製)
6	えいきゅう	(a 永久　b 泳久)
7	ひょうか	(a 標価　b 評価)
8	ないよう	(a 内溶　b 内容)
9	しゅよう	(a 主要　b 注要)
10	びょうどう	(a 半寺　b 平等)
11	るす	(a 留村　b 留守)
12	けむり	(a 鏡　b 煙)
13	かべ	(a 癖　b 壁)
14	いずみ	(a 泉　b 線)
15	なみ	(a 皮　b 波)

16	みずうみ	(a 胡　b 湖)
17	すみ	(a 遇　b 隅)
18	わ	(a 輸　b 輪)
19	まつり	(a 祭り　b 察り)
20	けいこく	(a 敬告　b 警告)
21	せつやく	(a 切約　b 節約)
22	せっしょく	(a 接解　b 接触)
23	ふくざつ	(a 復雑　b 複雑)
24	ねつえん	(a 燃演　b 熱演)
25	れんらく	(a 連絡　b 連給)
26	くいき	(a 区惑　b 区域)
27	おんせん	(a 温泉　b 恩泉)

---

1 ⓑ　2 ⓑ　3 ⓑ　4 ⓐ　5 ⓐ　6 ⓐ　7 ⓑ　8 ⓑ　9 ⓐ　10 ⓑ　11 ⓑ　12 ⓑ　13 ⓑ　14 ⓐ　15 ⓑ
16 ⓑ　17 ⓑ　18 ⓑ　19 ⓐ　20 ⓑ　21 ⓑ　22 ⓑ　23 ⓑ　24 ⓑ　25 ⓐ　26 ⓑ　27 ⓐ

動詞

あ 扱(あつか)う　處理；對待

余(あま)る　剩餘

改(あらた)める　改正；改變

伺(うかが)う　詢問；請教；拜訪

浮(う)く　漂浮

失(うしな)う　喪失；失去

疑(うたが)う　懷疑；猜測

促(うなが)す　催促；促進

追(お)う　追趕；驅逐

遅(おく)れる　落後；遲；晚

怒(おこ)る　生氣；發怒

恐(おそ)れる　畏懼；害怕

踊(おど)る　跳舞

覚(おぼ)える　學會；記住；感受

泳(およ)ぐ　游泳

折(お)る　折；彎

か 返(かえ)す　回報；歸還；返回

抱(かか)える　抱；夾；承擔

限(かぎ)る　限制；限定

貸(か)す　出借；貸出

数(かぞ)える　計算

乾(かわ)く　乾涸；乾燥

消(き)える　消失；熄滅

比(くら)べる　比較；對照

超(こ)える　超越；超過

断(ことわ)る　拒絕；謝絕

困(こま)る　苦惱；為難

さ 捜(さが)す　搜尋；尋找

咲(さ)く　開花

叫(さけ)ぶ　叫喊；呼叫

支(ささ)える　支持；支撐

刺(さ)す　刺；扎

騒(さわ)ぐ　騷動；喧鬧

沈(しず)む　沉沒；陷入

示(しめ)す　顯示；表示

占(し)める　佔有；佔據

調(しら)べる　調查

捨(す)てる　捨棄；拋棄

座(すわ)る　坐

た 絶(た)える　斷絕

倒(たお)す　打倒；擊敗；把～往後倒

達(たっ)する　達到；精通；完成；下達指令

頼(たの)む　拜託，請求

捕(つか)まえる　捕獲；抓住

勤(つと)める　工作

解(と)く　解開；解答

閉(と)じる　關；閉

整(ととの)う　完備；齊全

飛(と)ぶ　飛翔；跳躍

泊(と)まる　住宿

な 並(なら)ぶ　排列；列隊

慣(な)れる　習慣

煮(に)る　燉煮

抜(ぬ)く　省略；拔出

盗(ぬす)む　偷盜

願(ねが)う　請求；懇請

残(のこ)る　剩餘

述(の)べる　陳述；敘說

昇(のぼ)る　上升；升起

は　生(は)える　生長

働(はたら)く　工作；勞動

省(はぶ)く　省略；省去

拾(ひろ)う　拾取；撿

広(ひろ)がる　蔓延；擴展；傳開

増(ふ)える　增加

吹(ふ)く　吹；刮；噴出

掘(ほ)る　挖掘

ま　巻(ま)く　纏繞；捲上

増(ま)す　增加；優於

招(まね)く　招致；引誘

迷(まよ)う　執迷；迷惑

磨(みが)く　磨練；拋光

実(みの)る　結果實；有成果

迎(むか)える　迎接

結(むす)ぶ　締結；連結；綁；紮

燃(も)える　著火；燃燒

用(もち)いる　採用；使用

戻(もど)す　歸還；使～回到原處；使～倒退

催(もよお)す　開辦；舉行

や　焼(や)ける　燒烤；曬黑；燃燒

破(やぶ)る　打破；違反

辞(や)める　辭職

わ　沸(わ)く　燒開

渡(わた)す　交給；遞交

笑(わら)う　笑

形容詞

あ　明(あき)らかだ　明顯的；清楚的

浅(あさ)い　淺的

温(あたた)かい　溫暖的；溫熱的

甘(あま)い　甜的

新(あら)ただ　新的

薄(うす)い　薄的；稀少的

美(うつく)しい　精美的；漂亮的

偉(えら)い　偉大的；顯赫的

幼(おさな)い　年幼的

主(おも)だ　主要的

か　賢(かしこ)い　聰明的

固(かた)い　堅固的

汚(きたな)い　骯髒的；卑鄙的

厳(きび)しい　嚴格的；嚴厲的

逆(ぎゃく)だ　相反的

暗(くら)い　昏暗的

苦(くる)しい　難受的

詳(くわ)しい　詳細的

険(けわ)しい　危險的；險峻的

濃(こ)い　濃的

快(こころよ)い　舒適的；舒暢的

細(こま)かい　細小的；細緻入微的

細(こま)やかだ　顏色深濃的；親密的

さ　幸(さいわ)いだ　幸運的

盛(さか)んだ　旺盛的；發達的

寒(さむ)い　寒冷的

静(しず)かだ　安靜的

親(した)しい　親暱的

真剣(しんけん)だ　認真的

新鮮(しんせん)だ　新鮮的

鋭(するど)い　銳利的；尖銳的

狭(せま)い　狹窄的

全国的(ぜんこくてき)だ　全國的

た　退屈(たいくつ)だ　無聊的；悶的

確(たし)かだ　確實的

楽(たの)しい　開心的；高興的

冷(つめ)たい　冷的；冷酷的

遠(とお)い　遠的；遲鈍的

な　苦(にが)い　苦的

は　低(ひく)い　矮的；低的

等(ひと)しい　相等的

平(ひら)たい　平坦的；扁平的

深(ふか)い　深厚的；濃重的

不思議(ふしぎ)だ　不可思議的

太(ふと)い　粗的

部分的(ぶぶんてき)だ　部分的

平気(へいき)だ　沉著的；不在乎的

朗(ほが)らかだ　明朗的；開朗的

細(ほそ)い　細的

ま　丸(まる)い　圓的

見事(みごと)だ　非常好的；精彩的

面倒(めんどう)だ　麻煩的；煩瑣的

や　優(やさ)しい　溫柔的；體貼的

柔(やわ)らかい　柔軟的；柔和的

豊(ゆた)かだ　豐富的

良(よ)い　好的

ら　楽(らく)だ　輕鬆的；容易的

利口(りこう)だ　能言善道的；機靈的

わ　若(わか)い　年輕的

副詞

次々(つぎつぎ)と　一個接著一個地

突然(とつぜん)に　突然間地

請選出下列漢字的正確讀法。

動詞

1. 刺す　(a かす　　　b さす)

2. 断る　(a ことなる　b ことわる)

3. 沈む　(a しずむ　　b はずむ)

4. 破る　(a かぶる　　b やぶる)

5. 支える (a ささえる　b さかえる)

6. 捨てる (a かてる　　b すてる)

7. 数える

　　　　(a つかまえる b かぞえる)

8. 捕まえる (a ふまえる b つかまえる)

9. 招く　(a まねく　　b こまねく)

10. 迷う　(a かよう　　b まよう)

11. 並ぶ　(a あそぶ　　b ならぶ)

12. 沸く　(a さく　　　b わく)

13. 整う　(a かのう　　b ととのう)

14. 扱う　(a あつかう　b むう)

15. 結ぶ　(a かすぶ　　b むすぶ)

16. 煮る　(a もる　　　b にる)

17. 燃える (a もえる　　b さえる)

18. 実る　(a みのる　　b つのる)

19. 抜く　(a まく　　　b ぬく)

20. 叫ぶ　(a さけぶ　　b ころぶ)

21. 折る　(a おる　　　b いる)

22. 盗む　(a やすむ　　b ぬすむ)

23. 騒ぐ　(a およぐ　　b さわぐ)

24. 生える (a かえる　　b はえる)

25. 疑う　(a みまちがう b うたがう)

26. 催す　(a うながす　b もよおす)

27. 促す　(a うながす　b もよおす)

28. 追う　(a おう　　　b ぬう)

29. 掘る　(a ぬる　　　b ほる)

30. 増す　(a こす　　　b ます)

---

1 ⓑ　2 ⓑ　3 ⓐ　4 ⓑ　5 ⓐ　6 ⓑ　7 ⓑ　8 ⓑ　9 ⓐ　10 ⓑ　11 ⓑ　12 ⓑ　13 ⓑ　14 ⓐ　15 ⓑ
16 ⓑ　17 ⓐ　18 ⓐ　19 ⓑ　20 ⓐ　21 ⓐ　22 ⓑ　23 ⓑ　24 ⓑ　25 ⓑ　26 ⓑ　27 ⓐ　28 ⓐ　29 ⓑ　30 ⓑ

請選出下列漢字的正確讀法。

動詞

① 迎える (a さかえる　　b むかえる)

② 踊る　 (a おどる　　b たどる)

③ 示す　 (a しめす　　b さます)

④ 省く　 (a はいぶく　b はぶく)

⑤ 巻く　 (a あく　　　b まく)

⑥ 拾う　 (a ひろう　　b すてう)

⑦ 乾く　 (a かわく　　b さわく)

⑧ 解く　 (a うく　　　b とく)

⑨ 占める (a さめる　　b しめる)

⑩ 浮く　 (a うく　　　b かく)

⑪ 怒る　 (a おこる　　b のこる)

⑫ 増える (a はえる　　b ふえる)

⑬ 超える (a おえる　　b こえる)

⑭ 述べる (a しゃべる　b のべる)

⑮ 焼ける (a さける　　b やける)

⑯ 慣れる (a おれる　　b なれる)

⑰ 渡す　 (a みだす　　b わたす)

⑱ 余る　 (a あまる　　b たまる)

⑲ 戻す　 (a もどす　　b やどす)

⑳ 頼む　 (a このむ　　b たのむ)

㉑ 消える (a あえる　　b きえる)

㉒ 遅れる (a おそれる　b おくれる)

㉓ 倒す　 (a たおす　　b なおす)

㉔ 座る　 (a すわる　　b まわる)

㉕ 達する (a さっする　b たっする)

㉖ 泊まる (a あまる　　b とまる)

㉗ 抱える (a かかえる　b さかえる)

㉘ 改める (a あらためる b あからめる)

㉙ 働く　 (a ひらく　　b はたらく)

㉚ 閉じる (a かじる　　b とじる)

---

1 ⓑ　2 ⓐ　3 ⓐ　4 ⓑ　5 ⓑ　6 ⓐ　7 ⓐ　8 ⓑ　9 ⓑ　10 ⓐ　11 ⓐ　12 ⓑ　13 ⓑ　14 ⓑ　15 ⓑ
16 ⓑ　17 ⓑ　18 ⓐ　19 ⓐ　20 ⓑ　21 ⓑ　22 ⓑ　23 ⓐ　24 ⓐ　25 ⓑ　26 ⓑ　27 ⓐ　28 ⓐ　29 ⓑ　30 ⓑ

請選出下列漢字的正確讀法。

動詞

1　限る　（a　かぎる　　　b　すぎる）

2　辞める（a　さめる　　　b　やめる）

3　吹く　（a　さく　　　　b　ふく）

4　用いる（a　おしいる　　b　もちいる）

5　恐れる（a　おくれる　　b　おそれる）

6　調べる（a　くらべる　　b　しらべる）

7　昇る　（a　のぼる　　　b　さかのぼる）

8　比べる（a　くらべる　　b　ならべる）

9　覚える（a　おぼえる　　b　かなえる）

10　貸す　（a　かす　　　　b　さす）

11　咲く　（a　さく　　　　b　しく）

12　失う　（a　うしなう　　b　うらなう）

13　泳ぐ　（a　およぐ　　　b　かぐ）

14　残る　（a　おこる　　　b　のこる）

15　笑う　（a　はらう　　　b　わらう）

16　返す　（a　かえす　　　b　たえす）

17　困る　（a　こまる　　　b　きまる）

18　飛ぶ　（a　とぶ　　　　b　およぶ）

19　願う　（a　ちがう　　　b　ねがう）

20　絶える（a　みえる　　　b　たえる）

21　広がる（a　まがる　　　b　ひろがる）

22　捜す　（a　うながす　　b　さがす）

23　勤める（a　あたためる　b　つとめる）

24　磨く　（a　えがく　　　b　みがく）

25　伺う　（a　うかがう　　b　うたがう）

---

1 ⓐ　2 ⓑ　3 ⓑ　4 ⓑ　5 ⓑ　6 ⓑ　7 ⓐ　8 ⓐ　9 ⓐ　10 ⓐ　11 ⓐ　12 ⓐ　13 ⓐ　14 ⓑ　15 ⓑ
16 ⓐ　17 ⓐ　18 ⓐ　19 ⓑ　20 ⓑ　21 ⓑ　22 ⓑ　23 ⓑ　24 ⓑ　25 ⓐ

請選出下列漢字的正確讀法。

形容詞

1. 薄い　(a やすい　　b うすい)

2. 細かい (a ほそかい　　b こまかい)

3. 美しい (a うつくしい　b おそろしい)

4. 若い　(a わかい　　b にがい)

5. 浅い　(a あさい　　b ふかい)

6. 苦い　(a わかい　　b にがい)

7. 遠い　(a ちかい　　b とおい)

8. 明るい (a あかるい　b いじわるい)

9. 深い　(a あさい　　b ふかい)

10. 優しい (a あたらしい　b やさしい)

11. 細い　(a おもい　　b ほそい)

12. 濃い　(a こい　　　b よい)

13. 偉い　(a あらい　　b えらい)

14. 険しい (a ふさわしい　b けわしい)

15. 温かい (a たたかい　　b あたたかい)

16. 寒い　(a あつい　　b さむい)

17. 甘い　(a からい　　b あまい)

18. 良い　(a かい　　　b よい)

19. 柔らかい
(a きよらかい　　　b やわらかい)

20. 賢い　(a かしこい　b もってこい)

21. 平たい (a ひらたい　b おもたい)

22. 冷たい (a さめたい　b つめたい)

23. 狭い　(a ほそい　　b せまい)

24. 暗い　(a くろい　　b くらい)

25. 低い　(a ひくい　　b たかい)

26. 太い　(a ふとい　　b まるい)

27. 厳しい (a さびしい　b きびしい)

28. 汚い　(a きたない　b おさない)

29. 苦しい (a なつかしい b くるしい)

30. 詳しい
(a わずらわしい　　　b くわしい)

---

1 ⓑ　2 ⓑ　3 ⓐ　4 ⓐ　5 ⓐ　6 ⓑ　7 ⓑ　8 ⓐ　9 ⓑ　10 ⓑ　11 ⓑ　12 ⓐ　13 ⓑ　14 ⓑ　15 ⓑ
16 ⓑ　17 ⓑ　18 ⓑ　19 ⓑ　20 ⓐ　21 ⓐ　22 ⓑ　23 ⓑ　24 ⓑ　25 ⓐ　26 ⓐ　27 ⓑ　28 ⓐ　29 ⓑ　30 ⓑ

請選出下列漢字的正確讀法。

形容詞

1　親しい (a あたらしい　b したしい)

2　楽しい (a たのもしい　b たのしい)

3　等しい (a ひとしい　　b ひさしい)

4　幼い　 (a おさない　　b たりない)

5　固い　 (a ひらたい　　b かたい)

6　快い
(a こころづよい　　　b こころよい)

7　丸い　 (a しかくい　　b まるい)

8　鋭い　 (a するどい　　b くどい)

9　豊かだ (a ゆたかだ　　b おろそかだ)

10　確かだ (a たしかだ　　b すこやかだ)

11　静かだ (a こまやかだ　b しずかだ)

12　新鮮だ (a しんせんだ　b しんせつだ)

13　新ただ (a ひらただ　　b あらただ)

14　盛んだ (a もんだ　　　b さかんだ)

15　楽だ　 (a へんだ　　　b らくだ)

16　見事だ (a べんりだ　　b みごとだ)

17　利口だ (a りこうだ　　b しんこくだ)

18　平気だ (a へいきだ　　b かいてきだ)

19　真剣だ (a しんけんだ　b しんせんだ)

20　退屈だ (a ふくざつだ　b たいくつだ)

21　不思議だ
(a いがいだ　　　b ふしぎだ)

22　明らかだ
(a すべらかだ　　b あきらかだ)

23　朗らかだ
(a ほがらかだ　　b なめらかだ)

24　面倒だ (a まんぞくだ　b めんどうだ)

25　逆だ　 (a きゃくだ　　b ぎゃくだ)

26　主だ　 (a あれだ　　　b おもだ)

27　幸いだ (a からいだ　　b さいわいだ)

28　全国的
(a ぜんこくてき　b ぜんごくてき)

---

1 ⓑ　2 ⓑ　3 ⓐ　4 ⓐ　5 ⓑ　6 ⓑ　7 ⓑ　8 ⓐ　9 ⓐ　10 ⓐ　11 ⓑ　12 ⓐ　13 ⓑ　14 ⓑ　15 ⓑ
16 ⓑ　17 ⓐ　18 ⓐ　19 ⓐ　20 ⓑ　21 ⓑ　22 ⓑ　23 ⓐ　24 ⓑ　25 ⓑ　26 ⓑ　27 ⓑ　28 ⓐ

請選出下列漢字的正確讀法。

動詞

1	さす	(a 刺す　b 殺す)
2	しずむ	(a 枕む　b 沈む)
3	ささえる	(a 支える　b 枝える)
4	かぞえる	(a 教える　b 数える)
5	まねく	(a 招く　b 紹く)

6 つかまえる
(a 捕まえる　　　　b 補まえる)

7	まよう	(a 述う　b 迷う)
8	わく	(a 煮く　b 沸く)
9	ととのう	(a 滞う　b 整う)
10	あつかう	(a 吸う　b 扱う)
11	にる	(a 者る　b 煮る)
12	もえる	(a 然える　b 燃える)
13	ぬく	(a 友く　b 抜く)
14	おる	(a 析る　b 折る)

形容詞

| 15 | うすい | (a 博い　b 薄い) |

16	にがい	(a 若い　b 苦い)
17	ほそい	(a 狭い　b 細い)
18	わかい	(a 苦い　b 若い)
19	あさい	(a 軽い　b 浅い)
20	ふかい	(a 深い　b 厚い)
21	こい	(a 農い　b 濃い)

22 やわらかい
(a 乳らかい　　　　b 柔らかい)

23	かしこい	(a 賢い　b 明い)
24	せまい	(a 挟い　b 狭い)
25	ひらたい	(a 平たい　b 広たい)
26	くわしい	(a 羊しい　b 詳しい)
27	ひとしい	(a 同しい　b 等しい)
28	おさない	(a 幻い　b 幼い)
29	こころよい	(a 決い　b 快い)
30	するどい	(a 鋭い　b 説い)

---

1 ⓐ　2 ⓑ　3 ⓐ　4 ⓑ　5 ⓐ　6 ⓐ　7 ⓑ　8 ⓑ　9 ⓑ　10 ⓑ　11 ⓑ　12 ⓑ　13 ⓑ　14 ⓑ　15 ⓑ
16 ⓑ　17 ⓑ　18 ⓑ　19 ⓑ　20 ⓐ　21 ⓑ　22 ⓑ　23 ⓐ　24 ⓑ　25 ⓐ　26 ⓑ　27 ⓑ　28 ⓑ　29 ⓑ　30 ⓐ

請選出下列漢字的正確讀法。

動詞

1 さけぶ　　（a 呼ぶ　b 叫ぶ）

2 うたがう　（a 疑う　b 凝る）

3 ほる　　　（a 屈る　b 掘る）

4 おう　　　（a 追う　b 館う）

5 おどる　　（a 通る　b 踊る）

6 はぶく　　（a 略く　b 省く）

7 うながす　（a 足す　b 促す）

8 まく　　　（a 券く　b 巻く）

9 ひろう　　（a 拾う　b 捨う）

10 とく　　　（a 触く　b 解く）

11 しめる　　（a 占める b 点める）

12 うく　　　（a 負く　b 浮く）

13 おこる　　（a 嬉る　b 怒る）

14 のべる　　（a 術べる b 述べる）

15 やける　　（a 燥ける b 焼ける）

16 かぎる　　（a 限る　b 根る）

17 おそれる　（a 怖れる b 恐れる）

18 もちいる　（a 使いる b 用いる）

19 うしなう　（a 実う　　b 失う）

20 たえる　　（a 結える b 絶える）

21 うかがう　（a 河う　　b 伺う）

形容詞

22 ゆたかだ　（a 豊かだ b 濃かだ）

23 さかんだ　（a 成んだ b 盛んだ）

24 こまやかだ
（a 畑やかだ　　b 細やかだ）

25 しんけんだ（a 真検だ　　b 真剣だ）

26 たいくつだ（a 退屈だ　　b 退掘だ）

27 ふしぎだ
（a 不思義だ　　b 不思議だ）

28 ほがらかだ
（a 廊らかだ　　b 朗らかだ）

29 さいわいだ（a 辛いだ　　b 幸いだ）

30 ぎゃくだ　（a 逆だ　　　b 屰だ）

1 ⓑ　2 ⓐ　3 ⓑ　4 ⓐ　5 ⓑ　6 ⓑ　7 ⓑ　8 ⓑ　9 ⓐ　10 ⓑ　11 ⓐ　12 ⓑ　13 ⓑ　14 ⓑ　15 ⓑ
16 ⓐ　17 ⓑ　18 ⓑ　19 ⓑ　20 ⓑ　21 ⓑ　22 ⓐ　23 ⓑ　24 ⓑ　25 ⓑ　26 ⓐ　27 ⓑ　28 ⓑ　29 ⓑ　30 ⓐ

加	訓	加える 添加 くわ					
	音	参加 參加 さんか	追加 追加 ついか	加入 加入 かにゅう	添加 添加 てんか	加工 加工 かこう	加速 加速 かそく

感	音	感じる 感到 かん	感情 感情 かんじょう	感覚 感覺 かんかく	感動 感動 かんどう	感謝 感謝 かんしゃ
		感想 感想 かんそう	実感 真實感受 じっかん			

強	訓	強い 強壯的 つよ	強み 強度 つよ	強火 大火 つよび	強める 増強 つよ	
	音1	強烈 強烈 きょうれつ	強弱 強弱 きょうじゃく	強風 強風 きょうふう	最強 最強 さいきょう	強国 強國 きょうこく
	音2	強盗 強盜 ごうとう	強奪 強奪 ごうだつ	強引だ 蠻橫（的） ごういん		

講	音	講義 授課 こうぎ	講演 演講 こうえん	講堂 講堂 こうどう	休講 停課 きゅうこう
	類似漢字	結構 足夠；很好 けっこう	構造 構造 こうぞう	購買 購買 こうばい	

経	訓	経つ 經過；流逝 た					
	音	経営 經營 けいえい	経済 經濟 けいざい	経過 過程 けいか	経費 經費 けいひ	経験 經驗 けいけん	神経 神經 しんけい

景	音1	景気 景氣 けいき	光景 光景 こうけい	夜景 夜景 やけい	風景 風景 ふうけい
	音2	景色 景色 けしき			

共	訓	共 共同；一起 とも	共働き 雙薪家庭 ともばたら			
	音	共同 共同 きょうどう	共感 同感；共鳴 きょうかん	共犯 共犯 きょうはん	共用 共用 きょうよう	共通 共通 きょうつう
	類似漢字	提供 提供 ていきょう	供給 供給 きょうきゅう	子供 孩子 こども		

関	音	関心 關心 かんしん	関係 關係 かんけい	機関 機關 きかん	玄関 玄關 げんかん	

観	音	観光 觀光 かんこう	観覧 遊覽 かんらん	観察 觀察 かんさつ	観測 觀測 かんそく	主観 主觀 しゅかん	外観 外觀 がいかん

交	訓	交わす 交換；交替 か				
	音	交換 交換 こうかん	交番 派出所 こうばん	交際 交際 こうさい	交互 交互 こうご	外交 外交 がいこう
		交差点 十字路口 こうさてん	交通 交通 こうつう			

	類似漢字	_{きんこう}近郊 近郊	_{こうがい}郊外 郊外			
	注意	_{がっこう}学校 學校	_{こうしゃ}校舎 校舍	_{こうちょう}校長 校長	_{こうこう}高校 高中	_{ぼこう}母校 母校
		_{とうこう}登校 上學	_{てんこう}転校 轉學			
教	**訓**	_{おし}教える 告訴；教導	_{おそ}教わる 受教；學習			
	音	_{きょうざい}教材 教材	_{きょういく}教育 教育	_{きょうし}教師 教師	_{きょうじゅ}教授 教授	_{せっきょう}説教 說教
求	**訓**	_{もと}求める 追求；要求				
	音	_{きゅうじん}求人 招聘；求人	_{きゅうしょく}求職 求職	_{ようきゅう}要求 要求；希望	_{せいきゅう}請求 請求	
	類似漢字	_{すく}救う 拯救；解救；搭救				
記	**音**	_{きねん}記念 紀念	_{きろく}記録 紀錄	_{きにゅう}記入 寫入	_{ひょうき}表記 記載	_{でんき}伝記 傳記 · _{にっき}日記 日記
大	**訓**	_{おお}大きい 大的	_{おおや}大家 房東	_{おおめ}大目 寬恕；饒恕	_{おおがた}大型 大型	
	音1	_{たいりく}大陸 大陸	_{たいこく}大国 大國	_{たいかい}大会 大會	_{たいせつ}大切だ 重要的	_{たいりょう}大量 大量
		_{たいしゅう}大衆 大眾	_{たいき}大気 大氣	_{たいし}大使 大使		
	音2	_{だいとうりょう}大統領 總統	_{だいじ}大事だ 重要的	_{だいこん}大根 白蘿蔔	_{だいじん}大臣 中央政府部長	
		_{だいく}大工 木匠	_{だいしょう}大小 大小	_{だいじょうぶ}大丈夫だ 沒問題的	_{だいたい}大体 大致	_{きょだい}巨人 巨大
	例外	_{いだい}偉大 偉大	_{おとな}大人 大人			
力	**訓**	_{ちから}力 力量；力氣				
	音1	_{きょうりょく}協力 協力	_{どりょく}努力 努力	_{のうりょく}能力 能力	_{じつりょく}実力 實力	_{あつりょく}圧力 壓力
		_{ぼうりょく}暴力 暴力	_{がくりょく}学力 學習能力			
	音2	_{ばりき}馬力 馬力	_{じんりき}人力 人力			
療	**音**	_{ちりょう}治療 治療	_{いりょう}医療 醫療	_{しんりょう}診療 診療		
	類似漢字	_{どうりょう}同僚 同事	_{かんりょう}官僚 官僚	_{りょう}寮 宿舍		

模	音1	きぼ 規模 規模
	音2	もはん 模範 模範　　もぎ 模擬 模擬　　もよう 模様 樣子；狀態
	類似 漢字	さばく 砂漠 沙漠　　ぼしゅう 募集 募集　　せいぼ 歳暮 歲暮　　く 暮らす 生活　　はか 墓 墳墓
物	音	ものがたり 物語 故事　　しなもの 品物 商品；貨物　　もの た 物足りない 感到欠缺的；不夠滿意的
		たてもの 建物 建築物　　くだもの 果物 水果　　たからもの 宝物 寶物
	音1	ぶっか 物価 物價　　ぶっしつ 物質 物質　　どうぶつ 動物 動物　　けんぶつ 見物 參觀　　じんぶつ 人物 人物　　こうぶつ 鉱物 礦物
	音2	さくもつ 作物 作物　　にもつ 荷物 貨物；行李　　しょもつ 書物 圖書　　かもつ 貨物 貨物
		きんもつ 禁物 忌諱的事；禁止的事
発	音	はつばい 発売 開賣　　はつめい 発明 發明　　はつおん 発音 發音　　はってん 発展 發展　　はっしゃ 発車 發車
		はっぴょう 発表 發表；報告　　はっかん 発刊 發刊　　かいはつ 開発 開發　　ばくはつ 爆発 爆發　　しゅっぱつ 出発 出發
		かっぱつ 活発だ 活潑的；活躍的
山	訓	やまのぼ 山登り 登山
	音1	ふ じさん 富士山 富士山
	音2	こうざん 鉱山 礦山　　とざん 登山 登山　　かざん 火山 火山　　めいざん 名山 名山
成	訓	な 成す 完成；成為
	音	せいちょう 成長 成長　　せいせき 成績 成績　　せいじん 成人 成人　　こうせい 構成 構成　　かんせい 完成 完成
性	音	せいのう 性能 性能　　せいかく 性格 性格　　せいべつ 性別 性別　　こせい 個性 個性
世	訓	よ なか 世の中 世界上；世道上
	音1	せい き 世紀 世紀　　こうせい 後世 來生；子孫
	音2	せ かい 世界 世界　　せけん 世間 世間　　せ じ お世辞 恭維；奉承　　せ わ お世話 照顧；關照
		しゅっ せ 出世 出人頭地

手	訓1	手ごろだ 合適的　手ごわい 難對付的；頑強的　手配 安排
		お手柄 功勞；功績　手洗い 洗手；洗手間　お手元 手頭；身上
		手前 眼前；本事　手入れ 修整　手品 把戲；騙術
		勝手だ 自私的；隨便的　苦手だ 不擅長的　大手 大企業　得手 拿手
		不得手 不拿手　両手 兩手　片手 單手　手本 範本　切手 郵票
	訓2	素手 空手；徒手　人手 人手；人力　派手だ 華麗的；浮華的
	音	手段 方法；手段　選手 選手　手術 手術　歌手 歌手　拍手 拍手
	例外	下手だ 笨拙的　上手だ 擅長的
順	音	順番 依序　順調 順利　手順 順序；流程
予	音	予報 預報　予算 預算　予感 預感　予告 預告　予防 預防
		予備校 補習班　予想 預料；預測　予定 預定　予約 預約　予測 預測
議	音	議論 議論　議員 議員　不思議だ 不可思議的　会議 會議
	類似漢字	義理 義理；人情　講義 授課　主義 主義　礼儀 禮儀；禮貌
		儀式 儀式　犠牲 犧牲
作	訓	作る 製作；打造
	音1	作文 作文；寫作　作家 作家　作曲 作曲　作品 作品　合作 合作
		製作 製作
	音2	動作 動作　発作 發作　操作 操作　作動 運轉；動作　作用 作用
		作法 作法　作業 作業；工作
適	音	適切 恰當；適當　適当 適當；馬虎　最適 最適合；最佳
		快適 舒服；舒適
	類似漢字	水滴 水滴；水珠　滴 水滴　点滴 點滴　指摘 指正　匹敵 匹敵
		天敵 天敵　素敵だ 非常好的；絕妙的

正	訓	<ruby>正<rt>ただ</rt></ruby>しい 正確的　<ruby>正<rt>ただ</rt></ruby>す 糾正；改正			
	音1	<ruby>正解<rt>せいかい</rt></ruby> 正解　<ruby>正方形<rt>せいほうけい</rt></ruby> 正方形　<ruby>修正<rt>しゅうせい</rt></ruby> 修正　<ruby>不正<rt>ふせい</rt></ruby> 不正當			
	音2	<ruby>正月<rt>しょうがつ</rt></ruby> 正月　<ruby>正午<rt>しょうご</rt></ruby> 正午　<ruby>正体<rt>しょうたい</rt></ruby> 真面目；原形　<ruby>正面<rt>しょうめん</rt></ruby> 正面			
		<ruby>正直<rt>しょうじき</rt></ruby> 正直；誠實			
情	音	<ruby>苦情<rt>くじょう</rt></ruby> 訴苦；抱怨　<ruby>情報<rt>じょうほう</rt></ruby> 情報			
存	音	<ruby>存在<rt>そんざい</rt></ruby> 存在　<ruby>保存<rt>ほぞん</rt></ruby> 保存　<ruby>依存<rt>いぞん</rt></ruby>(いそん) 依存；依靠			
住	訓	<ruby>住<rt>す</rt></ruby>む 居住			
	音	<ruby>住所<rt>じゅうしょ</rt></ruby> 地址　<ruby>住民<rt>じゅうみん</rt></ruby> 居民　<ruby>住宅<rt>じゅうたく</rt></ruby> 住宅			
重	訓	<ruby>重<rt>おも</rt></ruby>い 重的；沉重的　<ruby>重<rt>かさ</rt></ruby>ねる 堆疊；再加上			
	音1	<ruby>重要<rt>じゅうよう</rt></ruby> 重要　<ruby>体重<rt>たいじゅう</rt></ruby> 體重			
	音2	<ruby>貴重<rt>きちょう</rt></ruby> 貴重　<ruby>慎重<rt>しんちょう</rt></ruby> 慎重　<ruby>尊重<rt>そんちょう</rt></ruby> 尊重　<ruby>丁重<rt>ていちょう</rt></ruby> 鄭重			
蒸	訓	<ruby>蒸<rt>む</rt></ruby>す 蒸；悶熱			
	音	<ruby>蒸発<rt>じょうはつ</rt></ruby> 蒸發　<ruby>蒸気<rt>じょうき</rt></ruby> 蒸氣			
地	音1	<ruby>地球<rt>ちきゅう</rt></ruby> 地球　<ruby>地帯<rt>ちたい</rt></ruby> 地帶　<ruby>地域<rt>ちいき</rt></ruby> 地域　<ruby>地図<rt>ちず</rt></ruby> 地圖　<ruby>地方<rt>ちほう</rt></ruby> 地方			
		<ruby>地下鉄<rt>ちかてつ</rt></ruby> 地下鐵　<ruby>心地<rt>ここち</rt></ruby> 情緒；感情　<ruby>各地<rt>かくち</rt></ruby> 各地			
	音2	<ruby>地元<rt>じもと</rt></ruby> 當地　<ruby>地震<rt>じしん</rt></ruby> 地震　<ruby>地味<rt>じみ</rt></ruby>だ 樸素的；樸實的　<ruby>地面<rt>じめん</rt></ruby> 地面			
		<ruby>意地<rt>いじ</rt></ruby> 決心；毅力			
集	訓	<ruby>集<rt>あつ</rt></ruby>める 收集；集中			
	音	<ruby>集合<rt>しゅうごう</rt></ruby> 集合　<ruby>募集<rt>ぼしゅう</rt></ruby> 募集　<ruby>集中<rt>しゅうちゅう</rt></ruby> 集中　<ruby>収集<rt>しゅうしゅう</rt></ruby> 收集　<ruby>集会<rt>しゅうかい</rt></ruby> 集會			
		<ruby>編集<rt>へんしゅう</rt></ruby> 編輯　<ruby>特集<rt>とくしゅう</rt></ruby> 特集			
最	訓	<ruby>最寄<rt>もよ</rt></ruby>り 最近；就近			
	音	<ruby>最大<rt>さいだい</rt></ruby> 最大　<ruby>最高<rt>さいこう</rt></ruby> 最好　<ruby>最近<rt>さいきん</rt></ruby> 最近　<ruby>最悪<rt>さいあく</rt></ruby> 最糟糕；最壞			
		<ruby>最低<rt>さいてい</rt></ruby> 最低；至少；差勁　<ruby>最初<rt>さいしょ</rt></ruby> 最初　<ruby>最後<rt>さいご</rt></ruby> 最後			

品	訓	品<ruby>しな</ruby> 東西；物品　品物<ruby>しなもの</ruby> 商品；貨品
	音1	品格<ruby>ひんかく</ruby> 品格　薬品<ruby>やくひん</ruby> 藥品　製品<ruby>せいひん</ruby> 製品　商品<ruby>しょうひん</ruby> 商品　食品<ruby>しょくひん</ruby> 食品
		作品<ruby>さくひん</ruby> 作品　上品だ<ruby>じょうひん</ruby> 文雅的；高尚的　下品だ<ruby>げひん</ruby> 粗俗的；下流的
	音2	出品<ruby>しゅっぴん</ruby> 展出作品
割	訓	割る<ruby>わ</ruby> 打破；分隔；除去　割り算<ruby>わざん</ruby> 除法　割り勘<ruby>わかん</ruby> 均攤
		割り込み<ruby>わこ</ruby> 擠進；打斷　割合<ruby>わりあい</ruby> 比例　割引<ruby>わりびき</ruby> 折扣　役割<ruby>やくわり</ruby> 職責
	音	分割<ruby>ぶんかつ</ruby> 分割
行	訓	行う<ruby>おこな</ruby> 舉行；舉辦
	音1	行動<ruby>こうどう</ruby> 行動　行楽<ruby>こうらく</ruby> 遠足；郊遊　行進<ruby>こうしん</ruby> 行進　流行<ruby>りゅうこう</ruby> 流行　旅行<ruby>りょこう</ruby> 旅行
		進行<ruby>しんこう</ruby> 行進　飛行<ruby>ひこう</ruby> 飛行　実行<ruby>じっこう</ruby> 實行　銀行<ruby>ぎんこう</ruby> 銀行　通行<ruby>つうこう</ruby> 通行　孝行<ruby>こうこう</ruby> 孝行
	音2	行政<ruby>ぎょうせい</ruby> 行政　行事<ruby>ぎょうじ</ruby> 儀式；活動　行列<ruby>ぎょうれつ</ruby> 行列　一行<ruby>いちぎょう</ruby> 一行
効	訓	効く<ruby>き</ruby> 生效；有效
	音	効率<ruby>こうりつ</ruby> 效率　効能<ruby>こうのう</ruby> 效能　効果<ruby>こうか</ruby> 效果　有効<ruby>ゆうこう</ruby> 有效
休	訓	休む<ruby>やす</ruby> 休息；睡覺
	音	休憩<ruby>きゅうけい</ruby> 休憩　休暇<ruby>きゅうか</ruby> 休假　連休<ruby>れんきゅう</ruby> 連假

値	音1	値段 價格　値上がり 漲價
	音2	価値 價值
間	訓	居間 客廳　間近 臨近；即將
	音1	空間 空間　瞬間 瞬間
	音2	人間 人類；世間
気	音1	気持ち 情緒；心情　気分 情緒；心情
	音2	気配 動靜；跡象；情形　眠気 睡意　湿気 濕氣　寒気 寒氣
	音3	湯気 熱氣；蒸氣
	音4	意気地 骨氣；志氣
団	音1	団体 團體　団子 糰子
	音2	布団 棉被
台	音1	台所 廚房
	音2	台風 颱風　舞台 舞台　屋台 攤販　台湾 台灣
図	音1	地図 地圖　図面 藍圖；圖紙　図形 圖形　図案 圖案 案内図 導覽圖　路線図 路線圖
	音2	意図 意圖　図書館 圖書館
万	音1	一万 一萬　万一 萬一　万年筆 鋼筆
	音2	万歳 萬歲　万国旗（ばんこくき）萬國國旗
文	音1	作文 作文　文章 文章
	音2	注文 訂購；點餐　文句 不滿；牢騷　文部科学省 教育部
	音3	文字 文字

夫	音1	<ruby>夫<rt>ふう</rt></ruby><ruby>婦<rt>ふ</rt></ruby> 夫婦　<ruby>工<rt>く</rt></ruby><ruby>夫<rt>ふう</rt></ruby> 工夫；設法
	音2	<ruby>夫<rt>ふ</rt></ruby><ruby>人<rt>じん</rt></ruby> 夫人　<ruby>夫<rt>ふ</rt></ruby><ruby>妻<rt>さい</rt></ruby> 夫妻
省	訓1	<ruby>省<rt>かえり</rt></ruby>みる 反省；自問
	訓2	<ruby>省<rt>はぶ</rt></ruby>く 省略；省去
	音1	<ruby>省<rt>しょう</rt></ruby><ruby>略<rt>りゃく</rt></ruby> 省略　<ruby>厚<rt>こう</rt></ruby><ruby>生<rt>せい</rt></ruby><ruby>労<rt>ろう</rt></ruby><ruby>働<rt>どう</rt></ruby><ruby>省<rt>しょう</rt></ruby> 勞動部
	音2	<ruby>反<rt>はん</rt></ruby><ruby>省<rt>せい</rt></ruby> 反省　<ruby>帰<rt>き</rt></ruby><ruby>省<rt>せい</rt></ruby> 回老家
石	訓	<ruby>石<rt>いし</rt></ruby> 石頭
	音1	<ruby>石<rt>せき</rt></ruby><ruby>油<rt>ゆ</rt></ruby> 石油　<ruby>宝<rt>ほう</rt></ruby><ruby>石<rt>せき</rt></ruby> 寶石
	音2	<ruby>磁<rt>じ</rt></ruby><ruby>石<rt>しゃく</rt></ruby> 磁石
小	訓	<ruby>小<rt>こ</rt></ruby><ruby>言<rt>ごと</rt></ruby> 怨言；牢騷　<ruby>小<rt>こ</rt></ruby><ruby>包<rt>づみ</rt></ruby> 小包裹　<ruby>小<rt>こ</rt></ruby><ruby>型<rt>がた</rt></ruby> 小型
	音	<ruby>小<rt>しょう</rt></ruby><ruby>説<rt>せつ</rt></ruby> 小說　<ruby>小<rt>しょう</rt></ruby><ruby>学<rt>がく</rt></ruby><ruby>生<rt>せい</rt></ruby> 小學生
率	音1	<ruby>比<rt>ひ</rt></ruby><ruby>率<rt>りつ</rt></ruby> 比率
	音2	<ruby>引<rt>いん</rt></ruby><ruby>率<rt>そつ</rt></ruby> 帶領；指揮　<ruby>軽<rt>けい</rt></ruby><ruby>率<rt>そつ</rt></ruby> 輕率　<ruby>率<rt>そっ</rt></ruby><ruby>先<rt>せん</rt></ruby> 率先　<ruby>率<rt>そっ</rt></ruby><ruby>直<rt>ちょく</rt></ruby> 直率
水	訓	お<ruby>水<rt>みず</rt></ruby> 水
	音1	<ruby>水<rt>すい</rt></ruby><ruby>道<rt>どう</rt></ruby> 自來水管道　<ruby>水<rt>すい</rt></ruby><ruby>分<rt>ぶん</rt></ruby> 水分
	音2	<ruby>洪<rt>こう</rt></ruby><ruby>水<rt>ずい</rt></ruby> 洪水
心	訓	<ruby>心<rt>こころ</rt></ruby> 心
	音1	<ruby>心<rt>しん</rt></ruby><ruby>臓<rt>ぞう</rt></ruby> 心臟　<ruby>心<rt>しん</rt></ruby><ruby>理<rt>り</rt></ruby> 心理
	音2	<ruby>用<rt>よう</rt></ruby><ruby>心<rt>じん</rt></ruby> 注意；提防　<ruby>肝<rt>かん</rt></ruby><ruby>心<rt>じん</rt></ruby> 關鍵；緊要
数	訓	<ruby>数<rt>かぞ</rt></ruby>える 數
	音1	<ruby>数<rt>すう</rt></ruby><ruby>字<rt>じ</rt></ruby> 數字　<ruby>数<rt>すう</rt></ruby><ruby>学<rt>がく</rt></ruby> 數學
	音2	<ruby>人<rt>にん</rt></ruby><ruby>数<rt>ずう</rt></ruby> 人數
易	音1	<ruby>貿<rt>ぼう</rt></ruby><ruby>易<rt>えき</rt></ruby> 貿易　<ruby>交<rt>こう</rt></ruby><ruby>易<rt>えき</rt></ruby> 交易
	音2	<ruby>容<rt>よう</rt></ruby><ruby>易<rt>い</rt></ruby> 容易　<ruby>安<rt>あん</rt></ruby><ruby>易<rt>い</rt></ruby> 簡單；馬虎

外	訓1	<ruby>外<rt>そと</rt></ruby> 外	
	訓2	<ruby>外<rt>ほか</rt></ruby> 另外；其他	
	音1	<ruby>外国<rt>がいこく</rt></ruby> 外國　<ruby>外交官<rt>がいこうかん</rt></ruby> 外交官　<ruby>外見<rt>がいけん</rt></ruby> 外觀；外表	
	音2	<ruby>外科<rt>げか</rt></ruby> 外科	
人	訓1	<ruby>人<rt>ひと</rt></ruby> 人	
	訓2	<ruby>恋人<rt>こいびと</rt></ruby> 愛人	
	音1	<ruby>人間<rt>にんげん</rt></ruby> 人類　<ruby>人数<rt>にんずう</rt></ruby> 人數　<ruby>人形<rt>にんぎょう</rt></ruby> 人偶　<ruby>管理人<rt>かんりにん</rt></ruby> 管理人	
	音2	<ruby>成人<rt>せいじん</rt></ruby> 成人　<ruby>人事<rt>じんじ</rt></ruby> 人事　<ruby>社会人<rt>しゃかいじん</rt></ruby> 社會人士	
子	訓1	<ruby>迷子<rt>まいご</rt></ruby> 走失孩童　<ruby>双子<rt>ふたご</rt></ruby> 雙胞胎	
	訓2	<ruby>子供<rt>こども</rt></ruby> 孩童　<ruby>息子<rt>むすこ</rt></ruby> 兒子　<ruby>親子<rt>おやこ</rt></ruby> 親子　<ruby>判子<rt>はんこ</rt></ruby> 印章	
	音1	<ruby>椅子<rt>いす</rt></ruby> 椅子　<ruby>扇子<rt>せんす</rt></ruby> 扇子　<ruby>様子<rt>ようす</rt></ruby> 樣子；情形　 <ruby>菓子<rt>かし</rt></ruby> 糕點糖果　<ruby>弟子<rt>でし</rt></ruby> 徒弟　<ruby>調子<rt>ちょうし</rt></ruby> 情況；勢頭　<ruby>帽子<rt>ぼうし</rt></ruby> 帽子	
	音2	<ruby>利子<rt>りし</rt></ruby> 利息　<ruby>電子<rt>でんし</rt></ruby> 電子	
財	音1	<ruby>財産<rt>ざいさん</rt></ruby> 財産　<ruby>財務<rt>ざいむ</rt></ruby> 財務	
	音2	<ruby>財布<rt>さいふ</rt></ruby> 錢包	
治	訓	<ruby>治<rt>なお</rt></ruby>る 痊癒	
	音1	<ruby>治療<rt>ちりょう</rt></ruby> 治療	
	音2	<ruby>明治<rt>めいじ</rt></ruby> 明治　<ruby>政治<rt>せいじ</rt></ruby> 政治	
判	音1	<ruby>判断<rt>はんだん</rt></ruby> 判斷　<ruby>批判<rt>ひはん</rt></ruby> 批判	
	音2	<ruby>裁判<rt>さいばん</rt></ruby> 訴訟；法庭　<ruby>評判<rt>ひょうばん</rt></ruby> 評價	
	音3	<ruby>審判<rt>しんぱん</rt></ruby> 審判	
画	音1	<ruby>映画<rt>えいが</rt></ruby> 電影　<ruby>画面<rt>がめん</rt></ruby> 畫面	
	音2	<ruby>計画<rt>けいかく</rt></ruby> 計畫　<ruby>画期的<rt>かっきてき</rt></ruby>だ 劃時代的　<ruby>企画<rt>きかく</rt></ruby> 企劃	
後	訓1	<ruby>後<rt>あと</rt></ruby> 剩餘	
	訓2	<ruby>後<rt>うし</rt></ruby>ろ 後面	
	音1	<ruby>後輩<rt>こうはい</rt></ruby> 後輩；晚輩　<ruby>後悔<rt>こうかい</rt></ruby> 後悔	
	音2	<ruby>前後<rt>ぜんご</rt></ruby> 前後　<ruby>以後<rt>いご</rt></ruby> 以後；今後	

擬真試題 1

答案及解析 P 83

問題 1　**請選出畫底線單字的正確讀法。**

1　太平洋戦争はなぜ起こったのか、その理由と経緯を知っていますか。

　　1 ぜんしょう　　　2 せんそ　　　　3 せんそう　　　4 ぜんそう

2　約1995年から携帯電話が普及し始めたと思います。

　　1 ふうきゅ　　　　2 ふうきゅう　　　3 ふきゅ　　　　4 ふきゅう

3　室内の湿度を一定に維持してください。

　　1 しゅうと　　　　2 しゅどう　　　　3 しつどう　　　4 しつど

4　恐怖体験のできるツアーに出かけた。

　　1 きょうふう　　　2 きょうふ　　　　3 こうふう　　　4 こうふ

5　この建物に入るには許可が要りますよ。

　　1 きょか　　　　　2 きょうか　　　　3 こうか　　　　4 こか

問題 2　**請選出畫底線單字的正確漢字寫法。**

6　三日間の予定でアメリカの大統領が韓国をほうもんするそうだ。

　　1 訪門　　　　　　2 訪間　　　　　　3 訪聞　　　　　4 訪問

7　交通事故を減らすためには、今より交通きせいを強化することです。

　　1 起製　　　　　　2 期制　　　　　　3 規制　　　　　4 規製

8　彼女はせつやくのために100円ショップを賢く利用しています。

　　1 節約　　　　　　2 切約　　　　　　3 節続　　　　　4 切続

9　こくさい結婚は一時流行していたが、2006年をピークに減りつつあります。

　　1 国祭　　　　　　2 国際　　　　　　3 国擦　　　　　4 国察

10　この裏道は夜になると危ないから、ぼうはんカメラを設置してほしい。

　　1 方犯　　　　　　2 妨犯　　　　　　3 芳犯　　　　　4 防犯

擬真試題 2

問題 1 請選出畫底線單字的正確讀法。

1 津波の恐れがあるので、住民たちに避難の<u>警告</u>を出した。

   1 きょうこう   2 きょうこく   3 けいこ   4 けいこく

2 山登りの時、むやみに草や花に<u>接触</u>すると危ないですよ。

   1 ぜつそく   2 ぜっそく   3 せっそく   4 せっしょく

3 サッカーの競技では、<u>審判</u>の見えないところで相手の選手をなぐったりする
そうだ。

   1 しんばん   2 しんぱん   3 ばんはん   4 ばんぱん

4 パーティーに参加する<u>人数</u>を把握しておきなさい。

   1 じんすう   2 じんすい   3 にんずう   4 にんずい

5 この花は<u>独特</u>な匂いを出していますね。

   1 とくとく   2 とくどく   3 どくとく   4 どくどく

問題 2 請選出畫底線單字的正確漢字寫法。

6 彼は<u>ようじ</u>の時から祖父母に育てられた。

   1 幻児   2 幼児   3 幻子   4 幼子

7 韓国料理はおいしいが、作るのはそう<u>ようい</u>ではないらしい。

   1 浴易   2 谷易   3 容易   4 容陽

8 彼はこの世に起こる出来事に<u>ぐうぜん</u>はないと言っている。

   1 遇然   2 偶然   3 偶燃   4 遇燃

9 先週あった地震の<u>ひがい</u>の規模ははなはだしかったらしい。

   1 被害   2 疲害   3 被割   4 波割

10 来週に予定していた外国人による日本語スピーチ大会は<u>えんき</u>された。

   1 延機   2 延期   3 演期   4 遠気

問題 1　**請選出畫底線單字的正確讀法。**

1　あの二人は双子なのにぜんぜん似ていませんね。

　　1 そうこ　　　　2 そうご　　　　3 ふたこ　　　　4 ふたご

2　東京は大雨でも洪水になったりすることはほとんどない。

　　1 きょうすい　　2 こうすう　　　3 きょうずう　　4 こうずい

3　駅前のスーパーではオープンを記念してエコバッグを無料で配布している。

　　1 はいふ　　　　2 はいふう　　　3 ばいほう　　　4 ばいほ

4　わが国だけでなく、世界的に空気の汚染問題は深刻になりつつある。

　　1 おせん　　　　2 おうせん　　　3 ようえん　　　4 よえん

5　私は客からのクレームを処理する仕事をしています。

　　1 しょうり　　　2 しょり　　　　3 せいり　　　　4 そうり

問題 2　**請選出畫底線單字的正確漢字寫法。**

6　ちょっとしたはんだんのミスがこんなひどい結果を招くとは、その時は思いも
しませんでした。

　　1 半断　　　　　2 判断　　　　　3 判折　　　　　4 半端

7　さくら銀行の外貨りょうがえ専門コーナーでは、世界の19の種類外貨現金を
取り扱って おります。

　　1 両変　　　　　2 両返　　　　　3 両替　　　　　4 両代

8　田中課長は、仕事より社長のきげんをうかがうことを優先にしている。

　　1 好兼　　　　　2 機兼　　　　　3 好嫌　　　　　4 機嫌

9　マルイ企業も、職員全体の20％を削減する大規模なこうぞう調整に乗り出し
たそうだ。

　　1 構造　　　　　2 購造　　　　　3 講造　　　　　4 溝造

10　日本に住む外国人は外国人とうろく証を作らなくてはなりません。

　　1 登縁　　　　　2 登緑　　　　　3 登録　　　　　4 登禄

問題 1　請選出畫底線單字的正確讀法。

① 外国に行く時、シンガポール航空をよく利用している。

　　1 こうくう　　　　2 くうこう　　　　3 きょうくう　　　　4 くうけい

② 緊張した時には、ゆっくりとそして深く呼吸すると落ち着いてきます。

　　1 こうきゅう　　　2 こきゅう　　　　3 きょうくう　　　　4 きょきょう

③ 博物館に展示されているものには触らないでください。

　　1 かわら　　　　　2 おそわら　　　　3 さわら　　　　　　4 まわら

④ このまま海面の上昇が続くと、沈んでしまう島があるそうだ。

　　1 とんで　　　　　2 かんで　　　　　3 もんで　　　　　　4 しずんで

⑤ 詳しいことは係員に聞いてください。

　　1 くわしい　　　　2 あやしい　　　　3 うれしい　　　　　4 くやしい

問題 2　請選出畫底線單字的正確漢字寫法。

⑥ この本を書いたちょしゃは自分だと主張する人が二人もいる。

　　1 著自　　　　　　2 箸自　　　　　　3 箸者　　　　　　　4 著者

⑦ 自分の国のれきしもちゃんと知らないくせに、他の国のれきしを研究するなんてありえない。

　　1 歴使　　　　　　2 歴史　　　　　　3 暦史　　　　　　　4 暦使

⑧ 彼からもらった手紙はかいふうもしないままおいてある。

　　1 閉掛　　　　　　2 開掛　　　　　　3 閉封　　　　　　　4 開封

⑨ あなたのそのあいまいな態度が誤解をまねきかねませんよ。

　　1 召き　　　　　　2 招き　　　　　　3 紹き　　　　　　　4 沼き

⑩ 彼って自分があやまったことにたいしては寛大なのに、人の過ちにたいしては厳しい。

　　1 謝った　　　　　2 射った　　　　　3 語った　　　　　　4 誤った

問題 1　請選出畫底線單字的正確讀法。

① 空気の汚染のせいか、雲が灰色である。

　　1 へいいろ　　　　2 はいいろ　　　　3 かいろ　　　　　4 かいいろ

② 正月の何日か前から故郷に帰る人で高速道路が渋滞している。

　　1 こうきょう　　　2 こうきょ　　　　3 こきょう　　　　4 こきょ

③ 舞台の上に立っている女優の星野えりさんは美しく輝いている。

　　1 むたい　　　　　2 むだい　　　　　3 ぶたい　　　　　4 ぶだい

④ 一度失った信頼はそう簡単に取り戻せないだろう。

　　1 しんらい　　　　2 しんれい　　　　3 しつらい　　　　4 じんれい

⑤ 私は幼稚園で働いていて、幼児たちを引率して見学などに行くのが本当に大変だ。

　　1 いんそつ　　　　2 ひんりつ　　　　3 しんそつ　　　　4 ひんそつ

問題 2　請選出畫底線單字的正確漢字寫法。

⑥ 絵が上手になるにはかんさつ力をきたえることだと言うが、本当かな。

　　1 歓察　　　　　　2 勧際　　　　　　3 観察　　　　　　4 観祭

⑦ 血液けんさだけでいろんな病気がわかるんだって。

　　1 険査　　　　　　2 剣事　　　　　　3 倹査　　　　　　4 検査

⑧ 日本ではせまいということを例える時、特に庭みたいなものがせまかったら「猫の額のようだ」と言うらしい。

　　1 細い　　　　　　2 狭い　　　　　　3 快い　　　　　　4 偉い

⑨ ホラー映画を見るとさ、隣に大声を出してさけぶ女の人が座っていて、余計に怖かった。

　　1 呼ぶ　　　　　　2 遊ぶ　　　　　　3 叫ぶ　　　　　　4 並ぶ

⑩ 私のミスで、50万円する研究室の実験そうちをうっかり壊してしまった。

　　1 装置　　　　　　2 装直　　　　　　3 措置　　　　　　4 措直

擬真試題 6

答案及解析 P 87

問題 1　請選出畫底線單字的正確讀法。

① 定期預金にはどのぐらいの利子が付きますか。

　　1 いし　　　　2 いじ　　　　3 りこ　　　　4 りし

② わが国が世界の大国としての地位を築けたのは、国民の支えがあったから
　にほかならない。

　　1 たずさえ　　2 ささえ　　　3 さかえ　　　4 そなえ

③ お湯が沸いたら、弱火にしてしばらくしてから火を止めなさい。

　　1 はいたら　　2 おいたら　　3 さいたら　　4 わいたら

④ お前の出かける支度が整うまで玄関で待つから、急いで!

　　1 ととのう　　2 かなう　　　3 そろう　　　4 したがう

⑤ 鶏肉を皮はカリッと、中は柔らかく焼くのは難しい。

　　1 ほがらかく　2 やわらかく　3 ゆからかく　4 しがらかく

問題 2　請選出畫底線單字的正確漢字寫法。

⑥ 入試を1か月後に控えていて、ストレスのせいかげんいん不明の頭痛に悩
　まされている。

　　1 源因　　　　2 原因　　　　3 原困　　　　4 源困

⑦ ぬるだけでやせるクリームがあるんだって。買いに行こう!

　　1 衣る　　　　2 装る　　　　3 余る　　　　4 塗る

⑧ 秋に入ると肌がかんそうするので、保湿成分たっぷりのクリームをぬってい
　る。

　　1 乾操　　　　2 乾燥　　　　3 幹操　　　　4 幹燥

⑨ 妹はれいぎただしいのに対して、弟は不良で母の頭痛の種だ。

　　1 礼儀　　　　2 礼義　　　　3 札議　　　　4 礼犠

⑩ 手紙を書く時にもちいる季節のあいさつは、いくつか決まっている。

　　1 持ちいる　　2 使いる　　　3 用いる　　　4 餅いる

問題 1　**請選出畫底線單字的正確讀法。**

① 娘の結婚式が<u>間近</u>である。

　　1 かんきん　　　2 かんぎん　　　3 まぢか　　　4 まちか

② 揚げたてのから揚げから、おいしそうに<u>湯気</u>がゆらゆら<u>立</u>っている。

　　1 ようき　　　2 ゆき　　　3 ゆうげ　　　4 ゆげ

③ 2年も付き合ってきた彼女の怒った理由がわからず、<u>混乱</u>しています。

　　1 こんらん　　　2 こんなん　　　3 ほんらん　　　4 ほんなん

④ 両国の<u>首相</u>は2時間半にわたって会談を行った。

　　1 しゅうしょう　　　2 しゅしょう　　　3 しゅうしょ　　　4 しゅしょ

⑤ 文化祭の真っ最中の校庭には、<u>万国旗</u>がかかげてあった。

　　1 まんこくき　　　2 ばんこくき　　　3 まんごっき　　　4 ばんごっき

問題 2　**請選出畫底線單字的正確漢字寫法。**

⑥ <u>そうぞう</u>力の豊かな人だからこそ、こんな素晴らしい絵が描けたと思う。

　　1 相像　　　2 想象　　　3 想像　　　4 相象

⑦ 夕べは飲みすぎ、酔っぱらって、地下鉄の<u>かいさつぐち</u>の近くで寝てしまった。

　　1 改札口　　　2 改礼口　　　3 開札口　　　4 開礼口

⑧ 年末の夜に街中でタクシーを<u>ひろう</u>のは、本当に大変なことだ。

　　1 捨う　　　2 拾う　　　3 会う　　　4 合う

⑨ 私はせっかちで<u>しんけい</u>質だと家族によく言われる。

　　1 神径　　　2 伸経　　　3 神経　　　4 押莖

⑩ 小学生の時、まだ幼い妹をいじめたりしたら、母に<u>はんせい</u>文を書かせられたものだ。

　　1 反省　　　2 返省　　　3 反暦　　　4 反成

擬真試題 8

答案及解析 P 89

問題 1　請選出畫底線單字的正確讀法。

1 アメリカのビザをもらうために大使館に面接に行った。

 1 たいし   2 だいし   3 たいじ   4 だいじ

2 彼女の姿が人ごみにまぎれて消えていくのを見ていた。

 1 あわ   2 くれない   3 すがた   4 かべ

3 上司が出した意見に対して、自分の考えをはっきり述べる若い人が増えている。

 1 しらべる   2 うかべる   3 ならべる   4 のべる

4 色とりどりの風船が空に浮いている。

 1 さいて   2 はいて   3 ういて   4 かいて

5 ベビーシッターを雇いたいが、日中で月に50万円以上だと言うのでやめた。

 1 かよい   2 やとい   3 たたかい   4 あらそい

問題 2　請選出畫底線單字的正確漢字寫法。

6 主食で足りない栄養はビタミン剤でおぎなっている。

 1 成って   2 充って   3 養って   4 補って

7 いつも正直で人にやさしくしていれば、いつかは幸運にめぐまれることは間違いないと思う。

 1 囲まれる   2 恩まれる   3 恵まれる   4 生まれる

8 一回期限に間に合わなかったことで取引先からの信用をうしなった。

 1 忘った   2 失った   3 亡った   4 離った

9 真夏に一日中外回りをしていたら、顔だけではなく手まで日にやけてしまった。

 1 焼けて   2 燃けて   3 煮けて   4 炒けて

10 どんな理由であっても、人に暴行をくわえることはいけないことだ。

 1 振える   2 足える   3 加える   4 潜える

問題 1 請選出畫底線單字的正確讀法。

1　時々、夜中に無言電話がかかってきて起こされるが、困っているというより

ちょっと怖い。

　　1 ようじゅう　　　2 よるなか　　　3 よなか　　　4 やじゅう

2　団体生活をする上では、決まった規則にしたがって行動するべきでしょう。

　　1 たんたい　　　2 たんだい　　　3 だんたい　　　4 だんだい

3　駅前の大型スーパーでパートを募集していたので、履歴書を出した。

　　1 ぼうしゅう　　　2 ぼしゅう　　　3 ぼうしゅ　　　4 ぼしゅ

4　シミズ高校は東大への進学率は高いが、教育環境が気にいらないので、

息子を行かせないことにした。

　　1 かんきょう　　　2 かんけい　　　3 けんかい　　　4 けんきょう

5　どんな人間であっても尊重されるべきだと思う。

　　1 ぞんけい　　　2 そんじゅう　　　3 そんけい　　　4 そんちょう

問題 2 請選出畫底線單字的正確漢字寫法。

6　停電していたが、1 時間後に電気きょうきゅうが再開された。

　　1 共給　　　2 供給　　　3 供統　　　4 共続

7　働きながら家事も育児もしている女性って男性よりえらいと思いませんか。

　　1 衛い　　　2 違い　　　3 緯い　　　4 偉い

8　入社して上司に「仕事はおそわるものではなく盗むものだ」と言われて、納得

いかなかった。

　　1 学わる　　　2 教わる　　　3 習わる　　　4 孝わる

9　もっとかいてきな環境で本が書きたくて、静かな田舎に小さな別荘を借り

た。

　　1 快摘　　　2 快滴　　　3 快適　　　4 快敵

10　大人になって、現実では必ずしも正義が勝つとはかぎらないとわかった。

　　1 限らない　　　2 恨らない　　　3 痕らない　　　4 根らない

擬真試題 10

答案及解析 P 91

問題 1　請選出畫底線單字的正確讀法。

1　30年も骨を折って働いてきた会社からリストラされた父は、肩を落としている。

1 いのって　　　2 おって　　　3 あびって　　　4 うばって

2　畑は土を耕すことで作物の育ちが大きく変わるそうだ。

1 ひやす　　　2 はやす　　　3 いやす　　　4 たがやす

3　小説の「沈黙を破る者」をもとにした映画が作られた。

1 かぶる　　　2 こわれる　　　3 やぶる　　　4 くずれる

4　玄関の前に不審な箱が置いてあって、おそるおそる開けてみたら、彼氏からのサプライズプレゼントだった。

1 けんけん　　　2 けんげん　　　3 けんかん　　　4 げんかん

5　この辺りは、約20年前まで魚の養殖業が盛んだった。

1 さかんだ　　　2 もんだ　　　3 とんだ　　　4 かんだ

問題 2　請選出畫底線單字的正確漢字寫法。

6　面倒ですから堅苦しいあいさつははぶきましょう。

1 略き　　　2 省き　　　3 除き　　　4 抜き

7　ネットで調べたあさい知識でガーデニングをしてみたが、失敗した。

1 狭い　　　2 細い　　　3 浅い　　　4 深い

8　山頂に立っていたら、どこからかここちよい風が吹いてきた。

1 心地よい　　　2 決い　　　3 快い　　　4 心好い

9　中学の時は明るくてほがらかだったのに、10年経った今は暗くなっている。彼女に何かあったに違いない。

1 廊らか　　　2 朗らか　　　3 郎らか　　　4 娘らか

10　私たちは同じ会社に勤めていて、人の目をぬすんで2年も付き合ってきた。

1 取んで　　　2 逃んで　　　3 難んで　　　4 盗んで

問題1　請選出畫底線單字的正確讀法。

[1] この京成電鉄のサイトでは、東京の主要駅から成田空港までのアクセスや運賃など、いろんな情報が得られます。

　　1 うんちん　　　　2 うんいん　　　　3 うんきん　　　　4 うんぎん

[2] なぜ私にそんなことを言ったのか、部長の意図がわからない。

　　1 いど　　　　　　2 えいど　　　　　3 いと　　　　　　4 えいと

[3] 旅行中に強盗に入られて、現金やブランドのカバンを奪われた。

　　1 きょうとう　　　2 きょうどう　　　3 ごうとう　　　　4 こうどう

[4] 手術はする前より後の健康管理が大事だそうだ。

　　1 しゅじゅつ　　　2 しゅうしゅつ　　3 しゅうじゅつ　　4 しゅしゅつ

[5] 相手のチームがどんなに弱いとはいっても油断は禁物だ。

　　1 ぎんぶつ　　　　2 ぎんもつ　　　　3 きんぶつ　　　　4 きんもつ

問題2　請選出畫底線單字的正確漢字寫法。

[6] 母のかんゆうでゴルフを始めて以来、今は仕事なんかほったらかしてゴルフにこっている。

　　1 観誘　　　　　　2 歓誘　　　　　　3 権誘　　　　　　4 勧誘

[7] みんなでたき火を中心にわを作って座り、歌をうたったりビールを飲んだりした。

　　1 輪　　　　　　　2 愉　　　　　　　3 輪　　　　　　　4 論

[8] 相手は弱いからたやすく勝てるとゆだんして、負けてしまった。

　　1 由断　　　　　　2 油断　　　　　　3 油団　　　　　　4 由団

[9] （株）とは「株式会社」のしょうりゃく記号で、自社に使うものです。

　　1 省細　　　　　　2 暦略　　　　　　3 省略　　　　　　4 生略

[10] わが国はこれからもアジアしょこくとの相互理解や文化交流を促進していくでしょう。

　　1 諸国　　　　　　2 緒国　　　　　　3 署国　　　　　　4 暑国

問題 1　**請選出畫底線單字的正確讀法。**

① うちの犬が一晩中吠えていて眠れないという、近所からの苦情があった。

　　1 こうしょう　　　2 くじょう　　　3 くせい　　　4 こうじょう

② ネットで注文した品物が、10日過ぎても届いていない。

　　1 しなもの　　　2 ひんぶつ　　　3 しなもつ　　　4 ひんもの

③ サウジアラビアは世界最大の石油の生産国である。

　　1 せきゆう　　　2 せきゆ　　　3 いしあぶら　　　4 いしゆう

④ 彼女の手にちょっと触れただけで、僕の心臓が異常にどきどきしてしまった。

　　1 しんじょう　　　2 しんぞう　　　3 しんしょう　　　4 しんそう

⑤ 梅雨の時、洗濯物はなかなか乾かない。

　　1 にわか　　　2 こわか　　　3 いわか　　　4 かわか

問題 2　**請選出畫底線單字的正確漢字寫法。**

⑥ 子供が正しいきょうそう心を持てるようにしてください。

　　1 景争　　　2 戦争　　　3 競清　　　4 競争

⑦ 新年を迎えてお世話になった方にあいさつにうかがうつもりだ。

　　1 司う　　　2 伺う　　　3 何う　　　4 河う

⑧ 秋がふかまっていく季節、寂しさがましていく。

　　1 城して　　　2 僧して　　　3 増して　　　4 減して

⑨ ふかい眠りに入るためには、夜遅くに激しい運動は避けた方がいい。

　　1 深い　　　2 浅い　　　3 浮い　　　4 探い

⑩ 先になぐった側が誤ったということはたしかですが、なぐり返した側もよくありません。

　　1 権か　　　2 歓か　　　3 推か　　　4 確か

擬真試題 13

答案及解析 P 94

問題 1　請選出畫底線單字的正確讀法。

① 日本には髪の毛が伸びる人形があるんだって。

　　1 にんけい　　　2 じんげい　　　3 じんけい　　　4 にんぎょう

② もう10年もすぎたことを後悔したところで、どうしようもないでしょう。

　　1 ごうかい　　　2 こうかい　　　3 ごかい　　　　4 こかい

③ 医学技術の発達に伴って平均寿命ものびた。

　　1 しゅうめい　　2 しゅみょう　　3 じゅみょう　　4 じゅうめい

④ 弟は看護師になるために専門学校で勉強しているが、男子学生もかなりい
　るそうだ。

　　1 かんご　　　　2 がんご　　　　3 かんごう　　　4 がんこう

⑤ 朝8時にディズニーランドへ行ったが、もうチケットを買うための長い行列
　ができていた。

　　1 こうれつ　　　2 けいれつ　　　3 ぎょうれつ　　4 くうれつ

問題 2　請選出畫底線單字的正確漢字寫法。

⑥ 山の奥にあるこの村は水道がなくて、井戸をほって水を使っている。

　　1 裂って　　　　2 刈って　　　　3 屈って　　　　4 掘って

⑦ 先生、私が書いた小論文について、ご意見とごしてきよろしくお願いいたしま
　す。

　　1 支摘　　　　　2 示摘　　　　　3 紙摘　　　　　4 指摘

⑧ うちゅうには数多くの星があるが、そのうち一番きれいな星は地球だと言う。

　　1 宇宙　　　　　2 宇油　　　　　3 字宙　　　　　4 字油

⑨ せいふは女性の管理職を増やし、もっと女性を活用させるべきだと思う。

　　1 正府　　　　　2 政付　　　　　3 政府　　　　　4 正付

⑩ お金に対してのあまりにも強い欲は、ひげきを招いてしまう。

　　1 悲極　　　　　2 悲劇　　　　　3 非極　　　　　4 非劇

問題 1　**請選出畫底線單字的正確讀法。**

1　国によってお茶の作法が少しずつ違うんだって。

　1 さくほう　　　　2 さほう　　　　3 つくりほう　　　4 つくりかた

2　この湖にまつわる話を聞くと、ここに釣りなんかに来ようと思わない。

　1 たね　　　　　　2 みなと　　　　3 いずみ　　　　4 みずうみ

3　読解の問題を解く時は、まず問題を読んでから本文を読みすすめて、解釈するんじゃなく、理解していくんです。

　1 しく　　　　　　2 きづく　　　　3 いだく　　　　4 とく

4　家族で新年を迎えて、神社に初もうでに出かけた。

　1 さかえて　　　　2 くわえて　　　3 むかえて　　　4 おぼえて

5　社交ダンス教室に通っているが、知らない人と手を握って踊るのはなんだかいやだ。

　1 おどる　　　　　2 とおる　　　　3 かおる　　　　4 たどる

問題 2　**請選出畫底線單字的正確漢字寫法。**

6　外回りの時、会社の車を使っているが、先週事故を起こしてしまって、車の修理代を会社からせいきゅうされた。

　1 清求　　　　　　2 情求　　　　　3 請求　　　　　4 静求

7　苦しいこの現実からにげてしまいたい。

　1 兆げて　　　　　2 逃げて　　　　3 挑げて　　　　4 桃げて

8　玉突き事故で僕の車は壊れたが、さいわいに怪我はなかった。

　1 幸い　　　　　　2 辛い　　　　　3 福い　　　　　4 運い

9　旅行ってお金がなくてもくふう次第で楽しくできる。

　1 工天　　　　　　2 工扶　　　　　3 江夫　　　　　4 工夫

10　どうしてそんなつまらないことでかんかんとおこっているの?落ち着きなさい。

　1 怖って　　　　　2 恐って　　　　3 怒って　　　　4 息って

問題 1　**請選出畫底線單字的正確讀法。**

① 職員たちの労働環境の<u>改善</u>を社長に求める。

　　1 かいせん　　　　2 かいぜん　　　　3 けいせん　　　　4 けいぜん

② 娘は<u>芸能</u>人に憧れていて、勉強はせず、オーディションをうける準備ばかりしている。

　　1 えいのう　　　　2 けいのう　　　　3 げいのう　　　　4 えのう

③ 結婚して毎日家事や<u>育児</u>に追われて、会社への復帰はできないでいる。

　　1 ゆくあ　　　　　2 ゆくが　　　　　3 いくが　　　　　4 いくじ

④ 渡り鳥が<u>群れ</u>を成して夕日の空を飛んでいる。

　　1 むれ　　　　　　2 かれ　　　　　　3 ぐんれ　　　　　4 もれ

⑤ 短気なぼくはもう少し<u>余裕</u>を持って話し、行動をするようにしている。

　　1 ようゆう　　　　2 ようゆ　　　　　3 よゆう　　　　　4 よゆ

問題 2　**請選出畫底線單字的正確漢字寫法。**

⑥ 虫歯の<u>ちりょう</u>がやっと終わった。歯科は本当に怖い。

　　1 治僚　　　　　　2 治寮　　　　　　3 治療　　　　　　4 治獠

⑦ 働く時の邪魔になるから、その長い髪の毛を一つに<u>たばねたら</u>どう？

　　1 束ねたら　　　　2 凍ねたら　　　　3 接ねたら　　　　4 続ねたら

⑧ 最近の若者って少しでも大変だと思ったら、すぐやめちゃう。少しは年配の人を<u>こよう</u>した方がいいかな。

　　1 集用　　　　　　2 雇容　　　　　　3 戸用　　　　　　4 雇用

⑨ 一台の車が猛スピードで走って行って、<u>かべ</u>にぶつかって爆発してしまった。

　　1 癖　　　　　　　2 壁　　　　　　　3 璧　　　　　　　4 僻

⑩ 70代に入ったら、<u>きおく</u>力がだんだん落ちていくようだ。

　　1 記憶　　　　　　2 記億　　　　　　3 記臆　　　　　　4 記奥

問題 1　請選出畫底線單字的正確讀法。

① 人と親しくなるのは相当の努力が要ると思う。

1 したしく　　　　2 かなしく　　　　3 さびしく　　　　4 あたらしく

② 自分を取り巻く状況は見えがたいと言うが、かえって多くのことが見えすぎるからこそ、見えなくなっちゃうんじゃない?

1 まく　　　　　2 ぬく　　　　　3 さく　　　　　4 はく

③ 女子高生たちは電車の中で、周りの目も気にせずに、わいわいと騒いでいる。

1 およいで　　　2 さわいで　　　3 かいで　　　　4 あおいで

④ よりによってその時間に事件現場の近くにいたから、犯人だと疑われている。

1 ねがわれて　　2 まちがわれて　　3 あつかわれて　　4 うたがわれて

⑤ 小学生の時、マサオ君と交換日記なんかしてたよね。

1 こうがん　　　2 ごうけん　　　3 こうかん　　　4 ごうかん

問題 2　請選出畫底線單字的正確漢字寫法。

⑥ そんなこまかいことまで気にしていては大変だよ。もうちょっとリラックスしたら?

1 狭かい　　　　2 続かい　　　　3 細かい　　　　4 挟かい

⑦ 子供が興味をしめすことを中心に、遊んであげなさい。

1 示す　　　　　2 表す　　　　　3 記す　　　　　4 現す

⑧ 卒業って終わりではなく、またあらたな出発なのだ。

1 親たな　　　　2 改たな　　　　3 新たな　　　　4 争たな

⑨ シムラ企業の幹部の半分以上を、東大卒がしめている。

1 店めて　　　　2 定めて　　　　3 点めて　　　　4 占めて

⑩ 悩みなんか一人でかかえていないで、親か親友にでもうちあけたらどうだ?

1 包えて　　　　2 抱えて　　　　3 泡えて　　　　4 胞えて

問題 1 請選出畫底線單字的正確讀法。

① たばこを吸わない人にとって、たばこの煙は公害みたいなものだ。

1 うつわ 　　　 2 す 　　　 3 まぼろし 　　　 4 けむり

② 今年の優勝のトロフィーは、うちのチームがもらうに決まっている。

1 ゆうしょう 　　 2 うしょう 　　 3 ゆしょう 　　 4 しゅうしょう

③ アメリカ大統領ご夫妻が、飛行機から姿を現しました。

1 ふうさい 　　 2 ふさい 　　 3 ふうせい 　　 4 ふせい

④ すべてが順調にながれているように見えるが、実はそうではなかった。

1 しゅんじょう 　 2 じゅんじょう 　 3 じゅんちょう 　 4 しゅんしょう

⑤ あれこれ文句だけを言わないでよ。それは、自分のやるべきことをやってか
らでしょう。

1 ぶんく 　　　 2 もんく 　　 3 ぶんきょく 　　 4 もんきょく

問題 2 請選出畫底線單字的正確漢字寫法。

⑥ 目のしょうてんが合わなくなり、ものがぼやけて見えるので、眼科に行ってき
た。

1 商店 　　　 2 小点 　　 3 超点 　　 4 焦点

⑦ 新宿のおいしい店をネットでけんさくして行ってみたところが、期待していた
以上だった。

1 検策 　　　 2 検索 　　 3 剣索 　　 4 険策

⑧ 家のもよりの駅は三鷹駅で、歩いて約10分ぐらいのところにあります。

1 最奇り 　　 2 最寄り 　　 3 撮奇り 　　 4 撮寄り

⑨ それは言うかちもない話なんだから、二度と口にしないでくれ。

1 価直 　　　 2 賀値 　　 3 加直 　　 4 価値

⑩ 電車のドアにカバンがはさまれたままで、次の駅まで行った。

1 狭まれた 　 2 挟まれた 　 3 峡まれた 　 4 平まれた

文字篇

問題1／2 迎戰日檢 擬真試題16／17

問題1　**請選出畫底線單字的正確讀法。**

1　正直に言うことが、必ずしも相手のためになるとは思わない。

　　1 せいちょく　　　2 せいちき　　　3 しょうちょく　　　4 しょうじき

2　島村さんは得手とする料理は何ですか。

　　1 とくしゅ　　　2 えしゅ　　　3 とくて　　　4 えて

3　この粉薬は鼻水とくしゃみによく効きます。

　　1 ききます　　　2 ときます　　　3 すきます　　　4 まきます

4　ビーフシチューを作る時、水の代わりに赤ワインを入れて煮るとよりいっそうおいしく出来上がります。

　　1 かる　　　2 やる　　　3 にる　　　4 しる

5　彼はお腹が減っていたのか、あっという間に大もりのカレーを平らげた。

　　1 ひらげた　　　2 たいらげた　　　3 へいらげた　　　4 やわらげた

問題2　**請選出畫底線單字的正確漢字寫法。**

6　会社から履歴書とともにけんこう診断書も要求された。

　　1 建康　　　2 健厚　　　3 健康　　　4 建凍

7　彼とは2メートルぐらいの間隔をたもちながら歩きました。

　　1 持ち　　　2 果ち　　　3 呆ち　　　4 保ち

8　この傘の持ちぬしは誰ですか。

　　1 主　　　2 注　　　3 柱　　　4 往

9　高速道路を走る時、制限スピードをこえると危ないです。

　　1 超える　　　2 赴える　　　3 趣える　　　4 走える

10　新しい靴にさえなれるのにかなりの時間がかかるのだから、人との関係を築くのは思ったより難しく、長い時間がかかるのは当然でしょう。

　　1 貫れる　　　2 慣れる　　　3 成れる　　　4 感れる

擬真試題 19

問題 1　請選出畫底線單字的正確讀法。

① 僕は10年前に僕からお金を借りたまま返さないで、姿を消した友人を今も<u>捜</u>している。

　　1 さがして　　　2 おして　　　3 ころして　　　4 もうして

② 妻に暴力を<u>振</u>るう夫だけが話題になっているが、夫に暴力を振るう妻もいるそうだ。

　　1 ぼうりょく　　2 ばくりき　　3 ばくりょく　　4 ぼうりき

③ 私は娘に、勉強もできて頭もいい人になるよりは、<u>賢</u>い人になってほしい。

　　1 えらい　　　2 するどい　　　3 かしこい　　　4 とぼしい

④ 公務員資格試験にたった一回で合格した。今まで人一倍努力した結果が<u>実</u>ったのだ。

　　1 のぼった　　2 みのった　　3 さかのぼった　　4 こおった

⑤ 共働きの家庭への支援として、保育施設の<u>拡充</u>が先に行われるそうだ。

　　1 こうしょう　　2 こうじゅう　　3 かくちゅう　　4 かくじゅう

問題 2　請選出畫底線單字的正確漢字寫法。

⑥ 通りかかった人に駅がどこかと聞いたら、その人は何も言わずに「あっちだよ」と言うかのように右側を指で<u>さした</u>。

　　1 刺した　　　2 指した　　　3 挿した　　　4 注した

⑦ <u>じしん</u>発生などいろんな災害に備えて、非常持ち出し袋っていうのを用意している家庭が多いらしい。

　　1 也振　　　2 也雲　　　3 地振　　　4 地震

⑧ 村の入口には、村を守ってくれるっていう<u>きょだい</u>な松の木がある。

　　1 臣大　　　2 巨大　　　3 拒大　　　4 居大

⑨ 組織を整えることはリーダーとしての最も重要な<u>やくわり</u>だ。

　　1 役害　　　2 訳割　　　3 役割　　　4 力害

⑩ 揚げ立てのコロッケはおいしいが、<u>さめて</u>しまうと油っぽくておいしくない。

　　1 冷めて　　　2 寒めて　　　3 令めて　　　4 命めて

問題 1　**請選出畫底線單字的正確讀法。**

1　<u>登山</u>の時は、お水はもちろんチョコレートやキャンディー、イオン飲料も持って行った方がいい。

　　1 とうさん　　　　2 とうざん　　　　3 とさん　　　　4 とざん

2　人の体温で明かりが付く懐中電灯って<u>画期的</u>な発明だ。

　　1 がきてき　　　　2 かくきてき　　　3 がっきてき　　　4 かっきてき

3　昔の汽車は<u>蒸気</u>で動いて走った。

　　1 ぜいき　　　　　2 じょうき　　　　3 しょうき　　　　4 せいき

4　父が子供の時は、戦争が終わったばかりだったのですべての人が<u>貧しかった</u>という。

　　1 おそろしかった　2 きびしかった　　3 まずしかった　　4 とぼしかった

5　筋肉トレーニングは脂肪を<u>燃やす</u>というので、食事量も減らしながらやっています。

　　1 もやす　　　　　2 ひやす　　　　　3 ついやす　　　　4 ふやす

問題 2　**請選出畫底線單字的正確漢字寫法。**

6　交通法に違反した場合は、最大 3 万円にも達する罰金を<u>はらう</u>ことになる。

　　1 支う　　　　　　2 仏う　　　　　　3 払う　　　　　　4 値う

7　世話になった人からの頼みだとしても、できないことは無理して受け入れるより、ちゃんと<u>ことわった</u>ほうがいい。

　　1 異った　　　　　2 切った　　　　　3 経った　　　　　4 断った

8　競争するなら二人とも<u>ひとしい</u>条件じゃないと、公平な競争にならないでしょう。

　　1 等しい　　　　　2 寺しい　　　　　3 持しい　　　　　4 費しい

9　そんなつまらないことに時間を<u>ついやして</u>いる場合ではないでしょう。

　　1 亡やして　　　　2 使やして　　　　3 消やして　　　　4 費やして

10　日本までの<u>おうふく</u>の飛行機チケットを買った。

　　1 注複　　　　　　2 駐腹　　　　　　3 往復　　　　　　4 汪復

擬真試題 1　P 63

1	3	2	4	3	4	4	2	5	1
6	4	7	3	8	1	9	2	10	4

1 太平洋戰爭為何會發生，你知道其中的原因和經過嗎？

Tip

戰　戦 (たたか) う　競爭；作戰

争　争 (あらそ) う　爭奪；爭論

経　経 (た) つ　經過；流逝

2 手機大約從 1995 年開始普及。

Tip

携　携 (たずさ) わる　從事；參與

3 室內請保持固定溼度。

Tip

湿　湿気 (しっけ)　濕氣

4 我去參加一個恐怖體驗旅行團。

Tip

恐　恐 (おそ) れる　畏懼；害怕

怖　怖 (こわ) い　可怕的

5 要進入這棟建築物需要經過許可。

Tip

許　許 (ゆる) す　原諒；許可

6 據說美國總統預定要到韓國訪問三天。

Tip

門　専門 (せんもん)　專門

問　問題 (もんだい)　問題；題目

　　質問 (しつもん)　問題；提問

聞　新聞 (しんぶん)　報紙

間　間柄 (あいだがら)　關係

　　時間 (じかん)　時間

　　人間 (にんげん)　人類

7 為了減少交通事故發生，現在開始強化交通規範。

Tip

制　制服 (せいふく)　制服

　　制限 (せいげん)　限制

製　製作 (せいさく)　製作

　　製品 (せいひん)　產品

8 為了節省開銷，她充分地利用百元商店。

9 國際結婚曾風行一時，在 2006 年達到高峰之後便逐漸減少。

Tip

祭　祭 (まつ) り　慶典；祭典

　　文化祭 (ぶんかさい)　文化祭；校慶

際　国際 (こくさい)　國際

　　交際 (こうさい)　交際

察　警察 (けいさつ)　警察

　　観察 (かんさつ)　觀察

10 這條小路入夜之後就變得危險，因此希望能夠設置監視器。

Tip

防　防 (ふせ) ぐ　預防；防止

犯　犯 (おか) す　冒犯；違反

擬真試題 2　P 64

1	4	2	4	3	2	4	3	5	3
6	2	7	3	8	2	9	1	10	2

1 因有發生海嘯的可能，所以對居民發出避
  難警告。
Tip

　告 (つ) げる 傳達；告訴

　広告 (こうこく) 廣告

　忠告 (ちゅうこく) 忠告

　告白 (こくはく) 告白

2 登山時，隨意碰觸花草是很危險的。
Tip

接　接 (せっ) する 接觸

触　触 (ふ) れる 接觸；觸及；涉及

　触 (さわ) る 觸摸；接觸

3 聽說足球比賽會在裁判看不見的地方毆打
  對手。
Tip

　判斷 (はんだん) 判斷

　裁判 (さいばん) 訴訟；法庭

　評判 (ひょうばん) 評價

4 請事先掌握要來參加聚會的人數。
Tip

参　参 (まい) る 「行く 来る」去、來的謙讓語

数　数学 (すうがく) 數字

握　握 (にぎ) る 掌握；抓住

5 這種花散發出獨特的香味耶。
Tip

独　独立 (どくりつ) 獨立

特　特徴 (とくちょう) 特徵

　特集 (とくしゅう) 特集

6 他從小是被祖父母養大的。
Tip

　幼 (おさな) い 幼小的；天真無邪的

　幼 (おさな) なじみ 青梅竹馬

7 韓國料理是好吃，但聽說作法不是那麼地
  簡單。
Tip

　容易 (ようい) だ 容易的；簡單的

谷　谷 (たに) 山谷；溪谷

　谷間 (たにま) 峽谷；山澗

浴　浴 (あ) びる 沐浴；蒙受

　海水浴 (かいすいよく) 海水浴

　入浴 (にゅうよく) 入浴；洗澡

溶　溶 (と) かす 融化；溶解

　溶液 (ようえき) 溶液

容　容器 (ようき) 容器

　内容 (ないよう) 內容

8 他說這世界上發生的事都沒有偶然。
Tip

偶　偶然 (ぐうぜん) 偶然

　偶数 (ぐうすう) 偶數

遇　待遇 (たいぐう) 待遇

9 上週發生的地震受災規模似乎很嚴重。
Tip

皮　皮 (かわ) 皮；外皮

波　波 (なみ) 波浪；浪潮

疲　疲 (つか) れる 疲累

　疲労 (ひろう) 疲勞

被　被 (かぶ) る 遮蔽；掩蓋；蓋上；蒙上

　被害 (ひがい) 受災；受害

10 原定下週舉行的外國人日語演講大賽延期
  了。
Tip

延　延 (の) ばす 推遲；延長；延緩

　延 (の) びる 延長；延期；推遲

伸　伸 (の) ばす 擴展；增加；擴大

　伸 (の) びる 伸長；變長；發展

1	4	2	4	3	1	4	1	5	2
6	2	7	3	8	4	9	1	10	3

1 那兩人明明是雙胞胎卻一點也不像。

Tip

似 (に) ている ＝そっくりだ, うり二つ
一模一樣

迷子 (まいご) 走失孩童

双子 (ふたご) 雙胞胎

椅子 (いす) 椅子

扇子 (せんす) 扇子

様子 (ようす) 情形；狀況

菓子 (かし) 糕點餅乾

弟子 (でし) 徒弟

調子 (ちょうし) 情況；樣子

帽子 (ぼうし) 帽子

利子 (りし) 利息

電子 (でんし) 電子

2 東京即使是下大雨，也幾乎沒有發生過水災等的狀況。

3 車站前的超市慶祝開幕免費送環保袋。

Tip

配 配 (くば) る 分發；分送

布 布 (ぬの) 布

財布 (さいふ) 錢包

布団 (ふとん) 棉被

4 不單是我國，全世界的空氣汙染問題都日益嚴重。

Tip

汚 汚 (きたな) い 骯髒的；齷齪的

汚 (よご) れる 汙染；髒汙

汚 (よご) す 弄髒；玷汙；敗壞

染 染 (し) みる 沾染；染上；滲入

染 (そ) める 染色；染上

染 (そ) まる 染色；沾染

5 我從事處理客訴的工作。

6 那時候並沒有想到一點點的判斷失誤，竟然引來這樣嚴重的後果。

Tip

断 (た) つ 斷絕；切斷

断 (ことわ) る 拒絕；謝絕

7 櫻花銀行的外幣兌換專門櫃台，可以收兌19 種外幣現金。

Tip

両替 (りょうがえ) 兌換；換錢

8 比起工作，田中課長把討好社長視為更重要的事。

Tip

9 據說丸井企業也開始著手進行大規模的結構調整，將裁減 2 成員工。

Tip

講 講義 (こうぎ) 授課

講座 (こうざ) 講座

講演 (こうえん) 演講

購 購買 (こうばい) 購買

構 構造 (こうぞう) 構造

結構 (けっこう) 構造；滿好

10 居住在日本的外國人，必須辦理外國人登錄證。

Tip

録 記録 (きろく) 紀錄

録音 (ろくおん) 錄音

登録 (とうろく) 登錄

縁 縁 (えん) 命運；因緣

縁側 (えんがわ) 迴廊

因縁 (いんねん) 因縁

履歴 (りれき) 履歴

緑　緑 (みどり) 翠綠；新綠

緑色 (みどりいろ) 綠色

緑茶 (りょくちゃ) 綠茶

擬真試題 4　P 66

1	1	2	2	3	3	4	4	5	1
6	4	7	2	8	4	9	2	10	4

① 出國時，我經常乘坐新加坡航空。

Tip

空 (あ) く 空缺；空閒

空 (そら) 天空

空 (から) 空；沒有

空 (から) っぽ 什麼也沒有

② 緊張時，緩慢地深呼吸會讓人平靜下來。

Tip

呼　呼 (よ) ぶ 叫喊；呼叫

吸　吸 (す) う 吸；喝；啜

③ 請不要碰觸博物館裡的展示品。

Tip

触 (ふ) れる 接觸；觸及；涉及

④ 聽說海平面再這樣持續升高的話，有些島嶼會被淹沒。

⑤ 詳細情形請洽詢負責人員。

Tip

詳細 (しょうさい) 詳細；細節

⑥ 有兩個人聲稱自己是這本書的作者。

Tip

⑦ 連自己國家的歷史都不清楚，還要研究他國的歷史是不可能的。

Tip

経歴 (けいれき) 履歷；經歷

履歴 (りれき) 履歷

⑧ 他寄來的信連拆都沒拆，就這樣放著。

Tip

封筒 (ふうとう) 信封

封 (ふう) じる 封鎖；封上

⑨ 你那種曖昧不明的態度很容易招來誤解。

Tip

召　召 (め) す 吃；喝；喜愛；稱心；購買；穿戴

招　招待 (しょうたい) 招待

紹　紹介 (しょうかい) 介紹

沼　沼 (ぬま) 沼澤；池塘

⑩ 他對自己犯的錯非常寬容，但對別人的過錯卻很嚴厲。

Tip 兩個都唸あやまる的漢字

誤　誤 (あやま) る 弄錯；犯錯

誤解 (ごかい) 誤解

謝　謝 (あやま) る 道歉；認錯

謝罪 (しゃざい) 謝罪

感謝 (かんしゃ) 感謝

擬真試題 5　P 67

1	2	2	3	3	3	4	1	5	1
6	3	7	4	8	2	9	3	10	1

① 不知道是否是空氣汙染的關係，雲是灰色的。

Tip

雨　雲 (くも) 雲

雷 (かみなり) 雷；雷聲

霜 (しも) 霜；白霜

霧 (きり) 霧

露 (つゆ) 露水

2 過年的前幾天開始，高速公路就會因為返鄉人潮而壅塞。

Tip

故郷 (こきょう/ふるさと) 故郷

3 站在舞台上的女演員星野惠理，美得閃閃發光。

Tip

舞 舞 (ま) う 跳舞；飛舞

台 たい 台風 (たいふう) 颱風

台湾 (たいわん) 台灣

屋台 (やたい) 攤販

だい 台所 (だいどころ) 廚房

一台 (いちだい) 一台（機器、車輛等數量詞）

4 一旦失去信賴就沒有那麼容易取回了。

Tip

信 信 (しん) じる 相信

頼 頼 (たの) む 委託；請求

5 我在幼稚園上班，帶領著小朋友們去校外教學等等的，真的很辛苦。

Tip

率 (ひき) いる 率領；帶領

率直 (そっちょく) 直率；坦率

能率 (のうりつ) 效率

比率 (ひりつ) 比率

効率 (こうりつ) 效率

6 人家說要會畫畫就要鍛鍊觀察力，是真的嗎？

Tip

観 観察 (かんさつ) 觀察

観光 (かんこう) 觀光

観客 (かんきゃく) 觀眾

勧 勧誘 (かんゆう) 勸誘；勸說

勧告 (かんこく) 勸告

権 権利 (けんり) 權利

著作権 (ちょさくけん) 著作權

歓 歓迎 (かんげい) 歡迎

7 聽說光是做血液檢查就可以檢查出多種疾病。

Tip

検 検査 (けんさ) 檢查

倹 倹約 (けんやく) 簡約

険 危険 (きけん) 危險

冒険 (ぼうけん) 冒險

険悪 (けんあく) 險惡

保険 (ほけん) 保險

験 試験 (しけん) 考試

実験 (じっけん) 實驗

検 検事 (けんじ) 檢察官

検討 (けんとう) 檢討

剣 真剣 (しんけん) だ 認真的

剣道 (けんどう) 劍道

8 聽說在日本比喻狹窄的時候，特別是比喻像庭院那樣的地方很窄的話，會說「就像貓的額頭一樣」。

9 看恐怖電影的時候，隔壁的女人大聲地叫，變得更加地恐怖了。

10 因為我的疏失，把值 50 萬日圓的實驗裝置不小心弄壞掉了。

措 措置 (そち) 措施；處置

装 装 (よそお) う 打扮；裝扮；假裝

擬真試題 6　P 68

1	4	2	2	3	4	4	1	5	2
6	2	7	4	8	2	9	1	10	3

1 定存的利率是多少？

2 我國能夠建立起世界大國的地位，就是因為有國民的支持。

Tip

支持 (しじ) 支持

支度 (したく) 準備；預備

③ 水滾了之後，轉小火，過一下子之後再關火。

Tip

沸 (わ) かす 燒開；煮沸

沸騰 (ふっとう) する 沸騰

④ 我在玄關等你把所有要出門的準備都弄好，所以你快一點！

Tip

整理 (せいり) 整理

⑤ 把雞肉烤得外皮酥脆、肉質軟嫩是很困難的。

Tip

⑥ 一個月後即將面臨入學考試，但是不知道是否是壓力的關係，原因不明的頭痛一直困擾著我。

Tip

原 原稿 (げんこう) 原稿

原始 (げんし) 原始

原因 (げんいん) 原因

原子 (げんし) 原子

源 源 (みなもと) 根源

電源 (でんげん) 電源

資源 (しげん) 資源

困 困 (こま) る 苦惱；為難

困難 (こんなん) 困難

因 原因 (げんいん) 原因

要因 (よういん) 主要因素

⑦ 聽說有種乳液只要塗了就能變瘦，來去買吧！

⑧ 因為入秋之後皮膚乾燥，所以塗了保濕成分很高的乳液。

Tip

湿 湿 (しめ) る 弄濕；潮濕；衰頹；陰鬱

操 操 (あやつ) る 操作

操作 (そうさ) 操作

操縦 (そうじゅう) 操縱

体操 (たいそう) 體操

燥 乾燥 (かんそう) 乾燥

⑨ 妹妹有禮貌守規矩，弟弟卻行為不良，因此讓媽媽很頭痛。

Tip

義 講義 (こうぎ) 授課

義務 (ぎむ) 義務

義理 (ぎり) 義理；人情

儀 礼儀 (れいぎ) 禮儀；禮貌

儀式 (ぎしき) 儀式

議 会議 (かいぎ) 會議

論議 (ろんぎ) 討論；議論

議事堂 (ぎじどう) 議事堂

不思議 (ふしぎ) だ 不可思議的

犠 犠牲 (ぎせい) 犠牲

⑩ 寫信的時候，會使用幾個固定的季節問候語。

擬真試題 7 P 69

1	3	2	4	3	1	4	2	5	2
6	3	7	1	8	2	9	3	10	1

① 女兒的婚禮馬上就要到了。

② 剛炸好的雞塊上飄著熱氣，看起來很可口。

Tip 気的音讀

き 気楽 (きらく) だ 舒適的；輕鬆的

気軽 (きがる) だ 舒暢的；爽快的

け 湿気 (しっけ) 濕氣

気配 (けはい) 跡象；徵兆

げ 湯気 (ゆげ) 熱氣；蒸氣

く 意気地 (いくじ) 骨氣

③ 我不曉得已交往兩年的女朋友生氣的理由，心裡很亂。

Tip

混 混 (こ) む 擁擠；混雜

乱 乱 (みだ) す 弄亂；攪亂

乱 (みだ) れる 混亂；不穩定；紊亂

④ 兩國首相歷經了兩個半小時的會談。
Tip

首 首 (くび) 脖子
相 相手 (あいて) 對方
　 相変 (あいか) わらず 照舊；和往常一樣
　 相互 (そうご) 相互
　 相違 (そうい) ない 一定是；必定是
　 首相 (しゅしょう) 首相
　 外相 (がいしょう) 外交部長

⑤ 正值文化祭的校園裡掛著各國國旗。
Tip

まん 万一 (まんいち) 萬一
　 　 一万 (いちまん) 一萬
ばん 万歳 (ばんざい) 萬歲
　 　 万国 (ばんこく) 萬國

⑥ 我認為正因為是想像力豐富的人，才能畫
　 出這樣美妙的畫。
Tip

象 対象 (たいしょう) 對象
　 気象 (きしょう) 氣象
　 印象 (いんしょう) 印象
　 象 (ぞう) 大象
像 想像 (そうぞう) 想像
　 銅像 (どうぞう) 銅像
　 映像 (えいぞう) 影像

⑦ 昨晚喝多了，醉倒在地下鐵的剪票口附近
　 睡著了。
Tip

改 (あらた) める 改正；矯正

⑧ 歲末年終的夜晚要叫輛計程車真不容易。
Tip

拾 (ひろ) う 拾取

↔ 捨 (す) てる 拋棄；捨棄

⑨ 我常被家人說急躁又神經質。
Tip

神 神 (かみ) 神
経 経 (た) つ 時間流逝

　 経 (へ) る 經過；經由；經歷

⑩ 小學生的時候，如果欺負年幼的妹妹，就
　 會被媽媽強迫寫反省文。

擬真試題 8　P 70

1	1	2	3	3	4	4	3	5	2
6	4	7	3	8	2	9	1	10	3

① 為了取得美國簽證，到大使館接受面試。
Tip

大家 (おおや) 房東
大 (おお) きい 大的
大声 (おおごえ) 大聲
大手 (おおて) 大企業
大陸 (たいりく) 大陸
大国 (たいこく) 大國
大会 (たいかい) 大會
大衆 (たいしゅう) 大眾
大気 (たいき) 大氣
大切 (たいせつ) だ 重要的
大量 (たいりょう) 大量
大家 (たいか) 專家；大帥
大統領 (だいとうりょう) 總統
大臣 (だいじん) 中央政府部長
大根 (だいこん) 白蘿蔔
大事 (だいじ) だ 重要的
大工 (だいく) 木工
大小 (だいしょう) 大小
大胆 (だいたん) 大膽
大人 (おとな) 大人；成人

② 我看著她的身影隱沒到人群之中逐漸消失
　 不見。
Tip

姿勢 (しせい) 姿態；姿勢

③ 會對上司提出的意見清楚地表述自己想法的年輕人增多了。

④ 各種顏色的氣球在天空中漂浮。

⑤ 雖然想請保母，但人家說白天照顧一個月就要五十萬日圓以上，因此打消了念頭。

Tip

雇用 (こよう) 雇用

⑥ 主食中獲取不足的營養用維他命劑來補充。

Tip

補足 (ほそく) 補足

⑦ 我認為一直保持著誠實、溫柔善良的心，總有一天會被幸運女神眷顧。

Tip

才能 (さいのう) に恵 (めぐ) まれる 天賦異稟；有天賦

⑧ 因為一次未趕上交貨而失去了客戶的信用。

⑨ 酷暑中出外勤一整天，不只是臉，連手都曬黑了。

Tip

焼 (や) く 烤
煮 (に) る 燉煮
炒 (いた) める 炒
炊 (た) く 炊
揚 (あ) げる 炸

⑩ 不管甚麼樣的理由，也不能對他人施予暴力行為。

Tip

暴力 (ぼうりょく) を振 (ふ) るう 暴力相向；拳腳相向

擬真試題 9　P71

1	3	2	3	3	2	4	1	5	4
6	2	7	4	8	2	9	3	10	1

① 偶爾半夜會被無聲電話吵醒，與其說是困擾反倒是覺得有點恐怖。

Tip

夜 (よる) 夜晚
夜空 (よぞら) 夜空
夜明 (よあ) け 黎明；拂曉
夜間 (やかん) 夜間
夜景 (やけい) 夜景
今夜 (こんや) 今夜
昨夜 (さくや) 昨夜

② 既然要過團體生活，就該遵守既定的規定行動。

Tip

だん　団子 (だんご) 糰子
　　　団体 (だんたい) 團體
とん　布団 (ふとん) 棉被

③ 車站前的大型超市在應徵工讀生，所以投了履歷。

Tip

募　募 (つの) る 募集；招募
集　集 (あつ) まる 集合；聚集
　　集 (つど) う 聚集；集會

④ 清水高中考取東大的錄取率很高，但我不喜歡它的教育環境，所以決定不讓兒子就讀。

Tip

境 (さかい) 界線；交界

⑤ 我認為不論甚麼樣的人都應該被尊重。

Tip

重 (おも) たい 沉甸甸；沉重；緩慢
重 (かさ) なる 重覆；重疊
体重 (たいじゅう) 體重
重体 (じゅうたい) 傷重
慎重 (しんちょう) 慎重
貴重 (きちょう) 貴重
尊重 (そんちょう) 尊重
丁重 (ていちょう) 仔細；鄭重

⑥ 停電後一小時又再度供電了。

Tip

共 きょう 共感 (きょうかん) 同感
共同 (きょうどう) 共同
共学 (きょうがく) 男女同校
とも 共 (とも) に 一同；一起
共働 (ともばたら) き 雙薪；夫妻都
有工作
共稼 (ともかせ) ぎ 雙薪；夫妻都有
工作

供 きょう 供給 (きょうきゅう) 供給
ども 子供 (こども) 孩子

7 你不覺得一面工作還要兼顧家庭與育兒的
女性，比起男性更了不起嗎？

Tip

違 違 (ちが) う 不同；不對
違反 (いはん) 違犯
偉 偉人 (いじん) 偉人
偉大 (いだい) 偉大
衛 衛星 (えいせい) 衛星
衛生 (えいせい) 衛生
緯 経緯 (けいい) 前因後果

8 進公司後上司說「工作能力不是別人教你
的，而是偷來的」，我無法接受這樣的說
法。

Tip

教 (おそ) わる =学 (まな) ぶ
學習；受教

9 想要在更舒適的環境下寫書，因此借用了
安靜的鄉下小別墅。

Tip

敵 敵 (てき) 敵人
天敵 (てんてき) 天敵
滴 滴 (しずく) 水滴；水珠
水滴 (すいてき) 水滴；點滴
摘 摘 (つ) む 摘取；撮
指摘 (してき) 指正
適 適切 (てきせつ) 適切
適当 (てきとう) 適當

10 長大之後才知道現實中未必是正義的一方

獲勝。

擬真試題 10　P 72

1	2	3	4	5
2	4	3	4	1

6	7	8	9	10
2	3	1	2	4

1 三十年間為公司鞠躬盡瘁，如今被裁員，
父親覺得很灰心。

Tip

折 折 (お) る 折；彎
折 (お) れる 彎曲；屈服；遷就
骨折 (こっせつ) 骨折
析 分析 (ぶんせき) 分析

2 聽說農田會因為犁田，讓作物的生長有很
大的差別。

3 以小說「打破沉默的人」為原型改編成電
影。

4 玄關前放了一個可疑的箱子，戰戰兢兢的
打開看，原來是男朋友送的驚喜禮物。

5 這附近約莫 20 年前魚類養殖業很盛行。

Tip

盛 (も) る 裝滿；盛
盛 (も) り合 (あ) わせ 拼盤；什錦

6 因為很麻煩，所以我們就省略制式化的寒
暄吧！

Tip

省 (かえり) みる 反省
省 (はぶ) く 省略；省去
省略 (しょうりゃく) 省略
外務省 (がいむしょう) 外交部
厚生省 (こうせいしょう) 勞動部
財務省 (ざいむしょう) 財政部
文部省 (もんぶしょう) 教育部
反省 (はんせい) 反省
帰省 (きせい) 回老家；回鄉

7 在網路上查了粗淺的知識，用來試做園
藝，但失敗了。

⑧ 站上山頂後，不知從哪裡吹來一陣舒服的風。

⑨ 中學時期明明個性很陽光又開朗，過了十年的現在卻變得很陰沉。她一定是發生過甚麼事。

⑩ 我們在同一間公司上班，暗中祕密地交往了兩年。

Tip

盗難 (とうなん)　被盜；失竊

強盗 (ごうとう)　強盜；搶奪

擬真試題 11　P 73

①	1	②	3	③	3	④	1	⑤	4
⑥	4	⑦	3	⑧	2	⑨	3	⑩	1

① 在這個京成電鐵的網站上，可以查詢到東京主要車站到成田機場的路線及票價等資訊。

Tip

賃金 (ちんぎん)　工資；薪水

賃貸 (ちんたい)　租賃；出租

② 為什麼要對我說那種事呢？搞不懂經理的意圖。

Tip

と　図書館 (としょかん)　圖書館

　　意図 (いと)　意圖

ず　地図 (ちず)　地圖
　　路線図 (ろせんず)　路線圖
　　図案 (ずあん)　圖案；設計

③ 旅途中遇到強盜，現金及名牌包等都被奪走。

Tip

強 (つよ) まる　加重；增強
強弱 (きょうじゃく)　強弱
最強 (さいきょう)　最強
強力 (きょうりょく)　強大的力量；威力
強制 (きょうせい)　強制

強盗 (ごうとう)　強盜；搶奪
強奪 (ごうだつ)　搶奪；掠奪
強引 (ごういん)　強硬；蠻橫；強行

④ 聽說比起手術前，術後的健康管理更為重要。

Tip

　　技術 (ぎじゅつ)　技術
　　美術 (びじゅつ)　美術
官　官庁 (かんちょう)　政府機關
　　外交官 (がいこうかん)　外交官
　　警官 (けいかん)　警官
　　裁判官 (さいばんかん)　法官
管　管理 (かんり)　管理
　　保管 (ほかん)　保管
　　血管 (けっかん)　血管
館　図書館 (としょかん)　圖書館
　　大使館 (たいしかん)　大使館
　　休館 (きゅうかん)　休館
　　館長 (かんちょう)　館長

⑤ 不管對手隊再怎麼弱都不能掉以輕心。

Tip

　　油断 (ゆだん) する　疏忽大意
　　建物 (たてもの)　建築物
　　飲 (の) み物 (もの)　飲料
　　見物 (けんぶつ)　逛逛
　　物価 (ぶっか)　物價
　　禁物 (きんもつ)　忌諱的事；禁止做的事
　　貨物 (かもつ)　貨物
　　荷物 (にもつ)　貨物；行李
　　書物 (しょもつ)　書籍
　　作物 (さくもつ)　作物
　　食物 (しょくもつ)　食物
　　穀物 (こくもつ)　穀物

⑥ 因為媽媽的遊說而開始打高爾夫，現在我把工作什麼的都放一邊，整個迷上高爾夫。

Tip

勧　勧 (すす) める　勸告，指導

誘　誘 (さそ) う　邀請；勸誘

7 大家圍繞著營火而坐，唱著歌喝著啤酒。

Tip

輪　輪 (わ)　圓；環
　　指輪 (ゆびわ)　戒指
　　車輪 (しゃりん)　車輪
輸　輸出 (ゆしゅつ)　出口
　　輸入 (ゆにゅう)　進口
　　輸送 (ゆそう)　輸送
愉　愉快 (ゆかい)　愉快

8 因為對手很弱認為可以輕易獲勝，大意的結果就是輸掉比賽。

9 所謂 (株) 是「株式會社」的省略記號，是在自己公司內使用的字。

10 我國接下來也會推動亞洲諸國間的相互理解及文化交流吧。

Tip

諸国 (しょこく)　諸國；各國
諸島 (しょとう)　群島；列島
諸外国 (しょがいこく)　其他國家；諸外國
諸問題 (しょもんだい)　各種問題

擬真試題 12　P 74

| 1 | 2 | 2 | 1 | 3 | 2 | 4 | 2 | 5 | 4 |
| 6 | 4 | 7 | 2 | 8 | 3 | 9 | 1 | 10 | 4 |

1 鄰居來投訴，說我們家的狗叫了一整晚害他們沒辦法睡覺。

Tip

苦 (にが) い　苦的
苦 (くる) しい　痛苦的；難受的
苦手 (にがて) だ　不擅長的；難對付的人事
苦労 (くろう)　辛苦；操心

2 網路上訂購的商品過了 10 天都還沒送到。

Tip

品 (しな)　東西；物品
品物 (しなもの)　商品；貨物
商品 (しょうひん)　商品
品質 (ひんしつ)　品質

3 沙烏地阿拉伯是世界上最大的石油生產國。

Tip

由　由来 (ゆらい)　由來
　　経由 (けいゆ)　經由
　　理由 (りゆう)　理由
油　油 (あぶら)　油
　　オリーブ油 (ゆ)　橄欖油
　　石油 (せきゆ)　石油
　　油断 (ゆだん)　疏忽大意

4 只是稍微碰到她的手，我的心臟就異常地撲通撲通蹦蹦跳。

Tip

心地 (ここち) いい　心情好；舒適的
居心地 (いごこち) がいい
感覺舒服；感到自在
着心地 (きごこち) がいい　穿著很舒服
乗 (の) り心地 (ごこち) が悪い
乘坐起來不舒服
座 (すわ) り心地 (ごこち) が悪い　坐著感覺不舒服

5 梅雨時節衣物都很難晾乾。

Tip

乾　乾 (かわ) く　乾燥；乾涸
　　乾 (かわ) かす　弄乾；晾乾
渇　渇 (かわ) く　口渴

6 請盡量讓小孩保有正確的競爭意識。

Tip

競　競争 (きょうそう) する　競爭；競賽
争　争 (あらそ) う　爭奪；競爭
競　競 (きそ) う　競爭；比賽

7 快到新年時，我打算拜訪曾經照顧過我的人。

8 秋意漸濃的時節，越發寂寞。

Tip

増 (ま) す　增加；優於；勝過
増 (ふ) える　增加；增多

増 (ふ) やす　増加；増添

⑨ 要進入深層睡眠，避免過晚進行激烈運動比較好。

⑩ 先動手打人的固然不對，但是還手回毆也不對。

Tip

不確 (ふたし) かだ　不確定的；模糊的
確実 (かくじつ)　確實
正確 (せいかく)　正確
確率 (かくりつ)　準確率；概率
確保 (かくほ)　確保
確信 (かくしん)　確信

擬真試題 13　P 75

| 1 | 4 | 2 | 2 | 3 | 3 | 4 | 1 | 5 | 3 |
| 6 | 4 | 7 | 4 | 8 | 1 | 9 | 3 | 10 | 2 |

① 據說日本有頭髮會長長的人偶。

Tip

形 (かたち)　形狀；形式
形容詞 (けいようし)　形容詞
形式 (けいしき)　形式
人形 (にんぎょう)　人偶

② 已經是過去十年的事了，就算後悔也無濟於事吧。

Tip

※ 通常，「後」在字彙的第一音節發「こう」，在末音節發「ご」。幾乎不會在字彙的末音節發「ごう」。

Tip

後 (あと)　以後；剩餘
後片付 (あとかたづ) け　善後
後 (のち)　之後
後 (うし) ろ　後面
後日 (ごじつ)　日後
午後 (ごご)　午後
今後 (こんご)　今後
後輩 (こうはい)　晚輩

後継者 (こうけいしゃ)　繼承人
後半 (こうはん)　後半
後援 (こうえん)　後援

③ 隨著醫學技術的發達平均壽命延長了。

Tip

命 (いのち)　生命；壽命
命令 (めいれい)　命令
生命 (せいめい)　生命
寿命 (じゅみょう)　壽命
平 (ひら) たい　扁平的；平坦的
平社員 (ひらしゃいん)　一般職員
平 (たい) らげる　削平；吃得精光
平 (たい) らだ　扁平的；平坦的
平和 (へいわ)　和平
平日 (へいじつ)　平日
平気 (へいき) だ　沉著的；沒關係
平凡 (へいぼん)　平凡
平等 (びょうどう)　平等

④ 弟弟為了成為護理師而進專門學校就讀，聽說男學生還不少。

Tip

看　看板 (かんばん)　看板
護　保護 (ほご)　保護

⑤ 早上八點就到迪士尼，但是已經排了長長的買票人龍。

Tip

行方不明 (ゆくえふめい)　行蹤不明
行為 (こうい)　行為
行動 (こうどう)　行動
行政 (ぎょうせい)　行政
行事 (ぎょうじ)　儀式；活動
行儀 (ぎょうぎ)　行為；舉止
一行 (いちぎょう)　一行

⑥ 位於深山裡的這個村落沒有自來水管線，是挖井水使用。

⑦ 老師，關於我寫好的小論文，麻煩請您給我意見及指正。

Tip

指 (さ) す　指向；指出
指 (ゆび)　指頭

8 據說宇宙中有數不盡的星星，其中最漂亮的就是地球。

9 我認為政府機關應增加女性管理職，讓女性多多發揮。

Tip

付 近付 (ちかづ) く　靠近
　　付近 (ふきん)　附近
　　付録 (ふろく)　附錄
　　付属 (ふぞく)　附屬
　　寄付 (きふ)　捐贈
　　添付 (てんぷ)　附加
府 政府 (せいふ)　政府
　　大阪府 (おおさかふ)　大阪府
　　京都府 (きょうとふ)　京都府
　　都道府県 (とどうふけん)　都道府縣

10 對於金錢有太強烈的慾望會招致悲劇。

擬真試題 14　P 76

1	2	2	4	3	4	4	3	5	1
6	3	7	2	8	1	9	4	10	3

1 聽說各國的製茶方法都有些許不同。

Tip

さく 作家 (さっか)　作家
　　作曲 (さっきょく)　作曲
　　作品 (さくひん)　作品
さ 作業 (さぎょう)　工作；作業
　　作用 (さよう)　作用
　　作動 (さどう)　啟動
　　動作 (どうさ)　動作
　　操作 (そうさ)　操作
　　発作 (ほっさ)　發作

2 聽了關於這個湖的故事之後，就不想再來這裡釣魚了。

Tip

　　種 (たね)　種子；根源
　　港 (みなと)　港口；碼頭
　　泉 (いずみ)　泉；泉水

3 寫讀解問題時，先看題目再閱讀文章，不是要解釋文章，而是要理解文章。

4 家人一起迎接新年，到神社新年參拜。

Tip

5 雖然在學社交舞，但是實在不喜歡牽著不認識的人的手跳舞。

Tip

6 出外跑業務時會開公司車，但因為上週出了車禍，公司要求我支付汽車修理費。

Tip

静 静電気 (せいでんき)　靜電
　　冷静 (れいせい)　冷靜
　　静脈 (じょうみゃく)　靜脈
精 精巧 (せいこう)　精巧
　　精密 (せいみつ)　精密
　　精算 (せいさん)　精算；核算
　　精一杯 (せいいっぱい)　竭盡全力
情 情 (なさけ・じょう)　愛情；體諒；同情；情趣
　　表情 (ひょうじょう)　表情
　　情報 (じょうほう)　情報
　　情熱 (じょうねつ)　熱情
　　感情 (かんじょう)　感情
　　苦情 (くじょう)　不滿；怨言
　　友情 (ゆうじょう)　友情
　　人情 (にんじょう)　人情
清 清 (きよ) い　暢快的；清爽的
　　清潔 (せいけつ)　清潔
　　清掃 (せいそう)　清掃
　　清涼 (せいりょう)　清涼
青 青少年 (せいしょうねん)　青少年
　　青春 (せいしゅん)　青春
請 請求 (せいきゅう)　請求；要求
　　申請 (しんせい)　申請；報名
　　要請 (ようせい)　要求；申請
晴 晴 (は) れる　天晴；開朗；暢快
　　晴 (は) れ着 (ぎ)　盛裝
　　晴雨 (せいう)　晴天雨天
　　晴天 (せいてん)　晴天
　　快晴 (かいせい)　萬里無雲
　　気晴 (きば) らし　消遣；解悶；散心
　　秋晴 (あきば) れ　晴空萬里
求 求 (もと) める　要求；請求；尋找
　　求人 (きゅうじん)　求人；招人
　　要求 (ようきゅう)　要求；希望

救 救 (すく) う 搭救；拯救
救急 (きゅうきゅう) 急救；搶救
救助 (きゅうじょ) 救助

⑦ 我好想從這個痛苦的現實中逃離。

Tip

兆 一兆 (いっちょう) 一兆
逃 逃 (のが) す 錯過；放跑
逃 (のが) れる 逃脫；擺脫
逃 (に) げる 逃跑；逃走
逃 (に) がす 錯失；丟掉；放跑
逃亡 (とうぼう) 逃亡
逃走 (とうそう) 逃走
逃避 (とうひ) 逃避
挑 挑 (いど) む 挑戰；找碴；挑逗
挑戰 (ちょうせん) 挑戰

⑧ 我的車因為出了連環車禍壞了，但幸好我
沒有受傷。

Tip

辛 辛 (から) い 辣的
辛 (つら) い 辛苦的；難受的
幸 幸 (さいわ) いだ 幸運的
幸 (しあわ) せ 幸福
幸運 (こううん) 幸運
幸福 (こうふく) 幸福

⑨ 旅行就是即使沒有錢，動腦筋規畫一下一
樣可以玩得很開心。

Tip

夫 (おっと) 丈夫
夫妻 (ふさい) 夫妻
夫人 (ふじん) 夫人
丈夫 (じょうぶ) だ 堅固的
大丈夫 (だいじょうぶ) だ 沒關係的
夫婦 (ふうふ) 夫婦
工夫 (くふう) 設法；花心思

⑩ 為什麼為了那麼點事情大發雷霆？你冷靜
下來。

擬真試題 15　P 77

①	2	②	3	③	4	④	1	⑤	3
⑥	3	⑦	1	⑧	4	⑨	2	⑩	1

① 要求社長改善員工的勞働環境。

Tip

改 改 (あらた) める 更正；改正

② 女兒夢想成為藝人，也不念書，成天就是
在準備試鏡。

③ 婚後每天忙著家事、育兒，沒辦法再回到
職場上工作。

Tip

育 育 (そだ) てる 撫養；培養；栽培
児 児童 (じどう) 兒童

④ 候鳥成群結隊在夕陽映照的天空中飛翔著。

⑤ 個性急躁的我想要再更從容地談話及行動。

Tip

余 余 (あま) る 剩餘；剩下
余暇 (よか) 閒暇
徐 徐々 (じょじょ) に 逐漸地；緩緩地
徐行 (じょこう) 徐行
除 除 (のぞ) く 除外；除去
除去 (じょきょ) 除去
免除 (めんじょ) 免除；豁免
削除 (さくじょ) 消除；刪去

⑥ 蛀牙的療程終於結束了，牙醫真的很恐
怖。

Tip

治 治 (おさ) める 處理；治理；平息
治 (なお) す 治療；醫治
療 医療 (いりょう) 醫療
寮 寮 (りょう) 宿舍
僚 同僚 (どうりょう) 同事
療 治療 (ちりょう) 治療
療養 (りょうよう) 療養

⑦ 工作的時候會妨礙到，建議妳把長髮紮起
來如何？

⑧ 最近的年輕人只要稍微覺得辛苦就馬上辭
職不幹。雇用年齡稍長一的人好了。

Tip

雇 雇 (やと) う 雇用
用 用 (もち) いる 使用；採用

⑨ 有一台車高速奔馳，撞上牆壁後爆炸了。

10 貌似進入七十歲以後，記憶力就慢慢減退了。

Tip

億　一億 (いちおく)　一億
　　億万 (おくまん)　億萬
憶　記憶 (きおく)　記憶

擬真試題 16　P 78

1	1	2	1	3	2	4	4	5	3
6	3	7	1	8	3	9	4	10	2

1 我認為要和人變得熟稔，要付出相當大的努力。

Tip

親　親友 (しんゆう)　好朋友
　　親切 (しんせつ)　親切
　　親戚 (しんせき)　親戚
新　新年 (しんねん)　新年
　　新卒 (しんそつ)　應屆畢業生
　　新鮮 (しんせん)　新鮮
　　革新 (かくしん)　革新

2 人家說，自己身陷其中時難以看清狀況，但不是因為看得太多反而越來越看不清現況嗎？

3 高中女生們不顧周圍的人，在電車車廂內大肆喧嘩。

Tip

　　泳 (およ) ぐ　游泳
　　嗅 (か) ぐ　嗅；聞；探出
　　仰 (あお) ぐ　仰望；仰慕；敬重

4 偏偏這麼不巧就在那個時間出現在案發現場附近，因此被懷疑是犯人。

Tip

　　願 (ねが) う　請求；懇請
　　間違 (まちが) う　弄錯；誤解
　　扱 (あつか) う　對待；處理

5 小學的時候，我還和正男交換過日記呢！

6 老是這麼執著那些枝微末節的事會讓你很辛苦喔！放鬆一點吧！

Tip

　　細 (ほそ) い　細的；狹窄的
　　細 (こま) かい　詳細的；細小的；細緻入微的
　　細 (こま) やかだ　微小的；細膩的

7 讓孩子們玩他們有興趣的東西吧！

8 畢業不是結束，而是另一段新的開始。

9 志村企業的幹部中，東大畢業的佔了一半以上。

Tip

　　占 (し) める　佔有；佔據
　　占 (うらな) う　占卜；算命

10 不要一個人獨自煩惱，向父母親或好朋友說說看如何？

Tip

包　包 (つつ) む　包裹；圍繞
泡　泡 (あわ)　泡沫
抱　抱 (かか) える　抱；夾；擔負；承擔
　　抱 (だ) く　環抱；摟抱；心懷
　　抱 (いだ) く　懷抱；心懷

擬真試題 17　P 79

1	4	2	1	3	2	4	3	5	2
6	4	7	2	8	2	9	4	10	2

1 對於不吸菸的人來說，二手菸就像是公害一樣的東西。

Tip

　　器 (うつわ)　器皿；容器；才幹
　　巣 (す)　巢穴
　　幻 (まぼろし)　幻影

2 今年的冠軍獎盃是非我們隊莫屬。

Tip

優　優 (すぐ) れる　優秀；卓越
　　優 (やさ) しい　溫柔的；體貼的
勝　勝 (か) つ　贏
　　勝 (まさ) る　勝過；凌駕

3 美國總統賢伉儷從飛機裡現身。

Tip
夫　夫 (おっと)　丈夫
妻　妻 (つま)　妻子
姿　姿勢 (しせい)　姿勢；態勢
　　姿 (すがた)　身影；面貌

4 所有事情看似順利地進行中，但實非如此。

Tip
　　順調 (じゅんちょう) だ＝うまくいく
　　順利

5 不要抱怨這抱怨那，那是你做完自己份內的事之後的事。

Tip
も　　文字 (もじ)　文字
もん　文句 (もんく)　怨言；不滿
　　　注文 (ちゅうもん)　訂購；點餐
　　　文部科学省 (もんぶかがくしょう)
　　　教育部
ぶん　文章 (ぶんしょう)　文章
　　　文学 (ぶんがく)　文學

6 因為眼睛變得無法對焦，看東西越來越模糊，所以去看眼科醫生。

Tip
　　焦 (あせ) る　急躁；焦躁
　　焦 (こ) げる　燒焦；烤焦

7 在網路上搜尋新宿好吃的店家，去了之後發現比期待的還要好。

Tip
索　索引 (さくいん)　索引
　　検索 (けんさく)　檢索
　　捜索 (そうさく)　搜索
策　解決策 (かいけつさく)　解決辦法
　　対策 (たいさく)　對策
　　政策 (せいさく)　政策

8 離家最近的車站是三鷹站，走路約十分鐘左右。

Tip
　　最寄 (もよ) り　最靠近
奇　奇跡 (きせき)　奇蹟
　　奇異 (きい)　奇異

好奇心 (こうきしん)　好奇心
奇妙 (きみょう)　奇妙
奇数 (きすう)　奇數
↔偶数 (ぐうすう)　偶數
寄　寄 (よ) せる　靠近；迫近；寄託
　　寄 (よ) る　倚靠；挨近
　　寄付 (きふ)　捐贈
　　寄与 (きよ)　貢獻
　　寄宿 (きしゅく)　寄宿
　　寄生虫 (きせいちゅう)　寄生蟲

9 那件事一點也不值得談論，不准再講了。

10 包包被電車車門夾著，就這樣開到了下一站。

Tip
狭　狭 (せま) い　狹窄的
挟　挟 (はさ) む　夾；隔著
　　挟 (はさ) まる　夾在中間

擬真試題 18　P 80

1	4	2	4	3	1	4	3	5	2
6	3	7	4	8	1	9	1	10	2

1 我認為誠實交代並不一定是為了對方好。

Tip
　　正直 (しょうじき)　正直；誠實
　　正 (ただ) しい　正確的；洽當的
　　正 (ただ) す　糾正；端正
　　正解 (せいかい)　正解
　　正確 (せいかく)　正確
　　正午 (しょうご)　正午
　　正月 (しょうがつ)　正月
　　正体 (しょうたい)　真面目；原形
　　正面 (しょうめん)　正確答案

2 島村擅長的料理是甚麼呢？

Tip
　　得手 (えて)　擅長；拿手
　　↔ 不得手 (ふえて)　不擅長；不拿手

3 這個藥粉對流鼻水和打噴嚏很有效。

Tip
交　交 (か) わす　交換；交替
　　交通 (こうつう)　交通

交差点 (こうさてん)　交叉口；十字路口

校　校舎 (こうしゃ)　校舍
　　校長 (こうちょう)　校長

郊　近郊 (きんこう)　近郊
　　郊外 (こうがい)　郊外

効　効 (き) く　生效；有效
　　効率 (こうりつ)　效率
　　効能 (こうのう)　效果；功效
　　効果 (こうか)　效果

④ 製作燉牛肉時，用紅酒取代水來煮的話風味會更上一層。

⑤ 不知道是不是因為餓了，他瞬間把大碗的咖哩吃個精光。

⑥ 公司要求履歷表也要附上健康診斷證明。

⑦ 我和他保持著兩公尺左右的距離走著。

Tip

保 (たも) つ
= 維持 (いじ) する　保持；維持

⑧ 這把傘的主人是誰？

Tip

王　王 (おう)　王
　　王子 (おうじ)　王子
往　往復 (おうふく)　來回
　　往来 (おうらい)　往來
主　主人 (しゅじん)　丈夫；先生
　　主人公 (しゅじんこう)　主人翁；主角
　　主 (ぬし)　所有人；一家之主
住　住所 (じゅうしょ)　地址
　　住民 (じゅうみん)　居民
　　住居 (じゅうきょ)　住宅
　　住 (す) む　居住
注　注射 (ちゅうしゃ)　注射
　　注文 (ちゅうもん)　訂購；點餐
　　注目 (ちゅうもく)　注目；注視
　　注 (そそ) ぐ　注入；傾注；降下
柱　電柱 (でんちゅう)　電線杆
　　柱 (はしら)　柱子
駐　駐車場 (ちゅうしゃじょう)　停車場
　　駐輪 (ちゅうりん)　停腳踏車、機車

⑨ 在高速公路上行駛時，超速是很危險的。

⑩ 連適應一雙新鞋都需要一段時間了，因此人和人之間建立關係，比想像中困難且花時間也是很正常的。

Tip

慣 (な) れる＝なじむ　習慣；融洽

擬真試題 19　P 81

1	1	2	1	3	3	4	2	5	4
6	2	7	4	8	2	9	3	10	1

① 我至今仍在尋找十年前向我借錢不還從此人間蒸發的友人。

Tip

捜 (さが) す　尋找；搜尋
探 (さが) す　尋找；搜尋

② 雖然只有對妻子家暴的丈夫引起人們討論，但聽說也有對丈夫拳腳相向的妻子。

Tip

暴 (あば) れる　亂鬧；胡鬧
暴走 (ぼうそう)　亂跑；狂奔
暴動 (ぼうどう)　暴動

③ 比起會唸書頭腦好，我更希望女兒成為一個有智慧的人。

Tip

偉 (えら) い　偉大的；了不起的
鋭 (するど) い　銳利的；尖銳的；敏銳的
賢 (かしこ) い　聰明的；伶俐的
乏 (とぼ) しい　不足的；貧乏的

④ 公務員考試只考了一次就考上。是因為從以前到現在都比別人多一倍努力的結果啊。

Tip

登 (のぼ) る　登；爬
さかのぼる　追溯；逆流而上
凍 (こお) る　結冰；冷凍

⑤ 據說將要先行著手擴充作為雙薪家庭後援的托育設施。

Tip

充分 (じゅうぶん)　充分

⑥ 問了路人車站在哪裡，結果那個人甚麼也沒說，用手指指著右側，好像在說「就在那邊」。

Tip

刺 (さ) す　刺；扎
指 (さ) す　指出；伸出
挿 (さ) す　插入；插進

⑦ 似乎許多家庭都有準備面臨地震等災害發生時的緊急救難包。

Tip

ち 地図 (ちず)　地圖
　地球 (ちきゅう)　地球
じ 地震 (じしん)　地震
　地味 (じみ) だ　樸素的；樸實的
　地元 (じもと)　當地
　地面 (じめん)　地面
　無地 (むじ)　素面；無花樣

⑧ 村子的入口處有一棵守護村落的巨大松樹。

Tip

大臣 (だいじん)　中央政府部長

⑨ 整合組織是作為一個領導人最重要的職責。

Tip

役立 (やくだ) つ　有益；利於
役目 (やくめ)　任務；執掌

⑩ 剛炸好的可樂餅很美味，但是冷掉之後就變得油膩膩的不好吃。

Tip

冷 (つめ) たい　涼的；冷的；冷酷的
冷 (さ) める　降低；減退；變冷
冷 (ひ) える　變涼；變冷；發冷；發涼

擬真試題 20　P 82

1	4	2	4	3	2	4	3	5	1
6	3	7	4	8	1	9	4	10	3

① 登山時，水是當然的必備，巧克力、餅乾、運動飲料也帶著會比較好。

Tip

山 (やま)　山
沢山 (たくさん)　很多
富士山 (ふじさん)　富士山

名山 (めいざん)　名山
火山 (かざん)　火山
登山 (とざん)　登山
下山 (げざん)　下山
氷山 (ひょうざん)　冰山
鉱山 (こうざん)　礦山

② 以人體體溫就能發電的手電筒是劃時代的發明。

Tip

が　画面 (がめん)　畫面
　画家 (がか)　畫家
　映画 (えいが)　電影
かく 計画 (けいかく)　計畫
　画期的 (かっきてき)　劃時代的
　企画 (きかく)　企劃

③ 以前的火車是以蒸汽發動運轉的。

④ 父親小時候，因戰爭剛結束的關係，所有的人都很貧窮。

Tip

恐 (おそ) ろしい　可怕的；恐怖的
厳 (きび) しい　嚴格的；嚴厲的
乏 (とぼ) しい　貧乏的；不足的
貧乏 (びんぼう) だ　貧窮的

⑤ 肌肉訓練因為是要燃燒脂肪，所以食量也要跟著減少。

Tip

冷 (ひ) やす　冰鎮；使變涼
費 (つい) やす　花費；消耗
増 (ふ) やす　增加

⑥ 違反交通規則將會被罰以最高三萬日圓的罰款。

⑦ 即使是受其恩惠的人拜託，做不到的事情與其勉強答應，倒不如好好地拒絕會比較好。

Tip

異 (こと) なる　不同
切 (き) る　割；切；裁；剪
経 (た) つ　時間流逝

8 要比賽的話，兩個人沒有處在條件相當的
　情況下，就不算公平競爭吧。
　　等 (ひと) しい 相等的；一樣的

9 現在不是浪費時間在那樣無意義的事情上
　的時候吧！
Tip
　　消費 (しょうひ) 消費
　　費用 (ひよう) 費用

10 買了日本來回機票。
Tip
　　往復 (おうふく) 來回
　　↔ 片道 (かたみち) 單程
服　衣服 (いふく) 衣服
　　克服 (こくふく) 克服
　　服従 (ふくじゅう) 服從
　　服用 (ふくよう) 服用
腹　腹痛 (ふくつう) 腹痛
　　腹筋 (ふっきん) 腹肌
復　復元 (ふくげん) 復原
　　復習 (ふくしゅう) 複習
　　反復 (はんぷく) 反覆
　　往復 (おうふく) 來回
　　復活 (ふっかつ) 復活
　　復興 (ふっこう) 復興
複　複数 (ふくすう) 複數
　　複合 (ふくごう) 複合；合成
　　複雑 (ふくざつ) 複雜

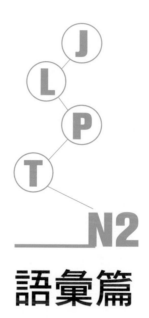

N2
語彙篇

合格攻略 TIP

N2 試題測驗的大多是日常生活中常用的語彙。建議不僅要熟背語彙字義，還要熟悉語彙在句子中的使用方式。此項練習不僅能加強語彙實力，還能在短期間培養出對詞組形成、文章脈絡、近義替換、用法等試題的解題能力。

問題 3　詞組形成（題數為 5 題）

題型說明　1　2010 年改制後的新增題型。

2　題型是理解句意後找出最適合填入括號中的衍生字或複合字。

〔例題〕

有名な芸能人カップルの結婚式は（　　　）公式に行われた。

1 不　　　2 未　　　3 無　　　4 非

解題技巧　1　閱讀整個句子，從四個選項中選出最適合填入括號中的單字。

2　衍生字以考**漢字衍生字**為主，試著將選項的漢字一一套入括號中，唸唸看，找出意思最順的作為答案。

3　複合動詞出題方式，是將它的前部或後部單字變成括號，然後在選項中找出最適合填入括號中的語彙。試著將選項的語彙一一套入括號中，選擇意思最順的作為答案。基礎教材中的複合字，均以**複合動詞**為例來揭示。

4　**不會的題目就算想破頭也想不出答案，請快速選一個答案結束本題，以確保其他試題的作答時間。**

5　**碰到不會的題目，千萬不要先空著不答**，否則後方題目劃錯格的機率極高。

6　完成該題型的所有題目，確認答案卡劃記完畢後，才能繼續作答下一個題型。

學習策略　1　N2 測試的字彙通常為**日常生活**中常用的字彙。

2　本題型為新增題型，由於歷屆試題量較少，請務必練習作答已**公開的歷屆試題。**

3　熟背本書列出的必考單字。

4　整理並熟記讀解、聽解、文法例句中出現的複合字及衍生字。

N 2 近年常考語彙

再+利用	再利用	高+収入	高收入	招待+状	請柬
再+放送	重播	真+新しい	嶄新的；全新的	クリーム+状	乳霜狀
不+完全	不完全	真っ+先に	率先；首先	海+沿い	沿海
副+社長	副社長	旧+制度	舊制度	商店+街	商店街
準+優勝	亞軍	来+シーズン	下一季	輸入+量	進口量
準+決勝	準決賽	医学+界	醫學界	集中+力	注意力
薄+暗い	微暗的；昏暗的	食器+類	餐具類	一日+おきに	每隔一天
諸+問題	各個問題	就職+率	就業率	一日+ごとに	每天
現+段階	現階段	予約+制	預約制	2+対+1	二比一
非+公式	非官方；非公開	親子+連れ	親子一同	代表+団	代表團
悪+条件	惡劣條件	子供+連れ	帶著孩子	成功+率	成功率
無+責任	無責任感	風邪+気味	有點感冒	日本+風	日本風味
総+売上	總營業額	文学+賞	文學獎	親+離れ	脱離父母；自立

接頭語衍生字

悪～ あく	あくえいきょう 悪影響 負面影響　　あくかんじょう 悪感情 反感；不喜歡　　あくじょうけん 悪条件 惡劣條件　　あくじゅんかん 悪循環 惡性循環 あくてんこう 悪天候 壞天氣　　あくしゅみ 悪趣味 惡作劇；低級嗜好
加～ か	かそくど 加速度 加速度　　かこうひん 加工品 加工品
過～ か	かふそく 過不足 多與少；過或不及
片～ かた	かたみち 片道 單程　　かたこい 片恋 單戀　　かたおも 片思い 單戀　　かたて 片手 單手
逆～ ぎゃく	ぎゃくゆにゅう 逆輸入 再進口　　ぎゃくこうか 逆効果 反效果
旧～ きゅう	きゅうせいど 旧制度 舊制度　　きゅうじだい 旧時代 舊時代　　きゅうしょうがつ 旧正月 舊曆年　　きゅうしそう 旧思想 舊思想
休～ きゅう	きゅうかざん 休火山 休眠火山
急～ きゅう	きゅうていしゃ 急停車 急煞車；急停　　きゅうこうか 急降下 俯衝　　きゅうけいしゃ 急傾斜 陡坡
軽～ けい	けいじどうしゃ 軽自動車 小型車；小客車　　けいはんざい 軽犯罪 輕微的罪行　　けいこうぎょう 軽工業 輕工業　　けいさんぞく 軽金属 輕金屬
現～ げん	げんじてん 現時点 當前；現在；此刻　　げんじゅうしょ 現住所 現居地；現住址
誤～ ご	ごさどう 誤作動 （機器、電腦等）出現命令外的工作動作
好～ こう	こうけいき 好景気 景氣好；繁榮　　こうじょうけん 好条件 有利條件　　こうつごう 好都合 方便；恰好
高～ こう	こうしゅうにゅう 高収入 高收入　　こうしょとく 高所得 高所得　　こうじげん 高次元 高次元　　こうがくねん 高学年 高年級 こうけつあつ 高血圧 高血壓
再～ さい	さいかいはつ 再開発 再開發；二次開發　　さいせいさん 再生産 再生產　　さいにんしき 再認識 重新意識到
最～ さい	さいたんきょり 最短距離 最短距離　　さいゆうしゅう 最優秀 最優秀　　さいせんたん 最先端 最先進　　さいじょうきゅう 最上級 最高級

次〜 じ	**次世代** じ せ だい 次世代
実〜 じつ	**実生活** じっせいかつ 現實生活　**実用品** じつようひん 日用品
準〜 じゅん	**準優勝** じゅんゆうしょう 亞軍　**準決勝** じゅんけっしょう 準決賽　**準会員** じゅんかいいん 準會員　**準社員** じゅんしゃいん 準職員
初〜 しょ	**初対面** しょたいめん 初次見面　**初任給** しょにんきゅう 初薪；起薪　**初日** しょにち 初日；首日
諸〜 しょ	**諸外国** しょがいこく 各個外邦　**諸島** しょとう 列島；群島　**諸問題** しょもんだい 各個問題
新〜 しん	**新大陸** しんたいりく 新大陸　**新世界** しん せ かい 新世界　**新製品** しんせいひん 新產品　**新知識** しん ち しき 新知識 **新造語** しんぞう ご 新詞；新語
正〜 せい	**正比例** せい ひ れい 正比　**正反対** せいはんたい 完全相反
総〜 そう	**総人口** そうじんこう 總人口　**総選挙** そうせんきょ 總選舉　**総動員** そうどういん 總動員　**総決算** そうけっさん 總決算
大〜 だい	**大好物** だいこうぶつ 最喜歡吃的食物　**大工事** だいこうじ 大工程　**大勝利** だいしょうり 大勝利　**大家族** だい か ぞく 大家族 **大規模** だい き ぼ 大規模
大〜 おお	**大金持ち** おおがね も 大富翁；富豪　**大掃除** おおそう じ 大掃除　**大通り** おおどお 大馬路　**大回り** おおまわ 繞遠路
短〜 たん	**短期間** たん き かん 短期間　**短時間** たん じ かん 短時間
長〜 ちょう	**長距離** ちょうきょ り 長距離　**長短所** ちょうたんしょ 優缺點　**長期間** ちょう き かん 長期間　**長時間** ちょう じ かん 長時間
超〜 ちょう	**超能力** ちょうのうりょく 超能力　**超自然的** ちょう し ぜんてき 超自然的
低〜 てい	**低気圧** てい き あつ 低氣壓　**低学年** ていがくねん 低年級　**低血圧** ていけつあつ 低血壓
当〜 とう	**当ホテル** とう 本飯店　**当店** とうてん 本店　**当社** とうしゃ 本公司
同〜 どう	**同時代** どう じ だい 同時代　**同年輩** どうねんぱい 大約同年紀
生〜 なま	**生肉** なまにく 生肉　**生放送** なまほうそう 現場直播　**生クリーム** なま 鮮奶油　**生物** なまもの 生食　**生意気** なま い き 狂妄自大
初〜 はつ	**初雪** はつゆき 初雪　**初経験** はつけいけん 第一次經驗　**初印象** はついんしょう 第一印象　**初耳** はつみみ 第一次聽到

反〜（はん）	反比例（はんぴれい）反比　反作用（はんさよう）反作用
半〜（はん）	半世紀（はんせいき）半世紀　半透明（はんとうめい）半透明　半永久（はんえいきゅう）半永久
非〜（ひ）	非公式（ひこうしき）非官方　非公開（ひこうかい）非公開　非常識（ひじょうしき）荒唐；不合常理　非現実（ひげんじつ）非現實 非科学的（ひかがくてき）非科學　非合理（ひごうり）不合理
不〜（ふ）	不規則（ふきそく）不規則　不完全（ふかんぜん）不完全　不可能（ふかのう）不可能　不親切（ふしんせつ）不親切 不景気（ふけいき）不景氣　不公平（ふこうへい）不公平　不健全（ふけんぜん）不健全　不都合（ふつごう）不便；不妥；不合適
分〜（ぶ）	分厚い（ぶあつ）厚實的
副〜（ふく）	副収入（ふくしゅうにゅう）副業收入　副食費（ふくしょくひ）菜錢　副社長（ふくしゃちょう）副社長
真〜（ま）	真上（まうえ）正上方　真夏（まなつ）盛夏　真正面（ましょうめん）正對面；正前方　真夜中（まよなか）深更半夜
真っ〜（まっ）	真っ白（まっしろ）全白　真っ青（まっさお）湛藍　真っ赤（まっか）鮮紅　真っ暗（まっくら）漆黑；黑漆漆 真っ昼間（まっぴるま）大白天
真ん〜（まん）	真ん中（まんなか）正中間　真ん丸（まんまる）圓溜溜　真ん前（まんまえ）正前方；正對面
未〜（み）	未開発（みかいはつ）未開發　未発表（みはっぴょう）未發表　未完成（みかんせい）未完成　未成年（みせいねん）未成年 未経験（みけいけん）未經歷；沒有經驗　未解決（みかいけつ）未解決；懸而未決
無〜（む）	無意識（むいしき）下意識；不自覺　無関心（むかんしん）不關心；不感興趣　無意味（むいみ）無意義 無計画（むけいかく）無計畫；魯莽　無表情（むひょうじょう）無表情　無関係（むかんけい）沒關係；無關聯
名〜（めい）	名場面（めいばめん）經典畫面　名勝負（めいしょうぶ）著名的比賽　名演技（めいえんぎ）絕佳演技　名講演（めいこうえん）有名的演講 名講義（めいこうぎ）著名課程

接尾語衍生字

～明け あ	休み明け やす あ 休假日的隔天	梅雨明け つゆ あ 梅雨季結束	夜明け よ あ 天明；拂曉		
～員 いん	警備員 けい び いん 警衛	公務員 こう む いん 公務員	乗務員 じょう む いん 空服員；機組人員		
～園 えん	動物園 どうぶつえん 動物園	植物園 しょくぶつえん 植物園	幼稚園 よう ち えん 幼稚園		
～家 か	専門家 せんもん か 專家	小説家 しょうせつ か 小說家	建築家 けんちく か 建築家	彫刻家 ちょうこく か 雕刻家	美術家 び じゅつ か 藝術家
～化 か	具体化 ぐ たい か 具體化	温暖化 おんだん か 暖化	機械化 き かい か 機器化	実用化 じつよう か 實際應用化	大衆化 たいしゅう か 大眾化
～界 かい	自然界 し ぜんかい 自然界	経済界 けいざいかい 經濟界	科学界 か がくかい 科學界		
～会 かい	忘年会 ぼうねんかい 尾牙	運動会 うんどうかい 運動會	展覧会 てんらんかい 展覽會	送別会 そうべつかい 歡送會	歓迎会 かんげいかい 歡迎會
	同窓会 どうそうかい 同學會	委員会 い いんかい 委員會			
～街 がい	商店街 しょうてんがい 商店街	地下街 ち か がい 地下街	貧民街 ひんみんがい 貧民街	繁華街 はん か がい 繁榮街道；鬧區	
～型 がた	血液型 けつえきがた 血型				
～感 かん	危機感 き き かん 危機感	責任感 せきにんかん 責任感	満足感 まんぞくかん 滿足感	違和感 い わ かん 不自然感；不協調感	
～観 かん	世界観 せ かいかん 世界觀	人生観 じんせいかん 人生觀	先入観 せんにゅうかん 成見	歴史観 れき し かん 歷史觀	
～がち	焦りがち あせ 容易焦躁	遅れがち おく 經常遲到	疲れがち つか 容易疲累	病気がち びょうき 時常生病	
～期 き	過渡期 か と き 過渡期	適齢期 てきれい き 適齡期	後半期 こうはん き 後半期	思春期 し しゅん き 青春期	
～機 き	販売機 はんばい き 販賣機	発電機 はつでん き 發電機	旅客機 りょかく き 客機	写真機 しゃしん き 相機	
～金 きん	奨学金 しょうがくきん 奨學金	奨励金 しょうれいきん 奨勵金	補償金 ほ しょうきん 補償金	入学金 にゅうがくきん 學費	保険金 ほ けんきん 保險金

～口 くち	切り口 き くち 切口　甘口 あま くち 甜味　一口 ひと くち 一口　早口 はや くち 說話快；繞口令 無口（むくち/むぐち）沉默寡言
～口 ぐち	出入り口 で い ぐち 出入口　非常口 ひ じょうぐち 緊急出口；逃生口　改札口 かいさつぐち 剪票口　手口 て ぐち 伎倆；手段 糸口 いとぐち 線索；頭緒
～圏 けん	英語圏 えい ご けん 英語圏　大気圏 たい き けん 大氣圏　文化圏 ぶん か けん 文化圏　首都圏 しゅ と けん 首都圏
～権 けん	選挙権 せんきょけん 選舉權　選手権 せんしゅけん 選手權　主導権 しゅどうけん 主導權　所有権 しょゆうけん 所有權 選択権 せんたくけん 選擇權
～券 けん	乗車券 じょうしゃけん 車票　前売り券 まえ う けん 預售票　商品券 しょうひんけん 商品禮券　回数券 かいすうけん 回數券；聯票 入場券 にゅうじょうけん 入場券
～語 ご	類義語 るい ぎ ご 近義詞　母国語 ぼ こく ご 母語　尊敬語 そんけい ご 尊敬語　現代語 げんだい ご 現代語　反対語 はんたい ご 反義詞
～込み こ	税込み ぜい こ 含稅
～頃 ごろ	近ごろ ちか 最近　日ごろ ひ 平日；近來　今ごろ いま 現在；如今　手ごろ て 適合 食べごろ た 當季
～剤 ざい	鎮痛剤 ちんつうざい 止痛藥　漂白剤 ひょうはくざい 漂白劑　解熱剤 げ ねつざい 退燒藥　殺虫剤 さっちゅうざい 殺蟲劑
～先 さき	連絡先 れんらくさき 聯絡人電話或地址　バイト先 さき 打工地點　就職先 しゅうしょくさき 任職公司 旅行先 りょこうさき 旅遊目的地　行き先 ゆ さき 目的地
～産 さん	外国産 がいこくさん 國外生產　国内産 こくないさん 國內生產
～士 し	消防士 しょうぼうし 消防員　弁護士 べん ご し 律師
～師 し	調理師 ちょう り し 調理師　薬剤師 やくざいし 藥劑師　理容師 り ようし 理髮師
～式 しき	開会式 かいかいしき 開幕式　卒業式 そつぎょうしき 畢業典禮　結婚式 けっこんしき 結婚典禮　入学式 にゅうがくしき 開學典禮 終了式 しゅうりょうしき 閉幕式

～室 しつ	待合室 まちあいしつ 等候室；候車室	資料室 しりょうしつ 資料室	事務室 じむしつ 辦公室	診察室 しんさつしつ 診療室
	休憩室 きゅうけいしつ 休息室			

～者 しゃ	担当者 たんとうしゃ 負責人	参加者 さんかしゃ 參加者	有権者 ゆうけんしゃ 有權者；選舉人	高齢者 こうれいしゃ 高齡者
	消費者 しょうひしゃ 消費者			

～集 しゅう	写真集 しゃしんしゅう 照片集	資料集 しりょうしゅう 資料集	名言集 めいげんしゅう 語錄	

～署 しょ	消防署 しょうぼうしょ 消防署	警察署 けいさつしょ 警察署		

～書 しょ	履歴書 りれきしょ 履歷書	申込書 もうしこみしょ 申請書	計算書 けいさんしょ 帳單	領収書 りょうしゅうしょ 收據；單據
	報告書 ほうこくしょ 報告書			

～所 しょ	事務所 じむしょ 辦公室	発電所 はつでんしょ 發電廠		

～所 じょ	保健所 ほけんじょ 衛生所	洗面所 せんめんじょ 盥洗室	停留所 ていりゅうじょ 公車站	

～症 しょう	恐怖症 きょうふしょう 恐懼症	不眠症 ふみんしょう 失眠症	後遺症 こういしょう 後遺症	

～証 しょう	免許証 めんきょしょう 駕照	学生証 がくせいしょう 學生證	登録証 とうろくしょう 登錄證	

～上 じょう	仕事上 しごとじょう 工作上	教育上 きょういくじょう 教育上	法律上 ほうりつじょう 法律上	立場上 たちばじょう 立場上

～場 じょう	駐車場 ちゅうしゃじょう 停車場	競技場 きょうぎじょう 競技場	運動場 うんどうじょう 運動場	飛行場 ひこうじょう 航空站；機場

～状 じょう	招待状 しょうたいじょう 請柬	遺言状 ゆいごんじょう 遺書	年賀状 ねんがじょう 賀年卡	

～心 しん	恐怖心 きょうふしん 恐懼心			

～図 ず	設計図 せっけいず 設計圖	路線図 ろせんず 路線圖		

～制 せい	予約制 よやくせい 預約制	自治制 じちせい 自治制	封建制 ほうけんせい 封建制	

～生 せい	卒業生 そつぎょうせい 畢業生	新入生 しんにゅうせい 新生	奨学生 しょうがくせい 領獎學金的學生	在学生 ざいがくせい 在學生

～性 せい	危険性 きけんせい 危險性	人間性 にんげんせい 人性	積極性 せっきょくせい 積極性	国民性 こくみんせい 國民性	感受性 かんじゅせい 感受性

接尾語				
～税 ぜい	しょうひぜい 消費税 消費税	しょとくぜい 所得税 所得税	じゅうみんぜい 住民税 居民税	
～族 ぞく	ぼうそうぞく 暴走族 飆車族			
～帯 たい	じかんたい 時間帯 時間帯	ぶんりたい 分離帯 安全島	かざんたい 火山帯 火山帯	あねったい 亜熱帯 亞熱帶
	じしんたい 地震帯 地震帯			
～代 だい	でんきだい 電気代 電費	しょくじだい 食事代 伙食費	タクシー代 だい 計程車費	でんわだい 電話代 電話費
～たて	やきたて 焼きたて 剛烤好	つくりたて 作りたて 剛做好	たきたて 炊きたて 剛煮好	
～庁 ちょう	けいしちょう 警視庁 警視廳	しちょう 市庁 市政府	きしょうちょう 気象庁 氣象廳	けんちょう 県庁 縣政府
～的 てき	ひかくてき 比較的 比較的	こうていてき 肯定的 肯定的	ぜんこくてき 全国的 全國的	うんめいてき 運命的 命運的
	りんりてき 倫理的 倫理的	にんげんてき 人間的 人類的	せいしんてき 精神的 精神的	
～点 てん	こうさてん 交差点 十字路口	きょうつうてん 共通点 共同點		
～届け とど	けっこんとどけ 結婚届 結婚申請表	てんこうとどけ 転校届 轉學申請表	てんきょとどけ 転居届 居住地變更申請表	
	しゅっしょうとどけ 出生届 出生登記表	ふんしつとどけ 紛失届 遺失申請表		
～並み な	フランス並み 和法國差不多	きょねんな 去年並み 和去年無異	ひとな 人並み 一般；普通	
	せけんな 世間並み 一般；普通；平常	つきな 月並み 普通的；常見的		
～抜き ぬ	ぜいぬき 税抜き 未税			
～派 は	えんぎは 演技派 演技派	こうどうは 行動派 行動派	しんちょうは 慎重派 慎重派	いんしょうは 印象派 印象派
～発 はつ	とうきょうはつ 東京発 東京出發	ソウル発 はつ 首爾出發		
～費 ひ	じんけんひ 人件費 人事費用	よびひ 予備費 預備款	せいかつひ 生活費 生活費	こうさいひ 交際費 交際費
～表 ひょう	じこくひょう 時刻表 時刻表			
～品 ひん	きちょうひん 貴重品 貴重物品	ちゅうこひん 中古品 中古品	ふりょうひん 不良品 瑕疵品	いやくひん 医薬品 醫藥品
	にちようひん 日用品 日用品	けしょうひん 化粧品 化妝品		

～便 びん	こうくうびん 航空便 空運	たっきゅうびん 宅急便 宅急便	ふなびん 船便 船運		
～風 ふう	にほんふう 日本風 日本風	かんこくふう 韓国風 韓國風	えいこくふう 英国風 英國風		
～物 ぶつ	のうさんぶつ 農産物 農產品	きねんぶつ 記念物 紀念品	こうさくぶつ 工作物 加工品；建築物	ゆうびんぶつ 郵便物 郵件	
～末 まつ	せいきまつ 世紀末 世紀末	こんしゅうまつ 今週末 這週末			
～味 み	にんげんみ 人間味 人性	しんせんみ 新鮮味 新鮮感	にんじょうみ 人情味 人情味		
～向き む	みなみむ 南向き 朝南	したむ 下向き 朝下			
～向け む	こどもむ 子供向け 適合孩童	こうれいしゃむ 高齢者向け 適合高齡者			
～目 め	にばんめ 二番目 第二個	すくめ 少な目 少量；少許	きめ 効き目 效用	かめ 変わり目 變化之際	
～屋 や	はなや 花屋 花店	にくや 肉屋 肉店	や パン屋 麵包店	ふるほんや 古本屋 舊書店	ぶんぼうぐや 文房具屋 文具店
～行き ゆ	とうきょうゆ 東京行き 開往東京	ゆ ソウル行き 開往首爾			
～率 りつ	しゅうしょくりつ 就職率 就業率	せいこうりつ 成功率 成功率	とうせんりつ 当選率 當選率		
～力 りょく	しこうりょく 思考力 思考力	きおくりょく 記憶力 記憶力	ろうどうりょく 労働力 勞動力	じきゅうりょく 持久力 持久力	
	かんさつりょく 観察力 觀察力				
～料 りょう	じゅぎょうりょう 授業料 課程費用	てすうりょう 手数料 手續費	つうわりょう 通話料 通話費用	しようりょう 使用料 使用費用	
～割り わ	にわ 二割り 二成	じかんわり 時間割 時間表；日程表；功課表			

複合字

受け～

受け入れる 接受；接納

受け継ぐ 繼承

受け付ける 受理；接受

受け取る 收到；領取

受け持つ 擔任；承擔

打ち～

打ち明ける 吐露；開誠佈公地說

打ち合わせる 商量；商議

打ち消す 消除；熄滅

売り～

売り上げる 全部賣出；銷售總額

売り切れる 售罄

売れ行き 銷售狀況；銷路

追い～

追いかける 追趕；緊接著

追い越す 追過；超前

追いつく 追上；跟上；趕上

押し～

押しかける 湧進；闖入

押し付ける 推給；強迫使人做；強迫人接受

思い～

思い当たる 想到；想起

思い切る 放棄；斷念；死心

思い込む 深信；堅信

思い出す 想起；想起來

思いつく 想到；想出

思いやる 體貼；體恤

片～

片付く 處理；收拾整齊

片寄る 偏袒；偏向

心～

心当たり 頭緒；線索

心得る 領會；意會

心がけ 用心；留心

差し～

差し入れる 送慰問品；插入

差し込む 填入；插入；嵌入

差し支えない 沒有妨礙；沒有影響

立ち～

立ち上がる 站起來；重振

立ち入る 進入；干涉；介入

立ち止まる 停下來；站住

立ち去る 走開；離去

立ち寄る 順路到；順路去

近〜

近づける 靠近；挨近

近寄る 湊近；親近

出〜

出会う 碰到；遇見

出かける 出門；前往

出来上がる 做好；做完

出迎える 出迎；迎接

通り〜

通りかかる 恰巧路過

通り過ぎる 通過

通り抜ける 穿過；穿越

飛び〜

飛び上がる 跳起；躍起

飛び込む 飛身而入；突然闖進

飛び出す 跑出去；跳出去；出走

取り〜

取り上げる 採取；沒收；吊銷；拿起

取り扱う 經手；處理；對待；操作

取り入れる 採納；取得

取り返す 補救；挽回

取り組む 致力於；埋頭；著手

取り消す 取消；撤消

取り締る 取締；管束

取り出す 提取；取出

取り付ける 安裝

取り巻く 包圍；逢迎；奉承

取り戻す 挽回；收回；光復

取り寄せる 索取；拿來

乗り〜

乗り遅れる 沒趕上搭乘

乗り換える 轉乘；換搭

乗り切る 克服；度過

乗り越える 克服；戰勝；突破

乗り越す 坐過站；越過

乗り継ぐ 換乘；接著乘坐

話し〜

話し合う 協商；商議；交談

話しかける 攀談

話し出す 開始說

張り〜

張り合う 較勁；對抗

張り切る 幹勁十足；來勁

引き〜

引き上げる 抬開；拉起；助長

引き受ける 接受；繼任；應許

引き起こす 引起；招致

引き返す 折回；掉頭

引きこもる 繭居；待在家

引き出す 取出；提取

引き取る 領取；領養

引き分ける 拉開；不分勝負

引っ～

引っかかる 掛念；擔心；受騙

引っ越す 搬家；遷居

引っ込む 退居；隱退

引っ張る 拖拉；拽

振り～

振り込む 匯款

振り回す 揮舞

振り向く 掉頭；回首

見～

見合う 對視；均衡；相抵

見上げる 仰視；向上看

見合わせる 暫緩；保留；對照

見送る 擱置；放過；送行

見出す(みだす) 發現；找出

見つける 看到；發現；找到

見つめる 凝視；盯看

見直す 重新認識；重新審視

見習う 見習；學習

見慣れる 看慣

見張る 監視；看守

見舞う 探望；慰問

見守る 守護；關注

申し～

申し上げる 回稟；說

申し入れる 提出要求；建議

申し出る 申請；提議

申し込む 申請；報名

呼び～

呼びかける 叫喚使對方注意；呼籲

呼び捨てる 直呼其名

呼び出す 傳喚；喚來

～合う

知り合う 認識

付き合う 交際；交往；陪伴

釣り合う 相稱；適稱；調和

似合う 相稱；般配

間に合う 趕得上

～上がる

仕上がる 做完；完成

立ち上がる 重振；翻身；起來

召し上がる 用餐；吃

盛り上がる 蓬勃；高漲；氣氛嗨起來

～上げる

打ち上げる 發射；揚言

持ち上げる 舉起；煽動；奉承

～合わせる

組み合わせる 組合；編組

問い合わせる 查詢；詢問

待ち合わせる 在約定的時間場所碰面

～返す

裏返す 翻過來；從相反的立場考慮

聞き返す 反問；重問

繰り返す 反覆做

～切る

区切る 分段；劃分

締め切る 截止；屆滿

張り切る 幹勁十足；來勁

踏み切る 踏斷；下定決心；毅然決然

横切る 橫越；經過

～込む

突っ込む 闖入；衝進；干預

詰め込む 擠入；塞入；裝滿

冷え込む 受寒；驟冷

持ち込む 攜入

割り込む 插嘴；插隊

～立つ

いら立つ 焦躁；著急

目立つ 顯著；醒目

役立つ 有益；利於

～付く

思い付く 想起；想到

気付く 注意到；察覺

近付く 臨近；靠近

～取る

書き取る 記錄；抄錄

感じ取る 領略；感到

聞き取る 聽見；聽懂

其他

当てはまる 適合；適用

落ち着く 平靜；鎮靜

着替える 更衣

支払う 支付；付款

突き当たる 走到盡頭；碰上；衝突

長引く 拉長；延長

目指す 以…為目標

擬真試題 1

答案及解析 P 194

問題 3　請選出最適合，填入（ ）中的選項。

1　休憩（ ）では職員たちが所々集まって、コーヒーを飲んでいます。
　　1 屋　　　　　2 室　　　　　3 部　　　　　4 房

2　配達希望時間の指定は可能ですが、都合により、ご希望の時間（ ）に配達
　　できない場合もあります。
　　1 台　　　　　2 対　　　　　3 帯　　　　　4 体

3　汽車は山（ ）の細い道を走っている。
　　1 かた　　　　2 そく　　　　3 ほう　　　　4 ぞい

4　「もう、わかれよう!」と彼は（ ）表情で話した。
　　1 無　　　　　2 不　　　　　3 非　　　　　4 未

5　残業する日は、会社から食事（ ）がもらえる。
　　1 金　　　　　2 料　　　　　3 代　　　　　4 税

6　行楽日和で、遊園地には家族（ ）でいっぱいだった。
　　1 沿い　　　　2 連れ　　　　3 むけ　　　　4 たて

7　こんな（ ）厚い本をどうやって一晩で読み切れるんですか。
　　1 なま　　　　2 じつ　　　　3 ま　　　　　4 ぶ

8　やっと予約したレストランを彼女が嫌だと言ったので、やむを得ず取り（ ）。
　　1 あげた　　　2 けした　　　3 しらべた　　　4 くんだ

9　世話になった人からの頼みだったので、できそうにない仕事を引き（ ）し
　　まった。
　　1 うけて　　　2 はって　　　3 だして　　　4 かえして

10　待っていた新モデルのケータイを買いに行ったが、もう売り（ ）って言われ
　　て、がっかりした。
　　1 こんだ　　　2 あげた　　　3 出した　　　4 切れた

問題3　　請選出最適合，填入（ ）中的選項。

1　長かった正月休みのあいだ、生活のリズムが崩れてしまい、休み（ ）の朝は余計につらくてしようがない。

　　1 明け　　　　　2 切り　　　　　3 上げ　　　　　4 立ち

2　サクラ専門学校は教育環境はあまりよくないが、就職（ ）が90％以上だという。

　　1 性　　　　　　2 点　　　　　　3 的　　　　　　4 率

3　引越作業の時、特に食器（ ）が割れないようにとあれほど頼んでおいたのだが、大事にしていたお皿が二枚も割れていた。

　　1 機　　　　　　2 物　　　　　　3 品　　　　　　4 類

4　隣の子は大学を卒業してから、ずっと職もなく毎日（ ）規則な生活をしていて、ご両親が心配しているらしい。

　　1 無　　　　　　2 不　　　　　　3 好　　　　　　4 非

5　豚肉の入ったカレーは兄の（ ）好物だ。

　　1 最　　　　　　2 絶　　　　　　3 大　　　　　　4 真

6　このパソコンは税（ ）で、10万2千円です。

　　1 ぬき　　　　　2 あけ　　　　　3 わり　　　　　4 ひ

7　朝9時の福岡発、東京（ ）の便は、悪天候のため1時間も出発が遅れた。

　　1 めけ　　　　　2 ゆき　　　　　3 びん　　　　　4 たて

8　9時を過ぎたら、さらに会場は熱気につつまれて、パーティーは（ ）上がってきた。

　　1 押し　　　　　2 飛び　　　　　3 打ち　　　　　4 盛り

9　昨日風邪（ ）なのに、無理して働き続けたので、風邪をこじらせてしまった。

　　1 がち　　　　　2 ぎみ　　　　　3 かん　　　　　4 ふう

10　最近の子は自分だけが大事で、人に対する思い（ ）がたりない。

　　1 かえし　　　　2 たて　　　　　3 がち　　　　　4 やり

問題 3　　**請選出最適合，填入（ ）中的選項。**

1　自分がやるって言ったくせに、今さらできないって？そんな（ ）責任なことを
　　よくも平気で言うね。
　　1 非　　　　　　　2 無　　　　　　　3 否　　　　　　　4 不

2　有名な女優なだけに結婚式は（ ）公式に行われた。
　　1 非　　　　　　　2 無　　　　　　　3 否　　　　　　　4 不

3　うちの息子はしかると（ ）効果になるので、ひたすらほめているんです。
　　1 急　　　　　　　2 過　　　　　　　3 加　　　　　　　4 逆

4　スマホの使いすぎは子供の成長に（ ）影響を及ぼすそうだ。
　　1 非　　　　　　　2 不　　　　　　　3 悪　　　　　　　4 好

5　人気俳優の小田さんが（ ）期限で芸能活動をストップするそうだ。
　　1 不　　　　　　　2 非　　　　　　　3 無　　　　　　　4 実

6　本で勉強した日本語では日本人の（ ）生活であまり使われない表現もある
　　ことが日本に行ってわかった。
　　1 実　　　　　　　2 当　　　　　　　3 真　　　　　　　4 正

7　うちの会社は給料が安くて、バイトをしないと世間（ ）の生活ができないく
　　らいです。
　　1 派　　　　　　　2 状　　　　　　　3 込み　　　　　　4 並み

8　韓国では食堂などで、互いに自分が払うと（ ）合っているおじさんのすがた
　　をよく見かける。
　　1 切り　　　　　　2 張り　　　　　　3 引き　　　　　　4 込み

9　自分の損得を気にしないで、困った人を助けたなんて、彼を見（ ）よ。
　　1 取った　　　　　2 付いた　　　　　3 直した　　　　　4 上がった

10　会社の帰り道に、スーパーに立ち（ ）買い物をした。
　　1 込んで　　　　　2 合って　　　　　3 付いて　　　　　4 寄って

問題 3　**請選出最適合，填入（　）中的選項。**

1　雪岳山に登ったんですが、岩だらけで、それに（　）傾斜の山道が多くて、本当に大変でした。

　　1 高　　　　　2 悪　　　　　3 大　　　　　4 急

2　今付き合っている彼氏は私の理想とは（　）反対のタイプです。

　　1 大　　　　　2 正　　　　　3 真　　　　　4 過

3　課長は優しく、思いやりもあって、人間（　）のある人だが、仕事はできない。

　　1 向き　　　　2 品　　　　　3 風　　　　　4 味

4　この本はカラフルな絵が多くて、子供（　）だと思われがちだが、実は大人のための本だという。

　　1 向け　　　　2 品　　　　　3 風　　　　　4 派

5　テーマパークの入場（　）を買うための行列が、長くできている。

　　1 巻　　　　　2 券　　　　　3 件　　　　　4 紙

6　その件に関しましては、（　）時点では何とも申し上げられませんので、後ほどご連絡させていただきます。

　　1 現　　　　　2 元　　　　　3 真　　　　　4 実

7　卒業して就活をしているが、なかなか就職（　）が見つからない。

　　1 庁　　　　　2 店　　　　　3 所　　　　　4 先

8　キムチが入っているこの店の韓国（　）スパゲッティは、若い人にすごくうけているらしいよ。

　　1 圏　　　　　2 風　　　　　3 味　　　　　4 派

9　レポートは土日でも差し（　）から、今週末までには必ず出してください。

　　1 返さない　　2 合わない　　3 込まない　　4 支えない

10　当社への志願書は、入口のインフォメーションで受け（　）おります。

　　1 あがって　　2 かけて　　　3 つけて　　　4 ついで

擬真試題 5

問題 3　請選出最適合，填入（）中的選項。

① このコインロッカーの使用（　）が200円？ もともと150円ではなかったっけ。

　　1 台　　　　2 金　　　　3 代　　　　4 料

② 小野先生の（　）講義を聴きに、隣の学校からも学生が来る。

　　1 高　　　　2 最　　　　3 名　　　　4 正

③ 選挙で投票ができる選挙（　）の年齢が20歳から18歳になるそうだ。

　　1 便　　　　2 割　　　　3 権　　　　4 証

④ （　）自動車は燃費もよく税金も安いし、駐車も容易なので、特に女性のユーザーが多い。

　　1 旧　　　　2 大　　　　3 古　　　　4 軽

⑤ 結婚して1年も経っているのに、まだ結婚（　）も出していない。

　　1 届　　　　2 書　　　　3 証　　　　4 告

⑥ 当レストランのステーキは国内（　）の和牛だけを使用しております。

　　1 生　　　　2 産　　　　3 式　　　　4 剤

⑦ 若い時から貯蓄していたら、今（　）お金持ちで幸せに暮らせているのに。

　　1 点　　　　2 じょう　　　3 たて　　　4 ごろ

⑧ 先頭を走っていた森田選手はゴールの直前でガーナの選手に追い（　）、結局 銀メダルにとどまった。

　　1 つけて　　　2 かけられて　　3 こされて　　　4 きられて

⑨ 今が食べごろだといって、田舎の祖母が送ってくれたミカンです。どうぞ、召し（　）ください。

　　1 あげて　　　2 あがって　　　3 もうして　　　4 いれて

⑩ 自分がうつ病なのかどうか、次の項目のうち、5つ以上当て（　）人は要注意です。

　　1 込む　　　　2 合わせる　　　3 入れる　　　4 はまる

問題3　請選出最適合，填入（）中的選項。

1　（　）夜中に電話のベルが鳴るとなんか怖い。誰かの死の知らせじゃない
かと・・・。

　　1 過　　　　　2 半　　　　　3 初　　　　　4 真

2　ディズニーランドの（　）開発にともなって、いくつかの乗り物がなくなるそうだ。

　　1 再　　　　　2 最　　　　　3 初　　　　　4 超

3　ドイツ人と日本人の共通（　）は、勤勉で規則をよく守るというところです。

　　1 所　　　　　2 点　　　　　3 的　　　　　4 症

4　姉はフランスで料理を勉強してから、高級ホテルで調理（　）として働いている。

　　1 士　　　　　2 司　　　　　3 師　　　　　4 氏

5　年末になると、お世話になった方に年賀（　）を書くのが一つの行事になって
いる。

　　1 誌　　　　　2 書　　　　　3 状　　　　　4 葉書

6　このガイドブックには東京のJRと地下鉄の路線（　）も載っているので、便利
だ。

　　1 場　　　　　2 便　　　　　3 制　　　　　4 図

7　隣の国と文化がほとんど同じだとしても、国民（　）はまったく違う場合が多
い。

　　1 制　　　　　2 性　　　　　3 度　　　　　4 生

8　外国へ引っ越すとき、荷物を航空（　）で送ると高くつく。

　　1 便　　　　　2 表　　　　　3 向　　　　　4 発

9　スポーツの中で時間で区（　）のはサッカーやバスケットボールなどがあっ
て、得点で区（　）スポーツはテニスやバレーボールがあります。

　　1 かえす　　　　2 だつ　　　　3 あわせる　　　　4 ぎる

10　やっと休みが取れて、行きたかったコンサートのチケットがまだあるかと、電
話で問い（　）みたら、思ったとおりなかった。

　　1 づいて　　　　2 あけて　　　　3 こんで　　　　4 あわせて

問題 3　　請選出最適合，填入（）中的選項。

1　日本の（　）人口のうち、65歳以上の人口は約3.5％で、15歳未満の人口は約0.9％だそうだ。

　　1 真　　　　　　2 総　　　　　　3 実　　　　　　4 当

2　社長が留守の時は、（　）社長がすべてのことを判断して行う。

　　1 府　　　　　　2 部　　　　　　3 次　　　　　　4 副

3　この本は医学（　）でバイブルみたいなものだ。

　　1 面　　　　　　2 場　　　　　　3 世　　　　　　4 界

4　この美しい地球を（　）世代につなげるためには我々は自然を保護し、資源を節約するべきだ。

　　1 同　　　　　　2 次　　　　　　3 当　　　　　　4 名

5　生徒を教えるという立場（　）、やりたくてもやれないことが多少ある。

　　1 わり　　　　　2 ごと　　　　　3 じょう　　　　4 たて

6　ナビゲーションは行きたいところまでの（　）短距離を教えてくれるので、とても便利だが、こればかり使っていては、人間がばかになっていきそうだ。

　　1 最　　　　　　2 真　　　　　　3 極　　　　　　4 再

7　この乾電池は（　）永久に使えるそうで、とても高い。

　　1 半　　　　　　2 判　　　　　　3 反　　　　　　4 版

8　彼って本当に仕方ない人だね。入社して同じ過ちを（　）かえしているのよ。

　　1 み　　　　　　2 とり　　　　　3 くり　　　　　4 いき

9　東京駅はとても複雑で、出口さえどちらかわからなくなって、通り（　）人に聞いてやっと駅から出られた。

　　1 かかった　　　2 ぬいた　　　　3 ちがった　　　4 あった

10　営業マンとして心（　）べきことで最も大事なことは、笑顔を維持することです。

　　1 掛かる　　　　2 払う　　　　　3 当たる　　　　4 得る

重點題型攻略

問題4　文章脈絡（題數為7題）

題型說明　1 根據前後文，找出最適合填入括號中的語彙。
　　　　　2 出題字詞以**音讀名詞**為主，**訓讀名詞、形容詞、副詞、動詞、片假名**也會考。

〔例題〕

職員の皆さんのおかげで、わが社がこれまで（　　　）に成長できたと思います。

1 順番　　　2 調子　　　3 順調　　　4 慎重

解題技巧　1 閱讀整個句子，從四個選項中選出最適合填入括號中的語彙。
　　　　　2 **確實理解整句話的意思才能找出答案**。此點適用於整份日檢考題，但在本大題中尤其重要。若缺乏理解句子的能力或語彙量不足，便難以找出答案。
　　　　　3 如果無法選出答案，請不要猶豫，**試著將選項的單字一一套入括號中**，再掌握一次句意並選出答案。
　　　　　4 **不會的題目就算想破頭也想不出答案，請快速選一個答案結束本題，以確保其他試題的作答時間。**
　　　　　5 碰到不會的題目，**千萬不要先空著不答**，否則後方題目劃錯格的機率極高。
　　　　　6 完成該題型的所有題目，確認答案卡劃記完畢後，才能繼續作答下一個題型。

學習策略　　1　N2 測試的語彙通常為**日常生活中**常用的語彙。

2　熟記日語基礎教材中出現的所有基礎文字和語彙。

3　熟記**歷屆試題中的語彙**。

4　練習作答**已公開的歷屆試題**，確實掌握試題特性。

5　熟背本書列出的 N2 必考文字和語彙。

累積言語知識

N 2頻出語彙

あ **あこがれる** 憧憬；嚮往

預(あず)ける 寄存；託管

安易(あんい)だ 容易的；簡單的

案外(あんがい)だ 意外的

維持(いじ) 維持

影響(えいきょう) 影響

主(おも)に 主要地；首要地

か **輝(かがや)かしい** 光輝的；耀眼的

確認(かくにん) 確認

傾(かたむ)く 傾斜；衰落

格好(かっこう) 打扮；外觀；樣子

気味(きみ) 傾向；稍微有點

緊張(きんちょう) 緊張

くどい 嘮叨；囉嗦

苦労(くろう) 辛苦

さ **順番(じゅんばん)** 依序

慎重(しんちょう)だ 慎重的

た **調節(ちょうせつ)** 調節

努力(どりょく) 努力

な **納得(なっとく)** 同意；理解；信服

は **配達(はいたつ)** 配送；分送

果(は)たす 實現；實行

発揮(はっき) 發揮

や **役割(やくわり)** 職責；作用；角色

様子(ようす) 模様；狀態；情況

ら **流行(りゅうこう)** 流行

データを分析する　分析數據

活気にあふれる　充滿活力

コピー機がつまる　影印機卡住

時代を反映する　反映時代背景

ぼんやり窓の外を見る　怔怔地望著窗外

彼の強み　他的優勢

解散する　解散

わりと暖かい　意外地溫暖

つらい思い出になる　成為痛苦的回憶

意欲が高まる　熱情高漲

意欲が足りない　缺乏熱情

練習に専念する　專心致志於練習

家でのんびりする　在家裡悠閒度日

充分発揮する　充分發揮

広い視野を持つ　擁有寬廣的視野

冗談が通じる　幽默風趣；好相處

柔軟な考え方を持つ　擁有靈活的思路

寿命が延びる　壽命延長

映画館はすいている　電影院稀稀落落

デザインがユニークだ　設計很獨特

ストレスを解消する　紓壓

締め切りが明日に迫る　截止日就在明天

知らない人に呼びとめられる

　　被不認識的人叫住

変な格好をする　穿著奇裝異服

生活習慣を改善する　改善生活習慣

徐々に上昇する　徐徐地上升

おいしいと評判だ　評價為好吃

鋭い質問をされる　被問犀利的問題

話し合いがスムーズに進む　談話順利地進行

友達と話がつきない　和朋友聊個沒完

あいまいな態度をとる　採取曖昧的態度

来シーズンを期待しよう　期待下一季吧

連続して事件が起きる　連續發生案件

契約は５年間有効だ　契約五年內有效

温厚な性格をしている　有著敦厚的性格

おそろしい事件が相次いでいる

　　接連發生恐怖案件

このケチャップには砂糖は含まれていない

　　這個番茄醬不含砂糖

特色のない絵　沒有特色的畫

彼の業績は輝かしい　他的業績很輝煌

海に面して別荘が立ち並んでいる

　　一棟棟別墅面海佇立著

マイペースで仕事をする　以自己的步調做事

予測される　被預測

雨が降ると川の水はにごる

　　一下雨河川的水就變得混濁

仕事を完了する　完成工作

バランスのとれた食事をする　均衡飲食

自信たっぷりである　自信滿滿

彼と意見が相違する　和他意見相左

時間をつぶす　打發時間

動詞（適用於問題4、6）

あ
- あふれる　満溢；溢出
- 甘(あま)やかす　姑息；縱容；放任
- 編(あ)む　編織
- いじめる　欺負；虐待
- 抱(いだ)く　抱有；懷抱
- 炒(いた)める　翻炒
- 挑(いど)む　挑戰；對抗
- 承(うけたまわ)る　聽從；接受
- 失(うしな)う　失去
- 埋(う)める　填塞；掩埋；填補
- 納(おさ)める　繳納；收藏

か
- 抱(かか)える　抱；夾；擔負；承擔
- 隠(かく)す　隱藏
- 効(き)く　有效；有用
- 組(く)む　組合；安裝；聯手
- 削(けず)る　削減

さ
- さえぎる　阻礙；妨礙；遮住
- 逆(さか)らう　反抗；違背
- 妨(さまた)げる　妨礙；阻撓
- 冷(さ)める　變冷；降低；減退
- 敷(し)く　鋪設
- 従(したが)う　遵從；按照
- 湿(しめ)る　返潮；潮濕
- しゃべる　說話；閒聊
- 接(せっ)する　接待；應酬
- 属(ぞく)する　屬於；從屬
- そびえる　聳立；轟立

た（右欄）

- それる　偏離；脫離

た
- 炊(た)く　炊煮
- 蓄(たくわ)える　儲備；儲存
- ためらう　躊躇；游移不定
- 近(ちか)づける　靠近；挨近
- 費(つい)やす　花費；耗費
- 積(つ)もる　堆積；累積
- 照(て)らす　映照；照耀
- 照(て)れる　害羞；害臊
- 解(と)く　解開；解答

な
- 並(なら)ぶ　排列；並列
- 憎(にく)む　憎恨；厭惡
- 煮(に)る　燉煮
- 狙(ねら)う　瞄準；伺機

は
- 励(はげ)ます　鼓勵；勉勵
- はやる　流行

ま
- 混(ま)ぜる　混入；攪和
- 導(みちび)く　引導；指導
- 剥(む)く　剝；削
- 恵(めぐ)まれる　受惠；受益

や
- 雇(やと)う　雇用
- 焼(や)く　燒烤
- 喜(よろこ)ぶ　高興；愉快

名詞（適用於問題4、5、6）

あ
- 足元(あしもと)　腳下；步伐
- 意図(いと)　意圖

緯度（いど）　　緯度

居眠（いねむ）り　　打瞌睡

引退（いんたい）　　辭職；引退

うわさ　　傳言；流言

演説（えんぜつ）　　演說；演講

お見合（みあ）い　　相親

お見舞（みま）い　　慰問；探望

か　外見（がいけん）　　外表；外觀

解釈（かいしゃく）　　解釋

改善（かいぜん）　　改善

改造（かいぞう）　　改造

快適（かいてき）　　舒適；愜意

開放（かいほう）　　開放

覚悟（かくご）　　覺悟

管理（かんり）　　管理

きっかけ　　契機

記入（きにゅう）　　填寫；寫入

共通（きょうつう）　　共通

決断（けつだん）　　決斷

限界（げんかい）　　極限；界限

現実（げんじつ）　　現實

克服（こくふく）　　克服

根気（こんき）　　毅力；耐性

さ　作業（さぎょう）　　作業；工作

実験（じっけん）　　實驗

指定（してい）　　指定

締（し）め切（き）り　　截止日期；期限

習慣（しゅうかん）　　習慣

純粋（じゅんすい）　　純粹

上達（じょうたつ）　　進步；提高

診断（しんだん）　　診斷

推量（すいりょう）　　推測

隙（すき）　　縫隙；空隙

尊重（そんちょう）　　尊重

た　対立（たいりつ）　　對立

短気（たんき）　　性急；急躁

通信（つうしん）　　通訊；書信往返

提案（ていあん）　　提案

徹夜（てつや）　　熬夜

統一（とういつ）　　統一

透明（とうめい）　　透明

土地（とち）　　土地

な　眺（なが）め　　風景；景緻；景色

は　拍手（はくしゅ）　　拍手

抜群（ばつぐん）　　優秀；卓越

発見（はっけん）　　發現

発達（はったつ）　　成長；發展

発売（はつばい）　　開賣

比較（ひかく）　　比較

皮肉（ひにく）　　諷刺；挖苦

費用（ひよう）　　費用

評価（ひょうか）　　評價

返却（へんきゃく）　　歸還

返済（へんさい）　　償還；還款

返信（へんしん）　　回信

返上（へんじょう）　　返還；不接受

本気（ほんき）　　認真

ま　摩擦（まさつ）　　摩擦

真（ま）っ先（さき）　　最前面；首先

見出（みだ）し　　標題；索引；關鍵字

向（む）かい　對面

面接（めんせつ）　面試

や　役所（やくしょ）　官廳；政府；公所

役人（やくにん）　官員；公務員

役目（やくめ）　任務；職責

役割（やくわり）　職責；作用

有能（ゆうのう）　有能力；有才能

要旨（ようし）　要旨

容姿（ようし）　姿容；容貌

容積（ようせき）　容積

ら　流行（りゅうこう）　流行

い形容詞（適用於問題4、5、6）

あ　あっけない　不過癮；不盡興

荒（あら）い　粗魯的；粗暴的

あわただしい　慌張的；匆忙的

勇（いさ）ましい　勇敢的

幼（おさな）い　年幼的

恐（おそ）ろしい　恐怖的；令人擔心的

か　賢（かしこ）い　聰明的；伶俐的

かゆい　癢的

きつい　苛刻的；吃力的

くさい　臭的

くだらない　無聊的；無意義的

くどい　嘮叨的；囉嗦的

悔（くや）しい　後悔的

詳（くわ）しい　詳細的

険（けわ）しい　險惡的；險峻的

さ　しつこい　執拗的；糾纏不休的

ずるい　狡猾的

切（せつ）ない　苦悶的；悲傷的

そそっかしい　冒失的；粗心大意的

そっけない　無情的；冷淡的

た　だらしない　吊兒郎當的；沒出息的

乏（とぼ）しい　缺乏的；貧乏的

な　懐（なつ）かしい　懷念的；思慕的

にぶい　遲鈍的；鈍的

のろい　緩慢的；愚蠢的

は　はなはだしい　極其；甚劇

ふさわしい　相稱的；適合的

ま　貧（まず）しい　貧窮的

まぶしい　炫目的；耀眼的

みっともない　不成體統的；不像樣的

むなしい　空虛的；枉然的

目覚（めざ）ましい　醒目的；出色的

めでたい　可喜的；幸運的

ものすごい　不得了的

もろい　脆弱的；易碎的

や　やかましい　喧囂的；吵鬧的

用心深（ようじんぶか）い　十分謹慎的

な形容詞（適用於問題4、5、6）

あ　明（あき）らかだ　清楚的；明顯的

当（あ）たり前（まえ）だ　理所當然的

新（あら）ただ　新的

案外（あんがい）だ　意料之外的

いい加減（かげん）だ　敷衍的；馬馬虎虎的

大（おお）げさだ　誇大的

大（おお）ざっぱだ　草率的；粗枝大葉的

132

か 格別(かくべつ)だ　格外的；特別的

　　勝手(かって)だ　自私自利的；任意的

　　けちだ　小氣的

　　厳重(げんじゅう)だ　嚴格的；嚴厲的

　　強引(ごういん)だ　強硬的；蠻幹的

さ 幸(さいわ)いだ　幸運的；幸福的

　　さわやかだ　清爽的；爽快的

　　残念(ざんねん)だ　可惜的；遺憾的

　　地味(じみ)だ　樸素的；樸實的

　　順調(じゅんちょう)だ　順利的

　　上品(じょうひん)だ　高雅的；高尚的

　　真剣(しんけん)だ　認真的

　　慎重(しんちょう)だ　仔細的；謹慎的

　　贅沢(ぜいたく)だ　奢侈的

た だめだ　無用的；白費的

　　丁寧(ていねい)だ　仔細的；禮貌的

　　手(て)ごろだ　適合的；適稱的

　　でたらめだ　胡鬧的；胡說的

　　得意(とくい)だ　自滿的；得意的

　　独特(どくとく)だ　獨特的

な 苦手(にがて)だ　不擅長的

　　のんきだ　無憂無慮的；悠閒的

は 派手(はで)だ　華麗的；浮華的

　　無事(ぶじ)だ　平安無事的

　　不思議(ふしぎ)だ　不可思議的

　　不満(ふまん)だ　不滿的

　　平気(へいき)だ　不介意的；不在乎的

　　平凡(へいぼん)だ　平凡的

　　朗(ほが)らかだ　開朗的；活潑的

ま 見事(みごと)だ　精彩的；非常好的

　　無駄(むだ)だ　無用的；白費力氣的

　　明確(めいかく)だ　明確的

　　迷惑(めいわく)だ　困擾的；麻煩的

や 愉快(ゆかい)だ　愉快的

　　余計(よけい)だ　無用的；多餘的

ら 利口(りこう)だ　伶俐的；機靈的

　　立派(りっぱ)だ　卓越的；優秀的

　　冷静(れいせい)だ　冷靜的

わ わずかだ　僅僅的；稍微的

副詞（適用於問題4、5、6：請連動詞一起背）

　　家で　のんびりする　在家裡悠閒度日

　　うっかり　忘れる　不留神忘了

か きちんと　片付ける　收拾整齊

　　ぎっしり　詰める　塞得滿滿的

　　きっぱり　断る　堅決地拒絕

　　ぐっすり　寝る　睡得沉

　　ぐっすり　休む　充分休息

さ さっさと　帰る　趕緊回家

　　ざっと　目を通す　草草地過目

　　さっぱり　分からない　一點也不懂

　　じっくり　考える　仔細地思考

　　じっくり　煮る　慢慢地燉煮

　　じっと　見る　凝神看著

　　しみじみ　感じる　深切地感覺到

すっかり　忘れる　完全忘記

すらすら　話す　流暢地說話

ずらりと　並ぶ　成排地並列

せっせと　働く　拼命地工作

そろそろ　帰る　就要回家

た　たちまち　売りきれる　頃刻間賣光

ちらりと　見る　瞥見一眼

つい　買ってしまう　無意中買了

てきぱき　働く　工作乾淨俐落

な　のろのろ　歩く　緩慢地走著

は　はきはき　答える　爽快地回答

ばったり　会う　偶然相遇

ぱったり　切れる　突然中斷；突然停止

ばったり　倒れる　啪地倒下

びっしょり　ぬれる　濕透

ぶつぶつ　言う　喃喃自語

ぶらぶら　歩く　閒晃

ぺらぺら　話す　滔滔不絕地說

や　ゆっくり　する　慢慢來；不著急

ゆっくり　休む　安穩地休息

其他副詞（適用於問題4、5、6）

あくまで　歸根究柢

意外（いがい）に　意外地

いちいち　逐一地

いっせいに　同時；一齊

いつの間（ま）にか　不知不覺間

おのおの　各自；諸位

主（おも）に　主要地；首要地

およそ＝約（やく）　大約；約略

がっくり＝がっかり　頹喪；失落

くれぐれも　千萬

じかに　直接地

次第（しだい）に＝だんだん　逐漸地

しっかり　穩固；可靠；充足

徐々（じょじょ）に　徐徐地

せいぜい　最多也；充其量

続々（ぞくぞく）と　接連地；無窮地

ただし＝ただ　只是

ただちに＝すぐ　立刻；馬上

ちゃんと　規規矩矩；端正

どうか　請；務必；無論如何

どうも　總也；怎麼也

どんどん　順利；接二連三地

なるべく＝できる限（かぎ）り　盡可能

ぴったり　精確；恰好；正合適

まあまあ　大致可以

まごまご　手忙腳亂；不知所措

まもなく＝すぐ　不久；立刻

やたらに　一昧地；胡亂地

連接詞（適用於問題4、5、6）

あるいは　或者

いわば　說起來；譬如說

いわゆる　所謂

および　以及

さて	那麼
さらに	並且；再者
しかしながら	然而
しかも	而且
したがって	因此；從而
実(じつ)は	實際上
すなわち	就是說；換句話說
すると	於是
そういえば	那樣說來的話
そこで	所以
それでも	即便那樣也
それとも	還是
それに	而且
それにしても	即便那樣也
それにもかかわらず	儘管如此；即便如此
それはさておき	姑且不論那件事
それはそうと	姑且不論那件事
ちなみに	順帶一提
つまり	總之
ところが＝しかし＝でも	然而；但是
ところで	對了（語氣轉折）
なお	另外；再者
なぜなら	因由何故
または	或者
もしかすると	或許；說不定
もしくは	或者
もしもの時(とき)	緊急情況時
ゆえに	因此；所以
要(よう)するに	總而言之

片假名（適用於問題4、5）

ア
アイロン	熨斗
アクセス	路徑；接入；存取
アピール	申訴；抗議；有魅力
アプローチ	接近
イメージ	印象
インタビュー	面試
ウイルス	病毒
エチケット	禮貌；禮節
エネルギー	能量
エピソード	插曲；軼事
エンジン	引擎

カ
カロリー	卡洛里
キャッシュ	現金
ギャップ	隔閡；代溝
ギャラリー	藝廊；長廊
キャンセル	取消
キャンパス	校園
クーラー	冷氣
クレジットカード	信用卡
グッズ	日用雜貨；貨物
ゲットする	得到
コインランドリー	自助洗衣店
コック	廚師
コピー	影印
コミュニケーション	溝通；交流
コレクション	收藏；蒐集品
コントロール	控制
コンパ	聯歡會
コンプレックス	自卑感；劣等感；情結

サ	シートベルト　安全帶		ムード　心情；情緒
	ジェスチャー　手勢；姿勢		メッセージ　訊息
	ジム　健身房；體育館		メリット　好處；優點
	シャッター　百葉窗；快門		モダンだ　近代的；現代的
	シルバーシート　敬老座	ヤ	ユニークだ　獨特的
	スーツ　西裝；套裝	ラ	ライセンス　執照；許可證
	スーツケース　行李箱		リストラ　裁員
	スカーフ　圍巾		リズム　節奏；拍子
	スタート　開始		リラックス　放鬆
	スムーズ　平滑；（事情）進行的順利		ルーズだ　吊兒郎當；鬆散的
	ソフト　軟體；霜淇淋		ルール　規則
タ	ダイヤ　鑽石		レシート　發票；收據
	ダブル　兩倍；雙重		レベル　層次；等級
	チーム　團隊；隊伍		ロッカー　寄物櫃
	ツアー　旅遊；旅行團		

タ
　デコレーション　裝飾
　トップ　首頁；第一；頭條
　ドラマ　電視劇
　トンネル　隧道

ナ　ノック　敲門

ハ　ファスナー　拉鍊
　ファックス　傳真
　ブーム　熱潮
　プラン　計畫
　プログラム　項目；程式
　ペーパードライバー　有駕照卻無開車經驗的人
　ホームシック　思鄉；鄉愁
　ホームレス　流浪漢

マ　マスコミ　媒體
　マナー　禮節；禮儀

慣用語（適用於問題4、5、6）

手　手があがる　技術變好
　手が空（あ）く　工作暫告一個段落而有空閒
　手がない　人手不足；沒有辦法
　手数（てすう）をかける　費事；費工夫
　手間（てま）がかかる　費事；費工夫
　手を焼（や）く　難纏；棘手；令人頭痛

猫　猫舌（ねこじた）　吃熱食怕燙的人
　猫の手も借りたい　非常忙碌
　猫の額（ひたい）　狹窄
　猫の目のようだ　變化無常；變化劇烈

気　お気の毒（どく）　感到同情；可憐
　気がきく　機靈；靈敏
　気が済（す）む　滿足；解氣
　気が長い　有耐性；寬大

気が短い　　急躁；沒耐性

気を配る＝思いやる　　顧慮；著想

口　口が重い　　沉默寡言

　　口がかたい　　守口如瓶

　　口を出す　　插嘴

頭　頭が固い　　頑固；固執

　　頭が切れる　　聰明；伶俐

　　頭にくる＝腹がたつ　　上火；發怒

水　水入らず　　只有自家人

　　水臭い　　見外的

目　大目に見る　　寬恕；留情

　　目が覚める　　醒來；覺醒

　　目がない　　很喜歡

　　目が回る　　頭暈目眩；非常忙碌

足　足が出る　　超出預算

　　足がはやい　　銷路好；食物容易腐敗

　　足が棒になる　　雙腿發脹，發痠

　　足を洗う　　金盆洗手

　　足を奪われる　　交通癱瘓

耳　初耳　　初聞；第一次聽到

　　耳にする　　耳聞；聽到

　　耳にたこができる　　聽膩；聽到耳朵長繭

固定用語（適用於問題4、5、6）

空きになる　　（一點不剩）枯竭；耗盡

あくびをする　　打哈欠

おかまいなく　　不用顧慮我

お言葉に甘えて　　恭敬不如從命

お世話になる　　承蒙您關照

お茶を濁す　　敷衍；欺瞞

お疲れ様　　您辛苦了

機嫌をうかがう　　討好；取悅

けじめをつける　　作個了結

見当をつける　　看出端倪

ご遠慮なく　　不用客氣

ご苦労様　　辛苦了

ご無沙汰しています　　許久不見疏於問候

仕方がない＝しょうがない

　　　　没辦法；無可奈何

時間をつぶす　　打發時間

しばらくですね　　一陣子（沒見了）

承知しました＝かしこまりました　　知道了

途方に暮れる　　黔驢技窮

とんでもない　　不得了；哪兒的話

なみなみではない　　非比尋常

のみ込みがはやい　　領會得快；學習得快

ひどい目にあう　　倒大楣

まねをする　　模仿；仿效

道に迷う　　迷路；對未來感到迷惑、躊躇

もうしわけない　　非常抱歉

やきもちを焼く　　忌妒；吃醋

やむを得ない　　不得已

語彙篇

問題4　累積言語知識　N2必考語彙：慣用語、固定用語

易混淆語彙（適用於問題 4 、 5 、 6 ）

あきる　厭煩；厭倦

あきれる　厭惡；發呆；發楞

あきらめる　放棄；死心

なまける　偷懶；怠工

おこたる　怠慢；疏忽

さぼる　偷懶；曠課；怠工

あわてる　慌張；驚慌

あせる　著急；急躁

いずれ　總歸；早晚；反正

いずれも　全都

いずれにしても　總之

わざと　故意；存心

わざわざ　特地；專程

たまに　偶爾

たまたま　偶然；碰巧

つい　不知不覺；無意中

ついに＝結局（けっきょく）　結果；終於

実は（じつ）　實際上；事實上

実に（じつ）　非常地；真的是

確か（たし）　也許；大概

確かに（たし）　確實；的確

大変（たいへん）＝非常に（ひじょう）　非常

大変だ（たいへん）　嚴重的

そっくり　完全；全

そっくりだ　一模一樣

さんざん　受盡；費盡

さんざんだ　狼狽；悽慘

ぺこぺこ　點頭哈腰；扁

ぺこぺこだ　肚子餓；扁下去

かならずしも　不一定；未必

かならず　必定；一定

とっくに　早就；早已

とくに＝とりわけ　尤其；特別

少なくとも（すこ）　最起碼

せめて　哪怕是；至少

かえって　反倒；反而

むしろ　反倒；寧可

ぐるぐる　頭昏眼花；眼珠滴溜溜地

ごろごろ　無所事事

ぶらぶら　閒晃；溜躂

のろのろ　慢吞吞的

のんびり　悠閒；愜意

ゆったり　慢慢地；不著急

138

しばしば　屢屢；常常

たまたま　偶然；正好；碰巧

じっと　一動不動；凝神

ずっと　一直；始終

めっきり　尤其；格外

めったに　幾乎沒

いよいよ　終於

ようやく　總算；終於

やっと　總算

とうとう＝結局、ついに　到頭；最後；終於

ほとんど　幾乎

すべて＝全部　全部

大部分　大部分

あふれる　滿溢；溢出

こぼれる　打翻

いきなり　突然

とつぜん　突然

急に　忽然；猛然

あまる　剩餘；剩下

のこる　留下；剩下；殘存；遺留

ほぼ　大致上；大略

ほとんど　幾乎；大體上

だいたい　大致上；大略

準備　準備

用意　準備；小心；防備

支度　預備；準備

うらなう　占卜

うらぎる　背叛；出賣

うらむ　悔恨；怨

そろえる　齊備；湊齊

そなえる　具備；設置；安裝

おしい　可惜的；遺憾的

もったいない　浪費的；可惜的

ただ　唯獨；只是；免費

ただし　但是

擬真試題 1

答案及解析 P 200

問題4　　請選出最適合，填入（　）中的選項。

1. 智子「いらっしゃい。すぐわかったの?」

   絵里「うん、初めて来た町なので、道に（　）のではないかと心配したけど、案外すぐ見つかったよ。」

   1 きらう　　　　　2 まよう　　　　　3 たどる　　　　　4 すれ違う

2. 5年も追っていた犯人を、目の前で（　）。

   1 逃した　　　　　2 避けた　　　　　3 催した　　　　　4 よけた

3. りんごと焼き芋は皮を（　）で食べた方がいいって。皮の方が栄養分たっぷりだそうよ。

   1 けずらない　　　2 はずさない　　　3 むかない　　　　4 はがない

4. 息子はお腹がへっていたのか、あっという間に二皿のオムライスを（　）。

   1 しずめた　　　　2 おさめた　　　　3 とどけた　　　　4 たいらげた

5. 何かを聞かれたらもう少し（　）考えてから答えなさい。

   1 慎重に　　　　　2 貴重に　　　　　3 尊重に　　　　　4 重宝に

6. 309号室の患者は手術したばかりなので、2日ぐらい（　）にさせてください。

   1 安静　　　　　　2 安定　　　　　　3 安心　　　　　　4 安易

7. 吉田課長が不在のため、プロジェクトが（　）違いの方向へ進む一方だった。

   1 見解　　　　　　2 偏見　　　　　　3 見当　　　　　　4 意見

問題 4　請選出最適合，填入（　）中的選項。

① 考えうる手はすべて使ってみたが、期待していた結果が出せず、（　）に暮れている。

　　　1 途中　　　　　2 途方　　　　　3 相互　　　　　4 半端

② 韓国料理はおいしいが、かなり（　）がかかる。

　　　1 手当て　　　　2 手本　　　　　3 手間　　　　　4 手入れ

③ 姉はダイエットすると言いながら、みんなが寝ている夜中に（　）何かを食べているようだ。

　　　1 すっきり　　　　2 まごまご　　　　3 すんなり　　　　4 こっそり

④ ネットで法に（　）ようなことを書き込んだりしてはだめでしょう。

　　　1 かわす　　　　2 ふれる　　　　3 まぜる　　　　4 こえる

⑤ 父は「これからは自分のために生きていく。」と言って、家族を（　）家を出てしまった。

　　　1 ならって　　　　2 さぐって　　　　3 ほうって　　　　4 ほって

⑥ うちの高校は校則が（　）というか、生徒を自由にさせている。授業に遅刻や欠席する生徒はもちろん、髪の毛を赤や黄色などに染めた生徒が多すぎる。

　　　1 ゆるい　　　　2 かゆい　　　　3 こまかい　　　　4 したしい

⑦ 何かの賞をもらった映画というから、相当期待していたが、（　）しようがなかった。

　　　1 平和で　　　　2 理屈で　　　　3 退屈で　　　　4 平気で

問題4　　請選出最適合，填入（ ）中的選項。

① 12月になると、忘年会や大掃除など、新年を迎える準備でとても（ ）なる。
　　1 きそくただしく　2 あわただしく　3 はなはだしく　4 ただしく

② え? 花子さんが森田主任と結婚するって?本当?僕は（ ）だけど。
　　1 空耳　　　　　2 寝耳　　　　　3 小耳　　　　　4 初耳

③ お借りになった図書は3日後には必ず（ ）してください。
　　1 返済　　　　　2 返信　　　　　3 返答　　　　　4 返却

④ 先輩、どの本を（ ）にして萩原教授の授業のレポートを書いたらいいか、教えてください。
　　1 資源　　　　　2 参考　　　　　3 見本　　　　　4 材料

⑤ ぼくがお酒を飲んで、夜遅く帰った次の日は、間違いなく妻は不（ ）になる。
　　1 機嫌　　　　　2 険悪　　　　　3 都合　　　　　4 合理

⑥ 去年の優勝者の長谷川さんが相手だったら、勝てる（ ）はないよ。
　　1 見慣れ　　　　2 見どころ　　　3 見込み　　　　4 見通し

⑦ お（ ）をおかけしますが、読み終わった本は元のところに戻してください。
　　1 手みやげ　　　2 手がら　　　　3 手元　　　　　4 手数

問題 4　　**請選出最適合，填入（　）中的選項。**

1　約束の時間まで 3 時間も残っているから、映画でも見て時間を（　）。

　　1 つけよう　　　　2 つぶれよう　　　3 たおそう　　　4 つぶそう

2　この帽子、デザインとか色が君に（　）だと思って買ったんだ。

　　1 ばったり　　　　2 くっきり　　　　3 ぴったり　　　4 がっくり

3　私は恥ずかしがりやなので、人の前ではうまく話せない。何でも（　）話せる良子さんがうらやましくてならない。

　　1 すらすら　　　　2 ぺこぺこ　　　　3 ごろごろ　　　4 うろうろ

4　仕事中に友達と電話を？ 少なくとも会社では公私の（　）をつけなさいよ。

　　1 変わりめ　　　2 やくめ　　　　3 けじめ　　　　4 あらため

5　この店は勘定の時、（　）でないとだめだそうだ。

　　1 エチケット　　　2 キャッシュ　　　3 ギャラリー　　4 グッズ

6　より（　）な睡眠をとるためには、寝室の照明を明るくしないことも大事だ。

　　1 快速　　　　　2 愉快　　　　　　3 的確　　　　　4 快適

7　スポーツを短時間で（　）させるためには、やる気がなきゃだめだ。

　　1 発達　　　　　2 達成　　　　　　3 上達　　　　　4 抜群

問題 4　請選出最適合，填入（　）中的選項。

1　当美容院は当日のご予約は（　）おりません。

　　1 承って　　　　　2 申し込んで　　　3 受け継いで　　　4 取り上げて

2　海にでも出かけよう。（　）の休みだし、こんなに天気もいいのに、家にいて
　　はもったいないじゃない？

　　1 せいぜい　　　　2 せっかく　　　　3 なるべく　　　　4 きわみ

3　九州旅行のため、新幹線とホテルがセットになっている（　）を検索してみ
　　た。

　　1 ダイヤ　　　　　2 リセット　　　　3 トップ　　　　　4 プラン

4　傘も持たずに出かけた息子は、雨で（　）ぬれて帰ってきた。

　　1 ぎっしり　　　　2 びっしょり　　　3 ずらり　　　　　4 びっくり

5　私が中学生になってから母は私に学校でどんなことがあったか、またどんな
　　ことを したかを（　）聞いてくるのです。本当にうるさくてしかたないです。

　　1 いちいち　　　　2 ひりひり　　　　3 とうとう　　　　4 わざわざ

6　彼ならこんなこと、（　）2 時間ぐらいしかかからないのに、まだ仕事に慣れ
　　ていない僕には、とても一日ではできそうにない。

　　1 あくまでも　　　2 さっそく　　　　3 せいぜい　　　　4 いよいよ

7　君にこのまま会えないと思うと涙が（　）しまうのです。

　　1 とどまって　　　2 だして　　　　　3 ながして　　　　4 こぼれて

問題 4　請選出最適合，填入（　）中的選項。

1　不良だった吉本君は両親を失ってからはじめて（　）になって働いている。

　　1 本音　　　　　2 本気　　　　　3 本当　　　　　4 本心

2　「彼に聞く」のように助詞をどう（　）するかによって、意味が違ってくる文がある。

　　1 解釈　　　　　2 解剖　　　　　3 解消　　　　　4 誤解

3　わが校は大学への合格率より、生徒たちの個性を重視し、生徒の固有の力を引き出して（　）教育を行っています。

　　1 溶かす　　　　2 結ぶ　　　　　3 導く　　　　　4 叫ぶ

4　3番目の受験でまた滑って、落ち込んでいた時に、親は（　）くれた。

　　1 あまして　　　2 すまして　　　3 さまして　　　4 はげまして

5　会議で内藤課長のアイデアは結構いいと言ったけど、それは（　）で、本音を言うと、ありふれたアイデアだと言えるでしょう。

　　1 ようす　　　　2 なかみ　　　　3 たてまえ　　　4 ながめ

6　先方との商談では、いろんな条件をめぐっての（　）をさけるために努めている。

　　1 活躍　　　　　2 方針　　　　　3 利益　　　　　4 摩擦

7　中高校生の時にいじめられていて、そのトラウマが（　）できず、社会人になった今もときどき思い出してしまいます。

　　1 経験　　　　　2 克服　　　　　3 軽視　　　　　4 到達

問題4　**請選出最適合，填入（　）中的選項。**

1　今のマンションは畳で、その上にカーペットを（　）と思っています。畳があまり好きではないから。
　　1　敷こう　　　　　2　はがそう　　　　3　貼ろう　　　　4　はずそう

2　ビタミンＥは傷が治るのを（　）という説を聞いて、ちょっとびっくりした。
　　1　投げる　　　　　2　からむ　　　　　3　妨げる　　　　4　区切る

3　うちの子は、親の言うことに（　）しない、いい子です。
　　1　沸いたり　　　2　立ち上がったり　3　占ったり　　　4　逆らったり

4　自分の年齢に（　）行動したり、話したりするのは、思ったより大変だ。
　　1　ものすごく　　　2　ふさわしく　　　3　けむく　　　　4　あわく

5　面接に行くのにジーンズの格好なの？（　）からスカートでもはいて行きなさい。
　　1　たまらない　　　2　あぶない　　　　3　きたない　　　4　みっともない

6　大学へ進学するか、それとも、就職をするかを（　）悩んだすえに、専門学校に入って技術を身につけることにした。
　　1　くれぐれ　　　　2　ぶつぶつ　　　　3　さんざん　　　4　はらはら

7　課長は社長の乗った車が見えなくなるまで（　）頭を下げている。
　　1　ぺこぺこ　　　　2　すべすべ　　　　3　しとしと　　　4　ぶかぶか

146

問題 4　　請選出最適合，填入（　）中的選項。

1　彼の主張は根拠もなく、説得力に（　）ものがありますね。

　　1 下がる　　　　　2 扱う　　　　　3 欠ける　　　　　4 余る

2　卒論のしめきりが（　）じたばたしている。

　　1 こまって　　　　2 せまって　　　3 きまって　　　4 そまって

3　コーヒーや紅茶の（　）には、みんなが知っているようにカフェインがある。

　　1 結成　　　　　2 構成　　　　　3 合成　　　　　4 成分

4　（　）の目を気にしてばかりいたら、自分のしたいことは一生できないだろう。

　　1 世間　　　　　2 世代　　　　　3 世論　　　　　4 世話

5　リーダーに必要な素質には色々あるが、特に（　）な判断力は欠かせないだろう。

　　1 率先　　　　　2 軽率　　　　　3 確定　　　　　4 的確

6　最近、急に朝晩寒くなって、ひどい風邪をひいてしまった。会社にも行けないくらいだったが、今は（　）軽くなったようだ。

　　1 ほんの　　　　2 ほっと　　　　3 やや　　　　　4 じっと

7　私はこの社に入社して 2 年も経っているが、なかなか販売の（　）が上げられないでいる。

　　1 実績　　　　　2 実体　　　　　3 実現　　　　　4 実感

問題 4　請選出最適合，填入（ ）中的選項。

1 私、保育士をしているけど、子供を相手にする仕事には（ ）いないかも。毎日が大変で、つらくて、やめたいのよ。

　1 かいで　　　　2 といて　　　　3 さいて　　　　4 むいて

2 11月になると（ ）寒くなり、葉も散り始めた。

　1 そっくり　　　2 めっきり　　　3 うっすら　　　4 ふんわり

3 小学生の時にした手術のあとが、二十歳になってもまだ（ ）いる。

　1 ういて　　　　2 あまって　　　3 のこって　　　4 まいて

4 子供の時、うちは貧乏で、借金だらけの生活だったが、ある日、父が買った宝くじが当たって、今は（ ）のある暮らしをしている。

　1 余暇　　　　　2 余裕　　　　　3 豊富　　　　　4 豊か

5 一年以上参加しなかった人は、名簿から名前を（ ）することにした。

　1 削除　　　　　2 削減　　　　　3 添削　　　　　4 免除

6 子は親を手本にして、言動を（ ）ものです。

　1 ほる　　　　　2 さぐる　　　　3 もぐる　　　　4 まねる

7 面接とともに筆記テストも（ ）しますので、筆記用具を持参してください。

　1 実施　　　　　2 実用　　　　　3 実感　　　　　4 実習

問題 4　　**請選出最適合，填入（ ）中的選項。**

1 チームの10連勝に（ ）した浦原監督は、今回の試合をもって引退するそうだ。

　　1 納付　　　　　2 研修　　　　　3 貢献　　　　　4 献立

2 先月に続いて今月も売り上げが下がっています。売り上げを伸ばすためのいいアイデアがありましたら、何でもいいからみなさん（ ）話してください。

　　1 ぎりぎり　　　2 こつこつ　　　3 だんだん　　　4 どんどん

3 ヨーロッパへ旅行に行ってきて、英会話の重要性を（ ）感じた。

　　1 もぐもぐ　　　2 きらきら　　　3 くよくよ　　　4 しみじみ

4 （ ）ことに私が甥と姪の世話をすることになった。姉の夫婦が二人っきりで旅行に行くと言ったからだ。

　　1 こんざつな　　2 やっかいな　　3 ていねいな　　4 ひにくな

5 うちのグループは、自動車工場の爆発事件の原因を（ ）ことになった。

　　1 さぐる　　　　2 ふける　　　　3 控える　　　　4 暮れる

6 残業の日は帰りが遅くなるので、タクシーで帰っている。そのタクシー代は（ ）を会社に出すと、次の月にもらえる。

　　1 グッズ　　　　2 エチケット　　3 レシート　　　4 ルール

7 最近、テロに（ ）したニュースがよく報道されている。

　　1 連想　　　　　2 関連　　　　　3 観点　　　　　4 朗報

問題 4　**請選出最適合，填入（）中的選項。**

1　うちの食費を減らすため、一週間の献立をたてて買い物をするとか、食品は国産にこだわらないとか、いろいろと（　）している。

　　1 作戦　　　　　2 追求　　　　　3 工夫　　　　　4 研修

2　結婚って実際は思ったより日常的で、大変だが、ある程度の（　）をしておけば、結婚してからがっかりすることや、苦しむことも少なくなると言われた。

　　1 受付　　　　　2 規定　　　　　3 反省　　　　　4 覚悟

3　小説家の木村さんが書いた本は、（　）がほとんど同じなので、あまり売れないのだ。

　　1 りくつ　　　　2 つじつま　　　3 あいづち　　　4 あらすじ

4　ヘビースモーカーの父に、健康のためお酒やたばこを少しだけ（　）ようにと言ったが、全然聞こうとしない。

　　1 ひかえる　　　2 さかえる　　　3 おぎなう　　　4 からかう

5　取引先の社長との顔合わせに、（　）な服装で来るようにと言われた。

　　1 シビア　　　　2 ネガティブ　　3 ルーズ　　　　4 フォーマル

6　森が水を（　）働きがあるってこと、知っていますか。

　　1 そだてる　　　2 たくわえる　　3 つかまえる　　4 ふさがる

7　お金持ちの彼には親友なんかいない。ただ、彼のお金を（　）近づいてくる人ばかりだ。

　　1 ならって　　　2 おれて　　　　3 ねらって　　　4 かくれて

問題 4　　請選出最適合，填入（　）中的選項。

1　ガソリンに水を（　）売っていたガソリンスタンドの社長が逮捕された。

　　1 まぜて　　　　　2 ぬけて　　　　　3 くだけて　　　　4 くずれて

2　これから寒くなりますので、風邪をひかないように、（　）お体にお気をつけください。

　　1 あいかわらず　2 つぎつぎと　　　3 べつべつに　　　4 くれぐれも

3　仕事に追われて新聞を読む時間がない。出勤の際、電車の中で新聞の（　）を見ているくらいだ。

　　1 見舞い　　　　2 見合い　　　　　3 見送り　　　　　4 見出し

4　わが社が今まで（　）に成長してこられたのは、すべて職員のみなさんのおかげだと思います。

　　1 順番　　　　　2 順調　　　　　　3 調子　　　　　　4 番組

5　先月、別れた彼女に街で（　）会って、それ以来また付き合うことになった。

　　1 せっせと　　　2 さっぱり　　　　3 ばったり　　　　4 たしかに

6　若い時に（　）いては、年寄になってから必ず後悔するよ。

　　1 はかって　　　2 うらんで　　　　3 まげて　　　　　4 なまけて

7　（　）な彼だからこそ、こんな独特な発想ができるのだ。

　　1 リアル　　　　2 アピール　　　　3 キャリア　　　　4 ユニーク

問題4　　**請選出最適合，填入（ ）中的選項。**

1　飼い主の話していることを理解して行動する（ ）な犬がほしい。
　　1 利口　　　　　　　2 おろか　　　　　3 まじめ　　　　4 真剣

2　私は25歳に結婚して、息子二人を育て、（ ）な人生を送っている専業主婦
　　です。
　　1 平和　　　　　　　2 平凡　　　　　　3 平均　　　　　4 平気

3　いつも（ ）な格好をしているから、あの大手企業の会長とは思えなかった。
　　1 立派　　　　　　　2 ぜいたく　　　　3 派手　　　　　4 地味

4　（ ）私のアイデアを、上司に横取りされたが、誰にも言えません。
　　1 悔しくも　　　　　2 幼くも　　　　　3 勇ましくも　　4 やかましくも

5　電車の中で隣に座っている男が下を向いて、何か（ ）ひとりごとを言ってい
　　るので、すごく怖かった。
　　1 こつこつ　　　　　2 わざわざ　　　　3 ぶつぶつ　　　4 ばらばら

6　入社したばかりの吉野君はいつも（ ）としているが、それも長く続かないだ
　　ろう。ぼくも入ったばかりのころは、あんなに元気だったよな。
　　1 はきはき　　　　　2 ぐずぐず　　　　3 おどおど　　　4 そわそわ

7　平均寿命が延びた理由はいろいろあると思いますが、その中でも一番の理
　　由は現代の医学の（ ）進歩でしょう。
　　1 てれくさい　　　　2 うっとうしい　　3 めざましい　　4 あっけない

問題 4　**請選出最適合，填入（ ）中的選項。**

1　子供たちも独立して、夫と二人っきりになってから、なんか人生が（ ）思われてなりません。今までの人生が何もなかったような気がします。

　　1 なつかしく　　　2 むなしく　　　3 あやしく　　　4 あつかましく

2　田舎の（ ）な朝の空気を、胸いっぱい吸った。

　　1 こまやか　　　2 あざやか　　　3 はなやか　　　4 さわやか

3　この店はうどんがおいしいが、特にサラダうどんは（ ）です。

　　1 豊富　　　　2 格別　　　　3 賢明　　　　4 盛大

4　私の上司は私が会社に少し遅れたら、「今日は早いわね!」とか、報告書を出すと「なんてすばらしい報告書!」とか（ ）を言います。本当に会社を辞めたいんです。

　　1 皮肉　　　　2 苦情　　　　3 文句　　　　4 小言

5　彼はライバルの候補と（ ）な差で選挙に当選した。

　　1 わずか　　　2 おろか　　　3 すみやか　　　4 すこやか

6　私は取締役の参加する会議などでも自分の意見を（ ）に伝えるようにしているが、同僚からは「勇気あるね!」とよく言われている。

　　1 新鮮　　　　2 正式　　　　3 満足　　　　4 明確

7　韓国人は時間に（ ）で、短気な民族だというが、そんな人は日本人や中国人、アメリカ人にもいるはずで、それは民族性ではなく人によるものでしょう。

　　1 コスト　　　2 エネルギー　　3 ルーズ　　　4 ジレンマ

重點題型攻略

問題5　近義替換（題數為 5 題）

題型說明　1　從選項中選出與畫底線單字**意思最接近的字彙和慣用語**。

2　2010 年改制前就有的題型。

3　出題字詞有**擬聲語、擬態語等副詞和片假名**。

〔例題〕

アメリカ人のマイケルさんは英語はもちろん、 日本語も<u>ぺらぺら</u>だ。

1 <ruby>下<rt>へ</rt></ruby><ruby>手<rt>た</rt></ruby>だ　　　2 <ruby>上<rt>じょう</rt></ruby><ruby>手<rt>ず</rt></ruby>だ　　　3 うるさい　　　4 いい<ruby>加<rt>か</rt></ruby><ruby>減<rt>げん</rt></ruby>だ

解題技巧　1　閱讀整個句子後，再從選項中選出與畫底線單字意思最接近的字彙和慣用語。

2　**無法理解單字的意思時，請先掌握整句話的含意，將選項中的字詞套入畫底線處**，找出意思最通順的作為答案。

3　如果無法選出答案，**請再試著掌握整句話的含意並選出答案。不會的題目就算想破頭也想不出答案，請快速選一個答案結束本題，以確保其他試題的作答時間。**

4　**碰到不會的題目，千萬不要先空著不答**，請先暫時填寫一個答案，之後還有時間再回頭作答。

5　完成該題型的所有題目，確認答案卡劃記完畢後，才能繼續作答下一個題型。

學習策略

1　N2 測試的字彙通常為**日常生活**中常用的字彙。

2　本題型要求具有**豐富且廣泛的字彙實力**。

3　熟記改制前的**歷屆試題字彙**。

4　練習作答**改制後的已公開歷屆試題**。

5　整理並熟記其他和 N2 必考單字相似的字彙和慣用語。

6　熟背本書列出的 N2 必考單字和慣用語。

N 2 頻出同義詞

相当（そうとう） かなり	相當地
おそらく たぶん	恐怕；大概
約（やく） およそ	大約
差し支えない（さしつかえない） 問題ない（もんだいない）	沒有妨礙
だいたい 大部分（だいぶぶん）	大致上
すべて 全部（ぜんぶ） あらゆる	全部
おしゃべり 雑談（ざつだん）	閒談
まもなく もうすぐ	不久；馬上
ほぼ だいたい ほとんど	幾乎；大致上

自分勝手だ（じぶんかってだ） わがままだ	自私自利的；任性的
再び（ふたたび） 再三（さいさん）	再三；再次
単なる（たんなる） ただの 単純な（たんじゅんな）	僅僅；只不過
あいまいだ あやふやだ はっきりしない	含糊的；曖昧的
おもいがけない 意外だ（いがいだ） 思いもよらない（おもいもよらない）	沒想到；出乎意料
済む（すむ） 終わる（おわる）	完結；結束
済ます（すます） 終える（おえる）	完結；結束

かいふく 回復する よくなる	恢復		やす ゆず 安く譲る やす う 安く売る	便宜地出售

かいふく 回復する よくなる	恢復
わるぐち い 悪口を言う わる い 悪く言う	說壞話
ちぢ 縮む ちいさくなる	縮小
ブームだ りゅうこう 流行する はやる	流行；熱潮
そろ 揃う あつ 集まる	聚集；匯集
みずから じ ぶん 自分から じ ぶん じ しん 自分自身で	親自；親身
こ がら 小柄 からだ ちい 体が小さい	身材短小；小個子
しゅうのう 収納する しまう	收納
オーバーにする おお 大げさにする	誇大，誇張
しょゆう 所有 も 持つ	擁有；持有

やす ゆず 安く譲る やす う 安く売る	便宜地出售
ずうずうしい あつかましい	厚臉皮的
とりあえず いちおう 一応	姑且；暫且
ほが 朗らかだ あか 明るい	開朗的；活潑的
ぶかぶか おお 大きい	過大不合身的
レンタルする か 借りる	租借；借用
な 慣れる なじむ	習慣；熟悉
ひ にく 皮肉 いやみ	諷刺；找碴
ま 負ける やぶ 敗れる	敗北；失敗；輸
まれだ めずら 珍しい	稀奇；罕見

接近する せまる	接近；迫近	

めっきり 格段と	尤其地；格外地	

スケジュール 日程	日程表；預定計畫表	

見解 意見 見方や考え方	見解；意見	

慎重だ 注意深い 十分注意する	非常注意；十分謹慎	

賢い 頭がいい 利口だ	頭腦好；聰明	

唯一だ それだけだ 他にない ただ一つだ	唯一的	

やや 少し	稍微	

テンポ 速さ	速度	

妙だ 変だ	奇怪的	

ささやく 小声で	低語；耳語	

かつて 以前	曾經；以前	

N 2 必考同義詞

疲れる くたびれる	疲累	

せいぜい おおくても	大不了；充其量	

年中 一年の間	年間	

サイン 署名	簽名	

やや 少し	稍微	

契機 きっかけ	契機	

れいせい 冷静だ お つ 落ち着く	冷静；沉著
もっと 最も いちばん 一番	最
あぶ 危ない き けん 危険だ	危険的
テンポ そく ど 速度 はや 速さ	速度
いきなり きゅう 急に とつぜん 突然	突然
わ 詫びる あやま 謝る	道歉；認錯
ほうぼう 方々 あち(ら)こち(ら)	到處；各處
みっともない み 見るにたえない	不像様的；不成體統的
サンプル み ほん 見本	様本
え やむを得ない し かた 仕方ない	不得已；沒辦法

たびたび しばしば なん ど く かえ 何度も繰り返して	頻繁地；經常
チャンス き かい 機会	機會
あいさつ れい お礼	打招呼
み ごと 見事だ すばらしい	精彩的；非常好的
き つ 気を付ける ちゅう い 注意する	注意；小心
トレーニング れんしゅう 練習	訓練；練習
そっくりだ おな 同じだ に よく似ている	一模一様
き い 気に入る す 好きだ	喜歡
すまない もうしわけない	對不起
ご らく 娯楽 レジャー	娯樂
き みょう 奇妙だ か 変わっている	怪異的

比較的（ひかくてき） わりあいに わりと	意外地；比較地
オイル 油（あぶら）	油
貢献する（こうけん） 寄与する（きょ）	貢獻；捐款
頭にくる（あたま） 腹が立つ（はら　た）	生氣；發火
献立（こんだて） メニュー	菜單
つりあい バランス	均衡；平衡
割合（わりあい） 比率（ひりつ）	比例
万が一（まん　いち） もしも	萬一
ありげ あるよう	似有
柄（がら） 模様（もよう）	圖案；花樣
常に（つね） いつも	總是；經常

指図（さし　ず） 命令（めいれい）	命令；指令
しまい 終り（おわ）	完結；終止
横切る（よこ　ぎ） 渡る（わた）	橫過；經過
中止（ちゅう　し） 取りやめ（と）	中止；取消
集まり（あつ） 会合（かいごう）	聚會；集會
腕（うで） 実力（じつりょく）	實力；本領
知人（ち　じん） 知り合い（し　あ）	認識的人；朋友
キャンセル 取り消し（と　け）	取消
しつこい くどい	囉嗦的；糾纏不休的
~に限る（かぎ） 一番だ（いちばん）	最好；最棒
夜明け（よ　あ） 明け方（あ　がた）	黎明時分

おとなしい 静<ruby>静<rt>しず</rt></ruby>かだ	安靜的；安詳的
<ruby>順調<rt>じゅんちょう</rt></ruby>だ うまくいく	順利的
<ruby>異<rt>こと</rt></ruby>なる <ruby>違<rt>ちが</rt></ruby>う	不同的
<ruby>舞<rt>ま</rt></ruby>う <ruby>踊<rt>おど</rt></ruby>る	跳舞
<ruby>大半<rt>たいはん</rt></ruby> <ruby>大部分<rt>だいぶぶん</rt></ruby>	大部分
<ruby>身<rt>み</rt></ruby>につける <ruby>覚<rt>おぼ</rt></ruby>える	學會；記住
たまたま <ruby>偶然<rt>ぐうぜん</rt></ruby>	偶然；碰巧
ミス <ruby>失敗<rt>しっぱい</rt></ruby>	失誤；失敗
<ruby>等<rt>ひと</rt></ruby>しい <ruby>同<rt>おな</rt></ruby>じだ	相等的；相同的
<ruby>怪<rt>あや</rt></ruby>しい <ruby>不審<rt>ふしん</rt></ruby>だ	可疑的
<ruby>努力<rt>どりょく</rt></ruby>する はげむ	努力；勤勉

のぞく <ruby>寄<rt>よ</rt></ruby>る	順路去；稍微看看
はなはだしい ひどい	甚劇；極其
<ruby>保<rt>たも</rt></ruby>つ <ruby>維持<rt>いじ</rt></ruby>する	維持；保持
<ruby>妨<rt>さまた</rt></ruby>げる <ruby>邪魔<rt>じゃま</rt></ruby>する	妨礙；阻礙
<ruby>昔<rt>むかし</rt></ruby> かつて	以前；曾經
ただちに <ruby>急<rt>いそ</rt></ruby>いで	立刻；趕快
だらしない <ruby>落<rt>お</rt></ruby>ち<ruby>着<rt>つ</rt></ruby>きがない ルーズだ	吊兒郎當的；散漫的
ちょうだいする いただく	領受
それぞれ おのおの	各自；分別
<ruby>最寄<rt>もよ</rt></ruby>り <ruby>一番近<rt>いちばんちか</rt></ruby>い	最近的

苦情 (くじょう) 不満 (ふまん) 文句 (もんく) ぐち	不滿；抱怨；怨言

いつのまにか 知らず知らずのうちに (し・し)	不知不覺間

一人につき (ひとり) 一人あたり (ひとり)	每人

肝心だ (かんじん) 重要だ (じゅうよう)	重要的；關鍵的

ほっとする 安心する (あんしん)	安心；放心

たどたどしい 片言だ (かたこと)	結結巴巴

それに しかも そのうえ	而且

乗り越える (の・こ) 克服する (こくふく)	克服

やかましい さわがしい うるさい	吵雜的；喧鬧的

真剣に (しんけん) 本気で (ほんき) 真面目に (まじめ)	認真地

打ち消す (う・け) 正しくないと言う (ただ・い) 否定する (ひてい)	否定

当てはまる (あ) 該当する (がいとう)	符合

てれくさい 照れる (て) 恥ずかしい (は)	害臊；害羞

普段 (ふだん) 平常 (へいじょう) 日頃 (ひごろ)	平常

受け持つ (う・も) 担当する (たんとう)	擔任

厄介だ (やっかい) 手間がかかる (て・ま) 面倒だ (めんどう)	麻煩的；費事的

辛抱する (しんぼう) 我慢する (がまん) こらえる	忍耐

くだらない 退屈だ (たいくつ) つまらない	無聊的；無意義的

上達する 上手になる	提高；進歩
正月 元旦 元日	新年
会計 勘定 お愛想	結帳
しゃべる 物語る 述べる	陳述；述說
用意 支度 準備	準備
仲間 同僚 友だち	夥伴；同事；朋友
用心する 注意する 気をつける	注意；小心

擬真試題 1

答案及解析 P 207

問題 5　請選出和畫底線語彙意思最接近的選項。

1　ピアニストのお母さんとバイオリニストのお父さんの間に生まれた彼には不思議なことに、音楽の才能がなかった。

1 つじつまがあわないことに　　　　2 なんとなくいらいらして
3 見当がつかなくて　　　　　　　　4 どうしてかよくわからないが

2　彼は少しでも自分に不利なことがあったら、すぐ腹を立ててしまう。

1 損になりそうなことがあると　　　2 理解を求めることがあると
3 役にたつようだったら　　　　　　4 手に入れそうだったら

3　マサオ君はのみ込みがはやいのに、努力しないからいつもビリです。

1 何でも食べてしまう　　　　　　　2 飲むのがはやい
3 すぐ理解する　　　　　　　　　　4 はやくやってしまう

4　東京の近郊に一戸建て住宅を買いましたが、庭が猫の額ほどです。

1 とてもきれいです　　　　　　　　2 とても狭いです
3 とても木が多く植えられています　4 とても広いです

5　親子おそろいで出かけるのが夢なので、早く子供を産みたいです。

1 親と子供が楽しく　　　　　　　　2 親と子供が同じ服を着て
3 親と子供がケンカしながら　　　　4 親と子供が自由に

6 　結婚に<u>メリットはない</u>と言う女性が増えているのが、少子化を促しているのではないか。

　　1 自由な時間はない　　　　　　　2 子供などは要らない
　　3 利点になることがない　　　　　4 長所だらけだ

7 　アメリカ人のジョンソンさんは日本語や韓国語だけでなく、中国語も<u>ぺらぺら</u>だ。

　　1 うまい　　　　　　　　　　　　2 ぶきようだ
　　3 不得意だ　　　　　　　　　　　4 いいかげんだ

8 　三浪してやっと大学に入った彼は、<u>本気になって</u>勉学にはげんでいる。
　　1 本心を隠して　　　　　　　　　2 なまけながら
　　3 楽しみながら　　　　　　　　　4 真剣な気持ちで

9 　新人のかなこさんが、新しいコピー機の前で<u>まごまごしている</u>ところを手伝ってあげた。

　　1 忙しくしている　　　　　　　　2 うまく使いこなしている
　　3 せっせとコピーをしている　　　4 使い方がわからなくてあわてている

10 　どんなに完璧な人でも<u>隙</u>はあるはずだよ。

　　1 ひま　　　　　　　　　　　　　2 ゆだん
　　3 チャンス　　　　　　　　　　　4 わざ

問題 5   請選出和畫底線語彙意思最接近的選項。

1   彼ほど顔が広い人は初めてだ。
    1 顔が大きい   2 知っている人が多い
    3 人をよく笑わせる   4 ゆかいな

2   空港での手続きはよりわずらわしくなった。
    1 容易になった   2 長くなった

    3 シンプルになった   4 やっかいになった

3   昨日のサッカーの試合はおしかったよな。
    1 勝ってうれしかった   2 負けて当然だった
    3 勝って驚いた   4 負けて残念だった

4   彼はそそっかしいので、仕事を任せられない。
    1 注意がたりない   2 ルーズな
    3 デリケートな   4 深刻でありすぎて

5   僕って辛いものに目がないから、もっともっと刺激的なものを求めて世界を
     歩き回りたいんだ。
    1 辛いものを研究し続けているから
    2 辛いものを控えているから
    3 辛いものがとても好きだから
    4 辛いものはよくないと思っているから

6 この店のネギラーメンは<u>格別</u>だ。

1 特にうまい　　　　　　　　2 よく売れている

3 有名だ　　　　　　　　　　4 好んで食べている

7 彼の英会話力はうちのクラスで<u>抜群</u>だ。

1 上手なほうだ　　　　　　　2 すぐうまくなった

3 まあまあなぐらいだ　　　　4 特にすぐれている

8 もう、不満を言うのも<u>いい加減</u>にしなさいよ。

1 主張しなさい　　　　　　　2 もっと強くいいなさい

3 やめないで続けなさい　　　4 適当なところでやめなさい

9 このズボンのデザイン、<u>変わっている</u>ね。試着してみていいですか。

1 はなばなしい　　　　　　　2 独特だ

3 象徴的だ　　　　　　　　　4 微妙だ

10 幸せになりたいというより、適齢期に結婚して、子供を産んで、ただ<u>人並み</u>
<u>の生活</u>をしたいだけだ。

1 ゆったりした生活　　　　　2 楽な生活

3 平凡な生活　　　　　　　　4 他人と違った生活

問題 5　請選出和畫底線語彙意思最接近的選項。

1　なんで急にそんな<u>水臭い</u>ことを言うの？

1 親しい

2 聞きづらい

3 他人みたいな

4 気持ち悪い

2　ダム建設によってこの町がなくなるって、どういうこと？ ぼくは<u>初耳</u>なんだ。

1 僕はとっくに知っていた

2 僕が始めるんだ

3 僕はうわさで聞いた

4 僕は聞いたことがない

3　食べ物も減らして、運動していたら、<u>一日ごとに</u>やせていった。

1 毎日

2 一日おきに

3 いつも

4 つねに

4　上司の小言にはもう<u>うんざりだ</u>。

1 これからはじまりだ

2 終わりそうにない

3 飽きていやになった

4 もう慣れてきた

5　新商品の開発のための会議で、意見がさかんに<u>交わされた</u>。

1 順調に

2 活発に

3 なだらかに

4 静かに

6 部活で、バスケットボールを<u>かじった</u>ことがある。
1 夢中になったことがある　　　　2 見たことがある
3 少し習ったことがある　　　　　4 選手として活躍したことがある

7 あなたは24時間寝なくても<u>平気</u>ですか。
1 何ともないですか　　　　　　　2 差し支えますか
3 大変ですか　　　　　　　　　　4 何となくぼんやりしませんか

8 彼女はきれいだが、<u>常識に乏しい</u>。話していてすぐわかった。
1 常識に富んでいる　　　　　　　2 常識がたりない
3 常識がゆたかだ　　　　　　　　4 常識にみちている

9 東京駅に近いアパートに住んでいるが、都心にしては<u>わりと</u>静かできれい
で家賃がやすい。
1 比較的　　　　　　　　　　　　2 よりいっそう
3 他よりもっと　　　　　　　　　4 期待に反して

10 後輩のミスを<u>見て見ないふりをした</u>。
1 見てはっきり見たと言いつけた　2 見て見なかったように行動した
3 見ていられなかった　　　　　　4 見ては我慢できなかった

問題 5　請選出和畫底線語彙意思最接近的選項。

1　このスープ、ちょっとしょっぱい。味見した？水をくわえたらどう？
　　1　水をたして薄くしたら
　　2　味が薄いから、もっと煮たら
　　3　水がなくなるまで、煮つめたら
　　4　水を捨てて、味を濃くしたら

2　真一、最近、珍しく勉強にはげんでいるね。
　　1　前と違って勉強をしないままにいる
　　2　普段通りに勉強に集中している
　　3　しなかった勉強を一生懸命にする
　　4　熱心だった勉強をほったらかしている

3　前に住んでいたアパートと今のマンションの面積はひとしい。
　　1　ぜんぜん異なっている　　　　　2　かなり違う
　　3　差が大きい　　　　　　　　　　4　大した差はない

4　開店記念で今日午後 1 時からの30分間、当店のケーキ 1 ピースをただで
　　さしあげます。
　　1　お金を半分もらって　　　　　　2　お金をもらわずに
　　3　ケーキを買ったらサービスで　　4　ほしかったら

5　年末の忘年会の日にちがかさなったりして、困ることがある。
　　1　日にちが急に変更されたりして
　　2　日にちがダブったりして
　　3　時間を覚え間違ったりして
　　4　間違った日を知らせて

6　彼のずるい振るまいにはもうがまんできそうにない。

1 辛抱できるかもしれない　　　　2 おさえる可能性はある

3 こらえられそうにない　　　　　4 ゆるしたくなくなる

7　そのうち、またご連絡さしあげます。

1 いずれ　　　　　　　　　　　　2 いつの間にか

3 約束した日に　　　　　　　　　4 知らないうちに

8　ポストイットはたまたま発明されたものだそうだ。

1 長い間をかけて　　　　　　　　2 突然

3 研究のすえに　　　　　　　　　4 偶然

9　父は仕事から毎日疲れて帰ってくる。疲れると病気になりやすいので心配だ。

1 みだれて　　　　　　　　　　　2 しずめて

3 くたびれて　　　　　　　　　　4 かれて

10　まだ遅くありません。これからでもおこたらず努力すると、きっと受かると思います。

1 すくすくやる　　　　　　　　　2 にやにややる

3 そろそろやる　　　　　　　　　4 こつこつやる

問題 5　請選出和畫底線語彙意思最接近的選項。

1　彼の電話番号を忘れないうちにひかえておこう。
1 しっかり覚えておこう　　　　　　2 メモしておこう
3 人に伝えておこう　　　　　　　　4 みんなに知らせておこう

2　鈴木さんは冗談を真に受けてしまう人だから、やめたほうがいいよ。
1 すぐうたがう　　　　　　　　　　2 本当に怒ってしまう
3 信じ込んでしまう　　　　　　　　4 広めてしまう

3　あれだけ努力したかいあって、成績がいちじるしく伸びた。
1 ほんの少し向上した　　　　　　　2 目立つようによくなった
3 わずかに回復した　　　　　　　　4 いきなり復帰した

4　地震の被害ははなはだしいです。
1 ひどい　　　　　　　　　　　　　2 あまりない
3 かるい　　　　　　　　　　　　　4 きびしくない

5　冗談にもほどがあるわよ。人の気分を悪くさせるのもいい加減にしなさい。
1 おそれがある　　　　　　　　　　2 きりがある
3 やったかいがある　　　　　　　　4 度が過ぎたらだめだ

6 このリンゴを一箱買うと、1,000円おまけします。

1　1,000円で買えます　　　　　　2　1,000円高くなります

3　1,000円値引きします　　　　　4　1,000円まで安くなります

7 あの双子は外見はそっくりだが、性格はまったくことなっている。

1　似たり違ったりします　　　　　2　少しも違ったところがない

3　よく似ている　　　　　　　　　4　少しも似ているところがない

8 去年の冬に買ったジーンズがきつくなった。縮んだかな。

1　大きくなった　　　　　　　　　2　ゆるくなった

3　だぶだぶになった　　　　　　　4　小さくなった

9 肉じゃがは僕の大好物なので、よく作って食べるんですが、そう容易ではないです。

1　意外に手間がかからないです　　2　思ったとおりにシンプルです

3　そんなに準備は要りません　　　4　思ったほど簡単ではないです

10 先輩にお金を貸してくださいと言ったら、快く貸してくれた。

1　ためらいながら　　　　　　　　2　嫌な顔をしないで

3　いやいや　　　　　　　　　　　4　しぶしぶ受け入れて

問題 5　　請選出和畫底線語彙意思最接近的選項。

① 前日（ぜんじつ）は大変（たいへん）お世話（せわ）になりました。これ、つまらないものですが、どうぞ。

　　1 めずらしくないものです　　　　　　2 やっと手（て）に入（い）れたものです

　　3 たいしたものではないです　　　　　4 すごいものです

② 隣（となり）の人（ひと）はなぜかわざと私（わたし）の足（あし）を踏（ふ）んだような気（き）がした。

　　1 前（まえ）から準備（じゅんび）して　　　　　　2 張（は）り切（き）って精一杯（せいいっぱい）に

　　3 思（おも）い切（き）って強（つよ）く　　　　　　4 何（なに）か意図（いと）を持（も）って

③ 食事（しょくじ）の途中（とちゅう）、おならをするとは、なんてエチケットのない人（ひと）だ。

　　1 積極的（せっきょくてき）な人（ひと）　　　　　　2 はずかしがりや

　　3 行儀（ぎょうぎ）の悪（わる）くない人（ひと）　　　4 礼儀（れいぎ）を知（し）らない人（ひと）

④ 来月（らいげつ）の献立（こんだて）は君（きみ）が立（た）ててみてごらん。

　　1 プラン　　　　　　　　　　　　　2 メニュー

　　3 フォーム　　　　　　　　　　　　4 ゴシップ

⑤ 私（わたし）が高校（こうこう）の時（とき）の趣味（しゅみ）は、世界（せかい）の切手（きって）をコレクションすることだった。

　　1 収集（しゅうしゅう）　　　　　　　　2 売買（ばいばい）

　　3 販売（はんばい）　　　　　　　　　　4 購買（こうばい）

6 夏休みの明けの仕事は大変だ。

1 夏休みが始まってからの　　　　2 夏休みが知らせてからの

3 夏休みが終わってからの　　　　4 夏休みがとれてからの

7 ただ用心深い性格なのに、よく消極的だと言われている。

1 よく気をつける　　　　　　　　2 おとなしい

3 大げさにしない　　　　　　　　4 世話好き

8 母は会社で相談役を受け持っています。

1 のぞんで　　　　　　　　　　　2 担当して

3 拒否して　　　　　　　　　　　4 許可して

9 村山課長は人はいいが、何かを決定しなきゃならない肝心な時にいなくな
る、無責任な人でもある。

1 変わった　　　　　　　　　　　2 よくある

3 普段な　　　　　　　　　　　　4 重要な

10 会社の最寄の駅は池袋駅です。

1 会社から最も不便な　　　　　　2 会社の帰りによく利用する

3 会社から一番近い　　　　　　　4 会社から離れている

問題 5　　請選出和畫底線語彙意思最接近的選項。

[1]　疲れた時にはただぐっすり寝るに限りますよ。
　　1 寝るのはいい方法の一つです　　　2 寝るのがよいかもしれないです
　　3 寝るのはよくないです　　　　　　4 寝るのが一番です

[2]　彼は意味ありげな表情をして、私を見つめていた。
　　1 意味の分からない　　　　　　　　2 理由のあるような
　　3 何か期待しているような　　　　　4 とてもうれしそうな

[3]　健康のためにもバランスがとれた栄養をとってください。
　　1 くみあった　　　　　　　　　　　2 つりあいのとれた
　　3 かたよった　　　　　　　　　　　4 つきあわされた

[4]　私の尊敬している先生の授業は、いつもあっという間に終わってしまう。
　　1 長引いて　　　　　　　　　　　　2 何かを考えている間に
　　3 話している間に　　　　　　　　　4 短い間に

[5]　5歳の子供が描いた絵にしては、見事に出来上がっている。
　　1 まずく　　　　　　　　　　　　　2 あいまいに
　　3 すばらしく　　　　　　　　　　　4 見る間に

6 相手がどんなに弱いチームでも、試合中は<u>油断してはいけない</u>。

1 気を楽にしては   2 気を落としては

3 気をもんでは   4 気を許しては

7 証拠からすると犯人は<u>まぎれもなく</u>隣の人だ。

1 まもなく   2 だいたい

3 たぶん   4 間違いなく

8 私は会社の<u>インフォメーション</u>デスクで働いているが、社長に「会社の顔はお前だ。」とよく言われている。

1 係員   2 案内   3 取り締り   4 管理

9 明日、秋葉原に行くつもりなんだけど、<u>付き合ってくれない？</u>

1 何か頼むものない   2 行き方を教えてくれない

3 何か買ってあげようか   4 一緒に行かない

10 どうぞごゆっくり<u>お休みください</u>。

1 おくつろぎください   2 召し上がってください

3 励ましてください   4 お楽しみください

重點題型攻略

問題6　用法（題數為 5 題）

題型說明　1 題目為一字彙，從選項中選出正確使用該語彙的句子。
2 出題字彙包含名詞、形容詞、副詞、動詞、片假名。
3 2010 年改制前就有的題型。

〔例題〕
詳しい

1 過ちもないのに部長に怒られるなんて詳しい。
2 ３歳のめいは、お菓子を買ってくれと詳しくねだる。
3 母は何でもないつまらないことに詳しい小言を言う。
4 パクさんは日本の財界の消息に詳しい人です。

解題技巧　1 明確判斷出題目語彙的意思和詞性，尤其要確實掌握其為名詞、な形容詞，還是動詞。
2 請一邊確認四個選項句中的畫底線語彙是否擺放在正確的位置，一邊解讀句意。
3 陷阱選項經常會使用**與答案意思相近的字彙**，或是**有相同漢字的字彙**。
4 請特別留意題目語彙在句中是否連接正確。
5 本題型為語彙篇中**最耗時的惱人題型**，請務必靜下心來理解每句話的句意。
6 **不會的題目就算想破頭也想不出答案，請盡快選一個答案結束本題！**
7 **碰到不會的題目，千萬不要先空著不答。**
8 完成該題型的所有題目，確認答案卡劃記完畢後，才能繼續作答下一個題型。

學習策略　　1　N2 測試的語彙通常為**日常生活中**常用的語彙。

2　閱讀改制前的**歷屆試題**，並掌握類型。

3　練習作答**新日檢的已公開歷屆試題**，並掌握**新日檢**的出題傾向。

4　熟背本書列出的 N2 必考文字和語彙。

N 2 頻出語彙

甘(あま)やかす　縱容；放任

生(い)き生(い)き　栩栩如生；生氣勃勃

いったん　姑且；暫且

薄(うす)める　稀釋；沖淡

疑(うたが)う　懷疑

がっかり　頹喪；失望

従(したが)う　遵從；按照

正直(しょうじき)　正直；誠實

せめて　至少；哪怕是

妥当(だとう)　妥當；適當

たまたま　偶然；碰巧

ふりむく　回首；回頭

行方(ゆくえ)　行蹤；去向

N 2 近年常考語彙

いったん　姑且；暫且

思(おも)いつく　想起；憶起

温暖(おんだん)だ　溫暖的

外見(がいけん)　外表；外觀

かなう　實現

きっかけ　契機

掲示(けいじ)　告示；布告

快(こころよ)い　舒適的；愉快的

作成(さくせい)　製作；生產

取材(しゅざい)　採訪

深刻(しんこく)　嚴重；深刻

続出(ぞくしゅつ)　相繼出現；不斷發生

率直(そっちょく)　直爽；率直

たくましい　魁梧的；健壯的

保(たも)つ　維持

近々(ちかぢか)　近日

中断(ちゅうだん)　中斷

注目(ちゅうもく)　矚目；注視

長(なが)びく　拖延；延長

はずす　去掉；取下

範囲(はんい)　範圍

微妙(びみょう)だ　微妙的

普及(ふきゅう)　普及

ふさわしい　適合的；相稱的

分野(ぶんや)　領域；方面

へだてる　隔開；相隔

方針(ほうしん)　方針

用途(ようと)　用途

余計(よけい)　更加；分外

呼(よ)びかける　叫喚使人注意；呼籲

来日（らいじつ）　來日；往後
来日（らいにち）　訪日

利益（りえき）　利益

Ｎ２必考語彙

あかり　燈火；亮光

あきらかだ　明顯的；清楚的

あるいは　或者

いちいち　逐一；一一地

今（いま）に　不久；即將

感心（かんしん）する　佩服；欽佩

気候（きこう）　氣候

くれぐれも　千萬

催促（さいそく）　催促

差別（さべつ）　差別

作法（さほう）　做法

実施（じっし）　實施

実（じつ）に　非常地

支配（しはい）する　支配；統治

少（すこ）しも　絲毫也不

スピード　速度

せっかく　好不容易

それとも　抑或

大（たい）した　了不起的；驚人的

確（たし）かだ　正確的；可靠的

たとえ　比喻；例子

～だらけ　滿是～

散（ち）らかる　散亂；凌亂

展開（てんかい）　展開；發展

どうせ　反正；橫豎

引（ひ）き返（かえ）す　折回；掉頭

不安（ふあん）　不安

ふもと　山脚

分解（ぶんかい）　分解

向（む）かい　對面

夢中（むちゅう）　熱衷；沉浸

ユーモア　幽默

楽（らく）だ　輕鬆的

わずか　僅僅；稍微

擬真試題 1

答案及解析 P 210

問題 6　**請選出正確使用下列字彙的選項。**

1　燃^もえる

1　週末^{しゅうまつ}に海^{うみ}に出^でかけて、強^{つよ}い太陽^{たいよう}のため肌^{はだ}がひどくもえて、赤^{あか}くなった。

2　レシピどおりに加熱^{かねつ}したオーブンに20分^{ぶん}入^いれておいたら、魚^{さかな}がよくもえていた。

3　彼^{かれ}の今^{いま}の地位^{ちい}は、人生^{じんせい}に対^{たい}してもえる熱情^{ねつじょう}を抱^{かか}えて努力^{どりょく}してきた結果^{けっか}だ。

4　秋^{あき}になると、落^おち葉^ばをかき集^{あつ}めて、もえているのをよく見^みかける。

2　展開^{てんかい}

1　親友^{しんゆう}に悩^{なや}みを展開^{てんかい}して、気持^{きも}ちが楽^{らく}になった。

2　あの店^{みせ}のパンは、展開^{てんかい}して2時間後^{じかんご}に売^うり切^きれてしまう。

3　美術館^{びじゅつかん}へ古^{ふる}い絵画^{かいが}の展開^{てんかい}を見^みに行^いった。

4　このドラマは話^{はなし}の展開^{てんかい}が単純^{たんじゅん}なのでおもしろくない。

3　にぎやか

1　テロや自然災害^{しぜんさいがい}などで、世界^{せかい}は今^{いま}にぎやかだ。

2　先生^{せんせい}が教室^{きょうしつ}から入^{はい}ると、生徒^{せいと}たちはにぎやかにおしゃべりをやめた。

3　バスの中^{なか}で女子学生^{じょしがくせい}たちは、ひそひそとにぎやかにしていた。

4　小学生^{しょうがくせい}の妹^{いもうと}はよく笑^{わら}い、よく話^{はな}すにぎやかな子^こで、クラスで人気^{にんき}があるようだ。

4　うらむ

1　僕^{ぼく}は母^{はは}と兄弟^{きょうだい}を捨^すてて家出^{いえで}をした父^{ちち}を一生^{いっしょう}うらんできた。

2　彼^{かれ}の発言^{はつげん}はとんでもないうわさをうらんだ。

3　才能^{さいのう}に恵^{めぐ}まれて、その上^{うえ}きれいな彼女^{かのじょ}をうらんでいる。

4　子供^{こども}の時^{とき}は、舞台^{ぶたい}ではでやかな照明^{しょうめい}をあびて歌^{うた}う歌手^{かしゅ}にうらんでいた。

5 温暖

1 祖母は温暖な性格で、いつもほほえんでいる。

2 うちの父と母と食事の時、何でも温暖に話し合って決めている。

3 この地方は気候が温暖で、1 年を通して観光客でにぎわっている。

4 暖房をつけたらすぐ部屋中が温暖になった。

6 分野

1 ゼミには政界や経済界の分野からの多くの専門家が参加した。

2 故障して修理に出したが、保証分野をこえて相当のお金がかかりそうだ。

3 山頂は雪が降っているが、町に近い分野では雨になるそうだ。

4 この推理小説の分野には、筆者の実際の体験が込められている。

7 覚える

1 最近、忘れっぽくなって、ヘソクリをどこに隠したかもなかなか覚えませんでした。

2 ゴルフを覚えたいと思って、高いけど、ゴルフスクールに入ろうとしています。

3 会社はユニークなデザインを求めているようだが、なかなか覚えられなくて困る。

4 このレストランに来ると、去年まで付き合っていた彼氏を覚えて悲しくなるのだ。

8 普及

1 ケータイが急速に普及してくるとともに、SNSによる犯罪も増えた。

2 外国へ小包を船便で送ったら、普及 1 週間はかかるだろう。

3 社長が会社のお金を使い込んだといううわさがすぐ普及した。

4 コピー機の紙がすぐなくなりそうだから、普及しておいた。

9 催促

1 彼の展示会は新宿のある小さなアトリエで催促している。

2 チームの優勝のためにファンたちは、一丸となって催促している。

3 四階ではスポーツウエアを半額で売る催促会が催されている。

4 注文した品物がなかなか届かなくて、催促の電話をした。

183

巨大

1 彼の声は巨大して、遠くの人まではっきり聞こえる。
2 学生たちは絵具を使って壁に巨大な動物を描きいれた。
3 力士だった父の体は巨大しているから、どこにいても目立つ。
4 やせる前に買ったスカートのウエストが巨大になって、今は着られない。

擬真試題 2

答案及解析 P 211

問題 6　請選出正確使用下列字彙的選項。

1　辛抱

1 いさぎよく自分の過ちは辛抱に認めなさい。
2 彼は人の忠告を辛抱に聞こうとしない勝手な人だ。
3 休日はうちで辛抱しながらゆっくりしたいですね。
4 辛抱して研究し続けたうちのチームは、やっと学会で認められるように

　なった。

2　こげる

1 近所のおばさんはうつ病で、自分の家をこげたらしい。
2 友人との電話で、魚が真黒にこげているのも気がつかなかった。
3 夏休み中に近くの海辺に出かけて、顔をこげてきた。
4 パン屋には、こげたばかりのおいしそうなパンが並んでいた。

3　取材

1 記者たちは事件の取材のため、現場に集まっている。
2 ゴミ別に取材日は違うので注意してください。
3 明日は職員大会なので、サクラ体育館に午前9時までに取材すること！
4 論文を書くために国会図書館にまで行って取材したが、僕が探していた資
　料はなかった。

4　シーズン

1 この新聞はシーズンで出版されている。
2 このジャムの賞味シーズンはとっくに過ぎてしまった。
3 もうそろそろサーフィンのシーズンだ。楽しみだな。

4 締め切りのシーズンを延長してもらった。

5 憧れる
1 田舎にいた時は、にぎやかな都会生活にあこがれていた。
2 音楽担当の先生は声楽家をあこがれてきたそうだ。
3 私は子供の時から読書にあこがれている。
4 父は普段酒はあまりあこがれない。

6 怒る
1 私はあまり怒らない方だが、彼の皮肉っぽい言い方には我慢できない。
2 大学を卒業しても就職しようともしない息子を父は怒った。
3 僕は親にあまりしかられないが、成績が落ちた時にかぎって、親に怒ります。
4 人が使っているものを何も言わずに持って行くなんて、本当に怒るね。

7 さいわいに
1 父の工場で火事があったが、さいわいにだれもけがをしなかったようだ。
2 彼女は田中さんの話だったら、さいわいに信用してしまう傾向がある。
3 頑張ってきたので、きっと合格だろうと思ったが、さいわいに落ちてしまった。
4 お金を借りたら、なるべくはやく返すのはさいわいなことだと思う。

8 喜ぶ
1 学生の時は、休みを首を長くして喜びに待っていたものだ。
2 父は愉快な人でいつも僕と兄を喜ぶ話をしてくれる。
3 思いがけない所で君に会うとはとても喜びます。
4 友人は私の就職先の決まったことを、自分のことかのように喜んでくれた。

9 注目
1 会議の時、部長の話があまりにも長かったので、ついうとうとしまったら、部長にきつく注目された。
2 この道は細くて、車が走っていると人が歩けないくらいだから、歩くとき注目しなければならない。
3 来週の水曜日は選挙日で、その結果に国民たちが注目となっている。

4 僕は子供なのにプロ並みにピアノが弾ける天才だと言われて、4歳から注目を浴びてきた。

10 はずす

1 おしくもいいチャンスがはずしてしまった。
2 このズボンは後ろのボタンをはずして脱いでください。
3 ただいま、高島君は席がはずしております。
4 リンゴは皮をはずさないまま、きれいに洗って食べた方がいい。

擬真試題3

答案及解析 P 212

問題6　請選出正確使用下列字彙的選項。

1 改善

1 引っ越して来た一戸建ての玄関が壊れて、改善することにした。
2 誰も住んでいない古い家を、住みやすく美しい住宅に改善した。
3 勤務環境の改善をする必要があって、会社側に求めた。
4 車にこっている人は、乗用車を改善して使っているらしい。

2 処理

1 あの刑事は事件をうやむやに処理してしまうので、首になった。
2 自分の部屋ぐらいはきれいに処理してほしいんだけど、いつも散らかってばかりだ。
3 重要な資料のファイルをうっかり処理になって、復旧するのに苦労した。
4 韓国ではゴミを出すとき、燃えるゴミと燃えないゴミを処理して出すことになった。

3 備える

1 この歯科には最新の器具が備えている。
2 渋谷駅の周りには高いビルが備えている。
3 吉田さんはリーダーとしての資格を備えている。
4 地震が起きるのを備えて、非常持ち出し袋を買っておいた。

4 予防

1 兄は不眠症なので、睡眠を予防するものにはすごく怒り出す。

2 住みやすい町づくりのため、住民たちが犯罪の予防をすることに乗り出した。

3 友達をねたむあまり、彼の成功を予防までするなんて、君ってひどい人だね。

4 台風の接近のため、この一週間は強風をともなう雨が降るという予防があった。

5 折る

1 この会社で35年間、骨が折って働いてきて、明日で定年退職を迎える。

2 台風のあと、街に出かけたら、街路樹の枝がすべて折っていた。

3 お客のシャツにワインをこぼした店員は客に対して腰を折って謝っている。

4 右にちょっと折っている道路沿いに、500本のメタセコイアが植えられている。

6 抜く

1 壁に刺さっていた釘がなかなか抜かなくて、兄にやってもらった。

2 10から3を抜くと7が余るってのは、5歳の子供だってわかるよ。

3 季節の変わり目になると、髪の毛が抜いてしまう。

4 緊張しないで、力を抜いて試合に臨んだ。

7 深刻

1 自分の将来がかかっているから、もっと深刻して考えることだ。

2 彼の一言で事態はだんだん深刻な状態になっていった。

3 深刻の表情でいる彼には、きっと何かあったと思います。

4 この海はきれいですが、泳ぐにはあまりにも深刻です。

8　受ける

1　君に貸した電子辞書を「のむらさんに渡して。」と木村さんに頼んだが、彼から受けた？

2　親の悪いくせは子供に大きな影響を受けるそうだ。

3　彼の新作映画は若い世代より中高年層に大いに受けている

4　努力してきたかいがあって、うちのクラスのみんなが高校の入試に受けた。

9　続出

1　彼の父は彼にかなりの財産を続出してくれたらしい。

2　去年についで今年の夏も、ひどい暑さで倒れて入院する人が続出していた。

3　先生は木村君の欠点ばかりを続出して、しかり続けている。

4　失業の原因を調べたところ、自分から辞めたが一位、続出してリストラだった。

10　休息

1　僕は週に3回ジムに出て筋肉トレーニングをして、三日は休息になるのです。

2　冬に休息に入る動物たちは、その前にたくさん食べて脂肪をたくわえるそうです。

3　頑張って働くのもいいが、健康を守るためには休息をとるのが大事だ。

4　有給休息をとって、家族でカナダに旅行に行くつもりなんです。

問題 6　　請選出正確使用下列字彙的選項。

1　　救う

1　手が空いたら、ちょっとこっち救ってくださいよ。
2　息子は会社が休みの日は店の仕事を救ってくれている。
3　卵は筋肉を作るのを救う成分をたくさん含んでいる
4　医師のように命を救う仕事につきたいです。

2　　届ける

1　拾った財布を交番に届けるのは常識だろう。
2　遠く離れている友人からの手紙が届けた。
3　派遣社員をシマダ社に届けてやった。
4　夜遅かったので、友達を駅まで届けてやった。

3　　とらえる

1　タクシーに乗ろうとしているが、なかなかとらえられない。
2　あの教授の授業は要点をとらえにくい。
3　その塩とこしょうをとらえてくれない?
4　お客に注文をとらえる時は、「何になさいますか。」と言いなさい。

4　　行為

1　地震が発生したら、すぐ避難行為をするように心がけてください。
2　山積みの仕事のため、二日も寝なかったら、行為がにぶくなっていた。
3　鈴木君は学生として好ましくない行為をしたとして退学させられた。
4　この機械は太陽のエネルギーで行為するらしい。

5　　反省

1　若いうちに、やりたいことをしなかったら、年取ってきっと反省するだろう。
2　あの人、とんでもないミスをしちゃったのに、少しも反省しているようではない。
3　結婚してみて、どうして自分があんな男と結婚をしたかと反省となった。
4　こんないい機会はまた回ってこないよ。逃したら反省するよ。

6 回収

1 秋は農産物を回収する農夫にとっては忙しい季節だ。
2 落し物を回収した場合は忘れ物センターに届けてください。
3 運転免許を不正に回収したのがばれてしまった。
4 もう時間です。問題用紙と答案は回収しますので、出してください。

7 キャリア

1 祖父母は海外に出かけたキャリアがない。
2 まず中小企業でキャリアを積もうと思う。
3 こんな怖いキャリアは初めてです。
4 今回の失敗がいいキャリアになるだろう。

8 ぎりぎり

1 このコート、ぎりぎりで着られないよ。
2 お忙しいところ、ぎりぎりお越しくださり、まことにありがとうございます。
3 フライパンのベーコンがぎりぎり焼けている。
4 島田君は授業時間ぎりぎりに教室に入ってきた。

9 におう

1 シャワーしたばかりの彼から石けんをにおった。
2 夫のスーツから女性の香水がにおった。
3 この色のネクタイがあなたににおうから、今日はこれしめて。
4 あの兄弟は顔も性格もとてもにおっているね。

10 望む

1 この仕事に望む人は彼しかない。
2 式での司会を後輩のたくや君に望みました。
3 コーヒーとケーキを望みましょう。
4 家族は、彼の無事を望んでいます。

問題 6　　**請選出正確使用下列字彙的選項。**

① 　かばう
1 ここに荷物をおいてもかばいませんか。
2 親のない子をかばうボランティアをしている。
3 二人でケンカしても母はいつも弟をかばう。
4 寝たきりの父は、兄と私がかばっている。

② 　こだわる
1 元彼女は赤い物事をこだわる人だった。
2 過ぎたことにこだわっていては自己発展はないだろう。
3 風邪がこだわってしまって、入院まですることになった。
4 みなさんの声援にこだわるため、死んだと思って試合に臨みました。

③ 　沸く
1 主人公中山エリさんが舞台に現れたら、観客が沸いた。
2 お客にお湯を沸いて、お茶をいれて出した。
3 春になり、地からは芽が沸いて、花が咲き始めた。
4 餌を投げたところに、ハトの群れが沸いてきた。

④ 　召す
1 この部屋を最後に出る人は、必ずクーラーの電源を召してください。
2 あそこの和服を召しておられる方が、社長の奥さんです。
3 木村教授はいつお宅にお召しになりますか。
4 社長、取引先の村本課長がお召しになりましたので、会議室に通しました。

⑤ 　へだてる
1 テストの時は、隣の人にへだてて座ってください。
2 10分程度の休憩をへだてて11時に再開します。
3 二つの問題をへだてて考えてください。
4 二つの市は赤羽川をへだててある。

生き生き

1 留学をしていた日本での思い出が、まだ生き生きとなってくる。

2 元気がなくて薬を飲んだら、生き生きになってきた。

3 彼は自分の好きなジグソーパズルをしている時が、一番生き生きしている。

4 体が生き生きしているうちに、いろんな所へ旅行に行きたい。

7 はげます

1 壁に貼ってあるポスターをはげましてしまった。

2 試合で敗れた選手たちは、互いにはげまし合った。

3 うそをついたのが親にはげまされて、さんざんしかられた。

4 フジモト社の株は上がると予想したが、それがはげまされた。

8 維持

1 その件について反対するという維持は、変わりはありません。

2 一枚の地図に維持して、ヨーロッパの隅々を旅行している。

3 冬は室内温度を26度ぐらいに維持するようにしましょう。

4 彼は進学しないで、就職するという強硬な維持を曲げなかった。

9 縮む

1 去年より能力試験を受ける人が縮んでいるそうだ。

2 もう4か月もろくな雨が降っていないので、川の水が縮んでいる。

3 今朝、駅で線路に落ちるところだったよ。寿命を縮んだような思いだった。

4 縮んだニットを伸ばす時には、髪に使うトリートメントを使ってみてください。

10 費やす

1 そんな汚い手を費やしてまで成功はしたくない。

2 授業でいろんな教具を費やして子供たちを集中させている。

3 夫は給料をもらっては、すべてをギャンブルに費やしている。

4 子供に物を大事に費やすようにしつけている。

問題 6　　請選出正確使用下列字彙的選項。

1　持参（じさん）
1　祖父は毎朝、神社を持参している。
2　登山大会の当日にはお弁当とお水は個人がご持参ください。
3　お弁当屋でおにぎりを買い、持参になって家に戻って食べた。
4　休日には子供を持参して、公園や遊園地へ必ず出かけている。

2　あふれる
1　畳にジュースをあふれたら、ふきにくいから注意してよ。
2　コップにビールがあふれるぐらい注いだら、失礼だと言う。
3　白いシャツにあふれたワインの染みは、なかなかとれない。
4　去年まで付き合っていた彼に街で出会って、互いに苦笑いをあふれた。

3　夢中（むちゅう）
1　これからでも夢中したら、できないこともない。
2　夕べの夢中で大統領に会ったから、きっといいことがあるだろう。
3　時間を忘れるくらい、本気で夢中になれる趣味が持ちたいです。
4　うちは共働きだが、妻がもう家事に夢中したいと言い出した。

4　感心（かんしん）
1　いくらお金がなくても借金をしない彼に、感心を表した。
2　私が外に出かけている間に、食事の用意をしておいた娘を感心してあげた。
3　寝たきりの老人の世話をするボランティアをしている佐藤さんに、感心を持った。
4　どんなに大変でも、責任感を持って最後までやって見せた彼に感心した。

5　おさえる
1　このドアはおさえるんじゃなくて、引くんですよ。
2　学生たちのいたずらに怒りをおさえきれずにどなってしまった。
3　自動販売機のボタンをおさえてもコーヒーは出なかった。
4　後ろの人におさえられて、線路に落ちるところだった。

6 外見
1 私は記者で大規模な爆発事件の状況の取材のため、現地に外見された。
2 人を外見で判断するからといって、外見だけを磨くのはおろかなことだ。
3 結婚祝いの外見をきれいな紙で包んで、彼女に送った。
4 この報告書、ちょっと外見が変だ。ただちにやり直しなさい。

7 あわただしい
1 あわただしい都市の生活の中で僕たちが失っていくものは数多い。
2 この店の店員って客に対する態度があまりにもあわただしいので、気分が
わるい。
3 成績が少しでも落ちたら、父にあわただしく怒られるので、父には成績表
は見せない。
4 お金って生きる上でなくてはならないもんだが、時にはあわただしいもの
にもなるのだ。

8 試みる
1 コックさんになることを試みている子が増えた。
2 毎晩、一日を試みる時間を持っている。
3 彼はみんなを納得させようと試みた。
4 新しいことに試みることを恐れてはいけません。

9 活躍
1 最も活躍した村田選手が最優秀賞に選ばれた。
2 渋谷駅と原宿駅の周りは、若い人の活躍であふれているところです。
3 小田さんは積極的で行動力のある活躍的な人である。
4 経済界の学者たちの議論会は活躍に行われた。

10 うっすら
1 クリスマスの朝、起きたら庭にはうっすらと雪が積もっていた。
2 何か考えごとでもあるのか、エミさんはうっすらと窓の外を見ていた。
3 彼は一生を、うっすらとお金だけを追い求めて生きてきたようだ。
4 ビニール袋に焼きたてクッキーを箱にうっすら詰めて、きれいに包装した。

問題 6　請選出正確使用下列字彙的選項。

1　模様

1　娘は真冬なのに、超短いスカートの模様で出かけてしまった。
2　雰囲気の模様をみて、ここからこっそり抜け出すつもりだ。
3　晴雨にかかわらず、社員体育大会は行われる模様だ。
4　学校の廊下には生徒たちが描いた絵で模様されていた。

2　みじめ

1　人の家を訪ねる時は、みじめ連絡をしておくのはエチケットでしょう。
2　３年も通っていた学校を卒業するっていうのは、みじめなものがある。
3　夫はそんなみじめにやってきたのに、いい結果が出なくて気を落としている。
4　必死で戦って負けたら仕方ないが、せめてみじめな負け方はしたくない。

3　まれ

1　父があんなに愉快に笑うのは、まれにしか見られない。
2　中田さんのしぐさや言い方はまれで、見ていられない。
3　急いでいるときに限って、電車はまれに来ない。
4　最善をつくしてはいるが、まれにうまくいかない。

4　包装

1　地球の周りは空気に包装されているってことは、子供でも知っているだろう。
2　このチョコレートは、包装紙まで丸ごと食べられるんだって。
3　今日は冷え込んでいると言うので、ぶ厚いマフラーで体を包装して出かけた。
4　父が小学校の時は、本を風呂敷に包装して学校に通っていたそうだ。

5 詳しい

1 私のアイデアなのに、詳しくも部長に横取りされました。

2 話し始めた3歳のおいは、国産車だけでなく、外車が詳しい。

3 兄は何でもないつまらないことにこだわる詳しい人である。

4 キムさんは中国の文化だけでなく、政治、経済、芸能に詳しい。

6 満たす

1 彼女は大学生になって希望に満たす表情をしている。

2 ぜいたくな彼女の欲を満たそうとしたら、きりがない。

3 彼は自信に満たした表情で、試合に臨んだ。

4 旅行費用は15万円で満たすかな。

7 わずか

1 わずか買うと思いながら、スーパーに行っても、ついどんどん買っちゃうの
です。

2 わずかなお金さえあれば、貧しい国の数多くの子供を救うことができるそ
うだ。

3 あの人は自分のために相当のお金を使っているためか、年のわずかには
若く見える。

4 ぜんぜん勉強しなかったせいでテストの成績はわずかだった。

8 めったに

1 彼についてのうわさはめったに人が知っているのよ。

2 一回の事業の失敗でめったに財産を失われた。

3 彼女は太るからと言って、めったにご飯を食べない。

4 ちょっと待って!これ、めったに終わっているから、一緒に行こうよ。

9 どうも

1 彼の表情にはほとんど変わらなくて、どうも本音がわからない。

2 どうもやるなら不満なんかいわずに、懸命にやりましょうよ。

3 無知なものだから、犯した過ちだからどうも勘弁してください。

4 美術館で走りながら、さわいでいる子供をほうっておくなんて、どうも非常
識な人だ。

10 もともと

1 父の会社が倒産して、うちに家族はもともとになった。

2 妻の小言はもうもともとで、つい離婚しようと言ってしまった。

3 自分なりに頑張っているのに、「もともと頑張りな！」と親は言う。

4 うちの学校のある場所は、もともと墓場だったとのうわさがある。

問題 3

擬真試題 1 P 119

1	2	2	3	3	4	4	1	5	3
6	2	7	4	8	2	9	1	10	4

1 在休息室裡，職員們各據一方喝著咖啡。

2 包裹可以指定希望送達時間，但根據情況，有時可能無法在您指定的時間送達。

3 火車沿著狹窄的山路而行。

4 「我們分手吧！」他面無表情地說。

5 加班日公司會給誤餐費。

6 因為天氣適合出遊，遊樂園到處擠滿全家出遊的人們。

7 要怎樣才能將這厚厚的一本書一個晚上讀完呢？

8 好不容易訂到的餐廳，因為女朋友說不喜歡，不得已只好取消。

9 因為是曾幫助過我的人的請託，就接下了我認為我做不來的工作。

10 去買期待許久的新型號的手機，結果被告知已經賣完了，真是失望。

擬真試題 2 P 120

1	1	2	4	3	4	4	2	5	3
6	1	7	2	8	4	9	2	10	4

1 在長長的年假期間，打亂了生活步調，休假結束的早晨難熬得不得了。

2 據說櫻花專科學校的教學環境不怎麼樣，但卻有九成以上的就職率。

3 搬家的時候，雖然事先再三拜託他們特別是餐具類不要打破了，但是還是被打破兩個我很寶貝的盤子。

4 聽說隔壁的小孩大學畢業後就一直不務正業，整天過著不規律的生活，讓父母很操心。

5 放有豬肉的咖哩是哥哥最喜歡的食物。

6 這台電腦未稅價格是 10 萬 2 千日圓。
- 税抜 (ぜいぬ) き 未稅
- 税込 (ぜいこ) み 含稅

7 早上 9 點福岡出發前往東京的班次，因天候惡劣的緣故延遲一小時出發。

8 過了 9 點之後，會場被熱情包圍，派對的氣氛嗨到高點

9 昨天已有些感冒症狀，卻因為勉強上班，使得感冒惡化了。

10 最近的小孩只重視自己，缺乏替人著想的心。

擬真試題 3 P 121

1	2	2	1	3	4	4	3	5	3
6	1	7	4	8	2	9	3	10	4

1 之前說「我來做」，事到如今卻又說「做不來」？這麼不負責任的話虧你講得出來。

2 正因為是有名的女演員，所以結婚典禮是非公開舉行。

3 我家的兒子只要一罵就是反效果，所以我一直都是誇獎他。

4 據稱過度使用智慧型手機，會給孩子的成長帶來負面影響。

5 聽說很受歡迎的演員小田將無限期停止表演活動。

6 去到日本才知道，在書上學的日語有一些是日本人現實生活中不太使用的用法。

7 我們公司的薪水很低，不兼職打工的話就無法過和一般人差不多水準的生活。

8 在韓國的食堂等地方，經常可以看到大叔們爭相付錢的場面。

9 他不在乎自己的得失，幫助需要幫助的人，讓我對他另眼相看。

10 從公司回家的路上順道去超市買了東西。

擬真試題 4　P 122

1	4	2	2	3	4	4	1	5	2
6	1	7	4	8	2	9	4	10	3

1 沿途盡是岩石，加上許多陡坡，攀登雪岳山真的很不容易。

2 現在交往的男朋友的類型，和我的理想完全相反。

3 課長溫柔，也會替人著想，是個有富有人情味的人，但工作方面就不太行。

4 這本書有很多彩色的圖，很容易被認為是給小朋友看的書籍，但實際上是給大人閱讀的書。

5 長長的人龍正在排隊買主題樂園入場券。

6 關於那件事，現在無法給您任何回應，容我稍後再跟您聯絡。

7 畢業後一直在找工作，但一直找不到錄用我的公司。

8 這家店摻有泡菜的韓式義大利麵好像很受年輕人歡迎。

9 星期六或日都沒有關係，請務必在這個週末結束前交出報告。

10 投給本公司的申請表皆在入口處服務台受理。

擬真試題 5　P 123

1	4	2	3	3	3	4	4	5	1
6	2	7	4	8	3	9	2	10	4

1 這個投幣式寄物櫃的使用費要 200 日圓？本來不是 150 日圓嗎？

2 隔壁學校的學生也跑來聽小野老師的著名課程。

3 據說選舉時可投票的選舉權年齡要從 20 歲下修到 18 歲。

4 輕型汽車因為省油，稅金便宜，停車也方便，所以女性使用者特別多。

5 結婚至今已經過了一年，到現在還沒交出結婚申請書。

6 本餐廳的牛排只選用國產和牛。

7 要是從年輕時就開始儲蓄的話，如今已經是個有錢人，過著幸福快樂的日子。

8 跑在第一的選手森田在終點前被迦納的選手超越，最終在銀牌止步。

9 鄉下的祖母說現正是產季，寄了橘子給我，請您享用。

10 我是否得了憂鬱症？下面的檢測項目當中，如有符合 5 項以上的人要注意了。

擬真試題 6　P 124

1	4	2	1	3	2	4	3	5	3
6	4	7	2	8	1	9	4	10	4

1 電話在三更半夜響起就覺得怪恐怖的，不知道是不是誰的死亡通知…

2 據說迪士尼樂園二次開發的時候，會撤除掉幾個遊樂設施。

3 德國人與日本人的共通點就是勤奮及非常守規矩。

4 姐姐在法國學廚藝回來後就在高級飯店裡當廚師。

5 到了歲末年終的時候，寫賀年卡給曾經照顧過自己的人是例行公事之一。

6 這本旅遊指南附有東京 JR 及地下鐵的路線圖，很方便。

7 即使文化與鄰國相去不遠，但在多數情況下，兩國的民族性還是完全不同。

⑧ 搬家到國外時，空運行李的話很貴。

⑨ 運動賽制中，以時間來區分的有足球及籃球等，以得分來區分的有網球及排球等。

⑩ 好不容易排到休假，打電話詢問很想去的演唱會是否還有票，果然沒有了。

擬真試題 7　P 125

1	2	2	4	3	4	4	2	5	3
6	1	7	1	8	3	9	1	10	4

① 據稱日本的總人口中，65 歲以上的人口占約 3.5%，15 歲以下的人口約占 0.9%。

② 社長外出時，副社長全權處理所有事務。

③ 這本書就像是醫學界的聖經。

④ 為了要將這個美麗的地球傳承給下一代，我們應該保護自然環境，節約能源。

⑤ 站在教育學生的立場上，多少有一些事是即使想做也不能做的事。

⑥ 導航可以幫助我們計算出到想去的目的地的最短距離，雖然非常便利，但總依賴導航的話，人類可能會越變越遲鈍。

⑦ 這顆乾電池據說可以半永久使用，因此售價高昂。

⑧ 他這個人真是叫人無可奈何，進公司後總是在犯同樣的錯誤。

⑨ 東京車站非常錯綜複雜，連出口都搞不清楚在哪個方向，問了路人之後才終於順利出站了。

⑩ 作為一個業務，在應該學會的事項當中最重要的就是保持微笑。

問題 4

擬真試題 1　P 140

1	2	2	1	3	3	4	4	5	1
6	1	7	3						

① 智子：「歡迎！很快就找到了嗎？」
繪理：「嗯！因為是第一次來到這個城鎮，還擔心會不會迷路，結果意外地好找。」

② 追了五年的犯人讓他在眼前跑了。
- 避 (さ) ける　避開；避免
- 催 (もよお) す　舉行；舉辦
- よける　防備；除去；避開

③ 聽說蘋果和烤地瓜帶皮吃比較好，據說皮有很多的營養成分。

④ 兒子是肚子餓了嗎？一下子就把兩盤蛋包飯一掃而空。

⑤ 如果被問問題，要多仔細考慮一下再回答。
- 貴重 (きちょう) だ　貴重的
- 尊重 (そんちょう)　尊重
- 重宝 (ちょうほう) だ　貴重的寶物；方便的；珍愛的

⑥ 因 309 號房的患者剛動完手術，請讓他安靜地休養二天左右。
- 安定 (あんてい)　安定
- 安心 (あんしん)　安心
- 安易 (あんい)　簡單；容易

⑦ 因為吉田課長不在的緣故，企劃案不斷地朝著錯誤的方向進行。
- 見解 (けんかい)　見解
- 偏見 (へんけん)　偏見
- 意見 (いけん)　意見
- 見当 (けんとう) が付 (つ) かない　難以估計；猜不透
- 見当 (けんとう) がはずれる　估計錯誤；預測失準

擬真試題 2　P 141

1	2	2	3	3	4	4	2	5	3
6	1	7	3						

① 能想到的方法都試過了，但還是沒有出現期待的結果，已經黔驢技窮了。
- 途中 (とちゅう)　中途
- 相互 (そうご)　相互
- 半端 (はんぱ)　不齊全；不徹底

2 韓式料理很好吃，但是相當費工夫。
- 手当 (てあ) て　準備；處置；補貼；薪資
- 手本 (てほん)　範本；楷模
- 手入 (てい) れ　修整

3 姊姊雖然嘴裡說著要減肥，但似乎在大家睡覺的半夜裡偷偷吃了甚麼東西。

4 在網路上寫下會觸法的事情是不可以的吧！
- 触 (ふ) れる　碰觸；觸及

5 父親說「接下來要為自己而活」之後便拋下家人出走了。

6 我們高中的校規該說是寬鬆嗎？都讓學生自由發展。上課遲到或缺席的學生當然就不用說了，把頭髮染成紅色、黃色等等的學生太多了。
- かゆい　發癢的
- こまかい　詳細的；細小的
- したしい　親密的；親近的

7 因為說是得了個什麼獎的電影，原本相當期待，但無趣得不得了。
- 平和 (へいわ) だ　平靜的；和睦的
- 理屈 (りくつ)　道理；詭辯；歪理
- 平気 (へいき) だ　不介意的；不在乎的
- 理屈 (りくつ) にあわない　不合道理
- 理屈 (りくつ) をいう　說歪理；說理由

擬真試題 3　P 142

1	2	2	4	3	4	4	2	5	1
6	3	7	4						

1 每到 12 月，就會因為尾牙、大掃除等種種迎接新年的準備而變得忙碌。
- 規則正 (きそくただ) しい　井然有序的；有規律的
- はなはだしい　程度劇烈的；極其；非常
- 正 (ただ) しい　準確的；端正的

2 欸？你說花子小姐和森田主任結婚了？真的嗎？我是第一次聽到。
- 空耳 (そらみみ)　幻聽；裝作沒聽到；聽錯

- 寝耳 (ねみみ)　睡夢中聽到
- 小耳 (こみみ)　耳聞

3 您借的書請務必在三日後歸還。
- 返済 (へんさい)　還款
- 返信 (へんしん)　回信；回電
- 返答 (へんとう)
  = 返事 (へんじ)　回覆

4 學長，請告訴我萩原教授的課堂報告要參考哪本書來寫才好呢？
- 資源 (しげん)　資源
- 見本 (みほん)　樣本
- 材料 (ざいりょう)　材料

5 我喝了酒晚回家的隔天，妻子一定會不高興。
- 険悪 (けんあく)　險惡
- 都合 (つごう)　情況；方不方便；安排
- 合理 (ごうり)　合理
- 機嫌 (きげん) をうかがう　奉承；獻殷勤

6 如果對上去年的第一名長谷川的話，是沒有勝算的。
- 見慣 (みな) れる　看慣
- 見 (み) どころ　值得一看的地方；精采處
- 見込 (みこ) み　可能性；預測；期望
- 見通 (みとお) し　展望；前景；預測
- 見通しが立たない＝見通しがつかない　無法預測；前景茫茫

7 麻煩您將閱畢的書籍歸還原位。
- 手土産 (てみやげ)　伴手禮；土特產
- 手柄 (てがら)　功勞；功績
- 手元 (てもと)　手頭；身上

擬真試題 4　P 141

1	4	2	3	3	1	4	3	5	2
6	4	7	3						

1 離約定的時間還有 3 小時，所以去看個電影打發時間吧！
- 暇 (ひま) つぶす、時間 (じかん) をつぶす　打發時間；消磨時間

2 我覺得這頂帽子的設計啦、顏色都很適合

你，所以就買了。

3 我是個害羞的人，所以無法在大家面前好好地講話。非常羨慕良子小姐不管什麼都可以暢所欲言。
- ぺこぺこ 肚子餓
- ごろごろ 在家無所事事
- うろうろ 傍徨；徘徊

4 上班中和朋友講電話？最起碼在公司要公私分明。

5 聽說這家店結帳只能用現金。

6 想要睡得更舒適，寢室的照明不要開得太亮也很重要。

7 要在短時間提高運動技能，沒有心想做的話是沒有辦法的。

擬真試題 5　P 144

1	1	2	2	3	4	4	2	5	1
6	3	7	4						

1 本髮廊不接受當日預約。
- 申 (もう) し込 (こ) む 申請
- 受 (う) け継 (つ) ぐ 繼承；接替
- 取 (と) り上 (あ) げる 吊銷；沒收；拿起

2 去海邊走走吧！好不容易休假，天氣又這麼好，待在家不是太浪費了嗎？

3 為了去九州旅行，我在網路上搜尋了新幹線和飯店搭配的套裝方案。

4 兒子沒帶傘出門，被雨淋得溼答答地回來。

5 自從我上國中之後，媽媽就會逐一地問：在學校發生什麼事啊？或是做了什麼啊？真是囉嗦地不得了。

6 要是他的話，這種事情只需要花頂多兩小時左右，我還沒熟悉工作，要是我的話應該一天也做不完。

7 一想到以後見不到你，眼淚就流了下來。
- 涙 (なみだ) をながす 流淚

- 涙 (なみだ) がこぼれる/あふれる
  眼淚決堤

擬真試題 6　P 145

1	2	2	1	3	3	4	4	5	3
6	4	7	2						

1 吉本曾是不良少年，在失去雙親後才第一次開始認真地工作。
- 本音 (ほんね) 真心話
- 本気 (ほんき) 認真
- 本当 (ほんとう) 真的；的確
- 本心 (ほんしん) 真心；本意

2 像「彼に聞く」這樣的句子，依據助詞解釋的不同，有可能變成句意不同的句子。
- 解剖 (かいぼう) 解剖
- 解消 (かいしょう) 解除；消解
- 誤解 (ごかい) 誤解

3 本校實行的教育，比起大學的上榜率，我們更重視學生們的特性、學生固有能力的引導發展。
- 溶 (と) かす 融化；熔化
- 結 (むす) ぶ 連結；締結
- 叫 (さけ) ぶ 叫喚；呼喊

4 第 3 次應考還是慘遭滑鐵盧，正灰心喪志的時候，父母親鼓勵了我。

5 雖然在會議中說內藤課長的主意很好，但是那是場面話，老實說那可說是很普通的想法。

6 在和對方的洽談過程中，一直努力避免因各種條件談不攏而產生摩擦。
- 活躍 (かつやく) 活躍
- 方針 (ほうしん) 方針
- 利益 (りえき) 利益

7 我無法克服國高中時被霸凌的陰影，出社會後的現在也依舊時常想起。
- 経験 (けいけん) 經驗
- 軽視 (けいし) 輕視
- 到達 (とうたつ) 到達

擬真試題 7　P 146

1	1	2	3	3	4	4	2	5	4
6	3	7	1						

1 我想要在現在公寓的榻榻米上鋪一層地毯，因為我不太喜歡榻榻米。
- 敷 (し) く 鋪設；攤平
- はがす 剝除；撕下
- 貼 (は) る 張貼；黏貼
- はずす 去掉；摘下；免除；除外

2 聽聞維他命 E 會妨礙傷口復原的說法，我有點驚訝。
- 投 (な) げる 拋；扔
- からむ 纏上；絆住；密切相關
- 区切 (くぎ) る 劃分；分段

3 我家的小孩絕不會違抗父母親說的話，是個好孩子。
- 沸 (わ) く 沸騰；燒開
- 立 (た) ち上 (あ) がる 站起；重振
- 占 (うらな) う 占卜
- 時代 (じだい) に逆 (さか) らう 反抗時代
- 命令 (めいれい) に逆らう 對抗命令
- 運命 (うんめい) に逆らう 反抗命運

4 做符合自己年齡的事、說符合年齡的話，比想像中困難。
- ものすごい 了不得的
- けむい 煙氣薰人的
- 淡 (あわ) い 淺顏色的

5 要去面試卻一身穿牛仔褲的打扮？真是不像樣，去穿個裙子！

6 升大學？還是就職？苦思良久後決定進入專門學校學習一技之長。
- くれぐれ 千萬；周到；仔細
- ぶつぶつ 嘀咕；發牢騷
- はらはら 點點地靜靜落下狀

7 課長對著社長乘坐的車一直哈腰點頭，直到看不見為止。
- すべすべ 光滑；滑溜
- しとしと 雨淅瀝瀝
- ぶかぶか 大而不合身貌

擬真試題 8　P 147

1	3	2	2	3	4	4	1	5	4
6	3	7	1						

1 他的主張沒有根據，有欠說服力。
- 下 (さ) がる 下降；垂下
- 扱 (あつか) う 處理；對待
- 余 (あま) る 剩餘；餘下

2 逼近畢業論文的截止日，所以手忙腳亂。

3 就如同大家所知道的，咖啡、紅茶的成分裡有咖啡因。
- 結成 (けっせい) 組成；建立
- 構成 (こうせい) 構成
- 合成 (ごうせい) 合成

4 總是在意別人眼光的話，一輩子都做不成自己想做的事吧！
- 世代 (せだい) 世代
- 世論 (よろん) 輿論
- 世話 (せわ) をする 照顧
- 世話 (せわ) を焼 (や) く 照顧；勞心；操心
- 世話 (せわ) になる 承蒙照顧

5 雖然領導人需要具備的條件有很多，但特別不能欠缺的是精準的判斷力吧！
- 率先 (そっせん) 率先
- 軽率 (けいそつ) 輕率
- 確定 (かくてい) 確定

6 最近突然早晚變涼，得了重感冒，幾乎無法去上班，但現在似乎有稍微好點了。
- ほんの 一點點
- ほっとする 安心；鬆了一口氣
- じっと 一動也不動；盯著

7 我雖然進公司已經兩年了，但銷售的業績一直無法提高。
- 実体 (じったい) 實體；本質
- 実現 (じつげん) 實現
- 実感 (じっかん) 實際感覺

1	4	2	2	3	3	4	2	5	1
6	4	7	1						

① 我雖然是教保員，但面對小孩的工作可能不太適合我。每天都很辛苦又難熬，真想辭職。

② 進入 11 月之後天氣變得相當寒冷，樹葉也開始掉落了。
- そっくり　一模一樣；像極
- うっすら　微微地；薄薄地
- ふんわり　輕飄飄地

③ 小學時手術的疤痕，到了二十歲依然還在。

④ 小時候家裡很窮，過著到處借錢的生活。但有一天，爸爸買彩券中了獎，現在過得還蠻富裕。
- 余暇 (よか)　閒暇
- 豊富 (ほうふ)　豐富
- 豊 (ゆた) かだ　寬裕的；豐饒的

⑤ 超過一年以上未參加的人將從名冊裡刪除。
- 削減 (さくげん)　削減；刪除
- 添削 (てんさく)　刪改；修改
- 免除 (めんじょ)　豁免；免除

⑥ 孩子是以父母為範本，模仿其說話及行為。
- ほる　挖掘
- さぐる　探索；探查
- もぐる　潛入

⑦ 面試的同時將進行筆試，請攜帶文具。
- 実用 (じつよう)　實用
- 実感 (じっかん)　實際感覺
- 実習 (じっしゅう)　實習

1	3	2	4	3	4	4	2	5	1
6	3	7	2						

① 據說為隊伍貢獻 10 連勝的浦原教練將在這次比賽後引退。
- 納付 (のうふ)　交納；繳納

- 研修 (けんしゅう)　培訓；進修
- 献立 (こんだて)　菜單

② 接連上月，本月的銷售額也持續下滑。如有讓業績成長的好辦法，任何意見都可以，請大家踴躍提出來。
- ぎりぎり　最大限度；沒有餘地
- こつこつ　孜孜不倦；努力不懈
- だんだん　逐漸地

③ 去歐洲旅行後才深刻感覺到英語會話能力的重要性。
- もぐもぐ　嘟嚷；閉嘴咀嚼
- きらきら　閃閃發光
- くよくよ　悶悶不樂
- しみじみ　深切地；痛切地

④ 令人感到麻煩的是我必須照顧外甥及姪女，因為姐姐夫婦說要兩個人去旅行。
- 混雑 (こんざつ) だ　擁擠
- 迷惑 (めいわく) だ　為難的；麻煩的
- 皮肉 (ひにく) だ　諷刺；挖苦

⑤ 我們的團隊要負責查出汽車工廠爆炸事件的原因。
- さぐる　探索；探求
- ふける　沉浸於
- 控 (ひか) える　控制；暫不；待命
- 暮 (く) れる　日暮；最終；沉浸於

⑥ 加班日因為下班晚，就搭計程車回家。將收據交給公司後，會在次月拿到計程車費用。
- グッズ　貨物；日用雜貨
- エチケット　禮儀；禮節
- ルール　規則；章法

⑦ 最近和恐怖攻擊相關的新聞經常被報導。
- 連想 (れんそう)　聯想
- 観点 (かんてん)　觀點
- 朗報 (ろうほう)　喜訊

擬真試題 11　P 150

1	3	2	4	3	4	4	1	5	4
6	2	7	3						

1 為了減少家裡的伙食費，擬出一週份的菜單後再採買，不拘泥於一定要國產品等等，做了很多努力。
- 献立（こんだて）をたてる　想菜單
- 作戦（さくせん）　作戰
- 追求（ついきゅう）　追求
- 研修（けんしゅう）　培訓；進修

2 有人這樣跟我說，婚姻實際上比想像中的平凡且辛苦，但是事先做好一定程度的覺悟的話，婚後的失望感和辛苦也會少一點。
- 受付（うけつけ）　前台；受理
- 規定（きてい）　規定
- 反省（はんせい）　反省

3 小說家木村寫的書，梗概幾乎相同，所以賣得不怎麼好。
- りくつ　理由；道理；歪理
- つじつま　邏輯；道理；條理
- あいづち　附和；幫腔
- りくつが立（た）つ　合理
- つじつまが合（あ）わない　不合邏輯
- 相（あい）づちをうつ　附和；應聲

4 為了老菸槍的爸爸身體健康著想，勸他要少碰菸酒，但他完全當耳邊風。
- ひかえる　控制；暫不；待命
- さかえる　繁榮；興旺
- おぎなう　貼補；補充
- からかう　揶揄；嘲笑

5 被告知要穿著正式服裝前來和客戶公司的社長會面。
- シビアだ　嚴酷的；苛刻的
- ネガティブだ　消極的；否定的
- ルーズだ　吊兒郎當的；散漫的
- フォーマルだ　正式的

6 你知道森林有儲水的機能嗎？
- そだてる　養育；培養

- つかまえる　捕捉；逮捕
- ふさがる　塞住；關閉；占滿

7 有錢人的他沒有任何好朋友。都是些覬覦他的財富而靠近他的人而已。
- ならう　仿效；效法
- 折（お）れる　屈服；遷就；彎曲
- 隠（かく）れる　躲藏

擬真試題 12　P 151

1	1	2	4	3	4	4	2	5	3
6	4	7	4						

1 將汽油摻水賣的加油站社長被逮捕了。
- 抜（ぬ）ける　泄氣；退出
- 砕（くだ）ける　粉碎；破碎
- 崩（くず）れる　崩潰；瓦解

2 接下來會越來越冷，因此小心不要感冒，請千萬照顧好身體。
- あいかわらず　照舊；依然
- つぎつぎと　接連著
- べつべつに　分別地

3 被工作追著跑，沒有時間看報紙。上班途中在電車上看看報紙的標題而已。
- 見舞（みま）い　探望；慰問
- 見合（みあ）い　相稱；相親
- 見送（みおく）り　送行

4 我認為本公司至今為止能夠順利成長茁壯，都是托諸位員工的福。
- 順番（じゅんばん）　依序
- 調子（ちょうし）　狀態；情況
- 番組（ばんぐみ）　節目

5 上個月在街上偶遇前女友，在那之後便又重新交往。
- せっせと　拼命地；孜孜不息地
- さっぱり　完全；一點也不
- たしかに　確實；的確

6 年輕時怠惰不努力，上年紀後之後一定會後悔喔！
- はかる　圖謀；策畫；推測；測量
- うらむ　恨；怨
- まげる　弄彎；典當

7 正因為他這麼特別，才能有這麼獨特的發想。
- リアル　真實
- アピール　有魅力；受歡迎
- キャリア　經歷

擬真試題 13　　P 152

| 1 | 1 | 2 | 2 | 3 | 4 | 4 | 1 | 5 | 3 |
| 6 | 1 | 7 | 3 |

1 我想要一隻可以聽懂飼主的話而行動的聰明的狗。
- おろかだ　愚蠢的
- まじめだ　認真的
- 真剣（しんけん）だ　認真的

2 我 25 歲結婚，養育兩名兒子，是個過著平凡人生的家庭主婦。
- 平和（へいわ）　和平
- 平均（へいきん）　平均
- 平気（へいき）だ　不介意的

3 因為總是穿著樸素，所以我沒想到他是大企業的會長。
- 立派（りっぱ）だ　卓越的；優秀的
- ぜいたくだ　奢侈的
- 派手（はで）だ　華麗的

4 不甘心被上司奪去我的點子，但對誰也不能說。
- 幼（おさな）い　年幼的
- 勇（いさ）ましい　勇敢的
- やかましい　喧嚷的；喧鬧的

5 電車裡坐在我隔壁的男人，面朝下一個人呢喃自語，怪恐怖的。
- こつこつ　孜孜不倦；努力不懈
- わざわざ　特地；專程
- ぶつぶつ　嘀咕；抱怨
- ばらばら　凌亂貌；零散貌

6 剛進公司的吉野總是很俐落，不過那也持續不了多久吧。記得我剛進公司時也是那樣有活力啊！
- はきはき　爽快；乾脆

- ぐずぐず　慢吞吞的；猶豫不決
- おどおど　惴惴不安；戰戰兢兢
- そわそわ　坐立不安；心神不定

7 我想平均壽命延長的理由有很多，但其中最大的理由應該是現代醫學顯著地進步。
- てれくさい　難為情的
- うっとうしい　鬱悶的；憂鬱的
- あっけない　不過癮的；不盡興的

擬真試題 14　　P 153

| 1 | 2 | 2 | 4 | 3 | 2 | 4 | 1 | 5 | 1 |
| 6 | 4 | 7 | 3 |

1 孩子們也自立了，剩下和丈夫兩個人之後，總覺得人生十分空虛，不禁覺得至今為止的人生好像什麼也沒有。
- なつかしい　令人懷念的
- あやしい　可疑的
- あつかましい　厚顏無恥的

2 大口吸滿鄉下早晨的清爽空氣。
- こまやかだ　細小的；細微的
- あざやかだ　鮮明的；鮮豔的
- はなやかだ　華美的；華麗的

3 這家店的烏龍麵很好吃，特別是沙拉烏龍很特殊。
- 豊富（ほうふ）だ　寬裕的；豐饒的
- 賢明（けんめい）だ　明智的
- 盛大（せいだい）だ　盛大的

4 要是我稍微晚一點進公司，我的上司就會說「今天真早耶！」，或是在我交報告時說「報告寫得真是棒極了！」之類的挖苦我的話。真的很想辭職不幹。
- 苦情（くじょう）　抱怨；怨言
- 文句（もんく）　不服；不滿
- 小言（こごと）　怨言；牢騷

5 他以與競爭對手候選人些微差距當選了。
- おろかだ　愚蠢的
- すみやかだ　迅速的；敏捷的
- すこやかだ　健全的；健康的

206

6 我在董事們會出席的會議裡也會盡量明確地表達自己的意見，卻經常被同事說「你真有勇氣！」。
- 新鮮 (しんせん) だ 清新的；新鮮的
- 正式 (せいしき) だ 正式
- 満足 (まんぞく) だ 滿足的；滿意的

7 據說韓國人沒有時間觀念，是個急躁的民族，但不管在日本人、中國人或美國人裡應該都有那樣的人，所以那應該不是民族性，而是取決於個人吧！
- コスト 成本
- エネルギー 能量；精力
- ジレンマ 困境；窘境

問題 5

擬真試題 1 P 164

1	4	2	1	3	3	4	2	5	2
6	3	7	1	8	4	9	4	10	2

1 鋼琴家的母親和小提琴家的父親生出來的他竟然沒有音樂才能，令人感到不可思議。

2 只要稍微有一點損害到自己的利益，他馬上就會大動肝火。
- 腹 (はら) を 立 (た) てる
  ＝怒 (おこ) る 生氣；發怒
- 理解 (りかい) を求 (もと) める
  尋求理解；尋求認同
- 手 (て) に入 (い) れる＝ 自分のものにする・所有する 得手

3 雅夫學習能力很好卻不努力，所以總是殿後。
- 努力 (どりょく) する
  ＝努 (つと) める) 努力
- びりだ 最後；倒數第一

4 在東京近郊買了透天住宅，但庭院像貓額頭一樣非常狹窄。
- 猫舌 (ねこじた) 形容吃熱食怕燙的人
- 猫をかぶる 形容虛偽，表裡不一的人
- 猫の手も借 (か) りたいです 形容人手不足非常忙碌
- 猫の目のようだ 形容變化無常，變化激烈

5 穿著親子裝一起出門是我的夢想，因此很想快點生小孩。

6 難道不是說結婚沒有好處的女性增加而促進少子化的嗎？
- 促 (うなが) す 督促；催促

7 強森是美國人，他不只會日文及韓文，中文也說得非常流利。
- 不器用 (ぶきよう) だ 笨拙的；不熟練；不靈巧

8 重考三年終於進大學的他，現在非常認真地發奮念書。
- 三浪 (さんろう) する 重考三年
- 勉学 (べんがく) に励 (はげ) んでいる
  努力勤學
- 一生懸命に勉強する 拼命念書

9 新人加奈子在影印機前不知如何是好，我幫了她一把。
- せっせと 拼命地；一心地

10 再怎麼十全十美的人應該都會有疏漏的時候。

擬真試題 2 P 166

1	2	2	4	3	4	4	1	5	3
6	1	7	4	8	4	9	2	10	3

1 像他那樣人面這麼廣的人我是第一次見到。
- 足 (あし) を洗 (あら) う 金盆洗手
- 足 (あし) が出 (で) る 超出預算
- 足 (あし) が棒 (ぼう) になる 長時間走路、站立而腳痠、累

2 機場的手續變得更煩瑣了。
- わずらわしい 麻煩的；繁瑣的
- 容易 (ようい) だ 簡單的；容易的

3 昨天的足球比賽好可惜喔！

4 他很粗心，所以不能把工作交給他。
- そそっかしい 冒失的；粗心的

5 我很愛辣的食物，所以我想要到世界各地去追求更多辛辣刺激的東西。

6 這家店的青蔥拉麵特別好吃。

7 他的英語口說能力是我們班上最傑出的。

8 真是的，抱怨也要有個限度吧！

9 這件褲子的剪裁很特殊耶！我可以試穿看看嗎？
- 試着 (しちゃく) する＝着てみる 試穿

10 與其說想變得幸福，也只是想在適婚年齡結婚生子，過著和大家一樣的生活而已。
- ～並 (な) み～ 同樣；同等程度

擬真試題 3　P 168

1	3	2	4	3	1	4	3	5	2
6	3	7	1	8	2	9	1	10	2

1 怎麼突然說那麼見外的話呢？
- 水臭 (みずくさ) い
  ＝よそよそしい 見外的
- 水 (みず) いらず
  ＝他人 (たにん) を入 (い) れず
  只有自家人，沒有參雜外人
- 水 (みず) と油 (あぶら)
  ＝互 (たが) いに交 (ま) じり合 (あ) わない 水火不容

2 聽說因為水壩建設的關係這個村子會消失，是怎麼回事？我從來沒聽說過。
- 耳にする 耳聞；聽到
- 耳にたこができる 聽到耳朵長繭；聽膩
- 寝耳 (ねみみ) に水 (みず) 晴天霹靂

3 減少飲食，持續運動之後，每天都變得更瘦了。

4 上司的牢騷真是讓人受夠了。
- 慣 (な) れる＝なじむ 熟悉；熟練

5 在新商品開發的會議中，大家熱烈地提出各種建議。

6 因為社團活動的關係，略懂一點籃球。

7 你 24 小時不睡覺也沒有關係嗎？
- ぼんやり 發呆；模糊；不清楚

8 她雖然長得漂亮卻缺乏常識，她一講話馬上就聽出來了。
- 富 (と) む 富有；富足；富於
- 満 (み) ちる 充滿；符合
- 足 (た) りない 不夠；不足

9 我住在靠近東京車站的公寓，以市區來說算是安靜清幽且房租便宜。

10 對於晚輩犯的錯視而不見。

擬真試題 4　P 170

1	1	2	3	3	4	4	2	5	2
6	3	7	1	8	4	9	3	10	4

1 這湯有點鹹，你嚐過味道了嗎？加點水如何？

2 真一最近很罕見地在用功念書耶！

3 之前住的公寓和現在的公寓面積相等。

4 為慶祝開幕，今日下午 1 點起 30 分鐘內免費贈送一塊本店蛋糕。

5 年終尾牙的日期撞期了，很為難。

6 已經快不能忍受他那樣狡猾的行徑了。
- 我慢 (がまん) する
  ＝こらえる＝たえる
  ＝辛抱 (しんぼ) する 忍耐

7 屆時再跟您聯絡。
- いずれ 反正；總歸；哪一方面
- いずれも 全都
- いずれにしても 總之

8 據說便利貼是偶然間被發明的。

9 爸爸每天都工作得很累回來，因操勞容易生病，所以我很擔心他。

10 現在還不遲，我相信只要接下來不懈怠地持續努力一定會考上。
- すくすく 茁壯成長；長得很快
- にやにや 暗暗自喜；竊笑；不懷好意地笑
- そろそろ 就要；快要；慢慢地

擬真試題 5　P 172

1	2	2	3	3	2	4	1	5	4
6	3	7	4	8	4	9	4	10	2

1 趁著還沒忘記趕快把他的電話號碼寫下來。
- 控 (ひか) える 待命；控制；暫不

2 美奈子是個會把玩笑話當真的人，所以最好不要對她說。
- 受 (う) ける 接受；受到；受歡迎

3 那樣地努力值得了，成績有了顯著地進步。
- かいがある/ない 有價值/沒有價值

4 地震的災情很嚴重。

5 開玩笑也要有個分寸吧！把別人弄得心情不好也要知道限度。

6 這個蘋果，若是買一箱的話，可以便宜你1000 日圓。
- おまけ 贈品；折扣

7 那對雙胞胎長得很像，但個性完全不同。
- そっくり 完全；極其相似

8 去年冬天買的牛仔褲變緊了，是縮水了嗎？
- だぶだぶ 過大不合身；肥胖

9 馬鈴薯燉肉是我最愛吃的食物，所以我常常煮來吃，但並沒有那麼容易做。

10 開口向前輩借錢，結果他很爽快地就借我了。
- ためらう 傍徨；躊躇
- いやいや＝しぶしぶ 不情願地；嫌惡地

擬真試題 6　P 174

1	3	2	4	3	4	4	2	5	1
6	3	7	1	8	2	9	4	10	3

1 前些日子承蒙您的照顧了！這是一點小心意，請收下。

2 隔壁的人不知道出於什麼原因，我總覺得他是故意踩我的腳。
- わざわざ 專程；特地
- 精一杯 (せいいっぱい) 竭盡全力

3 竟然吃飯途中放屁，真是個沒有禮貌的人。
- 行儀 (ぎょうぎ) が悪 (わる) い
  舉止無禮；沒有規矩

4 下個月的菜單你來試著擬看看。

5 我高中時的興趣是蒐集全世界的郵票。

6 放完暑假後的工作讓人難受。

7 我只是個性謹慎，卻常被說消極。
- 世話好 (せわず) きだ 好管閒事
- 大人 (おとな) しい 溫順的；順從的

8 家母在公司擔任諮詢的工作。

9 村山課長雖然人不錯，卻同時也是個沒有責任感的人。每次要做決策的重要時刻他人總是不在。

10 離公司最近的車站是池袋站。

擬真試題 7　P 176

1	4	2	2	3	2	4	4	5	3
6	4	7	4	8	2	9	4	10	1

1 疲累時好好地睡一覺最棒了。

2 他用意味深長的表情看著我。

3 為了健康也請攝取均衡的營養。

4 我很敬重的老師的課堂總是咻一下子就結束了。

5 以 5 歲小孩畫的畫來說算是畫得很棒。

6 不論對方是多麼弱的隊伍，在比賽中也不能輕忽大意。
- 気 (き) を楽 (らく) にする 心情舒暢
- 気 (き) を落 (お) とす 失望
- 気 (き) をもむ 焦慮；犯愁

7 從證據來看，犯人無疑就是隔壁的人。
- まぎれもなく 一定；肯定
- まもなく 不久；即將
- だいたい 大抵；大致
- たぶん 大概；也許

8 我在公司的諮詢台工作，社長常對我說「你是公司的門面」。

9 明天我打算去秋葉原，你能陪我嗎？
- 付 (つ) き合 (あ) う 往來；交往；作陪

10 請好好地休息。
- くつろぐ 舒暢；歇息

問題 6
擬真試題 1 P 182

| 1 | 3 | 2 | 4 | 3 | 4 | 4 | 1 | 5 | 3 |
| 6 | 1 | 7 | 2 | 8 | 1 | 9 | 4 | 10 | 2 |

1

燃 (も) える 著火；燃燒；洋溢
1 焼 (や) ける 曬黑；燒烤；燒燙
2 焼 (や) ける 曬黑；燒烤；燒燙
3 他現在的地位，是對人生懷抱熱情努力而來的結果。
4 燃 (も) やす 焚燒；燃起

2

展開 (てんかい) 展開；發展
1 打 (う) ち明 (あ) ける 坦白；吐露
2 販売 (はんばい) し始 (はじ) める 開始販售
3 展示 (てんじ) 展示
4 這齣戲劇情節的發展很簡單，所以不好看。

3

にぎやかだ 熱鬧的；開朗的；有說有笑的

1 さわがしい 嘈雜的；紛亂的
2 さわがしい 嘈雜的；紛亂的
3 さわがしい 嘈雜的；紛亂的
4 還是小學生的妹妹是個愛笑愛說話的開朗孩子，在班上似乎很受歡迎的樣子。

4

うらむ 恨；怨
1 我一輩子都恨著拋棄母親和我們兄弟離家出走的爸爸。
2 うむ 出現；發生
3 うらやむ 羨慕
4 あこがれる 嚮往

5

温暖 (おんだん) だ 溫暖
1 穏和 (おんわ) だ 溫和的
2 なごやかだ 和睦的
3 這個地方氣候溫暖，全年觀光客絡繹不絕。
4 暖 (あたた) かい 暖和的

6

分野 (ぶんや) 領域；範圍；方面
1 研討會有來自政治界及經濟界領域的許多專家來參與。
2 保証期間 (ほしょうきかん) 保固期間
3 地域 (ちいき) 地域；地區
4 分野 不需加「分野」

7

覚 (おぼ) える 學會；記住；感受
1 思 (おも) いだす 想起
2 因為想學會打高爾夫，雖然學費高昂，但還是想去上高爾夫球學校。
3 思 (おも) いだす 想起
4 思 (おも) いつく 想到；想出
ヘソクリ 私房錢

8

普及 (ふきゅう) 普及
1 隨著手機快速地普及，利用網路社群軟體的犯罪也增加了。
2 普通 (ふつう) 普通；一般
3 広 (ひろ) がる 擴大；蔓延；傳開

4 補充 (ほじゅう) 補充

9
催促 (さいそく) 催促
1 開催 (かいさい) 舉行；舉辦
2 応援 (おうえん) 聲援；支持
3 大売出 (おおうりだ) し 大拍賣
4 訂購的商品一直還沒送來，打了通電話去催。

10
巨大 (きょだい) 巨大
1 無「声が巨大だ」用法
2 學生們使用顏料在牆上描繪了巨大的動物。
3 「巨大」為名詞、形容動詞，不能加「する」
4 ゆるくなる 變寬鬆；鬆弛

擬真試題 2 P 184

1	4	2	2	3	1	4	3	5	1
6	1	7	1	8	4	9	4	10	2

1
辛抱 (しんぼう) 耐心；毅力
1 辛抱 不需加「辛抱」
2 我慢強 (がまんつよ) く 忍耐力強
3 辛抱 不需加「辛抱」
4 耐心持續地研究，我們的團隊終於獲得學會的認可。

2
こげる 燒焦；烤焦
1 燃 (も) やす 焚燒；燃起
2 顧著和朋友講電話，連魚已經燒得焦黑了都不知道。
3 顔 (かお) がやける 臉曬黑
4 焼 (や) く 燃燒；燒烤；燒製

3
取材 (しゅざい) 採訪
1 記者們為了採訪新聞事件，聚集在現場。
2 収集日 (しゅうしゅうび) 垃圾收集日
3 集合 (しゅうごう) 集合

4 検索 (けんさく) 檢索；搜尋

4
シーズン 季節
1 新聞 報紙不用「出版される」
2 賞味期限 (しょうみきげん) 賞味期限
3 差不多快要到衝浪的季節了，真是期待啊！
4 日 (ひ) にち 日期

5
憧 (あこが) れる 嚮往；憧憬
1 住鄉下的時候，很嚮往繁華的都市生活。
2 〜にあこがれる 嚮往；憧憬
3 読書好 (どくしょず) きだった 喜愛讀書
4 普段 (ふだん) あまり飲 (の) まない
平常不太喝

6
怒 (おこ) る 生氣
1 我雖然是個不太會生氣的人，但他那種帶著嘲諷的說話方式我無法忍受。
2 しかる 斥責；責備
3 怒 (おこ) られる 挨罵
4 頭 (あたま) にくる 惱火

7
さいわいに 幸好
1 父親的工廠失火，但幸運的是似乎沒有任何人傷亡。
2 すぐ 馬上
3 残念 (ざんねん) なことに
令人感到惋惜的是
4 当 (あ) たり前 (まえ) だ 理所當然

8
喜 (よろこ) ぶ 歡喜；高興
1 楽 (たの) しみに 期待地
2 喜 (よろこ) ばせる 使…開心；取悅
3 うれしい 高興；歡喜
4 我找到工作，朋友就像他自己的事一般地替我高興。

注目(ちゅうもく) 關注；矚目
1 注意(ちゅうい) 注意；提醒
2 注意(ちゅうい) 注意；提醒
3 注目(ちゅうもく) している 關注；矚目
4 大家說我明明還是個小孩，卻是個彈得能和職業水準並駕齊驅的天才，所以我從四歲開始就蒙受大家關注的眼光。

⑩

はずす 去掉；取下；摘下
1 のがす 放跑；錯過
2 這件牛仔褲請解開後面的扣子後再脫掉。
3 席(せき) をはずす 離開座位
4 皮(かわ) をむく 剝皮

擬真試題 3　P 186

1	3	2	1	3	3	4	2	5	3
6	4	7	2	8	3	9	2	10	3

①

改善(かいぜん) 改善
1 修理(しゅうり) 修理
2 改造(かいぞう) 改造
3 因有改善勞動環境的必要而向公司提出請求。
4 改造(かいぞう) 改造

②

処理(しょり) 處理
1 那個警察因為草率了結案件而被革職了。
2 掃除(そうじ) 打掃
3 削除(さくじょ) 刪除
4 分(わ) ける 劃分；區分

③

備(そな) える 設置；安裝；準備
1 備(そな) わる 具備；具有
2 そびえる 峙立；矗立
3 吉田具備了作為領導人的資格。
4 ～に備(そな) える 為…做準備

④

予防(よぼう) 預防
1 妨害(ぼうがい) 妨害
2 為了營造宜居城市，居民們開始著手進行犯罪預防事項。
3 妨害(ぼうがい) 妨害
4 予報(よほう) 預報

⑤

折(お) る 折；彎
1 骨(ほね) を折(お) る 盡心盡力地工作；鞠躬盡瘁
2 折(お) れる 折斷；轉彎
3 把紅酒潑灑到客人的襯衫上，店員對著客人哈腰賠罪。
4 折(お) れる 折斷；轉彎

⑥

抜(ぬ) く 拔出；抽出；省略；去掉
1 釘(くぎ) を抜(ぬ) く 拔出釘子
2 引(ひ) く 扣除
3 髪(かみ) の毛(け) が抜(ぬ) ける 掉髮
4 不要緊張，放鬆一下再面對比賽。

⑦

深刻(しんこく) 嚴酷；嚴重；深刻
1 深刻(しんこく) に考(かんが) える 深刻地思考
2 他的一句話讓事態變得更越來越嚴重了。
3 深刻(しんこく) な表情(ひょうじょう) 表情凝重
4 あまりにも深(ふか) い 太過深

⑧

受ける 接受；蒙受；得到好評
1 もらう 得到
2 与(あた) える・及(およ) ぼす 給予
3 比起年輕世代，他的新電影更受中高年齡層的歡迎。
4 受(う) かる 考取

9

続出(ぞくしゅつ) 相繼出現
1 相続(そうぞく) 繼承
2 今年夏天也和去年一樣非常地熱，因酷暑而昏倒住院的人不斷地出現。
3 指摘(してき) 指正；指出
4 次(つ)いで 接著；接下來

10

休息(きゅうそく) 休息
1 休息する 休息
2 冬眠(とうみん) 冬眠
3 努力工作也很好，但為了守護健康，充分休息是很重要的。
4 有給休暇(ゆうきゅうきゅうか) 有薪假

擬真試題 4　P 189

1	4	2	1	3	2	4	3	5	2
6	4	7	2	8	4	9	2	10	4

1

救(すく)う 拯救；挽救；救濟
1 手伝(てつだ)う 幫忙
2 手伝(てつだ)う 幫忙
3 助(たす)ける 救助；幫助
4 我想從事像醫師那樣可以拯救生命的工作。

2

届(とど)ける 送達；投遞
1 把撿到的錢包交給派出所應該是常識吧！
2 手届(とど)く 搆得著；拿得到
3 送(おく)る 送行；派遣
4 送(おく)る 送行；派遣

3

とらえる 捕捉；逮捕
1 拾(ひろ)う 撿拾
2 很難抓到那位教授上課的重點。
3 とる 拿取
4 もらう 得到

4

行為(こうい) 行為；舉止
1 行動(こうどう) 行動
2 動作(どうさ) 動作
3 身為一個學生，鈴木因做了不良行為而被迫休學了。
4 動作(どうさ) 運轉；運作

5

反省(はんせい) 反省
1 後悔(こうかい) 後悔
2 那個人犯了滔天大錯，還一點反省的意思都沒有。
3 後悔(こうかい) 後悔
4 後悔(こうかい) 後悔

6

回収(かいしゅう) 回收
1 収穫(しゅうかく) 收穫；收割
2 拾得(しゅうとく) 拾得
3 取得(しゅとく) 取得
4 時間到。要收回問題紙及答案，請交出來。

7

キャリア 經歷
1 こと 事情
2 我想先在中小企業累積工作經歷。
3 経験(けいけん) 經驗
4 経験(けいけん) 經驗

8

ぎりぎり 最大限度
1 だぶだぶ 寬大不合身貌
2 わざわざ 專程；特地
3 じりじり 煎得吱吱作響
4 快到上課時間島田才進教室。

0

におう 散發香味；有跡象
1 石(せっ)けんがにおう 散發肥皂味
2 丈夫的西裝上散發出女性香水的味道。
3 似合(にあ)う 相稱；適合
4 かぐ 嗅；聞

望(のぞ)む 希望；期待
1 ふさわしい 適合的
2 頼(たの)む 仰賴；請求
3 頼(たの)む 仰賴；請求
4 家人都期盼著他平安無事。

擬真試題 5　P 191

1	3	2	2	3	1	4	2	5	4
6	3	7	2	8	3	9	4	10	3

1

かばう 包庇；袒護
1 かまう 在意；介意
2 世話(せわ)をする 看顧；照料
3 即使我們兩個吵架，媽媽總是袒護弟弟。
4 面倒(めんどう)を見(み)る 看管；照料

2

こだわる 拘泥；講究
1 ～にこだわる 拘泥；講究
2 一直拘泥於過去的話是無法發展自我的吧！
3 こじれる
病情惡化；久病不癒；事態變得膠著
4 こたえる 回答；報答

3

沸(わ)く 燒開；沸騰
1 故事的主角中山惠理出現在舞台上後，觀眾情緒沸騰。
2 沸(わ)かす 使…沸騰；燒開
3 出(で)る 出去；露出
4 飛(と)ぶ 飛翔；飛濺；跳躍

4

召(め)す 吃；穿；喝；喜歡；購買
1 消(け)す 關掉；熄滅
2 那邊穿著和服的是社長夫人。
3 いらっしゃる 去；來；在
4 いらっしゃる 去；來；在

- 気(き)に召(め)す 喜歡
- お風呂(ふろ)に召(め)す 入浴
- 服(ふく)を召(め)す 著衣
- 風邪(かぜ)を召(め)す 感冒
- お年(とし)を召(め)す 上年紀
- お酒(さけ)を召(め)す 喝酒
- 車(くるま)に召(め)す 乘車
- カバンを召(め)す 買包包

5

へだてる 隔開；隔離
1 ～と離(はな)れる 和…分開
2 休憩(きゅうけい)をする 休息
3 比(くら)べる 相比；比較
4 兩個市隔著赤羽川。

6

生(い)き生(い)き 生氣勃勃；栩栩如生
1 生々(なまなま)しい 嶄新的；活生生的；生動的
2 生き生きになる 錯誤用法
3 在玩他喜歡的拼圖玩具時，他是最精神奕奕的。
4 若(わか)いうちに 趁著年輕時

7

はげます 鼓勵；勉勵
1 はがす 揭開；剝下；撕下
2 在比賽中敗陣下來的選手們互相勉勵。
3 ばれる 暴露；敗露
4 はずれる 偏離；排除；不準

8

維持(いじ) 維持
1 意思(いし) 想法；打算
2 頼(たよ)り 依賴；憑靠
3 冬天時盡量讓室溫保持在 26 度左右吧！
4 意志(いし) 決心；意志

9

縮(ちぢ)む 收縮；縮短
1 減(へ)る 減少
2 減(へ)る 減少
3 縮(ちぢ)まる 縮短；縮小

4 要拉長縮水的針織衫時，請試試看用潤髮乳。

10

費(つい)やす 花費；耗費
1 使(つか)う 使用
2 用(もち)いる 採用；使用
3 丈夫一拿到薪水後就全都花在賭博上。
4 扱(あつか)う 處理；對待

擬真試題 6　P 193

1

持参(じさん) 帶來；拿著去
1 持(も)ち込(こ)む 攜入；挾帶
2 登山大會當天請攜帶個人便當及飲用水。
3 持(も)って帰(かえ)る 帶回；外帶
4 連(つ)れる 伴隨；帶；陪伴

2

あふれる 滿溢；溢出
1 こぼす 打翻；灑落
2 據稱將啤酒斟滿杯子是失禮的。
3 こぼれる 灑落；溢灑
4 こぼす 自然流露

3

夢中(むちゅう) 入迷；沉浸其中
1 頑張(がんば)る 努力
2 夢(ゆめ)の中(なか) 睡夢中
3 我想擁有一個能讓我忘卻時間，完全沉浸於其中的興趣。
4 専念(せんねん)する 專心致志

4

感心(かんしん) 佩服；欽佩
1 感心(かんしん)を表(あらわ)す
　無此用法
2 ほめる 誇獎
3 感心(かんしん)を持(も)つ 無此用法

4 不論多麼地辛苦，他依然負起責任做到最後，我對他感到佩服。

5

おさえる 控制；抑制；壓制
1 押(お)す 按；壓；推
2 我按耐不住怒火，大聲斥責學生們的惡作劇行為。
3 押(お)す 按；壓；推
4 押(お)す 按；壓；推

6

外見(がいけん) 外觀；外表
1 派遣(はけん)される 被派遣
2 雖說從外表可以評斷一個人，但只專注於裝飾外表是愚蠢的行為。
3 外見(がいけん) 不需加「外見」
4 形式(けいしき) 形式

7

あわただしい 慌張；匆忙
1 在汲汲營營的都市生活中，我們失去的東西何其多。
2 なれなれしい 熟不拘禮的；過分親暱的
3 ひどい 過分的；殘酷的；無情的
4 恐(おそ)ろしい 可怕的；畏懼的

8

試(こころ)みる 嘗試；試圖
1 夢見(ゆめみ)る 作夢；夢想
2 省(かえり)みる 反省
3 他試圖取得大家的認同。
4 挑戦(ちょうせん)する 挑戰

9

活躍(かつやく) 活躍
1 最活躍的村田選手獲選最優秀獎。
2 活気(かっき) 活力；朝氣
3 活動(かつどう) 活動
4 活発(かっぱつ) 活潑；活躍

うっすら 微微地；薄薄地
1 聖誕節的早晨，起床後發現庭院積了一層薄薄的雪。
2 ぼんやり 發呆；模糊地
3 ひたすら 一昧地
4 ぎっしり 塞滿；擠滿

擬真試題 7　P 195

1	3	2	4	3	1	4	2	5	4
6	2	7	2	8	3	9	1	10	4

1

模様(もよう) 花樣；狀況；情況
1 格好(かっこう) 外觀；打扮；裝束
2 模樣
3 不論晴雨，社員運動會都會舉辦的樣子。
4 装飾(そうしょく) 裝飾

2

みじめだ 悲慘的；悽慘的
1 あらかじめ 事先
2 悲(かな) しい 悲傷的
3 まじめに 認真地
4 拚了命地奮戰最後輸了也沒辦法，但最起碼不想要輸得難看。

3

まれだ 稀有的；罕見的
1 很少看到父親笑得那樣開心。
2 きざだ 裝模作樣的
3 なかなか 相當；非常
4 なかなか 相當；非常

4

包装(ほうそう) 包裝
1 つつまれる 被包裹；被包圍
2 聽說這個巧克力連包裝紙整個都可以食用。
3 つつむ 包裹；包圍
4 つつむ 包裹；包圍

5

詳(くわ) しい 詳細的
1 悔(くや) しい 不甘心的；後悔的
2 ～に詳(くわ) しい 對…很了解
3 消極的(しょうきょくてき) だ 消極的
4 金先生不只對中國文化，政治、經濟、綜藝都很了解。

6

満(み) たす 滿足；填滿；充滿
1 ～を満たす 使滿足
2 若是要滿足奢侈的她的慾望，會沒完沒了。
3 満(み) ちる 充滿；符合
4 足(た) りる 足夠

7

わずか 僅僅；一點點
1 少(すこ) し 一點點；稍微
2 據說只要一點點金錢，就可以救助貧困國家眾多的兒童。
3 わりには 以…來說算是
4 ごく 極；非常

8

めったに 頻率少；幾乎
1 ほとんど 大部分；大體上
2 ほとんど 大部分；大體上
3 她說因為會胖，幾乎不吃飯。
4 ほぼ 大致上

9

どうも 總覺得；實在；怎麼也
1 他的表情幾乎沒什麼變化，實在是不了解他真正的心意。
2 どうせ 反正；橫豎
3 どうか 設法；無論如何；請
4 とても 非常

もともと 原本；本來

1 ばらばら 凌亂地；零散地

2 ごりごり 倔強的；強硬的；食物硬

3 もっともっと 進一步；更加

4 有傳言說我們學校某處以前是墳場。

日檢N2

全方位攻略解析

文法 讀解 聽解 本 雙·書·裝

MP3

WINNER

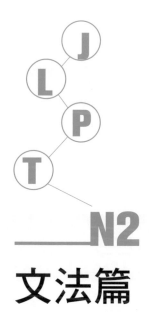

N2

文法篇

合格攻略 TIP

目前文法試題不同於以往單純背誦就能作答的文法試題，出題傾向更為複雜，要充分理解句意，並具有正確的文法知識，才能選出答案。

為了累積堅強的解題實力，一定要熟記日檢改制前公布的出題範圍內的文法規則及慣用語。並建議平常透過日本的戲劇、廣播、報紙等大眾媒體，多多接觸日常會話用語。口語體的句子慣用語也會考。

問題7 語法形式判斷（題數為12題）

題型說明

1 本題型為**從選項中選出最適合填入句中括號的語法形式**。

2 改制前單純背誦語法形式就能作答，**改制後則要讀完整句話，掌握情境，了解整句話的意思**，才能找出答案。

3 不會單考一個字，而是考**複雜的語法形式**。

5 **過去出題範圍內的文法及語法形式考題不會超過五題**。

4 考題主要為**口語會話的語法形式**。

6 考題中一定會出現**尊敬語和謙讓語語法形式**。

7 「**使役＋てもら／ていただく**」表示感謝對方的同意和允許，考題中也一定會出現此類題型。

〔例題〕

あれだけ自信を持って言った以上、 彼は立派に（　　　）。

1 やって見せるだろう　　　2 やって見るだろう

3 やって見せただろう　　　4 やって見せていただろう

解題技巧

1 **確認每一個選項的意思。**

2 讀完整句話後，從四個選項中選出最適合填入括號內的單字。

3 **不會的題目再怎麼想破頭也想不出答案，請快速選一個答案完成本題，以確保其他試題的作答時間。**

4 **碰到不會的題目，千萬不要先空著不答**，否則後方題目劃錯格的機率極高。

5 完成該題型的所有題目，確認答案卡劃記完畢後，才能繼續作答下一個題型。

學習策略

1 N2 測驗的語法形式通常為**日常生活中常用的形式**。

2 請務必搞懂**尊敬語和謙讓語語法形式**。

3 請務必學會「**もらう／いただく**」的相關用法。

4 也務必**熟記改制前出題範圍內的文法及語法形式**，因為作答讀解、聽解試題時會需要。

5 **難易度和改制前差不多**，所以一定要練習作答歷屆試題。

6 熟背本書列出的 N2 必考語法形式。

問題 8　句子的組織（題數為 5 題）

題型說明　1　2010 年改制後的新增題型。

2　本題型考的是**組織句子的能力**。

3　一個句子會連續出現四個空格，將**四個選項依順序排列好後**，對應到星號 ___★___ 位置的選項即為答案。

〔例題〕

この会社は ＿＿＿＿ ＿＿＿＿ ＿★＿ ＿＿＿＿ 多い。

1　給料が　　　2　反面　　　3　高い　　　4　残業

解題技巧　1　先試著掌握空格外整句話的意思。

2　確認每個**選項**的意思。

3　確認空格前後字彙**如何連結**。

4　注意句意的連貫性，**重新組織選項字詞**並試著填入空格中。

5　如果只靠雙眼解答本題型，很容易出錯，誤把正確答案填入其他空格。因此，**請一面在空格中寫下選項號碼**，一面確認句意的通暢度。

6　句子組織完成後，請確實將星號欄的選項號碼劃記於答案卡上。

7　**不會的題目再怎麼想也想不出答案，請快速選一個答案完成本題，以確保其他試題的作答時間。**

8　**碰到不會的題目，千萬不要先空著不答**，否則後方題目劃錯格的機率極高。

9　完成該題型的所有題目，確認答案卡劃記完畢後，才能繼續作答下一個題型。

學習策略　1　N2 測驗的語法形式通常為**日常生活中常用的形式**。

2　**本題型為新增題型**，由於歷屆試題量較少，請務必練習作答**已公開的歷屆試題**。

3　如果只是熟讀文法規則，絕對難以攻略本題型。解題時請發揮**單字、句型、文法**全方位的實力。

4　熟背本書列出的必考語法形式。

問題9　文章的語法（1篇文章出5題）

題型說明　1　2010 年改制後的新增題型。

2　以短文形式呈現，篇幅**近似於**讀解題型中的「中篇理解」。

3　文中有**五個空格**，需掌握文章的脈絡，選出最適合填入空格中的選項。

〔例題〕

　　仕事の後のビール一杯は最高ですね。一日の疲れも吹き飛びますし。それ
に、ビールは健康にもいいそうです。まず、ビールを飲んで一時間内に起きる
変化　**1**　トイレが近くなる、おつまみがほしくなる、どんどん飲みたくなる。
抑制がきかなくなるといったところですが、これはアルコールをとった時、起き
る変化とあまり変わらないです。でも、ビールを飲み続けて長期的に起きる変化
としては、心臓病　**2**　なる、目とか腎臓にもいい影響を及ぼしているという
ことです。それういってもアルコールだから、飲みすぎはよくないと思いますが、
適当に飲めば、薬になるということです。お酒の好きな人には朗報かも知れませ
んね。

|1|

1　としては　　　　　　　　　　　2　としても

3　とすると　　　　　　　　　　　4　と

|2|

1　になりがち　　　　　　　　　　2　になりにくく

3　になりやすく　　　　　　　　　4　になるように

解題技巧　1 解題方式與**讀解題型的解題技巧**相同。掌握文章主旨和整篇內容大意，毋須逐字逐句理解。

　　　　　2 文章篇幅較長，建議**將內容分段**，確認**各段大意**。

　　　　　3 掌握全文大意後，逐句閱讀，並從選項中選出適當的接續詞、單字、語法形式填入空格中。

學習策略　1 關鍵在於**掌握全文的脈絡**。

　　　　　2 此題型考的是綜合單字、句型、語法形式和閱讀的能力。

　　　　　3 **學習方式同讀解題型**，但是還需要多作練習，才能找出適合填入空格中的語法形式。

　　　　　4 練習作答**已公開的歷屆試題**。

　　　　　5 務必熟背本書列出的字彙、文法和試題。

N2 頻出文法 1

01 次第

- **動詞ます形＋次第** ―～就～

  空港に着き次第、電話ください。 一到機場就打電話給我。

- **動詞辞書形／た形＋次第だ** ～的情形

  誰よりも先に君に連絡した次第だ。 （因為這麼一回事）我才最先通知妳。

  恥ずかしい次第です。 真是不好意思。

- **名詞＋次第だ／で** 端看～

  成功するかどうかは君の努力次第だ。 會不會成功端看妳的努力。

  すべては明日の天気次第で決まります。 一切就看明天的天候狀況再決定。

02 ほど

- **～ほど** 愈是～；不若～；不到～的地步

  忙しいときほど、じっくり考えて行動するものだ。 愈忙，就應該更審慎思考再行動。

  英語ができますけど、マサオ君ほどではないですね。 我是會英文啦，但比不上正男。

  体の調子はよくないが、会社を休むほどではない。

  身體狀況雖不佳，但還不到要向公司請假的地步。

- **～ば～ほど** 愈來愈～

  彼に会えば会うほど好きになってしまった。 愈見他就愈喜歡他。

03 だけ

- **〜だけ** 光是〜，只有〜

彼のことは考えるだけでいやになってしまう。 光是想到他都覺得討厭。

この話を知らない人は田中君だけだ。 不知道這件事的人只有田中。

彼とはただ一緒にいるだけでいい。 只要跟他待在一起就好了。

- **〜だけでなく** 不只〜 ＝〜ばかりでなく／〜ばかりか

このゲームは子供だけでなく大人にも人気がある。

這個遊戲，不只小孩，就連大人都愛不釋手。

- **〜だけに／〜だけあって** 真不愧是〜

モデルだけに彼女はすらりとした体をしている。 真不愧是模特兒，她的身材窈窕有致。

人一倍に努力しただけあって、誰よりもはやく上達してきた。

正因為比人家加倍努力，他也比任何人學得快又好。

- **〜だけのことはある** 正因為是〜；不愧是〜（表示得到其相稱的結果、能力等）

毎日練習に励んだだけのことはある。 真不愧是每天努力練習。

Tip「〜だけのことはあって」是此句型的「て形」表現，「〜だけのことはあって」的省略形是「〜だけあって」

- **〜だけ** 盡可能〜

買いたいだけ買いなさい。 想買盡量買。

- **〜なら／たら〜だけのことだ** 要是〜的話，就只好〜

みんながやらないなら、僕がやるだけのことだ。 要是大家都不幹，就只好我來做了。

04 〜恐れがある 有〜之虞

このままだったら、うちの会社もつぶれる恐れがある。

照這樣下去，我們公司就有倒閉之虞。

05 〜をきっかけに／〜を契機に 以〜為契機

何をきっかけに俳優になろうと思ったんでしょうか。 您是在什麼機緣之下想當演員的呢？

06　～をめぐって　　針對～

この町はゴミ処理などいろんな汚染問題をめぐって隣の町と対立している。

這個鎮針對垃圾處理等眾多污染問題和鄰鎮對立著。

07　動詞ます形＋ようも（が）ない　　無法～

こんなに壊れたら、直しようがないですよ。　　壞得這麼徹底，是沒辦法修的哦！

08　よう

・～ように　　為了～

一番後ろの人にも聞こえるようにもっと大きな声で話してください。

請講大聲點好讓最後面的人也聽得見。

・～ようで／～ようでは／～ようなら　　似乎是～；既然像這樣～；要是像～

こんなに毎日雨が降るようでは、あの川の水はあふれるでしょう。

像這樣每天雨下個不停，那條河會氾濫。

・まるで～かのようだ　　簡直～似的

10月なのにまるで8月が戻ってきたかのように蒸し暑い。

明明已經10月了，卻還像8月回頭似地又悶又熱。

・～ようじゃないか　　～吧！（主要為男性使用，強烈勸誘）

みんなで頑張っていこうじゃないか。　　大家一起加油吧！

答案及解析 P 321

請選出最適合放進（　）裡的選項。

1　年を（　）記憶力は落ちるものだと言うが、うちのおじいさんは例外みたい。

1 とるほど　　　　2 とるけど　　　　3 とるものの　　　　4 とるつつあって

2　鈴木　「今の仕事はどう?」

佐藤　「前の会社より大変だよ。でも、（　）給料が多いからいいと思う。」

1 仕事が少ないだけに　　　　　　　2 仕事がハードなだけに

3 仕事がつらいほどで　　　　　　　4 仕事がゆとりがある気味で

3　私が出した新しい提案（　）、みんなの意見が分かれた。

1 をめぐって　　　2 はともかく　　　3 をぬきにして　　4 はもとより

4　ほんのささいなことが（　）、彼女とおおげんかになってしまって、2 年も経った今でも彼女と口をきいていない。

1 おそれになったため　　　　　　　2 さきにだってから

3 きっかけとされて　　　　　　　　4 けいきになって

5　先月の交通事故を（　）、安全運転を心がけている。

1 きっかけに　　　2 もとに　　　　3 込めて　　　　　4 問わず

6　（　）、行動するのよ! さっさと動きなさい!

1 口ばかりでなく　　　　　　　　　2 答えたとたん

3 口が言うだけに　　　　　　　　　4 答えるほどではないが

7　母「みほちゃん! 何してるの?（　）手伝ってくれる?」

1 手が空いていると思うものの　　　2 暇なばかりではないと思うから

3 少しは余裕もあるものだから　　　4 ちょっとだけでもいいから

8 日時の変更について、皆さんに改めてお知らせする（　）です。
　　1 次第　　　　　　　2 もの　　　　　　　3 どころ　　　　　　4 向き

9 おじいさんは（　）健康に気をつけるようになった。
　　1 手術した次第で　　　　　　　　　2 手術するだけだから
　　3 手術したのをきっかけに　　　　　4 手術するほどで

10 彼は見てもいなかったのに、自分の（　）話している。

　　1 やったことについて

　　2 目でみてから

　　3 やることはなんでもないかのように

　　4 目で見たかのように

11 飼っていた猫がなくなった時の悲しさは（　）。
　　1 例えてもいいくらいだ　　　　　　2 例えようがなかった
　　3 例えるほどだった　　　　　　　　4 例えることはない

12 彼がどこに住んでいるのかを知らないから、連絡（　）ですか。

　　1 しようがないじゃない　　　　　　2 するところはない

　　3 しようともしない　　　　　　　　4 しようとしているん

請選出最適合放進★位置的選項。

13 今回の文化祭がうまくいくよう、皆さん＿＿＿＿＿　★　＿＿＿です。
　　1 次第　　　　　　2 お願いする　　　3 ご協力を　　　　4 に

14 何をそんなにくよくよしているの？簡単でしょう？

彼が____ ____ ★ ____でしょう。

1 会わなくてもいいだけの   2 いや

3 こと   4 だったら

15 あなたは彼に____ ____ ★ ____が、彼はずいぶん傷ついたと思う。

1 だけ   2 かもしれない

3 言いたい   4 言ったのですっきりした

16 去年____ ____ ★ ____ですね。

1 にしろ   2 たまらない

3 今年の夏の暑さは   4 ほどではない

17 今朝の地震の影響で津波の____ ____ ★ ____呼びかけた。

1 から   2 住民たちに安全な場所に移る

3 恐れがある   4 ように

18 息子の帰国を首を長くして待っていた____ ____ ★ ____例えようがな

かった。

1 息子の電話をもらった時の喪失感は   2 日本でもう一年勉強する

3 だけあって   4 という

19 そんな簡単な漢字を____ ____ ★ ____しかない。

1 知らない   2 言う   3 勉強が足りないと   4 ようでは

20 代表の君が____ ____ ★ ____しないだろう。

1 ようでは   2 と   3 誰も行こう   4 行かない

答案及解析P 322

請選出最適合放進（　）裡的選項。

1　毎日じゃなくてもいいよ。一週に一回（　）、電話してください。

　　1 ばかりか　　　　　　　　　　　　2 のおそれがあるなら

　　3 ほどならいいが　　　　　　　　　4 だけでもいいから

2　彼は由里子さんにふられたのがきっかけで、（　）ようだ。

　　1 仕事に集中することにした　　　　2 みんなが喜んでくれることにした

　　3 何も話さなくなったことにした　　4 だれともつきあえなくなることにした

3　週末に予定されている社員体育大会はその日の（　）、中止になる場合もあり

　　ます。

　　1 天気のおかげで　　　　　　　　　2 天気都合で

　　3 天気次第で　　　　　　　　　　　4 天気のところで

4　この会社は社長の考えの（　）で何もかもが決まるんだ。

　　1 持つなら　　　2 持ちようない　　3 持ちよう一つ　　4 持つだけ

5　父は退院後、毎日（　）あって以前よりも元気になった。

　　1 運動しただけ　　　　　　　　　　2 運動したほど

　　3 運動しているついでが　　　　　　4 運動するように

6　知人の会社は経営が相当苦しそうで、このままでは（　）がある。

　　1 つぶれるほど　　2 つぶれるくらい　　3 つぶれるおそれ　　4 つぶれる気味

7　将来の夢について中高校生に聞いてみたが、夢がないと答えた学生がい

　　て、びっくりした。（　）、夢がないと答えた人が多かった。

　　1 高学年にあっても　　　　　　　　2 高学年としても

　　3 高学年ほど　　　　　　　　　　　4 高学年わりでは

⑧ ここまで来てしまったから、もう（　）。前向きに考えて頑張っていこうよ。
　　1 戻りようがないよ　　　　　　　　　2 戻ってみようか
　　3 戻るだけのことでしょう　　　　　　4 戻れない恐れがない

⑨ もし、約束の時間に（　）、電話してくださいね。
　　1 間に合わないようなら　　　　　　　2 間に合うようだから
　　3 間に合わせようと思って　　　　　　4 間に合えないかのようなら

請選出最適合放進★位置的選項。

⑩ たばこが200円も＿＿＿＿★＿＿＿＿＿＿したが、失敗した。
　　1 のを　　　　　2 値上がりした　　3 やめようと　　4 きっかけに

⑪ この橋は大地震が起きたら＿＿＿★＿＿＿必要である。
　　1 崩れる　　　　2 ので　　　　　3 おそれがある　　4 注意が

⑫ 就職先は紹介するが、そこでサラリーマン＿＿＿★＿＿＿＿次第だ。
　　1 本人　　　　　2 どうかは　　　3 として　　　　4 成功するか

⑬ 彼は父からプレゼントに＿＿＿＿＿★＿＿写真家の道に入った。
　　1 のを　　　　　2 に　　　　　　3 きっかけ　　　4 カメラをもらった

⑭ 柔道の世界選手権で＿＿＿＿＿★＿＿が争った。
　　1 選手たち　　　2 をめぐって　　3 世界中から来た　　4 金メダル

⑮ 元気に＿＿＿＿＿★＿＿ちゃんと食べないといけません。
　　1 肉　　　　　　2 野菜も　　　　3 なりたかったら　4 ばかりでなく

16 彼と学生時代＿＿ ＿＿ ★ ＿＿はない。

1 しゃべる時　　　2 楽しいこと　　　3 について　　　4 ほど

17 みえ 「どうしよう。今回のゼミには私、面接があって出席できないの。

　　　　　あなたはどうする?」

けんじ 「あ、そう?お前が＿＿ ＿＿ ★ ＿＿だろう!」

1 参加する　　　　　　　　　　2 参加できないなら

3 だけのこと　　　　　　　　　4 ぼく一人で

18 今週末の天気が＿＿ ＿＿ ★ ＿＿出かけよう。

1 なら　　　　　　2 ドライブに　　　3 よいよう　　　4 でも

19 みんな飲んだり、食べたり＿＿ ＿＿ ★ ＿＿じゃないか。

1 パーティーを　　2 よう　　　　　3 しながら　　　4 盛り上げ

20 自分がやった＿＿ ＿＿ ★ ＿＿行動していた。

1 彼は何も知らなかった　　　　　2 くせに

3 ように　　　　　　　　　　　　4 かの

09 こと

- **〜こと** 事項要求

  明日、遅刻しないこと！ 明天請勿遲到！

- **〜ことだ／〜ことはない** 最好〜／不會〜

  合格したければ、必死に頑張ることです。 想考上的話，最好就拚命加油！

- **〜ことか／〜ことだろう** 〜啊？

  何度会社を辞めようと思ったことか。 有多少次想辭職不幹啊？

- **〜ことなく** 不〜而〜

  努力することなく、成功はできないでしょう。 不努力是無法成功的吧？

- **〜のことだから** 正因為是〜

  慎重な恵介さんのことだから、そんな無茶なことはしないでしょう。

  正因為是行事慎重的恵介先生，所以不可能會做出那麼過分的事。

- **〜とのことだ／〜ということだ** 聽說〜

  明日は関西地方から関東地方にかけて強風をともなう激しい雨が降るとのことです。

  聽說明天從關西地區一直到關東地區都是強風伴隨豪雨。

- **〜ないことはない／〜ないこともない** 也不是不會〜

  癌になっても手術すれば治らないこともない。 就算罹癌，只要動手術，也不是治不好。

- **〜ないことには〜ない** 不〜的話就無法〜

  会費を持っている田中さんが来ないことには出発できない。

  拿著會費的田中先生不來的話就無法出發。

- **〜(た)ことは〜(た)が** 做了是做了，但〜

  片思いの彼女に告白の手紙を書いたことは書いたが、いまだに出していない。

  我是寫了告白情書給我暗戀的女孩，但一直還沒寄出去。

- **〜ことだし** 既是〜

  12月になったことだし、お歳暮も準備しとかなくちゃ。

  也都12月了，年終禮品也得先準備一下。

10 もの

・〜ものがある 有時〜

一人きりの旅行は寂しいものがある。 一個人的旅行有時很寂寞。

・〜たいものだ／〜ほしいものだ 真的是〜

日曜日ぐらいは子供と遊んであげたいものです。 起碼星期天想陪孩子玩一下。

・〜ものか／〜ものですか 能〜嗎？（表強烈反問）

君の話なんか信じられるものか。 你所說的話能信嗎？

・動詞可能形＋ものなら 要是能〜的話

一人でできるものならやってみなさいよ。 一個人能搞定的話你不妨試試看。

・〜ものだから／〜もので 因為〜

急用があったものですから、会議には参加できませんでした。

因為有急事，於是無法參與會議。

11 ところ

・〜ているところを見ると＝〜ているところから＝〜ているところから見て 從〜看來

人が並んでいるところを見ると、ここはかなりおいしい店のようだ。

就大排長龍這情況看來，這家店似乎非常好吃。

Tip 後面常接推測表現。

・〜ところを 正〜的時候

お楽しみのところをおじゃまします。 您正開心的時候前來叨擾。

・動詞辞書形＋ところだった 差點〜

うっかり忘れるところだった。 差點就不小心忘了。

・〜たところ 當〜的時候，發現〜

図書館に行ったところ、定休日だったのでそのまま帰ってきた。

去到圖書館的時候，發現當天是公休，所以就這樣回來了。

・〜たところで 即使〜

今さら後悔したところで、どうしようもないでしょう。 事到如今再來後悔也於事無補了。

12 〜どころではない　　不是〜的時候

来週期末テストでしょう？今、そんなごろごろしているどころではないでしょう？

下週不是要期末考了嗎？現在不是無所事事的時候吧？

13 〜どころか　　不用說〜

3年も日本に住んでいるのに、漢字どころか、自分の名前もひらがなで書けないなんて。　　明明日本住了3年，別說漢字，就連自己的名字都還沒辦法用平假名寫。

14 から

- ・〜から見ると＝〜から見れば＝〜から見て　　從〜看來

　〜からすると＝〜からすれば＝〜からして

　〜から言うと＝〜から言えば＝〜から言って

　彼のあやしい言い方からすると、彼が犯人に違いない。

　從他可疑的說法看來，他一定就是嫌犯。

- ・〜からして　　就連〜

　夫からして私を信じてくれない。　　就連我老公就都不相信我。

- ・〜からには　　既然〜

　引き受けたからには、責任を持ってやるしかない。

　既然都答應了，那麼只能負起責任做。

- ・〜からといって　　雖說〜

　親友だからといって、秘密がないわけではない。　　雖說是好友，但也並非沒有秘密。

- ・〜からこそ　　正因為〜

　難しい問題だからこそ、解いて見せた時の嬉しさは大きいだろう。

　正因為是道難題，解開時才更加喜悅。

答案及解析P 323

請選出最適合放進（ ）裡的選項。

1 勉強が（　　　　　）、人間性までいいと思うのは大間違いだ。

1 できるからいって　　　　　　　2 できるからといって

3 するものの　　　　　　　　　　4 することだから

2 木村「お店、順調?」

橋本「順調かって?（　　　　　）赤字が続いて、先週、お店、閉めたよ。」

1 そのかわりに　　　　　　　　　2 それにしても

3 それだけではなく　　　　　　　4 それどころか

3 結婚してからは子育てに追われて、とても（　　　　　）。

1 趣味するものがあるの　　　　　2 趣味を楽しむからこそ楽しいのよ

3 趣味どころじゃないよ　　　　　4 趣味を楽しむということなの

4 どんなに（　　　　　）、去年の優勝チームには勝てないでしょう。

1 がんばったどころか　　　　　　2 がんばったところで

3 がんばったからして　　　　　　4 がんばったものだから

5 自分一人でやると一度（　　　　　）、最後まで頑張ってやってみせなさい。

1 言い出したからには　　　　　　2 言い出したからして

3 言い出したところで　　　　　　4 言い出したことに

6 教室では食べ物を（　　　　　）! ただ、お水は飲んでもいい。

1 食べることにはない　　　　　　2 食べるものか

3 食べることだし　　　　　　　　4 食べないこと

7 部長の表情（　　　　）、会議で何かあったに違いないよ。

1 のどころじゃなく　　2 のところで　　3 からといって　　4 から見て

8 木下「今朝、駅で後ろの人に押されて、線路に（　　　　）わ。」

木村「え？大丈夫？」

木下「うん、ちょっと驚いただけ。」

1 落ちるものがあった　　　　　　　2 落ちるところだった

3 落ちたどころじゃなかった　　　　4 落ちたからだ

9 姉「手伝おうか。」

妹「いや、一人でやる。あっちに行ってよ。」

姉「わかった。一人でできるものなら、（　　　　）。」

1 やるべきだよ　　　　　　　　　　2 やるところだよ

3 やってみなさいよ　　　　　　　　4 やっていることだ

10 自分の考えと違うからといって相手の意見を（　　　　）。

1 否定することだ　　　　　　　　　2 否定するものではない

3 否定するとのことだ　　　　　　　4 否定するものがある

請選出最適合放進★位置的選項。

11 わたしは____ ★ _____入らない。

1 目　　　　　　2 あいつの　　　3 気に　　　　　4 からして

12 うちの会社の____ _____ ★ ____ことはあり得ないだろう。

1 今年はボーナスが　　2 からいって　　3 出る　　4 経済状況

239

13 最近はわざわざ ＿＿＿ ＿＿＿ ★ ＿＿＿ なくなった。ネットで買えるから。

1 ことは　　　　　2 行く　　　　　3 本屋に　　　　　4 本を買いに

14 もう10時か！＿＿＿ ★ ＿＿＿ ＿＿＿ にしようか。

1 足も途絶えたこと　　　　　　　　　2 今日はここでおしまい
3 お客の　　　　　　　　　　　　　　4 だし

15 やらなくちゃ＿＿＿ ＿＿＿ ★ ＿＿＿ 明日に回しちゃった。

1 もんだから　　　2 いけないことが　　　3 山積みなんだが　　　4 疲れた

16 この報告書を＿＿＿ ★ ＿＿＿ ＿＿＿ とても締め切りに間に合いそうにない。

1 引き受けた　　　2 引き受けたが　　3 しかたなく　　　4 ことは

17 ブランドの ＿＿＿ ＿＿＿ ★ ＿＿＿ 彼女はお金持ちのようだ。

1 高い服を着ているところ　　　2 いつも　　　3 カバンに　　　4 から見て

18 2年ぐらい中国に住んでいたので＿＿＿ ＿＿＿ ★ ＿＿＿ なんて、あいついったい中国で何をしたんだろう。

1 会話　　　　　　　　　　　　　　　2 あいさつもろくにできない
3 どころか　　　　　　　　　　　　　4 簡単な会話はできると思ったが

19 田中君はその＿＿＿ ＿＿＿ ★ ＿＿＿ とても見えない。

1 には　　　　　　2 態度から　　　3 まじめな人　　　4 して

20 去年の優勝チーム＿＿＿ ＿＿＿ ★ ＿＿＿ のはいけないと思う。

1 予選を軽く勝ち抜くだろうと　　　2 の　　　3 予断する　　　4 ことだから

答案及解析P 325

請選出最適合放進（）裡的選項。

① 彼女のがっかりした（　　　　）かなり成績が落ちたんでしょう。
1 様子からといって　　　　2 様子からすると
3 様子からこそ　　　　　　4 様子だからとして

② あなたの健康を（　　　　）お酒を飲ませないのです。
1 考えられるからだと　　　2 考えられるだからこそ
3 考えるからって　　　　　4 考えるからこそ

③ 山田「金田さん、夏休みにどこかへ行くの?」
金田「そうね。もうすぐ休みだね。でも、仕事が山ほどたまっていて、旅行に（　　　　）の。」
1 行くどころではない　　　2 行くことだ
3 行かないこともない　　　4 行くというものだ

④ （　　　　）に今年の修学旅行はなし! ということだ。
1 残念なこと　　2 残念ながら　　3 残念なものの　　4 残念なところ

⑤ 有名な女優がこのドレスを（　　　　）たちまち売り切れた。
1 着ていることから　　　　2 着ていたものから
3 着ているどころから　　　4 着ていたところか

⑥ 先輩の（　　　　）に論文を完成することはできなかっただろう。
1 アドバイスのなく　　　　2 助言なし
3 手伝うことから　　　　　4 助けのものだから

241

7 島本「この前の新婚旅行、楽しかった?」

橋村「(　　　　　)か。出発日、飛行機の中でケンカだったんですよ。」
1 楽しくないところです　　　　　　2 楽しくないものです
3 楽しいことです　　　　　　　　　4 楽しいもんです

8 住民番号が自分の知らないうちに盗まれるなんて、(　　　　)か。
1 どんなにも恐ろしいもん　　　　　2 どれほど恐ろしくなかったものです
3 どのぐらい恐ろしっかたからです　4 なんと恐ろしいこと

9 自分が言ったことには責任を持って行動するのが(　　　　)よ。
1 大人というものだ　　　　　　　　2 大人かのようだ
3 大人みたいもの　　　　　　　　　4 大人というからだ

10 志村「彼女の演説、素晴らしかったよね。」

金本「そうですよね。彼女の話し方は人に(　　　　)があります。」
1 考えたもの　　　　　　　　　　　2 考えること
3 考えさせるもの　　　　　　　　　4 考えさせられるわけ

請選出最適合放進★位置的選項。

11 彼のおじいさんは陶器作りの____ ____ ★ ____だそうだ。
1 いくつ　　　　2 名人で　　　　3 とか　　　　　4 もう90

12 できるかどうかは____ ★ ____ ____ことだ。
1 やってみない　2 わからないから　3 とにかくがんばる　4 ことには

13 あんなに明るく笑っている____ ____ ★ ____ようだな。
1 見ると　　　　　　　　　　　　　2 彼女はまだ
3 ところを　　　　　　　　　　　　4 吉本君の事故のことを知らない

14 そのことは＿＿ ＿＿ ★ ＿＿。つまり、自分次第だ。

1 できない　　　　　2 こともない　　　　3 さえあれば　　　4 やる気

15 けんじ「昨日、子供たちと遊園地に行ってきたんだ。疲れたあ！」

としお「休日ぐらいは朝＿＿ ＿＿ ★ ＿＿な。男ってつらい！」

1 家内や子供は　　　　　　　　2 ゆっくり寝たい

3 そうさせてくれない　　　　　4 もんなのに

16 新しいケータイを＿＿ ＿＿ ★ ＿＿よかった。

1 ところ　　　　　2 が　　　　　　3 使い勝手　　　4 使ってみた

17 大輔「おい、遅いよ。映画、9時からだと言っただろう！」

理恵「＿＿ ＿＿ ★ ＿＿もの。」

1 なんかで　　　2 事故か　　　3 電車が来なかったんだ　　　4 だって

18 子供の時、母に＿＿ ＿＿ ★ ＿＿だ。

1 叱られたら　　　2 もの　　　3 登ってかくれていた　　　4 この木に

19 財布をどこかに落としたのに気づかないまま、ラーメンを食べてから、

＿＿ ★ ＿＿ ＿＿払ってくれた。

1 ところを　　2 知らない人が　　3 ありがたく　　4 お金がなくて困っている

20 世の中って＿＿ ★ ＿＿ ＿＿よくあります。

1 もので　　　　　　　　　　　2 思ったより厳しい

3 やってもできないことも　　　　4 やればできると思っていたが

15 **〜たとたん／〜たかとおもったら／〜か〜ないかのうちに**

オー〜就〜（後接意料之外的事態）

ドアを開けたとたん、猫が外へ飛び出した。　門オー打開，貓就立刻跑出去。

Tip 主要用於因果關係。

16 **かぎる**

- **〜にかぎって**　限於〜

うちの子に限ってそんなひどいことをするはずがない。

就我們家那個孩子 不可能幹出那麼過分的事。

- **〜にかぎらず**　不限〜

あの歌手は韓国にかぎらず、全世界で人気を集めている。

那位歌手不限於韓國，全世界的人氣都很旺。

- **〜にかぎる**　〜最好

風邪の時は薬を飲んでゆっくり休むにかぎります。　感冒時吃藥好好休息最好。

17 **ばかり**

- **〜ばかりか**　不僅僅是〜

汚染問題は日本ばかりか全世界で深刻な問題だ。

不僅日本，全世界的污染問題都很嚴重。

- **〜たばかりに**　正因為〜

彼をお酒に誘ったばかりに、夜明けまで飲み続ける羽目になった。

都怪我找他去喝酒，結果落得喝到早上的下場。

18 **上**

- **動詞た形＋上で**　〜之後

親と相談した上で（相談の上で）進路を決めましょう。　和父母親商量過後再來決定出路。

- **動詞辞書形＋上で**　在〜上

まさこさんとは仕事をする上で（仕事の上で）の付き合いです。

我和雅子小姐是工作上的往來。

- **～上は／～からは／～からには／～以上は**　既然～

一生懸命にやると言った上は、最後までがんばってやるべきでしょう。

既然都說會拚命做，那就應該堅持到最後。

- **～上に**　除了～還～

風が吹いている上に、雨も降っている。　刮起風外還下起了雨。

- **～上**　～上

法律上・教育上・仕事上　法律上・教育上・工作上

19　～さえ

- **～さえ**　甚至於～，連～

自分の名前さえ漢字で書けないなんて。　竟然連自己的名字都不會用漢字寫。

- **～さえ～ば**　只要～的話

君さえいれば何もいらない。　只要有妳在，我什麼都不要。

20　～わけ

- **～わけにはいかない**　不能～

いくら先輩の頼みでも、倫理に反することはするわけにはいかない。

就算是前輩的拜託，都不能做出違反倫理的事。

- **～ないわけにはいかない**　不能不～

先輩に誘われたから飲み会に行かないわけにはいかない。

因為是前輩約的酒趴，不能不去。

21　～はずだ　照理說應該～才對

カバンの中に財布を入れたはずなのに、ない。

照理說我有把錢包放進包包裡才對，可是竟然沒有。

22　～一方だ／動詞ます形＋つつある　正在～

日本で勉強する留学生の数は減る一方だ。　在日本念書的留學生數量正在減少。

23　～ていては　既然一直～

そんなに怠けていては、自己発展はないでしょう。

既然一直那麼懶惰，那就不可能自我成長了吧？

24 ～てでも 　就算～

その件は無理をしてでもやる価値がある。　那件案子就算再勉強都值得做。

25 ～てすんだ 　不用～

おじの病気は手術しなくてすんだようだ。　叔叔的病似乎不用動手術。

26 ～ずにはいられない 　無法不～

彼の話は笑わずにはいられなかった。　他的笑話實在好笑。

27 ～ざるをえない 　不得不～

終電に間に合わなかったから、始発を待たざるをえないな。

因為沒趕上末班車，所以只好等首班車。

28 ～かわりに 　取而代之地～

今日はバスで行くかわりに歩いて行ってみよう。　今天別搭公車，走路去吧！

29 ～のわりには 　就～來看

この店は値段のわりにはまずい。　這家店就價格來說算難吃的。

30 動詞ます形＋かけ 　～到一半

この飲みかけのジュースはだれのですか。　這喝到一半的果汁是誰的？

31 動詞ます形＋きる／きれる／きれない 　～完／～得完／～不完

この本を一晩で読みきったの?　你一個晚上就把這本書看完了？

ゆうべは疲れきってしまって、顔を洗わずに寝てしまった。

昨晚累個半死，沒洗臉就睡著了。

量が多くて1時間では説明しきれない。　量太多一個小時說明不完。

32 ～あげく／～すえに 　～結果

さんざん悩んだあげく、大学をやめることにした。　再三煩惱的結果是決定要從大學休學。

33 ～あまり 　太過於～

楽しさのあまり、時間がたつのを忘れていた。　太過於開心，所以忘了時間飛逝。

答案及解析 P 327

請選出最適合放進（　）裡的選項。

①　暑くて窓を（　　　　）、小鳥が飛んで入ってきた。

1 開いた限りに　　　　　　　　　　2 開いたと思ったら

3 開けたとたん　　　　　　　　　　4 開けたばかりで

②　自分を導いてくれる人を（　　　）何も始まらない。

1 待っていては　　　　　　　　　　2 待ってばかりしたら

3 待つに限らず　　　　　　　　　　4 待った上は

③　努力しない者（　　　）失敗した時にあれこれいいわけするものですよね。

1 に限る　　　　2 に限って　　　　3 に限らず　　　4 に限った

④　舞台にライトが（　　　）、きれいなドレスを着た女優が登場した。

1 つけたわけで　　　　　　　　　　2 つけた以上は

3 ついたばかりに　　　　　　　　　4 ついたかと思うと

⑤　人気者の島村さんは野球に（　　　）スポーツなら何でもできる。

1 かぎって　　　　2 かぎらず　　　3 かぎりで　　　　4 かぎりの

⑥　忘年会はいつかと（　　　　）、招待状を作らせられるはめになってしまった。

1 きいたばかりか　　　　　　　　　2 きいたばかりに

3 きいたばかりで　　　　　　　　　4 きいたばかりでなく

⑦　妹は甘やかされて育てられたせいで、（　　　　）弱虫になっている。

1 わがままなうえに　　　　　　　　2 わがままなうえで

3 わがままなうえは　　　　　　　　4 わがままなうえの

8 ほしかったブランドのカバンを（　　　　　）、今月は赤字になってしまった。
1 買ったしだいで　　　　　　　　　2 買ったばかりに
3 買ったのか　　　　　　　　　　　4 買ったうえで

9 中山　「100円ショップって何を売っているの?」
　　鈴木　「え? まだ、行ったことない? 安くてかなりいいものを売っているの
　　　　　よ。ラーメンとかお菓子みたいな（　　　　）、いろんな生活用品もある
　　　　　のよ。」
1 おいしいものがあった上に　　　　2 飲み物もあったはずで
3 食べ物もあれば　　　　　　　　　4 ものがあると

10 実際彼に会って話を聞いてからでないと、その計画に賛成する（　　　　　）。
1 わけにはいきません　　　　　　　2 わけではありません
3 よりほかありません　　　　　　　4 しだいではありません

請選出最適合放進★位置的選項。

11 出発信号が ＿＿＿ ＿＿＿ ★ ＿＿＿ 選手たちは走りだした。
1 か　　　　　　2 のうちに　　　　3 鳴る　　　　　4 鳴らないか

12 この都市は危ないって ＿＿＿ ＿＿＿ ★ ＿＿＿ 危なくないよ。
1 言われているけど　　　　　　　　2 限り
3 歩かない　　　　　　　　　　　　4 夜遅く一人で

13 今日は本当に疲れた。会社に ＿＿＿ ＿＿＿ ★ ＿＿＿ しかられた。
1 上司にさんざん　　　　　　　　　2 上に
3 うっかりミスをしてしまって　　　4 遅れた

14 これは子供を____ ____ ★ ____が書いてある本です。

1 の　　　　　　　2 うえで　　　　　　3 やるべきこと　　4 育てる

15 一ヶ月のニュースを____ ____ ★ ____出してください。

1 聞いた　　　　　　　　　　　　2 うえで

3 まとめて　　　　　　　　　　　4 その内容を日本語で

16 その件に関しましては、上司の意見を____ ____ ★ ____かねます。

1 上ではない　　　2 答え　　　　　3 聞いた　　　　4 と

17 大学に落ちてから、彼は____ ____ ★ ____いる。

1 ゲームして　　　2 ばかり　　　　3 引きこもって　　4 家に

18 イギリスとは時差が7時間もあるから、ここが____ ____ ★ ____。

1 なわけだ　　　　2 3時　　　　　3 10時なら　　　4 イギリスは

19 大事な会議があるので、いくら体の調子が____ ★ ____ ____にはいかない。

1 わけ　　　　　　2 よくない　　　3 会社を休む　　4 といっても

20 日本に留学に行った時、部屋を探すのが____ ★ ____ ____すんだ。

1 が　　　　　　　　　　　　　2 先輩のおかげで

3 大変だと聞いた　　　　　　　4 苦労しなくく

答案及解析Ｐ 328

請選出最適合放進（）裡的選項。

1　教授　「山本君、君だけがレポートを出していないんだ。どうかしたのかい。」

　　山本　「あ、確か三日前に橋本君に私のも出してって言いながら、（　　　　　）なんですが。」

　　1 渡すかぎり　　　2 渡すばかり　　　3 渡したうえ　　　4 渡したはず

2　森主任さえいれば問題ないのに、こんな肝心なとき（　　　　）彼は外回りとか何とかで出かけ てしまうんだよね。

　　1 でかぎり　　　　2 にかぎって　　　3 とかぎりなく　　　4 でかぎって

3　私が知っている（　　　　）あの教授はまだ独身ですよ。

　　1 かぎりには　　　2 だけでは　　　3 かぎりでは　　　4 ほどでは

4　姉は銀行からお金を借りているらしい。（　　　　）、友人からも相当の金額を借りているらしい。

　　1 そればかりに　　2 そればかりで　　3 そればかりか　　4 そればかりなら

5　小林　「旅行に行くんだって？準備はもうできた？」

　　田村　「はい。荷造りも終わったし、あとは（　　　）です。」

　　1 出発してもしようがない　　　　　　2 出発してはならない
　　3 出発にかぎり　　　　　　　　　　　4 出発するばかり

6　私は彼の計画には反対しているが、彼の考えていることが理解できない（　　　　）です。

　　1 わけにはいかない　　　　　　　　　2 わけではない
　　3 はずではない　　　　　　　　　　　4 べきではない

7 毎年韓国を訪れる外国人の数は（　　　　）。

1 増えるつつある　　　　　　　　2 増えつつある
3 増え一方だ　　　　　　　　　　4 増えるつもりだ

8 都市では子供が少なくなってきていることから、（　　　　）。

1 小学校も増える一方だ　　　　　2 幼稚園も増えていくと思う
3 小学校の数も少なくなりつつある　4 幼稚園の数が減るわけがない

9 島根　「長谷川さんって、歌、上手なんだって?」

中村　「そう、僕も聞いてびっくりした。彼の歌はお金を（　　　　）聞かせても
　　　　らいたいくらいだよ。」

1 払って以来　　　2 払ってでも　　　3 払うばかりで　　　4 払わなくても

10 この地方では6月に（　　　　）、花が見られません。

1 なってからでないと　　　　　　2 ならないかぎりでは
3 なってばかりで　　　　　　　　4 なったところで

11 橋本　「山田さん、帰り道にいっぱいどう?」

山田　「あー、ぼく、（　）んだよ。課長に頼まれた報告書があって、残業せざ
　　　　るをえなくなったんだ。」

1 一杯とは限らない　　　　　　　2 一杯というわけなん
3 一杯のかぎりな　　　　　　　　4 一杯どころではない

請選出最適合放進★位置的選項。

12 毎日勉強ばかりしているが、＿＿＿ ＿＿＿ ★ ＿＿＿ない。

1 わけでは　　　2 だからといって　　　3 遊ぶことが　　　4 好きじゃない

251

13 え? ゆりさんがこんなミスを? 私（わたし）が知（し）っている＿＿ ＿＿ ★ ＿＿わけがないよ。

1 ミスをする 　　　　　　　　　　2 こんなとんでもない
3 限（かぎ）りでは 　　　　　　　　　4 ゆりさんが

14 たとえ明日世界（あしたせかい）が終（お）わる＿＿ ★ ＿＿ ＿＿今日（きょう）やってしまおう。

1 は 　　　　　2 と 　　　　　3 しても 　　　　　4 今日（きょう）やるべきこと

15 親友（しんゆう）を＿＿ ＿＿ ★ ＿＿のだとつくづく思（おも）った。

1 初（はじ）めて 　　2 ものがある 　　3 失（うしな）って 　　4 お金（かね）でも買（か）えない

16 最近（さいきん）の番組（ばんぐみ）＿＿ ＿＿ ★ ＿＿ものばかりだと思（おも）う。

1 すべてが教育上（きょういくじょう）によくない 　　　　2 子供（こども）と一緒（いっしょ）に見（み）られる
3 ものはあまりなく 　　　　　　　　　　　　　　4 って

17 お問（と）い合（あ）わせの返事（へんじ）は＿＿ ★ ＿＿ ＿＿場合（ばあい）もございます。

1 内容（ないよう） 　　　　2 いたしかねる 　　3 お返事（へんじ） 　　4 により

18 人間（にんげん）っていったい＿＿ ＿＿ ★ ＿＿いう実験（じっけん）が行（おこな）われた。

1 のか 　　　　　　　　　　　2 って
3 眠（ねむ）らずにいられる 　　　　4 どのぐらい

19 今住（います）んでいるマンションは周（まわ）りに＿＿ ＿＿ ★ ＿＿家賃（やちん）も高（たか）い。

1 し 　　　　　2 コンビニもない 　3 うえに 　　　　　4 駅（えき）からも遠（とお）い

20 彼女（かのじょ）はほしい＿＿ ＿＿ ★ ＿＿性格（せいかく）だ。

1 あれば 　　　　2 いられない 　　3 買（か）わないでは 　4 ものが

答案及解析P 329

請選出最適合放進（ ）裡的選項。

[1]　こうなった（　　　　　）、みんなで協力し合ってやりぬいてみせよう。

　　1 うえには　　　　2 以上には　　　　3 からには　　　　4 からに

[2]　みなさんのご意見を（　　　　　）うえで、判断したいと思っております。

　　1 うかがい　　　　　　　　　　　2 うかがわせられた

　　3 うかがわせる　　　　　　　　　4 うかがった

[3]　こんなひどい状態になった（　　　　　）、もう彼一人に任せてはおけないね。

　　1 以上は　　　　　2 まで　　　　　3 うえに　　　　4 ほど

[4]　だれだって面接の前は緊張（　　　　　）です。

　　1 するはず　　　　2 したこと　　　　3 したので　　　　4 するだけ

[5]　父は去年（　　　　　）、たばこやお酒を控えている。

　　1 病気してからでないと　　　　　2 病気になっていては

　　3 病気になって以来　　　　　　　4 病気になったうえは

[6]　中村　「鈴木君、どうした? 何そんなに怒っているんだ?」

　　鈴木　「営業部の金田さんいるだろう? もう、彼の無責任な態度に（　　　　　）よ。」

　　1 腹が立ったというはずだ　　　　2 腹が立ってたまらない

　　3 頭にきてはじめた　　　　　　　4 頭にきた限りだ

[7]　今は（　　　　　）メールがよく使われていて、なんか、寂しいと思いませんか。

　　1 手紙のかわって　　　　　　　　2 手紙のかえて

　　3 手紙のかわりに　　　　　　　　4 手紙のかえに

8　中国に3年も住んでいたわりには（　　　）。

1　やっぱり3年も住んだかいがあるね

2　どおりで中国語がうまいわけだ

3　中国語は思ったとおりにうまい

4　中国語はそんなにうまくない

9　家族で（　　　）、結局一戸建ての家を売って、マンションに引っ越すことにした。

1　話し合ったかいがあって　　　　　2　話し合ったあまりに

3　話し合ったすえに　　　　　　　　4　話し合ってからでないと

10　お金に（　　　）、人の物を盗んだり、自殺したりする人が増えている。

1　困りきったきり　　　　　　　　　2　困りきったあげく

3　困りきったついでに　　　　　　　4　困りきったものの

請選出最適合放進★位置的選項。

11　社長の命令なので＿＿＿ ＿＿＿ ★ ＿＿＿わけにはいきません。

1　の　　　2　この仕事をやりかけ　　　3　まま　　　4　家に帰る

12　こんなに多くの漢字＿＿＿ ＿＿＿ ★ ＿＿＿よ。

1　覚えきれません　　　　　2　は　　　　3　とても今日　　　　4　一日では

13　さっきのお客さんは店に入ってきては商品を＿＿＿ ★ ＿＿＿ ＿＿＿そのまま出ていった。

1　見まわった　　　2　何も買わず　　　3　いろいろ　　　　4　あげくに

14 今朝＿＿ ★ ＿＿ ＿＿しまった。

1 あまり　　　　　2 出かけて　　　　3 急いでいた　　　4 書類を忘れて

15 面接試験の前に＿＿ ＿＿ ★ ＿＿なってきた。

1 胃が　　　　　　2 あまり　　　　　3 痛く　　　　　　4 緊張した

16 夫の事故の知らせを聞いて＿＿ ＿＿ ★ ＿＿にはいて来てしまった。

1 あまり　　　　　2 あわてて　　　　3 靴をあべこべ　　4 家を出た

17 うちの会社は去年から＿＿ ＿＿ ★ ＿＿うわさだ。

1 現在　　　　　　　　　　　　　2 という

3 つぶれかけている　　　　　　　4 赤字が続いて

18 体育大会の＿＿ ★ ＿＿ ＿＿しょうがなかった。

1 ゴールの直前で転んでしまって　　2 僕はアンカーだったが

3 花であるリレーで　　　　　　　　4 恥ずかしくて

19 レポートの締め切りが明日まで＿＿ ＿＿ ★ ＿＿わけにはいかない。

1 家に帰る　　　2 これを終えるまで　　　3 は　　　4 なので

20 隣のおじさんはすごく意地悪で、近所の人たちに嫌われているが、

＿＿ ＿＿ ★ ＿＿だろう。

1 ならない　　　　　　　　　　　2 とは限らない
3 彼のように　　　　　　　　　　4 僕も年をとって

34 〜につけ 每每〜

おばに会うにつけ、もうなくなった母に会いたくてたまらなくなる。

每每遇到阿姨就會很想念去世的媽媽。

35 〜といっても 雖說〜

旅行に行くといっても、郊外にある温泉に行くだけです。

雖說是去旅行，但也只是去郊外泡溫泉而已。

36 〜としたら／〜とすると 假設〜

中村が言わなかったとすると、いったい誰が言ったんだろう。

假設中村沒說，那麼到底是誰說的？

37 たとえ〜としても 就算〜也〜

たとえ君が行かないとしても、僕は行くよ。 就算妳不去我也會去

38 〜というと／〜といったら 提到〜

韓国料理というと、やっぱり焼肉にキムチでしょう。 提到韓國菜，還是首推烤肉配泡菜吧？

39 〜とでも 說〜之類的

彼は「君にはもう飽きた！」とでも言いたそうな顔で私を見た。

他一副要說出「我對妳感到厭煩了」之類的話的表情看著我。

Tip 「〜と＋でも」，「と」是「引用」用法。

40 かえって 反而〜

それを言ったら、かえってよくないよ。 若真的說出來，反而不好哦！

41 〜につき 由於〜（理由）／關於〜；就〜／每〜

本日は内部工事につき休ませていただきます。 今日由於內部整修，暫時停業。

会費は一人につき5000円です。 會費每個人5,000日圓。

42　**～にそって**　沿著～

海にそって大きな別荘が立ち並んでいる。　豪華大別墅沿著海邊一棟接一棟地蓋著。

団体生活をする時は、規則にそって行動するものだ。

過團體生活時，一切都應依規則行動。

43　**～にしては**　就～看來

この自転車は中古にしては、新品とほとんど変わらないくらいきれいです。

這輛腳踏車就二手來說，漂亮到幾乎和全新的沒兩樣。

44　**～にしても**　即使～

雨の中で走ったにしても記録があまりにも悪い。　就算是在雨中跑，這紀錄也未免太差。

45　**～に反して＝～に対して**　和～相反

みんなの期待に反して、応援していた野球チームは優勝できなかった。

有違大家的期待，所支持的棒球隊並未獲勝。

46　**～に向け**　朝著～

船は西の方に向け進んでいる。　船隻朝著西方前進著。

47　**～には**　要～得～

駅まで行くには歩いた方がいいよ。　要去車站，最好用走的。

48　**～にしたら**　對～來說的話

彼にしたら大したことではないだろうが、私にとっては重大な問題だ。

對他來說或許不算什麼，但對我來說可是大事一件。

49　**～にほかならない**　除了～外別無他法

うちの会社が成長できたのはすべてみんなの協力があったからにほかならない。

我們公司得以成長完全是靠大家通力合作。

50　**～において(は)**　在～

あなたの人生において一番大切なことは何でしょうか。

在你的人生裡，最重要的事情是什麼呢？

51 ～にもかかわらず＝～のに　儘管～

強風にもかかわらず、ハイキングに出かけるなんて、無茶なことだ。

儘管刮大風，還是要去健行，實在亂來。

Tip 易與「～にかかわらず」（不管～）混淆，請注意。

➡ 理由にかかわらず、男が女をなぐるという行為は絶対許せません。

不管理由如何，男生打女生這種行為絕不容許。

52 ～にしろ／～にせよ／～であれ　不管～；即便～；儘管～

あなたはこの件について、詳しく知らなかったにしろ、結果的に悪いことをしたことには違いない。　儘管你對這件事的詳情不清楚，但就結果來說你是做了壞事。

やり手のしばた君がやるにせよ、この作業は今日中は無理だろう。

即便是能幹的柴田去做，這份工作今天還是無法完成吧？

理由が何であれ、人をだましたら、謝るべきだ。

不管是什麼理由，騙了人，就應該道歉。

Tip「～であれ」（不管～）以名詞、な形容詞接續。

・～にしろ～にしろ／～にせよ～にせよ／～であれ～であれ　不管～還是～

中国語にしろ、英語にしろ、何か外国語を習いたい。

不管是中文還是英文都好，我想學點外語。

53 ～にかけては　關於～；有關～方面

英会話にかけては彼に勝るものはこのクラスにはいないでしょう。

提到英文會話，這班上沒人可以贏過他吧？

Tip 後面常接稱讚的用語。

54 ～にあたって／～に際して　～之際

家族旅行にあたっていろいろな準備で忙しい。　全家旅遊時要準備各種東西，忙死了。

このコピー機の利用に際して、注意書きをよく読んでおいた方がいい。

要用這台影印機時，最好先看過注意事項。

Tip 類似表現：～に先だって（在～之前）

➡ 社員体育大会の開会に先だって、社長としてごあいさつを申し上げます。

在員工體育大賽開賽之前，我先以社長身分致詞。

55 〜にくわえて　加上〜

この映画が大衆に受けているのは感動的なストーリーに加えてきれいな音楽のためです。　這部電影之所以受到大眾歡迎，是因為有令人感動的情節再加上美麗的音樂。

56 抜きにして ＝ 〜をのぞいて(は)　除了〜以外

仕事の話は抜きにして楽しく飲みましょう。　先別談工作了，開心喝吧！

57 〜を通じて／〜を通して　透過〜／整個〜

その国の食べ物を通じてその国の文化を知ることができる。

透過該國的食物便可知曉該國的文化。

この島の人は一年を通して厚着をしている。　這座島上的人一整年都穿著厚外套。

58 〜をこめて　傾注〜

彼への愛をこめてケーキを焼いた。　滿懷著對他的愛，烤了個蛋糕。

59 〜をかねて　兼〜

この部屋は職員たちの休憩室と小会議室を兼ねています。

這個房間是職員們的休息室兼小會議室。

60 〜をとわず　不問〜；不分

日本の北海道は季節をとわず美しい景色が楽しめます。

日本的北海道不分季節都可享受到優美景色。

答案及解析P 330

請選出最適合放進（）裡的選項。

1　先輩　「今日は僕がおごるから、好きな物頼んでいいよ。」

　　後輩　「高いものでもいいですか?」

　　先輩　「（　　　　　）、一人前で５千円だろう?君が好きなもの注文して!」

　　　　1 高いというと　　　2 高いというより　　3 高いとしたら　　4 高いといっても

2　この大学は入学は（　　　　　）卒業は難しいそうだ。

　　　　1 やさしいに反して　　　　　　　　2 やさしいに対して

　　　　3 やさしいのにそって　　　　　　　4 やさしいのに対して

3　記者　「今回の大会で、残念ながら、優勝を逃してしまいましたが、今後の計
　　　　　画について一言おっしゃっていただけませんか。」

　　山田選手　「ええ、今回の失敗は気にせず、２年後にあるオリンピックでの
　　　　　　　　（　　　　）頑張っていきたいと思っております。」

　　　　1 優勝をもとに　　2 優勝を中心に　　3 優勝にむけて　　4 優勝にして

4　うちの工場は長い間お客様から商品の（　　　　　）信頼を得続けてきました。

　　　　1 品質において　　2 品質にくらべて　　3 品質にかかって　4 品質につうじて

5　今週末の社員全体の山登りは天気（　）行います。ただし、激しい雨が降った
　場合はキャンセルです。

　　　　1 にかかわらず　　2 にもかかわらず　3 にかんして　　　4 にくわえて

6　めい　「ね、総務部の星野さん、いるでしょう?彼女って自分が男にすごくもて
　　　　　ると思っているのよ。笑っちゃうよね。」

　　えり　「本当に?自分が美人で（　　　　　）思っているのかな。」

　　　　1 かわいいつもりだと　　　　　　　2 かわいいとでも

　　　　3 かわいいがちだと　　　　　　　　4 かわいいながらだ

7 昨日（　　　　　）今日も蒸し暑くなりそうだな。なんか今日も疲れる一日になりそう。

1 ぐらいであれ

2 ごろのほどですが

3 ほどではないにしろ

4 に際してではなくても

8 韓国のサラリーマンは働きすぎ（　　　　　）、やることが多すぎるんだと思う。

1 っていうか　　　2 ってから　　　3 ってでも　　　4 ってしても

9 佐藤　「ね、聞いた?鈴木さんは来月一人で一年間アフリカ旅行に出かけるんだって。勇気あるな!」

　　島根　「勇気?私は勇気がある（　　　　　）無茶だと思うけど。」

1 としても　　　　2 っていうと　　　3 とかわって　　　4 っていうよりむしろ

10 もうすぐ卒業なので、みんなで感謝の（　　　　）先生に手紙を書いた。

1 気持ちを入って

2 気持ちをかねて

3 気持ちをつまって

4 気持ちをこめて

請選出最適合放進★位置的選項。

11 彼が成功した＿＿＿ ＿＿＿ ★ ＿＿＿にほかならない。

1 から

2 のは

3 彼のおこたらない努力があった

4 普段から家族の応援と

12 今日も彼らは悪天候＿＿＿ ★ ＿＿＿ ＿＿＿夢中です。

1 運動場で泥まみれになって

2 に

3 練習

4 にもかかわらず

13 このアルバムを＿＿＿ ＿＿＿ ★ ＿＿＿ならない。

1 見るたびに

2 思い出されて

3 祖父母と一緒に住んでいた

4 時が

14 親友の彼が有名な歌手になってから＿＿＿ ＿＿＿ ★ ＿＿＿しかない。

1 マネージャーに連絡する　　　　　2 には

3 なかなか会えなくなり　　　　　　4 彼に会う

15 島村 「あ、もう1時! 急ごう。映画、始まっちゃうよ。タクシーに乗って行こう。」

村田 「こんな＿＿＿ ＿＿＿ ★ ＿＿＿間に合いそうにないから、バスに乗ろう。」

1 と　　　　　　　　　　　　　　　2 渋滞だったら

3 しても　　　　　　　　　　　　　4 タクシーに乗って行く

16 経済的な問題はあるが、＿＿＿ ＿＿＿ ＿＿＿ ★ はやらせたい。

1 できる　　　　　　　　　　　　　2 子どもが希望していること

3 親として　　　　　　　　　　　　4 だけ

17 図書の返却が遅れる場合、一日＿＿＿ ＿＿＿ ★ ＿＿＿願います。

1 100円いただいております　　　　2 ご注意

3 ので　　　　　　　　　　　　　　4 につき

18 道＿＿＿ ＿＿＿ ★ ＿＿＿イチョウロードと呼ばれている。

1 大きな銀杏が植えられてる　　　　2 100メートル以上にわたって

3 ことから　　　　　　　　　　　　4 ぞいに

19 相手が強くて、負ける ★ ＿＿＿ ＿＿＿ ＿＿＿ものだ。

1 最後まで　　　　　　　　　　　　2 ベストを尽くして

3 戦う　　　　　　　　　　　　　　4 としても

20 うちの会社は ＿＿＿ ★ ＿＿＿ ＿＿＿どんどん志願してください。

1 は　　　　　　　　　　　　　　　2 学歴、経験を

3 やる気のある人　　　　　　　　　4 問いませんので

答案及解析P332

請選出最適合放進（）裡的選項。

1　いつも笑っている課長にしては今日は（　　　　）。会議で社長にしぼられたのかな。

　　1 珍しく機嫌が悪い　　　　　　　　2 いつもと同じく明るい

　　3 普段のようにほがらかだ　　　　　4 通常とは違って愉快だ

2　司会者　「先生、このソースはどうやって作りますか。」

　　シェフ　「そうですね。水としょうゆの比率が肝心ですね。水1カップ（　）しょうゆは半カップです。」

　　1 とみて　　　　　　2 にみて　　　　　　3 にして　　　　　　4 につき

3　交通事故のニュースを聞くにつけ（　　　　）。

　　1 安全運転をしなければならない　　2 心が痛む

　　3 交通量を規制すべきだ　　　　　　4 これからは車の運転はしたくない

4　えり　「りかちゃん、お昼、スパゲッティどう?」

　　りか　「ごめんね。私、最近、やや（　　　　）なので、ダイエットしているの。だから、お昼は食べないことにしているのよ。」

　　1 太ったばかり　　2 太っていそう　　3 太るがち　　4 太り気味

5　キム　「私、日本語を勉強したいけど、漢字を覚えるのが大変そうだから、やめた!」

　　鈴木　「そう? でもね、（　　　　）難しいものだと思うかもしれないけど、やってみればおもしろいんだから、まず、やってみなよ。」

　　1 漢字とういより　　2 漢字というと　　3 漢字といっても　　4 漢字としたら

6　吉本　「あ、この本、高いな。専門書だからかな。」

　　木村　「（　　　　）授業で使うものなら、買わなければならないでしょう。」

　　1 高いであれ　　2 高いにせよ　　3 高いにつけ　　4 高いにもかかわらず

7 目上の人が話している時、その人の目をじっと見つめていると、かえって
（　　　　）。

1 常にそうしなければならない　　　　2 何を言っているのかがわかるようだ
3 失礼になると言われている　　　　　4 礼儀正しい行為になる

8 暗記力にかけては彼に（　　　　）と思うよ。
1 勝る者はいるかも知れない　　　　　2 かなう者がいるかな
3 おとる者もいるだろう　　　　　　　4 おちる者もいないかも

9 この小さな村は古いお寺など、昔の建物が多いので、（　　　　　）観光客でに
ぎわっている。

1 一年を中心に　　　　　　　　　　　2 一年を通じて
3 一年をきっかけに　　　　　　　　　4 一年をもとに

10 この植物は主に（　　　　）そだっている。
1 川につれて　　　　　　　　　　　　2 川にともなって
3 川にしたがって　　　　　　　　　　4 川にそって

請選出最適合放進★位置的選項

11 まり　「ね、はるちゃん! 昨日お見合いしたでしょう。相手、どうだった?」

はる　「うん、ちょっと＿＿＿ ＿＿＿ ＿＿＿ ★ みたいな感じ!」
1 なんか　　　　　　　　　　　　　　2 遠慮がちで
3 イギリスの紳士　　　　　　　　　　4 静かな人で

12 木村さんには＿＿＿ ＿＿＿ ★ ＿＿＿、彼には頭が上がらない。
1 何か　　　　　　　　　　　　　　　2 につけ
3 から　　　　　　　　　　　　　　　4 お世話になっている

13 こんな大きくていろんな機能____ ____ ★ ____んですが。

1 コンピューターを買いたい　　　　　2 ついているものではなく

3 とかが　　　　　　　　　　　　　　4 家庭向けの

14 もし君が言ったのが____ ★ ____ ____んだろう。

1 いったいだれが　　2 事実だ　　3 としたら　　4 うそをついている

15 島田 「この報告書は何だ? 書き直せ!」

　　星野 「すみません、報告書を____ ____ ★ ____ものがありますか。」

1 守るべき　　　　2 にあたって　　　3 書く　　　4 ルールみたいな

16 宮部さんは有名な作家で、青少年のためのいい本をたくさん書いている。
8月の____ ____ ★ ____で講演会をするそうだ。

1 にさきだって　　　　　　　　　2 というテーマ
3 「青少年のためになる言葉」　　　4 新作の発表

17 この国が観光地として愛されている____ ____ ★ ____からだ。

1 に加えて　　　　　　　　　　　2 温和な気候
3 食べ物も豊富である　　　　　　4 のは

18 橋本 「部長、この件は私たち5人で進めることにしました。」

　　部長 「吉村さんは? この____ ____ ★ ____でしょう。」

1 彼を抜きにしていけない　　　　2 プロジェクトを計画した

3 のは　　　　　　　　　　　　　4 吉村さんなのに

19 上田 「いろんな植木鉢がありますね。これ、トマトですか? きゅうり?」

　　野村 「それはトマトです。____ ★ ____ ____を作っています。」

1 育てやすい　　2 をかねて　　3 趣味　　4 野菜

20 この問題はお前には____ ____ ★ ____かもしれない。

1 にしたら　　2 天才の彼女　　3 難しいが　　4 簡単すぎる

其他有助詞「に」的語法形式

- ・〜に違^{ちが}いない＝〜に決^きまっている＝〜に相違^{そう い}ない　一定是〜

- ・〜によって　根據〜

- ・〜にわたって　長達〜

- ・〜から〜にかけて　從〜一直到〜

- ・〜につれて＝〜にともなって＝〜にしたがって　隨著〜（產生變化）

- ・〜にしたがって　按照（命令、忠告、說明書、規定…）

- ・〜に応^{おう}じて　因應〜

- ・〜に答^{こた}えて　回應〜

- ・〜にすぎない　只不過是〜

- ・〜にたとえると　比喻成〜的話

- ・〜にとって　對〜而言

- ・〜にかわって　取代〜

- ・〜にかかわる　有關〜

其他有助詞「を」的語法形式

- ・〜をはじめ　以〜為首

- ・〜を〜とする　拿〜當〜

- ・〜をもとに＝〜に基^{もと}づいて　基於〜

- ・〜を中心^{ちゅうしん}に　以〜為主

- ・〜をめぐって　針對〜

- ・〜をかこんで　圍著〜；圍繞著〜

答案及解析Ｐ334

請選出最適合放進（）裡的選項。

1 えり　「昨日、健二さんの結婚式に行ってきたでしょう？新婦はきれいだった？」

　　せな　「うん、健二さん幸せそうだったわ。新婦はとてもきれいだったし、芸能人（　　　　）、石原さとみさんみたいだったわ。」

　　1 にかわると　　　2 につれると　　　3 によると　　　4 にたとえると

2 家族の声援（　　　　）、必ず試験に合格してみせなくちゃ。

　　1 にしたがって　　2 にこたえて　　　3 によって　　　　4 をもとに

3 「皆さんの（　　　　）申し訳ございません。」と、チームが敗れたのに対して、キャプテンは応援 してくれたファンのみなさんに謝罪のインタビューをはじめた。

　　1 お期待によらず　　　　　　　　2 お期待をもとにして
　　3 ご期待にそうことができず　　　4 ご期待に応じることができて

4 あいつの態度をみると、何かを隠している（　　　　）。

　　1 にそういない　　2 にかわりない　　3 にかかわりない　4 によらない

5 この町は駅前の（　　　　）発達してきたようだ。
　　1 商店街をなして　　　　　　　　2 商店街を中心に
　　3 商店街をとって　　　　　　　　4 商店街をともなって

6 コンピューターが普及してから、メールが手紙（　　　　）。

　　1 をとりかえた　　　　　　　　　2 をひきかえした
　　3 にもとづいてきた　　　　　　　4 にとってかわった

7 その件は私の（　　　　　）から必ず成功して見せなくちゃ。

1 プライドにもかかわっている　　　2 命にもよりものだ
3 地位にかわっている　　　　　　　4 自尊心にともなっている

8 社員たちは昼食の時間を1時間から1時間半（　　　　　）を会社側に要求している。

1 にかわってくれること　　　　　　2 としてくれること
3 にしてやること　　　　　　　　　4 とまわしてあげること

9 来月からはバス（　　　　　）すべての乗り物の運賃が上がるそうだ。

1 をもとに　　　　　　　　　　　　2 を中心にして
3 をはじめとして　　　　　　　　　4 をとわず

10 運動はむやみにハードにしてはいけません。自分の体力や（　　　　　）効果的な運動をしてください。

1 年齢にこたえた　　　　　　　　　2 年齢におうじた
3 体重にともなった　　　　　　　　4 体重につれた

請選出最適合放進★位置的選項

11 課長の指示に＿＿＿ ＿＿＿ ★ ＿＿＿私が責任を取らなきゃいけないんですか。

1 なのに　　　　　　　　　　　2 だけ

3 したがってやった　　　　　　4 なんで

12 去年の＿＿＿ ＿＿＿ ★ ＿＿＿みました。

1 アンケート調査の結果を　　　2 冬に行われた

3 新商品の企画書を書いて　　　4 もとにして

13 このスープを作る時は＿＿＿ ＿＿＿ ★ ＿＿＿がよくなるでしょう。

1 風味　　　　　　　　　　　　2 によって

3 好み　　　　　　　　　　　　4 ケチャップも加えたら

14 来年度の予算案をめぐって＿＿＿ ★ ＿＿＿ ＿＿＿続いている。

1 午前11時から3時間　　　　　2 会議は

3 にわたって　　　　　　　　　4 の

15 仕事に追われて＿＿＿ ＿＿＿ ★ ＿＿＿も思い出せないくらいだ。

1 最後にみんなで食事をした　　2 家族と過ごす時間がなく

3 のが　　　　　　　　　　　　4 いつだったのか

最近文法篇較少出單純的句型試題，較多的是需要理解整句話含意才能選出答案的試題。為了累積堅強的解題實力，請務必熟記日檢改制前公布的出題範圍內的文法規則及語法形式。並建議平常透過日本的戲劇、廣播、報紙等大眾媒體，多多接觸日常會話用語。口語體的語法形式也會考。

必考語法形式

1-1	みんながやらないとしたら、僕がやるしかない。 ● 只好～	要是大家都不做的話，那只有我來做了。
1-2	あなたしか行く人がいない。　● 除了～沒有～	除了你沒人要去。
2-1	松井　「引っ越したって？」 山野　「ええ、桜がきれいな町です。花見のついでに今度ぜひお越しください。」　● 順便～；兼做～	松井「聽說你搬家了？」 山野「對啊，是個櫻花很美的小鎮。請過來坐坐順便賞花。」
2-2	駅前まで出かけたついでに、買い物もしよう。 ● 趁著做～的時候順便	外出去車站前時，順便購物。
3	その案には私はもとより、みんなが反対している。 ● ＝～はもちろん　更不用說～；不用說～了	我不用說，大家都反對那個案子。
4	学食は味はともかく、値段が安いので、いつも学生たちでいっぱいです。　● 不管～怎麼樣；無論～如何	學生餐廳的味道先不談，價格便宜，所以總是坐滿一堆學生。
5-1	外国に行く際には、パスポートを作らなければなりません。　● 在要做～的時候	出國時得先取得護照。
5-2	会議の際には、ケータイの電源は切っておいてください。　● ～的時候	開會時，請先關閉手機電源。
6-1	今の会社は給料が高い反面、残業が多い。 ● 雖然～但另一方面（反轉）	目前的公司薪水不錯，但另一方面很常加班。

6-2	子供の成長を喜ぶ反面、常に心配しているのが親心だ。 • 和〜相反（對照）	為小孩的成長喜悅的同時，也時常為孩子擔心，這就是所謂天下父母心。
7	あ、雨、降りそう。降らないうちに急いで帰りましょう。 • 趁著還沒〜	啊，好像快下雨了。趁著還沒下，我們快回家吧！
8-1	考えうることはすべてやってみたが、だめだった。 • 動詞ます形＋うる・える：會〜、能〜	想得到的全都做了，但還是不行。
8-2	何をしていても、失敗することもあり得るんです。 • 有可能〜	不管做什麼都有可能會失敗。
8-3	ダビンチの絵が美術館から消えたなんて、あり得ないよ。 • 不可能〜	達文西的畫作竟然從美術館消失了，怎麼可能？
9-1	チームが負けたのを、ピッチャーの賢太さんのせいにしてはいけない。　• 〜原因、〜不好（≠-おかげ〔幸虧〜〕）	不可以把隊伍吃敗仗全怪罪投手賢太。
9-2	君が手伝ってくれたおかげで、予定よりはやく終わった。 • 託〜之福	拜你幫忙所賜，比預定還快結束。
9-3	天気がいいせいか、今日、彼女はいっそうきれいに見える。　• 因為〜的緣故吧	是天氣好的關係嗎？她今天看起來更漂亮了。
10-1	あっちみて!なんてきれいな夕焼けなんでしょう! • 多麼〜啊？	你看那邊！多麼漂亮的夕陽啊！
10-2	こんな問題なんて、朝飯前だわ。　• =なんか 〜之類的	這種問題，真是易如反掌。
10-3	今さらできないなんて、言うんもんじゃないよ。 • 竟然（反問）	事到如今可不能跟我說「做不到」喔。
11-1	喉渇いたな。ジュースかなんか飲みましょう。 〜或之類的	好渴哦，來喝杯果汁什麼的吧！

271

11-2	この家、なんか気持ち悪い。　●總覺得～	這棟房子，總覺得讓人不舒服。
11-3	結婚祝いに、これなんかどう？　●像～之類的	這個當結婚賀禮好不好？
11-4	しおり「窓、閉めてよ。写真、飛ばされるじゃない！」 けんじ「重いものを上にのせておけばいいじゃない？ 辞書か何かで。」　●～或之類的	詩織「把窗戶關上啦。照片都 　　　要飛走了。」 健治「妳拿個重的東西先壓著 　　　不就好了？字典什麼的都 　　　行。」
12	よく知らないくせに、他人にぺらぺらしゃべるんじゃないよ。　●明明～	明明自己也不清楚，就別跟別人滔滔不絕地說嘴。
13-1	この仕事はやりがいがあって、給料が安くても僕は満足している。 ● 動詞ます形：有做～的意義、價值 *Tip* 名詞＋がい：與～相應的。年甲斐（與年齡相符的舉止）。	這份工作值得做，就算薪水不高我依然滿足。
13-2	会社を首になった。10年も骨を折って働いてきたかいがない。　●～沒價值（↔ かいがある 有價值）	遭公司開除了。賣命工作 10 年全化成泡影。
14-1	授業をしている最中に、外から変な人が教室に飛び込んできた。　●正在做～的時候	正專心上課時，有個奇怪的人從外面闖進教室。
14-2	会議の最中に僕のケータイが鳴って、社長に注意された。　●正當～的時候	正在開會時我的手機響了，遭老闆警告了。
15-1	二十歳もとっくに過ぎているのに、いつまで子供っぽいことを言っているつもり？　●有～的傾向	也早已過了二十歲，你打算說孩子氣的話到什麼時候？
15-2	犯人は黒っぽいズボンに、黄色っぽいシャツを着ていました。　●像是～似的 （※水っぽい：水分多的；味道淡的）	犯人穿著黑褲還有黃黃的襯衫。

16-1	子供は泥まみれになって家に戻ってきた。	孩子滿身泥巴地回到家。
	• 渾身是～（※只有附著在表面時，可以使用まみれ）	
16-2	うちのクラスは男の子だらけです。	我們班都是男生。
	• 全都是～；整個都是～	
17	二人は周りの目もかまわず、大きな声でケンカをしている。 • 連～也不管；連～也不顧～	兩人也不管旁人眼光，吵得很大聲。
18-1	もし、お前が行かないなら、僕も行くまい。＝行かない	如果你不去的話，我也不去。
	• 絕不會～（＝ないつもりだ 否定的意志）	
18-2	明日は雨は降るまい。＝降らないだろう	明天不會下雨吧？
	• 不會～吧？（＝ないだろう 否定的推測）	
19	親友の吉本君が交通事故でなくなったなんて、信じがたい。 • 動詞ます形＋がたい ：難以～	好友吉本竟然出車禍過世，真難以置信。
20	東京大学に合格したんだから、得意げになるのも当然だ。 • ～げ：看似～	由於考上了東大，趾高氣昂也是理所當然。
	• ～のも当然だ：～也是當然的 ＝～のも当たり前だ	
21	夫 「うっ! まずい、これ。」	夫「這！這好難吃。」
	妻 「あ、ごめん!レシピどおりに作ってみたけど、こうなってしまったの。」 • 名詞＋どおり ：按照～	妻「啊，抱歉！我照著食譜去做了，還是變成這樣。」
	夫 「本当に書いてあるとおりに作った?」	夫「妳真的有照著所寫的做嗎？」
	• 動詞＋とおり ：照著～	
22-1	選手「もうだめ! 走れません。」	選手「我不行了，跑不動了。」
	コーチ「あと１キロ残っているんだから、最後まで走りぬいてみせろ!」 • 動詞ます形＋ぬく ：做完～、完成～	教練「還剩１公里，跑完全程給我看！」

22-2	悩み抜いた結果、大学を中退することにした。 ● 動詞ます形＋ぬく：做～到底	傷透腦筋後，決定從大學休學。
23	流行というものは時代とともに変わっていくものです。 ● 隨著～	流行這玩意是會隨著時代改變的。
24	卒業以来だったので、先週の同窓会で彼に会ったのは15年ぶりです。　● 相隔～	自畢業以來就沒和他見過面，上週的同學會和他相遇是睽違15年。
25-1	乗り物の中では、お年寄りや体の不自由な人に席を譲るべきでしょう。　● 應該～	在交通工具上應該要讓座給老年人或身障者。
25-2	口にすべきではない言葉を言ってしまった。 ● ～不應該（做～）	說了不該說的話。
26-1	パク　「先生、自己紹介文を書いてみました。見ていただけませんか。」 先生　「うん、いいよ。(見てから)よく書けましたね。」 パク　「文法的に不自然なところはないんですか。」 先生　「うん、なくはないが、これぐらいならいいですよ。」　● 不是沒有～	朴「老師，我寫好了自我介紹。可以麻煩您幫我看一下嗎？」 老師「好，可以啊。(看完後)寫得很好！」 朴「文法上有沒有不自然的地方？」 老師「嗯，也不是沒有，但為數不多，沒關係的。」
26-2	もり　「お昼にお寿司食べよう。」 きむら　「あ、すしはちょっと。」 もり　「食べられないの？」 きむら　「食べられなくはないが、魚が嫌いで。」 ● 並不是不～	森「午餐吃壽司吧！」 木村「啊，壽司有點…。」 森「你不敢吃哦？」 木村「也不是不敢吃，是不愛吃魚。」

27	日本とのサッカーの試合は韓国がたやすく勝つという私の予想通りにならず、引き分けに終わった。 ● 沒變成～	和我預測的不同，原以為韓國和日本的足球賽可輕鬆獲勝，結果踢成平手。
28	彼と結婚するくらいなら、一生一人で暮らすよ。 ● 到了～程度的話	與其跟他結婚，我寧可一輩子一個人過。
29-1	鈴木　「店長、明日、用事があるので、休ませていただきたいんですが。」 ● ～ていただく→（さ）せていただく：請允許我做～ ● ～ていただけませんか：可否請您做～ →～（さ）せていただけませんか：請允許我做～好嗎？	鈴木「店長，我明天有事，想請您讓我請個假。」
29-2	岡田「課長、島村さん、具合がわるそうです。今日ははやく帰らせてやってください。」 ● ～（さ）せてやって（あげて）ください：請讓對方第三者）那麼做	岡田「課長，島村他身體看似不舒服。請您今天讓他早點回去。」
30	秘書「社長、○○社の部長がお見えになりました。」 ● お／ご＋ます形(名詞)＋になる：動詞的尊敬語句型	秘書「老闆，某某公司的經理大駕光臨了。」

近年常考語法形式

1	今日は用事があるので、早めに帰らせていだたいてもよろしいですか。 ● 做～也可以嗎？	由於今天有事，可以請您讓我早點回去嗎？
2	やりたいと思ったら、やったらいいじゃないですか。 ● 做～的話，不就好了嗎？	想做的話，去做不就好了？
3	息子は自分の部屋にいるかと思ったら、いつの間にか出かけて、部屋にはいなかった。 ①一～就～　②一想到～就～	我以為兒子在自己的房間裡，不知道他什麼時候出門，不在房裡。
4	よかったね！二人とも日本語能力試験に合格して。それにつけても今回は難しかったよね。 ① 更何況　② 和那個（剛剛談的內容）有關	太好了！我們兩個都通過日檢。儘管如此，這次還滿難的耶。
5	ごめんね。飲み会に行けなくて。出張でなければ行くのに。 ● 不是～（名詞）的話	抱歉，我沒辦法去聚餐。如果不是出差就能去了。
6	ちょっと、そのお塩、とってもらえない？　能否為誰做～？ Tip 要求對方的用法： ①～てください　　②～てくださいませんか ③～てもらえますか　　④～てもらえませんか ⑤～てもらえませんでしょうか　⑥～てもらいたいんですが ⑦～ていただけますか　　⑧～ていただけませんか ⑨～ていただけませんでしょうか ⑩～ていただきたいんですが	可以幫我拿一下那個鹽巴嗎？
7	先方からも強く攻撃してくると存じます。 ● 認為～ Tip 存じる：是「思う」、「考える」、「知る」的謙讓語。	我想對方也會強烈攻擊。
8	当レストランは事前にご予約の上、ご来店願います。 ● 名詞の／動詞た形+上（で）：在（做）～之後	本餐廳採事先預約制。

9	彼の夢は現実的でありながらも、実現しがたいものですね。 • 〜である＋ながら（も）＝〜でありながらも　同時也〜	儘管他的夢想具有現實感，但實在是難以實現。
10	そんなもう一生会えないみたいに言うのはやめて！考えるだけで悲しくなるから。 • 〜ないみたいに ＝〜ないように　像是不會〜似的	別說得一副再也見不到面的樣子！光想就很難過。
11	マリーさんの展示会に行ってきたんだけど、がっかりしたわ。とてもプロとは思えない絵だったわ。 • 完全無法做〜	我去了一趟瑪莉小姐的展示會，好失望哦。她的畫實在稱不上專業。
12	このラジオ、旧型なので、部品はもう生産していないから、直しようがないですね。 • 動詞ます形＋ようがない：無法去做〜；沒辦法去做〜	這台收音機是舊款，零件已不生產，所以沒辦法修理。
13	大雪のため、長野までの新幹線の運行を見合わせております。お急ぎのお客様には大変ご迷惑をおかけすることを深くお詫び申し上げます。　• 表達歉意、致上歉意 Tip 申し上げる：「言う」的謙讓語。	因大雪之故，到長野的新幹線暫停行駛。對於趕時間的旅客造成相當的困擾，我們深感抱歉。
14	森田　「さっきのお客様、なんで不機嫌そうに帰ったのかな。」 山野　「自分は親切に対応したつもりでも、実はその相手にとっては不親切な対応になってはいなかったでしょうか。」　• 不會變成〜嗎？	森田「剛剛那位客人，為什麼一臉不悅似地回去了呢？」 山野「我們覺得已經親切應對了，但事實上也許對方還是覺得應對並不親切吧？」
15	秋に京都のお寺に行くと、きれいな紅葉が私たちの目を楽しませてくれます。 • 〜（さ）せてくれます：讓自己〜 Tip 楽しむ（欣賞）→ 楽しませる＋てくれる ＝ 楽しませてくれる	秋天前往京都的寺廟，漂亮的楓葉令我們賞心悅目。

文法篇

熟記完整句子！　近年常考語法形式

277

16	私の気持ちは君にわかってほしくもない。	我並不企求你能瞭解我的心情。
	● 〜てほしく（も）ない：不企求〜	
	● 〜てほしい：期望對方做某行動	
17	また何食べてるの？さっきお昼を食べたばかりなのに。	你又在吃什麼啊？明明剛剛才吃過午餐的。
	● 動詞た形+ばかりだ：才剛做了〜沒多久	
18	会社の規模より、自分が本当にその仕事がやりたいのかどうかをじっくり考えることが大事だよ。	比起公司的規模，仔細想想是否是自己真的想做工作才是最重要的。
	● 動詞ます形+たいのかどうか：是否想〜的事	
19	財布がなくなったって？隣のクラスの誰かじゃないかな。 ● 或許是〜	錢包不見了？是不是隔壁班的某人啊？
20	限定商品に弱い私、新しいのが出たりしたら、すぐ買わないではいられないの。	我對限定商品腦波弱，一旦有新品發售，我就非得馬上下手不可。
	● たりしたら：一旦〜的話	
	● ないではいられない：沒辦法忍受不做〜	
21	片思いの彼女の前では冷静に話そうとしてもうまくいかなくて、今まであいさつさえできないでいる。	在單戀的她的面前就算想冷靜對話也還是支支吾吾，至今連打招呼都做不到。
	● 動詞意志形+としても：即使想做〜也；是連〜也沒辦法的狀態	
22	ご両親がどれほど苦労してきたかは誰より息子のあなたが一番ご存じのはずですが。	身為兒子的你應該最瞭解您父母親一路以來是多麼辛苦。
	● ご存じだ（知道）：「知っている」的尊敬語	
	● 〜はずだ：當然是〜的	
23	まだ大学生の娘を一人でバックパック旅行に行かせるのはいろんな経験をさせたいと願うからこそです。	讓還是大學生的女兒一個人當背包客到處旅行，是因為希望她能獲取各種經驗。
	● 〜させたい：想讓〜、想使	
	● 〜からこそです：因為〜（から的強調形）	

24	韓国でも春になると花粉症に悩まされる人が増えているらしい。	即使是韓國，似乎也愈來愈多人到了春天受花粉症所苦。
	• 悩ます（使煩惱、使操心）＋ 被動的（ら）れる ＝ 悩まされる	
25	だんだん物価は高くなる一方で、入ってくるお金はだんだん減っている。　• 另一方面	物價愈來愈高，另一方面進來的錢愈來愈少。
	• 動詞辞書形＋一方だ：持續～	
26	試験まであと一ヶ月だね。もうだめだとか言わないで、最後まで頑張りましょうね。	離考試還剩一個月對吧？別說不行了之類的話，要堅持到最後哦！
	• ～とか～とか、～還是～（表列舉）	
27	あれこれ考えたすえにサクラ大学を志望校に決めました。	多方考慮後決定以櫻花大學為第一志願。
	• 動詞た形＋すえに ：在做完～的時候	
	※時常和副詞「さんざん, いろいろ（と）, あれこれ（と）」一起出現	
28	買ったばかりのテレビが故障したので、サービスセンターに電話したが、前もって使用上の注意書きを読んだのかと、いろいろ質問に答えさせられたあげく対応できないと言われた。	由於剛買的電視故障，打了電話給服務中心，但被迫回答「是否有事先閱讀使用上的注意事項」等各種問題，到最後竟然告訴我無法支援。
	• ～させられたあげく：被迫做完～的時候（使役被動）	
29	面倒だが、お金になると思うからやはりこの仕事は断れない。引き受けるしかあるまい。	雖然麻煩，但由於可以賺錢，這件工作還是拒絕不了，只能接受了。
	• しかあるまい＝しかないだろう 不得不～	
30	先生、ご無沙汰しています。私、おととい20年ぶりに故郷に戻ってまいりました。本日、先生にお目にかかりたくて、一気に走ってまいりました。	老師，久未問候您。我在前年回到了睽違20年的故鄉了。今天想跟老師您見面，於是一口氣飛奔過來。
	Tip まいりました是「来ました」的謙讓語；お目にかかる是「会う」的謙讓語。	

31	デザイナーの村田さんの作品は国内よりむしろ海外での評価が高いらしい。　● 比起～反而	村田設計師的作品似乎國外比國內的評價高。
	Tip 「かえって」和「むしろ」的差異：「むしろ」用在評價兩個選擇事項中的其中一項時，「かえって」用在說出和預測相反或不同的其他結果時。	
32	私が教師になってもう15年で、今年も卒業生を送り出しました。次に会う時には彼らも立派な社会人になっているでしょう。　● 可能已經變成～了	我當老師已經 15 年，今年也歡送了畢業生。下次見面時，他們早已是卓越的社會人士了吧？
33	私は思春期の時、書いても書かなくても、どちらでもいいことばかりをこのノートに書いていたのだが、それがストレス解消になっていたのかもしれない。 ● ～ても ～なくても：即使～即使不～	我在青春期時，盡在這本筆記裡寫一些可有可無的事，或許那正好幫助我紓壓。
34	手や顔だけではなく、髪を洗う時にもシャンプーを使いすぎずにさっと洗うのがよい。 ● 動詞ます形＋すぎずに：不要過度地～	不僅手、臉，洗頭髮時也別用太多洗髮精，迅速清洗最好。
35	世界旅行をする前までには、私は自分が見ている世界がすべてで、それが世界のほんの小さな一部分でしかないことに気付いていなかった。　● 只不過是～	直到環遊世界之前，我都認為我所看到的世界就是全部，沒注意到那其實只是世界的極小一部分而已。
36	みちこ 「あ、良子の部屋に電気ついてるわよ。家にいるかな。」 さなえ 「え？良子は先週アメリカへ出張に行って、来週の土曜日に戻ってくると言ったのよ。今ここにいるわけないじゃない。」　● 不可能～	道子「啊，良子的房間燈還亮著哦。她在家吧？」 早苗「什麼？良子上個禮拜去美國出差，她說下週六才會回來哦！現在怎麼可能在這裡？」
37	店員 1 「あ、あの人、また来た！いつも同じ時間に来るのね。」 店員 2 「本当！あの人を見ない日はないと言ってもいいぐらいだよね。」　● 甚至可以～	店員1「啊，那個人又來了！他總是同一時間過來哦！」 店員2「真的！幾乎可以說沒有一天沒看到他。」

38	うちは貧乏だった。お金がなくて、食べ物にも悩むくらいの生活の中、親がどんな思いで自転車を買ってくれたのかと50歳になった今、思うとそれだけで涙が出る。 • てくれたのかと：為何（為誰）做～？ • それだけで：單單～	我家當時很窮，窮得沒錢吃飯的生活之中，父母親是基於什麼想法買腳踏車給我的呢？邁入50歲的我現在想起來還是熱淚盈眶。
39	親は子供がしたいと思うことはやらせてやりたいと思うものですよ。　　• ～（さ）せてやりたい：想讓；～使其做～	做父母的都會盡量讓孩子去做他想做的。
40	彼の表情からどうも今回の面接もだめだようだね。 • 似乎～	從他的表情看來，大概這次面試也被刷掉了。
41	みんなが寝ているうちにも私はバイトをやりながら、学費をかせいでいた。　　正在做～的期間	大家還在沉睡時，我則是在打工存學費。
42	彼が何を言っているのかがわかる気がしないでもないが、どうも納得できない。　　並非不是～	雖然也不是不瞭解他在說什麼，但就是無法接受。
43	遅く帰るって家に電話しとかなくちゃ。 って：說～（引用） とかなくちゃ：得～才行 **Tip**「～とかなくちゃ」是「～ておく＋なくてはならない＝～ておかなくてはならない」的縮寫形式，也是口語表現。	得先打個電話回家說會晚歸。
44	体の調子が悪いが、社長の命令だから、取引先に僕が行かざるを得ないだろう。 不得不做～ **Tip** 類似用語：～ないわけにはいかない、～なければなりません	雖然身體不舒服，但由於是老闆的命令，客戶那邊我還是不得不去吧？
45	もう5月なのに、寒い日が続いている。まるで真冬にもどったかのようで、コタツを使っている家も多い。 • 動詞た形＋かのようだ：（雖然事實不是那樣）就像～那樣	明明已經5月了，但每天還是很冷。簡直就像是回到隆冬似的，很多家庭都還在用暖爐。

46	前もってしっかり調べさえしておけば防げるミスでした。 • 只要～的話	這個錯誤只要事先仔細調查便可避免。
47	この前のミスは仕方ないとしても、今後この経験を生かしてほしいです。 • としても：即使是～ • ～てほしい：希望對方做～	之前犯的錯就算是無可奈何，但希望今後你能善用此次經驗。
48	ライバルチームに負けて本当に悔しかったので、どんなに厳しくて大変な練習にだって耐えようと思いました。　• 即使是～	輸給敵隊真是不甘心，所以打算不管多嚴格、累人的練習都要熬下去。
49	父は病気にならないのは、毎日やっているストレッチのおかげだとよく言っている。　• 託～之福	父親常說，他之所以不會生病，全都拜每天都在做的拉筋操所賜。
50	このテーマパークは今年で入場者数が1000万人にものぼったそうだ。 • 將近～（強調助詞「も」）；～にのぼる：高達～、達到～	這座主題樂園今年的入場人數聽說已達 1000 萬人。
51	彼は予選脱落して気を落としていると思っていたが、かえってあきらめずに「もっと強くなってみせるぞ。」と言っているかように、練習に没頭するばかりだった。 • かえって ～ず：反而不做～、反而沒辦法做～ • ～ばかりだ ：光是～	原以為他初選沒過會很氣餒，但他卻反而不屈不撓地埋頭苦練，彷彿在說「我要變得更強給你看」。
52	面接試験は筆記テストを通過してからでないと受けることができないんですよ。　沒有做完～的話	得先通過筆試才能接受面試哦！
53	今年も秋の定期セールを行います。人気の商品はなくなり次第終了いたしますので、お早めにどうぞ。 • 動詞ます形＋次第 ：一～立刻就	今年也會辦秋季定期拍賣。人氣商品一旦售罄便結束活動，敬請欲購從速。

54	ご予算に合わせてケーキを作ります。送料無料で日にち指定の全国発送もうけたまわっております。 • ～に合わせて：配合～ • うけたまわって：（於商店等等）接受～的訂購	我們會配合您的預算製作蛋糕。並接受指定日期免運費全國配送。
55	宇宙には想像以上の多くの星があるのだから、どこかの星に生命体がいると言っても不思議ではないだろう。 • 即使說～	宇宙裡的星球多到無法想像，所以就算某顆星球裡有生命存在也不會不可思議。
56	醤油とつゆは、和食を作るのにかかせないものでしょう。• のに：在做～方面　かかせない：不能缺少的	醬油和醬油露是做日本菜不可或缺的東西吧！
57	うちには犬と猫がいる。私が家を出ようとするたびに出かけないでと言っているような悲しそうな目で私を見るのだ。• 動詞意志形+とする：想做～ • たびに：每次要做～時	家裡有狗和貓。每每我要出門時，牠們就用一副似乎叫我別出去的悲傷眼神看著我。
58	コーヒーは体に悪いものだなんて思っていたのに、一日に一杯ぐらいのコーヒーはいいと聞いてびっくりした。• 像～這類的事	我本以為咖啡對身體不好，但後來聽說一天喝一杯咖啡還不錯，嚇了一跳。
59	最近、外で遊ぶ子供が減っている理由として、外には遊びの種類が少ないからだと言われている。 • 說到～、以～來說	最近，在外面玩的小孩子愈來愈少，其原因據說是外頭的遊戲的種類不多。
60	日本には10年前に行ったきり、その後一度も行ってないんです。 • 動詞た形＋きり：最後一次做～（之後都沒有～）	自從10年前去了日本，之後就再也沒去了。
61	若者が抱えている悩みと言えば、就職についで結婚が考えられるでしょう。 • 言えば：說到～的話　• についで：次於～	說到年輕人的煩惱，找工作接下來就是結婚吧？

62	日本人はみんな親切だと聞いていた。ところが、日本に来てみるとそうでもなかったのだ。 ● ところが：然而〜　● 〜てみると：一旦做了〜一看	我聽說日本人全都很親切。但是，來到日本後卻發現也不是如此。
63	食材の多様化に伴われる問題としては米の消費量の減少があげられるでしょう。 ● に伴われる：以伴隨著〜的　● としては：〜來說	伴隨食材多元化所產生的問題裡，米消費量減少是個明顯的例子。
64	息子の名前は賢です。賢い人になるようにという願いをこめてつけました。　● 含有〜；傾注〜	我兒子的名字叫賢。當時懷抱著要讓他變成一個聰明人的願望而取的。
65	マニュアルのとおりに操作したが、故障したみたい。 ● 名詞+のとおりに／どおりに：按照〜地	雖然照著手冊去操作了，但似乎是故障了。
66	運動する時、特に筋肉運動をする時は、どこを鍛えているかを常に意識するのとしないのとでは効果が違うそうですよ。　做〜還是不做〜	運動時，特別是肌肉運動，是否隨時注意到在鍛練哪個地方，聽說效果差很多哦！
67	彼女の前で、緊張のあまり手が震えていた。 名詞＋のあまり：〜之餘	在她面前太過緊張而手直發抖。
68	この曲は難しくて、とても弾けそうにもない。 とても〜ない：再怎麼樣也不〜 **Tip** 動詞可能形的ます形+そうに（も）ない：和「能做〜」不同	這首曲子很難，怎麼樣也彈不出來。
69	うちは会社から歩いて40分ほどのところにあります。 ● 在〜程度的地方	我家位於距公司約 40 分鐘腳程的地方。
70	ここ数年、米の生産量は減少してきたものの、今年に入ってふたたび徐々に増加している。 ● 〜ものの：儘管〜　● ふたたび：又〜、再〜	這幾年儘管米的產量逐漸減少，但今年開始又慢慢增加。

71	ほしいものを買いたいだけ買ってしまったら、すぐ貧乏になっちゃうよ。 ● 〜したいだけ〜する ：想做〜就做〜；隨心所欲地〜	想買的東西就拚命買，窮神馬上找上門。
72	子供の顔が赤くなると熱があるという証拠だから、病院に行かなければならないが、あんなに楽しく遊んでいるから、多少の熱があっても慌てることはないですよ。 ● 沒做〜的必要	小孩子的臉變紅就證明有發燒，雖得帶去醫院，但看他玩得那麼開心，所以就算發點燒也不必慌張！
73	健二 「あっ、この前貸してくれた電子辞書、忘れてきた。ごめん！」 翔太 「いいよ。あまり使わないから。今度会った時にもってきてくれればいいよ。」 ● 〜てくれればいい ：為（我）做〜的話就行了	健二「啊，之前你借我的電子辭典，我忘了帶來了，抱歉！」 翔太「沒關係。我不常用。下次見面時帶來就好了。」
74	きれいなコートを見つけて買おうかと思ったが、つい最近、新しいコートを買ったので、買わずにおこうときめた。 ● 〜Vずにおく：不做〜算了	找到漂亮的外套原本打算買下來，但近來才買了新外套，於是就決定先不買。
75	お昼の時間はサラリーマンの僕にとってはとても楽しい時間である。でも、昼ご飯の後は眠ってしまいそうになるので困る。 ● 〜てしまいそうになる：快要〜似的	午休時間對上班族的我來說是非常開心的時光。可是，吃過午飯就昏昏欲睡，很傷腦筋。
76	親が不満を言ってばかりいると、子供もそうなるだろう。 ● 〜てばかりいる：只（做）〜	一旦父母親光是在抱怨，那麼小孩子也會有樣學樣。
77	オリンピックだけをめざして4年も訓練してきただけに、オリンピックを目の前にしての怪我は相当痛かっただろう。 ● 〜をめざして：把〜當作目標　● 〜だけに：正因為 ● 〜を目の前にしての：〜眼前	正因為瞄準奧運訓練了長達4年，所以賽前受傷的打擊應該相當沉重吧！

文法篇

熟記完整句子！　近年常考語法形式

78	絵本はただ子供のためのものだと思われがちです。	繪本很容易被認為是僅供兒童閱讀的書。
	• 動詞ます形＋がち：越來越～；時常～；容易～	
79	普段あまりしゃべらない彼女があんなに楽しくしゃべっているところを見ると、きっといいことがあったに違いない。	平常不太說話的她竟然講得那麼高興，由此可見，一定是喜事臨門。
	• ～ているところを見ると：由～判斷	
	• ～きっと～に違いない：一定是～	
	Tip 和「一定」有關的詞彙及特徵：	
	ぜひ：後面要接拜託或命令的內容	
	必ず：後面不能接否定的內容	
	必ずしも：後面要接否定的內容	
80	今やっている仕事は仕事というより遊びのようだ。	現在正在做的工作與其說是工作倒不如說像是遊戲。
	• 與其說是～	
	Tip ～と(は)いっても：即使說～；～といえば：提到～	
81	旅をするなら静かな海でのんびりしたい。	要去旅行的話，我想在安靜的海邊悠哉遊哉。
	• 要做～的話	
82	インターネットを通して世界での出来事がすぐわかる。	透過網路，全世界發生的事馬上一手掌握。
	①透過；②一直是	
83	やるべき仕事がまだ残っている。	該做的工作還沒做完。
	• ～べきだ：應該要做～	
	※べきではない：不該～	
84	報告書は徹夜してでも書かなければならない。	就算熬夜，報告都得寫。
	• 即使～也	
	Tip までして：不惜～	

85	東京行きの新幹線は10分おきに出発する。 • 每隔～	往東京的新幹線每10分鐘開出一班。
86	フランス料理にかけては彼の右に出るものはいない。 • 提到～	提到法國菜,無人能出其右。
87	国立博物館は展示物が多すぎて、すべて見きれなかった。 • 動詞ます形＋きれない：沒辦法做～到完	國立博物館的展品太多了,沒辦法全部看完。
88	都会をはなれていく若者が増える一方だ。 • 動詞辞書形＋一方だ：一直～	離開都會的年輕人愈來愈多。
89	妻が入院しているのでぼくが家事をするほかない。 • 只好～	我太太住院,所以只好由我操持家務。
90	やせるためにはお酒を飲まないこと！ • 一定要～的！（命令）	要變瘦,就別喝酒!
91	明日、朝早いので、今日は早く寝なきゃ。 •「なければならない」（得～）的縮寫	明天要早起,所以今晚得早點睡。
92	夢をあきらめるぐらいなら、死を選ぶよ! • 到～程度的話	要我放棄夢想,我寧可選擇死亡。
93	朝寝坊の私のために、彼は毎朝7時にモーニングコールの電話をかけてきてくれる。　• 為（我）做～	為了早上起不來的我,他每天早上7點都會打電話叫我起床。
94	私は娘に賢い人になってほしい。 • 期望能做～	我希望女兒成為一個聰明的人。

尊敬語

- **動詞的尊敬語**

    第 1 類動詞：將動詞字典形字尾變成あ段後，再加上れる。

    > う・つ・る　→　わ・た・ら＋れる　ex) 買われる
    >
    > ぬ・ぶ・む　→　な・ば・ま＋れる　ex) 飲まれる
    >
    > く・ぐ　→　か・が＋れる　　　　ex) 書かれる
    >
    > す　→　さ＋れる　　　　　　　ex) 話される

    第 2 類動詞：刪除語尾，再加上られる。

    > る　→　られる　ex) 食べられる

    第 3 類動詞

    > する　→　される
    > 来る　→　来られる

- **表尊敬、謙讓的接頭語「お」和「ご」**

    お：加在和語（日本原有語彙）如「名詞、形容詞、動詞…」前面。

    例　お勉強、お部屋、お買い物、お話、お住まい、おはやい、お宅、お手紙、
    　　お留守、お忙しい、お仕事、お弁当

    ご：加在漢語（中國傳來的漢字字彙）前面。

    例　ご家族、ご自由、ご両親、ご意見、ご兄弟、ご住所、ご利用、ご予定、ご案内
    例外　お時間、お電話、お食事、ご心配、ごゆっくり
    用來美化詞彙的例子：おすし、お菓子、お天気、お茶、お米、おビール、ご飯、
    　　　　　　　　　　　お花等

- **尊敬表現的句型**

    お／ご＋ます形（漢字）＋になる
    お／ご＋ます形（漢字）＋くださる
    お／ご＋ます形（漢字）＋いただく
    例外　不適用於「見る、着る、いる、寝る」和「第 3 類動詞」。

謙讓語

- **謙讓表現**

  お／ご＋ます形（漢字）＋します

  お／ご＋ます形（漢字）＋いたす

常用的特殊型尊敬語和謙讓語

動詞	尊敬語	謙讓語
行く 来る	いらっしゃる	まいる
いる	いらっしゃる	おる
食べる 飲む	めしあがる	いただく
言う	おっしゃる	申^{もう}す
寝る	お休^{やす}みになる	-
見る	ご覧^{らん}になる	拝見^{はいけん}する
着る	お召^めしになる	-
する	なさる	いたす
知っている	ご存知^{ぞん ち}だ	存^{ぞん}じておる
くれる	くださる	
あげる	-	さしあげる
もらう	-	いただく
会う	-	お目^めにかかる
聞く	-	うかがう

擬真試題 1

答案及解析 P 335

問題 7　請選出最適合者放進（　）裡的選項。

1 健二　「りえさん、今週の土曜の飲み会に来ますか。」
　　理恵　「今週はちょっと。最近、疲れているから、今週末は家で（　　）が。」
　　　1 ゆっくり休んだと思います　　　　　2 余裕をもって過ごせるかと思います
　　　3 のんびりしようかと思っています　4 ごろごろしようとしました

2 恵理　　「何をそんなに深刻に考えているの?」
　　由紀　「それがね、明日のコンパに私の嫌いな橋本君が来るから、（　）考え
　　　　　ているの。」
　　　1 行くか行かないまいか　　　　　　2 行こうか行かないまいか
　　　3 行くか行こうまいか　　　　　　　4 行こうか行くまいか

3 あの教授が主張している説は（　　　　）、現実的ではありませんよ。
　　　1 まえもって知らせており　　　　　2 あくまでも理想論に過ぎず
　　　3 とりあえず納得してもらって　　　4 はたしてかなえられながら

4 うちのクラスみんなそろって、あと（　　　　）、待ち合わせの時間がとっくに過ぎ
　ているのに、現れる気配がない。
　　　1 田中さんも来るのに　　　　　　　2 田中さんだけだが
　　　3 田中さんしか来ているが　　　　　4 田中さんは来ないので

5 パク　「秋晴れって何ですか。」
　　石田　「秋晴れとは秋のすっきり晴れた天気（　　　　　）。」
　　　1 と言われている　　　　　　　　　2 のからだそうだ
　　　3 のことです　　　　　　　　　　　4 といいます

6 晴香 「この店、おいしくないと言ったのに、なぜ、ここで会おうと言ったの？」

正男 「いくらこのレストランがまずい（　　　）うちの会社の食堂よりはましだろう。」

1 というから　　　　　　　　2 といっても

3 といえば　　　　　　　　　4 というなら

7 私はいったん（　　　　　）少なくとも 5 時間は続けます。

1 ゲームをし始めると　　　　2 ゲームばかりしていて

3 ゲームしかできなくて　　　4 ゲームをはじめたにしては

8 うちの子供に勉強しないと大人になってから苦労すると言っても、（　　　）ので困っているよ。

1 勉強しようとする　　　　　2 勉強したかと思って

3 勉強しないところで　　　　4 勉強しようとしない

9 ストレスがたまると、何か怖い者に追われていて、逃げようにも（　　　）、という夢をよく見る。

1 逃げる　　　　　　　　　　2 逃げられる

3 逃げた　　　　　　　　　　4 逃げられない

10 関東地方で大地震が（　　　　　）といううわさは 20 年以上前から出回っている。

1 起こることができる　　　　2 起こりうる

3 起こるわけだ　　　　　　　4 起こりつつある

問題 8　　**請選出最適合放進★位置的選項。**

11　ナカムラ屋は＿＿＿＿＿＿＿＿★＿＿＿＿である。

1　有名なパン屋　　　　　　　　　　2　なら

3　知らない人はいないくらい　　　　4　サクラ市に住んでいる

12　あれだけ自信を＿＿＿＿＿＿＿＿★＿＿＿＿だろう。

1　彼女は立派にやって　　　　　　　2　持って言った

3　みせる　　　　　　　　　　　　　4　以上

13　いくら話し合ってみても＿＿＿＿＿＿＿＿★＿＿＿＿時間のむだだった。

1　話し合いはただ　　　　　　　　　2　彼は自分の考えを変えようと

3　しない　　　　　　　　　　　　　4　から

14　この通り＿＿＿＿★＿＿＿＿＿＿＿が並んでいる。

1　には　　　　　　　　　　　　　　2　おきに

3　パチンコ屋　　　　　　　　　　　4　数十メートル

15　おじの手術は＿＿＿＿＿＿＿＿★＿＿＿＿あると言われた。

1　成功した　　　　　　　　　　　　2　手術後に再発の

3　恐れが　　　　　　　　　　　　　4　が

問題 7　　**請選出最適合放進（）裡的選項。**

1　お送りくださった資料を（　　　　　）から、ご連絡差し上げます。

　　1 お目にかかって　　　　　　　　　　2 お目にかけて

　　3 ごらんになって　　　　　　　　　　4 拝見して

2　どうして会社に遅れた（　　　　　）電車の事故があったからです。

　　1 かというと　　　　2 というなら　　　　3 のだろうか　　　　4 とうのは

3　まさお　「あ、新しいケータイ買った?」

　　たかこ　「うん、デザインが独特でしょう? それにしても携帯電話は生活に

　　　　　　（　　　　　）道具として定着したよね。」

　　1 抜かない　　　　　2 落とせない　　　　3 なくしてはない　4 欠かせない

4　南極の氷を（　　　　）地球上で過去約2000年以上も前に起こったことがわか

　　るんだって。

　　1 調べたところで　　　　　　　　　　2 調べないかぎり

　　3 調べるかのようになって　　　　　　4 調べることによって

5　みんなが必死になって応援したかいもなく、うちの学校の野球部は（

　　）。

　　1 優勝を目の前にしている　　　　　　2 決勝戦まで行った

　　3 予選で脱落してしまった　　　　　　4 大事な試合を控えている

6　夏休みの日本への旅行は船（　　　　　）計画中です。

　　1 か飛行機か　　　　　　　　　　　　2 か飛行機のか

　　3 それとも飛行機なのか　　　　　　　4 でないと飛行機でもないか

7 記者　「いつからゴルフをなさいましたか。」

橋本選手　「中学生の時、友達に一回やってみないかと（　　　　　）始めましたね。」

　1 さそわれて　　　　　　　　　　　2 さそわれたのが

　3 さそわれたとたんに　　　　　　　4 さそいがきっかけで

8 君が（　　　　　）、彼が裏切るはずはないでしょう。

　1 裏切る限り　　　　　　　　　　　2 裏切らない限り

　3 裏切った限りで　　　　　　　　　4 裏切るのが限り

9 高校卒業後、大学へ進学するか、それとも（　　　　）大いに迷った。

　1 就職したほうがいいと　　　　　　2 仕事先をみつけようと

　3 仕事を探すか　　　　　　　　　　4 就職活動をしようと

10 母　「今日健二がね、学校もさぼってゲームセンターに行ってたそうよ。」

父　「10代に（　　　　）過ちだから、大目に見てあげようよ。」

　1 ありがちな　　　2 あり気味の　　　3 ありだけの　　　4 ありきりな

問題8　請選出最適合放進★位置的選項。

11 あさこ　「この店でお弁当とビール買って行こう！ きれいな桜の下でビールなんて、想像するだけで幸せになっちゃうよね。」

しおり　「え?知らないの?あの公園では＿＿ ＿＿ ★ ＿＿花見しながらビールなんかは飲めないのよ。」

　1 および　　　　　　　　　　　　　2 飲酒

　3 禁止だから　　　　　　　　　　　4 喫煙は

12 去年の交通事故で死亡した人は例年より20％も減っています。

＿＿ ＿＿ ★ ＿＿です。

　1 負傷者数は　　　　　　　　　　　2 そう

　3 ちなみに　　　　　　　　　　　　4 5％増加した

13 相手に勝つ＿＿ ＿＿ ★ ＿＿全力をつくして戦いましょう。

1 か　　　　　　　　　　　　2 に

3 勝たないか　　　　　　　　4 かかわらず

14 金田　「今回のプレゼンテーション、だれがやりますか。島根さんがやってみ
　　　　ますか。」

　　島根　「あ、すみません。すぐ＿＿ ＿＿ ★ ＿＿ちょっと考えさせてくださ
　　　　い。」

1 しかねる　　　　　　　　　2 ので

3 ことです　　　　　　　　　4 返事

15 西田　「なんで、あの先生は成績のいい学生ばかりをかわいがっているのか
　　　　な。」

　　田村　「先生の立場＿＿ ＿＿ ★ ＿＿で学生を判断するのはあたりまえ
　　　　だろう。」

1 やる気の有無　　　　　　　2 良しあしと

3 から言うと　　　　　　　　4 成績の

問題 7　　請選出最適合放進（ ）裡的選項。

① 遊び好きの学生だからと言って必ずしも（　　　　）でしょう。
　　1 勉強のできる子だと言える　　　　　　2 勉強のできる子だと言えない
　　3 勉強のできない子だと言える　　　　　4 勉強のできない子だとは言えない

② 社員の登山大会は雨が（　　　　　　）いなければ、予定通りに行います。
　　1 降っても　　　　　　　　　　　　　　2 降ってさえ
　　3 降ってすら　　　　　　　　　　　　　4 降ってだけ

③ いつになっても職場の環境が（　　　　　　　　）理由を社長に突っ込んで聞いた。
　　1 改善している　　　　　　　　　　　　2 改善しなくていない
　　3 改善できている　　　　　　　　　　　4 改善できないでいる

④ 社長　「もうだめだ。考えうる手はすべて使ってみたが…うちもこれでつぶれ
　　　　　るのか。」
　　社員　「社長、ちょっと考えを変えると解決策が（　　　　）と思います。」
　　1 なしである　　　　　　　　　　　　　2 ないではいる
　　3 ないでもない　　　　　　　　　　　　4 なくでもない

⑤ さえこ　「お宅のお隣さん、スーパーで会ったんだけど、目もくれないんです
　　　　　　よ。」
　　みちこ　「私に会ってもそうよ。（　　　　）礼儀知らずなんだから、子供がちゃん
　　　　　　とできるわけないよね。」
　　1 親からして　　　　　　　　　　　　　2 親から見ると
　　3 親からこそ　　　　　　　　　　　　　4 親からと言って

⑥ 私は去年、大手企業から中小企業（　　　　　　　）転職した。
　　1 にも　　　　　　　　　　　　　　　　2 には
　　3 へも　　　　　　　　　　　　　　　　4 へと

7　今のマンションは周りに公園もあって静かで(　　　)駅から遠いし、近くに

スーパーもなくて不便です。

1　いいので　　　　　　　　　　　2　いいかわりに

3　いいことだし　　　　　　　　　4　いいことから

8　雅治　「え? 君、どうした?(　)だね。すぐにも倒れそうだから、少し休んだ

ら?」

恵理　「うん、昨日残業で帰りが遅くて。」

1　疲れがち　　　　　　　　　　　2　疲れきれ

3　疲れきり　　　　　　　　　　　4　疲れぎみ

9　彼が入社して犯した過ちは(　　　　　)です。まったく、もう!

1　数えられるだけ　　　　　　　　2　数えきれている最中

3　数えるしかない　　　　　　　　4　数えきれないくらい

10　一晩ぐらい寝ないで(　　　　　)と、この仕事につくのは無理です。

1　働き続きそうになるほどだ

2　働け続けそうになるくらいだ

3　働き続けられるくらいでない

4　働け続きそうになるほどだ

⑪　この学校には情熱的な先生方が多いが、＿＿＿ ＿＿＿ ★ ＿＿＿そうだ。

1 保護者からの信頼も厚い　　　　　2 経験豊富で穏和な山田先生は

3 中でも　　　　　　　　　　　　　4 学生はもとより

⑫　母は長年＿＿＿ ＿＿＿ ★ ＿＿＿しまった。

1 世話で　　　　　　　　　　　　　2 寝たきりのおじいさんの

3 入院して　　　　　　　　　　　　4 ついに自分も

⑬　加奈子は＿＿＿ ＿＿＿ ★ ＿＿＿担任の先生からかわいがられている。

1 やる気がある　　　　　　　　　　2 ものの

3 成績はあまりよくない　　　　　　4 ことから

⑭　学生　「先生、3ヶ月頑張れば能力試験に合格できるんでしょうか。」

　　先生　「期間とは＿＿＿ ＿＿＿ ★ ＿＿＿でしょう。」

1 これからの君の　　　　　　　　　2 やる気と頑張り

3 次第　　　　　　　　　　　　　　4 関係なく

⑮　駅の周辺を＿＿＿ ＿＿＿ ★ ＿＿＿にあることがわかった。

1 駅を出てすぐ近く　　　　　　　　2 探していたお店は

3 1時間も　　　　　　　　　　　　4 歩き回った末に

問題 7　請選出最適合放進（　）裡的選項。

1　若い時にはお金（　　　　）ないが、夢があって幸せでしたね。

　　1 こそ　　　　　　　　　　　　2 すら

　　3 しか　　　　　　　　　　　　4 さえ

2　李　「あ、雪ってこんなに真っ白なんだね。なんと（　　　　）！」

　　田中　「あ、台湾には雪が降らないよな。」

　　1 きれいなわけ　　　　　　　　2 きれいだこと

　　3 きれいだもの　　　　　　　　4 きれいなはず

3　天気もよくない（　　　　）、今日出かけるのはやめましょう。

　　1 ことだし　　　　　　　　　　2 ことだから

　　3 ものの　　　　　　　　　　　4 ものから

4　めぐみ　「昨日のパーティー、どうだった？楽しかった？」

　　みなみ　「これといった（　　　）パーティーだったわ。ただ、飲んで、食べて、

　　　　　　それだけ。」

　　1 楽しくて盛り上がっていた　　　2 特徴もない

　　3 楽しさがいっぱい　　　　　　4 ちょっと変わっていた

5　雅治　「あ、あそこの人、うちのクラスの（　　　　）。」

　　理恵　「え？どこ？あ、あそこに座っている人？違うよ。林君ってこの前、髪

　　　　　切ったでしょう。」

　　1 林君じゃないか　　　　　　　2 林君じゃないね

　　3 林君じゃなかったじゃないか　　4 林君だったじゃないか

6　落合　「部長、その仕事なら私にぜひ（　　　　）。」

　　部長　「君が？ま、いいか。しっかりとやりなさい。」

　　1 やっていただけませんか　　　2 やらせていただきませんか

　　3 やらせていただきたいんですが　4 やらせていただきませんでしょうか

7 姉　「さえちゃん！ここの掃除手伝って！」

妹　「わかったわよ。え？これ、お姉ちゃんの中学生の時書いた日記？まだ
　　（　　　　）の？」

1 捨てずにある　　　　　　　　　　2 捨てずにいられない

3 捨てずにすんだ　　　　　　　　　4 捨てずにすまない

8 台湾に帰国する先輩のおかげで、テレビや食器などを（　　　　　　）。

1 買って助かった　　　　　　　　　2 買わないで助かった

3 買わないですんだ　　　　　　　　4 買ってすんだ

9 木村　「山野さん、帰らないの？一杯やろうよ。」

山野　「うーーー、僕も帰りたいよ。でも、この仕事、今日中に（　　　　）、帰ろう
　　　にも帰れないんだ。」

1 終わりそうだから　　　　　　　　2 終わりそうになるんだから

3 終わりそうにもなくて　　　　　　4 終わらなさそうになくなって

10 自慢（　　　　　　）、彼の英会話の実力は大したものだ。

1 するだけあって　　　　　　　　　2 するしかなくて

3 するほかしかあって　　　　　　　4 するわけがなくて

11　どんなに___ ___ ★ ___もう泣くのはやめなさい。

1 だめなことは　　　　　　　　2 だめなん

3 泣いたって　　　　　　　　　4 だから

12　たとえ相手が___ ___ ★ ___ベストを尽くしましょう。

1 に決まっていても　　　　　　2 最後まで

3 負ける　　　　　　　　　　　4 強くて

13　木下さんと森さんはプライベートで___ ___ ★ ___張り合っている。

1 しながら　　　　　　　　　　2 とても仲がいいが

3 激しくケンカしたり　　　　　4 仕事上では

14　札幌に雪まつり___ ___ ★ ___行った。

1 見物に　　　　　　　　　　　2 ついでに

3 小樽の運河も　　　　　　　　4 に行った

15　私も趣味が写真です。家に___ ___ ★ ___お目にかけます。

1 写真を　　　　　　　　　　　2 私がとった

3 とき　　　　　　　　　　　　4 お越しになった

問題 7　請選出最適合放進（　）裡的選項。

1　この乗り物には 9 歳以上の子（　　　　　）乗れません。9 歳以上でも背が 1 メートルになっていなければなりません。

  1 からこそ　　　　　　　　　　　　2 だけしか

  3 だけに　　　　　　　　　　　　　4 くらいなら

2　彼に会いたかったら、会いに（　　　　）ですか。

  1 行ったじゃない　　　　　　　　　2 行った方がよくないじゃない

  3 行ったらいいじゃない　　　　　　4 行ったきりじゃない

3　彼は天才かもしれないよ。わずか、1 週間（　　　　　）で論文を書き上げたなんて。

  1 たらず　　　　　　　　　　　　　2 のみず

  3 かかわらず　　　　　　　　　　　4 わたらず

4　この前お金も（　　　　　）、吉田さんには頭があがらないんだ。

  1 貸したことから　　　　　　　　　2 貸したこともあって

  3 借りたこともあって　　　　　　　4 借りたことなく

5　重そうな荷物を持って階段を上っているお年寄りを見ても誰一人（　　　）。

  1 手伝おうとしている　　　　　　　2 手伝おうとしない

  3 手伝おうじゃないか　　　　　　　4 手伝ったらいいじゃないか

6　母　「熱があるなら、今日は仕事休んだら？」

  娘　「うん、そうしたいんだけど、今日は大事な仕事があるから、（　　　　）。」

  1 休まないというわけだ　　　　　　2 休むわけではいかない

  3 休まないわけではない　　　　　　4 休むわけにはいかない。

7 このパン屋を通るたびに、（　　　）のパンのいい香りがして、お腹がへってくる。

1 焼きたて

2 焼きばかり

3 焼いただけ

4 焼いたきり

8 悪いことだと（　　　）、世話になった人の頼みだから、引き受けてしまった。

1 知ってからだと

2 知りつつも

3 知りつつあって

4 知って以来は

9 息子はいつも部屋をこんなに（　　　）しておいて出かけてしまう。

1 散らかってばかりに

2 散らかっただけに

3 散らかしっきり

4 散らかしっぱなしに

10 高橋　「不景気でうちの会社も危ないそうですね。」

中村　「こうなった以上は社員みんなが（　　　）頑張って働くしかないですね。」

1 死んだばかりで

2 死んだつもりで

3 死んだくらいで

4 死んだ予定で

⑪　去年、ゴルフを＿＿＿ ＿＿＿ ★ ＿＿＿はほったらかしている。

1 すっかりやみつきになって　　　　2 始めてから

3 なんか　　　　　　　　　　　　　4 仕事

⑫　もう少し＿＿＿ ＿＿＿ ★ ＿＿＿いられないよ。

1 ゆっくり休んでは　　　　　　　　2 仕事が山積み

3 休みたいが　　　　　　　　　　　4 なので

⑬　先生に＿＿＿ ★ ＿＿＿ ＿＿＿と心配です。

1 か　　　　　　　　　　　　　　　2 訪ねても

3 連絡もせずに　　　　　　　　　　4 差し支えないだろう

⑭　もらった＿＿＿ ＿＿＿ ★ ＿＿＿ですよ。

1 当たらなくても　　　　　　　　　2 宝くじだ

3 もともと　　　　　　　　　　　　4 から

⑮　このラーメンは＿＿＿ ★ ＿＿＿ ＿＿＿無理はない。

1 一口も食べられない　　　　　　　2 辛すぎるので

3 しても　　　　　　　　　　　　　4 と

問題 7　　**請選出最適合放進（）裡的選項。**

1　親しい間柄（　　　　）、守る礼儀があると思います。

1 であっても　　　　　　　　　　　2 にしては

3 とあるとして　　　　　　　　　　4 といえば

2　太田　「お前、くまができてるよ。夜遊びでもしたの?」

　　山村　「遊んでなんかないよ。うちの近くで工事か何かをしていて、

　　　　　　（　　　　）よ。」

1 うるさくていられた　　　　　　　2 うるさくてかなえられない

3 うるさくてためない　　　　　　　4 うるさくてかなわない

3　春子　「あ、流れ星だ! 祈ろう!」

　　健一　「何、祈った?」

　　春子　「あなたと（　　　　）と願ったの。」

1 結婚になるほどに　　　　　　　　2 結婚できるために

3 結婚できるように　　　　　　　　4 結婚するみたいに

4　志村　「すみません。期限に間に合いそうにないです。」

　　木下　「頼まれたことは責任を持ってちゃんとやってもらわなくてはこっちは

　　　　　　困りますよ。どんな手を（　　　　）期限に間に合わせてもらいますよ。」

1 使おうとしても　　　　　　　　　2 使ってでも

3 使うといっても　　　　　　　　　4 使ったとしても

5　課長はやっては（　　　　）ことをしてしまって会社も首になった。

1 なれず　　　　　2 ならぬ　　　　　3 なれない　　　　　4 ならなくはない

6　ダイエットする時は運動を一生懸命にしても食べ物を調節しなくては

　（　　　　）。

1 いいですよ　　　　　　　　　　　2 なにかなりますよ

3 よくはないでしょう　　　　　　　4 なんにもなりませんよ

⑦ 大雪で足を奪われたから、予定通りに会社に（　　　　　）でしょう。

1 戻るしかない　　　　　　　　　　2 戻ってもならない

3 戻れなくてもやむを得ない　　　　4 戻らなくてはいけない

⑧ 交通事故にあって入院し、会社も首になったって彼の話を聞いて（　　　　　）。

1 涙を流していられた　　　　　　　2 なげいた限りだった

3 気の毒というほかない　　　　　　4 残念だというにあたらない

⑨ 彼の料理はうまいと言えても、プロのシェフ（　　　　　）でしょう。

1 というくらいになる　　　　　　　2 というほどではない

3 というほどになる　　　　　　　　4 というごろではない

⑩ お忙しい（　）お邪魔しました。

1 ところを　　　　　2 際から　　　　　3 時なので　　　　　4 場合を

問題 8　請選出最適合放進★位置的選項。

⑪ 夫　「あと3時間も運転しなくちゃ＿＿＿ ★ ＿＿＿ ＿＿＿ないな。」

　　妻　「それなら、サービスエリアで少し休んでから行こう。」

1 も　　　　　　　2 眠くて　　　　　3 どうしよう　　　4 いけないのに

⑫ 勇気という＿＿＿ ＿＿＿ ★ ＿＿＿発言はみんなを驚かせた。

1 か　　　　　　　2 というか　　　　3 無鉄砲　　　　4 彼の社長に対する

⑬ 有名な観光地の＿＿＿ ＿＿＿ ★ ＿＿＿昼寝さえできないんです。

1 といえば　　　　　　　　　　　　2 近くに住んでいる

3 週末になると観光客でうるさくて　4 みんなにうらやましがられますが

⑭ 電話で＿＿＿ ★ ＿＿＿ ＿＿＿そうだ。

1 売り切れた　　　2 みたところ　　　3 問い合わせて　　4 もうチケットは

⑮ ぼくは外食する時は＿＿＿ ★ ＿＿＿ ＿＿＿も洋食の方がいい。

1 か　　　　　　　2 和食より　　　　3 どちら　　　　4 というと

問題 7　**請選出最適合放進（ ）裡的選項。**

1　私は休みにはいつも旅行に行っています。夏にはオーストラリア、冬はバリ
　（　　）です。

　　1 という場合　　　2 といった具合　　3 といった時　　　4 という頃

2　彼をキャプテン（　　　　）野球部を作った。
　　1 中心にした　　　2 に通じて　　　　3 とした　　　　　4 をした

3　明るすぎる彼女の性格は長所である（　　　）短所でもある。

　　1 としながら　　　2 と同じく　　　　3 となって　　　　4 と同時に

4　パスポートを（　　　　）、必要な書類をそろえなくちゃならない。
　　1 作るとなると　　　　　　　　　　2 作ったにしても
　　3 作るといっても　　　　　　　　　4 作ったにするより

5　アメリカに住んでいる親友が10年ぶりに韓国に帰ってくる（　　　）連絡を
　もらった。

　　1 とも　　　　　　2 とに　　　　　3 との　　　　　4 とは

6　今朝のニュースによると、午後から雨が（　　　　）。傘持っていないのに
　困ったな。

　　1 降りそうだ　　　　　　　　　　　2 降るかもしれない
　　3 降ったらしい　　　　　　　　　　4 降るとか

7　韓国に来たばかりの時とは（　　　　）、上田さんの韓国語は上達したね。
　　1 比べてもいいほど　　　　　　　　2 比べられないことはないくらい
　　3 比べることもできるくらい　　　　4 比べものにならないほど

8 まだ中学生の娘が夜遅い時間まで帰ってこなくて、どれだけ心配して

（　　　　）。

1 いたものか　　　2 いたことか　　　3 いたかもよ　　　4 いたに違いない

9 新しい車を買ったが、ちょっと小さい。でも、5人乗ろうと思えば、（　）だろう。

1 乗ったことがない　　　　　　　　2 乗れないこともありうる

3 乗れないこともない　　　　　　　4 乗ったつもりはなかった

10 うちにはテレビがない。なぜなら、子供の教育（　　　　）、よくないと思うからだ。

1 じょう　　　　　2 から　　　　　　3 ため　　　　　　4 のようで

問題8　請選出最適合放進★位置的選項。

11 かわいそうなことに、韓国の＿＿＿ ★ ＿＿＿ ＿＿＿勉強している。

1 は別に　　　　　　　　　　　　2 学校と

3 生徒たちは　　　　　　　　　　4 放課後いろんな塾で

12 あなたと＿＿＿ ＿＿＿ ★ ＿＿＿よ。

1 行かない　　　2 なら　　　　　3 僕一人では　　　4 ともかく

13 若い時には＿＿＿ ★ ＿＿＿ ＿＿＿ない。

1 それなりの　　　2 今は夢なんか　　　3 50歳を過ぎた　　　4 夢を抱えていたが

14 学校の村本先輩が＿＿＿ ＿＿＿ ★ ＿＿＿最近知った。

1 遠い親戚　　　2 ということを　　　3 にあたる　　　4 つい

15 現代に＿＿＿ ＿＿＿ ★ ＿＿＿ケータイが普及している。

1 くらい　　　2 おいて　　　3 生活できない　　　4 なくては

問題 7　請選出最適合放進（　）裡的選項。

1　僕はスポーツも勉強もできるほうだが、（　　　）木村さんにはおよびません。

 1 とうてい 2 なにか 3 ひじょうに 4 しかも

2　親友のたかこはいつも自分の（　　　）私の仕事を手伝ってくれる。

 1 損得にかかわって   2 損得とは関係して
 3 損得にかかわりなく   4 損得にしたら

3　いったんこのゲームを始めたら、夢中になってしまうのは（　　　）。

 1 子供としてのことだ   2 子供に限ったことではない
 3 大人として大事なこどだ 4 大人にしてみればいいことだ

4　何をするにしても早めにちゃんと準備して（　　　）。

 1 おくにこしたことはない 2 おいてもしかたないだろう
 3 おかなくてもいいじゃない 4 おけたらいいことではない

5　有名なシェフが作った料理（　　　）おいしくない。期待しすぎたかな。

 1 とからみて 2 にとって 3 として   4 にしては

6　（　　　）、勉強より遊びやゲームの方がずっと面白いでしょう。

 1 子供にかかわらないで   2 子供にすることもなく
 3 子供からみることもなく 4 子供にしてみれば

7　どんなに仕事に追われて（　　　）自分の親に電話する時間はあるはずでしょう。

 1 忙しいにしても   2 忙しかったら
 3 忙しいものなら   4 忙しいとするより

8 いくら（　　　　　）、自分がやると言ったからには最後までやるしかない。

1 つらいであれ

2 つらいにせよ

3 つらいもので

4 つらいものがあって

9 学生寮で暮らすからは（　　　　）生活するべきでしょう。

1 規則にともなって

2 規則べきで

3 規則にそって

4 規則からして

10 授業についていく（　　　　）予習・復習をするべきでしょう。

1 って　　　　　2 とは　　　　　3 のは　　　　　4 には

問題8　請選出最適合放進★位置的選項。

11 女は＿＿＿ ＿＿＿ ★ ＿＿＿とそうなっちゃう。

1 が

2 春になるにつれて

3 私は夏になる

4 心もウキウキすると言う

12 子供の学習能力が＿＿＿ ＿＿＿ ★ ＿＿＿必要なのです。

1 なら

2 それに

3 他の子より優れている

4 ふさわしい教育が

13 うちのチームの優勝は＿＿＿ ＿＿＿ ★ ＿＿＿ほかならない。

1 に

2 長い間

3 続けてきた

4 みんなの努力の結果

14 あの二人が付き合っている＿＿＿ ★ ＿＿＿ ＿＿＿広がっている。

1 まで　　　　　2 って　　　　　3 うわさが　　　　　4 隣の学校に

15 マラソン選手たちは強い風＿＿＿ ★ ＿＿＿ ＿＿＿いた。

1 走って　　　　　2 むかって　　　　　3 に　　　　　4 闘いながら

問題 7　　**請選出最適合放進（ ）裡的選項。**

① 彼のミスは絶えない。不注意によるものだとしか（　　　　）。

1 言わねばいい　　2 言えることか　　3 言ってはいけぬ　4 言いようがない

② 今の彼の地位は20代から苦労に（　　　　）結果でしょう。

1 苦労が出してきた　　　　　　　　2 苦労も加えてきた

3 苦労を重ねてきた　　　　　　　　4 苦労はしてきた

③ 私（　　　　）旅行に行った友達とは、10年たった今も連絡を取っていない。

1 ないで　　　　　2 ぬきで　　　　　3 いれなくて　　　4 たせず

④ 由紀子　「学校終わって、買い物にいくんだけど、付き合ってくれない?」

　　さなえ　「あ、ごめんさい。今日私、留守番だから、早く（　　　　）の。」

1 帰らねばならない　　　　　　　　2 帰らなくちゃいい

3 戻れなきゃかまわない　　　　　　4 戻らねばさしつかえない

⑤ このかばん、重くて持って歩く（　　　　）不便だわ。彼氏に買ってもらったものなのに。

1 のか　　　　　　2 のに　　　　　3 のへ　　　　　4 のと

⑥ 私、料理が苦手で、できるとしてもラーメン（　　　　）です。

1 はず　　　　　　2 わけ　　　　　3 ほど　　　　　4 のみ

⑦ うちの研究チームは箕輪教授の情熱的な（　　　　）研究を続けてきていい成果を出した。

1 監督のしもで　　2 意地のしたで　　3 指導のもとで　　4 指示上で

⑧ 家庭は気楽にのんびりできる唯一の場所だというのは（　　　　）だろう。

1 言い難い　　　　2 言うまでもない　　3 言いきれない　　4 言いかねる

9 素人（　　　　　）、プロの君がこんなとんでもない失敗をするとは信じがたいな。

　　1 でありながら　　2 ならいざ知らず　　3 つつも　　　　　4 でもわかるが

10 もうこんな時間か。みんな仕事（　　　）、まず何か食べましょう。

　　1 はさておき　　　2 はもとより　　　3 はけいきで　　　4 はもとにして

問題 8　請選出最適合放進★位置的選項。

11 あの時、誤った＿＿＿ ＿＿＿ ★ ＿＿＿なってしまった。

　　1 に　　　　　　　　　　　　　　2 ばかり
　　3 判断をした　　　　　　　　　　4 今こんなひどい状態に

12 合格する＿＿＿ ＿＿＿ ★ ＿＿＿つもりだ。

　　1 いどむ　　　　　　　　　　　　2 べつとして
　　3 しないは　　　　　　　　　　　4 努力して能力試験に

13 子供が＿＿＿ ★ ＿＿＿ ＿＿＿と思います。

　　1 変わる　　　　　2 増えれば　　　3 ものだ　　　　4 生活のパターンも

14 彼の初期に描いた絵は＿＿＿ ＿＿＿ ★ ＿＿＿ね。

　　1 ものが　　　　　　　　　　　　2 あったのに
　　3 人を引き付ける　　　　　　　　4 今の絵は魅力がない

15 日本語であいさつ＿＿＿ ＿＿＿ ★ ＿＿＿無理でしょう。

　　1 では　　　　　　　　　　　　　2 さえ
　　3 できないよう　　　　　　　　　4 日本で生活するのは

問題 7　　請選出最適合放進（ ）裡的選項。

1　（　　　　　）によっては、ペットのほうが幸せかもしれない。
　　1 考える　　　　　　2 考えよう　　　　　3 考えるより　　　　4 考えこと

2　年をとる（　　　　　）、体力がおちていく。
　　1 ばかりに　　　　　2 だけに　　　　　　3 おきに　　　　　　4 ごとに

3　教授の話す（　　　　　）には試験の代わりにレポートを出してもいいということ
　　だ。
　　1 こと　　　　　　　2 わけ　　　　　　　3 もの　　　　　　　4 はず

4　（　　　　　）のうちに時間が過ぎていく。
　　1 知らず知らず　　2 見ず見ず　　　　3 見ず知らず　　　4 知らず見ず

5　本当にいやな事件です。でも、他人のこととは（　　　　　）事件ですね。
　　1 知られぬ　　　　2 思えぬ　　　　　3 知らぬ　　　　　4 思わぬ

6　寒いの? 酒を少し（　　　　　）?
　　1 飲んではいい　　　　　　　　　　2 飲んだらよかった
　　3 飲んでみてはどう　　　　　　　　4 飲むといいだろうか

7　京都ははじめてなので、ナビゲーション（　　　　　）観光している。
　　1 をたよりに　　　2 をたのみに　　　3 を中心に　　　　4 をとおして

8　さっきの質問（　　　　　）、先生にお聞きしたいことがありますが、今よろしいで
　　しょうか。
　　1 のついて　　　　2 のことで　　　　3 にことで　　　　4 にたいしてで

9　今の仕事は（　　　　　）、やりがいがあって楽しい。
　　1 大変ことは大変だが　　　　　　　2 大変なものには大変だが
　　3 大変なことは大変わけだが　　　　4 大変なことは大変だが

313

[10] 祖父は70歳になって韓国語の勉強をし始めたが、(　　　)上達がはやいようだ。

1 年のためには　　2 年のせいでは　　3 年のわりには　　4 年のかわりでは

問題8　請選出最適合放進★位置的選項。

[11] 今のアパートは駅から 近く＿＿＿ ＿＿＿ ★ ＿＿＿のに、家賃が高い。

1 広く　　　　　　2 も　　　　　　　3 なければ　　　4 もない

[12] この島は＿＿＿ ＿＿＿ ★ ＿＿＿ので、観光客でにぎわっている。

1 をつうじて　　2 穏やかな天気　3 一年　　　　　4 が続いている

[13] 明日開かれる＿＿＿ ★ ＿＿＿ ＿＿＿ばたばたしている。

1 で　　　　　　2 をひかえて　　3 大事な会議　　4 その資料の準備

[14] 目撃者の＿＿＿ ＿＿＿ ★ ＿＿＿モンタージュを描いた。

1 話　　　　　　2 の　　　　　　　3 犯人　　　　　4 をもとに

[15] 明日の飲み会に＿＿＿ ★ ＿＿＿ ＿＿＿12人だ。

1 人は　　　　　2 含めて　　　　3 お前を　　　　4 参加する

問題 9 　請閱讀下列文章，並思考整篇文章內容，選出最適合放進空格內的選項。

中国は1979年から人口が増えることを防ぐために「一人っ子だけを生め！」という政策を　1　。この政策に違反した夫婦には罰金を払わせたりして厳しく取り締まってきた。それが、約４億人の誕生を抑えられたと推測される。

しかし、政府はそれを完全に廃止すると発表して、子供は二人まで認めることにしたそうだ。でも、これについての国民の反応はそう　2　。「二人育てるのはお金が相当かかる。」とか、国がお金をだしてくれれば生む。」とか経済的に大変だという声が多い。40代以上の夫婦は「もっと早く政策をだしてくれたら、生んだのに…。」という　3　声もあった。また、３人の子供がほしいという女性はこの政策は自分にとっては何の意味も持たないとも言った。

政府は「少子高齢化による働き手の減少についての心配」や、「バランスのとれた人口の発展の改善」　4　発表した方針だそうだが、これは今後、大国である中国の発展にどれほど寄与するかは未知数じゃないかと思う。また、どんなに国の発展のためだ　5　、この政策は女性の出産の権利を奪っているものだということは確かだろう。

1
1 広めていた 　　　　　　　　2 打ち出ていた
3 打ちおこしていた 　　　　　4 広まっていた

2
1 明るくもしない　2 よくもない　　3 よくなっている　4 悪くもない

3
1 気の毒な　　　　2 残念がる　　　　3 得意げな　　　　4 自信満々がる

4
1 として　　　　　2 にして　　　　　3 をして　　　　　4 はして

5
1 といえば 　　　　　　　　　　2 というより
3 とはいうしかあって 　　　　　4 とはいっても

問題 9　　請閱讀下列文章，並思考整篇文章內容，選出最適合放進空格內的選項。

　　僕は子供の時、バイオリンは　1　習えないと思い込んでいたが、大人になって自由に使えるお金を持つようになってバイオリンを習い始めた。バイオリンっていえば一部の人しか演奏できない高級な楽器として　2　。そして、バイオリンを始めたばかりだと音を出すのが難しいと勘違いしている人も多いだろう。でも、その細い線をこすれば音は出るのだ。練習すればだれでも弾けて、特別な能力とかは必要ではない。　3　、人の前で恥をかかないくらいに上達するには長い時間が必要になるのは確かだ。でも、これはピアノ　4　いろんな楽器もそうなんだろう。

　　そしてバイオリンが高くて買えないとかレッスン料が高いとも思うかもしれないが、5万円前後なら買えるし、ピアノのレッスン料と同じくらいなのだ。最近はネットでバイオリンの演奏方法を詳しく説明しているサイトもあるので、独学もできる。

　　僕はバイオリンをはじめて2年も経たない初心者だ。最初は音もうまく出せなかったし、めちゃくちゃだったが、2年続けていたら、ある程度演奏できるようになり、今まで感じたことのないような嬉しい気持ちになった。もちろん、だれでもこの気持ちに　5　が、とにかくバイオリンを弾きたいと思っている人にはぜひ、この世界に足を運んでほしいと思う。

1

　1 お金持ちは　　　　　　　　　2 お金持ちのはずなら
　3 お金持ちだと　　　　　　　　4 お金持ちでないと

2

　1 思わせるががちだ　　　　　　2 思われがちだ
　3 思う気味だ　　　　　　　　　4 思われた気味だ

3

　1 そのうえに　　　　2 なぜなら　　　　3 ただし　　　　　4 それとも

4

　1 をはじめ　　　　　2 をとわず　　　　3 をきっかけに　　4 をのぞいて

5

　1 なれるはずがない　　　　　　2 なれるというはずだ
　3 なるわけではない　　　　　　4 なるというわけだ

問題 9　　請閱讀下列文章，並思考整篇文章內容，選出最適合放進空格內的選項。

　　ハロウィンとはヨーロッパを起源 1 行事で、アメリカでは子供たちが魔女やお化けに仮装して近くの家々を訪れてお菓子などをもらったりする風習として定着しているのだ。

　　日本でも毎年10月31日が近づくと、この祭り 2 気合いの入ったイベントを企画している人や団体、企業も多くなっているようだ。去年、都心で行われたパレードは異常に盛り上がり、ハロウィングッズなども販売していた。この風景を見ていたアメリカ人は、「アメリカでは子供中心のイベントであるの 3 、日本では大人のための祭りの色が強くてちょっと驚いた。」と語っていた。日本人の中でもどんな外国の風習も 4 アレンジして取り入れる日本人の柔軟性を肯定的に見る 5 、集団コスプレに過ぎなくて、日本人にとって何の意味も持たない日に騒ぎすぎるという不満の声もある。

1

1 をして　　　　　2 とする　　　　　3 をする　　　　　4 として

2

1 にもかねて　　　　　　　　2 にかかわらず
3 にかかって　　　　　　　　4 にむけて

3

1 にたいして　　2 について　　3 にかんして　　4 にそって

4

1 自分だけで　　2 自分が　　3 自分なりに　　4 自分と

5

1 人がいては　　2 人もいれば　　3 人も反面　　4 人から見て

問題 9　請閱讀下列文章，並思考整篇文章內容，選出最適合放進空格內的選項。

　　秋から冬にかけては普段より気持ちが　1　なります。日が短く夜が長くなるからだと言われています。でも、ただ単に、気分がしずむこともありますね。そんな時はその問題をはっきり認識して対処したら、沈んだ気持ちが大きく回復するそうです。　2　、その対処の方法は何でしょうか。

　　まず、自然に浮かんでくるマイナス思考をはっきり認識することが望ましいです。そして、それを信頼できる人に打ち明けることです。その過程で、自分の問題が客観的に見えてきて、マイナス思考がプラスに変わることがあります。このように　3　思考にストップをかけることは大事なことですが、人　4　この方法がきかない場合もあります。この方法以外には、深呼吸を何回も繰り返す、好きなことに没頭する、散歩、おしゃべりなどいろいろと積極的にためしてみて自分に合う方法をさがしてほしい　5　。

1

　　1 沈みきりに　　2 沈みがちに　　3 沈み次第に　　4 沈みがたく

2

　　1 それなら　　2 それでも　　3 実は　　4 なぜなら

3

　　1 ハードな　　2 シンプルな　　3 モダンな　　4 ネガティブな

4

　　1 にかけて　　2 を通して　　3 によって　　4 をもとに

5

　　1 ものです　　2 からです　　3 はずです　　4 べきです

問題 9　請閱讀下列文章，並思考整篇文章內容，選出最適合放進空格內的選項。

　　そろそろ年末で、年賀状の季節がめぐってきました。ここで、「年賀状は主に誰に送るのか」と聞いて　1　、恩師が 1 位で、2 位は会社でお世話になった上司、先輩などです。それから、「あなたの人生において恩師と呼べる人がいますか」というアンケート調査をした結果、60％以上の人がいると答えて、主に中学か高校の時にお世話になった先生でした。それなら、その恩師に毎年、年賀状を送っているかと聞きましたが、半分に　2　人が「いいえ」と答えました。その理由　3　、「仕事に追われているから」という答えが最も多かったです。この前、「休めない日本人」という記事が新聞に載ったことがありますが、なんか悲しいものですね。日本の社会は「休む」とは「悪い」という認識があって、日本人は休まずに黙々と働いて、その結果、恩師に年賀状さえ送る暇がないという現状　4　のでしょうか。少し、言い過ぎだと思うかもしれませんが、否定　5　できないのでしょう。

1

　1 みたあげく　　　2 みたから　　　　3 みたところで　　4 みたところ

2

　1 届かない　　　　2 与えない　　　　3 及べない　　　　4 満たない

3

　1 としたら　　　　2 としても　　　　3 としては　　　　4 といっても

4

　1 にかぎっている　　　　　　　　2 にいたっている
　3 にかけている　　　　　　　　　4 に近づけて

5

　1 も　　　　　　　2 の　　　　　　　3 か　　　　　　　4 を

問題 7／8／9

N2 頻出文法 1　再次複習 1　**P 229**

1	1	2	2	3	1	4	4	5	1
6	1	7	4	8	1	9	3	10	4
11	2	12	1	13	2	14	1	15	4
16	3	17	2	18	4	19	3	20	3

1 人家都說年紀愈大，記憶力就愈差，但我們家的爺爺似乎是例外。
- ～ほど 愈是～
- 年(とし)をとる 上年紀
- 記憶力(きおくりょく)が落(お)ちる 記憶力衰退

2 鈴木「目前的工作還好吧？」
佐藤「比前一家公司辛苦。不過，我想正是因為辛苦，薪水才給得不錯。」
- ～だけに 正因為～
- 大変(たいへん) 辛苦，吃力

3 大家針對我的新提案意見分岐。
- ～はともかく 先不論～
- ～をぬきにして ～先不談
- ～はもとより ～不用說

4 一點芝麻小事成為導火線，讓我跟她大吵一架，事情過了 2 年，到現在都沒跟她說話。
- ～を契機(けいき)に 以～為契機
- ほんの 一點點的～
- 口(くち)をきく 開口說話

5 視上個月的交通意外為轉機，時時刻刻提醒自己要行車安全。
- ～をきっかけに 以～為契機
- 心(こころ)がける 記在心裡

Tip 心 (こころ) 心
- 心得(こころえ) 心得
- 心(こころ) がけ 致力

心当(こころあ)たり 線索，估計，猜想

6 不要只動嘴，要付諸行動！快點動作！
- ～ばかりでなく 不僅僅是～
＝～だけでなく /～ばかりか /
～のみならず /～にかぎらず
- さっさと働(はたら)く 迅速地工作
- てきぱき働(はたら)く 俐落地工作

7 母「美穂！妳在幹嘛？一下下就好，來幫我一下好嗎？」
- ～てる 「～ている」的口語用法
- ～だけで 起碼～

8 關於日期、時間的變更事宜，我將另行通知各位。
- 動詞辞書形/た形＋次第だ ～的情形
- 日時(にちじ) 日期、時間

9 爺爺視開刀為契機，自此開始注意健康。
～ように 開始～
- 試験(しけん)に受(う)かるように
盼能考上

10 他明明連看都沒看過，卻說得一副親眼看過的樣子。
- ～かのように 就好像～似地

11 飼養許久的貓咪不見時的悲傷真是無法比喻。
動詞ます形＋ようがない 無法～
- ことはない 不需要～

12 因為不知道他住在哪，所以才無法取得聯絡的不是嗎？
動詞ます形＋ようがない 無法～
- ～じゃないですか ～不是嗎？

13 為了讓這次的校慶活動進行順利，遂在此拜託各位多多幫忙。**(4 3 2 1)**
- 動詞辞書形/た形＋次第だ ～的情形
- うまくいく 進行順利

14 什麼事讓你這麼愁眉不展啊？很簡單啊，要是討厭他，就別跟他見面不就好了？
(2 4 1 3)
- 〜なら/たら〜だけのことだ
  要是〜；要是〜就好了
- くよくよする 愁眉不展

15 或許你跟他暢所欲言，感到很痛快，但我想他可是傷得很重。**(3 1 4 2)**
- 言いたいだけ言う 想說什麼就盡量說
- 食べたいだけ食べる 想吃什麼就盡量吃
- 読みたいだけ読む 想讀什麼就盡量讀

16 沒有像去年那麼熱，但今年夏天的暑熱還真是令人難以消受啊！**(4 1 3 2)**
- 動詞ます形＋ようがない 無法〜
- 〜にしろ/〜にせよ/〜であれ
  就算〜也〜

17 受到今天早上地震的影響，由於有海嘯之虞，呼籲居民們移往安全的地方。
(3 1 2 4)
- 〜恐(おそ)れがある 有〜之虞
- 影響を与える/及ぼす 對〜帶來影響

18 正因為引領期盼兒子回國，所以當兒子打電話回來說還要在日本再念一年書時，那種失落真是無法比喻。**(3 2 4 1)**
- 〜だけに/〜だけあって/〜だけのことがあって 真不愧是〜，正因為是〜

19 如果連那麼簡單的漢字都不知道，那麼只能說你不夠用功了。**(1 4 3 2)**
- 〜ようでは 像是〜的話
- 〜しかない 只能〜

20 身為代表的你都不去的話，那麼就沒人想去了吧？**(4 1 3 2)**
- 〜ようでは 像是〜的話
- 動詞意志形＋としない 不想〜

1	4	2	1	3	3	4	3	5	1
6	3	7	3	8	1	9	1	10	1
11	3	12	4	13	3	14	3	15	4
16	4	17	1	18	2	19	4	20	4

1 也不用每天啦。一週一次也就夠了，打個電話回來。
- 〜なくてもいい/〜なくてもかまわない/〜なくても差(さ)し支(つか)えない
  不〜也沒關係
- 〜だけでもいい 起碼〜就可以

2 因為被由里子甩掉的契機，他似乎決定要專心工作了。
- 〜ことにする 決定〜（個人決定）
- 〜ことになる 決定〜（非個人決定）

3 預定於週末舉行的員工體育大會，視當天天候狀況也有可能停辦。
- 〜のおかげで 拜〜所賜
- 名詞＋次第(しだい)に 端看〜
- 〜の都合(つごう)で 視〜情況而定

4 這間公司光靠老闆的想法便決定一切。
- 心の持ちよう一つで
  光靠一種想法（よう＝方法）

5 父親出院後，拜每天運動所賜，他比以前更有精神。
- 〜だけに/〜だけあって/〜だけのことがあって 真不愧〜；正因為是〜

6 朋友的公司看來經營困難，照這樣下去恐怕有倒閉之虞。
- 〜おそれがある 有〜之虞

Tip 〜がある 有〜
　〜ものがある 真是〜
　〜かいがある 有〜的價值
　〜気味(きみ)がある 有〜的感覺

7 問國、高中生他們將來的夢想，竟然有學生回答說沒有，真令人吃驚。且愈是高年

級，回答沒有的人就愈多。

- ～ほど 愈是～

Tip 夢 (ゆめ)
夢を見る 做夢

夢を抱(いだ)く 擁有夢想

8　畢竟都走到這裡了，已經無法回頭。往積極面想好好加油吧！

- 動詞ます形＋ようがない 無法～

9　萬一要是來不及趕上約好的時間，打個電話來哦！

- ～ようなら 要是～的話

- 間(ま)に合(あ)う　　- 來得及，趕得上

10　原本想趁菸價調漲 200 日圓來戒菸，但還是以失敗告終。(2143)

- 動詞意志形＋とする 企圖～，想要～

11　這座橋只要發生大地震便有垮橋之虞，所以得當心。(1324)

Tip 注意 (ちゅうい) 注意
注意をはらう 注意

12　工作我會介紹，但在當地是否能以上班族之姿出人頭地，就端看當事人了。

(3421)

- ～として 身為～，當作～

- ～かどうか 是否～

13　他以收到父親的相機當禮物為契機，走上了攝影師這條路。(4132)

- ～をきっかけに 以～為契機
＝～を契機(けいき)に

14　以柔道世錦賽的金牌為目標，世界各國的選手們相互競爭。(4231)

- ～をめぐって 針對～

- 争(あらそ)う 競爭

15　想恢復精神，不光是肉，蔬菜也得多吃一點。(3142)

- ～ばかりでなく 不僅僅是～

- 元気(げんき)になる 恢復精神

Tip 元気 (げんき) 精神

元気を出(だ)す 提起精神
元気がない 沒精神

16　沒有比和他聊學生時代更快樂的事了。

(3142)

- ～について 關於～
＝～に関して／～にたいして

17　美惠「怎麼辦？因我有個面試，這次的專題研討去不成了。你怎麼辦？」
健二「啊，這樣啊？要是妳去不了的話，那就只好我一個人去了吧？」

(2413)

- ～だけのことだ 就只剩～

18　要是這週末天氣不錯的話，我們出門去兜風好不好？(3124)

- ～ようなら 要是～的話

19　我們就邊喝邊吃，炒熱舞會氣氛吧！

(3142)

- 動詞意志形＋じゃないか ～吧！

20　明明是自己幹的，他卻一副什麼都不知道的樣子。(2143)

- ～くせに 明明是～

- ～かのように 就好像～似地

N 2 頻出文法 2　再次複習 1　P 238

1	2	2	4	3	3	4	2	5	1
6	4	7	4	8	2	9	3	10	2
11	1	12	1	13	1	14	1	15	4
16	1	17	1	18	3	19	3	20	4

1　雖說會念書，但若是因此就認為性格也很棒就大錯特錯。

- ～（だ）からといって 雖說～

- 勉強ができる 會念書

2　木村「貴寶店，順利嗎？」
橋本「你說順利？別說順利了，赤字連連，上週就關門大吉了。」

- ～どころか ～不用說

- 赤字(あかじ) 赤字
  ↔ 黒字(くろじ) 黑字

③ 結婚後就忙著養兒育女，根本顧不了興趣。
- ～どころではない 哪能～

④ 不管再怎麼努力都贏不了去年的冠軍隊吧？
- どんなに(いくら) ～ても
  不管再～也～
- どんなに(いくら) ～たところで
  不管再～也～

Tip ところ 地方
- ところへ（に）を 就在～時候
- ➡ ちょうどいいところに来たわね。
  來得正巧。
- ～ようとしているところ 正要～的時候
- ➡ 帰ろうとしているところに上司から呼ばれた。正要回家時被主管叫住。

⑤ 既然說了要一個人做，那就堅持到最後一刻給我看！
- ～からには 既然～
  ＝～からは / ～以上は / ～うえは

⑥ 不可以在教室裡吃東西！不過，水倒是可以喝。
- 動詞+こと 事項要求

Tip こと 事情
- ～ことに ～的是
- ➡ 僕は恥ずかしいことに一度も自分の将来について真剣に考えてみたことがない。可恥的是，我一次也沒認真想過自己的將來。
- ～ことから 基於～
- ➡ 彼は背が高いことから、バスケットボール選手なのかとよく聞かれます。
  基於身高高，他經常被問說是否是籃球選手。
- ～ないことには～ない 不～就不～

- ➡ できるかどうかは、やってみないことにはわからないから、とにかくがんばることだ。辦不辦得到，不做做看是不會知道的，所以總之要加油。
- ➡ 国会図書館にはカバンを持って入れないことになっている。國會圖書館規定不能攜帶包包入內。

⑦ 從經理的表情看來，一定是開會時發生了什麼事。
- ～から見て 就～看來～
  ＝～からして / ～から言って
- ～に違いない 一定是～
  ＝～に相違ない / ～に決まっている

⑧ 木下「今天早上，在車站被後面的人推了一把，差點跌落鐵軌。」
  木村「喔？還好吧？」
  木下「嗯，只是嚇了一跳。」
- ～ところだった 差點～

⑨ 姐姐「我來幫妳好不好？」
  妹妹「不用了，我一個人弄。妳走開啦！」
  姐姐「好啦。妳一個人能弄就自己弄弄看！」
- 動詞可能形＋ものなら 要是能～的話

⑩ 雖說和自己的想法迥異，也不應該否定對方的意見。

Tip もの 真的是～
- ～ものだ 都會～
- ➡ 人に会ったらあいさつするものだ。遇到人都會打招呼。
- ～たものだ 當時～
- ➡ 昔はこの川でよく泳いだものだ。從前常在這條河裡游泳。
- だって～もの ～嘛！
- ➡ だって、わたしも女だもん！
  可是，人家也是女人嘛！
- ～ものではない 不該～
- ➡ 人の悪口をいうものではないよ。不該說人壞話哦！

- 〜ものの 儘管〜
➡クーラーを買ったものの、冷夏だったのでほとんど使っていない。 儘管買了冷氣，卻碰到冷夏，所以幾乎沒用到。

- 〜というものだ/ではない
  正是〜／並非〜
➡難しいからこそ合格したときにそのやりがいがあるというものだ。 正因為困難，所以考上時才有那種價值感。
➡愛しているから結婚できるというものではない。 並非相愛就能結婚。

11 單是那傢伙的眼睛，我就看不順眼。 (2143)
- 〜からして 單就〜看來；就連〜
➡あの俳優の声からして好きにならずにいられない。 那個演員的聲音叫人怎能不喜歡？

12 從敝公司的經濟狀況看來，今年的年終獎金會泡湯吧？ (4213)
- 〜から見て 從〜看來
  ＝〜からして／〜から言って
- あり得(え)ない 不可能

13 最近不太專程跑去書店買書了。因為上網就買得到。 (4321／3421)
- 〜こどだ 最好〜，因為是〜，一定要〜
- 〜ことはない 不需要〜

14 已經10點啦？反正也不會再有客人上門，今天就此結束吧！ (3142)
- 〜ことだし 既是〜　 〜ことから 基於〜

15 非做不可的事堆得像山一樣高，但實在累了，就留到明天再做。 (2341)
- 〜もので／〜もんで＝〜ものだから／〜もんだから＝〜ものですから／〜もんですから 因為〜

16 迫於無奈，這份報告接手是接手了，但實在趕不上截止日期。 (3142)
- 〜たことが〜たが 什麼都〜了，但〜
- しかたなく 無奈地〜

17 總是名牌包搭配高貴服飾，就此看來，她似乎是個有錢人。(3214)
- 〜ているところからみて
  從〜的情況看來

18 由於在中國住了大概2年，以為會說些簡單的會話，沒想到別說會話了，就連打招呼都不會，那傢伙到底在中國做什麼？ (4132)
- 〜どころか 別說〜

19 田中這個人，單從他的態度看來實在不像是個認真的人。(2431)
- とても〜ない 根本不〜

20 我認為不能輕易斷定，因為那是去年的冠軍隊伍，所以得以輕鬆進入初選。 (2413)
- 名詞＋のことだから 正因為是〜

N2頻出文法2　再次複習2　　P 241

1	2	2	4	3	1	4	1	5	1
6	2	7	4	8	4	9	1	10	3
11	1	12	4	13	1	14	1	15	4
16	3	17	1	18	3	19	1	20	1

1 從她失望的樣子看來，成績肯定掉很多吧？
- 〜からすると／〜から言うと／〜から見ると 從〜看來

2 正是為你的健康著想才不讓你喝酒的。
- 〜からこそ 正因為〜

3 山田「金田先生，暑假有沒有要去哪呢？」
  金田「嗯，也快放暑假，不過，我工作堆積如山，哪能去旅行？」
- 〜どころではない 哪能〜

4 很遺憾，聽說今年不辦畢旅了！
- 〜ことに 令人〜的是

5 因為著名的女演員在穿這件禮服，所以馬

上被搶購一空。

- 〜ことから 由於〜

- 名詞＋ことだから 因為是〜

- 動詞ます形＋切れる 〜得完，〜得盡

6 當初沒有學長的建議應該就無法完成論文了吧！

- 動詞＋ことなく／ことなしに，名詞＋なしに 沒〜而〜

➡ 彼は休むことなく働き続けた。
他不眠不休地一直工作。

➡ 彼は休みなしに働き続けた。
他不眠不休地一直工作。

7 島本「度蜜月玩得開心嗎？」
橋村「怎麼可能開心？出發當天我們在機上就吵起來了。」

- ものか／もんか＝ものですか／もんですか 怎麼可能〜？

8 在自己不知情之下「居民號碼」竟然會被盜，多麼可怕啊！

- どれほど／どんなに／どのぐらい／なんと〜ことか 多麼〜啊？

9 負起責任，說到做到，這才是所謂的大人。

- 〜というものだ 才是所謂的〜

10 志村「她的演說，真精采對吧？」
金本「你說得對。她演說的方式有發人深省之處。」

- 〜ものがある 有〜之處

11 他的叔叔是製陶專家，說是已經 90 多歲了。(2413)

- 〜とか 說是〜；〜之類的

➡ 木村さんなら急用ができたとかで、もう帰りましたよ。 你說木村啊？他說是有急事；已經回去了哦！

12 辦不辦得到，不嘗試是不會知道的，所以總之要加油。(1423)

- 〜ないことには 不〜的話
＝なければ

13 從她還笑得那麼開心看來，她似乎還不知道吉本出意外的事。(3124)

- 〜ていることろを見ると
從〜的情況看來

14 那件事只要有心做就能辦到。總之，端看自己。(4312)

- 〜さえ〜ば 只要〜的話

- 〜ないこともない 也不是不能〜

15 健治「昨天，我和孩子們去遊樂園了。好累哦！」
俊夫「至少放假時想睡到自然醒，但老婆孩子卻一點也不想放過我們。男人真命苦啊！」(2413)

- たいものだ／ほしいものだ／ものだ
真的是〜；都會是〜

- ゆっくり休む 好好休息

16 試用了新手機後發現用起來很順手。
(4132)

- 〜たところ 當〜發現〜

- 使い勝手(がって)がいい／わるい
好用／不好用

17 大輔「喂，很慢吔！我不是說電影 9 點放映嗎？」
理惠「可是，因為發生事故還是什麼的，電車沒來嘛！」(4213)

- だって 〜もの 可是〜嘛！

- 〜かなんかで 因為〜什麼的

18 孩提時每當挨媽媽罵，我就爬上這棵樹躲起來。(1432)

- 〜たものだ 當時都〜

19 一直沒注意到錢包不知掉在什麼地方了，吃完拉麵後才發現沒錢，正傷腦筋時，幸好有位陌生人幫我付了帳。
(4132／4123)

- 〜ところを 〜的時候

20 這個世界比想像中來得不好混，原本認為只要做就能成功，但發現常有些事無法盡如人意。**(2143)**
- 〜って 所謂〜

N２頻出文法３　再次複習１　　P 247

P 247

1	3	2	1	3	2	4	4	5	2
6	2	7	1	8	2	9	3	10	1
11	4	12	3	13	3	14	1	15	4
16	4	17	1	18	2	19	4	20	1

1 覺得熱，オ一開窗小鳥就飛了進來。
- 〜たとたん＝〜か〜ないかのうちに オ一〜就〜

2 光是等待別人來帶領自己，是什麼都做不成的。
- 〜ていては 一直〜

3 只有不努力的人，在失敗時才會到處編藉口。
- 〜にがぎって 就只有〜

4 舞台燈光一亮，穿著漂亮禮服的女演員便登場了。
- 〜たかと思うと/思ったら 一〜就〜/以為〜
- ➡息子は自分の部屋で勉強していたかと思ったら、もう寝ていた。以為兒子在自己房內念書；原來早睡著了。

5 島村這位人氣王不僅棒球打得好，只要是運動什麼都會。
- 〜にかぎらず 不只〜 ＝〜だけでなく/〜ばかりでなく

6 就因為問了一聲尾牙何時舉辦，結果就被叫去製作邀請函。
- 〜たばかりに 只因為〜

7 妹妹從小被寵大，不僅任性，還很懦弱。
- 〜うえに 除了〜還〜　〜うえで 在〜上
- 〜うえは 既然〜

- 甘(あま)やかす 溺愛

8 就因為買了一直很想要的名牌包，搞到這個月赤字收場。
- 〜たばかりに 只因為〜

9 中山「百元商店都賣些什麼啊？」
鈴木「啊？你沒去過哦？都賣一些便宜又滿不錯的東西哦。既有像拉麵或零嘴之類的食品 也有各種生活用品哦！」
- 〜も〜ば〜も 既〜也〜
- ➡明日のマラソン大会には会長も来れば社長もくるようだ。明天的馬拉松大賽；似乎會長和社長都會來。

10 除非實際跟他見面聽過事情原委，否則我不能贊成該項計劃。
- 〜てからでなと 若非〜
- 〜わけにはいかない 不能〜

11 就在出發槍聲響起那一瞬間，選手們起跑了。**(3142)**
- 〜か〜ないかのうちに 〜的瞬間
- ➡ドアが開くか開かないかのうちに、彼は飛び出してしまった。門打開的那一瞬間；他跳了出來。

12 雖然大家都說這座城市很危險，但只要別半夜一個人走就不會危險。（**1432**）
- 〜ないかぎり 只要不〜

13 今天真的好累。上班遲到還加上不小心犯了錯，被主管罵得狗血淋頭。**(4231)**
- 〜上(うえ)に 除了〜還〜
- さんざんしかられる 被罵得很慘
- うっかりする 不小心

14 這是一本撰寫著養育孩子卜該做什麼的書。**(4213)**
- 動詞辞書形+上で 在〜上

15 聽完一個月的新聞後，將該內容用日文彙整好交上來。**(1243)**
- 〜たうえで 〜之後 ＝〜てから/〜た後で

16 關於那件事，我聽過主管的意見後才能答覆您。**(3 1 4 2)**
- ～たうえで ～之後
- 動詞ます形＋かねる 不克～；很難～

17 自從大學名落孫山，他就繭居在家光打電動。**(4 3 1 2)**
- ～てばかりいる 光是～
➡勉強せずに、遊んでばかりいる。 不念書；光是在玩。
- 名詞＋ばかりしている 光是在～
➡勉強せずに、ゲームばかりしている。不念書；光是在玩電動。

18 因為和英國有 7 個小時的時差，所以如果這裡是 10 點的話，那麼英國就是 3 點。**(3 4 2 1)**
- ～わけだ 就是～；難怪是～

19 由於有個重要的會要開，所以不管身體再怎麼不舒服都不能請假。**(2 4 3 1)**
- ～わけにはいかない 不能～

20 留學日本時，我聽說找房子很累人，但拜學長所賜，我沒吃到什麼苦。**(3 1 2 4)**
- ～のおかげで 拜～所賜
- ～なくてすむ 不用～

Ｎ２頻出文法３ 再次複習２　P 250

1	4	2	2	3	3	4	3	5	4
6	2	7	2	8	3	9	2	10	1
11	4	12	4	13	2	14	3	15	4
16	3	17	4	18	1	19	4	20	3

1 教授「山本，就只有你沒交報告。怎麼啦？」
山本「啊，我記得應該在三天前，我拿給橋本時叫他也幫我交的啊！」
- ～はずだ 照理來說應該～

2 只要有森主任在就沒問題，但偏偏在這關鍵時刻他外出去跑業務什麼的。
- ～さえ～ば 只要～的話

- ～にかぎって 偏偏～

3 就我所知，那位教授還是單身哦！
- ～かぎりの／～かぎりでは
～範圍的／～範圍裡
➡私が聞いた限りではジョンさんはもう帰国したらしい。 就我所聽到的；據說約翰先生已經回國了。

4 姐姐似乎有向銀行貸款。不光如此，好像也向朋友借了不少。
- ～ばかりか 不僅僅是～
- お金を借(か)りる＝借金(しゃっきん)する 借款

5 小林「聽說你要去旅行？準備好了嗎？」
田村「是的。打包好了，剩下來就只等出發了。」
- ～ばかりだ 就只剩～
➡パーティーの準備ももうすでに終わって、あとお客を待つばかりです。 舞會全都準備好了；就只剩等待貴客臨門。

6 我雖然反對他的意見，但並非不能理解他的想法。
- ～(という)わけではない 並非～
➡キムチが食べられないと言っても、辛いものすべてが食べられないというわけではない。
雖說不敢吃韓國泡菜；但並非所有辣的東西都不敢吃。

7 每年造訪韓國的外國人數逐漸增加。
- 動詞基本形＋一方だ
＝動詞ます形＋つつある 正在～

8 都市裡的小孩子愈來愈少，小學的數量也正在減少。
- ～ことから 基於～

9 島根「聽說長谷川先生歌聲不錯？」
中村「對，我聽到也嚇了一跳。他的歌聲好到付錢去聽都不誇張。」
- ～てでも 就算～

10 這個地區不到 6 月就見不到花的蹤影。

- ～てからでないと 若非～
  ➡実物を見てからでなければ、いくらで買うか決められません。 若非看過實物；不然沒辦法決定要買幾個。

11 橋本「山田先生，回家時要不要喝一杯？」
山田「啊，我哪能喝啊？課長交辦的報告還沒弄，我得加個班了。」
- ～ざるを得ない 不得不～

12 雖然每天光在念書，但並非不喜歡玩樂。**（2341）**
- だからといって～わけではない
  雖說～但並非～

13 啊？百合小姐竟會犯那種錯？就我所知，百合小姐是不可能犯那麼誇張的錯的。**（3421）**
- ～わけがない 不可能～
  ＝～はずがない／～ってこない
  ➡彼がそのうわさをわかりっこない。 他不可能懂那種流言蜚語。
- とんでもない 不像話的～

14 就算明天就是世界末日，還是得今日事今日畢。**（2341）**
- たとえ～ても 就算～也～
  ➡たとえ水の中でもあなたのためなら飛び込めます。 就算在水裡，為了你我還是能跳進去。

15 失去好朋友才深刻體會到有些東西是用錢也買不到。**（3142）**
- ～てはじめて ～才～
  ➡わたし、彼に出会ってはじめて、真の愛というものがわかった。 我遇到他才了解什麼叫真愛。

16 我覺得最近的電視節目鮮少可以親子共賞的，全都是一些不利於教育的內容。**（4231）**
- ～って 所謂的～

17 依內容而異，有時顧客諮詢內容會難以回覆。**（1432）**
- ～かねる／～かねない
  不克～；很難～／有可能～
  ➡私一人では判断しかねます。 我一個人很難下判斷。
  ➡彼なら、こんな難しい問題も解けかねないよ。 要是他的話；是有可能解開這麼難的考題的哦！

18 有做過實驗看人類到底能多久不睡。**（4312）**
- ～ずにいられる 能不～

19 現在住的大樓周遭既沒超商，距車站又遠，且房租也貴。**（2143／2341）**
- ～うえに 除了～還～

20 她的個性是一旦有想要的東西就非買不可。**（4132）**
- ～ないではいられない 無法不～
  ＝～ずにはいられない

N2頻出文法3　再次複習3　P253

1	3	2	4	3	1	4	1	5	3
6	2	7	3	8	4	9	3	10	2
11	3	12	4	13	1	14	1	15	3
16	1	17	3	18	2	19	3	20	1

1 既然事已至此，那我們互相幫忙共度難關給他們看。
- ～からには 既然～
  ＝～以上／～からは／～からには

2 我想在聽過各位的意見後再來下判斷。
- ～た上で ～之後
  ＝～てから／～た後で

3 既然狀況都這麼嚴重了，那就不能再交給他一個人處理了。
- ～た以上は 既然～

4 任誰在面試前都會緊張才對。
- ～はずだ 照理說應該～才對
- ～だって 即使～

5 自從父親去年生病以來便一直少碰菸酒。
- ～て以来 自從～
- ➡この国は戦争が終わって以来、発展し続けてきた。 自從這個國家結束戰爭後；便一路發展至今。

6 中村「鈴木，怎麼啦？什麼事讓你氣成這樣？」
鈴木「營業部不是有位金田先生嗎？我已經受夠他不負責任的態度了。」
- ～てたまらない ～得不得了
  ＝～てしかたない /
  ～てしようがない / ～てならない
- ➡お昼の後の授業は眠くてたまらない。 下午的課程都睏得要命。
- ➡日本に来て４年も経っていて、両親に会いたくてならない。 來到日本已經過了4年；非常想念父母親。

7 現在大家都寫電子郵件取代傳統信，你不覺得很落寞嗎？
- ～のかわりに 取代～
- なんか ～之類的

8 他在中國住了三年，就從這點來看，他的中文不算好。
- ～わりには 就～看來
- うまい 不錯

9 家人討論的結果是，決定要賣掉獨棟獨院的房子，然後搬去大樓住。
- ～たすえに ～的結果

10 愈來愈多人因為金錢困境，到最後走頭無路而去偷東西啦、自殺的。
- ～たあげく 到最後～

11 由於是老闆的命令，所以不能工作做到一半就這樣回家。(2134)
- ます形＋かけのまま 就這樣～到一半

12 這麼多漢字實在沒辦法在今天一天內記起來。(2341)
- ます形＋きれない ～得完
- とても～ない 根本不～

13 剛才的那位客人進來店裡便到處看，但最後卻什麼都沒買就出去了。(3142)
- ～ずに 不～而～

14 由於今天早上太趕了，忘了帶資料就出門了。(3142)
- ～あまり 由於太過於～

15 面試前由於太過緊張，胃痛了起來。(4213)
- ～あまり 由於太過於～
- 緊張(きんちょう)する 緊張

16 聽聞老公出意外，慌慌張張出了門，連鞋子都穿反了。(2413)
- あわてる 慌慌張張

17 我們公司從去年開始便年年赤字，現在傳言快要倒閉了。(4132)
- ます形＋かける 快要～
- つぶれる 倒閉

18 在體育大賽的重頭戲接力賽跑中我是最後一棒，但在抵達終點前跌倒了，真是丟臉死了。(3214)
- ～てしようがない ～得不得了
  ＝～てたまらない / ～てしかたない /
  ～てならない

19 由於報告的繳交截止日期就是明天，所以沒完成不能回家。(4231)
- ～わけにはいかない 不能～

20 隔壁的叔叔很壞心，附近的人都討厭他，但等我上年紀後說不定也會像他一樣。(4312)
- ～とはかぎらない 不一定～

1	4	2	4	3	3	4	1	5	1
6	2	7	3	8	1	9	4	10	4
11	3	12	1	13	4	14	2	15	1
16	2	17	3	18	1	19	4	20	4

1 前輩「今天我請客，你點你喜歡的。」
　後輩「也可以點貴的？」
　前輩「雖說貴，一人份不是 5 千日圓嗎？
　　　　你就點你愛吃的吧！」
- 〜といっても 雖說〜
- おごる 請客

2 聽說這間大學好考但很難畢業。
- 〜に対して 相對於〜
➡ 日本の歴史について勉強している
　（＝に対いて＝に関して）
　在學習日本史（關於〜）
➡ 彼は誰に対しても親切である。
　（≠について≠に関して）
　他對誰都很親切。（針對〜）
➡ 兄は勉強好きな人に対して、弟は遊
　び好きだ。
　（≠について≠に関して） 相對於哥哥
　愛念書；弟弟則愛玩。（相對於〜）

3 記者「這次的大賽，很遺憾儘管沒能獲
　　　　勝，但有關今後的計劃，能否請您說
　　　　一說？」
　山田選手「是的，不要在意這次的失敗，
　　　　　　我會以 2 年後的奧運為目標繼續
　　　　　　努力。」
- 〜にむけて 朝向〜
- 〜ていただけませんか 能否承蒙您〜？
- 残念ながら 至為遺憾
- 気にせず 不在意

4 我們工廠的商品在品質上長期受到客人的
　信賴。
- 〜において 在〜方面
- 動詞ます形＋つづける 持續〜

5 不管這週末的天氣如何，全體員工的登山
　行都要舉辦。不過，若真的下起大雨則停
　辦。
- 〜にかかわらず 不管〜
- 〜にもかかわらず 儘管〜

6 芽衣「妳聽我說，總務部不是有位星野小
　　　　姐嗎？她竟自認為很受男生歡迎呢，
　　　　真的笑死人了」
　惠理「真的？是不是覺得自己漂亮又可愛
　　　　啊？」
- 〜とでも 說〜之類的

7 儘管不像昨天那麼誇張，但今天看似也會
　很悶熱。看來今天也會是疲勞的一天。
- 〜ほどではない 不像〜
- 〜にしろ 不管〜
　＝〜にせよ／〜であれ
- 蒸(む)し暑(あつ)い 悶熱的

8 韓國的上班族該說是太愛工作嗎？我覺得
　是要做的事太多。
- 〜っていうか 該說是〜嗎？
　＝〜というか
➡ 賞をもらった時は、うれしいという
　か、恥ずかしいというか、複雑な気
　持ちだった。拿到獎時；不知道該高興還
　是害羞；心情真是複雜。

9 佐藤「你有聽說嗎？聽說鈴木小姐下個月
　　　　要一個人去非洲旅行一年呢，真有勇
　　　　氣！」
　島根「勇氣？我是覺得與其說是勇氣，倒
　　　　不如說是亂來。」
- 〜というより 與其說〜；寧可〜
➡ 彼の行為はうちの団体に利益よりもむ
　しろ損害をもたらした。與其說他的行
　為是為團體帶來利益；倒不如說是帶來損害
　。

10 由於畢業在即，於是大家心懷感謝地寫了
　信給老師。
- 〜をこめて 傾注〜；心懷〜

11 他能成功，全靠平常家人的支持以及自己不懈的努力。(2431)
- 〜からにほかならない 全都是因為〜

12 儘管天候不佳，他們還是在運動場拚命練習到滿身泥巴。(4132)
- 〜にもかかわらず 儘管〜
- 夢中(むちゅう) 著迷　• まみれ 滿身〜

13 每每看到這本相簿，就不禁想起和祖父母一起住的時光。(1342)
- 〜たびに 每每〜＝〜につけ
- ➡彼女は会うたびに違うブランドのカバンを持って現れる。きっとお金持ちだろう。每每見她；她都拿著不同品牌的包包。一定很有錢吧？
- ➡この音楽を聞くにつけ、その時が思い出される。每次聽到這音樂就想起當時。
- 〜てならない 〜不得了

14 身為好朋友的他自從當上歌手後便不太見得到面，要和他見面，就只能聯絡經紀人。(3421)
- 〜には 要〜的話就得〜
- 〜しかない 只能〜

15 島村「啊，已經1點了！快點吧！電影快開演了。搭計程車去吧！」
村田「塞得這麼嚴重，就算搭計程車去也來不及，所以搭公車吧！」(2413)
- 〜としても 就算假設〜

16 雖有經濟問題，但身為父母仍然想盡量讓孩子做想做的事。(1432/3142)
- できるだけ 盡量〜＝できるかぎり
- 〜として 身為〜

17 若過了還書日期，每一天會收您100日圓，敬請留意。(4132)
- 〜につき ①每〜②因為〜

18 沿著道路長達100公尺都種著銀杏，所以稱為銀杏路。(4213)
- 〜にわたって 長達〜

19 對手太強，就算要輸也該盡全力戰到最後。(4213)
- 〜としても 就算〜
- ベストをつくす 盡力

20 我們公司由於不看重學經歷，所以有意者請趕快報名。(2431)
- 〜をとわない 不問〜＝〜をとわず
- やる気(き) 幹勁

N2頻出文法4　再次複習2 P 257

1	1	2	4	3	2	4	4	5	2
6	2	7	3	8	2	9	2	10	4
11	3	12	4	13	4	14	2	15	1
16	3	17	1	18	4	19	2	20	1

1 總是笑口常口的課長今天很罕見地竟然心情不好。是在開會時被老闆罵了嗎？
- 〜にしては 就〜看來
- 機嫌(きげん)をうかがう 奉承

2 司儀「老師，這醬汁要怎麼做呢？」
主廚「我想想哦。水和醬油的比例很重要。每一杯水配半杯醬油。」
- 〜につき 每〜

3 每次聽到交通事故的新聞就覺得心痛。
- 〜につけ 每次〜

4 繪里「莉香，中午吃義大利麵好不好？」
莉香「不好意思。我最近有點胖，所以正在減肥。因此，都不吃午餐的。」
- 動詞ます形/名詞＋気味 有〜感覺
- ➡風邪気味なので、早めに帰らせていただきます。由於有點感冒；所以想早退。
- やや 有點〜

5 金「我是想學日語啦，但記漢字好累哦，所以放棄了！」
鈴木「這樣啊？不過，提到漢字，或許會覺得難，但嘗試去學習會覺得滿好玩的，姑且試試啦！」

- ～というと 一提到～
- ～というより 與其說是～
- ～といっても 雖說～
- ～としたら 若是～

6 吉本「啊，這本書，好貴哦。因為是專業
書籍的緣故嗎？」
木村「管它多貴，上課要用的，還是得買
吧？」
- ～にせよ 不管～
　＝～にしろ／～であれ

7 一般認為，跟長輩說話時，要是直盯著對
方的眼睛看反而失禮。
- かえって 反而　　• じっとする 死盯著

8 提到背誦功力，我想沒人比得上他哦。
- ～にかなう 比得上～
- ～にかけては 提到～

9 這座小村莊由於有多處古寺等往昔建築，
所以一整年觀光客都絡繹不絕。
- ～をつうじて ①整個～　②透過～
　＝～をとおして

10 這種植物主要沿著河川生長。
- ～にそって 沿著～
- 名詞＋ぞい 沿著～
- ➡道沿(みちぞ)い 沿路
- ➡海沿(うみぞ)い 沿海
- ➡川沿(かわぞ)い 沿河
- ➡線路沿(せんろぞ)い 沿線

11 真理「喂，小春！妳昨天去相親了對吧？
對方如何？」
春「嗯，是個較為文靜的人，很客氣，總
覺得像英國紳士！」(4213／2413)
- がち 動不動～
- ➡最近はくもりがちである。
　最近老是陰天。
- ➡おばは病気がちな人だ。
　阿姨是個容易生病的人。
- 遠慮(えんりょ)がちだ 非常客氣

- 遠慮深(えんりょぶか)い 十分客氣

12 很多事都承蒙木村先生照顧，我在他面前
都是恭恭敬敬的。(1243)
- 何かにつけ 許多事
- 頭が上がらない 感謝；道歉

13 我不是想買這種大型多功能的電腦，而是
買家用型的。(3241)
- 名詞＋むけ 適合～
- ➡子供向け 適合孩子
- ➡女性向け 適合女性
- ➡老人向け 適合老年人
- 名詞＋むき 朝向～　➡南向き 朝南

14 如果你說的是事實，那麼到底是誰在說
謊？(2314)
- ～としたら 若假設～
- いったい 到底～
- うそをつく 說謊

15 島田「這份報告是什麼啊？給我重寫！」
星野「請問寫報告時有須要遵守的規則
嗎？」(3214)
- ～にあたって ～之際
- ～べきだ 應該～

16 宮部小姐是位名作家，她為青少年寫了不
少好書。聽說要在8月新作發表之前，會
先以「給青少年的話」為題舉辦演講。
(4132)
- ～にさきだって 在～之前；先於～

17 這個國家之所以能以觀光勝地深受喜愛，
都拜其溫和的氣候加上豐富的食物所賜。
(4213)
- ～として 身為～
- ～に加(くわ)えて 再加上～

18 橋本「經理，這個案子我們決定由5個人
進行。」
經理「吉村呢？提出這個企劃的明明是吉
村，不可以漏掉他吧？」(2341)
- ～抜(ぬ)きにして 少了～

上田「有好多盆栽哦。這個，是番茄嗎？
　　　　還是小黃瓜？」
野村「那是番茄。當成興趣，我有在種一
　　　　些容易種植的蔬菜。」**(3 2 1 4)**
- 〜をかねて 兼〜

20 這個問題對你來說或許很難，但若是天才
的她也許又太簡單了。**(3 2 1 4)**
- 〜にしたら 若是〜
　＝〜にすると／〜にすれば

N 2 頻出文法 5　再次複習　　P 267

1	4	2	2	3	3	4	1	5	2
6	4	7	1	8	2	9	3	10	2
11	1	12	4	13	4	14	2	15	3

1 惠理「昨天妳去參加健二的婚禮吧？新娘
　　　　漂亮嗎？」
世奈「嗯，健二看起來好幸福的樣子。新
　　　　娘也好漂亮，比喻成藝人的話，就像
　　　　那個石原聰美啦。」
- 〜にたとえると 用〜比喻的話

2 為回報家人的支持，我一定得考上給他們
看。
- 〜にこたえて 回應〜；回報〜

3 對於隊伍的敗北，隊長接受訪問，向支持
的粉絲們致歉表示「讓各位期待落空，真
是萬分抱歉。」
- 〜にそうことができない 無法滿足〜

4 一看那傢伙的態度，就知道一定隱瞞著什
麼。
- 〜に相違ない 一定是〜
　＝〜に違いない／〜に決まっている

5 這個鎮似乎是站前的商店街為中心發展起
來的。
- 〜を中心に 以〜為主
- 〜を中心とした 以〜為主的〜

6 自從電腦開始普及，電子郵件已取代傳統
信件。
- 〜にとってかわる 取代〜

7 那個案子悠關我的自尊，所以一定得成功
給他們看。
- 〜にかかわる 關乎〜
- 〜なくちゃ 不〜的話不行＝〜なくては／
　〜なければ／〜なきゃ

8 員工們向公司要求把午休時間從 1 小時延
長為 1 個半小時。
- 要求(ようきゅう)する 要求

9 聽說從下個月開始，公車及其他所有交通
工具的車資都要調漲。
- 〜をはじめとして 以〜為首
　＝〜をはじめ

10 運動不可以過於激烈。請視自己的體力或
年齡而定，從事有效果的運動。
- 〜におうじて 因應〜

11 明明我只是照著課長的指示去做，但為什
麼得由我來負責呢？**(3 2 1 4)**
- 〜にしたがう 遵從〜
- 責任(せきにん)を取(と)る 負責

12 以去年冬天做的問卷調查結果為參考，我
試著寫了一份新商品的企劃書。**(2 1 4 3)**
- 〜をもとにして 以〜為藍圖；以〜為參考
　＝〜をもとに／〜にもづいて

13 做這道湯品時可依個人喜好，加點番茄醬
風味會更好。**(3 2 4 1)**
- 〜によって 根據〜

14 針對明年度的預算案所召開的會議，從上
午 11 點開始一連開 3 個小時。**(4 2 1 3)**
- 〜にわたって 長達〜
- 〜から〜にかけて 從〜一直到〜

15 被工作追著跑，沒時間陪家人，甚至已經
想不起來是何時和家人圍爐快樂吃飯的。
(2 1 3 4)
- 〜に追(お)われる 被〜追著跑
- 〜を囲(かこ)む 圍著〜；圍繞著〜

問題 7／8／9

擬真試題 1

P 290

1	3	2	4	3	2	4	2	5	3
6	2	7	1	8	4	9	4	10	2
11	3	12	1	13	4	14	4	15	2

1 健二「理惠小姐，這週六您要來參加酒趴嗎？」
理惠「這週有點不方便。我最近很累，這週末打算在家悠閒一下。」
- 疲れる 疲勞　• のんびりする 悠閒
- ごろごろする 無所事事；滾來滾去

2 惠理「妳那麼認真地在想什麼啊？」
由紀「就是，我討厭的那個橋本明天竟然會來聯誼，我在考慮要不要去。」
- 動詞＋か＋動詞辞書形＋まいか
要不要～

3 那位教授所主張的學說頂多只是理想論，是非現實的。
- ～に過ぎない 只不過是～
- あくまで(も) 頂多只是～

4 我們班都到齊了，就只差田中，明明早已經過了約好的時間，卻還沒現身。
- ～だけ 只是～；只有～

5 朴「什麼叫做秋晴啊？」
石田「所謂秋晴，就是指秋天萬里無雲的天氣。」
- ～のことだ 就是～這麼回事
＝～ということだ／～そうだ

6 晴香「這家店，我說過它不好吃的，為什麼還說要約這邊？」
正男「這家再怎麼不好吃也總比我公司的員工餐廳強吧？」
- ～といっても 雖說～
- ～といえば 提到～

- ～というなら 要是說～
- ～よりましだ 比～來得強

7 我一旦開始打電動至少就會持續個 5 小時。
- いったん～と 一旦～的話

8 就算對我家的孩子說「少壯不努力，老大徒傷悲」他還是不想念書，真傷腦筋。
- 動詞＋とする 企圖～；想要～
- 動詞＋としない 不想～

9 壓力一旦累積，我就會開始經常夢到被什麼可怕的東西追得無處可逃。
- 動詞＋も＋動詞 想～也無法～

10 早在 20 年前便有流言盛傳說關東地區可能會發生大地震。
- 動詞ます形＋うる/える 可能～
- 動詞ます形＋えない 不可能～

11 中村屋是間著名麵包店，住櫻花市的居民無人不曉。(4 2 3 1)
- ～なら 要是～　• ～くらい 甚至於～
- ～くらいなら 要是～的話

12 既然都說得那麼有自信，表示她會弄得有聲有色吧？(2 4 1 3)
- 動詞た形＋うえは／以上は／からは／からには 既然～

13 不管再怎麼討論，他都不打算改變自己的想法，所以討論只是浪費時間。(2 3 4 1)
- 動詞＋としない 不想～

14 這條路每隔數十公尺就有一家小鋼珠店。(1 4 2 3)
- ～おきに 每隔～

15 叔叔的手術雖說成功，但院方卻說術後有復發之虞。(1 4 2 3)
- ～恐れがある 有～之虞

1	4	2	1	3	4	4	4	5	3
6	1	7	1	8	2	9	3	10	1
11	4	12	4	13	1	14	3	15	2

1 等拜讀過您送來的資料後再聯絡您。
- 拝見(はいけん)する 「見る」的謙讓語

2 之所以上班遲到是因為發生了電車事故。
- ～に欠かせない 之所以～是因為～

3 正男「啊，你買新手機囉？」
　隆子「嗯，設計很新獨特吧？況且手機早已是生活上不可或缺的工具了，對吧？」
- なぜかと言うと(言えば)
  對～不可或缺

4 聽說藉由調查南極的冰，就可以瞭解地球上過去約二千年前發生了什麼事。
- ～ことによる 藉由～
- ～だって 即使～

5 大家拚命加油也沒用，我們學校的棒球社在預賽就被淘汰了。
- かいがある 有～價值
- かいが(も)ない 沒有～價值

6 還在計劃暑假去日本玩時要搭船還是飛機。
- ～か～か 是～？還是～？

7 記者「您從什麼時候開始接觸高爾夫球的？」
　橋本選手「國中時，有一次朋友問我要不要打打看，便開啟了我小白球生涯。」
- ～をきっかけに 以～為契機
  ＝契機で(は)

8 只要你不背叛他，他應該就不會背叛你。
- ～ないかぎり 只要不～

9 高中畢業後要升學還是就業，（當時）超迷惘的。

- それとも 還是～

10 母「聽說今天健二他翹課跑去電玩中心了哦。」
　父「十幾歲的孩子都會犯這種錯，妳就睜一隻眼閉一隻眼嘛！」
- 動詞ます形＋がち 動不動～；容易～
- 名詞＋がち 動不動～；容易～

11 朝子「我們在這家店買便當和啤酒再去吧！在漂亮的櫻花樹下喝啤酒，光想就好幸福哦！」
　詩織「啊？妳不知道嗎？那座公園禁止喝酒及抽菸，所以沒辦法邊喝酒邊賞花哦！」(2143)
- ～なんて ①竟然～　②～什麼的
- ～なんか ①～什麼的　②～之類的
- ～ちゃう 「～てしまう」的口語形
- および 以及

12 去年因交通事故死亡的人數比往年減少了20% 之多。順道一提，聽說受傷人數則是增加了5%。(3142)
- ちなみに 順道一提

13 不管能不能贏對方，且讓我們盡全力迎戰吧！(1324)
- ～か～ないかにかかっている
  攸關會不會～
- ～か～ないかにかかわらない
  無關會不會～

14 金田「這次的企劃案要由誰來做呢？島根先生您要試試嗎？」
　島根「啊，不好意思。這事我難以立刻回答，請讓我考慮一下。」(4132)
- ます形＋かねる 不克～；很難～
- ます形＋かねない 有可能～

15 西田「為什麼那位老師光疼愛成績好的學生啊？」
　田村「站在老師的立場，以成績好壞、是否有心來判斷學生是理所當然的。」(3421)
- 立場から言うと(いえば)
  站在～的立場來說

1	4	2	2	3	4	4	3	5	1
6	4	7	2	8	4	9	4	10	3
11	4	12	4	13	1	14	2	15	2

1 雖說是個愛玩的學生，但未必就是個不會讀書的孩子。
- 必ずしも＋未必～
- 必ず＋必定～

2 只要不下雨，員工登山大賽便照例舉行。
- ～さえ～ば 只要～的話

3 直接質問老闆職場環境老是改善不了的原因。
- ～できないでいる 一直無法～

4 老闆「不行了。可想的方法全用上了…。我們會就此一蹶不振嗎？」
員工「老闆，稍微改變一點想法，我想也不是沒有解決之道。」
- ～ないでもない 也不是不能～

5 佐惠子「我在超市遇到隔壁鄰居，竟然連看都沒看我一眼吔。」
未知子「遇到我時也是一樣哦。就連父母親都沒禮貌了，小孩子就更別說了。」
- ～からして 就連

Tip からして 的其他用法
～からして／～からすると／～から言うと／～から見ると 從～看來

6 我去年從大企業跳到中小企業。
- ～へと 往～的～；給～的～

7 現在的大樓四周有公園，安靜這點是不錯，但相反的距車站又遠，附近也沒超市，真不便。
- ～かわりに 取而代之地～
- 名詞＋の＋かわりに 取代～；代替～

8 雅治「妳怎麼啦？看起有點累吔。好像隨時要昏倒的感覺，要不要休息一下？」

惠理「嗯，昨天加班，很晚才到家。」
- ～気味 有點～的感覺

9 他進公司後所犯的錯多到數不完。真是夠了。
- 動詞ます形＋きれないくらい 甚至～不完

10 如果做不到能一個晚上不睡持續工作的話，那就不適合這份工作。
- ～くらいでない 若做不到～

11 這所學校有多位具熱忱的老師，其中經驗豐富又沈穩的山田老師，不只學生就連家長都相當信賴他。**(3 2 4 1)**
- ～はもとより ～不用說
＝～はもちろん

12 家母長年照顧纏綿病榻的爺爺，終於連自己也住院了。**(2 1 4 3)**
- 動詞た形＋きり 自從～就～

Tip きり 的相關用法
一人っきり 形單影隻；僅僅一人
二人っきり 僅僅兩個人
これっきり 僅僅這些

13 加奈子儘管成績不出色，但很有心，所以導師很疼愛她。**(3 2 1 4)**
- ～ことから 基於～

Tip こと 的相關表現
- ～ことに ～的是
➡うれしいことに、みんなが合格した。
令人高興的是；大家都考上了。

- ～のことだから 就因為是～
➡いつもまじめな彼のことだから、この件も最後まであきらめず頑張るだろう。正因為是總是認真的他；所以才能堅持到最後把這件事搞定。

- ～ことだし 既～又～
➡天気もいいことだし、近郊にでもドライブに出かけよう。
天氣又好；我們去近郊之類的地方兜風。

- ～ことなく 沒～
➡ 彼は実の親に会うことなく、死んでしまった。
  他沒見到親生父母就死去了。

14 學生「老師，只要拚 3 個月就能考過檢定嗎？」
   老師「這和時間長短無關，端看接下來你的幹勁和努力程度。」**(4 1 2 3)**
   - 名詞＋次第だ 端看～＝～によります

Tip 次第 的相關用法
- 動詞ます形/名詞＋次第 一～就～
➡ 着き次第、お電話します。
  一到就打電話給你。
- 動詞＋次第だ ～的情況
➡ たまたまラジオで聞いて応募した次第です。 偶然聽到廣播才前來應徵的。
- ～次第に 漸漸地～＝だんだん
➡ 空は次第に暗くなってきた。
  天空漸漸暗下來了。

15 在車站四周繞了長達 1 個小時後，發現一直在找的店家就在車站附近。**(3 4 2 1)**
   - 動詞た形 ＋ あげく/すえに ～最後

擬真試題 4

P 299

1	1	2	2	3	1	4	2	5	1
6	3	7	1	8	3	9	3	10	1
11	2	12	1	13	3	14	3	15	2

1 年輕時固然身無分文，但是因為有夢想所以很幸福。
  - ～こそ 固然～

2 李「啊，原來雪是這麼白哦？好美呀！」
   田中「啊，台灣都不下雪的吧？」
   - こと 接在感嘆、讚賞、命令的末尾
➡ 明日は 8 時までに来ること。
  明天要8點以前到。

3 天氣也不好，今天就別出門了吧！
  - ～ことだし 既是～

4 惠「昨天的舞會好玩嗎？」
   南「舞會沒什麼特色，就只是吃吃喝喝。」
   - ～これといった/これといって＋ない
     沒什麼特別的～

5 雅治「啊，那邊那個人，不是我們班的林同學嗎？」
   理惠「什麼？在哪？是坐在那的那個人？不是啦。林同學不是之前才剛剪頭髮？」
   - ～じゃないか 不是～嗎？

6 落合「經理，那份工作請您務必讓我來做。」
   經理「你？好吧。你就好好幹！」
   - ～(さ)せていただきたいんですが 想承蒙您讓我～

7 姐姐「千惠！幫我打掃一下這裡！」
   妹妹「我知道了啦。嗯？這不是姐姐國中時寫的日記嗎？妳還沒丟哦？」
   - ～ずにある 沒～

Tip ずに 的相關表現
- ～ずにいる 沒～
➡ 彼は 1 か月も休まずにいる。
  他一個月沒休假了。
- ～ずにはいられる 能不～
➡ わたしは二日ぐらいは眠らずにいられるよ。 我能二天左右不睡哦。
- ～ずにはいられない 無法不～
➡ 田中さんの無礼な行動を見ると、だれだって一言言わずにはいられないだろう。 看到田中先生無禮的舉動，任誰都會想說他一句。

8 拜要回台灣的學長所賜，電視啦餐具等等都不用買。
  - ～ずにすむ 不用～
  - ～ずにはすまない 得～
➡ 君が先に謝らずにはすまない。
  你得先道個歉。

9 木村「山野先生，你還不回去哦？要不要來喝一杯？」

山野「嗚…我也想走啊。可是，這工作今天一定做不完，想回也回不去。」

- 動詞ます形＋そうに(も)ない
  根本不～

- 動詞＋そうに(も)ない 根本不能～

➡ こんな量は相撲選手だって食べきれそうにもないよ。 這麼大的量就連相撲選手都吃不完哦！

- 動詞＋にも＋動詞 想～也無法～

➡ 帰ろうにも帰れない。
  想回去也回不去。

10 正因為自傲，證明他的英文實力無人能及。
- ～だけあって 正因為～

11 不管你再怎麼哭，不行還是不行，所以就別再哭了。(3 1 2 4)
- 動詞＋たって/名詞＋だって 即使～

12 就算對手強到一定打不贏，但還是要盡全力拚到最後一秒！(4 3 1 2)
- ～に決まっている 一定～
  ＝～に間違いない／～に相違ない／～に違いない
- たとえ～(とし)ても 就算～也～

13 木下先生和森先生私底下感情非常好，但在工作上則會激烈對立，互相競爭。(2 4 3 1)
- 名詞＋上(じょう) 在～上

14 前往札幌看雪祭，順便也去了小樽的運河。(4 2 3 1)
- ～ついでに 順便～
- ～を兼(か)ねて 兼～

➡ 日本へ仕事を兼ねて、東京と大阪の観光もしようと思っている。
  打算去日本的東京和大阪觀光兼工作。

15 我的興趣也是拍照，等您光臨我家時再給您看我拍的照片。(4 3 2 1)
- お目にかかる 「会う」的謙讓語
- お目にかける 「見せる」的謙讓語

1	2	2	3	3	1	4	3	5	2
6	4	7	1	8	2	9	4	10	2
11	4	12	4	13	2	14	1	15	1

1 這個設施限 9 歲以上的兒童乘坐，而且 9 歲以上其身高還必須滿 100 公分。
- ～だけしか 除了～之外都～

2 真的想見他的話，去見不就好了？
- ～たらいいじゃないか 不妨～就好了

3 他或許是個天才哦。僅僅不到一個禮拜竟然就把論文給寫好了。
- （時間量詞）＋足らず
  不到～；不足～

4 之前畢竟也跟他借過錢，所以我在吉田先生面前抬不起頭。
- ～こともあって 也因為～

5 看到老年人拿著看似很重的行李爬樓梯，卻沒半個人幫忙。
- 誰一人～ない 沒有一個人要～

6 母「要是有發燒的話，今天別去上班好了。」
女兒「嗯，我是想那麼做，但今天有重要的工作，不能請假。」
- ～わけにはいかない 不能～

Tip わけ 的相關表現
- ～(という)わけだ 難怪～
- ～(という)わけではない 並非～
- ～ないわけにはいかない＝ざるをえない＝なければならない 不得不～
- ～わけがない＝～はずがない
  ＝動詞ます形＋っこない 不可能～
➡ できっこない 做不到
➡ わかりっこない 無法瞭解

7 每每經過這家麵包店就會聞到剛出爐的麵包香味，肚子就餓了。
- 動詞ます形＋たて 剛剛～好

文法篇

問題7／8／9 答案及解析

8 儘管知道是幹壞事，但由於是關照我許多的人的請託，還是答應了。
   • 動詞ます形＋つつ(も)儘管～
     ＝動詞ます形/名詞＋ながら(も)

9 兒子總是把房間弄得一團亂便丟著出門去。
   • 動詞ます形＋っぱなし 就這樣～著

10 高橋「聽說我們公司也逃不掉不景氣魔掌，岌岌可危」
    中村「既然如此，那全體員工只好視死如歸地拚命工作了。」
   • 動詞＋つもりだ
     打算～；自以為～；當作～

   ➡ 自分は若いつもりだが、体は思うとおりに動かない。
     雖自以為年輕；但身體已不聽使喚。

   ➡ 旅行したつもりで、貯金した。
     當作去玩過了；把錢存起來。

11 自從去年開始打高爾夫後就迷上了，什麼工作都全置之不顧。(2143)
   • ～て以来 自從～

12 雖然想多休息一點；但工作堆積如山；哪能好好休息？(3241)
   • ～てはいられない 不能～

13 也沒聯絡老師就前往拜訪，很擔心是否會妨礙到老師。(3241)
   • ～ても差し支えない 也可以～
     ＝～てもいい／～てもかまわない

14 因為是要來的彩券，所以就算沒中也沒損失。(2413)
   • ～てももともとだ 就算～也沒損失

15 這碗拉麵由於太辣，難怪一口也不敢吃。(2143)
   • ～としても 就算假設～
   • ～ても無理はない 即使～也不是沒道理；難怪

1	1	2	4	3	3	4	2	5	2
6	4	7	3	8	3	9	2	10	1
11	2	12	2	13	4	14	2	15	1

1 就算彼此關係親密，我認為還是有該遵守的禮儀。
   • ～であっても 即使是～

2 太田「你有黑眼圈了耶。去夜遊了哦？」
    山村「才沒有跑去玩。是我家附近在施工什麼的，吵得不得了。」
   • ～てかなわない ～得不得了

3 春子「啊，流星！快許願！」
    健一「妳許了什麼願？」
    春子「我許願能嫁給你。」
   • ～できるように 能～地

4 志村「不好意思。我趕不上截止日期。」
    木下「受託的工作若不能負起責任好好做，我們可是很傷腦筋的。不管你用什麼方法都要請你趕上截止日期哦！」
   • ～なくては 不～的話＝～なければ
   • ～てでも 就算～

5 課長做了不該做的事，遭到公司炒魷魚。
   • ～ぬ 不～；沒～＝ない／ず

6 減肥時就算拚命運動而不調整食物，那一切都白搭。
   • ～なくてはなんにもならない
     不～的話什麼都白搭

7 由於大雪導致寸步難行，所以無法照行程回到公司也是不得已吧？
   • ～てもやむを得ない 即使～也是不得已
     ＝～てもしかたない

8 遇上車禍而住院，也被公司炒了魷魚，聽他說這些，只能說真是可憐。
   • ～というほかない 只能說～
     ＝～というしかない

340

9　他的菜雖說可口，但還不到專業主廚的地步吧？
- ～というほどではない　還不到～的地步

10　在您忙碌的時候前來打擾。
- ～ところを　～的時候

11　夫「明明還得開3個鐘頭，但睏到不行。」
　　妻「那樣的話，在休息站休息一下再走吧！」**(4231)**
- ～てどうしようもない　～得不得了

12　該說是勇氣還是魯莽？他對老闆的一番話真是嚇了大家一跳。**(1324)**
- ～というか～というか
　該說是～？還是～？

13　若說住在觀光地區附近，大家都會感到羨慕，但每到週末，觀光客就吵鬧得連睡個午覺都沒辦法。**(2143)**
- ～といえば　說到～
　＝～というと／～といったら

Tip 相關表現
- どうして～かといえば＝～かというと
　＝～かといったら　之所以～是因為～
- ➡どうして僕が来たかと言うと、 吉田に頼まれたからだ。
　之所以我會來；是因為受吉田所託。
- ～といっても　即使說～
- ➡君が1000万円をくれるといっても、 僕はその仕事はしませんよ。
　就算你說要給我一千萬圓；我還是不會接那份工作。
- ～としたら　若真的假設～
- ➡もし休みがとれるとしたら、 家族と温泉に行きたい。 萬一真的有請到假；我想跟家人來趟溫泉之旅。

14　打電話洽詢後，聽說票全都賣完了。
　　(3241)
- ～たところ　當～時；發現～

Tip 相關表現
- ～たところで　即使～
- ➡タクシーに乗って行ったところで、 時間に間に合わせない。
　即使搭小黃去也還是來不及。
- ～ところだった　差點～
- ➡人に押されて線路に落ちるところだった。 遭人推擠；差點掉進鐵軌裡。

15　我在外面吃飯時，比較起來，還是喜歡西餐多過日本菜。**(3142)**
- どちらかというと／いえば　比較起來

擬真試題 7　　　　　　　　P 307

1	2	2	3	3	4	4	1	5	3
6	4	7	4	8	2	9	3	10	1
11	2	12	3	13	4	14	2	15	3

1　我放假的時候都去旅行。夏天去澳洲，冬天就去巴黎。
- ～という／といった＋具合だ
　情況是～
　＝～という／といった＋調子だ

2　創建了棒球社並選他當隊長。
- ～とした　以～為～

3　過於開朗的她，個性是其優點，但同時也是缺點。
- ～と同時(どうじ)に　～的同時

4　一旦要辦護照，就得備齊所需資料。
- ～となると　一旦～

5　住在美國的好朋友相隔10年後，聯絡我說要回韓國了。
- ～との　所謂的～；說是～

6　根據今早的新聞表示午後會下雨。我沒帶傘，真傷腦筋。
- ～とか　聽說～＝＝～そうだ／～ということだ／～というのだ

7 上田先生的韓文進步好多，跟剛來韓國的時候完全無法比較。
- 〜と比べものにならないほど 甚至和〜無法相比

8 還是國中生的女兒到了很晚還沒回家，我是多麼擔心啊！
- どれだけ / どれほど / どんなに＋ことか 多麼〜啊？

9 雖然買的新車有點小。不過要坐 5 個人也不是坐不上去。
- 〜ないことも(は)ない 也不是不能〜

10 家裡沒電視。因為對孩子的教育不太好。
- なぜなら〜からだ 那是因為〜

11 可憐的是，韓國的學生們在學校以外，放學後還在很多補習班念書。(3 2 1 4)
- 〜ことに 〜的是
- 〜とは別に 此外

12 要是跟你去的話就另當別論，我一個人是不會去的。(2 4 3 1)
- 〜ならともかく 〜的話不用說

13 年輕時都有自己的夢想，但年過 50 的現在哪有什麼夢想？(1 4 3 2)
- 〜なり 和〜相適應的

14 我最近才知道學校的村本學長是我的遠親。(1 3 2 4)
- 〜にあたる 相當於〜

15 現在社會中，手機已經普及到不可一日或缺。(2 4 3 1)
- 〜においては 在〜裡
- 〜における＋名詞 在〜裡的〜

擬真試題 8
P 309

1	1	2	3	3	2	4	1	5	4
6	4	7	1	8	2	9	3	10	4
11	1	12	2	13	4	14	3	15	2

1 我算是會運動也會讀書的，但終究比不上木村。
- 〜とうてい 終究〜；到底〜
  ＝とても〜におよばない

2 我的好朋友隆子總是不計自己得失幫忙我的工作。
- 〜にかかわりなく 無關〜
- 〜にかかわらず 不管〜

3 不限於小孩，一旦開始玩這遊戲就會整個沉迷下去。
- 〜にかぎったことではない 不限於〜
- 〜にかぎらず 不限於〜

4 就算要做點什麼，也最好提早好好準備。
- 〜にこしたことはない 沒有比〜更好

5 以名主廚所做的菜來說，這不算好吃。是我期待太多嗎？
- 〜にしては 就〜看來

6 就拿小孩子來說，遊戲或電玩還是遠比念書好玩吧？
- 〜にしてみれば 拿〜來說

7 不管再怎麼被工作追著跑、忙碌不堪，也應該還是有時間打電話給父母吧？
- 〜にしても 就算〜

8 不管再怎麼辛苦，既然自己都說要做，那就只能堅持到最後。
- 〜にせよ 不管〜
  ＝〜にしろ / 〜であれ

9 既然要過住宿生活，就應該遵守規則才可以。
- 〜にそって 遵守〜；沿著〜
  ＝〜にしたがって

10 要跟上課程進度，就應該預習跟複習吧？
- 〜には 要〜就要〜

11 雖說女性隨著春天到來，心情也會跟著興高采烈，但我每到夏天就會這樣。
(2 4 1 3)

342

- ～につれて 隨著～
  ＝～にしたがって／～にともなって

12 要是孩子的學習能力比其他孩子優越，那麼就需要相應的教育。**(3 1 2 4)**
  - ～にふさわしい 適合～的

13 我隊之所以獲勝，全靠大夥長期不懈的努力。**(2 3 4 1)**
  - ～(から)にほかならない 全靠～

14 那兩個人在交往的流言，甚至已經傳到隔壁學校了。**(2 3 4 1)**
  - ～にまで 甚至到～

15 馬拉松選手們和強風博鬥著奮力奔跑。**(3 2 4 1)**

擬真試題 9 P 311

1	4	2	3	3	2	4	1	5	2
6	4	7	3	8	2	9	2	10	1
11	1	12	4	13	4	14	2	15	1

1 他接連犯錯，只能說那是不小心所導致。
  - ～による 根據～
  - ～しか～ない 只能～；只有～
  - 動詞ます形＋ようがない 無法～

2 從 20 幾歲開始便一路辛苦而來，才讓他擁有如今的地位。
  - ～に～を重(かさ)ねる ～再～

3 朋友落下我去旅行，即使是過了 10 年，現在我還是沒跟對方聯絡。
  - ～抜(ぬ)きで 少了～；沒有～

4 由紀子「放學後我要去買東西，妳要不要陪我去？」
  早苗「啊，抱歉。今天輪到我看家，我得早點回去才行。」
  - ～ねばならない 必須得～
    ＝～なければならない

5 這個包包很重，不方便拿著走。明明是男朋友買給我的，卻…。

- ～のに 明明～

6 我不會做菜，就算會也只會煮拉麵。
  - ～のみだ 只會～；只能～；只是～
    ＝～だけだ／～ばかりだ

7 我們的研究團隊在簣輪教授熱情的指導下持續研究，終於拿出好成果。
  - ～のもとで 在～下

8 說家庭是唯一能輕鬆悠閒的地方可是一點也沒錯。
  - ～までもない 不需要～
    ＝～ことはない／～におよばない

9 門外漢就當別論，但連你這樣的專業人士都出這種離譜的錯，實在難以置信。
  - ～ならいざ知(し)らず 如果是～我是不知道

10 已經這麼晚啦？大家先別管工作了，先來吃點什麼吧！
  - ～はさておき 先別管～

11 那時就因為判斷錯誤才導致現在這麼艱難的狀態。**(3 2 1 4)**
  - ～たばかりに 正因為～

Tip ばかり 相關表現
  - ～てばかりいる 光光在～
  - ～ばかりか 不僅僅是～
  - ～ばかりではなく 不僅僅是～
  - ～たばかりだ 剛剛才～
  - ～ばかりだ／ばかりになっている 只剩～

12 是否考上先擺一邊，我打算努力挑戰檢定。**(3 2 4 1)**
  - ～は別として ～先擺一邊

13 我認為小孩愈來愈多的話，生活模式也該改變。**(2 4 1 3)**
  - ～も～ば～も ～的話；～也

14 他的初期畫作有吸引人之處，但現在的作品則缺乏魅力。**(3 1 2 4)**

もの 的相關表現

- 〜ものか 怎會〜？誰要〜？
- 〜もので/〜ものだから 因為〜
- 〜たものだ 當時是〜
- 〜たい(ほしい)ものだ 都想要〜
- 〜動詞可能形＋ものなら 要是能〜的話
- 〜ものを 儘管〜

15 要是連用日語打招呼都不會，那麼要在日本生活會很勉強吧？**(2 3 1 4)**
- 〜ようでは 要是像〜的話

擬真試題 10　　　　P 313

1	2	2	4	3	1	4	1	5	2
6	3	7	1	8	2	9	4	10	3
11	1	12	2	13	2	14	3	15	1

1 就不同的觀點而言，或許寵物還來得幸福多了。
- 動詞ます形＋ようによって(は)
  根據〜不同

2 每老一歲，體力就下滑一些。
- 〜ごとに 每〜

3 據教授所說，聽說也可以交報告來取代考試。
- 〜ことには 根據〜

4 不知不覺之中，時間就這麼過去了。
- 知らず知らずのうちに 不知不覺間〜

5 真的是好討厭的事件。可是，這畢竟不是事不關己的事件。
- 〜ぬ 不〜；沒〜＝〜ない＝〜ず

6 冷嗎？要不要喝點酒？
- 〜てはどう？ 要不要〜？＝〜たらどう？

7 由於是第一次來京都，所以靠導航觀光。
- 〜をたよりに 依靠〜；仰賴〜

8 就剛剛的問題想請教老師，請問老師您現在方便嗎？

- 〜ことで 因〜的事情

9 目前的工作累人是累人，但很值得做，我很樂在其中。
- 〜ことは〜ことだ 〜是〜

10 祖父到了 70 歲才開始學韓文，但就年齡來說他似乎學得很快。
- 〜わりには 就〜來看

11 現在的公寓距車站既不近，坪數也不大，但房租卻很貴。**(2 3 1 4)**
- 〜くもなければ〜くもない
  也不〜也不〜

12 這座島一整年都持續著平穩的天氣，所以觀光客絡繹不絕。**(3 1 2 4)**
- 〜をつうじて　①整個〜　②透過〜
  ＝〜をとおして

13 明天就要召開重要的會議了，準備資料讓我忙得不可開交。**(3 2 4 1)**
- 〜をひかえて 〜在即

14 以目擊者的證詞為參考，開始畫犯人的畫像。**(1 4 3 2)**
- 〜をもとに 以〜為參考

15 要參加明天的酒趴的人加你共 12 個人。**(4 1 3 2)**
- 〜を含(ふく)めて 包含〜

擬真試題 11　　　　P 315

1	1	2	2	3	2	4	1	5	4

中國自 1979 年開始為遏止人口增加遂喊出「一胎化」政策。違反此項政策的夫婦就得遭受罰款，取締相當嚴格。此項政策估計減少約 4 億人出生。

可是，政府後來卻宣布說要全面廢止該項政策，據說可以生2個孩子了。但是，關於這項新政策，國民的反應卻不甚熱絡。許多經濟層面的聲浪表示「養2個孩子很花錢！」啦、「國家幫我出錢的話我就生」啦等等。也有40歲以上的夫婦覺得很可惜地說「要是早點祭出該政策的話我就會生了…。」另外，想要養3個小孩的女性也說，該項政策對自己來說毫無意義。

政府雖是站在「基於擔心少子高齡化所引發的勞動人口減少」以及「為了改善均衡的人口發展」等立場宣布其政策方針，但我認為此項政策，對於身為大國的中國其發展可寄予多少厚望仍是未知數。另外，雖說是為了國家發展，但該項政策卻剝奪了女性的生育權，這可是千真萬確。

擬真試題 **12** P 316

1	4	2	2	3	3	4	1	5	3

我小時候一直認為小提琴是有錢人才玩得起的樂器，後來長大成人，開始有錢並能自由運用時，便開始學小提琴。說到小提琴，大家很容易認為它是只有少部分人才能演奏的高級樂器；而且誤解小提琴剛開始很難拉出聲音的人似乎也不少。不過，只要磨擦那條細線事實上就能發出聲響。只要練習，任誰都能拉，並不需要什麼特別的能力。不過，要達到站在眾人前表演但不丟臉的程度，這的確是需要很長一段時間的。可是，這情況不和鋼琴等其他樂器一樣嗎？

繼而，您或許也會想說「一把琴貴得買不起」或者「學費不貲」等，但事實上5萬日圓左右就買得到，而學費也和鋼琴課費用差不多。近來甚至在網路上還找得到詳細教授演奏方法的網站，所以自學也不是不可能。

我只是個剛學小提琴還不到2年的初學

者。剛開始還無法順利拉出聲音，一切亂七八糟的，但撐過2年後，我也開始能演奏某些程度的曲子了，那種喜悅可謂生平頭一遭。當然，我也不是說每個人都一定能跟我有相同的心情，但總而言之，想拉拉看小提琴的人，希望你務必跨出第一步，一窺小提琴世界的堂奧。

擬真試題 **13** P 318

1	2	2	4	3	1	4	3	5	2

萬聖節是起源於歐洲的節日，在美國，孩子們都會扮成巫婆或妖怪到附近的人家家裡要糖果，這習俗早已行之有年。

日本也是到了每年10月31日，似乎就有許多人、團體和企業開始著手企劃應景活動。去年，在都心舉辦的遊行便異常熱鬧，萬聖節相關商品等也紛紛出籠。看到這幅景象的美國人說「相對於美國，萬聖節是小孩子過的節，在日本卻都是大人在瘋，真令人有些吃驚。」

日本人之中有些人不管是什麼外國風俗習慣，都能照自己意思進行改編並予以採納，肯定看待日本人的彈性；而也有一些人覺得只不過是集體cosplay，在對日本人而言什麼意義也沒有的日子大鬧特鬧一番而已，不滿的聲音此起彼落。

擬真試題 **14** P 319

1	2	2	1	3	4	4	3	5	1

秋天到冬天這段期間，心情會比平常來得容易不好。據說這一切都和日照變短、夜晚拉長脫不了關係。但是，有時就是心情好不起來而已。此時，若對這個問題有清楚的認知並加以應對，消沉的心情據說便得以恢復。那樣的話，該解決方法到底是什麼呢？

首先，最好是對自然浮現的負面思考清楚予以認知。繼而，找個值得信賴的人傾訴。在這過程中，自己的難題得以漸漸客觀檢視，有時，負面思考還會轉為正面。如此這般，懂得對負面思考踩煞車雖委實重要，但這方法行不行得通還是因人而異的。除了這種方法以外，像多做幾次深呼吸、專心去做自己喜歡做的事、散散步、談談心等，希望大家積極一點，多方嘗試以尋找適合自己的方法。

擬真試題 15　　　　　　　P 320

1	2	3	4	5
4	4	3	2	1

也差不多到了年底了，寄賀年卡的季節又翩然來到。在此，當我們問說「你賀年卡都寄給誰？」時，恩師乃第一名，第二名則是出社會後承蒙照顧的上司、前輩等。然後，針對「在你的人生中有可稱之為恩師的人嗎？」所做的問卷調查顯示，60% 以上的人都回答有，且主要都是國、高中時諸多照顧自己的老師。那麼的話，當問說「你每年都會寄賀年卡給那位恩師嗎？」的時候，不到一半的人竟都回答「沒有」。深究其原因，最多人回答「因為工作太忙」。之前，曾有篇名喚「無法休息的日本人」的報導躍上報紙版面，總覺得很令人悲哀。日本的社會普遍存在「休息」就是「不好」的想法，日本人都不休息，默默工作，結果才造成連寄張賀年卡給恩師的時間都沒有的現狀嗎？或許您認為我說得有點誇張，但您也無法否定吧？

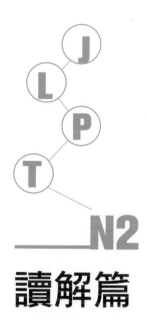

N2
讀解篇

合格攻略 TIP

作答讀解題型時,切勿以自己的想像去思考,而是要依據文章線索去解題。難度較高的考題通常會出現兩個讓人難以抉擇的選項,此時若其中一個選項含有許多本文出現的單字、類似含意的單字,則該選項是正確答案的可能性較高;若選項中出現了文中沒有出現的單字,則該選項會是正確答案的可能性就較低。

問題10 短篇理解（5篇文章共5題）

題型說明

1 文章篇幅約為 **200字**左右。

2 主題有關**日常生活或公司業務**，文章類型包含**說明文、解說文、評論、意見文、信件**等。

3 每篇文章出一道題目。

4 考題通常會考對**文章內容的理解程度、作者的想法或主張、指示詞所指稱的對象、畫底線處的原因**等。

〔例題〕

問題10 次の(1)から(5)の文章を読んで、後の問いに対する答えとして最もよいものを、1・2・3・4から一つ選びなさい。

最近お金をあまり使わずに貯金するという若者が増えているそうです。30代前後を対象にして調査した結果、余暇で最も多いのが「インターネット」、ついで「DVDやテレビ視聴」、「漫画」などです。結果から見ると、お金のかかることはあまりしていないそうです。このような現象は景気は回復しつつあるものの、自分に回ってくるお金はぜんぜん増えていなくて、将来が不安だからでしょう。そして、わりと、自由にお金を使って色々なことのできるはずの学生なのに、デートや旅行などより「将来を考えると、まずは貯金だ。」という学生も目立ってきているのです。

解題技巧　1 **請先閱讀題目，暫時不要閱讀選項。**

2 將題目牢牢記在腦海中，之後讀懂文章的大意和脈絡，並找出題目的答案，切勿過度花心思解讀每字每句。

3 掌握文章的主旨，主旨會出現在第一段，結論則會出現在最後一段，此重點適用於所有讀解題型。

4 閱讀時，請**特別注意結論部分**。

5 閱讀過程中，碰到不會的單字時，切勿驚慌，請繼續往下閱讀。只要繼續往下閱讀，通常就能自然而然理解單字的意思。另外，文中若出現超過 N2 等級的高難度單字，後方通常會有注解補充說明其意思。

6 當考題詢問指示詞指稱的對象時，答案通常會出現在**該指示詞的前後方**。若為更高難度的考法，答案則會出現在**前一段或結論部分**，但是以 N2 考題的難度來說，不太可能出現。

學習策略　1 練習讀解題型時，請規定自己在**一定的時間內**作答完畢。就算文章的篇幅較長，也請**在五分鐘內解決**。

2 練習時，請勿直接翻譯文章，而是要試著**理解全文**。舉例來說，如果文中出現指示詞，請務必掌握其指稱的對象，並整理記下要點。

3 請以**文字、語彙、文法、用語**等言語知識為基礎，**集中精神**發揮你的**閱讀實力。分數的高低取決於你懂得多少的單字和用語。**

4 很難在短時間之內提升實力，因此**需要持之以恆的練習**。請大量練習閱讀原文文章，且要**廣泛閱讀**。

5 請透過本書的試題掌握技巧。

6 練習作答改制前後的**已公開歷屆試題**。

答案及解析P 394

問題 10　　　請閱讀文章，並選出最適合用來回答下列問題的選項。

（1）

　　企業に勤めている人が去年 1 年間で受け取った平均給与が415万円で、おととしから 2 年続けて増加した。去年はおととしに比べて約 1 万 5 千円増えたが、ピークだった1997年より約52万円少なくなっている。そして、去年は 1 年通じて給与をもらった人が約4700万人であって、過去最大である。この現象は景気回復を背景に働く人が増えて、給与の水準も高くなっているからである。

1　本文の内容に合っているものはどれか。

1 去年より給与をもらった人が多かった年は過去になかった。
2 1997年は働いて給与をもらった人が最も多かった。
3 おととしは給与の水準がいちばんよかった。
4 景気は1997年から回復し続けてきた。

（2）

　仕事の後のビール一杯は最高ですね。一日の疲れも吹き飛びますし。それに、ビールは健康にもいいそうです。まず、ビールを飲んで一時間以内に起きる変化としてはトイレが近くなる、おつまみがほしくなる、どんどん飲みたくなる。抑制がきかなくなるといったところですが、これはアルコールをとった時、起きる変化とあまり変わりないです。でも、ビールを飲み続けて長期的に起きる変化としては、心臓病になりにくくなる、目とか腎臓にもいい影響を及ぼしているということです。そうはいってもアルコールだから、飲みすぎはよくないと思いますが、適当に飲めば、薬になるということですね。お酒の好きな人には朗報かも知れませんね。

2　ここで、筆者が最も言いたいのは何か。

1　ビールはアルコールだから、やはり避けたほうがいい。
2　ほどよく飲めば、ビールも体にいい影響を与えるのだ。
3　ビールが健康にいいなんてすべての人にいい知らせである。
4　ビールは体にいい影響ばかり及ばしているから、どんどん飲んでほしい。

（3）

最近お金をあまり使わずに貯金するという若者が増えているそうです。30代前後を対象に行った調査の結果によりますと、余暇の過ごし方として最も多かったのが「インターネット」、ついで「DVDやテレビ視聴」、「漫画」などです。結果から見ると、お金のかかることはあまりしていないそうです。このような現象は景気は回復しつつあるものの、自分に回ってくるお金はぜんぜん増えていなくて、将来が不安だからでしょう。そして、わりと、自由にお金を使って色々なことのできるはずの学生なのに、デートや旅行などより「将来を考えると、まずは貯金だ。」という学生も目立ってきているのです。

3 お金のかかることはあまりしていないそうですとあるが、なぜか。
1 最近、貯金をする人が増えているから
2 自分のお金が増えない現在が不安だから
3 将来のためにお金を惜しまなければならないから
4 経済は回復しているが、比較的にお金を使うのに不自由だから

（4）

2016年7月7日

株式会社　カツオ　御中
総務部　課長　長谷川　大介　様

株式会社　野々村商事
課長　野村　真一

化粧水容器のお見積りについて

拝啓

　時下ますますご清栄のこととお喜び申し上げます。普段、格別のお引き立てにあずかり、厚くお礼申し上げます。
　さて、6月31日にご依頼を受けました当社製品の化粧水容器のお見積りの件ですが、誠に申し訳ございませんが、今回はお断りさせていただきたいということを申し上げます。慎重に検討いたしましたが、納品の期限に合わせることが不可能と判断いたしました。せっかくお取引いただきましたのに、このような回答を差し上げますこと、何とぞお許しくださいますようお願い申し上げます。
　まずは取り急ぎ、お見積り辞退のお詫びかたがたご連絡申し上げます

敬具

4　これは何についての文なのか。
1 製品の注文に対する感謝の文　　2 製品の納品を断る謝罪の文
3 製品を依頼する文　　　　　　　4 製品の納品に対するお礼の文

（5）

最近賃貸住宅の空き家が増えていて、今後も増えていくのはほぼ確実です。この問題を解決するためには、人々の求めるさまざまなニーズに向き合う必要があります。その一つは、ペットと共生できる住宅です。ペットとともに心地よく暮らせる住宅の開発でしょう。実際、あるハウスメーカーは入居者がペットと暮らすことを前提にして、内部に住む人だけでなくペットにとっても快適になるよう工夫を加えた結果、例年よりいい実績をあげています。

過去はペットを飼うのを嫌う大家さんが多くて、賃貸住宅ではなかなかペットが飼えませんでしたが、世の中って変わるんですね。

5 その一つとあるが、何をさしているのか。
1 空いた賃貸住宅が増えていくのを防ぐ方法
2 賃貸住宅の消費者たちのニーズを調べる方法
3 入居者にペットと暮らすことを提案する方法
4 ペットと快適に共生できる住宅にする工夫

重點題型攻略

問題11　中篇理解（3篇文章共9題）

題型說明　1 文章篇幅約為 **500 字**左右。

2 與「短篇理解」相同，主題有關**日常生活或公司業務**，文章類型包含
說明文、解說文、評論、意見文等。

3 **每篇文章**出三道題目。

4 考題通常會考**對文章內容的理解程度、作者的想法或主張、指示詞所
指稱的對象、畫底線處的原因**等。

〔例題〕

問題 11　次の（1）から（3）の文章を読んで、後の問いに対する答えとして
最もよいものを、1・2・3・4から一つ選びなさい。

　　医療技術や生活水準の向上などによって、現在、日本の総人
口の中で65歳以上の高齢者が約23％を占めていて、急激に高
齢化が進んでいるそうだ。平均寿命も延び続けるにつれて、高齢
化や長寿命化はこれからもどんどん進むだろう。だから、健康的
に生活できる「健康寿命」が関心を集めているそうだ。それにとも
なって、健康食品の市場も拡大していくと予想され、体に優しい
素材を使った「健康住宅」に対しての関心も高まっている。「健康
住宅」とは心地よく暮らせるだけではなく、医療費の削減も期待さ
れているそうだ。健康を脅かす化学物質を使わない住宅は、人
が健康に住めるような健やかさをサポートするからだろう。このよう
に高齢化や長寿命化は住宅産業や食品産業だけではなく、こ
れからは他の産業にも活性化をもたらすだろう。

解題技巧　1 **請先閱讀題目，暫時不要閱讀選項。**

2 將題目牢牢記在腦海中，之後讀懂文章的大意和脈絡，並找出題目的答案，切勿過度花心思解讀每字每句。

3 掌握文章的主旨，主旨會出現在第一段，結論則會出現在最後一段，此重點適用於所有讀解題型。

4 將文章分成兩三個段落，**掌握各段重點。**

5 文中出現指示詞時，請確實掌握其指稱的對象。就算題目沒有考指示詞，也要確認其對象為何後再往下閱讀。

6 閱讀過程中，碰到不會的單字時，切勿驚慌，請繼續往下閱讀。只要繼續往下閱讀，通常就能自然而然理解單字的意思。另外，文中若出現超過 N2 等級的高難度單字，後方通常會有註解補充說明其意思。

7 當考題詢問指示詞指稱的對象時，答案通常會出現在**該指示詞的前後方**。若為更高難度的考法，答案則會出現在前一段或結論部分，但是以 N2 考題的難度來說，不太可能出現。

8 **會以「～と思う、～だろう、～でしょう」等用語來表達作者的想法。**

學習策略　1 練習讀解題型時，請規定自己在**一定的時間內**作答完畢。就算文章的篇幅較長，也請**在七分鐘內**解決。

2 練習時，請勿直接翻譯文章，而是要試著**理解全文**。舉例來說，如果文中出現指示詞，請務必掌握其指稱的對象，並整理記下要點。

3 請以**文字、語彙、文法、用語**等言語知識為基礎，**集中精神**發揮你的**閱讀實力。分數的高低取決於你懂得多少的單字和用語。**

4 很難在短時間之內提升實力，因此**需要持之以恆的練習**。請大量練習閱讀原文文章，且要**廣泛閱讀。**

5 請透過本書的試題掌握技巧。

6 練習作答改制前後的**已公開歷屆試題。**

答案及解析P 395

問題 11　　請閱讀文章，並從 1・2・3・4 中選出最適合用來回答下列問題的選項。

（1）

　　ぼくってほんの２年前まではガーデニングとは全く関係のない人だった。いや、ガーデニングってなんのことかさえ知りたくもなかった。仕事に追われて忙しい日々を送っていたからか、それとも①それが面倒なことだと思っていたからかは分からない。

　　そんなぼくが２年前、定年退職したとたん、一気に老け込んで無気力になり、何もしなくなった時、ある日、ふとガーデニングって言葉が頭をよぎった。直ちに駅前の小さな花屋でベゴニアの種を買ってきて、雑誌を見ながらし始めた。ほんの２年前までは全然関心のなかったガーデニングを。

　　それ以来、うちのベランダには小さな庭ができた。その庭の美しい花々を見ることで気持ちがいやされるのだ。種や苗を地道に育てていくのはまるで自分の子供を育てているかのようで、なんか毎日がドキドキしてうれしい。

　　２年前まではガーデニングに関心を持つ暇さえなかったが、今はそれのおかげで、②定年退職後のうつ病なんかに悩まされる暇さえない。

　　定年退職した人はもちろん、一人暮らしの老人やストレスのたまった若者などにぜひ勧めたい。命の大切さや喜び、自分自身の人生の大切さもわかるようになるだろう。

1　①それとあるが、何をさすのか。

　　1 仕事に夢中になること
　　2 個人の小さな庭をつくること
　　3 一定の年齢になって会社をやめること
　　4 会社をやめてから病気にならないようにすること

2　②定年退職後のうつ病なんかに悩まされる暇さえないとあるが、どうして

か。

　　1 子供を育てるのが楽しくて
　　2 庭の花の手入れが楽しくて
　　3 楽しめる趣味をさがすのに忙しくて
　　4 ガーデニングを人に勧めるのに忙しくて

3　筆者のガーデニングについての考えはどう変わったか。

　　1 時間がないとできない趣味だ。
　　2 手を焼いて、やっかいな趣味だ。
　　3 関心をもつ価値さえない趣味だ。
　　4 ストレスの多い現代人にいい趣味だ。

（2）

医療技術や生活水準の向上などによって、現在、日本の総人口の中で65歳以上の高齢者が約23％を占めていて、急激に高齢化が進んでいるそうだ。平均寿命も延び続けるにつれて、高齢化や長寿命化はこれからもどんどん進むだろう。だから、健康的に生活できる「健康寿命」が関心を集めているそうだ。それにともなって、健康食品の市場も拡大していくと予想され、体に優しい素材を使った「健康住宅」に対しての関心も高まっている。「健康住宅」とは心地よく暮らせるだけではなく、医療費の削減も期待されているそうだ。健康を脅かす化学物質を使わない住宅は、人が健康に住めるような健やかさをサポートするからだろう。このように高齢化や長寿命化は住宅産業や食品産業だけではなく、これからは他の産業にも活性化をもたらすだろう。

4 それにともなって現れた現象として本文で述べていないものはどれか。

1 健康について心配する人が増えつつある。
2 人たちは健康にいい食べ物を求めるようになった。
3 体にいい素材を導入した住宅に関心を持つようになった。
4 健康に生きていくためのいろんなことに関心を持つようになった。

5 高齢化や長寿命化がもたらしたことについての筆者の考えとして正しいのは
どれか。

1 医療技術やサービスが改善している。
2 いろんな産業に活発さを吹き込んでいる。
3 住宅を購入する人が増えている。
4 長生きしようとする人が急激に増えている。

6 本文の内容に一致しないものはどれか。
1 世界で一番高齢者が多い国は日本である。
2 高齢化が進んでいるのは医療技術の発達が一役買った。
3 「健康寿命」への関心が「健康住宅」への関心をもたらした。
4 「健康住宅」では健康に住めるから、医療費が減ると期待されている。

（3）

　①「親不孝防止法」という法を聞いたことがありますか。これは財産を引き継いだ子が父母の^(注1)扶養義務を果たさなかった場合、その財産を返すように要求できる法です。それだけではなく、子が親に暴力やそれに等しい行動をした場合にも子にやった財産を取り消すことができるそうです。

　以前はいったん子に財産をゆずったら返してもらえなかったわけですね。もちろん少数の人ですが、財産だけをもらって老いて気力のなくなった親をほったらかす子が増えたからこんな法ができたでしょう。②はたしてこのような法ができて、孝行者が増えるでしょうか。親不孝者が急に孝行者に変わりはしないと思いますけどね。これは親孝行を強制に促すだけの法ではないかという声もあります。

　それにしても、親の財産だけをねらう子たちは減る可能性はあるでしょう。しかし、以前であれば、このような法は想像すらできなかったでしょう。伝統を重視し、お年寄りを尊敬し、親孝行は当たり前のことだと思っていたこの国だからこそ、③この親孝行を強制する法からは違和感を感じざるを得ませんね。

　（注1）扶養義務：生活の面倒を見ること

364

7　②はたしてこのような法ができて、孝行者が増えるでしょうかとあるが、筆者はどうしてこう言っているか。

1「親不孝防止法」が実現されたら、きっと親孝行する子が増えるから
2「親不孝防止法」が実現されたら、財産をとろうとする子が増えるから
3「親不孝防止法」が実現されても、親不孝の者が一日で親孝行にはなるはずがないから
4「親不孝防止法」が実現されても、親不孝の者が一変して親孝行の者になるわけだから

8　③この親孝行を強制する法からは違和感を感じざるを得ませんねとあるが、どうしてか。

1財産を子にゆずるのが当然の国だから
2強制しても孝行者が増えてほしいから
3親孝行は当然なことだとされてきた国だから
4親不孝者が増えて、「親不孝防止法」が作られるべきだから

9　筆者は①「親不孝防止法」についてどう考えているか。

1あってもいい法である。
2あってはいけない法である。
3あまり効力のない法である。
4納得いかないが、仕方なくあったほうがいい法である。

　①公務員といえば、安定性ですね。「国を支える」仕事だといって、給料は安いものの、やりがいのある仕事として、人気のある仕事です。でも、この職も暗い面があるそうですね。月100時間以上の残業はたいしたことでないとしても、耐えられないのは職場での上司にたいする絶対的な服従の空気だそうです。そればかりか、部下の意見などは認められないし、ほんのちょっとしたミスさえ許されなくて、もし、ミスしたら「基本的な能力が備わっていない者」と傷つくような言葉が飛んでくるのです。

　もちろん誤ったら、指摘されるのは当たり前でしょうが、「能力が備わっていない者」」とまで言われる過ちではないのに、そこまで言われると、どんなにやりがいがあって誇りが持てる仕事だってすぐ「やめてやる」と思ってしまうのではないでしょうか。実際、公務員をやめた若い人を調べてみた結果、「これだけつらい仕事をして、この給料か」ってことでやめてしまった人より、職場の②あまりにも融通のきかない雰囲気や上司の言葉の暴力が原因でやめた人が多かったらしいです。

10 ①<u>公務員</u>についての説明として一致するものはどれか。

1 残業が多いのは多いが給料は高い。
2 きついが誇りが持てる仕事だ。
3 人の話や意見などを聞かない人だ。
4 給料は安いから、すぐやめる人が多い職業だ。

11 ②<u>あまりにも融通のきかない雰囲気や上司の言葉の暴力</u>とあるが、具体的にどんな雰囲気で、どんな暴力なのか、<u>正しくない</u>のはどれか。

1 上司の命令に絶対に逆らってはいけない。
2 小さな過ちさえ大目に見てもらえない。
3 少しでも誤ったらなぐられたり、いじめられたりする。
4 うっかりしたらプライドに傷つけられそうなひどい言葉を言われる。

12 本文の内容に合っているものはどれか。

1 普通、融通のきかない人は公務員になりたがる。
2 公務員って仕事はいい面も悪い面もある仕事だ。
3 公務員になると後悔する人が多くて、みんなすぐやめてしまう。
4 公務員をやめる人で、給料に不満があってやめた人が最も多い。

「中食」って聞いたことがあるだろうか。ぼくは初めて聞いて中華料理をさすのかと思ったが、家庭ではなくそれ以外で調理されたものを買って持ち帰る、または出前をとって家で食べる食事をさすらしい。この中食が最近急増していて、その原因としては一人暮らしの高齢者や単身者の増加が挙げられる。ご飯を作るのが面倒で調理を簡素化した商品、たとえばお弁当やおにぎり、お寿司などを好むのである。家庭での①米の消費量が急減したらしいが、②それらはすべて米で作られていて、実は米の消費が減少したのではなく、食事の形態が中食に変わりつつあるのではないか。もちろん輸入などによる食材の多様化のため、米の消費量は一昔前と比べると確かに減少はしているものの、米はやはり我々の強い主食に違いないだろう。

　2030年には一人暮らしの人が全人口の約4割も占めるようになると予想される。中食の主な消費者が単身者であることから、中食市場はこれからも拡大し続けると思うし、工夫次第では米の消費量の減少にも歯止めがかけられるだろう。

13 ①米の消費量についての説明として正しいものはどれか。

　1 中食が増えるにつれて、米の消費量は減少している。
　2 いろんな食材が輸入されて、米の消費量は減少している。
　3 現状からみると、米の消費量は減少する一方だ。
　4 中食を好む人が増えるのは米の消費の減少につながる。

14 ②それらとあるが、何をさすのか。

　1 米で作られたすべての食物
　2 米で作られた中国風の料理
　3 単身者や一人暮らしのお年寄りが好む食物
　4 家庭外で調理され、作る手間が省かれた食物

15 この文章でわかる筆者の考えはどれか。

　1 いろんな中食の開発は米の消費量の減少も止められるだろう。
　2 米の消費量の減少は深刻で、解決方法を工夫するのは急がれる。
　3 中食は米の消費量と関係あるので、単身者に中食を勧めるべきだ。
　4 2030年には人口の半分以上が一ひと暮らしの人になるので、これを止めるべきだ。

問題12　綜合理解（2篇文章出2道題）

題型說明

1 **理解並綜合比較兩篇文章內容**，兩篇文章篇幅各約 **300** 字左右。

2 主題有關**日常生活**。文章類型包含**對談、評論、說明文、報導、隨筆**等，文章內容平易近人。

3 兩篇文章出兩道題目。曾經有一次出現三篇文章。

〔例題〕

問題12　次はＡの悩みに対して相談者Ｂと相談者Ｃが述べている文章である。三つの文章を読んで、後の問いに対する答えとして最もよいものを、1・2・3・4から一つ選びなさい。

A

最近、中高年ニートが増えているという。ニートとは就職や（注1）就活、就学などしていない人をさしている。ニート族は以前から問題になっていたが、どうして最近若者より、中高年ニートが増えてきているのだろうか。それは、若いうちに働かない、また、働きたいけど、職につけなかった人が、中高年になって、もう就職は無理だと思い、親に依存して生活してい…

B

パラサイトシングルとは学校を卒業して社会人になっても親と同居しながら、自分が稼いだお金は全部自分に使っている独身男女をさしている言葉です。シングルのうちパラサイトが占しめている割合は2割近く増えているのです。パラサイトが少子化や（注3）晩婚化を招いたという意見もあります。また、実際に親と同居している未婚の男女は結婚が遅くなっている…

解題技巧　　1　**請先閱讀題目，暫時不要閱讀選項**。

2　掌握兩篇文章的**主旨**，以及作者對兩篇文章主旨的見解、想法及結論。

3　題目會詢問**兩篇文章內容的相似點或相異點、兩篇文章作者想法的共同點或差異點**等。

4　閱讀過程中，碰到不會的單字時，切勿驚慌，請繼續往下閱讀。只要繼續往下閱讀，通常就能自然而然理解單字的意思。另外，文中若出現超過 N2 等級的高難度單字，後方通常會有註解補充說明其意思。

學習策略　　1　練習讀解題型時，請規定自己在**一定的時間內**作答完畢。就算文章的篇幅較長，也請**在十分鐘內**解決。

2　練習時，請勿直接翻譯文章，而是要試著**理解全文**。要練習**比較**兩篇文章，以掌握兩篇文章的**相異點或共同點**。

3　請以**文字**、**語彙**、**文法**、**用語**等語言知識為基礎，**集中精神**發揮你的**閱讀實力。分數的高低取決於你懂得多少的單字和用語**。

4　很難在短時間之內提升實力，因此**需要持之以恆的練習**。請大量練習閱讀原文文章，且要**廣泛閱讀**。

5　請透過本書的試題掌握技巧。

6　練習作答改制前後的**已公開歷屆試題**。

答案及解析P 399

問題 12　　（1）下列是兩篇兩位女性對婚姻看法的文章。請閱讀文章，並選出最適合用
　　　　　　來回答下列問題的選項。

A

　結婚すると周りから、小言を言われなくなるのです。「女性の幸せは結婚だ」という考え方がまだまだ残っているので、適齢期が過ぎた女性なら、「付き合っている人はいないか」とか、「早く結婚して子供を産まなきゃ」といろんな雑音を聞くのでしょう。

　そして、経済的にも安定できるし、また、人生のパートナーができて心強くなります。そして、子供ですね。自分に似ている子供を産んで、育てていく上でのうれしさや喜びを夫と分け合えることも結婚の大きなメリットだと思います。女性の中では結婚はともかく、子供だけがほしいと言い出す人がかなりいると思いますが、しかし、まだ、現実は、女性一人で子育てできるような環境になっていないので、それは勧めたくありません。結婚してパートナーと子供ができることによって、自分以外の者からのたくさんの楽しみが増えます。

　「結婚はしても後悔、しなくても後悔」と言うから、どうせ後悔するなら、してから後悔したらどうでしょうか。

B

　女性なら幸せな結婚にあこがれますね。もちろん、人によりますが。ただ、好きな男性と一緒になって、子供を産んで、きれいな一戸建てで、幸せな家庭を築きたいと夢見るのです。でも、実際に結婚してみると、結婚生活ってメリットもあればデメリットもあるはずなのに、メリットよりデメリットにまず気付き、後悔してしまいます。メリットはずいぶ

ん後になって気付くらしいです。しかし、女性の中では、「メリットなんて一つもなく、結婚って女性には損ばかりだ」と思う人がかなりいるらしいですね。考えてみると、仕事を持っている女性なら、結婚して仕事と家事を両立するっていうのがかなりの負担になるはずですね。

　だから、結婚はつらいだけで、幸せなんか少しも感じられないものだと思うのかも知れません。でも、一人だって、必ずしも幸せになれるとは言えませんね。一人でも寂しい時や不幸な時だってあるはずで、結婚するなら、その悲しさや不幸さもあれば、パートナーと子供から得られる幸せやうれしさが加わるのです。判断は自分のものです。結婚は「必須」ではなく、「選択」だから、一人での幸せか二人、三人とともにする幸せかを選べばいいのです。

1　結婚についてのAとBはどうのように考えているのか。

1　AもBも結婚は幸せになれるから、した方がいいと考えている。
2　AもBも結婚はつらいだけなので、しない方が幸せだと考えている。
3　AもBも結婚はいいこともあれば、悪いこともあるから、してもいい、しなくてもいいと考えている。
4　Aは結婚はした方がよく、Bは結婚は自分が判断すべきものだと考えている。

2　AとBのどちらの文章にも触れられている点は何か。

1　女性が憧れている理想的な結婚
2　結婚して得られるもの
3　結婚の大変さ
4　結婚していない女性のつらさ

（2）下列是兩篇對「尼特族」和「單身寄生族」看法的文章。請閱讀文章，並選出最適合用來回答下列問題的選項。

A

最近、中高年ニートが増えているという。ニートとは就職や(注1)就活、就学などしていない人をさしている。ニート族は以前から問題になっていたが、どうして最近若者より、中高年ニートが増えてきているのだろうか。それは、若いうちに働かない、また、働きたいけど、職につけなかった人が、中高年になって、もう就職は無理だと思い、親に依存して生活している結果となっている。また、中高年ニートの中で親がぼくをそのように育っていたと親のせいにする声もある。

一方、中高年ニート族に対して、少数の若い人たちは「お前らが働かないせいでおれたちの負担が増えるのだ」という批判の声も出している。しかし、35歳過ぎている人を求めている職場ははたして何か所あるだろうか。(注2)皆無だと言ってもいいのではないだろうか。

（注1）就活：就職するための活動

（注2）皆無：全然ない

B

パラサイトシングルとは学校を卒業して社会人になっても親と同居しながら、自分が稼いだお金は全部自分に使っている独身男女をさしている言葉です。シングルのうちパラサイトが占めている割合は2割近く増えているのです。パラサイトが少子化や(注3)晩婚化を招いたという意見もあります。また、実際に親と同居している未婚の男女は結婚が遅くなっているんですね。また、仕事がなくても生活できるから、仕事がいやならすぐやめてしまい、結局ニート族になってしまいやすいです。

でも、高齢化した親に生活費をあげる中年の女性のパラサイトが結構いて、親から見るとデメリットだけではないでしょう。また、自分が老齢化していて横で面倒見てくれる娘がいるからいいという親もいるらしいです。娘は結婚をあきらめ、親と生活し続けて、親と友達みたいに仲がよりよくなるケースも多いようです。女性のパラサイトは親の立場から見ると、悩みの種ではないようですね。

(注3) 晩婚化：結婚が遅れること

3　AとBの文章で述べている内容として正しいのはどれか。

1　Aはニート族が社会に及ぼした影響についても触れている。
2　Bはパラサイトが社会に及ぼした影響についても触れている。
3　Aはニート族の親たちの意見に触れている。
4　Bはパラサイトを抱えている親たちの悩みについても触れている。

4　本文でいう中高年ニート族とパラサイトシングルについて正しく述べたのはどれか。

1　ニート族は会社を首になってぶらぶらしている人をさす言葉だ。
2　パラサイトは結婚しても親と同居している人をさす言葉だ。
3　すべてのニート族がもともと職につきたがらないというわけではない。
4　親にとっては女性パラサイトはいなくてもいい存在だ。

　　（3）下列是兩篇對房型看法的文章。請閱讀文章，並選出最適合用來回答下列問題的選項。

A

　20代・30代の女性に「あなたは部屋を借りるなら、洋室派？それとも和室派？」というアンケートを行った結果です。洋室派か和室派か答えた女性にそのわけも答えてもらいました。洋室派の意見としては、「掃除が楽だし、洋風のインテリアが楽しめるからいい。」また、「和室の方は落ち着くんですけど、掃除が大変で、手入れも大変ですよね。そして、和室なら、部屋の雰囲気から家具が自由に選べません」というのが多かったです。

　一方、和室派の意見としては「とにかく落ち着くのでいい」、「ベッドで寝るより、畳の匂いがしていいし、広々としていい」、「何かをやっていてそのまま寝転がれるのでいい」というのが多数でした。また、洋室派の方が二倍ぐらい多かったですが、だからといって和室が嫌いなわけではないが、どちらかといえば、洋室派だという答えが多くて、もし洋室と和室もある家だったらいいなという意見がけっこうありました。

B

　畳は湿気を吸収したり、吐いたりして湿度を調節するので、夏でも気持ちいいといった、畳のいろんな効能がすでに知られているでしょう。なのに、最近、生活様式の変化などの理由によって、和室を洋室に替える工事が増えるなど、和室が減っていると言われています。でも、畳は日本人からは切り離すことのできない素材のうえに、昔から慣れてきたもので、なくなることないでしょう。

　畳のベッドが販売されて、人気がだんだん上がっているし、新築住宅やマンションではリビングのいっかくに畳を敷いたり、もともと洋室のフローリングを畳に替えることも増えているんです。すなわち、それぞれのメリットを生かして洋風と和風をマッチするのが増えているんです。やっぱり日本人からは畳は切り離せませんね。

5 AとBがそれぞれで述べている内容として正しくないのはどれか。

1 A—洋室のデメリット
2 B—和室のメリット
3 A—洋室の方が女性には好まれている理由
4 B—日本の最近の住宅の様式

6 Aの内容として正しくないのはどれか。

1 掃除が面倒だから和室より洋室を好む女性もいる。
2 多様なインテリアが楽しめるから洋室がいいという女性もいる。
3 洋・和室のある家がいいという女性もかなりいる。
4 絶対洋室じゃないといやだという女性が増えている。

重點題型攻略

問題13　觀念理解（1篇文章出 3 道題）

題型說明　1 文章篇幅約為 **900 字**左右。

2 文章類型是**評論**，評論**內容明快簡潔**。

3 一篇文章出三道題目。

4 考題通常會考**對文章內容的理解程度、作者的想法或主張、指示詞所指稱的對象、畫底線處的原因**等。

〔例題〕

問題13　　次の文章を読んで、後の問いに対する答えとして最もよいものを、1・2・3・4から一つ選びなさい。

女性なら誰でも男性にもてたいですね。だから、ダイエットや美容にお金をかけたり、より美しく見える化粧の仕方などを工夫したりもします。でも、男性に人気のある女性って外見より、中身のきれいな女性ではないでしょうか。もちろん、初めて会った時は外見だけが目に入ってきて、外見が目立つきれいな女性が注目されるかもしれませんが、時間が経つにつれて内面が出てくるので、①それがきれいではなかったら、男性は離れていくに相違ないです。②ここまでは誰だって知っていることでしょう。どうやって内面をきれいにできるのか、その方法を紹介しましょう。

まず、パーフェクトを求めないことです。それを求めると人生の幅が狭くなり、新しいチャンスに出会うことができないのです。誰でも失敗はするし、欠点もあるから、それを素直に受け入れて、そこから何を学び取るか、それをきっかけにどう成長していくかが大事でしょう。…

解題技巧　1　**請先閱讀題目，暫時不要閱讀選項。**

2　將題目牢牢記在腦海中，之後讀懂文章的大意和脈絡，並找出題目的答案，切勿過度花心思解讀每字每句。

3　掌握文章的主旨，主旨會出現在第一段，結論則會出現在最後一段，此重點適用於所有讀解題型。

4　文章篇幅較長，因此請將文章**分成數個段落，並掌握各段重點**。包含第一段中出現的主題為何、主題**如何發展**、哪一部分提到**作者的想法**，以及**結論**為何。

5　文中出現**指示詞**時，請確實掌握其指稱的對象。就算題目沒有考指示詞，也要確認其對象為何後再往下閱讀。

6　閱讀過程中，碰到不會的單字時，切勿驚慌，請繼續往下閱讀。只要繼續往下閱讀，通常就能自然而然理解單字的意思。另外，文中若出現超過 N2 等級的高難度單字，後方通常會有註解補充說明其意思。

7　當考題詢問指示詞指稱的對象時，答案通常會出現在**該指示詞的前後方**。若為更高難度的考法，答案則會出現在前一段的結尾處，但是以 N2 考題的難度來說，不太可能出現。

8　**會以「～と思う、～だろう、～でしょう」等用語來表達作者的想法。**

學習策略　1　練習讀解題型時，請規定自己在**一定的時間內**作答完畢。就算文章的篇幅較長，也請**在十分鐘內**解決。

2　練習時，請勿直接翻譯文章，而是要試著**理解全文**。舉例來說，如果文中出現指示詞，請務必掌握其指稱的對象，並整理記下要點。

3　請以**文字、字彙、文法、用語**等語言知識為基礎，**集中精神**發揮你的**閱讀實力**。分數的高低取決於你懂得多少的單字和用語。

4　很難在短時間之內提升實力，因此**需要持之以恆的練習**。請大量練習閱讀原文文章，且要**廣泛閱讀**。

5　請透過本書的試題掌握技巧。

6　練習作答改制前後的**已公開歷屆試題**。

迎戰日檢

答案及解析P 401

問題13 次の文章を読んで、後の問いに対する答えとして最もよいものを、1・2・3・4から一つ選びなさい。

（1）

最近ニュースで保育所に入れない子が多くて、保育所を増やそうとしても保育士が足りないということを聞いた。その背景には保育士の待遇の低さがあるようだ。それで、保育士の資格があっても仕事に就こうとする人が少ないそうだ。一般の企業の平均給料は約29万円なのに、保育士の給料はなんと約20万円！平均給料が約20万円と言ってももっと低い人もいることを考えるとなんか①納得できる。子供と遊ぶだけで、月20万円って高いよと言う人がいるかも知れない。しかし、保育士という仕事は子供が相手になるので、特別な心配りや気づかいを必要とするとても疲れる仕事だってことがわかってほしい。

ところが同じく、子供を相手にする幼稚園の先生や小学校教員はそれよりもっともらえるそうだ。②それは保育士は教育者としてみていないからだそうだ。保育士は教員ではなく、福祉にかかわる職業なのだ。保育士も教育者として重要な仕事をしていると受け入れられたら、待遇は少しはよくなるだろう。

僕が保育士に関心を持ったのは、高校の時からで、卒業してから保育士になるため、テストも受けて合格し、資格もとった。今は仕事先を探している最中！そして、保育士の友達も何人かいるが、彼女らも保育士の仕事についたことをとても後悔しているのだ。長く勤めても会社のように地位も高くなることもないし、給料も上がらないし、毎日疲れるからだ。せっかく資格を取っておいて、なぜやめようとしたり、後悔したりするのかと僕にはとても納得いかなかった。しかし、今はなんとなくわかるような気もする。

僕は保育士としては珍しい男性保育士になろうとしている。しかし、なってから僕も後悔したらどうしようと心配している。教育者として理解されなくても、少なくとも何の知識も要らない、ただ一日中子供と遊ぶだけの仕事だと考えられたくないのだ。専門知識も要るし、ちゃんと勉強してまともに資格もとって、この国を担っていく子供を教育しているやりがいのあるすばらしい仕事だと理解されたいのだ。

1　①納得できるとあるが、筆者は具体的に何を納得しているか。

　　1　保育士の待遇が低いということ
　　2　子供を相手にする保育士は疲れる仕事だということ
　　3　保育士の平均給料が約20万円で、会社員より低いこと
　　4　保育士の資格があっても仕事につかない人がいること

2　②それはとあるが、何をさしているか。

　　1　保育士が仕事の中で最も低い給料をもらう理由
　　2　小学校の先生が教育者として理解される理由
　　3　保育士が幼稚園の教員より給料が低い理由
　　4　保育士がさけたい仕事になった理由

3　本文で「保育士」についての筆者の考えとして正しいのはどれか。

　　1　保育士を人々は教育者として受け入れるべきだ。
　　2　保育士は子供を教育しているやりがいのある仕事だ。
　　3　保育士は疲れる仕事でいつかはやめたくなる仕事だ。
　　4　保育士になるための過程は大変で、努力するべきだ。

（2）

　人が作った光、つまり人工照明が人間だけではなく動植物にも悪い影響を与えていることを知っていますか。たとえば、セミが夜明けまで鳴いたり、作物量が減ったり、人間が不眠症になったりすることです。このような現象を①光公害というらしいですね。

　街の看板の光だけではなく、最近はスマートフォンがそれです。特に子供が夜遅くまでスマートフォンをいじったりすると睡眠不足になり、これが学習能力の低下をもたらし、大人の場合は、不眠が次の日の仕事に影響を与えるでしょう。実際にスマートフォンが普及して不眠症の人が増えつつあるそうです。スマートフォンばかりではなく、テレビ、パソコンの光は私たちの脳を興奮させますが、顔と画面の距離が最も近くなるのはスマートフォン！ ベッドに②寝転がりながらスマートフォンをいじるのは楽しいですが、これがテレビやパソコンより、寝つきが悪くなっていく早道です。

　スマートフォンはいろんな便利な機能がついていて、情報の検索、辞書、カメラ、メモ、目覚まし時計など、思った以上の多くのことができるためか、多くの人がスマートフォンから手が放せないという症状をみせています。「快適な睡眠のためには寝室は寝るだけの部屋にするのが肝心だ」と睡眠専門医が言っていますが、現代人にとってはなかなかできませんよね。でも、現代人にとって熟睡も大事でしょう。なるべく使わない方がいいですが、どうしても夜、スマートフォンを使わなければならない場合には画面の明るさを落とした方が③快眠できるでしょう。それから、その使用時間を意識してだんだん減らしていくんです。もちろん、今晩からぴたっと使わないとしたら何よりですけど、もし、できなかったらですよ。これは慣れていればなんてことないですから、まず、今晩から始めてみましょう。

4 本文で言う①<u>光公害</u>ではないものはどれか。

1 人が手からスマートフォンをはなせなくなったこと
2 スマートフォンから発せられる光が睡眠をさまたげること
3 街の看板の明るい光のせいで、セミが夜も鳴くようになったこと
4 人間が作った光によって動植物界にいろんな悪い影響を与えること

5 ②<u>寝転がりながらスマートフォンをいじることが招くこと</u>ではないのはどれか。

1 睡眠不足
2 学習能力の低下
3 眠りが浅くなること
4 早く寝られること

6 本文で言う③<u>快眠</u>について正しく述べていないものはどれか。

1 快眠のためにはベッドでテレビやケータイなどを使わない方がいい。
2 専門家は快眠のためには寝室では何もしないようにと勧めている。
3 光公害によって快眠ができなくなっている。
4 快眠の要因はテレビやパソコンよりもスマートフォンである。

　女性なら誰でも男性にもてたいですね。だから、ダイエットや美容にお金をかけたり、より美しく見える化粧の仕方などを工夫したりもします。でも、男性に人気のある女性って外見より、中身のきれいな女性ではないでしょうか。もちろん、初めて会った時は外見だけが目に入ってきて、外見が目立つきれいな女性が注目されるかもしれませんが、時間が経つにつれて内面が出てくるので、①それがきれいではなかったら、男性は離れていくに相違ないです。②ここまでは誰だって知っていることでしょう。どうやって内面をきれいにできるのか、その方法を紹介しましょう。

　まず、パーフェクトを求めないことです。それを求めると人生の幅が狭くなり、新しいチャンスに出会うことができないのです。誰でも失敗はするし、欠点もあるから、それを素直に受け入れて、そこから何を学び取るか、それをきっかけにどう成長していくかが大事でしょう。

　それから、何でも前向きに考えて行動することです。何事に対してもマイナス面ばかり見たら、心も暗くなって、それがそのまま顔に出てしまうのです。いくらきれいだって、暗い表情をしていたら、魅力は半減するでしょう。何事にも明るく、積極的にのぞむと自然と笑顔になることが多くて、きれいな顔になるでしょう。

　最後に人に頼らないことです。一人で何かをするのに、決めるのに迷わず、ためらわず、自立することなのです。こんな自立心って自信から出てきて、自信は過去のいろんな経験から得られるんです。ですから、きれいな女性になるために は、新しいことに挑戦することから始めてみましょう。

　人間なら外見の美しさを磨くのも大事ですが、それだけでなく両面の美しさを追求してみてはどうかなと思います。

7　①それとあるが、何をさすのか。

1　人の表情や性質

2　人の性格や傾向

3　人のしぐさや話し方

4　人の顔つきや行動

8　②ここまでとあるが、何をさすのか。

1　人は外見より、中身が大事だ。

2　女性は美しければ、男性にもてるはずだ。

3　人は外見より内面だけを磨くのが大事だ。

4　女性はもてるために外見だけを磨いている。

9　本文で筆者が最も言いたいことはどれか。

1　もてる人になるためには、きれいな人になるべきだ。

2　人間らしくなりたかったら、新しいことに挑戦することだ。

3　外見を磨いて、中身も磨いたら、きれいな人になれる。

4　完璧を追求しながら、新しいことに挑戦したら自信ができる。

問題14　信息檢索（1篇文章出2道題）

題型說明　　1　文章篇幅約為 **700 字**左右。

2　包含日常生活中常見的**廣告、手冊指南、徵才廣告、商務文件、廣告文**等。

3　一篇文章出兩道題目。

4　從文章中**分析並找出符合題目條件的訊息**作為答案。

〔例題〕

問題14　右のページは、オオタ市のゴミの処理方法の案内である。下の問いに対する答えとして最もよいものを、1・2・3・4から一つ選びなさい。

74　キムさんはオオタ市に引っ越してきました。今日は12月1日火曜日です。食べ終わったパンやおかずなどはいつ出せばいいですか。そして、引っ越してきて段ボールも捨てなきゃいけません。いつ出しますか。

1　あさって食べ終わったパンやおかずを、しあさって段ボールをだす。
2　あした食べ終わったパンやおかずを、しあさって段ボールをだす。
3　あした食べ終わったパンやおかずと段ボールをだす。
4　あさって食べ終わったパンやおかずと段ボールをだす。

75　金田さんは来週の月曜日、隣の町へ引っ越します。ベッドと古いカーペットを捨てたいです。どうすればいいですか。

1　オオタ市役所に連絡して、ベッドとカーペットを引っ越す前に出しておく。
2　引っ越す前の火曜か金曜日に、ベッドとカーペットを出しとく。
3　ベッドとカーペット、両方ともオオタ市役所の粗大ごみセンターに連絡して火曜か金曜に出しておく。
4　ベッドはオオタ市役所の粗大ごみセンターに連絡して、カーペットは引っ越す前の火曜か金曜に出しておく。

解題技巧　　1 請先將題目中說明的條件，**依序標示號碼**。

2 閱讀選項，並**圈出重點部分**，再到文章中找出對應訊息。

3 **文章中出現特殊符號（＊,※）的句子即為關鍵答題線索**，請務必仔細解讀該句話的意思。

4 雖然題目的難度偏低，但是如果錯誤解讀說明條件或是誤會其意思，解題時可能會耽擱不少時間。請務必**細心作答**。

學習策略　　1 練習讀解題型時，請規定自己在**一定的時間內**作答完畢。就算文章的篇幅較長，也請**在十分鐘內**解決。

2 練習時，請勿直接翻譯文章，而是要試著**理解全文**。

3 請以**文字**、**語彙**、**文法**、**用語**等言語知識為基礎，**集中精神**發揮你的**閱讀實力**。分數的高低取決於你懂得多少的單字和用語。

4 請透過本書的試題掌握技巧。

5 練習作答改制後的**已公開歷屆試題**。

答案及解析P 404

問題 14（1）右頁是某餐廳的套餐菜單。請選出最適合用來回答下列問題的選項。

1. 森田さんは毎日レストランに行って、朝ご飯を食べている。昨日、お酒を飲みすぎて、今朝はコーヒーは飲めそうにない。そして、森田さんは乳製品が食べられなくて、朝ご飯はいつもパンにしている。森田さんが選択すると思われるのはどれか。

　　1（D）　シンプルセット1　とか　（F）　シンプルセット3

　　2（D）　シンプルセット1　とか　（I）　ヨーロッパセット1

　　3（F）　シンプルセット3　とか　（I）　ヨーロッパセット1

　　4（I）　ヨーロッパセット1　とか　（J）　ヨーロッパセット2

2. キムさんは留学生で、お金があまりない。それで、いつもなるべく安いものを食べている。キムさんはパンよりご飯が好きで、毎日野菜を食べようとしている。今日は持ち帰りで家で食べたがっている。キムさんはどのセットを買うのか。

　　1 A　おにぎりセット

　　2 E　シンプルセット2

　　3 F　シンプルセット3

　　4 H　マザーセット2

メニュー	
（A）　おにぎりセット 作り立てのおにぎり ＋ みそ汁、サラダ、コーヒー付き	400円
（B）　シェフのおすすめセット うめぼし入りのごはん ＋ ３種類のおかず	350円
（C）　ボリュームセット 白ごはん ＋ お肉 ＋ サラダ ＋ キムチなどのおかず５種類	600円
（D）　シンプルセット１　★ チーズ入りの食パン１枚 ＋ クリームスープ	250円
（E）　シンプルセット２　★ おにぎり ＋ みそ汁	250円
（F）　シンプルセット３　★ ベーグル一個 ＋ 温かいトマトスープ	250円
（G）　マザーセット１ カツカレー ＋ サラダ	400円
（H）　マザーセット２　★ 白ごはん ＋ みそ汁 ＋ 卵入り納豆 ＋ サラダ	300円
（I）　ヨーロッパセット１　★ 野菜サンドイッチ（ハムやチーズは入っていません。追加は可能です。） ＋ 野菜スープ	400円
（J）　ヨーロッパセット２　★ サンドイッチ ＋ サラダ ＋ コーヒー	400円

「★」がついているものだけが持ち帰り可能

ゆうこは英語とハングルが勉強したいと考えている。両方ともぜんぜんわからない。月・水・金は、朝7時から夜10時まで、土曜日と日曜日は朝9時から午後1時までバイトしている。

3　ゆうこが聞くことができるクラスはどれか。

1（2）と（5）

2（5）と（6）

3（6）と（7）

4（2）と（7）

4　ゆうこは何日まで申し込んで、お金はいつ出せばいいか。

1　5月4日に申し込んで、5月1日と2日にお金を出す。

2　4月1日に申し込んで、5月1日と2日にお金を出す。

3　4月10日に申し込んで、5月2日と6日にお金を出す。

4　5月2日に申し込んで、5月2日と6日にお金を出す。

◀　外国語のクラス　▶

場所：サクラ市　文化センター

申込み方法：4月1日から4月15日の間に、申込書を書いて文化センターに出して
ください。

授業期間：　5月1日(月)から7月30日(日)まで

授業料：なし。(授業が始まる日、テキスト代だけ払ってください。)

クラス名	曜日	時間
英会話	（1）月、水、金	午前　11時〜12時
	（2）火、木	午後　1時〜3時
フランス語会話	（3）月、水、金	午前　11時〜12時
	（4）火、木	午後　1時〜3時
中国語会話	（5）土、日	午後　1時〜3時
ハングル講座	（6）月、水、金	午前　11時〜12時
	（7）土、日	午後　4時〜6時
中国の漢字講座	（8）火、木	午後　1時〜3時

問題 14（3）右頁是年終禮盒的配送說明書。請選出最適合用來回答下列問題的選項。

5 岡田さんは友達にお歳暮を贈ろうと思っている。一番費用のかからない物にしたがっている。何をいつまでにシャラーに連絡して注文したらいいのか。

1 11月15日にコーヒーセットを注文する
2 11月20日にビールを注文する
3 12月1日に生ハムを注文する
4 12月15日にジュースドリンクを注文する

6 渡辺さんは恩師と上司にお歳暮を必ず12月10日に届けたがっている。どうすればいいのか。

1 11月初めごろ注文すればいい
2 11月14日に注文すればいい
3 12月初めごろ注文すればいい
4 12月10日に注文すればいい

お歳暮ならシャラーにおまかせ!

シャラーのお歳暮ギフトは、種類も豊富でお得!お世話になった恩師や親戚、友達に感謝の気持ちを伝えませんか。

★早めの準備がお得

日にち：11月15日から11月30日まで受け付けております。

割引：早めにご注文くださったお客様には全商品20％割引いたします。重複割引不可。

配送：12月1日から順次にお届けいたします。日にちは指定できません。

包装：エコ包装 － 無料
　　　包装紙 － 200円

送料：全国、無料

★12月からの注文について

日にち：12月1日から12月25日まで受け付けております。

割引：商品名に割引と書いているものに限って10％割引いたします。

配送：ご注文を確認後、5〜7日程度でお届けいたします。日にちが指定できます。

包装：エコ包装 － 無料
　　　包装紙 － 200円

送料：北海道・沖縄・九州 1500円
　　　関西・関東・東海・東北 750円

※お急ぎのお客様は当日発送の可能な商品もございますので、03-123-5678までお問い合わせください。

お歳暮のギフトランキング

1位	2位	3位	4位	5位	6位
生ハム（割引）	コーヒーセット	ビール（割引）	ヘルシーオイル	洗剤セット（割引）	ジュースドリンク
3000円	2500円	2000円	3500円	4200円	3000円

問題 10　P 352-356

(1) 1	1	(2) 2	2	(3) 3	3
(4) 4	2	(5) 5	1		

(1)　　　　　　　　　　　　　　　P 352

　　任職於企業的人於去年一年間獲得的平均年薪是 415 萬日圓，相較於前年已是連續 2 年呈現正成長。去年比前年大約多了 1 萬 5 千日圓，但與達到巔峰的 1997 年比起來，還是少了大約 52 萬日圓。繼而，去年一整年受薪者人數約有 4700 萬人，人數前所未有。此番現象顯示，景氣復甦的背景下勞動人工增加，薪資水準也跟著水漲船高。

1　下列何者符合本文內容？

1　不曾有「受薪者」比去年多的年份。
2　1997 年工作拿薪水的人是最多的。
3　前年的薪資水準是最好的。
4　景氣從 1997 年開始持續復甦。

(2)　　　　　　　　　　　　　　　P 353

　　下了班之後來杯啤酒真是快樂似神仙，一整天的疲勞一掃而空！不僅如此，聽說啤酒對健康也很有益處。首先，就喝完啤酒一小時內所產生的變化來說，不外乎常跑廁所、想吃下酒菜、愈來愈想喝。這些情況的確是控制不了，不過，這和攝取酒精時所產生的變化是沒什麼兩樣的。不過，若是長期且持續喝啤酒的話，其產生的變化可就差很多了，像是不容易罹患

心臟病、會對眼睛或腎臟帶來好的影響等等。但話雖如此，畢竟是酒精，所以我認為喝太多依然不太好，但只要適度飲用，酒也能成藥對吧？這對於愛酒人士來說搞不好是樁好消息。

2　作者在這裡最想說什麼？

1　因為啤酒是酒精，所以最好避免。
2　只要適量，啤酒也會帶給身體好的影響。
3　啤酒有益身體，這對所有人來說是好消息。
4　因為啤酒光是帶給身體好的影響，所以希望大家多喝點。

(3)　　　　　　　　　　　　　　　P 354

　　聽說近來不花錢只存錢的年輕人愈來愈多了。針對 30 出頭歲的年輕人所做的調查顯示，閒暇時最多人「上網」，接下來是「看 DVD 和電視」、「漫畫」等等。從結果看來，得花錢的事是真的不太做。這種現象在在告訴我們，儘管年輕人認為景氣正在復甦，但流轉到自己身上的錢卻完全沒增加，所以對未來盡感到不安。繼而，明明是個可以自由花錢做各種事的學生，你叫他們去約會或旅行，卻回說「一想到將來，還是先存錢為妙」，難怪這類學生顯得特別。

3　文中提及得花錢的事是真的不太做，為什麼？

1　因為近來存錢的人愈來愈多
2　因為對於自己的錢目前不會增加而感到不安

3 因為為了將來不得不愛惜錢

4 因為雖然經濟已經復甦，但用起錢來比較捉襟見肘

(4) P 355

> 2016 年 7 月 7 日
>
> KATSUO 股份有限公司
> 總務部課長 長谷川大介 先生
>
> 野野村商事股份有限公司
> 課長 野村真一
>
> 關於化粧水容器的估價
>
> 敬啟者
>
> 貴公司日益昌盛，謹致賀忱。平日受到貴公司提攜照顧，在此深表謝意。
>
> 關於 6 月 31 日貴公司針對敝公司產品「化粧水容器」要求估價一事，非常抱歉，請容敝公司辭退這筆交易。經敝公司審慎檢討，我們認為無法如期交貨。誠蒙貴公司惠予交易，敝公司做出以上回應，敬請見諒。
>
> 謹此通知您婉拒要求報價一事，並致上誠摯歉意。
>
> 敬上

4 **這屬於哪種書信？**

1 對於訂製產品的感謝函

2 拒絕產品交貨的道歉函

3 產品委託函

4 對於產品交貨的致謝函

(5) P 356

　近來租屋的空屋率很高，今後也幾乎確定會愈加嚴重。要解決該問題，就得配合人們的各種需求。其一，是

可以和寵物共同生活的住宅。也就是要開發能和寵物舒適過生活的住宅。事實上，某位房仲便以住戶要和寵物生活為前提，想方設法讓房屋內部不只是住戶，就連寵物都感到舒適，結果，其業績比往年都要來得好。

　過去房東大多討厭租客養寵物，所以租來的房子都很難養寵物，但現在世道可是大大不同囉！

5 **文中提及其一，是指什麼？**

1 預防租賃空屋增加的方法

2 調查租屋消費者們需求的方法

3 向入住者建議和寵物共住的方法

4 如何建構能和寵物舒適共生的住宅

問題 **11** P 360-369

(1) 1	2	2	2	3	4
(2) 4	1	5	2	6	1
(3) 7	3	8	3	9	3
(4) 10	2	11	3	12	2
(5) 13	2	14	4	15	1

(1) P 360

　我這個人直到 2 年前都還和園藝八竿子打不著。不，倒不如說連園藝是什麼都不想搞清楚。也不知道是因為每天被工作追著跑，過著忙碌不堪的日子，還是因為覺得①那很麻煩，才會如此。

　那樣的我 2 年前一退休，頓時感到一下子老了許多，變得有氣無力，什麼都意興闌珊時，某一天，園藝一詞突然掠過腦海。我立刻來到站前的小花店買了秋海棠的種子，邊看雜誌就

開始種了。直到 2 年前都和園藝八竿子打不著關係，現在竟然…。

自此以來，我家的陽台便有了一座小小庭園。看著庭園裡的美麗花卉，每次都覺得好療癒。勤奮地播種、插秧加以培育簡直跟養孩子沒兩樣，總覺得每天都好興奮，好高興。

儘管直到 2 年前連注意園藝的時間都沒有，現在拜其所賜，②我連退休後的憂鬱症也都沒時間得。

退休的人自不在話下，我強烈推薦獨居老人或累積不少壓力的年輕人等族群一定要接觸園藝。藉此，也可以瞭解到生命的重要性、喜悅以及自我人生的重要性。

1 文中提及①那，是指什麼？

　　1　全心投入工作
　　2　打造個人的小小庭院
　　3　到了一定年齡就辭掉工作
　　4　為了避免辭職後就生病

2 文中提及②我連退休後的憂鬱症也都沒時間得，為什麼？

　　1　養育孩子樂在其中
　　2　修剪庭院花草樂在其中
　　3　忙於尋找能樂在其中的興趣
　　4　忙於向人推薦園藝

3 作者對於園藝的想法是如何轉變的？

　　1　是種沒時間就沒戲唱的興趣。
　　2　是種棘手又麻煩的興趣。
　　3　是種可以不屑一顧的興趣。
　　4　對壓力大的現代人而言是種好興趣。

醫療技術和生活水準不斷往上提升，現在日本總人口中，65 歲以上的老年人約占 23%，據說高齡化正急劇惡化當中。而隨著平均壽命不斷拉長，高齡化和長壽化今後也會快速成長。因此，能健康生活的「健康壽命」便蔚為話題。可想而知，健康食品的市場也會隨之擴大，使用有益身體的建材所蓋的「健康住宅」的矚目度也一天高過一天。所謂「健康住宅」，據說不僅能舒適地生活，醫療費用也可望降低。一概不使用會威脅健康的化學物質，這種住宅才能讓人住得健康、為我們守護健康。如此這般，不僅是住宅產業或食品產業，高齡化和長壽化也即將為其他產業帶來商機。

4 何者不是本文中所述會隨之出現的現象？

　　1　擔心健康的人日趨增加。
　　2　人們開始追求有益健康的食品。
　　3　開始注意住宅本身是否使用有益身體的建材。
　　4　開始注意為了健康生活的各種事物。

5 關於高齡化和少子化所帶來的影響，作者的想法何者正確？

　　1　醫療技術和服務都已改善。
　　2　帶給許多產業朝氣。
　　3　購買住宅的人日趨增加。
　　4　想長壽的人急劇增加。

6 何者不符合本文內容？

　　1　日本是世界上老年人最多的國家。
　　2　高齡化之所以日趨嚴重，是因為醫療技術發達推波助瀾。
　　3　關心「健康壽命」促成關心「健康住宅」。

4 在「健康住宅」可以住得健康，所以可預期醫療費用將減少。

(3) P 364

你有聽過①「不孝防止法」這條法律嗎？這條法律是指繼承財產的子女不善盡父母的扶養義務^{（注1）}時，便可要求其歸還財產。且不僅如此，子女若對父母採取等同暴力的行動時，已經給子女的財產據說也可以取消。

從前，原來財產一旦給了子女便要不回來。當然，那款子女只是少數，不過只要財產一到手，便棄又老又沒氣力的父母為敝屣的子女愈來愈多，所以才有這條法律誕生吧？②定出這樣的法律，孝子孝女就會增加嗎？我是認為不孝子是不會突然變成孝子的。所以也有人說這樣的法律只是在強逼人家孝順。

而儘管如此，眼裡只有父母親的財產的子女也有可能因此減少。可是如果是往昔的話，這樣的法律是難以想像的吧？正因為是個重視傳統、尊敬老者、視孝順為理所當然的國度，遂更顯得③這條強制孝順的法律在在讓人感到哪裡不對勁。

^{（注1）}扶養義務：照顧生活起居的義務

[7] 文中提及②定出這樣的法律，孝子孝女就會增加嗎？，作者為什麼這麼說？

1 因為一旦「不孝防止法」落實了，孝順的孩子便勢必增加。
2 因為一旦「不孝防止法」落實了，爭財產的孩子便勢必增加。

3 因為就算「不孝防止法」落實了，不孝的孩子也不可能一夕之間變孝順。
4 因為就算「不孝防止法」落實了，不孝的孩子就會因此搖身一變變孝順。

[8] 文中提及③這條強制孝順的法律在在讓人感到哪裡不對勁，為什麼？

1 因為是個視讓渡財產給子女為理所當然的國家
2 因為就算強制也好，希望孝順的孩子愈來愈多
3 因為是個視子女孝順為理所當然的國家
4 因為不孝子女愈來愈多，所以應該制定「不孝防止法」

[9] 關於①「不孝防止法」，作者想法為何？

1 是條有也不錯的法律。
2 是條不可以有的法律。
3 是條不怎麼有效力的法律。
4 雖無法理解，但無奈只能當作一條有比較好的法律。

(4) P 366

只要提到①公務人員，大家都會想到安定一詞。說是「支撐國家」的工作，儘管薪水微薄都還是值得做的工作，相當受到歡迎。不過，聽說這份工作也有其黑暗的一面。就算一個月加班超過 100 個小時都不算什麼，但令人無法忍受的莫過於職場上那股對上司絕對服從的氣氛了。且不僅如此，下屬的意見既無法獲得認同，些微的犯錯也得个到諒解，萬一真的犯錯了，像「連基本的能力都沒有」這種傷人的罵聲就馬上轟過來。

犯了錯，受指責乃理所當然，但明明不到那種地步，卻被罵成「沒有能力的人」，就算是再怎麼有價值、引以為傲的工作也會馬上萌生「辭掉好了」的念頭吧？事實上，針對當過公務人員的年輕人調查結果發現，比起因「這份工作這麼辛苦，還領這種薪水？」的人，因職場上那種②死腦筋的氣氛或上司的言語暴力而辭職的人似乎還來得比較多。

10 關於①公務人員的敘述，何者正確？

1 加班多是多，但薪水不錯。

2 雖然辛苦，但是種值得驕傲的工作。

3 是種不聽別人說話或意見的人。

4 是種薪水低、流動率高的職業。

11 文中提及②死腦筋的氣氛或上司的言語暴力，具體而言是哪種氣氛又是哪種暴力呢？何者不正確？

1 絕對不可以忤逆上司的命令。

2 犯了小過錯卻無法請上司高抬貴手。

3 即使犯了一點小過錯就馬上被打、被霸凌。

4 一不留意就會被罵一些傷及自尊的難聽話。

12 何者符合本文內容？

1 一般來說，死腦筋的人都想當公務人員。

2 公務人員是份工作層面好壞參半的工作。

3 當上公務人員後馬上後悔的人居多，大家都馬上辭職。

4 辭去公務人員職務的人當中因不滿薪水而求去的人最多。

你聽過「中食」這個字嗎？剛開始我還以為是指中國菜，後來才知道似乎是指把不是在家烹調的東西買回家或是叫外賣在家吃。最近這中食現象激增的原因不外乎獨居老人及單身人士愈來愈多。像那種因煮三餐太麻煩而簡化烹調過程的商品，例如便當及御飯糰、壽司等就備受青睞。雖①家用米的消費量急劇減少，但②那些全都是用米作成的，所以事實上米的消費並非減少，只是用餐的形態正轉變為中食。當然，由於進口食材的多樣化，米的消費量和十年前比起來確實正在減少當中，但米終究屬於我們的強力主食。

我們推測到了 2030 年，獨居人口將占總人口數的大約 4 成。基於中食的主要消費者是單身人士，我認為中食市場今後仍將繼續擴大，而視配套措施成效，米的消費量的減少現象也將踩煞車。

13 關於①家用米的消費量的說明，何者正確？

1 隨著中食增加，米的消費量減少。

2 進口各種食材，米的消費量減少。

3 從現況看來，米的消費量愈來愈少。

4 喜歡中食的人之所以增加，和米的消費量減少有關。

14 文中提及②那些，是指什麼？

1 用米作的所有食物

2 用米作的中國菜

3 單身人士或獨居老年人喜歡的食物

4 在家以外的地方烹煮、製程簡單的食物

15 從這篇文章可得知作者的何種想法？

1 開發各種中食可以遏止米的消費量減少吧？

2 米的消費量減少情況嚴重，想方設法解決乃當務之急。

3 由於中食和米的消費量脫不了關係，故應該推薦給單身人士。

4 由於到了2030年就會有半數以上的人口獨居，故應該阻止這情況發生。

問題 12　P 372-377

(1) 1 4　2 2　(2) 3 2　4 3　(3) 5 1　6 4

(1)　　　　　　　　　　　　　　　P 372

A

一旦結婚，便可以讓周遭的人通通閉嘴，不再講東講西。由於「女人的幸福就是結婚」這種觀念根深蒂固，要是女人一過了適齡期，耳畔難免雜音不斷，問妳「有沒有男朋友啊？」啦、催妳「得早點結婚生小孩」。

繼而，又說結了婚經濟上自然無虞，另外，有了人生伴侶也較為可靠。還有，孩子對吧？我覺得生一個跟自己很像的孩子，能和老公分享養育時的開心、喜悅也是結婚的一大優點。女性當中，結婚自不待言，講出只想要孩子的話的更是大有人在，但是，現實告訴我們，現在還不是女性一人便可以養兒育女的環境，所以並不鼓勵。而透過結婚和另一半有了愛的結晶，自身以外的樂趣想必會愈來愈多。

有人說「婚，結了後悔，不結也後悔」，反正都會後悔，倒不如結了再來後悔，妳覺得如何？

B

女人啊，任誰都會響往幸福的婚姻對吧？當然，這還是因人而異的。不過，都是夢想著能和喜歡的男人在一起，生兒育女，住獨棟獨院漂亮房子，建構一個美滿的家庭。但是，實際上結了婚，卻發現所謂婚姻生活本應該既有優點又有缺點，但卻都在發現優點之前就先找到缺點，然後後悔不已。聽說，優點都會在婚後很久才會發現。但是，聽說女性之中有不少人認為「一點優點也沒有，結婚對女人來說百害而無一利」。仔細一想，如果是個職業婦女，婚後要讓工作、家庭保持平衡，照理說實在很吃力。或許因此才會覺得結婚只有辛苦，覺得自己一點也不幸福。不過，一個人也未必就幸福吧？獨自一人也是難免有寂寞、不幸的時候，結婚的話，雖有其悲傷與不幸，但是也加了另一半和孩子所給的幸福和喜悅。看法見仁見智，結婚並非「必須」，而是「選擇」，端看妳是要一個人的幸福，還是與二個人或是三個人一起的幸福。

1 關於結婚，A 和 B 各自怎麼認為？

1 A 和 B 都認為結婚就能幸福，最好結一結。

2 A 和 B 都認為結婚等同辛苦，最好不結還比較幸福。

3 A 和 B 都認為結婚是好壞參半，結也好，不結也好。

4 A 認為結婚比較好，B 則覺得要不要結婚應該要自己判斷。

1 女性憧憬的理想婚姻
2 結婚能獲得的東西
3 結婚的辛苦
4 未婚女性的辛苦

(2)   P 374

A

近來，聽說中高齡尼特族是愈來愈多了。尼特族是指待業中、沒在找工作、沒在上學等等的人。尼特族雖然從以前開始就是一大問題，但不知道為什麼，最近，中高齡尼特族竟比年輕人增加得更快。那是因為，這群人在年輕時不工作，或想工作卻找不到工作，而到了中老年後，就覺得實在無法就業，於是開始靠父母親生活。另外，中老年尼特族當中也有人和過錯推給父母親，說「是父母親把我們養成那樣的」。

另一方面，相對於中高齡尼特族，少數的年輕人們也批判說「就是因為你們這些人不工作，我們的負擔才會愈來愈重」。可是，還願意提供年過35歲的人工作機會的職場到底有幾間呢？答案可以說是零吧？

B

所謂 Parasite single（單身寄生族），這單字是指從學校畢業出社會後依然和父母親住在一起，自己賺的錢全花在自己身上的單身男女。單身族中，寄生族所占的比例竟增加近 2 成。有人發表意見說寄生現象已導致少子化和晚婚化。另外，事際上和父母親同

住的未婚男女也的確晚婚。另外，因為就算沒工作也還是能生活，所以只要工作一不滿意就馬上辭職不幹，結果就很容易當上尼特族。

不過，有不少中年女性單身寄生族會給高齡的父母親生活費，所以從父母親的角度來看也並非只有缺點。還有，似乎也有父母親認為自己老了，而有女兒隨伺照顧也不錯。女兒選擇不婚，和父母親相依為命，和父母親像朋友似地感情愈來愈好的例子更是屢見不鮮。站在父母親的立場，這女性單身寄生族似乎不是煩惱來源。

3 A 和 B 的文章內容所述何者正確？
1 A 也有談到尼特族給社會帶來的影響。
2 B 也有談到寄生族給社會帶來的影響。
3 A 有談到尼特族其雙親們的意見。
4 B 有談到家有寄生族的雙親們的煩惱。

4 關於本中所提及的尼特族和單身寄生族，何者敘述正確？
1 尼特族這字眼是指被公司炒魷魚、無所事事的人。
2 寄生族這字眼是指就算結了婚仍和雙親住在一起的人。
3 並非所有的尼特族一開始就不想就業。
4 對雙親而言，女性寄生族是可有可無的。

(3)   P 376

A

這裡有一份以 20 幾歲、30 幾歲的女性為對象，問其「如果要租房子的話，妳是洋室派？還是和室派？」的問卷調查結果。我們也請她們回答其原因理由。洋室派的意見是「打掃起

來較輕鬆，洋風裝飾也很賞心悅目，所以很好」。另外，也有很多人回答「和室雖比較沉穩，但打掃起來很費力，保養也很麻煩。然後，基於和室的房間氣氛，傢俱就無法自由搭配」。

另一方面，和室派的意見則大多是「反正就是很沉穩，所以很好」、「比起睡在床上，有榻榻米的味道更棒，而且又寬敞」、「手邊正在做某些事就可以直接躺下來睡，超讚」。還有，雖洋室派多出和室派約 2 倍，但也絕對不是顯示和室極不受歡迎，而硬要說的話，回答洋室派的較多，不過也有相當多的人表態說要是家裡同時有洋室和和室就好了。

B

榻榻米會吸吐濕氣來調節濕度，夏天時很舒服，像這些榻榻米的多樣功能想必是眾所周知。然而，近來因生活樣式變化等理由，動工把和室換成洋室的案例是愈來愈多了，因此一般認為和室正在減少。可是，榻榻米除了是日本人切割不了的建材之外，也由於是自古傳承至今的習慣，所以也不至於會從此消失。

像榻榻米床也開始問世，人氣是愈來愈高，新蓋的房子或高級公寓的客廳一角鋪上榻榻米，或是把原木洋室的木地板改鋪榻榻米的案例更是常見。也就是說，善用洋風及和風各自的優點並加以融合折衷的例子越來越多。日本人，果然還是離不開榻榻米啊。

---

5 **A 和 B 各自所述內容，何者不正確？**

1　A— 洋室的缺點
2　B— 和室的優點
3　A—洋室較受到女性青睞的原因
4　B—日本近來的住宅樣式

6 **A 的內容，何者敘述不正確？**

1　由於打掃很麻煩，所以也有女性喜歡洋室甚於和室。
2　因為可以享受多種裝飾樂趣，所以也有女性說洋室才好。
3　有相當多的女性說有洋、和室的家才好。
4　愈來愈多的女性說非洋室不可。

問題 13　P 380-385

(1) 1	4	2	3	3	2
(2) 4	1	5	4	6	4
(3) 7	2	8	1	9	3

(1)　　　　　　　　　　　　　　P 380

最近的新聞報導說很多孩子進不了托兒所，而就算增設托兒所，教保員也不夠。背後原因似乎是因為教保員的待遇過低。因此，就算有教保員資格，聽說也沒什麼人想做。一般企業的平均月薪約 29 萬日圓，教保員的薪水竟然只有約 20 萬日圓！即使一般企業的平均月薪是 20 萬日圓，但若想到還有更低的人，就總覺得①能夠理解。或許有人會說只要跟孩子玩遊戲就可以月領 20 萬日圓，未免太好賺。可是，由於教保員這項工作所面對的正是孩子，所以也特別需要擔心及注意，是一項相當辛苦的工作，希望大眾們能瞭解這一點。

話說回來，聽說同樣是教孩子的幼稚園老師或小學老師，他們的薪水就更多一點。據說②原因是教保員並不被視為教育人員。教保員並非教育人員，而是一項和社福相關的職業。大家如果認同教保員也是以教育人員的身份從事重要的工作，那麼教保員的待遇至少會好一點吧？

我是從高中開始對教保員工作抱持關注，而畢業後為了當上教保員也去考試並且考上，拿到執照，現在正在找工作當中！繼而，雖朋友中也有一些人在當教保員，但她們都對從事教保員一職後悔萬分。因為就算做得再久也不能像公司一般獲得升遷，薪水如同一灘死水，還每天累得要死。對我來說原本很難理解，好不容易考到執照，為什麼又輕易地喊辭職、深感後悔呢？可是，現在我好像有點懂了。

我是想當教保員的人當中相當罕見的男教保員。可是，我又不禁擔心，當了以後若後悔了怎麼辦？就算大眾無法理解其實我們算老師，但起碼希望大眾別把這份工作想成不需要什麼知識、只要一整天陪孩子玩就好了。我希望社會大眾能理解，教保員這份工作是需要專業知識，得好好念書以考到執照，是負責教育國家未來棟樑的一份值得做且很棒的工作。

1 文中提及①能夠理解，具體而言，作者理解了什麼？

1 教保員的待遇太低
2 和小朋友相處的教保員是份吃力的工作

3 教保員的平均薪水約 20 萬日圓，比上班族還低
4 有人就算有教保員執照也不執業

2 文中提及②原因，是指什麼？

1 教保員在工作中拿最低薪的原因
2 小學老師以教育人士的身份獲得認同的原因
3 教保員比幼稚園老師薪水還低的原因
4 教保員這份工作被大家敬而遠之的原因

3 本文中有關「教保員」的敘述，作者的想法何者正確？

1 人們應該視教保員為教育人士予以接納。
2 教保員是一份教育孩子、有價值的工作。
3 教保員是份很吃力的工作，總有一天會不想做。
4 當教保員的過程很辛苦，應該加以努力。

(2)   P 382

各位知道人所製造出來的光，也就是人造光，不僅對人類，對動植物也都會帶來不好的影響嗎？例如，蟬會因此叫到天亮、農作物的收成減少、人類也還會因而失眠。這種現象，似乎便叫作①光害。

不僅是街上招牌的光，最近較嚴重的莫過於智慧型手機了。特別是小孩子滑手機滑到三更半夜造成睡眠不足，除了降低學習能力外，大人的情況甚至會因失眠而影響到隔天的工作。據說事實上因智慧型手機普及而夜不成眠的人愈來愈多了。而不僅智慧型手機，像電視、電腦等發出的光

雖也會讓我們的大腦興奮起來，但就臉部和螢幕的距離來看還是智慧型手機最近！②躺在床上滾來滾去同時邊滑手機雖然好玩，卻也比電視或電腦更容易讓我們睡不好。

智慧型手機擁有各種功能，像蒐尋資料、字典、相機、筆記、鬧鐘等，功能強大到超乎想像，但或許也就因為如此，大多數的人都顯現出一種無法離開手機的症狀。雖睡眠專科醫生一再叮囑說「要擁有舒適的睡眠，那麼最重要的就是讓寢室成為只供睡覺的房間」，但這對現代人而言實在難上加難。不過，對現代人來說，熟睡依然重要吧？雖說能不用就盡量別用，但如果非得在晚上用手機時，最好降低螢幕的亮度，這樣才能③睡得好。然後，注意滑手機的時間並有意識地慢慢減少。當然，能從今晚開始就斷然不用就再好不過，但我是說萬一做不到的話。這種使用方法習慣就好，所以，首先我們就從今晚開始吧！

4 何者不是本文提及的①光害？

1 人變得放不開手機
2 智慧型手機發出的光會阻礙睡眠
3 街上招牌的明亮光線導致蟬在晚上也開始叫
4 人類製造出來的光線會帶給動植物界各種不好的影響

5 ②躺在床上滾來滾去同時邊滑手機不會導致那件事？

1 睡眠不足
2 學習能力下滑
3 變得淺眠
4 能早點睡

6 關於本文提及的③睡得好，下列敘述何者不正確？

1 為了一夜好眠，最好別躺在床上看電視或滑手機。
2 專家建議為了一夜好眠，盡量別在寢室內做任何事。
3 光害造成一夜不得好眠。
4 比起電視或電腦，一夜好眠的原因主要是手機。

(3)　　　　　　　　　　　　P 384

沒有任何女性不想受男性歡迎吧？因此不惜花錢減重、美容，在化粧方法等方面下功夫讓自己看起來更美。但是，受男性歡迎的女性，不都是內在美勝過外在美的女性嗎？當然，初次見面時的確只看到外貌，而外貌出眾、漂亮的女性雖然或許容易受到矚目，但隨著時間流逝，內在也漸漸外顯，要是①那不美，男性也一定會選擇離開的。②話說到這，我想個中道理任誰都懂。要如何美化我們的內在呢？在此給您介紹一些方法。

首先，別追求完美。一旦追求完美，那麼人生的寬度便會變窄，便邂逅不到新的機會了。且由於正因為任誰都會失敗也都有缺點，所以不然就坦然接受，從中學習，不然就以此為契機，思考如何成長才重要吧？

然後，凡事正向思考並行動。要是什麼事都只看到負面，那麼內心也會跟著晦澀，接著便相由心生，全表現在臉上了。不管再怎麼美，只要表情不開朗，魅力也會瞬間減半。凡事都開朗且積極以對，那麼笑容自然常在，臉也就變得漂亮。

最後，別當靠人族。不要怕一個人做什麼或下什麼決定，別迷惘，讓自己獨立。這種獨立心乃出於自信，而自信則從過去的種種經驗獲得。因此，要成為一名漂亮的女性，不妨從挑戰新事物開始。

人類啊，追求外在美雖也重要，嘗試著同時追求內外兼具的美，如何呢？

7 文中提及①那，是指什麼？

1 人的表情和性質
2 人的個性和傾向
3 人的動作和講話方式
4 人的五官和行動

8 文中提及②話說到這，是指什麼？

1 人的內在重於外表。
2 女性只要長得美，照理說就會受男性歡迎。
3 人與其琢磨外表倒不如只注重內在更重要。
4 女性為了受歡迎都只琢磨外表。

9 作者在這篇文章中最想說什麼？

1 要成為一個受歡迎的人，就應該先變成一個漂亮的人。
2 想要有人的樣子，就該挑戰新事物。
3 外表和內在都加以琢磨的話，就能變成一個漂亮的人。
4 追求完美同時還挑戰新事物的話就會有自信。

問題 14　P 388-393

(1)	1	3		2	4
(2)	3	4		4	3
(3)	5	2		6	3

P 389

問題 14 （1）右頁是某餐廳的套餐菜單。請選出最適合用來回答下列問題的選項。

菜單	
(A) 御飯團套餐 現點現做的御飯團＋味噌湯、沙拉、附咖啡	400 日圓
(B) 主廚推薦套餐 梅干飯＋3 種小菜	350 日圓
(C) 盛宴套餐 白飯＋肉品＋沙拉＋韓式泡菜等 5 種小菜	600 日圓
(D) 簡單套餐 1 ★ 乳酪吐司 1 片＋奶油濃湯	250 日圓
(E) 簡單套餐 2 ★ 御飯團＋味噌湯	250 日圓
(F) 簡單套餐 3 ★ 貝果 1 個＋熱番茄湯	250 日圓
(G) 媽咪套餐 1 豬排咖哩＋沙拉	400 日圓
(H) 媽咪套餐 2 ★ 白飯＋味噌湯＋加蛋納豆＋沙拉	300 日圓
(I) 歐風套餐 1 ★ 蔬菜三明治 (不加火腿或乳酪。可追加) ＋蔬菜湯	400 日圓
(J)　歐風套餐 2 ★ 三明治＋沙拉＋咖啡	400 日圓

有「★」的餐點才提供外帶服務

1 森田先生每天都會去餐廳吃早餐。昨天，他喝多了，今天早上看來喝不了咖啡。然後，森田先生無法吃乳製品，早餐都吃麵包。森田先生有可能選擇的是哪些？

1 （D）簡單套餐 1 或（F）簡單套餐 3
2 （D）簡單套餐 1 或（I）歐風套餐 1
3 （F）簡單套餐 3 或（I）歐風套餐 1
4 （I）歐風套餐 1 或（J）　歐風套餐 2

2 金同學是留學生，沒有什麼錢。因此，他總是吃盡量吃得很省。金同學愛吃飯甚於麵包，且想要每天吃蔬菜。他今天想外帶回家吃。金同學會買哪個套餐？

1 （A）御飯團套餐
2 （E）簡單套餐 2
3 （F）簡單套餐 3
4 （H）媽咪套餐 2

(2)　　　　　　　　　　　　　　　P 391

問題 14 （2）右頁是外語教室授課時
　　　　　間表。請選出最適合用來回
　　　　　答下列問題的選項。

＜外語教室＞

地點：櫻市　文化中心
報名辦法：4 月 1 日至 4 月 15 日間填寫報名表
　　　　　寄至文化中心。
上課期間：5 月 1 日（一）至 7 月 30 日（日）
學費：免費。（課程首日支付課本費用即可。）

課程 名稱	星期	時間
英文 會話	(1) 一、三、五	上午 11 點～ 12 點
	(2) 二、四	下午 1 點～ 3 點
法文 會話	(3) 一、三、五	上午 11 點～ 12 點
	(4) 二、四	下午 1 點～ 3 點
中文 會話	(5) 六、日	下午 1 點～ 3 點
朝鮮語 講座	(6) 一、三、五	上午 11 點～ 12 點
	(7) 六、日	下午 4 點～ 6 點
中國漢 字講座	(8) 二、四	下午 1 點～ 3 點

　　裕子打算學英文和朝鮮語，二種語
言她都完全不懂。她週一・三・五
早上 7 點到晚上 10 點、週六和週日早
上 9 點到下午 1 點都在打工。

③　裕子能去聽的課程有哪些？
　1 （2）和（5）
　2 （5）和（6）
　3 （6）和（7）
　4 （2）和（7）

④　**裕子幾號前報名、何時繳錢才好？**
　1 5 月 4 號報名，5 月 1 號和 2 號繳錢。
　2 4 月 1 號報名，5 月 1 號和 2 號繳錢。
　3 4 月 10 號報名，5 月 2 號和 6 號繳
　　錢。
　4 5 月 2 號報名，5 月 2 號和 6 號繳錢。

(3)　　　　　　　　　　　　　　　P 393

問題 14 （3）右頁是年終禮盒的配送
　　　　　說明書。請選出最適合用來
　　　　　回答下列問題的選項。

買年終禮品找夏拉就對了！

夏拉的年終禮盒種類豐富，絕對划算！您要不
要對照顧您許多的恩師、親朋好友表達一下感
謝之意呢？

★早鳥優惠	★ 12 月份訂單
日 期：11 月 15 日至 11 月 30 日受理。	**日 期**：12 月 1 日至 12 月 25 日受理。
優惠：提早下訂的客 人全部商品都打八 折。每位客人限享一 次優惠。	**優惠**：商品名稱打上 優惠字樣的商品皆打 九折。
配送：12 月 1 日開始 依序配送。恕無法指 定日期。	**配送**：確認完訂單後 5 ～ 7 天左右完成配 送。可指定日期。
包裝：環保包裝一免 費 包裝紙一200 日圓	**包裝**：環保包裝一免 費 包裝紙一200 日圓
運費：全國皆免費	**運費**：北海道・沖繩・ 九州　1500 日圓 關西・關東・東海・ 東北 750 日圓

※ 本店對於行程較緊的客人提供可當天寄送的
商品，詳情請洽 03-123-5678。

年終禮品排行榜

第 1 名	第 2 名	第 3 名	第 4 名	第 5 名	第 6 名
生火腿 （優惠）	咖啡 禮盒	啤酒 （優惠）	健康油	洗潔劑 套組 （優惠）	果汁 飲品
3000 日圓	2500 日圓	2000 日圓	3500 日圓	4200 日圓	3000 日圓

5 岡山先生打算送朋友年終禮品。他想挑最不花錢的。他需要在何時以前向夏拉訂購呢？

1 11 月 15 日訂購咖啡禮盒
2 11 月 20 日訂購啤酒
3 12 月 1 日訂購生火腿
4 12 月 15 日訂購果汁飲品

6 渡邊先生想趕在 12 月 10 日前把年終禮品送給恩師及上司。怎麼辦才好？

1 11 月初左右訂購即可
2 11 月 14 日訂購即可
3 12 月初左右訂購即可
4 12 月 10 日訂購即可

NOTE

JLPT

N2

2

聴解

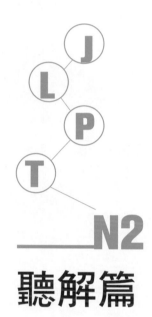

N2
聽解篇

合格攻略 TIP

聽解部分請務必深入學習。熟讀聽力原文，反覆聆聽錄音音檔，直到聆聽當下可以馬上理解其意思為止。各題型的重點差異大，因此請務必一一熟悉各個題型的解題技巧。另外，請養成隨手寫筆記的習慣，可以使用自己最熟悉的文字、符號等，試著創造出一套專屬於你的筆記技巧。

問題 1

重點題型攻略

問題1　主題理解（題數為 5 題）

題型說明

1 改制前後的測驗內容無明顯變化。

2 近年**很少出圖像題**，所以出一題圖像題的可能性很高。圖像題會是表格、圖表或報告書等形式。

3 聽力內容大多為雙人的**日常對話**。

4 請聆聽對話，找出對話中所談的主題。

5 出題內容包含詢問**時間、日期、原因、下一步行動**。

6 **題目**會在對話開始前，和對話結束後各唸一次，**總共會唸兩次**。

〔例題〕

もんだい
問題1

　問題 1 では、 まず質問を聞いてください。 それから話を聞いて、 問題用紙の 1 から 4 の中から、 最もよいものを一つ選んでください。

ばん
1番

　1　先生にメールで聞く
　2　友達にメールで聞く
　3　研究室の前のけいじを見る
　4　りょうの前のけいじを見る

解題技巧

1 請在聽力音檔播出前，**稍微看一下選項並掌握其內容**。選項中的單字會出現在對話當中。

2 **請仔細聆聽題目**。如果漏聽題目，就算能聽懂對話內容，也無法找出答案。

3 對話結束後，會再播送一次題目。

4 請一邊聆聽對話，一邊作答。**選項經常是按照對話內容來排列。**

5 作答的當下請立刻畫卡，因為**之後並沒有多餘的時間讓你補畫**。

6 如果無法選出答案，請在聽完對話後，在選項中找出重複聽到很多次的單字，直接選擇此選項，如此一來便可以降低答錯的機率。

學習策略

1 聽解考試時，由於每位考生開始作答的時間，以及結束作答的時間都一樣，因此不太需要控制每一題的作答時間。但是，請務必練習在題目唸完之前選出答案。

2 如未具備足夠的**文字、語彙、用語等言語知識量**，解題上會有一定的難度。因此請**大量累積言語知識後，再投入於聽解的練習**。

3 作答完本書中的試題後，**請背誦聽力原文，並反覆聆聽音檔，直到你能夠完全聽清楚每字每句**。學習過程中能同時有效提升字彙、用語、聽力的能力。

4 練習作答**已公開的歷屆試題**。

問題1　先聽題目，再聽對話。然後在試題本的四個選項中，選出最合適的。

1

1 提案書だけ

2 提案書とカタログ

3 提案書と見積書

4 カタログと見積書

2

1 南口の方へ急いで行く

2 東口の方へ走って行く

3 ネットでチケットを予約する

4 チケット売り場でチケットを買う

3

1 会議室の使用時間をのばす

2 資料の準備をする

3 メールを送る

4 学生センターに連絡する

4

1 窓口から冊子をもらう

2 教務課に行く

3 学生証を作る

4 入学金と授業料を出す

5

1 報告書を全文書きなおす

2 工場の良いところをもっと調べる

3 報告書の内容を一部分決めなおす

4 工場で働いている人の人数を確認する

6

1 忘年会に行かずにケーキを買って帰る

2 駅の周辺の八百屋に行って大根と玉ねぎを買う

3 八百屋とケーキ屋で買い物をする

4 街のケーキ屋とコンビニに寄る

問題 2

重點題型攻略

問題2　**要點理解**（題數為 6 題）

題型說明　1 對話內容和題目類型與前一題型「主題理解」並無差異，但是在對話播出之前，只有 **8 ～ 10 秒**左右的時間可以閱讀選項。

2 **絕對不會出現圖像題**。

3 聽力內容大多為雙人的**日常對話**。

4 出題內容包含**詢問理由或原因**，或是**詢問對話裡的細部訊息**。

5 題目會在對話開始前，和對話結束後各唸一次，**總共會唸兩次**。

〔例題〕

もんだい
問題2

　問題 2 では、 まず質問を聞いてください。 そのあと、 問題用紙のせんたくしを読んでください。 読む時間があります。 それから話を聞いて、 問題用紙の１から４の中から、 最もよいものを一つ選んでください。

1番

　　1 友達とけんかしたから
　　2 かみがたが気に入らないから
　　3 試験があるから
　　4 頭が痛いから

解題技巧	1 **會給考生閱讀選項的時間**，因此不需要在**聽力內容播出前，急著確認選項內容**。
	2 **請仔細聆聽題目**。如果漏聽題目，就算能聽懂對話內容，也無法找出答案。
	3 **聽完題目後，請馬上在腦中回顧各選項內容，選項內容將是對話重點**。
	4 對話結束後，會再播送一次題目。
	5 請一邊聆聽對話，一邊作答。**選項經常是按照對話內容來排列**。
	6 作答的當下請立刻畫卡，因為**之後並沒有多餘的時間讓你補畫**。
	7 如果無法選出答案，請在聽完對話後，在選項中找出重複聽到很多次的單字，直接選擇此選項，如此一來便可以降低答錯的機率。
學習策略	1 聽解考試時，由於每位考生開始作答的時間，以及結束作答的時間都一樣，因此不太需要控制每一題的作答時間。但是，請務必練習在題目唸完之前選出答案。
	2 如未具備足夠的**文字、語彙、用語等言語知識量**，解題上會有一定的難度。因此請**大量累積言語知識後，再投入於聽解的練習**。
	3 作答完本書中的試題後，**請背誦聽力原文，並反覆聆聽音檔，直到你能夠完全聽清楚每字每句**。學習過程中能同時有效提升字彙、用語、聽力的能力。
	4 練習作答**已公開的歷屆試題**。

問題2　先聽題目，再聽試題本上的四個選項，有閱讀選項的時間。然後聽對話，並在試題本的四個選項中，選出最合適的。

1

1 申請書、推薦書、理由書

2 推薦書、理由書、学生証のコピー

3 推薦書、理由書、外国登録証のコピー

4 申請書、理由書、外国登録証のコピー

2

1 子供と遊びながら

2 社員とのスポーツを通して

3 旅行の計画を立てながら

4 緑の中を散歩しながら

3

1 家族のことも具体的に書き入れる

2 内容の一部分を書き直したり、くわえたりする

3 自己分析はなるべくおおざっぱに書き直す

4 内容は変えずにもっと具体的に書き直す

4

1 連休の始まりの日だから

2 連休の終わりの日だから

3 いろんな所で事故があったため

4 工事の始まるところがあるから

5

1 蒸し暑い天気のおかげで

2 相手のチームが弱かったから

3 最後まで頑張ったから

4 相手のチームとの実力の差

6

1 日本の空港でインド行きの飛行機に乗れなかったので

2 香港で間違えて東京行きに乗ったから

3 香港を出るインド行きの飛行機がなかったので

4 香港でインド行きの飛行機に乗れなかったので

重點題型攻略

問題3 概要理解（題數為5題）

題型說明

1 完全有別於問題1和2的類型，**為改制後的新增題型**。

2 聽力內容多為**單人的演說、說明文、廣告**等，以日常生活中的內容為主。有時也會出現雙人對話。

3 題目會詢問整篇聽力的**主題或主旨**，要求掌握整篇文章的內容。

4 **聽力本文播出前不會先告知題目**，因此難度較高。但是只要充分練習，將會是最容易解答的一大題。

5 題目和選項都不會印在試題本上，兩者皆以音檔播出，且只會唸一次。因此請務必做筆記。

〔例題〕

問題3

　問題3では、問題用紙に何もいんさつされていません。この問題は、全体としてどんな内容かを聞く問題です。話の前に質問はありません。まず話を聞いてください。それから、質問とせんたくしを聞いて、1から4の中から、最もよいものを一つ選んでください。

-メ　モ-

解題技巧　　1 試題本上不會出現任何文字。即便如此，也請不要驚慌，務必作好聆聽本文的準備。

　　　　　　2 *毋*需在意聽力中出現幾個人，重點在於他們談論了什麼。請**掌握其主旨**，並特別注意**最後的結論為何**。

　　　　　　3 題目會出現在聽力主文之後，請務必仔細聆聽。

　　　　　　4 接著請聆聽選項，**千萬不要忘記做筆記**。

　　　　　　5 作答的當下請立刻畫卡，因為**之後並沒有多餘的時間讓你補畫**。

學習策略　　1 聽解考試時，由於每位考生開始作答的時間，以及結束作答的時間都一樣，因此不太需要控制每一題的作答時間。但是，請務必練習在題目唸完之前選出答案。

　　　　　　2 如未具備足夠的**文字、語彙、用語等言語知識量**，解題上會有一定的難度。因此請**大量累積言語知識後，再投入於聽解的練習**。

　　　　　　3 作答完本書中的試題後，**請背誦聽力原文，並反覆聆聽音檔，直到你能夠完全聽清楚每字每句**。學習過程中能同時有效提升字彙、用語、聽力的能力。

　　　　　　4 練習作答**已公開的歷屆試題**。由於本大題為改制後的新增題型，故只**能藉由已公開的歷屆試題作練習**。

問題 3　試題本沒有印任何文字。題目會詢問整篇本文的主題。本文播放前不會播放題目，一開始先聽本文，再聽題目和 4 個選項，然後在 4 個選項中選出最合適的。

1
- メモ -

答 ——

2
- メモ -

答 ——

3
- メモ -

答 ——

4

- メモ -

答——

5

- メモ -

答——

6

答——

7

答——

問題4　即時應答（題數為 12 題）

題型說明　1 完全有別於問題 1、2、3 的類型，**為改制後的新增題型**。

2 聽力內容多由兩人進行一問一答。

3 題目的形式包含問候語、疑問詞開頭的問句、不含疑問詞的問句、感嘆句、勸誘句、命令句、委託或請求同意的句子等，與日常生活息息相關，並要求**從選項中找出最適當的回答**。

4 因為是應答，需要用簡短的句子表達出完整的想法，因此極有可能出現**慣用語**。

5 請特別留意本大題**一題只有三個選項**，有別於其他大題。

〔例題〕

もんだい
問題 4

　問題4では、 問題用紙に何もいんさつされていません。 まず文を聞いてください。 それから、 それに対する返事を聞いて、 1から3の中から、 最もよいものを一つ選んでください。

-メ　モ-

解題技巧　1 試題本上不會出現任何文字。即便如此，也請不要驚慌，務必作好聆聽本文的準備。

2 聽解考題中，本大題為最需要**臨場應變能力和精準判斷力**的大題，請務必大量練習試題。

3 **千萬不要忘記做筆記。**

4 作答的當下請立刻畫卡，因為**之後並沒有多餘的時間讓你補畫**。

5 本大題的作答時間十分緊迫，沒有時間讓你慢慢思考。如果你思索前一題，就會漏聽下一題，最後便會不自覺慌張起來，產生骨牌效應通通答錯。因此**只要碰到聽不懂的題目，就請果斷放棄**，若是一直執著在某一題上，反而會害到後面的題目，最後失敗走出考場。

學習策略　1 聽解考試時，由於每位考生開始作答的時間，以及結束作答的時間都一樣，因此不太需要控制每一題的作答時間。但是，請務必練習在題目唸完之前選出答案。

2 如未具備足夠的**文字、語彙、用語等言語知識量**，解題上會有一定的難度。因此請**大量累積言語知識後，再投入於聽解的練習**。

3 作答完本書中的試題後，**請背誦聽力原文，並反覆聆聽音檔，直到你能夠完全聽清楚每字每句**。學習過程中將能有效提升語彙、句型、和聽力方面的能力。

4 練習作答已公開的歷屆試題。由於本大題為改制後的新增題型，故只能藉由已公開的歷屆試題作練習。

問題 4　試題本上沒有印任何文字。請先聆聽問句，再聆聽回答該問句的三個回答
句，並在這三個選項中選出最合適的。
（請利用空白處做筆記，或做聽寫練習。）

☐1
問：...
答：1 ....
　　2 ....
　　3 ....

☐2
問：...
答：1 ....
　　2 ....
　　3 ....

☐3
問：...
答：1 ....
　　2 ....
　　3 ....

☐4
問：...
答：1 ....
　　2 ....
　　3 ....

⑤

問：
答：1
2
3

⑥

問：
答：1
2
3

⑦

問：
答：1
2
3

⑧

問：
答：1
2
3

9

問: ....

答: 1 ....

2 ....

3 ....

10

問: ....

答: 1 ....

2 ....

3 ....

11

問: ....

答: 1 ....

2 ....

3 ....

12

問: ....

答: 1 ....

2 ....

3 ....

13

問： ....

答： 1 ....

     2 ....

     3 ....

14

問： ....

答： 1 ....

     2 ....

     3 ....

15

問： ....

答： 1 ....

     2 ....

     3 ....

題型說明

1 完全有別於問題 1、2、3、4 的類型，**為改制後的新增題型**。

2 可將本題型視為問題 3 的再擴大。聽力內容由三人進行，以對話中提到的訊息來出題。

3 前兩題，試題本上不會出現任何文字；後兩題，試題本上會出現四個**選項**。所有音檔包含聽力本文、題目和選項，都只播放一次，所以一定要做筆記。

4 試題本上不會出現任何文字的前兩道試題，**對話長度比問題 3 稍長**。聽力內容由三人進行，三人一同談論一個主題。選項不會出現在試題本上，只能用聽的。

5 選項會出現在試題本上的後兩道試題，並不是三人對話的形式，所以要注意聆聽。會先由一個人說明或廣告某個主題，之後，再由另兩個人針對該主題做對話。有時候，這**後面的兩道試題會共用一組選項，這是比較特殊的地方**。

6 上述 4、5 兩點提到的試題，在**聽力本文開始播放前，都不會播放題目**，這點要特別注意。

〔例題〕

問題 5

問題 5 では、長めの話を聞きます。この問題には練習がありません。

メモをとってもかまいません。

1 番、2 番

問題用紙に何もいんさつされていません。まず話を聞いてください。それから、質問とせんたくしを聞いて、1 から 4 の中から、最もよいものを一つ選んでください。

-メモ-

解題技巧　1 試題本上不會出現任何文字。即便如此，也請不要驚慌，務必作好聆
　　　　　　聽的準備。

　　　　　 2 毋需在意聽力中出現幾個人，重點在於他們談論了什麼。請**掌握其主**
　　　　　　旨，並特別注意**最後的結論為何**。

　　　　　 3 題目會出現在聽力主文之後，請務必仔細聆聽。

　　　　　 4 因為由多人進行對話，會出現許多訊息，所以**千萬不要忘記做筆記**。
　　　　　　也會出現詢問細部事項的題目。

　　　　　 5 作答的當下請立刻畫卡，因為**之後並沒有多餘的時間讓你補畫**。

學習策略　1 聽解考試時，由於每位考生開始作答的時間，以及結束作答的時間都
　　　　　　一樣，因此不太需要控制每一題的作答時間。但是，請務必練習在題
　　　　　　目唸完之前選出答案。

　　　　　 2 如未具備足夠的**文字、語彙、語法形式等言語知識量**，解題上會有一
　　　　　　定的難度。因此請**大量累積言語知識後，再投入於聽解的練習**。

　　　　　 3 作答完本書中的試題後，**請背誦聽力原文，並反覆聆聽音檔，直到你**
　　　　　　能夠完全聽清楚每字每句。學習過程中能同時有效提升字彙、用語、
　　　　　　聽力的能力。

　　　　　 4 練習作答已公開的歷屆試題。由於本大題為改制後的新增題型，故只
　　　　　　能藉由已公開的歷屆試題作練習。

問題 5 　要聽較長的對話。除了下列一組例題外沒有其他練習題。有空白處可以做筆記。

問題①、②，試題本上沒有印任何文字。請先聆聽對話，再聆聽題目和 4 個選項，並在 4 個選項中選出最合適的。

1

- メモ -

答 ——

2

- メモ -

答 ——

432

③　問題③請先聆聽對話，再聆聽題目和4個選項，並在4個選項中選出最合適的。

質問 1

1　和風のお皿セット
2　和風(わふう)のコーヒーカップセット
3　和柄(わがら)のスカーフ
4　カップル用のパジャマセット

質問 2

1　和風のお皿セット
2　和風(わふう)のコーヒーカップセット
3　和柄(わがら)のスカーフ
4　カップル用のパジャマセット

問題 1　P 414-415

| 1 | 2 | 2 | 4 | 3 | 3 | 4 | 2 | 5 | 3 | 6 | 4 |

1 🎧 001

会社で男の人と女の人が打ち合わせについて話しています。 ᴬ⁻男の人は明日の打ち合わせに何を持っていきますか。

男：吉田君。 明日の打ち合わせに持っていく提案書はもうできた？

女：あ、 はい。 課長の机の上に置いときました。 見積書はまだですが、 今日中に出来上がりそうです。

男：ᴮ⁻お金のことだから慎重にした方がいい。 それは明日持って行かないから、 慎重にな！

女：あ、 でも、 この前、 課長が見積書も打ち合わせに持っていくから、 急いでっておっしゃたので、 何日か前から作成していますが。

男：ぼくがそう言った？

女：はい、 １週間まえに…。

男：別に要るわけではないが、 ま、 持って行ってもいいか。 今日中に出来上がるんだね。

女：あ、 はい。 あと、 もう少しで出来上がりますが、 お金のことだから、 もう一回検討します。

男：そう、 そう。 お金のことだからな。

女：課長、 カタログは要りませんか。

男：あ、 それも準備しておいて！

女：はい、 わかりました。

一男一女正在公司聊有關開會的事。男人明天要帶什麼去開會呢？

男：吉田。明天要帶去開會的提案書妳弄好了嗎？

女：弄好了。我放在課長您桌上了。估價單我還沒弄好，不過今天下班前應該可以完成。

男：畢竟是錢，得謹慎點。我明天不會帶那個去，妳謹慎點弄！

女：啊，可是，之前是課長您跟我說要帶估價單去開會，叫我快點弄的，所以我從幾天前就在忙這個。

男：我有這麼說哦？

女：是的，1 個禮拜前……。

男：也不是一定要帶啦，算了，帶去也沒差。妳說今天下班前可以完成對吧？

女：是的。還剩一點點就弄好了，但畢竟是錢，所以我會再檢查一遍。

男：對！對！畢竟是錢啊。

女：課長，目錄需要嗎？

男：對了，那個也準備好！

女：好的，我知道了。

男：あ、 ͨ-やっぱりお金のことは明日話詰め
　　てからでもいいと思うよ。もっと慎重にし
　　た方がいいから、それは後にしましょう。

女：はい、 わかりました。

**男の人は明日の打ち合わせに何を持ってい
きますか。**

1 提案書だけ
2 提案書とカタログ
3 提案書と見積書
4 カタログと見積書

男：啊，我還是覺得錢的事等明天談妥後
　　再處理好了。還是再謹慎點，那個就
　　先不急。

女：好的，我知道了。

男人明天要帶什麼去開會呢？

1 只帶提案書
2 提案書和目錄
3 提案書和估價單
4 目錄和估價單

解析

A 要聽清楚題目，才能在對話文中找出正確答案。

B 男人說不要帶估價單，不過進行到下一句，女人卻說男人之前說要帶。

C 「和金額有關」這句話又再次提到，和金額有關的東西就是指估價單，男人再次推翻他以前說
過的話，結論是不要帶。這種形式的對話內容，在聽解篇中常會出現。也就是，時常會出現
說話反覆的人。一下子這樣一下子那樣，這就是會讓人選錯答案的陷阱。

---

2 🎧 **002**

でん わ
電話で男の人と女の人が話しています。 A-
男の人はこの後、どうしますか。

男：もしもし、 りほ？ 今、 どこにいる？

女：まさはる？ 私、 新宿駅の東口の前にい
　　るの。 今、 どこ？

男：え？ どうしてそこにいるの？ チケット
　　売り場の前って言っただろう？

女：そう言ったっけ。

男：何言ってんの？ とにかく早くこっちに
　　来て。

女：こっちってチケット売り場でしょう？
　　どこ？

男：まったく、 もう！ 駅の南口から出て、
　　横断歩道をわたって階段を下りてくる
　　と右側にあるよ。

一男一女正在講電話。男人接下來要做
什麼？

男：喂～喂～，理穗，妳現在在哪？

女：正春嗎？我在新宿車站東邊出口。你
　　現在在哪？

男：啊？妳為什麼在那邊？不是說在售票
　　處前面嗎？

女：你有這麼說過哦？

男：妳在說什麼啊？反正妳趕快過來我這
　　邊啦。

女：你說「這邊」，是售票處？到底是哪？

男：真是的，夠了！妳從車站南邊出口出
　　來，過馬路後下樓梯，就在妳右手邊！

女：うん、わかった。走っていくから待って！	女：嗯，我知道了。我用跑的過去，你等一下！
男：お前、^Bチケット持っているだろう？	男：妳有帶票吧？
女：^Bチケット？何の？	女：票？什麼票？
男：え？お前が^Cネットで買っておくって言っただろう？	男：啊？妳不是說會先上網買票嗎？
女：あ、ごめん。てっきりまさはるが買ってくれると思った。	女：啊，抱歉。我以為是正春你要買。
男：お前、いったい、はぁー。^Dしょうがないな。買っておくからお前は急げ！	男：妳哦，到底是怎麼啦？真受不了。真拿妳沒辦法。我會先買，妳快點過來！
女：はーい。	女：好〜。
男の人はこの後、どうしますか。	**男人接下來要做什麼？**

1 南口の方へ急いで行く	1 趕往南邊出口
2 東口の方へ走って行く	2 趕往東邊出口
3 ネットでチケットを予約する	3 上網訂票
4 チケット売り場でチケットを買う	4 去售票處買票

解析

A 要聽清楚題目，才能在對話文中找出正確答案。要謹記題目問的是男人。

B 對話最後重複出現「車票」這個詞，重複出現的字彙，很可能就是解題關鍵。

C 這是讓人誤選的陷阱。

D 女人沒買票，所以男人要去買，這是正確答案。主題理解試題的特徵是，答案會在對話接近尾聲的部分出現，而不是前面的部分。

3 🎧 003

大学で男の人と女の人が話しています。この後、女の人はまず何をしますか。	**男生和女生正在大學裡說話。接下來，女生要先做什麼呢？**
男：りかさん、^A来週のゼミの準備はうまくいっている？	男：莉香，下個禮拜的講座妳準備得還好嗎？
女：うん、来週はいつでもすべての会議室が使えるそうなの。それで、火曜と水曜、午後2時から6時まで予約しておいたのよ。でも、どの会議室を使うかは今週末までに連絡するって言っておいた。	女：嗯，下個禮拜不管什麼時候所有的會議室聽說都能使用。因此，我先訂了週二、週三下午2點到6點的時段。可是，我也先跟對方說，要用哪間會議室會在這週末以前告知。

男：あ、わかった。でも、^B使用時間は少し長引くかもしれないから、時間を7時までにしておいた方がいいと思うよ。

女：うん、わかった。すぐ^B学生センターに連絡するわ。

男：参加者は把握できた？ 何人？ それが決まらないと、^B資料の準備もできないから。

女：一応、100人に^C参加の不可を知らせてってメールを送っておいたけど、返事は12人しかもらってないの。

男：参加者が12人っていうわけ？

女：いや、そのうち9人が参加。返事のない人は不参加ということにしてもいいかも。

男：え？そのメールいつ送った？1ヶ月前？

女：うん。

男：^Cじゃ、もう一回送らなきゃ。

女：また？

男：うん、^C何よりそれが先！お願いね。

女：うん、わかった。

男：好，我知道了。不過，使用時間可能會拖長，所以我覺得把結束時間往後挪到7點比較好。

女：嗯，我知道了。我馬上通知學生中心。

男：那，參加人數確定了嗎？幾個人？這不先確定好就沒辦法準備資料了。

女：我已經對100個人發送郵件，請他們通知我們是否要參加，不過只有12個人回信。

男：難道參加人數是12個人？

女：沒有啦，那其中9個人回說要參加。而沒回信的或許就可以想成是不參加。

男：什麼啊？妳郵件什麼時候寄出去的？一個月前嗎？

女：嗯。

男：那麼，得再寄一次。

女：還要寄哦？

男：嗯，那先弄！麻煩妳囉！

女：嗯，我知道了。

この後、女の人はまず何をしますか。

接下來，女生要先做什麼呢？

1　会議室の使用時間をのばす
2　資料の準備をする
3　メールを送る
4　学生センターに連絡する

1　延長會議室的使用時間
2　準備資料
3　寄送郵件
4　通知學生中心

解析

A　對話的主旨：準備講座

B　這是讓人誤選的陷阱。

C　男生叫女生再寄一次電郵，並指示說這件事要最優先做。「何より」和「どっちかと言うと」後面，時常會連接正確答案。

大学で学生と学生センターの人が話しています。 この後、 男の学生はまず何をしますか。

男：すみません。 お聞きしたいことがありますが、 よろしいですか。

女：あ、 いいですよ。 何ですか。

男：A-奨学金を申請したいのですが、 どうすればいいですか。

女：日本人じゃないですね。

男：はい、 韓国人です。

女：まず、 ご入学おめでとうございます。 うちの大学は留学生のためのいろいろな奨学金があります。 いくつかの奨学金には選考基準や資格条件などがありますね。 詳しいことはあちらの B-窓口から冊子をもらって読んでみれば役に立つと思いますよ。

男：ありがとうございます。 じゃ、 その冊子は誰でももらえますか。

女：はい、 B-学生証を持っていくとただでもらえます。

男：でも、 私は入学したばかりなので、 まだ学生証がないんですが。

女：あ、 そうですね。

男：じゃ、 かわりにこの大学の学生だと証明できる書類を持っていけばいいですか。

女：はい、 B-入学金と授業料をはらった領収書とか。

男：あ、 それはもう捨ててしまいましたが。

女：では、 C-在学証明書ですね。教務課に行くと、 自動発行機で発行できます。

男：あ、 そうですか。 ありがとうございました。

學生和學生中心職員正在大學談話。男學生接下來要做什麼呢？

男：不好意思。我有事想請教，您方便嗎？

女：當然可以啊。什麼事呢？

男：我想申請獎學金，該怎麼做才好呢？

女：你不是日本人對吧？

男：對，我是韓國人。

女：首先，恭喜你考上本校。本大學有幫留學生提供各種獎學金。其中某些獎學金有設選拔基準或資格條件之類的。詳情你可以去那邊的窗口索取簡介，讀一讀我想會有幫助哦。

男：謝謝您。那麼，那簡介是所有人都可以索取嗎？

女：是的，只要拿學生證前往就可以免費索取。

男：可是，因為我才剛剛入學，還沒有拿到學生證吔。

女：啊，這樣啊？

男：那麼，是不是只要拿可以證明我是本大學學生的資料去就可以？

女：是的，像是繳納學雜費或學分費的收據之類的。

男：啊，那些我都丟掉了吔。

女：那麼，就拿在學證明。你只要去教務處就能在自動發證機領證。

男：啊，原來是這樣。多謝您了。

この後、男の学生はまず何をしますか。	男學生接下來要做什麼呢？
1　窓口<ruby>窓口<rt>まどぐち</rt></ruby>から<ruby>冊子<rt>さっし</rt></ruby>をもらう 2　<ruby>教務課<rt>きょうむか</rt></ruby>に<ruby>行<rt>い</rt></ruby>く 3　<ruby>学生証<rt>がくせいしょう</rt></ruby>を<ruby>作<rt>つく</rt></ruby>る 4　<ruby>入学金<rt>にゅうがくきん</rt></ruby>と<ruby>授業料<rt>じゅぎょうりょう</rt></ruby>を<ruby>出<rt>だ</rt></ruby>す	1　去窗口索取簡介 2　去教務處 3　製作學生證 4　付學雜費和學分費

解析

A 對話的主旨：申請獎學金的方法

B 這是讓人誤選的陷阱。

C 要有在學證明才能領取獎學金簡介，而去教務處就是要申請在學證明。同樣的，本試題的正確答案也是出現在對話接近尾聲的地方。

5　005

男の人と女の人が会社で話しています。女の人は今日、何をしなければなりませんか。	一男一女正在公司談話。女人今天得做什麼呢？
女：部長、先日の A-大阪工場の視察の報告書をまとめておきました。これです。ご覧いただけないでしょうか。	女：經理，前幾天去大阪工廠的視察報告我做好了。就是這份。煩請您過目。
男：あ、ご苦労さま！うーん、ここの数字、正しいの？もう一度確認して。	男：啊，辛苦妳了。嗯～，這個數字是正確的嗎？妳再確認一下。
女：はい、わかりました。B 従業員の数のところですね。	女：好的，我知道了。您是指從業人員數字這邊是嗎？
男：B-いや、C-工場の規模のところ。去年行ってみたけど、もうちょっと広かったと思うな。	男：不是，是工廠的規模這邊。我去年才去看過，我覺得應該更大一點。
女：はい、わかりました。工場の公式ホームページを見て確認してみます。	女：好的，我知道了。我會上工廠的官網再確認一下。
男：あ、それから C-ほかの工場と比較した良い点のところなんだが、うちの会社がすぐ導入できる点しか述べていないね。D-これから将来的に取り入れるべきものも追加すれば？	男：啊，然後，還有這項和其他工廠比較的優點這邊，妳只提到公司馬上能引入的點。將來該採納的部分也追加上去如何？
女：あ、そうですね。わかりました。すぐ書き直します。	女：啊，您說得對。我知道了。我會馬上重寫。

男：うん、 そして…。 ま、 それ以外はい いか。 あ、 また、 E-箇条書きにしたら どうかな。

女：箇条書きですか？

男：うん。 そのほうがわかりやすいし。 こ んなだらだら述べていたら、 読む気に もならない。

女：はい、 F-内容をすべて決めてから、 箇条 書きにした方がいいですね。

男：それは、 もちろん。 でも、 今日はも う遅いから、 それは明日にしたほうが いいね。 もう8時だし、 さっさと帰り なさい。

女：はい、 でも、 別に約束があるわけで もないし、 F-内容だけ決めてから帰りま す。 文書にするのは明日にしても。

男：うん、 そうしなさい。 私はお先に失礼 するね。

女の人は今日、 何をしなければなりません か。

1 報告書を全文書きなおす
2 工場の良いところをもっと調べる
3 報告書の内容を一部分決めなおす
4 工場で働いている人の人数を確認する

男：嗯，然後…。上述以外的地方這樣就 可以了。啊，另外，用條列式的會不 會比較好？

女：條列式嗎？

男：對。那樣比較好懂，像這樣拖拖拉拉 講一堆，會讓人不想看。

女：好的，等內容全部決定好後再整理成 條列式比較好對嗎？

男：當然是沒錯。不過，今天時間上有點 晚了，那明天再弄就好了。也已經8 點了，妳快點回家吧！

女：好的，不過，我也沒有什麼約，決定 好內容後就回家。明天再打成文書就 可以。

男：嗯，就這麼做。那我先下班囉。

女人今天得做什麼呢？

1 把報告全部重寫
2 把工廠的優點查得更清楚
3 重新決定部分的報告內容
4 確認在工廠工作的人數

解析

A 對話的主旨：大阪工廠的視察報告書

B 根據男人說的這句話，可以直接刪除選項4。

C 這是女人要重寫的部分。

D 這是男人，也就是經理，要求報告書補充的內容。

E 還要補充的是，依照工作項目作條列式整理。

F 女人最後說，上述所有內容今天要決定好，這樣明天才能依照項目作條列式整理。

母と息子が話しています。 息子は出かけて何をすると思いますか。

男：お母さん、 行ってくる。 今日、 帰り遅いからね。

女：どこへ行くの？ こんな寒い日に？

男：忘年会って言っただろう！

女：そうだったっけ。 ね、 駅まで行くんでしょう？

男：うん、 なんで？

女：A-駅まで行くついでに、 八百屋さんに寄って大根と玉ねぎ買ってきてくれない？

男：え？ それを買って忘年会に行ってとでも言うの？ くさいよ、 玉ねぎは。 重いし。

女：あ、 そうか。 B-じゃ、ケーキでも買ってきてくれない？ 明日、 おばあさんが来た時、 出すから。

男：お母さん、 ぼく、 飲みに行くんだよ。 ケーキなんか買って忘年会に行くと、 友達に食べられちゃうよ。

女：そうか、 私が出かけるしかないか、 こんな寒い日に。

男：C-わかった。 街においしいケーキ屋あるから、 買ってくるよ。 でも、 八百屋は勘弁してよ。

女：うん、 わかった。 お願いね。 ついでに、 D-これもお願いね。

男：なにこれ！ D-電気代？ これはコンビニで払えるからお母さんがやってよ。

女：こんな寒い日に？

男：E-まったく、 しようがないな。

息子は出かけて何をすると思いますか。

媽媽和兒子正在聊天。你認為兒子要出門做什麼？

男：媽，我出門囉。我今天會晚點回來哦。

女：你要去哪啊？天氣這麼冷。

男：我不是說過要去吃尾牙嗎？

女：你有這麼說過嗎？喂，你要去車站對吧？

男：對啊，幹嘛？

女：你去車站時順便跑趟蔬菜店幫我買蘿蔔跟洋蔥好不好？

男：啊？妳該不會叫我買那些東西拎去吃尾牙吧？洋蔥很臭吔，又重。

女：啊，也對。那麼，幫我買個蛋糕好不好？等明天奶奶來時好端出來。

男：媽，我是要去喝酒的哦！買蛋糕什麼的去，會被我朋友吃光光啦！

女：這樣啊？那只好我出門囉？天氣這麼冷說。

男：有了。街上有間好吃的蛋糕店，我去那間買好了。不過，蔬菜店就別了吧！

女：嗯，我知道了。那拜託你囉。順便，這個也麻煩一下。

男：這是什麼啊！電費？這個便利商店就能繳，媽妳去弄啦！

女：天氣這麼冷吔！

男：真是的，拿妳沒辦法。

你認為兒子要出門做什麼？

1 忘年会に行かずにケーキを買って帰る	1 不去吃尾牙而去買蛋糕回來
2 駅の周辺の八百屋に行って大根と玉ねぎを買う	2 去車站旁的蔬菜店買蘿蔔跟洋蔥
3 八百屋とケーキ屋で買い物をする	3 去蔬菜店和蛋糕店買東西
4 街のケーキ屋とコンビニに寄る	4 跑一趟街上的蛋糕店和便利商店

解析

A 媽媽的託付1：去蔬菜店

B 媽媽的託付2：去蛋糕店

C 兒子的回答：會去街上蛋糕店買蛋糕，但不會去蔬菜店。

D 媽媽的託付3：去便利商店繳電費

E 兒子的回答：也會去便利商店

問題2　P 418-419

1	4	2	4	3	2	4	4	5	3	6	4

1 (007)

大学で係りの人と学生が話しています。この学生が奨学金を申請するためには何を出せばいいと係りの人は言っていますか。	**負責人和學生正在大學談話。負責人說這名學生得交什麼才能申請獎學金？**
男：すみません。奨学金を申請するためには何を出せばいいですか。	**男：**不好意思。請問我得交什麼才能申請獎學金？
女：新入生ですか。	**女：**你是新生嗎？
男：はい。今年、高校を卒業しました。	**男：**是的。我今年剛高中畢業。
女：それでしたら、A-申請書と担任の先生の推薦書です。それから、理由書ですね。	**女：**那麼，你得交申請書和導師的推薦函。然後，還有計畫書。
男：書類3つですね。あの、私は中国人ですが、留学生のための奨学金はないですか。	**男：**是3份文件對吧？嗯，我是中國人，有沒有專供留學生申請的獎學金呢？
女：あ、外国人ですか。日本語があまりにも上手なので…。B-留学生なら少し違います。推薦書は出さなくてもいいですよ。	**女：**啊，你是外國人嗎？日文好流俐，還以為你是…。如果是留學生的話情況就有點不同了。推薦函可以不用交哦！
男：あ、そうですか。	**男：**啊，是這樣啊？
女：ただ、C-学籍番号と外国人登録証をコピーして出してください。	**女：**不過，學號和外國人登錄證的影本都要交。
男：はい、ありがとうございました。	**男：**好的，謝謝您了。

<table>
<tr>
<td>

この学生が奨学金を申請するためには何を出せばいいと係りの人は言っていますか。

1 申請書、推薦書、理由書
2 推薦書、理由書、学生証のコピー
3 推薦書、理由書、外国登録証のコピー
4 申請書、理由書、外国登録証のコピー

</td>
<td>

負責人說這名學生得交什麼才能申請獎學金？

1 申請書、推薦函、計畫書
2 推薦函、計畫書、學生證影本
3 推薦函、計畫書、外國人登錄證影本
4 申請書、計畫書、外國人登錄證影本

</td>
</tr>
</table>

解析

A 申請獎學金所需的基本文件：申請書、推薦函、計畫書

B 留學生不繳也可以申請的文件：推薦函

C 留學生要追加補繳的文件：學號、外國人登錄證影本

2 008

<table>
<tr>
<td>

ラジオでアナウンサーとある会社の社長が話しています。社長はストレスをどうやって解消していると言っていますか。

女：今日はスズミ自動車の社長を招待して社長のストレス解消方について聞かせていただきます。スズミ社長、おはようございます。

男：おはようございます。

女：社長という肩書は相当お疲れになると思いますが、社長はどうやってそのストレスを解消なさっていますか。

男：そうですね。子供とサッカーなどをして、いっぱい汗を流せば解消できましたが、その子供たちが大学生になって私を相手にしてくれませんね。それで、最近は女房と体を動かしながら、歩くようにしています。

女：体を動かして歩くってどんなものがあるんでしょうか。

</td>
<td>

主播和某家公司老闆正在收音機裡談話。老闆說他都怎麼紓壓呢？

女：今天我們請到 SUZUMI 汽車的老闆來和我們談談他的紓壓法。SUZUMI 老闆，您早。

男：您早。

女：我想老闆這個頭銜會壓得人喘不過氣，老闆您都是怎麼紓壓的呢？

男：我啊～，我會和孩子們踢踢足球，好好地流汗便能紓壓了，不過，自從那些孩子上了大學後就都不理我了。於是，最近我開始和我太太一起動動四肢、走走路。

女：動動四肢、走走路，具體來說是什麼樣的情形？

</td>
</tr>
</table>

男：たとえば、B-旅行ですね。旅行に行って おいしいものを食べて、いい空気をすい ながら散歩とか、温泉に入っているとスト レスなんかはとんでしまいますね。

女：そうですよね。 でしたら、 社長はよく 旅行にいらっしゃいますか。

男：ははは、それが、C-一回も行ってないん です。

女：はい？

男：C-最近は忙しくて旅行の計画ばかり立て て出かけられませんでしたよ。D-ただ、 近所に小さい山があるので、そこを歩い ているだけですよ。それだけでも、ずい ぶんストレスが。

女：あ、そうですね。 D-緑に接するだけでも いいですね。でも、 いつかはその計画 が実行できる日が来るでしょう。

男：はい、 私もそう願っています。

社長はストレスをどうやって解消している と言っていますか。

1 子供と遊びながら
2 社員とのスポーツを通して
3 旅行の計画を立てながら
4 緑の中を散歩しながら

男：例如，像旅行囉。出門去旅行，吃吃 好吃的，呼吸一點新鮮空氣邊散步啦， 或者去泡泡溫泉，壓力什麼的就都拋 諸九霄雲外了。

女：您說得很對。那麼，老闆您經常旅行 嗎？

男：哈哈哈，嗯，一次都還沒去！

女：您意思是？

男：最近很忙啦，旅行計劃都訂好了，但 就是都沒出門。不過，由於我們家附 近有座小山，所以也就只是在那邊走 走而已。光走走也很能紓壓哦！

女：啊，您說得對。光是接觸一下大自然 都很棒。不過，您的旅行計劃總有落 實的一天吧？

男：是啊，我也這麼希望。

老闆說他都怎麼紓壓呢？

1 邊和孩子玩邊紓壓
2 透過和公司員工運動
3 邊訂定旅行計劃邊紓壓
4 邊在大自然中散步邊紓壓

解析

A 這是讓人誤選的陷阱。(刪除選項 1、2)

B 這是讓人誤選的陷阱。

C 提到實際上沒辦法去旅行，所以選項 3 是誤答。

D 提到到附近小山散步，接近大自然紓解壓力。可以在對話後半部知道正確答案。

大学で先生と男の学生が話しています。 先生は志望動機についてどうアドバイスしていますか。

男：先生、 就活の履歴書を書いてみましたが、 志望動機はどう書けばいいかわからなくて、 困っています。 一応、 書いてみましたが、 見てもらえますか。

女：どれどれ。 ふーうん。 A-その会社でやりたいことがないですね。そして、自己分析のところも抽象的ですよ。

男：はい、 他にはありませんか。

女：そして、 B-これまでの経験も入れた方がいいでしょう。 いや、 かならず入れてください。具体的にね。

男：はい、 そうですね。 私もそれがないといけないと思っていましたが、 あまりにも長くなるから入れませんでした。

女：長くなるのもよくないけど、 C-志望動機になぜ家族の紹介とか両親の仕事を？自分のことを具体的に書きさえすればいいと思いますが。

男：はい、 そうですね。 わかりました。

先生は志望動機についてどうアドバイスしていますか。

1 家族のことも具体的に書き入れる
2 内容の一部分を書き直したり、くわえたりする
3 自己分析はなるべくおおざっぱに書き直す
4 内容は変えずにもっと具体的に書き直す

老師和男學生在大學裡談話。關於報考動機，老師是怎麼建議的？

男：老師，我寫了份求職履歷表，可是我不知道報考動機怎麼寫才好，好傷腦筋。我姑且寫好了，能麻煩您幫我看一下嗎？

女：我看看。原來如此。你沒有寫到想在這家公司做的事情吧。然後，自我分析的地方也有些抽象。

男：好的。其他的部份呢？

女：再來，之前的經驗也最好放進去吧？不，是一定要放。寫具體點哦！

男：好的，您說得對。我也覺得那個是不可缺，不過太長了，就沒放進去了。

女：寫太長也是不好啦，不過你為什麼把家人介紹和雙親的工作寫在報考動機裡呢？我覺得只要把自己的事寫得具體點就可以了。

男：是，您說得對。我知道了。

關於報考動機，老師是怎麼建議的？

1 家人的部分也得具體填入
2 部分內容重寫或添加一點
3 自我分析盡量寫草率點
4 內容不必更動，具體地重寫一遍

解析

A 履歷要追加的事項1：想在公司做的事
B 履歷要追加的事項2：至目前為止的經歷

C 履歴要刪除的事項：家人介紹和父母的職業。本題的關鍵字平均分布在一開始、中間和最後。像這樣的試題也一定會出。

4 010

ラジオで交通情報が流れています。アナウンサーは ^Aなぜ明日高速道路が混雑すると言っていますか。	收音機正在播放交通資訊。主播說為什麼明天高速公路會塞車？

女：皆さん、こんにちは。全国の道路交通情報の藤井みどりです。^B今日、連休の初日のため、全国の高速道路は渋滞しています。特に東京都の東名高速道路は ^C午後1時事故があったため、5時まで渋滞の影響が続いていましたが、今は円滑な流れを見せています。そして、^D昨日の強風の影響で土砂崩れのあった名神高速道路は処理が終わらず午後6時まで渋滞が続いていましたが、今現在は円滑な流れです。^E明日は全国の高速道路の所々で工事の開始が予想されますので、所による渋滞は明日も続きそうです。

女：各位聽眾，大家好。我是全國道路交通資訊主播「藤井綠」。由於今天是連續假期第一天，所以全國的高速公路都在塞車。特別是東京都的東名高速公路在下午1點發生車禍，所以一直塞到下午5點，不過現在狀況已經排除，車流已趨於順暢。接著，受到昨天的強風影響，名神高速公路發生土石崩塌，原本後續處理尚未結束，持續回堵到下午6點，但現在也已恢復順暢通車。明天全國各地高速公路預估有多處施工，依照地區不同，塞車狀況似乎將會持續。

アナウンサーはなぜ明日高速道路が混雑すると言っていますか。

主播說為什麼明天高速公路會塞車？

1 連休の始まりの日だから	1 因為是連續假期第一天
2 連休の終わりの日だから	2 因為是連續假期最後一天
3 いろんな所で事故があったため	3 因為各處皆發生車禍
4 工事の始まるところがあるから	4 因為有地方會開始施工

解析

A 題目問的是「明天」高速公路狀況。像這樣的試題，要是聽錯了題目，百分之百會選錯答案。

B 這是今天高速公路塞車的原因。

C 這是今天高速公路塞車的原因。

D 這是昨天發生的事讓今天高速公路塞車的原因。這是讓人誤選的陷阱。

E 這是明天高速公路會塞車的原因。在對話最後，正確答案和關鍵字「明天」一起出現。

サッカー選手がテレビでインタビューを受けて
います。選手は今日の試合で勝った一番の理
由は何だと言っていますか。

女：今日の優勝、おめでとうございます。
　　すべての人が相手チームの戦力が強いと
　　評価していましたね。でも、見事に勝
　　ってみせました。今日の試合で勝った
　　理由はどこにあると思いますか。

男：ありがとうございます。今日試合が始ま
　　ってすぐ、A_相手のチームと体力の差を
　　感じましたが、でも、うちのチームの選
　　手たちは自分自身と闘いながら頑張りまし
　　た。うちの日常の練習量とか運動量は相
　　手のチームにぜんぜんおとらないと思い
　　ますので、B_くじけずに最後まで頑張った
　　結果だと思います。
　　そして、C_今日は蒸し暑かった天気も役に
　　立ったんじゃないかと思いますね。相手の
　　チームは夏が短い国だからこの暑さが体
　　に応えたせいか、試合が始まって20分ぐら
　　い経った時点から足が動かなくなったの
　　が見えてきました。それで、私たちはこれ
　　からだぞと詰めていきましたね。

女：C_天気のおかげだとおっしゃいましたが、
　　やっぱり実力がないと優勝なんかできな
　　いでしょうね。

男：ま、そうですね。チームみんなが怠け
　　ずに練習してきたし、お互いを信じ、
　　D_何より最後まであきらめなかったので、
　　優勝できたと思います。

選手は今日の試合で勝った一番の理由は何
だと言っていますか。

足球員正在電視上受訪。球員說今天比
賽獲勝的最大原因是什麼呢？

女：恭喜您今天獲得勝利。所有人都稱讚
　　對方隊伍戰力堅強，不過您還是漂亮
　　地奪冠了。今天的比賽，您覺得獲勝
　　的原因在哪呢？

男：謝謝您。今天的比賽一開始就馬上感
　　受到我們和對方體力上有落差，不
　　過，我隊的選手們都和自己拼搏，同
　　時相當努力。由於我隊平常的練習量
　　和運動量和對方相比毫不遜色，不氣
　　餒地拼搏到最後並終究獲勝。
　　然後，我覺得今天悶熱的天氣也幫了
　　點忙。對方的國家由於是夏季短暫，
　　所以耐不住這酷熱，比賽開始經過20
　　分鐘左右時，對方的腳步看起來都舉
　　步維艱了。於是，我們就趁機進攻。

女：雖然您說是拜天氣所賜，但沒有實力
　　終究還是拿不到冠軍的吧？

男：嗯，也是沒錯。我認為我隊隊員都毫
　　不懈怠地一路練習，彼此互信，最重
　　要的是直到最後都沒放棄，所以才能
　　獲勝。

球員說今天比賽獲勝的最大原因是什麼
呢？

1 蒸し暑い天気のおかげで	1 拜悶熱的天氣所賜
2 相手のチームが弱かったから	2 因為另一隊太弱
3 最後まで頑張ったから	3 因為一直拼搏到最後
4 相手のチームとの実力の差	4 和另一隊實力有落差

解析

A 這是讓人誤選的陷阱。

B 這是正確答案。

C 這是讓人誤選的陷阱。是對話中出現的第二個陷阱。

D 再次在最後一句話中出現正確答案。「何より」後連接的內容時常會是正確答案。

6 012

男の人と女の人が話しています。 男の人はどうして旅行に行けなかったと言っていますか。	一男一女正在談話。男人說他為什麼沒能去旅行呢？
女：けんじ、 旅行楽しかったの？ お土産ちょうだい！	女：健二，你玩得開心嗎？伴手禮拿來！
男：行ってないよ？	男：我沒去！
女：え？ どうして？ 友達とインドに行くって言ってたじゃない。	女：啊？為什麼？你不是一直說要跟朋友去印度的嗎？
男：うん、 それが、 まったく、 もう。	男：嗯，說來話長，真是夠了。
女：どうしたの？	女：怎麼啦？
男：こうすけ君と一緒に行くって言っただろう？ あいつ、 本当にバカなんだよ。	男：我不是說要跟幸助一起去嗎？那傢伙，真是蠢到家了。
女：親友に対してそんなひどいことを！	女：你怎麼這樣講你好朋友啊？
男：聞いてよ。 あいつ飛行機の時間が1時なのに、 12時30分に空港に現れてさ。	男：妳聽我說。登機時間明明是1點，那傢伙竟然12點半才出現在機場。
女：A-あ、 飛行機に乗り遅れたんだ。 だったら、 次の飛行機に乗ればよかったのに。	女：啊，原來是沒趕上飛機。那樣的話，改搭下一班不就好了嗎？
男：いや、 そうじゃなくて、 B-飛行機にはぎりぎり乗れたんだ。	男：不是，才不是啊，就差那麼一點點我們就搭不上飛機了。
女：飛行機に乗れたら、着くだけじゃん？	女：如果有搭上飛機的話，那就等著到達不是嗎？
男：いや、 C-途中で乗り継ぎがあって、 香港でさ。	男：沒有，中途還得在香港轉機。

女：あ、また、こうすけ君が何か？

男：そうだよ、免税店でいなくなったんだ。飛行機の出発時間が迫っているのに、現れなくて。今思い出してもむかつく！

女：結局？

男：そうだよ、C飛行機はとっくに出発したのに、ずうずうしく現れて、何って言ったと思う？

女：何？

男：香港の免税店ってすごいな！ってさ。

女：え？信じられない！それで、そのまま戻ってきたわけ？

男：うん、Dインド行きの他の飛行機を調べてもらったんだけど、空席がなくて、そのまま東京行きに乗った。

女：啊，那幸助又做了什麼好事？

男：就是說啊，他在免稅店給我搞失蹤。明明登機時間都快到了，還是找不到人。現在想起來還是一肚子火！

女：結果呢？

男：就是說啊，等到飛機早就起飛，他老兄才厚著臉皮現身，妳覺得他講了什麼？

女：什麼？

男：他竟然給我說香港的免稅店好酷哦！

女：啊？真是不敢相信！所以，難道你們就這樣回來了？

男：嗯，我們有請航空公司幫忙查飛往印度的其他班機，但都沒空位，所以就那樣搭上回東京的班機。

男の人はどうして旅行に行けなかったと言っていますか。

1 日本の空港でインド行きの飛行機に乗れなかったので
2 香港で間違えて東京行きに乗ったから
3 香港を出るインド行きの飛行機がなかったので
4 香港でインド行きの飛行機に乗れなかったので

男人說他為什麼沒能去旅行呢？

1 因為沒能在日本的機場搭上飛往印度的班機
2 因為在香港錯搭飛往東京的班機
3 因為沒有從香港起飛的前往印度的班機
4 因為沒能在香港搭上飛往印度的班機

解析

A 這是讓人誤選的陷阱。正確答案時常以下述模式出現：1 正確答案很少在前半部出現。2 若在中間出現，會暗示它是錯的。3 在後半部出現時，會被再次確認是正確答案。

B 可以知道選項 1 是錯誤答案。

C 在香港錯過班機，這是正確答案。用語「とっくに」一定要知道。

D 再次在最後一句話中出現正確答案。一定要聽清楚搭乘飛往何處的班機。「満席」、「空席」是在聽解篇中時常出現的字彙。

1	2	2	1	3	4	4	2	5	4	6	1	7	2

1 ⌂013

ラジオで女の人がコンサートについて話しています。 女：みなさん、こんばんは！TCSの石川ほりです。今月の20日に予定されている野々村けんのコンサートの前売り券が完売しました。^Aチケットをお求めになる方はコンサートの当日にお買い求めいただけますことをお知らせいたします。^Bコンサート開始の3時間前から、コンサート会場でお求めになれますので、当日早めに会場へGO!GO! 野々村けんのデビュー10周年を記念するコンサートなので私も楽しみですね。 ^C女の人は主に何について話していますか。	**一位女士在廣播上聊演唱會。** 女：大家晚安！我是 TCS 的石川保理。預定在這個月 20 號舉辦的野野村健的演唱會預售票已全數售罄。在此通知仍想購票的民眾可於當天再行購買。演唱會開唱前 3 小時就可以在會場購票，所以請當天提早到達會場 GO！GO！由於是野野村健出道 10 週年紀念演唱會，連我也相當期待呢！ **女士主要在說什麼呢？**
1 歌手のCDの購入の方法 2 コンサートチケットの購入方法 3 コンサートの前売り券の購入の方法 4 コンサートチケットをプレゼントに送る方法	1 如何購買歌手的 CD 2 如何購買演唱會門票 3 如何購買演唱會預售票 4 如何拿演唱會門票來當禮物

解析

聽解篇問題 3 是要掌握概要的試題類型，會針對主題、要點來出題。通常會詢問對話的主題，以及對這個主題所下的結論。時常會在一開始的地方就將主題揭示出來。

A 這裡揭示了主題。

B 具體告知購買門票的方法。

C 問題 3 的題目和選項只會在本文播放完後唸一次，也不會印在試題本上。

A 男の人と女の人が話しています。

男：みほちゃん、ちょっといい？

女：うん、何？

男：B ゼミの準備は終わった？

女：うん。やっと昨日。

男：実はぼく、就職の面接日が決まったんだ。

女：わ、本当に? おめでとう！

男：いや、まだ就職が決まったわけではないから。

女：そうよね。それで？

男：C その日がね、ゼミで発表する日とダブってしまって、困っているの。

女：それは困ったね。のりお君はどうするつもり？ やはりゼミをあきらめた方がいいよ。私だったら面接に行くわ。

男：ぼく、両方ともあきらめたくないんで、お前がその日と代わってくれないかと。

女：え？ 私が何を？

男：お前の発表が明後日でしょう？ D それをしあさってにしてぼくが明後日にしたらどうかなと。

女：面接がしあさってってわけ？

男：うん、お願い！

女：いいよ、でも、おいしいものおごってよ。

男：うん、おごるよ。いっぱいおごるよ。ありがとう！ 助かった！

男の人は女の人に何を話していますか。

一對男女正在談話。

男：美穗，妳來一下好嗎？

女：嗯！什麼事？

男：課堂討論妳準備好了嗎？

女：嗯！昨天終於…。

男：事實上，我的求職面試日期出來了。

女：哇，真的嗎？那恭喜你了！

男：沒有啦，又不是已經錄用了。

女：也是啦。你要說什麼？

男：就那一天啊，剛好跟課堂討論是同一天，真傷腦筋。

女：那還真是傷腦筋。紀夫你打算怎麼辦？我覺得還是放棄課堂討論比較好。要是我的話，我會選擇去面試。

男：我兩邊都不想放棄，所以我在想當天妳能不能跟我換一下日期。

女：什麼？我該怎麼做？

男：妳不是後天發表嗎？妳延後到大後天，然後我改到後天。

女：難道你是大後天面試？

男：就是啊，拜託妳了！

女：可以啊，不過，你要請我吃好吃的哦！

男：嗯，我會請妳的。想吃什麼盡量說。謝謝囉！妳真是幫了我大忙。

男人正在對女人說什麼？

1 発表する日を代わってくれるよう頼んでいる	1 正在拜託她跟他換一下發表日期
2 明後日としあさっての昼ごはんにさそっている	2 正在邀她後天和大後天一起吃午餐
3 ゼミで発表する内容をみてもらうことを言っている	3 正在說請她幫他看一下課堂討論要發表的內容
4 就職面接についての相談に乗ってくれるよう頼んでいる	4 正在拜託她跟他諮商求職面試

解析

A 聽力內容多為單人的演說或說明，有時也會出現雙人對話。

B 這裡揭示了主題。

C 提到和主題有關的事項。

D 表現出男人的意圖。

3 🎧 015

A 授業で先生が話しています。	老師正在課堂上講話。
女：最近、インターネットが普及して、広く利用されるようになりました。みなさんもインターネットを通じて勉強はもちろん、買い物、多くの情報を手にいれることができますね。しかし、B 正しい情報を見つける方法、選択する方法を知っていますか。この授業ではそれを勉強していきます。	女：近來網路愈趨普及，應用範圍也愈來愈廣了。學習自不待言，想必各位同學也都能透過網路進行購物、蒐集各種資訊了。可是，各位知道如何找尋正確的資訊並且加以選擇嗎？本堂課將對此展開學習。
先生はこの授業で主に何をすると言っていますか。	老師說本堂課主要要做什麼？
1 買い物の方法 2 パソコンの操作の方法 3 情報検索の方法 4 正しい情報を選ぶ方法	1 如何購物 2 如何操作電腦 3 如何蒐尋資訊 4 如何選擇正確資訊

解析

A 出現「先生」、「教授」這些字彙時，會考下列這些問題的可能型性極高：授課的內容、關於考試的應試方法、提出報告的方法、缺課時要採取的行動等。

B 本文越短，越難找出正確答案。不過，無論出什麼題目，只要聽清楚起頭和結尾，找出正確答案應該會容易許多。

4 016

テレビでサッカー選手がインタビューを受けています。	足球員正在受訪。
男：今回去年に次いで、キャプテンに選ばれたのは A-選手としてのテクニックじゃないと思います。そして、B-ぼくにはリーダーシップなんかもないと思いますね。ゲームをどうやって進めていくべきかは監督が決める、C-ゲームを組み立てる能力もないと思います。ただ、ぼくはどの集団にいてもそこでの人間関係を重視してきました。そして、チームが問題にぶつかったときに、チームの目標達成のためにもっとも熱意を燃やし、D-チームが抱える困難な課題に率先して挑んだり、あらゆる手段を使って進んで現実を変えていこうとしました。たぶん、その組織をまとめる能力を評価されたのではないかと思いますね。	男：我認為繼去年之後我又再次獲選為隊長，其原因並非是身為一位球員的球技。然後，我覺得自己也欠缺所謂的領導能力。該如何進行比賽乃由教練決定，而我也沒有組織比賽的本事。不過，不管身在哪一隊，我都極為重視該處的人際關係，而且當團隊碰到問題時，我也會燃起更高的熱情以達成團隊目標，率先挑戰團隊所遇上的難題，並想方設法往前邁進企圖改變現實。也許，是我統整組織的能力獲得了青睞。
この人が続いてキャプテンに選ばれた理由は何だと言っていますか。	這個人說他為什麼又獲選為隊長呢？
1 リーダーシップがあるから 2 キャプテンとして積極的な態度を持っているから 3 ゲームの組み立て方がうまいから 4 プロ選手として優れた技術を持っているから	1 因為有領導能力 2 因為擁有身為隊長的積極態度 3 因為很會組織比賽 4 因為擁有身為球員的優秀球技

解析

A 可以知道選項 4 是錯誤答案。

B 可以知道選項 1 是錯誤答案。

C 可以知道選項 3 是錯誤答案。

D 因為這句話中有「率先」、「進んで」這樣的字眼，所以最適合選為正確答案。雖然沒有「積極的」這字彙出現，感覺有點不明確，不過因為選項1、3、4確定是錯的，都不是他繼續下去的理由，所以很確定必須選選項2。

※ 這類的試題一定會出。所謂「臨場應變能力和精準判斷力」，就要發揮在這類的試題上。

5 🎧 **017**

社長が職員に話しています。	**老闆正在和員工談話。**

社長が職員に話しています。

女1：けいすけ君! ちょっといい? さっきお客さんから電話あったけど、いつも30分ぐらい配達が遅れているという苦情の電話だったよ。

女2：でも、社長、そこは3時半に届くようにといつも言うんですよ。パンが焼き上がるのが3時半なのに。だから、焼きたてのパンを急いで持っていっても届けるのがいつも4時になってしまうんです。

女1：先方にパンが出来上がる時間が3時半だと言った?

女2：いいえ。

女1：じゃ、先方にパンが出来上がる時間が4時だと言って、約4時半ごろにお届けできますって言っておいて! そう言って4時に届けたら、苦情を言う人はいないよ。 A-いつも時間はそうやって決めるといいよ。

女2：あ、そんないい方法が? だったら、向こうも予約しておいた時間より早めに届くから、喜びますよね、きっと。

社長は何について職員に話していますか。

1 苦情の言い方
2 パンの焼き方
3 配達先に行く方法
4 納品時間の決め方

老闆正在和員工談話。

女1：惠介！可以過來一下嗎？剛剛有客人打電話來客訴，說宅配總是晚半個小時。

女2：可是，老闆，是對方總是說請我們3點半送到的。麵包明明都是3點半出爐。因此，急急忙忙把剛出爐的麵包送到對方那邊才總是拖到4點的。

女1：那你有跟對方說麵包都是3點半出爐？

女1：是沒說。

女1：那樣的話，你去跟對方說麵包都是4點出爐，所以要4點半左右才能送到。你這麼說了之後，4點送到，對方就無話可說了。時間都這麼決定就沒問題了。

女2：啊，原來有那麼好的方法哦？這麼一來，對方也會比原本訂麵包的時間提早收到，一定會感到高興的。

老闆正在和員工談什麼？

1 如何客訴
2 如何烤麵包
3 如何到達宅配地點
4 如何決定交貨時間

解析

A 本句直接提到「約定時間的方法」。一開始的第一句話提到「苦情（不滿）」，所以很容易會選到選項 1，但選項 1 是「抱怨的方法」，與內容不符，所以不能選。

6 018

アナウンサーがテレビで話しています。	有位主播正在電視上談話。

女：ᴬ今年もあと一ヶ月ですね。気象庁は今日、冬の降雪予想を発表しました。とにかく、雪の多い冬になりそうですね。特に西日本を中心に多く降るそうです。北日本は例年並みで温かい日が多くなる見込みですね。年末から来年2月にかけて最も多くの雪が予想されますので、帰省にも大きな影響が出ると思われます。3月に入ると全国的に気温があがり、平年よりやや暖かくなる見込みです。

女：今年也只剩一個月就要結束了。氣象局在今天公布了冬天降雪預報。總而言之，今年看似會是個多雪的冬天，特別是降雪多集中於西日本。北日本和往年相同，可望是個暖冬。年終直到明年 2 月是降雪最為猛烈的時期，也會對返鄉造成極大影響。而一進入 3月，全國氣溫皆可望回升，且會比往年來得稍為溫暖一些。

アナウンサーは主に何について述べていますか。 / 主播主要在談什麼話題？

1 年末から新年にかけての冬の天気
2 12月にたくさんの雪が降ること
3 雪が正月に帰省に与える影響
4 異常気象

1 年終直到過年的冬天氣候
2 12 月將會降下大雪
3 降雪在過年時會對返鄉造成影響
4 異常氣候

解析

A 這裡暗示了現在是年終。

B 從整篇文章脈絡來看，是在談論今年冬天的天氣。選項 4 很明顯的是錯的。選項 2、3 提到的是細部事項。

7 019

男の人と女の人が話しています。	一男一女正在聊天。

男：おはよう！

女：おはよう！あら、元気ないわね。また、課長に怒られた？

男：早！

女：早！唉呀，你沒什麼精神吔。又被課長罵了哦？

455

男：違うよ。

女：だったら、何よ。

男：何か、食い物ない？

女：え？急に何よ。

男：^Aお腹ペコペコ！

女：^Aだからそんなに元気ないわけ？ はい、これ、チョコ！

男：いや、それじゃなくて、この前、新人たち入ってきたでしょ？

女：うん、山田君と佐藤君だったっけ。

男：うん、佐藤君ってさ、しょうがない人なんだ。同じミスを繰り返してさ。

女：新人だから仕方ないじゃん？

男：うん、^B新人だからミスが多いのは納得いくけど、なんで僕が課長に怒られなければならないわけ。新人のミスは僕のミスだなんて、納得いかないよ。頭にくる！

女：^C何、結局、課長に怒られたんじゃん。

男の人は女の人に主に何を言っていますか。

1 新人が過ちを犯すことに対しての不満
2 自分に怒る上司に対する不満
3 食べるものがなくてお腹が減って怒っている
4 新人たちが自分に怒ることについて

男：才不是咧。

女：不然呢？

男：有沒有什麼吃的啊？

女：啊？到底要幹嘛啦？突然間。

男：我餓得前胸貼後背了！

女：所以你才那麼沒精神哦？好，這給你，巧克力！

男：不是那樣啦，之前，公司不是有新進員工嗎？

女：嗯，是不是叫山田和佐藤來著？

男：嗯，那個叫佐藤的真是被他打敗。同樣的錯一直犯。

女：才剛進公司嘛，也沒辦法不是嗎？

男：嗯，菜鳥多犯點錯是可以理解啦，但為什麼是我被課長罵啊？說什麼菜鳥的錯就是我的錯，什麼跟什麼啊？氣死我了。

女：什麼？結果，你不就是被課長罵了嗎？

男人主要在對女人說什麼？

1 對於菜鳥犯錯這件事的不滿
2 對於上司責怪自己的不滿
3 沒東西吃肚子餓得發脾氣
4 關於菜鳥們對自己發脾氣這件事

解析

A 這是讓人誤選的陷阱。

B 從這句話可以知道選項 1 是錯誤答案。在這句話中，男人提到他很生氣，因為他被課長罵了，所以選項 2 是正確答案。

C 可以確定選項 2 是正確答案。

問題 4 　P 426-429

| 1 | 1 | 2 | 3 | 3 | 2 | 4 | 3 | 5 | 3 | 6 | 1 | 7 | 2 | 8 | 1 | 9 | 2 | 10 | 1 |
| 11 | 1 | 12 | 2 | 13 | 3 | 14 | 3 | 15 | 1 |

1 020

男：あの、こちらでは写真は^Aご遠慮ください。	男：那個，請勿在這裡拍照。
女：1 そうですか。すみません。 2 いいえ、一向にしません。 3 じゃ、お願いします。	女：1 這樣啊，不好意思。 2 不，我一向不做。 3 那麼，麻煩你了。

解析

A 「ご遠慮ください」這用語，是請對方不要做的意思。很可能會在許多試題類型中出現，所以請一定要熟記。

2 021

| 女：宮下君、佐藤部長は^Aあすの会議に出られますか？
男：1 もう出席なさいました。知らなかったんですか？
2 会議に出る予定でしたが、用事で参加できなかったんです。
3 そのはずでしたが、急に出張に出かけられました。 | 女：宮下，佐藤經理會出席明天的會議嗎？
男：1 已經出席了。妳不知道嗎？
2 原本預定要出席的，但後來有事沒能參加。
3 原本照理說是會的，但他突然去出差了。 |

解析

A 聽解篇問題 4 要特別注意掌握時態。因為是詢問明天的事，所以回答過去時態的選項 1、2 是錯誤答案。

3 022

| 男：今回のミスを部長に報告した？
女：1 後で回しに行きます。
2 至急いたします。
3 さきに延ばしたのに。 | 男：這次的錯誤跟經理報告了嗎？
女：1 我待會兒會去繞繞。
2 我馬上去報告。
3 明明已經延後了。 |

457

男1：鈴木さんってもう若くないのに…。 　　もうちょっとしっかりできないのかな。 男2：1　いろいろ警告をはっておくよ。 　　　2　さすが、わかいんだね。 　　　3　よく注意しておくよ。	男1：鈴木小姐已經不年輕了，她不能再 　　　可靠點嗎？ 男2：1　我會再去多貼點警告。 　　　2　真不愧是年輕她。 　　　3　我會多多提點她。

單字　● しっかりする（慎重；振作；可靠）

男：こちらの新しい資料をご覧になりまし 　　たか。 女：1　ごらんになりました。 　　　2　よく存じますね。 　　　3　はい、拝見しました。	男：您看過這些新資料了嗎？ 女：1　我御覽過了。 　　　2　你還真清楚她。 　　　3　是的，我拜讀了。

單字　● ご覧（らん）になる　● 拝見（はいけん）する
　　　● ご覧（らん）に入（い）れる　● お目（め）にかかる

女：何にやにやしているの？ 男：1　午後彼女とデートをするんだ。 　　　2　笑っちゃいけないからな。 　　　3　昨日先生にしかられたから。	女：你在傻笑什麼啊？ 男：1　我下午要跟女朋友約會啦。 　　　2　畢竟不能笑哦。 　　　3　因為昨天被老師罵了。

單字　● にやにや（默默地笑；微笑）　● げらげら（哈哈大笑）　● にこにこ（微微笑）
　　　● ほほえむ（微笑）

男：マリアさん、どうかした？ マリアさん 　　らしくないね。 女：1　ええ、そのようですよ。 　　　2　うん、さっきから頭が＾ちょっと。 　　　3　いや、ぜんぜんそうではありませ 　　　　ん。	男：瑪莉亞小姐，妳怎麼啦？真不像平常 　　的妳她。 女：1　對，好像是那樣哦。 　　　2　頭從剛剛開始痛起來。 　　　3　沒有啦，完全不是那回事。

A「ちょっと」也含有否定的含意。也會用在拒絕對方的請託時。

女：また、電気、^A-つけっぱなしにして出かけたでしょう？ 男：1 消したつもりなんだけど、ついていた？ 　　2 だれがつけなかった？ お前じゃない？ 　　3 え？ うそ！ 僕は確かにつけておいたのに。	女：你又沒關電燈就跑出去了吧？ 男：1 我以為有關，原來沒關哦？ 　　2 是誰沒關？不是妳嗎？ 　　3 什麼？不會吧！我明明有開的啊。

句型 ● 動詞ます形＋っぱなし（放置不管）

男：お母さん！シャンプーきれているよ。 女：1 え？ だれがそんなひどいこと？ 　　2 わかった。買っておくよ。 　　3 お前がそうしたの？	男：媽！洗髮精用完了哦！ 女：1 什麼？誰那麼過份？ 　　2 我知道了。我會先買。 　　3 是你幹的吧？

女：何そんなばたばたしているの？ 男：1 もう12時回っただろう？ 12時半の会議の資料の準備がまだで。 　　2 あそこには何もないよ。だれがそんなことを言った？ 　　3 違うよ。これにはバターではなくチーズが入っているよ。	女：你幹嘛一直慌慌張張的啊？ 男：1 不是過了12點了嗎？12點半的開會資料我都還沒弄好。 　　2 那邊什麼都沒有哦。是誰亂說的啊？ 　　3 不對哦！這裡面不是奶油而是起司哦！

聽解篇

問題 4 答案及解析

男：ごめん。明日のお前の卒業式（そつぎょうしき）に行けないんだ。 女：1 いいよ、気にしないで。 　　2 いけないでしょう。必ず行ってください。 　　3 だめだって？ 何がだめなの？	男：抱歉！明天妳的畢業典禮我沒辦法去了。 女：1 沒關係，你別在意。 　　2 不可以吧？請一定要去。 　　3 你說不行？是什麼不行啦？

單字 ● 気にする（在意）　● 気をつける（注意了）　● 気をつかう（顧慮）
　　● 気付（きづ）く（發覺）　● 気がある（有心）　● 気になる（掛念）

女：今回の打ち合わせ、本人（ほんにん）抜（ぬ）きでやってもいいかしら。 男：1 何を抜（ぬ）くつもりなの？ 本人（ほんにん）に聞（き）いてからそうしましょう。 　　2 山下さんのことだろう？ 話したいけど、都合（つごう）で今日はちょっと。 　　3 打ち合わせの時間が気に入（い）らないよ。変（か）えればできるかも。	女：這次開會，當事人沒來開得成嗎？ 男：1 妳打算拔什麼啊？問過當事人再做吧！ 　　2 妳是說山下先生吧？我是想跟他談談，但今天…。 　　3 我不喜歡開會的時間。只要改，搞不好就可以。

男：彼女が韓国人だって！ 知ってた？ 女：1 本当？ あなたも知らないの？ 　　2 だからそんなに韓国のことを知らなかったのね。 　　3 え？ 本当？ 私は初耳（はつみみ）。	男：聽說她是韓國人耶。妳知道嗎？ 女：1 真的？你也不知道嗎？ 　　2 難怪對韓國一無所知。 　　3 真的？我還是第一次聽說。

單字 ● 初耳（はつみみ）（第一次聽說）

| 女：２年Ｂ組のエリカちゃんって何でものみこみが早いわ。
男：1 え？ 何をそんなに飲んでいるの？
　　2 授業中に？ そりゃだめだろう？ 注意しなくちゃ。
　　3 うん、私もそう思った。彼女って理解がはやいね。 | 女：二年Ｂ班的艾莉卡小朋友，不管什麼都學得好快她。
男：1 什麼？什麼東西喝那麼多？
　　2 在課堂中？那可不行吧？不警告她怎行。
　　3 嗯，我也有同感。她真的理解很快。 |

單字 ● のみこみが早い（理解得很快）

| 男：ささきさん、引っ越したって？
女：1 はい、夢が叶いました。猫の額ほどの庭付きで。
　　2 はい、やっと買いました。猫をかぶっているようなところです。
　　3 はい、いよいよ購入しました。猫の手を借りて買いました。 | 男：佐佐木小姐，聽說妳搬家了？
女：1 是的，夢想成真了。是有個貓額頭般小小庭院的屋子。
　　2 是的，終於買了。是個蓋著貓般的地方。
　　3 是的，終於買了。把貓的手都借來買了。 |

用語 ● 猫の額 (ひたい)（喻「面積小」）　● 猫をかぶる（假裝和善）
　　● 猫の手も借 (か) りたい（很忙碌；人手不足）

| 1 | 4 | 2 | 4 | 3 | (1) 2 | (2) 3 |

1 🎧035

<ruby>A<rt></rt></ruby> テレビで天気予報を聞いて男の人と女の人が話しています。	一男一女正在聽電視的氣象報導聊天。

男1：それでは今週末の東京の<ruby>空模様<rt>そら も よう</rt></ruby>です。<ruby>明日<rt>あした</rt></ruby>金曜日は全国的に<ruby>雷<rt>かみなり</rt></ruby>を<ruby>伴<rt>ともな</rt></ruby>う<ruby>激<rt>はげ</rt></ruby>しい雨が降り、その<ruby>影響<rt>えいきょう</rt></ruby>で東京も一日中<ruby>激<rt>はげ</rt></ruby>しい雨が降るでしょう。そして、土曜日は<ruby>気温<rt>き おん</rt></ruby>が<ruby>上<rt>あ</rt></ruby>がり、<ruby>南<rt>みなみ</rt></ruby>の<ruby>方<rt>ほう</rt></ruby>から<ruby>晴<rt>は</rt></ruby>れてきて、東京も<ruby>行楽日和<rt>こうらく び より</rt></ruby>になるでしょう。しかし、<ruby>北海道<rt>ほっかいどう</rt></ruby>の<ruby>方<rt>ほう</rt></ruby>は<ruby>午前中<rt>ご ぜんちゅう</rt></ruby>まで雨が<ruby>続<rt>つづ</rt></ruby>き、夜晴れてくるでしょう。そして<ruby>明後日<rt>あさって</rt></ruby>日曜日は東京は<ruby>時々<rt>ときどき</rt></ruby><ruby>曇<rt>くも</rt></ruby>り、<ruby>小雨<rt>こ さめ</rt></ruby>が<ruby>降<rt>ふ</rt></ruby>るでしょう。

男2：はるみ！週末に雨降るんだってよ。

女：え？どうしよう。ピクニックはだめ？

男2：金曜日と日曜は雨が降って土曜は<ruby>晴<rt>は</rt></ruby>れるっていうから、土曜に出かけようか。

女：でも、<ruby>B<rt></rt></ruby> 土曜は<ruby>裕子<rt>ゆう こ</rt></ruby>さんと<ruby>約束<rt>やくそく</rt></ruby>があるのよ。

男：そうだね。<ruby>C<rt></rt></ruby> 僕も<ruby>同窓会<rt>どうそうかい</rt></ruby>あるし。でも、<ruby>同窓会<rt>どうそうかい</rt></ruby>なんかは行かなくていいから。

女：え…！私も<ruby>約束取<rt>やくそく と</rt></ruby>り<ruby>消<rt>け</rt></ruby>せとでも言いたいの？

男2：仕方ないじゃない。日曜は雨降るから。

女：でも、<ruby>小雨<rt>こ さめ</rt></ruby>でしょう？<ruby>小雨<rt>こ さめ</rt></ruby>ぐらいはいいじゃない。

男2：雨に降られながらピクニック？あり<ruby>得<rt>え</rt></ruby>ないよ。

女：<ruby>裕子<rt>ゆう こ</rt></ruby>さんとは<ruby>久<rt>ひさ</rt></ruby>しぶりに会うから、キャンセルできないよ。

男1：接下來為您報導這週末東京的氣象。明天星期五，全國都會下激烈的雷雨，受其影響，東京也會下一整天的豪雨。然後，星期六氣溫回升，從南方開始放晴，東京也會開始迎接好天氣。但是，北海道上午依然有雨，夜晚才會放晴。再來，後天星期日則東京轉為晴時多雲，偶有小雨。

男2：晴美！週末說是會下雨哦！

女：什麼？怎麼辦？野餐要泡湯了哦？

男2：說是週五和週日會下雨，週六會放晴，我們週六去好了。

女：可是，週六我和裕子有約了哦！

男2：對吧。我也要開同學會。不過，同學會我可以不要去。

女：什麼啊！你該不會是要我跟裕子取消吧？

男2：那也沒辦法不是嗎？週日會下雨啊！

女：可是，不是小雨嗎？小雨有什麼關係嘛？

男2：邊淋雨邊野餐哦？怎麼可能啊？

女：我和裕子很久沒約了吔，沒辦法取消啦。

男2：しかたないか。来週にしようか。

女：来週？ う…ん。 D-じゃ、裕子さんと一緒ならどう？

男2：D-あ、いいよ。ぼくは。

女：じゃ、裕子さんに電話してみるわ。

男の人と女の人は週末にどうすることにしましたか。

1 計画どおりに日曜日に裕子さんとピクニックに行く

2 裕子さんと土曜日に男の人の同窓会に行く

3 男の人と女の人二人きりで日曜日にピクニックに出かける

4 土曜日に裕子さんと三人でピクニックに出かける

男2： 看來沒辦法了。那改約下週囉！

女： 下週？這個～，那找裕子一起去如何？

男2： 啊，好啊，我贊成。

女： 那我來打電話給裕子看看。

男人和女人決定週末怎麼辦？

1 按照計劃於週日和裕子去野餐

2 週六和裕子一起去男人的同學會

3 週日男人和女人兩人單獨去野餐

4 週六和裕子三個人一起去野餐

解析

A 聽解問題 5 會先唸一句提示句，然後是聽到提示句的兩個或兩個以上的人開始對話，因為對話中會出現許多訊息，所以請務必記筆記。

B 是女人星期六不能去野餐的原因。

C 這句話顯示男人星期六可以去。

D 天氣晴朗的日子是星期六，那天因為女人和裕子有約，所以決定三個人一起野餐。

男の人と女の人が話しています。

男：めぐみさん。 橋本教授がおっしゃった本、買った？

女：あ、心理学の？ 私、まだ。 正治さんは？

男：僕もまだ。 でも、 あの本って高いって。 1万もするんだって。

女：高——い。 来週の授業で使うから高くても買うしか。

男：ネットでちょっと安く買えるんじゃない？

女：うん、 そうだね。 でも、 A-ネットにもいろんな本屋があるから。 検索してみようか。

男：B-ここは9千円で買えるよ。 しかも、前日午前中に注文したら、翌日に届くんだね。 あ、 C-それに、この「何でも本」っていうサイト、安いね。半額！ でも、 届くのに三日もかかるんだ。

女：安いわね。 でも、 怪しいんじゃない？ あまりにも安かったら。

男：それはそう。 でも、 中古かもしれないよ。

女：中古を５千円で買うの？ それに、 三日もかかっちゃうでしょう？

男：中古が５千円なら、 高い方だね、 確かに。

女：じゃ、 D-駅前の古本屋に行ってみない？

男：それより、 E-学校の前にある古本屋は？ そこにある確率高いよ。

男人和女人正在聊天。

男：小惠。橋本教授說的那本書，妳買了嗎？

女：啊，那本心理學的書？我還沒買。正治呢？

男：我也還沒買。話說回來，那本書還真貴。說是要 1 萬日圓吧。

女：好～貴哦。下禮拜上課就要用了，再怎麼貴也得買了。

男：上網買不是可以便宜點？

女：嗯，你說得對。可是，網路上也有很多家書店，蒐尋看看好了。

男：這家 9 千日圓就買得到哦。而且，只要前一天上午前下訂，隔天就會送到。還有，這個「什麼書都有」的網站，好便宜哦。還半價吧！不過，要 3 天後才能送到。

女：好便宜吧。可是，你不覺得奇怪嗎？也未免太便宜了。

男：妳倒是提醒我了。不過，搞不好是二手書哦！

女：二手書還要用 5 千日圓買哦？再說，還要 3 天後。

男：二手書還要 5 千日圓的話，確實有點貴。

女：那麼，要不要去站前那家二手書店看看？

男：倒不如去學校前那家二手書店妳覺得怎麼樣？那邊還比較可能買得到哦！

女：もうないでしょう。売りきれて。私たちのように考えている人、何人もいるよ。

男：でも、駅前の古本屋にもあるかどうかも分からないでしょう？

女：F 運だめししてみる？

男：F わかった。急いで行こう。

この二人はどこで本を買うことにしましたか。

女：已經買不到了吧？早賣光了。不曉得有多少人跟我們有一樣想法。

男：可是，站前那家二手書店到底有沒有妳也不知道對吧？

女：要賭賭看運氣？

男：我知道了。快點走吧！

這兩人決定要在哪裡買書？

1 前日注文したら翌日届けてくれるサイト	1 前一天下訂便會在隔天送達的網站
2 半額の値段で買えるサイト	2 半價就買得到的網站
3 学校の前の古本屋	3 學校前的二手書店
4 駅前の古本屋	4 站前的二手書店

解析

A 這是讓人誤選的陷阱。

B 這是讓人誤選選項 1 的陷阱。

C 這是讓人誤選選項 2 的陷阱。

D 這是正確答案。

E 這是讓人誤選選項 3 的陷阱。

F 最後決定去站前的二手書店。

男の人と女の人が話しています。

女：ね、デパートに行かない？

男：何？突然。

女：え？覚えてないの？来週、リカちゃん結婚するでしょう？

男：あ、そうだね。A-結婚祝い買いに行くんだ。

女：うん、そう。付き合ってくれるのね。

男：僕も買わなきゃ。行こう！

女：何買うつもり？

男：そうだね。B-ぼくはお皿セットでも買おうかな。

女：それもいいけど、なんか男の人がお皿セットってちょっと似合わない。

男：え？そんなこと誰が決めたんだ？男、女が買うプレゼントって決まってないだろう。

女：それはそうだけどね。C-私はリカちゃんに似合いそうな和柄のスカーフを買おうと思うの。

男：それは好みがあるんじゃない？

女：私、彼女の好み知っているからいいのよ。

男：ぼくは何にしようかな。

女：お皿セットって言ったじゃん？それとも、コーヒーカップセットはどう？

男：お皿セットとコーヒーカップセットとどこが違うんだ？

女：和風のはどう？

男：いや、それよりカップル用帽子とか、Tーシャツとかはどうかな。

女：え？ださいな。

男：そう？

女：陶器の和風お皿セットは？

男人和女人正在聊天。

女：喂，要不要去百貨公司？

男：什麼？這麼突然？

女：啊？你不記得啊？下個禮拜不是莉卡要結婚嗎？

男：啊，對吧。原來是要去買結婚賀禮。

女：嗯，沒錯。你會陪我去吧？

男：我也得買啊。走吧！

女：你打算買什麼？

男：我想想。我來買餐盤組好了。

女：那也不錯啦，但總覺得大男人買餐盤組怪怪的。

男：啊？誰決定的啊？男人、女人該買什麼禮物哪有規定啊？

女：你說的也沒錯啦。我打算買條適合莉卡的日本花紋絲巾。

男：這種東西有每個人自己的偏好吧？

女：我知道她喜歡什麼，沒問題。

男：那我買什麼好呢？

女：你不是說要買餐盤組嗎？或者，你覺得咖啡杯組怎麼樣？

男：餐盤組和咖啡杯組有什麼不同啊？

女：和風的怎麼樣？

男：不，倒不如買情侶帽或T恤好了。

女：啊？好土哦！

男：會嗎？

女：和風瓷器餐盤組呢？

男：^D陶器の和風？ それ、しゃれてるね。二人でずっと使えるものがいいからな。コーヒーカップセットにするよ、和風の。

女：じゃ、行こう！

男： 和風瓷器？聽起來好時尚哦。能兩個人一直用的東西比較好。我決定買咖啡杯組了，和風的。

女： 那麼，走吧！

質問1 男の人は何を買いますか。
1 和風のお皿セット
2 和風のコーヒーカップセット
3 和柄のスカーフ
4 カップル用のパジャマセット

問題1　　男人要買什麼呢？
1 和風餐盤組
2 和風咖啡杯組
3 和風絲巾
4 情侶睡衣組

質問2 女の人は何を買いますか。
1 和風のお皿セット
2 和風のコーヒーカップセット
3 和柄のスカーフ
4 カップル用のパジャマセット

問題2　　女人要買什麼呢？
1 和風餐盤組
2 和風咖啡杯組
3 和風絲巾
4 情侶睡衣組

解析

A 對話的主題是買結婚賀禮。

B 這是男人最先選的禮物，是讓人誤選的陷阱。

C 這是女人選的禮物，是問題2的正確答案。

D 這句話裡有男人最終選定的禮物。

JLPT
N2

實戰模擬試題

言語知識（文字・字彙・文法）
讀解

N2

言語知識(文字·語彙·文法)-読解

(105分)

受験番号	

名前	

問題1 ＿＿＿の言葉の読み方として最もよいものを、1・2・3・4から一つ選びなさい。

1　急成長している中国は物価の変動が激しいそうだ。

　　1　さびしい　　　　2　きびしい　　　　3　くやしい　　　　4　はげしい

2　食パンや割り勘、カラオケはそれぞれ、主食パンと割前勘定、カラオーケストラが省略された略語だそうだ。

　　1　せいれき　　　　2　しょうりゃく　　3　さいりゃく　　　4　そうりゃく

3　当サイト情報サービスはご使用中のパソコンの環境などによって接続方法が異なります。

　　1　せつぞく　　　　2　ぜつしょく　　　3　ぜつぞく　　　　4　せつしょく

4　世界の男女の平等ランキングを見てみたら、日本は100位以内にはなかった。

　　1　へいとう　　　　2　べいどう　　　　3　ひょうとう　　　4　びょうどう

5　みなさんの存在が私の人生を救いました。

　　1　やとい　　　　　2　そろい　　　　　3　すくい　　　　　4　かよい

問題 2 _____の言葉を漢字で書くとき、最もよいものを、1・2・3・4から一つ選びなさい。

6 　火山から流れ始めたようがんが街の中心部まで迫っている。

　　1 容岩　　　　　　2 谷岩　　　　　　3 浴岩　　　　　　4 溶岩

7 　月2～3万円せつやくしたところで、これからの物価の上昇に対応できるとは思いません。

　　1 切訳　　　　　　2 節続　　　　　　3 節約　　　　　　4 切約

8 　港で大規模のばくはつ事件が起きて数百人の死傷者が出たらしい。

　　1 爆発　　　　　　2 暴発　　　　　　3 爆燃　　　　　　4 暴廃

9 　この柱は屋根をささえるには少し細すぎるから、もう少し太い円柱形の柱にしよう。

　　1 岐える　　　　　2 技える　　　　　3 枝える　　　　　4 支える

10 　これよりやわらかくてふわふわした布団がほしいんです。

　　1 秀らかくて　　　2 狭らかくて　　　3 細らかくて　　　4 柔らかくて

問題3 ( )に入れるのに最もよいものを、1・2・3・4から一つ選びなさい。

11 うちのチームが今回の試合で大逆転勝利（だいぎゃくてんしょうり）を収めて、( )下位から脱出（だっしゅつ）す

ることがで

きた。

1 高 2 最 3 大 4 再

12 日本語のできない外国人を雇ってくれるバイト ( )がなかなか見つから

ない。

1 屋 2 場 3 所 4 先

13 日本の少子化は深刻になりつつあって、フランス ( )だそうだ。

1 ぞい 2 ぎみ 3 なみ 4 わり

14 ( )雪とは、その冬はじめて降る雪を言っているが、新年になってからは

じめて降る雪という意味もあるようだ。

1 初 2 始 3 発 4 最

15 日本から日本人の友人が来るから、朝、空港まで出 ( )に行かなきゃ。

1 おくり 2 むかえ 3 だし 4 いれ

問題4　（　　）に入れるのに最もよいものを、1・2・3・4から一つ選びなさい。

16　サクラ市の教育委員会は給食費や学用品代などに困っている小学生に（

）する制度を実施することにした。

1 援助
えんじょ
　　　　2 救助
きゅうじょ
　　　　3 応援
おうえん
　　　　4 救援
きゅうえん

17　試験を控えている私に「半分以上の人が落ちるから滑ってもがっかりすること

ないよ」という彼のはげましの言葉が（　　　）と私を緊張させた。

1 一斉　　　　　2 一番　　　　　3 一段　　　　　4 一気

18　私立高校は規則が（　　　）というが、シマダ私立高校はとても厳しいそうだ。

1 なだらかだ　　2 ゆるい　　　　3 やさしい　　　4 こまやかだ

19　このサイトではキッチンで便利に使えるいろいろな（　　　）を売っている。

1 グッズ　　　　2 ペッパー　　　3 コック　　　　4 マナー

20　私は職場でのろいとよく言われます。自分も（　　　）と働けないタイプだと思

ってはいましたが、のろいとまで言われるほどではないと思います。

1 じめじめ　　　2 うろうろ　　　3 てきぱき　　　4 しとしと

21　アメリカ人っていえば、みんな明るくて（　　　）だという感じがするんですが、

みんなそんなわけではないでしょう。悩みを抱えている人もいれば、暗い人
なや

もいるんですよね。僕たちと同じ人間だから。

1 異常
いじょう
　　　　2 純粋
じゅんすい
　　　　3 曖昧
あいまい
　　　　4 陽気
ようき

22 社長は会議中、(　　　)グローバル化を主張しているが、そのグローバル化っていったい何だろう。

1 しだいに　　　　2 べつべつに　　　3 しきりに　　　　4 じつに

問題5 _____の言葉に意味が最も近いものを、1・2・3・4から一つ選びなさい。

23 半分以上の男性は自分が格好いいと思い、女性の半分以上は自分が太っていると思っているらしい。勘違いも<u>はなはだしい</u>よね。

1 あらい　　　　2 ひどい　　　　3 あわただしい　　4 苦しい

24 自分の間違ったこととか誤ったことをすぐ認めて、すぐ謝るって点が西田<ruby>西田<rt>にしだ</rt></ruby>さんの<u>偉い</u>ところだ。

1 きつい　　　　2 こまっている　　3 みにくい　　　　4 すぐれている

25 家に遊びに来ていつも冷蔵庫を開け、頭を突っ込み、「このお菓子、おいしそう。もらっていい?」とか言って、ありがとうの一言もなく、持って帰ってしまう友達がいます。本当に<u>あつかましい</u>人でしょう。もう来ないでほしいです。

1 ずうずうしい　2 むずかしい　　　3 ていねいな　　4 しんちょうな

26 ケンカして仲が悪くなった友人とはお互いに話し合って、<u>徐々に</u>仲直りして行こうと思います。

1 すきまなくぎっしりと　　　　　2 意外なところでいきなり
3 のんびりと気楽に　　　　　　　4 ゆっくりとだんだん

27 うちの息子は<u>おとなしい</u>反面、娘はあらっぽいのよ。それが反対だったらいいのに。

1 けわしい　　　2 しずかな　　　3 するどい　　　　4 こうへいな

問題 6　　次の言葉の使い方として最もよいものを、1・2・3・4から一つ選びなさい。

28　持続

1　日本で結婚式に行く時は、招待状を必ず持続してください。

2　僕は机の前では集中力を持続させるのが難しい。

3　この芳香剤は香りが３か月も持続になるのです。

4　いい匂いが持続なシャンプーで髪を洗ったら、香水をつけなくていい。

29　あらかじめ

1　参加できない方はあらかじめお知らせください。

2　松田教授が主張しているのはあらかじめな論である。

3　美術館に行くなら、あらかじめとしてチケットを買っといて!

4　あの記者は何かを伝える時、あらかじめ過ぎて信じられない。

30　解散

1　人気バンドのキララがメンバー間のいざこざで解散の危機にあるそうだ。

2　一人暮らしをはじめたごろは、両親の小言から解散されたようで、うれしい
　　だけだった。

3　僕の子供の時、家電製品を解散するのが好きで、家にあったすべてのもの
　　を壊したものだ。

4　集中力を解散させる最も大きい要因の一つは雑音だから、勉強の際、テレ
　　ビを消してく
　　ださい。

[31] 勝る（まさ）

1 この新型車は燃費（ねんぴ）がいいので環境に勝る車だと言われている。

2 中村さんほど習得力や記憶力が勝る人は生まれて初めて会いました。

3 多様な本から得たものは自分の経験から得たものに勝るものではないと思う。

4 決勝戦で手軽く勝ると思ったが、結局勝負がつかず、引き分けに終わってしまった。

[32] 徹底的（てっていてき）

1 彼のように徹底的な初心者にこの仕事を任せるわけにはいかないよ。

2 学校で給食を徹底的に食べたら友達に貧乏くさいと言われたことがある。

3 駅の周辺ではバイクや自転車の無断駐輪を徹底的に取り締まっている。

4 星野さんはきれいで、勉強、スポーツや音楽もできるし、センスもあるし、徹底的な人だ。

問題7　次の文の(　　)に入れるのに最もよいものを、1・2・3・4から一つ選びなさい。

33　部長、わたし事情がありまして、今月(　　)退職させていただきたいんですが。

1　を　　　　　　　2　で　　　　　　　3　に　　　　　　　4　も

34　看護師(　　)女性だと思いがちだが、現場には男性も多いらしい。

1　といえば　　　　2　にしては　　　　3　からみれば　　　4　といっても

35　よしだ　「お前の家、会社から近いの?自転車通勤してるって、聞いたけど。」

きむら　「そうでもないです。会社から近いとはいっても、自転車で30分だから、(　　)1時間以上はかかるでしょう。」

1　歩けたら　　　　　　　　　　　2　歩いたというより

3　歩くとしたら　　　　　　　　　4　歩けるように

36　すずき　「隣のおばさん、モデルをやっていただけに、(　　)。」

みうら　「え? あのおばさん、モデルやってたの?」

1　年をとっていても歩き方が違うね

2　仕事を持ったことがないらしいよ

3　デザイナーになりたがっている

4　小さいことに戻りたいと言っている

37　娘　「ママ、どうしようかな。図書館に行こうか行くまいか決められなくて。」

母　「そんなにいつまでたっても人に(　　)、つまらないことさえ一人で決められなくなるよ。ちゃんと考えて、一人で決めなさい!」

1　頼っていないままでは　　　　　2　頼っているようでは

3　頼っていたばかりか　　　　　　4　頼り次第では

38 西田 「彼に謝った?」

高橋 「うん、でも、彼って頑固すぎて、僕がどんなに（　　　）お詫びの言葉
で謝罪しても聞こうとしないんだ。」

1 心が入れた　　　2 心のこもった　　3 心を通した　　　4 心に基づいた

39 弟は（　　）子がいい子だと昔から思っていたらしく、結局マザコン男子にな
っている。

1 母の言うようでは　　　　　　　2 母が言っても言わなくてもする
3 母の言うとおりになれる　　　　4 母の言いなりになる

40 山野辺 「木村さんが私の話を誤解しているみたいなの。」

金田 「誤解されたときは、ちゃんと話し合ったら、（　　　）場合が多いから、
まず、会ってみなよ。」

1 仲直りしきれない　　　　　　　2 ケンカになりかねない
3 すぐは仲直りかねる　　　　　　4 ケンカまで行かずにすむ

41 しまね 「この前、引っ越したでしょう? どう?」

みやもと 「うん、新築ですごくいいけど、上の階の人が深夜に帰ってくるみ
たいで、その騒音に（　　）のよ。それさえなければいいのにな。」

1 悩ませました　　　　　　　　　2 悩まれている
3 悩まされている　　　　　　　　4 悩まさせられている

42 みちこ 「どうしよう、シマダ君に映画に誘われたの。わたし、彼、苦手なの
に。」

しんいち 「え? そんなに悩むことないよ。いやだったら、（　　　）。」

1 行くと何ともないよ　　　　　　2 行かないと言おうとしたら
3 断ったらいいじゃないか　　　　4 断らなきゃどうだろうか

43 田中　「キムさん、レポート書いた?」

　　キム　「うん、一応、(　　　)、日本語の文法に自信がなくて、悪いけど、ちょ
　　　　　っと、見てもらえないかな。」

　　田中　「うん、いいよ。」

　　1 書いたことは書いたけど　　　　2 書こうか書くまいか

　　3 書くにしろ書かないにしろ　　　4 書こうにも書けないが

44 先生　「パクさん、日本の生活にもう慣れてきたの?」

　　パク　「はい、少しは慣れました。」

　　先生　「寮に住んでいるでしょう? 不便なことはないの?」

　　パク　「え、それが(　　　)、がまんできるぐらいです。」

　　1 あることもないが　　　　　　2 ないことにはないですが

　　3 ぜんぜんなくても　　　　　　4 なくはないですが

問題 8　　次の文の　★　に入る最もよいものを、1・2・3・4から一つ選びなさい。

45 試合で負けて ＿＿＿＿ ＿＿＿＿ ＿★＿ ＿＿＿＿顔は満足気だった。

　　 1 最善をつくして戦った　　　　　 2 いるものの

　　 3 選手たちの　　　　　　　　　　 4 は

46 ステーキがおいしいと ＿＿＿＿ ＿＿＿＿ ＿★＿ ＿＿＿＿までしていた。

　　 1 口にしたくないくらい変なにおい　 2 おいしいどころか

　　 3 評判のお店だと勧められて　　　　 4 両親と一緒に行ったが

47 今週の日曜日に ＿＿＿＿ ＿＿＿＿ ＿★＿ ＿＿＿＿延期されました。

　　 1 につき　　　　 2 登山大会が　　 3 雨の予報　　　 4 予定されていた

48 サッカーの練習の前に ＿＿＿＿ ＿★＿ ＿＿＿＿ ＿＿＿＿みたい。

　　 1 ばかりに　　　　　　　　　　　 2 しまった

　　 3 足を骨折して　　　　　　　　　 4 ストレッチをしなかった

49 保険料を何か月も納めない ＿＿＿＿ ＿★＿ ＿＿＿＿ ＿＿＿＿かかって
きた。

　　 1 で　　　　　　 2 毎日　　　　 3 いたら　　　　 4 催促の電話が

問題 9　次の文章を読んで、文章全体の内容を考えて、50から54の中に入る最もよいもの
　　　　を、1・2・3・4から一つ選びなさい。

　日本は地震がいつ起こるかわからない国ですね。だから、地震に備えて、
準備しておくことや物を皆さんに紹介しましょう。

　まず、非常持ち出し袋です。これは日本人なら子供でも知っていますが、外
国の方にとっては　50　ものでしょう。この中にはお水、ティッシュ、乾電池、
ラジオ、硬貨、食物など、非常時に必要なものが入っています。そして、中身
のそれぞれの保存期間などをチェックして定期的に入れ替えておきましょう。

　でも、これさえあれば、大丈夫だと　51　。これだけでは私たちの命を救っ
てくれません。地震による被害は家などの室内でも起きています。家は安全
な場所には違いありませんが、もっと被害リスクを最小限にしておきましょう。
倒れる　52　家具は固定できるものなら固定しておきましょう。それから、
ベッドで横になって、地震が起きた時、何か頭に　53　があるかを確認して
から、もしあったら移しましょう。そして、　54　安全な場所はトイレです。地
震が起きたら、トイレに避難してとよく言うので、トイレの中には割れやすい
ものを置くのはさけましょう。

　それから、最後ですが、自分の住む町にはいざという時に避難できる指定
の避難場所があるはずですから、市役所や区役所などに問い合わせてから、
その場所を確認しておきましょう。

50

1 見つけた　　　2 見直した　　　3 見慣れている　4 見知らぬ

51

1 は言いなりです　　　　　　2 も言えるものです
3 は言いかねます　　　　　　4 も言いかねません

52

1 おそれがある　2 かいがある　　3 ものがある　　4 わけがある

53

1 落ちてくるようなもの　　　　2 落としようがないもの
3 落ちそうにないもの　　　　　4 落としがたいもの

54

1 ぜひ　　　　　　2 わりと　　　　3 さきに　　　　4 せめて

読解

問題 10　次の(1)から(5)の文章を読んで、後の問いに対する答えとして最もよいものを、
　　　　　1・2・3・4から一つ選びなさい。

(1)

停電のお知らせ

　当サクラビルは、電気の定期点検を下記の通りに実施します。

　大変ご迷惑をおかけいたしますが、ご協力、お願い申し上げます。

日時

・2016年 7月 9日~10日, 12時 00分~14時 00分

注意事項

・7月9日　一階のヒビヤレストラン、そば屋のハッサンを含めたすべて
　　　　　のお店

　　　　　＊点検につき、一階の各レストランのランチ営業は致しませ
　　　　　ん。

・7月10日　一階を除いたすべての階

　　　　　＊点検中にはすべてのエレベーターは使えませんのでご注
　　　　　意ください。

＊エスカレーターは停止しません。

＊点検中はお湯が出ない場合もあります。

＊電子時計の遅れにご注意ください。

作業者

・財団法人トムラ電気

55　本文の内容に合っているものはどれか。

　1　7月10日にはヒビヤレストランではランチが食べられません。

　2　7月9日と10日は一日中、エスカレーターが使えません。

　3　7月9日と10日に点検している間でもエスカレーターは使えます。

　4　7月9日と10日には一日中、水が出ないから、水が使えません。

(2)

人は一日ぐらいは眠らずにいられると言います。しかし、二日以上は無理でしょう。睡眠は元気に生きていくためには欠かせないものだと知っているにもかかわらず、現代人は睡眠不足になやまされています。睡眠不足は集中力を下げて、交通事故を起こしやすくなったり、記憶力や思考力が低下して、成績や仕事の効率を落としたりします。また、肌の老化だけではなく、病気がちにもなります。こんなに多くの問題をもたらすにもかかわらず、みなさん、今日も遅い時間まで仕事をしたり、お酒を飲みに行ったりするのですか。早くお家に帰って、ゆっくり睡眠を取りましょう。

實戰模擬試題

56 本文の内容に合っているものはどれか。

1 人は一日でも寝ないのは無理だ。

2 睡眠不足はいろんな問題をもたらす。

3 仕事や勉強は睡眠のためにはしてはいけない。

4 あまり寝ないと、交通事故を起こしたくなる。

(3)

　ポストイットは偶然に発明されたものだということをご存知でしょうか。これはよく知られていることでしょう。しかし、これ以外にも万年筆、シャンパン、ポテトチップス、アイスケーキ、ペニシリンなどがあります。もちろん、これらはまったくの偶然から生まれたものもあれば、何かを研究し続ける過程で偶然生まれたものもあります。何かをするにあたって、思った通りに行かないことは必ずあります。そんな時、あきらめずに、立ちどまることなく、チャレンジし続けていけば、世界をびっくりさせる発明品の発明者になるかもしれません。

　みなさん、まず、ためらわず、迷わず、チャレンジすることです。

57　この文章で筆者の最も言いたいことは何か。

　　1 いつも積極的にやってみることが大事だ。
　　2 あきらめたくなる時は仕方ないからやめることだ。
　　3 人は日常生活の中で、つねに発明するべきだ。
　　4 万年筆やペニシリンなどは必要だから、作られたものだ。

(4)

　色にはすばらしい働きがある。オレンジや赤のような暖かい色は食欲をアップさせて、逆に青と緑はそれを減らす効果があるので、ダイエット業界はこの色の効果をよく活用しているらしい。そして、青は人を落ち着かせて、リラックスさせるので、寝室に使ったらいいと言われている。また、集中力も向上させるので、子供部屋に使ったらいいだろう。このほかにも、相手から好感を得たい時には、その相手のタイプを考えて色を利用してみよう。情熱的な人と仲良くなりたかったら赤、理論的な人は青、なれなれしい人から好感を得たいなら、黄色を用いてみよう。

58　ダイエット業界はこの色の効果をよく活用しているらしいとあるが、どうやって活用していると思われるのか。

1　食欲をおさえる赤い食品を作って販売する。

2　赤の布団を作ってダイエットする人に販売する。

3　オレンジ色のダイエット用の飲物や食べ物を作って販売する。

4　青や緑色の食物や食器を作って、ダイエットする人に販売する。

読解

(5)

　天才っていうとすごいなとか、うらやましいと思うはずですね。しかし、私はちっともそう思っていません。天才とはある分野で非常識的に^(注1)ぬきんでていて、その分野で一般人よりはるかに優れている才能を発揮する人を指しています。それを裏返すと、それ以外の分野では一般人と同じレベルでしょう。いや、むしろ^(注2)劣っているかも知れません。だから、天才って、ただ、偏った才能を持っている人だとも言えるかもしれません。天才と言われている人に失礼かもしれませんけどね。とにかく、私は生まれ変わっても天才には生まれたくありません。そして、人並みの知識や常識、才能を持っているこのままの私で満足です。

^(注1)ぬきんでる：他より優れている
^(注2)劣(おと)る：何かより下である

59　それとあるが、具体的に何をさしているのか。

　1　同じレベルの才能
　2　才能をもっていること
　3　天才が少しもうらやましくないこと
　4　ある分野にだけ、とても優れていること

問題11　次の(1)から(3)の文章を読んで、後の問いに対する答えとして最もよいものを、
　　　　1・2・3・4から一つ選びなさい。

(1)

　だれだって旅行を控^{ひか}えて、荷造^{にづく}りに困ることってあるはずでしょう。何をどう
やってどんなカバンに詰めたらいいか、考え込んでしまいがちです。必要な物
をすべて入れようとするとカバンは^(注1)かさばるんですね。

　まず、カバンは旅行の性格を考慮して選びましょう。旅行先とかスケジュー
ルを考えてからどんなカバンにするかを決めましょう。歩き回ることや移動す
ることが多いスケジュールだったら、バックパック、移動することが少なく、一
都市滞在型の旅行だったら、スーツケースが楽です。

　そして、カバンが重くなると、疲れやすくなって、楽しいはずの旅行が^(注2)
台無^{だいな}しになることもあるから、最低限のもののリストを作成することが大事で
すね。リスト作成の際、必ず要るものと、どこにでもありそうなものをわけて
から、思い切って①それをリストから削除しましょう。これが、荷物を小さくする
一番のノウハウでしょう。

　持って行く物が決まったら、それらをカバンに入れればいいわけですが、
物を詰め込む時にも^(注3)コツが要ります。まず、②服は細長くぐるぐる巻いて
カバンに入れましょう。そうすれば、畳むよりコンパクトになります。でも、こ
れは服にしわができてしまう欠点があるので、参考までにしてください。

^(注1) かさばる：荷物が大きくなる
^(注2) 台無(だいな)しになる：だめになる、めちゃくちゃになる
^(注3) コツ：よりいい仕方、要領

60 本文によれば、荷造りをする時、注意する点ではないものはどれか。

　1　旅行に合うカバンを選ぶ。

　2　荷物はなるべく小さくしたほうがいい。

　3　必要なものはすべて持って行った方いい。

　4　リストを作成すれば、荷物が減らせる。

61 ①それとあるが、何を指すか。

　1　旅行先で必要な物

　2　旅行に持って行く荷物

　3　自分になくてはならない物

　4　どこに行っても手に入れやすい物

62 ②服は細長くぐるぐる巻いてとあるが、なぜか。

　1　荷物を小さくするため

　2　荷物を軽くするため

　3　カバンに入らないから

　4　きれいに荷造りをするため

(2)

　現代人は健康に長生きすることを望む。そのために体にいい薬などを求めている。その薬さえ飲めば、健康になれるのか。答えは「NO」である。健康の基本は食事、睡眠、運動なのだ。

　①バランスの取れた食事ってどんなものだろうか。野菜や果物が体にいいと言うから、そればかりをたっぷりとるような偏ったメニューはNGで、野菜を中心としたもので、魚、お肉、納豆、豆腐、ライスなどをバランスよく食べることである。また、自分に合う量のお水を飲むことも大事だ。「お水をたくさん飲んで！」と言うから、むやみに飲んでしまうのも体に負担になることもあるから注意することだ。このほかに、外食や飲みすぎ、レトルト食品やインスタント食品をなるべく避けることだ。

　それから、睡眠だが、これについてはよくご存じのはず。睡眠時間は人によって違うというある研究結果もあるように、体にいい時間は決まっていない。ただ、熟睡できる環境を作って、短い時間でも質のいい睡眠をとることである。

　最後に運動だが、自分の体力や年に応じた運動を選ぶ。足の弱い人は登山やウォーキングは避けて、水泳などがよく、年の取った人は軽く散歩をするなど、自分に合った体を動かす方法を探す。

　②このようなことを徹底的に守ろうとすると、かえってストレスになってしまう。ただ、日常生活の中で、つねに心掛ける程度にしよう。

63 ①バランスの取れた食事として筆者が挙げているのはどれか。

1 野菜、お肉、魚だけをたくさん食べる

2 偏食しないで、いろんなものを食べる

3 たくさんのお水とご飯とおかずを食べる

4 健康になれる薬と野菜を中心として食べる

64 ②このようなことが指しているものとして合っていないのは何か。

1 質のいい睡眠

2 バランスの取れた食事

3 たくさんのお水を飲むこと

4 適切な運動

65 本文で内容から見て、この文に最もふさわしい題名は何か。

1 現代人の健康の深刻さ

2 健康に生きられる3要素

3 現代人が生きていく上で、守ること

4 現代人が心掛けていること

(3)

　近所との付き合いが苦手な人っているものだ。まず、僕がそうだ。現代では近所との付き合いは要らないと思いがちなのだが、世の中って、一人では生きていけないのは確かなので、やはり近所との付き合いは無視できないだろう。ある調査の結果でも、いざという時のためにも周りの人との付き合いは欠かせないと考えている人は多いが、その反面、実際に近所の人とかかわりあっている人は少ないのが①現実なのだ。引っ越してきて急にご近所さんとコミュニケーションをとろうとしても、その方法がわからないとか、恥ずかしいといった原因があるからだろう。

　でも、引っ越してきてすぐ、その当日か、次の日に近所の人にあいさつに回ってしまうと、その後は、②楽になるはずだ。新しく引っ越して来た町の情報もいろいろ得られるし、その町にすぐ慣れることができるだろう。挨拶に行く時には家族みんなで手土産を用意して、夜中や食事の時間をさけて、玄関であいさつして、自分の名前を言うくらいにしておけばいい。また、近所との付き合いが始まったら、相手についてあまりにも詳しいことまで聞こうとしない方がいい。つまり、ある程度の距離をおいたほうがいい。でなければ、面倒なことになりかねないだろう。それから、悪口を言わないことだ。これは、集団の中でトラブルを起こすきっかけになりやすいからだ。

66　この文章で言う①現実とは何か。

　　1　いざという時に近所に助けあう人が多い。

　　2　近所と付き合うために、コミュニケーションをとろうとする人が多い。

　　3　一人で生きていきたいが、そんなふうにできない世の中になっていること。

　　4　多くの人が近所との付き合いを必要とするが、行動に移す人は少ない。

67　②楽になるはずだとあるが、何が楽になるのか、**正しくない**のはどれか。

　　1　新しい町の情報を得やすくなる。

　　2　その町にすぐ慣れて、住みやすくなる。

　　3　手土産を買いに行きやすくなる。

　　4　近所とコミュニケーションがとりやすくなる。

68　本文で言う近所にあいさつに行く時のマナーの具体的な例として正しいのは
　　どれか。

　　1　午後、12時から1時の間に、ジュースなどを持って行ってあいさつする。

　　2　夜、10時ごろ訪問して、中まで入らず手土産を渡しながら軽くあいさつす
る。

　　3　午前11時ごろ行って、家にまで上がってお茶などを飲みながらあいさつす
る。

　　4　午後3時ごろ家族で行って、お菓子をわたしてから引っ越してきたことを
伝える。

問題 12　次は相談者Ａの悩みに対して回答者Ｂと回答者Ｃが述べている文章である。三つの文章を読んで、後の問いに対する答えとして最もよいものを、1・2・3・4から一つ選びなさい。

相談者 Ａ

　ぼくは今年３月に中小企業に入社して働いているサラリーマンです。僕なりに楽しみながら一生懸命に働いているつもりですが、ある上司からよくのろいと言われています。「もっとはやくてきぱきできないのか」とか、「使いみちのないやつだ」とかよく言われます。自分に向かってそう言う上司もそんなに仕事のできる人だとは思いません。なのに、私をいじめるつもりなのか、お昼の時間にも「お前はご飯食べるのに１時間ではたりないだろう」と皮肉っぽい言葉を投げてきたりします。会社は辞めたくありません。しかし、これ以上がまんできそうにもありません。そして、いったいのろい人と行動のはやい人は何が違うんでしょうか。教えてください。

回答者 Ｂ

　仕事のできる人とは、状況の判断がはやくて、その状況で何をすべきかを判断してすぐふさわしい行動に移せます。つまり、はやい判断力と行動力ですね。たぶん、これが備わっていなくて上司からそう言われるかもしれません。でも、人は生まれながら、その条件を備えて生まれてくる人はいません。経験からできるようになるんでしょう。あなたも、これからですよ。入社してまだ１年もたっていないんですよね。仕事に慣れていなくて速くできないこともあります。今は自分ができることからはじめたらどうでしょうか。はやくないぶん正確に、丁寧に仕事をこなせますよね。そのうち、きっと認めてくれます。また、会社にはあなたをいじめる上司しかいないわけではないから、その人の言葉は無視して自分ははやさは劣っているが、ゆっくりやるだけに、丁寧に仕事がこなせるという長所をアピールしたらどうでしょうか。

回答者 C

　あなたは今、入社したばかりで、仕事に慣れるためにとても忙しいはずです。なのに、そう言っている上司の言葉をいちいち気にする暇なんてありますか。今は仕事のことだけを考えてください。その上司は社長ではないでしょう？ 給料をくれる人がその上司ではないでしょう？ また、あなたについてのろいと言っている人がその上司だけなら気にすることはないです。その上司こそ、仕事のできない人です。今は何より仕事に慣れることですよ。

69　回答者Bの文の中でその条件とあるが、何か。

1　サラリーマンになれる条件
2　悩みを解決するための条件
3　会社を辞めるための条件
4　仕事のできる人になれる条件

70　回答者Bと回答者Cが言っていることとして正しいのはどれか。

1　BとC、両方ともてきぱき仕事をこなす方法を示している。
2　BとC、両方とも自分の長所を生かせとアドバイスしている。
3　Bはその上司に対して非難をしていない。
4　Cは仕事のできる人の特徴を示している。

問題13　次の文章を読んで、後の問いに対する答えとして最もよいものを、1・2・3・4から一つ選びなさい。

　世界を旅行していると、その国のユニークな文化に接することが多々ある。僕はその国の文化に接して、納得しようとはしないで、ただ、受け入れるのだ。しかし、人によっては理解できないとか、変な文化だと思う人がいるかもしれない。特に食事のマナー。もちろん、そのマナーにとらわれすぎると、せっかくのおいしいものが楽しめなくなるが、①各国の最低限の食事マナーは知っておくべきだとは思う。

　日本ではラーメンやうどん、そばなどを食べる時はともかく、食事の時、音を立てるのは食事マナーに反する行為になる。韓国や中国、ベトナムでも同じらしい。そして、食事する際、すごくうるさいくらい明るい国は中国やイタリア、スペイン！とにかく、明るく食べるのが大事だそうだ。

　また、食事中、西洋ではゲップやおならは失礼だが、鼻をかむ行為はわりと抵抗がないらしい。日本ではどちらも相手にいい顔をされない行為だろうに。また、日本や中国では食器を手にしてご飯を食べているが、こんな国は世界でもめったにないらしい。韓国では絶対いけないこととなっているようだ。そして、韓国や中国では一つの料理をみんなで自分の箸やスプーンを使って食べるのだが、日本とインドでは食器を共有することをあまり好まない。韓国ではむしろこんなことが親しい間柄だという証拠らしい。

　少し面白いと思ったことは、中国では招待された人はごちそうを全部食べてしまうと失礼になるということだ。全部食べたことが食べ物が足りないという意味らしい。でも、これも今は全部食べてしまっても②そう思う人はあまりいないそうだ。

　また、西洋ではステーキを食べる時、最初に全部切ってから食べる人がいるが、これはいけないことではないが、冷めてしまうし、冷めてしまうとおいしくないからこんな食べ方はあまりしないようだ。

　このように国によって、食事マナーが違うが、そのマナーを絶対に身に付けておくというより、相手に不愉快な気分を感じさせないぐらいにしておこう。どんな国にもそのマナーに最も違反するのは楽しく食べないことではないだろうか。

71 ①各国の最低限の食事マナーは知っておくべきだとは思うとあるが、なぜか。

1 その国がどんな国かを知るために
2 その国の文化を納得するために
3 その国の人と楽しく食事をしたいから
4 その国へ旅行に行ってみたいから

72 ②そう思う人とあるが、誰がどんなふうに思うのか。

1 お客がぜんぶ食べると、ごちそうした人が食べ物が不充分だったと思う。
2 ごちそうになった人が食べ終わって、食べ物が足りなかったと思う。
3 招待されたお客が食べ物を食べながら、足りないと思う。
4 お客が全部食べると、料理をした人がおいしいから全部食べたと思う。

73 この文章で筆者の最も言いたいことは何か。

1 各国の食事マナーは知っておいて、身に付けよう。
2 一番いい食事マナーは楽しく食べることだ。
3 文化が違ったら、食事のマナーも必ず違う。
4 世界の文化と食事マナーを納得、理解しよう。

問題 14　右のページは、オオタ市のゴミの処理方法の案内である。下の問いに対する答えとして最もよいものを、1・2・3・4から一つ選びなさい。

[74]　キムさんはオオタ市に引っ越してきました。今日は12月1日火曜日です。食べ残したパンやおかずなどはいつ出せばいいですか。そして、引っ越しで使った段ボールも捨てなければいけません。いつ出しますか。

1　あさって食べ残したパンやおかずを、しあさって段ボールをだす。

2　あした食べ残したパンやおかずを、しあさって段ボールをだす。

3　あした食べ残したパンやおかずと段ボールをだす。

4　あさって食べ残したパンやおかずと段ボールをだす。

[75]　金田さんは来週の月曜日、隣の町へ引っ越します。ベッドと古いカーペットを捨てたいです。どうすればいいですか。

1　オオタ市役所に連絡して、ベッドとカーペットを引っ越す前に出しておく。

2　引っ越す前の火曜日か金曜日に、ベッドとカーペットを出しとく。

3　ベッドとカーペット、両方ともオオタ市役所の粗大ごみセンターに連絡して火曜日か金曜日に出しておく。

4　ベッドはオオタ市役所の粗大ごみセンターに連絡して、カーペットは引っ越す前の火曜日か金曜日に出しておく。

オオタ市 ゴミの分け方・出し方		
月・木	燃えるゴミ	台所からのゴミ(生ごみ)、小さい木製類、50センチ未満のプラスチック類、おもちゃ、CD
	燃えないゴミ	ガラス類、電球、蛍光灯、缶、びん、ペットボトル、 ビニール袋など
火・金	燃えないゴミ	乾電池、スプレー缶、小さい金属類、鍋、フライパン、 しゃくしなど
	古布	布団、衣類、カーペット
	古紙	新聞、紙パック、段ボール
事前申し込み	粗大ごみ	椅子、タンス、ベッド、机、テーブルなどの家具 ＊ 市役所の粗大ごみセンターに事前連絡(有料) ＊ 指定された日に出しておく
そのほか	家電類	テレビ、洗濯機、冷房、暖房、冷蔵庫などの家電製品 ＊ 家電小売店に回収を申し込む
	パソコン	各パソコンメーカーが回収(無料)

N2

聴解

(55分)

受験番号	

名前	

問題 1

問題 1 では、まず質問を聞いてください。それから話を聞いて、問題用紙の 1 から 4 の中から、最もよいものを一つ選んでください。

1 番 🎧 038

1 グループを決めてテーマを選ぶ
2 グループを分けて発表する
3 リーダーを選んでテーマを決める
4 テーマを決めて発表をする

2 番 🎧 039

1

ささきさんから電話
スペインのフランコ社　社長があさって日本に到着
迎えに秘書のすずきさんが行く
スズキさんは空港に行かなくてもいい

2

さとうさんから電話
スペインのフランコ社　社長が明日日本に到着
迎えに秘書のささきさんが行く
スズキさんは空港に行かなくてもいい

3

ずずきさんから電話
スペインのフランコ社　社長があさって日本に到着
迎えに秘書のささきさんが行く
スズキさんは空港に行かなくてもいい

4

さとうから電話
スペインのフランコ社　社長が明日日本に到着
迎えに秘書のすずきさんが行く
スズキさんは空港に行かなくてもいい

3番 [040]

1

スズキ株式会社

社長　鈴木雅夫　様

株式会社マサト

代表取締役　三浦マサト

忘年会のお知らせ

　拝啓、歳末の候、貴社にはますますご隆昌の由、大慶に存じます。

　さて、後記の通り弊社の主催の忘年会の案内を差し上げます。また、当日には小さいコンサートも予定しております。お越しいただければ幸いに存じます。

　まずは書中にて、忘年会のご案内を申し上げます。

日時：2015年12月28日　午後6時

場所：ヒルトンホテル1階のインペリアルホール

なお、勝手ながらご都合のほどを同封のハガキにて12月10日までにご回答ください。

2

スズキ株式会社

社長　鈴木雅夫　様

株式会社マサト

代表取締役　三浦マサト

忘年会のお知らせ

　拝啓、歳末の候、貴社にはますますご隆昌の由、大慶に存じます。

　さて、後記の通り弊社の主催の忘年会の案内を差し上げます。また、当日には小さいコンサートも予定しております。お越しいただければ幸いに存じます。

　まずは書中にて、忘年会のご案内を申し上げます。

日時：2015年12月28日　午後6時

場所：ヒルトンホテル1階のインペリアルホール

なお、勝手ながらご都合のほどを同封のハガキにて12月10日までにご回答ください。

3

スズキ株式会社

社長　鈴木雅夫　様

株式会社マサト

代表取締役　三浦マサト

忘年会のお知らせ

　拝啓、歳末の候、貴社にはますますご隆昌の由、大慶に存じます。

　さて、後記の通り弊社の主催の忘年会の案内を差し上げます。また、当日には小さいコンサートも予定しております。お越しいただければ幸いに存じます。

　まずは書中にて、忘年会のご案内を申し上げます。

日時：2015年12月28日　午後6時

場所：ヒルトンホテル1階のインペリアルホール

なお、勝手ながらご都合のほどを同封のハガキにて12月10日までにご回答ください。

4

スズキ株式会社

社長　鈴木雅夫　様

株式会社マサト

代表取締役　三浦マサト

忘年会のお知らせ

　拝啓、歳末の候、貴社にはますますご隆昌の由、大慶に存じます。

　さて、後記の通り弊社の主催の忘年会の案内を差し上げます。また、当日には小さいコンサートも予定しております。お越しいただければ幸いに存じます。

　まずは書中にて、忘年会のご案内を申し上げます。

日時：2015年12月28日　午後6時

場所：ヒルトンホテル1階のインペリアルホール

なお、勝手ながらご都合のほどを同封のハガキにて12月10日までにご回答ください。

4番 041

1 椅子と机をそれぞれ一つずつ注文する
2 椅子を二つと机を一つ注文する
3 椅子一つを注文する
4 椅子二つを注文する

5番 042

1 家賃が安くて駅から近いアパート
2 買い物が便利で、静かなアパート
3 静かで部屋が二つあるアパート
4 家賃が高くても駅から近いアパート

問題2

問題2では、まず質問を聞いてください。そのあと、問題用紙のせんたくしを読んでください。読む時間があります。それから話を聞いて、問題用紙の1から4の中から、最もよいものを一つ選んでください。

1番 043

1 旅行
2 言葉の勉強
3 会社の仕事
4 留学

2番 044

1 会議があったから
2 清水さんが頼んだ仕事があったから
3 部長と一緒に会議に行ったから
4 資料の内容が間違っているから

3番 045

1 電車の中が混雑していたから
2 男の人が足を踏んで痛いから
3 足を踏んだ人が謝ってこなかったから
4 自分が何も言えなかったから

4番 046

1 数字「いち」を「しち」に聞き間違えたから
2 数字「しち」を「いち」に聞き間違えたから
3 山本君が1時を7時に伝え間違えたから
4 山本君が7時を1時に伝え間違えたから

5番 047

1 巨大な台風が近づいているから
2 切符を予約しなかったから
3 新幹線が満席でチケットがなかったから
4 ハウステンボスが開場しないから

6番 048

1 首になりそうだから
2 いじめられているから
3 仕事が自分に合わないから
4 今の仕事に飽きてしまったから

問題3　049 ～ 053

　問題3では、問題用紙に何もいんさつされていません。この問題は、全体としてどんな内容かを聞く問題です。話の前に質問はありません。まず話を聞いてください。それから、質問とせんたくしを聞いて、1から4の中から、最もよいものを一つ選んでください。

-メ　モ-

問題4 054 ～ 065

　問題4では、問題用紙に何もいんさつされていません。まず文を聞いてください。それから、それに対する返事を聞いて、1から3の中から、最もよいものを一つ選んでください。

-メ　モ-

問題5 $\overset{066}{}$ ～ $\overset{068}{}$

問題5では、長めの話を聞きます。この問題には練習がありません。

メモをとってもかまいません。

1番、2番

問題用紙に何もいんさつされていません。まず話を聞いてください。それから、質問とせんたくしを聞いて、1から4の中から、最もよいものを一つ選んでください。

-メ　モ-

3番

　まず話を聞いてください。それから、二つの質問を聞いて、それぞれ問題用紙の１から４の中から、最もよいものを一つ選んでください。

質問 1

  1 青

  2 緑

  3 黄色

  4 紫

質問 2

  1 青

  2 緑

  3 黄色

  4 紫

N2

實戰模擬試題
答案及解析

言語知識
文字・語彙

問題1	1 4	2 2	3 1	4 4	5 3

問題2　6 4　7 3　8 1　9 4　10 4

問題3　11 2　12 4　13 3　14 1　15 2

問題4　16 1　17 3　18 2　19 1　20 3　21 4　22 3

問題5　23 2　24 4　25 1　26 4　27 3

問題6　28 2　29 1　30 1　31 3　32 3

文法

問題7　33 2　34 1　35 3　36 1　37 2　38 2　39 4　40 4　41 3　42 3
　　　　43 1　44 4

問題8　45 1　46 2　47 3　48 1　49 3

問題9　50 4　51 3　52 1　53 1　54 2

讀解

問題10　55 3　56 2　57 1　58 4　59 4

問題11　60 3　61 4　62 1　63 2　64 3　65 2　66 4　67 3　68 4

問題12　69 4　70 3

問題13　71 3　72 1　73 2

問題14　74 1　75 4

聽解

問題1　1 3　2 2　3 4　4 4　5 2

問題2　1 2　2 4　3 3　4 1　5 2　6 3

問題3　1 4　2 2　3 4　4 1　5 4

問題4　1 1　2 2　3 1　4 3　5 1　6 1　7 2　8 3　9 2　10 2
　　　　1 3　2 3

問題5　1 3　2 3　3 (1) 4　(2) 3

（文字・語彙） 答案及解析

問題1 P 471

1 聽說快速成長中的中國其物價波動很劇烈。

寂(さび)しい 寂寞的　厳(きび)しい 嚴格的

悔(くや)しい 不甘心的

急(きゅう)＋成長(せいちょう) 快速成長

2 聽說「食パン、割り勘、カラオケ」各自是「主食パン、割前勘定、カラオーケストラ」省略過後的略語。

省(はぶ)く 節省

3 本網站資訊服務會因應您使用的電腦環境等等而有不同的連接方法。

異(こと)なる 不一樣、各異

当(とう)＋サイト 本網站

4 看了一下世界男女平等排行榜竟發現日本沒排在百名內。

1　平(たい)らだ 平坦的

　　平(たい)らげる 攤平

2　平(ひら)たい 平平的

　　平社員(ひらしゃいん) 一般員工

　　平凡(へいぼん)だ 平凡的

　　平気(へいき)だ 不在乎的

5 各位，你們每個人都拯救了我的人生。

雇(やと)う 雇用　揃(そろ)う 整齊；齊備

通(かよ)う 定期往返〜

求　求(もと)める 追求

　　求人(きゅうじん) 招募

　　要求(ようきゅう) 要求

　　請求(せいきゅう) 請求

　　追求(ついきゅう) 追求

　　欲求(よっきゅう) 慾求

救　救(すく)う 拯救

　　救急(きゅうきゅう) 急救

　　救助(きゅうじょ) 救助

問題2 P 472

6 從火山流出的熔岩正節節進逼市區。

火山(かざん) 火山　迫(せま)る 進逼

登山(とざん) 登山　下山(げざん) 下山

鉱山(こうざん) 鑛山　名山(めいざん) 名山

容　容器(ようき) 容器

　　内容(ないよう) 內容

　　容易(ようい)だ 容易的

谷　谷(たに) 山谷　谷間(たにま) 山澗

浴　浴(あ)びる 淋浴

　　海水浴(かいすいよく) 泡海水

　　入浴(にゅうよく) 洗澡

溶　溶(と)かす 溶化　溶液(ようえき) 溶液

　　溶岩(ようがん) 熔岩

中心(ちゅうしん)＋部(ぶ) 中心部分

7 我不認為一個月節省個 2 ～ 3 萬日圓就能對付今後的物價飆升。

〜たところで 就算〜也

8 港口發生大規模的爆炸案，似乎造成了數百人傷亡。

暴　暴(あば)れる 胡鬧、大肆活動

　　暴力(ぼうりょく) 暴力

　　暴走族(ぼうそうぞく) 飆車族

　　暴動(ぼうどう) 暴動

　　乱暴(らんぼう) 粗魯

爆　爆弾(ばくだん) 炸彈

　　爆発(ばくはつ) 爆發

大(だい)＋規模(きぼ) 大規模

9 這根柱子要支撐屋頂稍嫌太細，換成稍為粗一點的圓柱型柱子吧！

屋根(やね) 屋頂

支援(しえん) 支援　支配(しはい) 統治

支払(しはら)い 支付　支店(してん) 分店

支持(しじ) 支持　支度(したく) 準備

10
我想要一條比這更柔軟、更蓬鬆的棉被。

問題 3　P 473

11 我們這隊在這次比賽上獲得逆轉勝，終於得以擺脫最後一名。

12 一直找不到願意雇用不會日文的外國人的打工地點。

13 日本少子化正日趨嚴重，聽說已和法國差不多一樣了。

14 雖說初雪是指在該季冬天首次降下的雪，但好像也是指過新年時首次降下的雪。

15 有日本朋友要從日本來，所以得早上前往機場迎接。

問題 4　P 474

16 櫻花市的教育委員會決定實施制度，以援助正為營養午餐費及文具費傷腦筋的小學生。

救助(きゅうじょ) 救助

応援(おうえん) 加油

救援(きゅうえん) 救援

17 對於考試在即的我說「半數以上的人都會落榜，就算名落孫山也不必要失望哦！」，他這句鼓勵的話讓我更加緊張。

一斉(いっせい)に 同時地

一番(いちばん) 最～

一段(いちだん)と 更加地

一気(いっき)に 一口氣地

18 雖然說私立高中校規都不嚴謹，但聽說私立鳥用高中相當嚴格。

なだらかだ 平穩的

優(やさ)しい 溫柔體貼的

細(こま)やかだ 深濃的、深厚的

19 這個網站有販售各種能在廚房得心應手的商品。

グッズ 商品　ペッパー 胡椒　コック 公雞

マナー 禮儀

20 我經常在職場被人說動作慢吞吞。雖我也自認不是那種手腳麻利的類型，但也覺得還不到慢吞吞的地步。

じめじめ 濕答答　うろうろ 徘徊不去

しとしと 淅瀝淅瀝

21 說到美國人，大家都會有一種開朗、陽光的感覺，但也並非每一個人都那樣吧？應該也有人一個頭兩個大或者晦澀陰沉吧？因為他們跟我們一樣都是人類啊。

異常(いじょう)だ 異常的

純粋(じゅんすい)だ 純粹的

曖昧(あいまい)だ 曖昧的

陽気(ようき)だ 陽光的

22 雖然老闆在開會時頻頻主張要全球化，但他所說的全球化到底是指什麼？

しだいに 漸漸的　べつべつに 各自地

しきりに 頻頻　じつに 實在

問題 5　P 475

23 似乎半數以上的男性都認為自己個性好，而半數以上的女性則覺得自己太胖。誤會還挺嚴重的。

勘違(かんちが)い 表錯情、會錯意

あらい 洶湧的、粗野的

あわただしい 慌張的

苦(くる)しい 痛苦的

24 自己錯的地方或不對的地方，都會立刻承認並馬上道歉，這點就是西出偉大的地方。

きつい 艱困的　こまっている 傷著腦筋

みにくい 難看的

25 我有朋友來我家玩總是一來就開冰箱，把頭伸進去，說「這包零嘴看起來好好吃。可以拿來吃嗎？」之類的話，然後連聲謝都不說就拿回家。這人真是厚顏薄恥吧？真希望他別再來了。

あつかましい 厚顏薄恥的

むずかしい 困難的　ていねいだ 客氣的

しんちょうだ 慎重的

26 我打算和因為吵架而感情破裂的朋友互相談一談，然後慢慢合好。

すきまなくぎっしりと 毫無破綻、仔細地

意外(いがい)なところでいきなり
在意外的地方突然～

のんびりと気楽(きらく)に 悠哉輕鬆地～

27 我家兒子溫順得很，但相反地，女兒就很大剌剌。要是能對調就好了。

険(けわ)しい 險峻的　鋭(するど)い 尖銳的

公平(こうへい)だ 平公的

問題6　P 476

28
持続(じぞく) 持續
1 持参(じさん)する 攜帶
2 要讓我在書桌前持續集中注意力是很難的。
3 持続(じぞく)する 持續
4 持続(じぞく)する 持續

29
あらかじめ 事先、事前
1 不克參加的人士煩請事先告知。
2 でたらめだ 亂七八糟的
3 あらかじめ 事先
4 おおげさだ 誇張的
あらかじめ 事先=前(まえ)もって

30
解散(かいさん) 解散
1 聽說超受歡迎的樂團KIRARA因團員間的小磨擦竟面臨解散。
2 解放(かいほう) 解放

3 分解(ぶんかい) 分解
4 妨害(ぼうがい) 妨害

31
勝(まさ)る 勝過
1 環境に優(やさ)しい 有利環境的
2 優(すぐ)れている 優越
3 我認為從各種書上所獲並無法取勝從自我經驗所獲。
4 勝(か)つ 獲勝

32
徹底的(てっていてき)だ 徹底的
1 完全(かんぜん)だ 完全的
2 全部(ぜんぶ) 全部
3 車站周邊已開始徹底取締違規停機車及腳踏車。
4 完(かん)ぺきだ 完美的

文法

問題7　P 478

33 經理，因情非得已，我這個月做滿就想辭職了。

34 提到護士都容易想到女性，但似乎職場上男性也變多的。

• ～といえば／～といったら／
　～というなら／～というと 若提到～

• ～といっても 雖說～

35 吉田「你家離公司很近吧？聽說你都騎腳踏車上班？」
　木村「也不是那樣。雖說距公司不遠，但騎腳踏車還要 30 分鐘，假設用走的起碼要 1 個鐘頭。」

36 鈴木「隔壁的大嬸，真不愧是當過模特兒，就算是上了年紀，走路的樣子還是很不一樣吔。」
　三浦「什麼？那個大嬸，以前是模特兒哦？」

37 女兒「媽咪，怎麼辦？我沒辦法決定要不要去圖書館。」

媽媽「總是那麼依賴別人，到最後會變得連一點小事都決定不了哦。妳好好想想再自己決定！」

- **動詞意量形＋か＋動詞＋まいか**
  要或不要～

➡ 会おうか会うまいか 不管要不要見

- **動詞意量形＋が＋動詞＋まいが**
  要或不要～

➡ しようがしまいが 不管要不要做

38 西田「你跟他道歉了嗎？」

高橋「嗯，可是，他過於頑固，不管我用多麼有心的歉意道歉他都不想聽。」

39 弟弟似乎從以前開始便一直認為對媽媽言聽計從的孩子才是好孩子，結果竟變成了個媽寶。

- **～なりに** 照著～
- **自分(じぶん)なりに** 照自己所想去～

40 山野「木村先生好像對我說的話有所誤解。」

金田「受到誤解時，大多是好好談一談就不會導致吵架，所以姑且先見見面啦！」

- **動詞連用形＋がたい** 很難～
- **動詞連用形＋きれない** ～不完
- **動詞連用形＋かねる** 不克～
- **動詞連用形＋えない** 不可能～

41 島根「你之前才剛搬家對吧？還好嗎？」

宮本「嗯，是新房子，很棒，不過樓上的住戶似乎都很晚歸，我被那噪音吵得很煩惱。沒那件事就好了。」

42 道子「怎麼辦？島田找我去看電影。我對他很沒輒的。」

新一「什麼？沒必要那麼煩惱啦。不想去，拒絕他不就好了嗎？」

43 田中「金先生，你報告寫好了嗎？」

金「嗯，大致上寫了是寫了，但我對日文文法沒什麼自信，不好意思，可以請你幫我看一下嗎？」

44 老師「朴同學，你習慣日本的生活了嗎？」

朴「是的，有習慣一點了。」

老師「你是住宿舍吧？有沒有不方便的地方？」

朴「是的，也不是沒有，但起碼都能忍耐過去。」

問題8 P 481

45 儘管比賽輸了，但用盡全力迎戰的選手們，其表情看起來都是心滿意足的。**(4 2 1 3)**

- **負(ま)ける** 輸了、敗給～
- **満足気(まんぞくげ)だ** 看似滿足的

46 朋友推薦好口碑的店家說牛排很好吃，所以和父母親一起去了，但別說好吃了，甚至有一股怪味，連吃都不想吃。**(3 4 2 1)**

47 預定於這個禮拜日舉辦的登山大會，由於降雨特報的關係而延期了。**(4 2 3 1)**

48 就因為練習足球前沒做暖身操，似乎不小心腳骨折了。**(4 1 3 2)**

49 好幾個月沒繳保險費，每天都打電話來催繳。**(1 3 2 4 / 1 3 4 2)**

(1)

　　日本是個隨時有可能遭受地震侵襲的國家。因此，我來向各位介紹一下防震時要先備妥的物品。

　　首先，就是緊急逃生背袋。這個背袋只要是日本人就連小孩子都知道，但對外國人來說就很陌生了。這個背袋裡還有水、面紙、乾電池、收音機、硬幣、食物等緊急時必要的物品。然後，請檢視背袋裡各種物品的保存期間等等並定期替換。

　　但是，我們很難斷言說只要有這個背袋便萬無一失。光靠一個背袋是救不了我們的性命的。地震帶來的災害都發生在家中等室內空間。家是安全的地方這點雖然沒錯，但還是盡量把災害風險降至最低吧！有倒塌之虞的家具若能固定就先固定好，然後，

　　躺在床上，當地震來襲時，先確定有沒有東西會掉下來砸到頭，若有就移走。繼而，相對安全的地方就屬廁所了。人們經常說當地牛翻身時讓廁所的門保持開啟便可前往廁所避難，所以廁所裡要盡量避免擺放易碎物品。

　　然後，最後就是，由於自家城鎮應該都有緊急時可供避難的指定地點，故詢問完市公所或區公所後再好好搞清楚該地點在哪哦！

讀解

(1)　　　　　　　　　　　　　　　　　P 484

停電通知

本櫻花大廈將依下述實施定期電燈檢查。
給您帶來不便我們深表歉意並敬請配合。

日期時間
・2016 年 7 月 9 日～ 10 日、12 時 00 分～ 14 時 00 分

注意事項
・7 月 9 日　包含一樓日比谷餐廳、哈桑蕎麥麵店的所有店家
　　　　　　＊檢查之故，一樓各餐廳的中午時段皆不營業。
・7 月 10 日　除一樓以外的所有樓層
　　　　　　＊實施檢查時所有的電梯均不可以使用，敬請留意。

＊手扶梯照常運轉。
＊檢查時會有流不出熱水的情況。
＊敬請留意電子鐘錶是否慢分。

業者
・財團法人 TORAMU 電氣

[55]　何者符合本文內容？
1　7 月 10 日無法在日比谷餐廳吃午餐。
2　7 月 9 日和 10 日一整天都無法搭手扶梯。
3　7 月 9 日和 10 日在定期檢查期間都還能搭手扶梯。
4　7 月 9 日和 10 日一整天都沒水、無法用水。

　　話說人可以一天不睡覺。可是，兩天就很勉強了吧？我們明明知道睡眠是精神生活不可或缺的東西，但現代人卻都為睡眠不足所苦。睡眠不足會造成注意力下降，既容易引起交通事故，記憶力及思考力也會走下坡，讓成績及工作效率一落千丈。另外，不僅肌膚老化了，身體也容易生病。儘管會造成這麼多問題，各位，您今天還是要工作到三更半夜、喝酒嗎？還是請您盡早回家，準備好好睡覺吧！

56 何者符合本文內容？
1 人無法一天不睡覺。
2 睡眠不足會帶來各種問題。
3 為了睡眠，不可以工作和讀書。
4 不怎麼睡覺的話，會變得想引發交通事故。

　　您知道便利貼是偶然發明出來的東西嗎？這是眾所周知的事情吧？可是，除此之外，像鋼筆、香檳、洋芋片、冰點、盤尼西林等也都是。當然，這些東西是完全偶然誕生的，但有些則是在持續研究過程中問世。當我們在做某件事時，一定會遇到不盡人意的時候。此時，若能不放棄、不猶豫地持續挑戰下去，那麼搞不好你也會成為一個發明出驚艷世界的發明的發明家。

　　各位，首先，不放棄、不猶豫、不迷惘，持續挑戰就對了。

57 作者在這篇文章中最想說什麼？
1 常保積極態度是重要的。
2 不想放棄時，無奈還是要放棄。
3 人在日常生活中應經常發明。
4 鋼筆和盤尼西林等不可或缺，所以才被製造出來。

　　顏色，是有神奇功效的。像橘色或紅色等暖色系的顏色能刺激食慾，相反地，像藍色及綠色則有抑制效果，所以聽說減重業界都在活用這種顏色。繼而，由於藍色可讓人感到沈穩以及放鬆，所以普遍認為很適合用於寢室，還有，由於也能提高注意力，所以用於小孩子房間也很不錯。此外，想搏得對方的好感，也不妨把對方喜歡的型也列入考量加以利用。想和熱情的人變麻吉就用紅色，想和重理論的人搏感情當然是藍色，若是想獲得親暱的人的青睞則黃色最佳。

58 文中提及聽說減重業界都在活用這種顏色，可能是如何活用呢？
1 製造會抑制食慾的紅色食品來販售。
2 製造紅色棉被賣給要減重的人。
3 製造橘色的減重用飲料和食品來販售。
4 製造藍色或綠色等的食物或餐具賣給要減重的人。

　　提到天才，照理來說都會讓人覺得很厲害甚至很羨慕。可是我卻一點也不這麼想。天才，意指就某領域來說非常卓越，在該領域中發揮比一般人來得優異許多的才華。但相反觀之，該領域以外的領域就和一般人不相上下。不，搞不好還比較差。因此，所謂天才，只不過就是擁有著偏頗的才華的人而已。這對於被譽為天才的人來說或許有點失禮。總而言之，就算轉世投胎，我也不想當天才。然後，我只要擁有和常人一般的知識、常識以及才華就很滿足了。

文中提及之，具體而言是指什麼？

1 相同水準的才華

2 擁有才華

3 天才一點也不值得羨慕

4 只有在某些領域才特別優秀

問題 11　P 490-495

(1)　　　　　　　　　　　　　　　　P 490

任誰都有旅行迫在眉睫，行李卻還沒打包好而深感困擾的經驗吧？該怎麼把哪些東西放進什麼包包裡才好，大家都會想破頭吧？想把所有必帶物品全塞進包包，包包勢必會整個鼓鼓的。

首先，把旅行的性質列入考量再來選包包。像是考量要去哪裡旅行啦，或行程安排再決定要選什麼樣的包包。如果是常要四處行走或跑來跑去的行程就選背包，不常移動、一個城市深度旅遊的話，當然就屬行李箱最輕鬆。

然後，當包包重的話，不僅容易造成疲倦，原本該一派輕鬆的旅行也常會因此被糟蹋，所以製作一份底線物品清單便顯得十分重要。製作清單之際，先分成必帶不可的東西，以及哪都買得到的東西，之後再大刀闊斧從清單當中將①之剔除。而這就是縮小行李的最佳撇步。

決定好要帶什麼去之後，雖然就全塞包包就好，但塞東西可也有學問。首先，②衣服要捲得細細長長的再塞進包包，這麼一來，會比折起來更能省空間。不過，這也有缺點，畢竟會造成衣服容易起皺，故敬請參考。

60 根據本文，打包時，哪項不是該注意事項？

1 挑一個適合旅行的包包。

2 行李要盡量小一點比較好。

3 需要的東西最好都帶去。

4 只要列出清單便能減輕行李。

61 文中提及①之，是指什麼？

1 在旅行當地會用到的東西

2 要帶去旅行的行李

3 自己不可或缺的東西

4 不管去哪都能輕鬆到手的東西

62 文中提及②衣服要捲得細細長長的，為什麼呢？

1 為了要縮小行李

2 為了要減輕行李

3 因為裝不進包包

4 為了要打包漂亮

(2)

現代人都渴望健康長壽。因此，總是在追求有益身體的藥品。只要吃下該藥品就能獲得健康嗎？答案是「ＮＯ」。健康的基礎是建立在飲食、睡眠、運動上的。

①均衡飲食所指的是什麼呢？話說蔬菜、水果對身體很好，所以就拚命地光吃蔬果，像這種偏食菜單當然不行，該以蔬菜為主，好好地均衡攝取魚、肉、納豆、豆腐、白飯等。另外，飲用適合自己的水量也很重要。雖話說「多喝水！」，但亂喝一通有時也會對身體造成負擔，這也需要留意。此外，別三餐老是外食，也別過量飲酒，加熱食品或速食也要盡量避免。

再者，提到睡眠，關於這個，您一定很清楚才對。已有研究結果指出睡眠時間乃因人而異，何時睡才有益身體也尚無定論。只不過，創造出一個能熟睡的環境，攝取重質不重量的睡眠才重要。

最後就是運動了，要選擇適合自己體力及年齡的運動。腳力不佳的人就要避免登山或健行，游泳等較為建議，而上了年紀

的人就稍為散散步，諸如此類，找到適合自己的、動動身體的方法。

要堅決貫徹②這些事反而會有壓力。只要在日常生活中常常放在心上即可。

63 在①均衡飲食上，作者舉出哪個例子？

1 光是吃大量的蔬菜、肉類、魚
2 不偏食，吃各種東西
3 喝大量的水並吃大量的白飯和配菜
4 以能促進健康的藥物和蔬菜為主多吃一點

64 何者**不符合**②這些事所指的事？

1 品質好的睡眠
2 均衡飲食
3 多喝水
4 適當運動

65 從本文內容來看，何者最符合本文標題？

1 現代人健康的嚴重性
2 活得健康的 3 要素
3 現代人要活下去得遵守的事
4 現代人所擔心的事

(3)　　　　　　　　　　　　　　　P 494

總有人不擅長和鄰居相處。首先，我本人就是。很多人會認為和鄰居相處純屬多餘，但在世上，的確一個人是無法活下去的，所以和鄰居相處還是不能等閒視之。根據某項調查顯示，很多人覺得發生萬一的時候，和鄰居的相處便不可或缺，但相反地，①事實上和鄰居相互往來的人卻少之又少。像是喬遷而來突然要和鄰居交流，但是卻不諳其道或是覺得害羞等等都是主因。

但是，如果搬來當天或隔天就馬上去向鄰居打招呼，之後②應該就省事很多。既能獲得新搬來的城鎮其各種資訊，故馬上就能習慣該城鎮。前往致意時全家備妥伴手禮，避開半夜或用餐時段，先在玄關打

打招呼，報報自己的名字即可。另外，和鄰居一旦開始往來最好就不要太過於打聽對方。也就是說，最好保持一點距離。不然，就有可能愈來愈麻煩。還有就是別說別人壞話，畢竟這在團體中最容易引發爭端。

66 這篇文章所謂的①事實，是指什麼？

1 發生萬一時大多是遠親不如近鄰。
2 很多人為了和鄰居相處而企圖溝通。
3 雖想一個人活下去，但這個世界卻不容許如此。
4 雖很多人覺得和鄰居相處有所必要，但付諸行動的人卻少之又少。

67 文中提及②應該就省事很多，是指什麼會省事很多？何者**不正確**？

1 變得容易取得新的市鎮資訊。
2 馬上習慣該市鎮，變得容易居住。
3 變得能輕鬆地去買伴手禮。
4 變得容易和鄰居取得溝通。

68 本文提及去和鄰居打招呼時的禮儀，哪一個具體的例子正確？

1 下午 12 點到 1 點之間拿果汁之類的前往打招呼。
2 晚上 10 點左右前往拜訪，不進屋，交付伴手禮同時簡單打招呼。
3 上午 11 點左右去，進屋去喝茶什麼的同時打招呼。
4 下午 3 點左右全家一起去，把點心親手交給對方後告知自己剛搬來。

A 諮詢者

　　我是一個在今年 3 月時進入中小企業工作的上班族。我自以為樂在工作且盡心盡力，但卻經常被某位上司說慢吞吞。說我「能不能再俐落點？」啦、「真是沒用的傢伙」等等。我覺得說我的那位上司本身也不是那麼樣工作麻利的人。但明明如此，不曉得是故意要霸凌我還是怎樣，他也會在午休時間很諷刺地對我投以「一個鐘頭應該不夠你吃午餐吧？」等字眼。我並不想辭職。但是，我快要忍耐不下去了。繼而，到底慢吞吞和動作快的人到底差在哪裡？請不吝賜教。

B 諮詢師

　　所謂工作能力佳的人，其狀況判斷很快，能立刻在該狀況下判斷該做什麼並付諸適合的行動。也就是說，就是極快的判斷力和行動力。或許，不具備上述條件就會被上司念。不過，沒有人天生就具備該項條件的。應該是經驗使然吧？你也會越來越好哦！你進公司還不到一年對吧？有些事情是不習慣就做不快，目前就從自己辦得到的事開始，你說好不好？正因為做不快所以才能做得很正確、很仔細對吧？將來他一定會認同你的。還有，公司又不是只有會霸凌你的上司在而已，所以那個人說的話就別理他，好好地展現你的優點：就算在速度上不算卓越，但正因為慢工才能出細活。

C 諮詢師

　　你才剛進公司，應該正忙於習慣工作內容才對。但是，你卻對如是說的上司的言辭耿耿於懷，你有這種閒工夫嗎？目前只要想工作就好了。那位上司畢竟不是老闆

吧？給你薪水的也不是他對吧？還有，要是只有那位上司說你動作慢的話就別在意了。那位上司自己才是不會工作的人。目前最重要的就是習慣工作內容。

69　B 諮詢師的文章中提及該項條件，是指什麼？

1　成為上班族的條件
2　為了解決煩惱的條件
3　為了辭去工作的條件
4　能成為具工作能力者的條件

70　B 諮詢師和 C 諮詢師所言何者正確？

1　B 和 C 都表明能出色工作的方法。
2　B 和 C 雙方都建議要活用自己的優點。
3　B 沒有指責該上司。
4　C 有表明具工作能力者的特徵

　　環遊世界之際經常得以接觸該國的獨特文化。我接觸該國文化時並不會想去理解它，而只是去接納它。但是，或許有人就是無法理解，或者就覺得是種奇怪的文化。特別是用餐禮儀。當然，一旦太過於拘泥於該項禮儀，好好的一頓美食便變得食之無味，但①我認為各國最起碼的用餐禮儀還是應該先知道。

　　日本在吃拉麵、烏龍麵、蕎麥麵等麵食時另當別論，用餐時發出聲音可是違反用餐禮儀的行為。而韓國、中國、越南也是如此。然後，用餐之際總是爽朗到近乎吵鬧的就屬中國、義大利和西班牙了！總之，據說吃得熱鬧點最重要。另外，用餐時，在西洋若是打嗝或發屁就很沒禮貌，但似乎擤鼻子這動作卻無傷大雅。在日本，對方對於這些行為都不會有好臉色的。

　　還有，日本和中國雖是以碗就口，但這種國家似乎這在世界上仍屬異數。韓國就好像規定絕對不可以。繼而，韓國和中國

都是大家用自己的筷子或湯匙吃同一盤菜，但日本和印度則不太喜歡共用餐盤。韓國似乎認為這才是證明彼此關係親密。

有點有趣的是，在中國，受到邀請的人一旦吃光全部的餐點是很失禮的，似乎是說全部吃光意謂食物不夠。不過，聽說現在就算全部吃光也不太②有人這麼想了。

再者，西洋在吃牛排時，有人會全部先切完再吃，雖然也不能說不行，不過會整個冷掉，且一旦如此，就會不好吃，所以好像不太採用這種吃法。

如此這般，國情不同，用餐禮儀也各異，但與其把該禮儀銘記在心，還是先做到別讓對方感到不舒服就好。不管哪個國家，最違反用餐禮儀的，難道不是吃得不開心這件事嗎？

[71] 文中提及①我認為各國最起碼的用餐禮儀還是應該先知道，為什麼？
1 為了知道該國是什麼樣的國家
2 為了理解該國的文化
3 因為想和該國人民愉快用餐
4 因為想去該國旅行

[72] 文中提及②有人這麼想，是指誰會怎麼想呢？
1 客人一旦全吃完，請客的人就會認為是食物不夠。
2 被請的人吃完了，覺得食物不夠。
3 受邀的客人邊吃邊覺得不夠。
4 客人一旦全吃完，做菜的人就會覺得是因為好吃所以才全吃完。

[73] 作者在這篇文章中最想說什麼？
1 先知道各國用餐禮儀再學會。
2 最好吃的用餐禮儀是愉快用餐。
3 當文化有差異，用餐禮儀也一定不同。
4 接納世界的文化和用餐禮儀並予以理解。

問題 14 右頁是太田市垃圾處理辦法的說明。閱讀下列文章並回答問題。從 1・2・3・4 選項中選出一個最適合的答案。

太田市垃圾處理辦法		
週一・四	可燃垃圾	廚房垃圾（廚餘）、小塊木製品、不滿 50 公分的塑膠類、玩具、CD
	不可燃垃圾	玻璃製品、電燈泡、日光燈、罐子、瓶子、保特瓶、塑膠袋等
週二・五	不可燃垃圾	乾電池、噴罐、小塊金屬類、鍋子、平底鍋、勺子等
	舊布	棉被、衣服、地毯
	廢紙	報紙、紙袋、紙箱
事先申請	大型垃圾	椅子、衣櫃、床、桌子、茶机等家具 ＊事先聯絡市公所的大型垃圾中心（收費） ＊於指定日期丟出
其他	家電類	電視、洗衣機、冷氣、暖氣、冰箱等家電製品 ＊向家電零售商申請回收
	電腦	由各電腦製造商回收（免費）

[74] 金先生剛搬來太田市。今天是 12 月 1 日禮拜二。吃完的麵包和配菜等何時丟才好？然後搬來後紙箱也得丟。何時丟呢？
1 後天丟吃完的麵包和配菜，大後天丟紙箱。
2 明天丟吃完的麵包和配菜，大後天丟紙箱。
3 明天丟吃完的麵包、配菜和紙箱。
4 後天丟吃完的麵包、配菜和紙箱。

[75] 金田先生下個禮拜一要搬去鄰鎮。他想丟床和舊地毯。怎麼辦才好？
1 聯絡太田市，在搬家前先丟床和地毯。
2 在搬家前的週二或週五丟床和地毯。
3 床和地毯都聯絡太田市大型垃圾中心於週二或週五丟出。

4 床就聯絡太田市大型垃圾中心，地毯則在搬家前的週二或週五丟出。

聽解

1 🎧 038

先生が授業で話しています。学生たちは先生の話を聞いてから、まず何をしますか。

男1: 今年はテストの代わりにレポートを出してもらうことにします。A-4人のグループを組んで、一つのテーマを決めて、書いてください。

女: 先生、グループはどう分けたらいいですか。

男1: 出席番号順にしてください。それから、レポートはグループ別に出すんですが、その前に発表もしてもらいますね。A-グループ別にリーダーを選んで、そのリーダーが発表します。

男2: リーダーは話し合って決めればいいんですか。

男1: はい、そうです。え、それから、テーマのことですが、「現代人の悩み」に関したことなら何でもいいので、自由に決めてください。まず、グループを組んでください。

女: 先生、B-グループはもう決まっているんじゃないですか。番号順ですから。

男1: あ、そうですね。

学生たちは先生の話を聞いてから、まず何をしますか。

老師正在課堂上說話。學生們聽完老師說話後要先做什麼？

男1：我決定今年不考試，改寫報告。4個人一組，自己定好主題再寫。

女： 老師，該怎麼分組才好？

男1：就按座號好了。然後，報告雖然一組一組交，但在那之前也還是要先口頭報告。每組選一個組長，由組長上台報告。

男2：組長是每組自己商量決定就可以嗎？

男1：對，沒錯。對了，然後，主題部分只要和「現代人的煩惱」有關就可以，所以可以自由決定。首先，請先分好組。

女： 老師，組別不是就分好了嗎？您說按座號的。

男1：啊，對吔。

學生們聽完老師說話後要先做什麼？

524

1　グループを決めてテーマを選ぶ	1　分組並且選擇主題
2　グループを分けて発表する	2　分組並且報告
3　リーダーを選んでテーマを決める	3　選好組長並且決定主題
4　テーマを決めて発表をする	4　決定主題並且報告

解析

A 老師指示學生要做什麼。

B 不分組也可以。

2　039

男の人が留守番電話にメッセージを残しています。このメッセージのメモはどうなるんでしょうか。	男人正在電話答錄機上留言。這通留言內容會是什麼？
男: もしもし、こんばんは。^{A-}私、佐藤真一です。あさって日曜日、スペインからいらっしゃることになっているプランコ社の社長の日程（にってい）が変（か）わったので、お知らせします。^{B-}鈴木さんが空港（くうこう）にお迎（むか）えに行くことになっているんですよね。それが、^{C-}秘書（ひしょ）の佐々木君（さきききくん）が行くことになって、プランコ社の社長も明日土曜日の午前7時の飛行機（ひこうき）で日本につくという連絡（れんらく）が入っています。だから、鈴木さんはあさって空港（くうこう）に行かなくてもいいということです。せっかくの週末の休みをごゆっくり。	男：喂～，晚安。我是佐藤真一。由於原本後天星期天由西班牙大駕光臨的普蘭柯公司老闆的行程有變，故特此通知。原本是鈴木先生您要來機場接機對吧？現在改成由秘書佐佐木去，而對方也告知說普蘭柯公司老闆會在明天星期六搭上午7點的飛機到達日本。所以，鈴木你後天就不用去機場了。請好好歡度難得的週末假期。
このメッセージのメモはどうなるんでしょうか。	這通留言內容會是什麼？

解析

A 打電話的人。

B 接聽這通留言的人。

C 變更事項。

525

会社で課長と部下が話しています。ᴬ⁻部下が書いた案内状はどれですか。

女: 課長、これ、この前おっしゃった忘年会の案内状を作成しましたが。

男: はい、ふーん。ᴮ⁻この日時と場所のところなんだが、目立たないじゃないか。

女: そうですか、もっと大きくしましょうか。

男: いや、大きさより、ᴮ⁻見てすぐ目に入るように色を濃くしたらどうかな。

女: はい、わかりました。

男: それから、ᶜ⁻回答をお願いするっていう文章のところで、日時だけを濃くしたら?

女: はい、そうします。

男: このᴰ⁻忘年会のお知らせの字は大きすぎるんじゃない?

女: あ、これはこの前、部長がᴰ⁻なるべく目立つようにとおっしゃったもので、色も濃くして字も少し大きくしておきましたが。

男: あ、そう?じゃ、それなら、ᴰ⁻これはこのままにしといたほうがいいかな。

女: はい、わかりました。すぐ書き直します。

部下が書いた案内状はどれですか。

課長正在公司和下屬講話。下屬所寫的邀請函是哪一封?

女：課長，這是您之前說的尾牙邀請函，我做好了。

男：好，嗯～。日期和地點的部分是不是不夠顯眼?

女：這樣啊?那再放大一點嗎?

男：不，與其放大，不如把顏色加深一點好讓人一眼就看到，妳說好不好?

女：好的，我知道了。

男：然後，這句煩請回覆的部分，把日期加深就好，妳覺得怎麼樣?

女：好的，就這麼做。

男：這句尾牙通知的字會不會太大了?

女：啊，這是之前經理說要盡量顯眼點，所以我才加深顏色且稍為放大點的。

男：啊，這樣哦?那麼，這邊就這麼處理就好。

女：好的，我知道了。我馬上去改。

下屬所寫的邀請函是哪一封?

解析

A 邀請函已經寫好了，不是現在開始要寫，這點很重要。

B 邀請函上的日期、時間、地點部分顏色不夠深。

C 回覆的期限部分顏色也不夠深。

D 尾牙通知這幾個字夠大、顏色夠深。

男の人と女の人がテレビの広告を見ながら話しています。女の人はこの後、まず何をしますか。

女: あなた、これ見て!あの椅子!この前あなたが新しい椅子ほしいって言ったでしょう?

男: どれどれ?あ、いいね。丈夫そうで。

女: 私も買おうかな。

男: お前、椅子なんて要るの?

女: いや、A-まなぶの椅子だよ。

男: まなぶの椅子?勉強もしないやつに何の椅子?

女: それが息子にむかって言うことなの?来年に高校生になるから、大学に入るためにも勉強するのよ、きっと。A-入学のお祝いにってことで、買っちゃおう。

男: だったら、おれのはやめるよ。

女: え?どうして?あなたのもこの前、壊れちゃったでしょう?

男: でも、あの椅子、結構高いし。おれより、まなぶのが先だろう?

女: いいのよ。B-もうすぐあなたの誕生日だし、プレゼントに私が買ってあげるよ。

男: ほんとう?じゃ、買ってもらっちゃおうかな。ありがとう。

女の人はこの後、まず何をしますか。

1 椅子と机をそれぞれ一つずつ注文する
2 椅子を二つと机を一つ注文する
3 椅子一つを注文する
4 椅子二つを注文する

一男一女正邊看電視廣告邊聊天。女人之後首先要做什麼?

女: 親愛的,你看一下這個!那張椅子!你之前不是說想要張新椅子嗎?

男: 我看看,啊,不錯吔。看起來滿耐用的。

女: 我也來買好了。

男: 妳需要椅子嗎?

女: 不是啦,是買給阿學的椅子啦。

男: 阿學的椅子?連書都不念的傢伙哪裡需要椅子?

女: 那是該對兒子說的話嗎?他明年就要上高中了,且為了要上大學他也一定會念書的!也可以買來當作入學賀禮。

男: 如果是那樣的話,那我的就不要買了。

女: 什麼?為什麼?你的椅子不是之前就壞了嗎?

男: 不過,那張椅子貴得很。阿學的椅子還是比我的需要先買吧?

女: 沒關係啦。你生日又快到了,我買來當禮物送你啦。

男: 真的嗎?那就請妳破費囉。謝謝。

女人之後首先要做什麼?

1 椅子和桌子各訂一張
2 椅子訂兩張、桌子訂一張
3 訂一張椅子
4 訂兩張椅子

解析

A 買兒子的椅子。　　　　　　　　　　　B 買先生的椅子。

不動産屋で男の人と女の人が話しています。女の人はどんなアパートが借りたいと言っていますか。

男: ここは部屋は一つだけど、台所が広いほうです。家賃のわりにはね。この広さで月5万円は得ですよ。

女: でも、A-周りに買い物するところもなくて。

男: それはそうですけど、家賃を考えると、結構いい条件ですが。

女: 家賃がもう少し高くても買い物の便利なところはないんですか。

男: じゃ、B-駅と近かったらもっといいでしょう？

女: いや、B-車を持っているので、それはいいです。それから、このアパートは前に小学校があるから、ちょっとうるさくありませんか。

男: そうですね。だったら、C-静かなところを探しているんですよね。

女: なるべくですね。

女の人はどんなアパートが借りたいと言っていますか。

1 家賃が安くて駅から近いアパート
2 買い物が便利で、静かなアパート
3 静かで部屋が二つあるアパート
4 家賃が高くても駅から近いアパート

一男一女在房仲公司講話。女人說想租什麼樣的公寓？

男：這間雖只有一間房，但廚房算大的。就房租來看。這種坪數一個月五萬日圓真是划算哦！

女：但是，周遭都沒地方可以買東西。

男：您說的是沒錯，不過考慮到房租，條件真的是很好。

女：房租貴一點也沒關係，還是沒有購物方便的房子嗎？

男：那麼，距車站近一點的會更好吧？

女：不用，我有車，這點無所謂。然後，這間公寓前有間小學，會不會有點吵？

男：我想想。那樣的話，您是在找安靜的地方對吧？

女：盡量囉！

女人說想租什麼樣的公寓？

1 房租便宜距離車站近的公寓
2 購物方便且安靜的公寓
3 安靜且有兩間房的公寓
4 房租貴也沒關係但要距離車站近的公寓

解析

A 女人期望的條件1：周邊要有商圈
B 女人期望的條件2：到車站的距離不是很重要
C 女人期望的條件3：要安靜

1 043

男の人と女の人が話しています。男の人は今までは何のために外国に行きましたか。

女: ねえ、また、来週、イギリスに行くんだって?

男: うん、A–今度は旅行だよ。

女: え?この前は旅行ではなかったの?

男: うん、B–語学研修だった。

女: 語学?フランスとイギリス、あと、どこだったっけ。

男: フランス、イギリス、中国と韓国に行ってきた。

女: あなたって金持ちだね。そんないろんな国へ言葉の勉強に行くなんて。

男: 会社から出してもらうんだよ。入社してからは3年のうちに、希望する国へは自由に行けるんだ。

女: うらやましいわ。あなたの会社に私も入りたいな。行きたい国に旅行もできるし。

男: うらやましい?C–旅行?君が思うくらい自由に旅行できないんだ。戻ったらテストを受けるんだから。

女: テスト?どんな?

男: その国の言葉だよ。結果がよくなかったら、もう二度と行けないっていうシステムなんだ。

女: あ、そう!

男の人は今までは何のために外国に行きましたか。

1 旅行
2 言葉の勉強
3 会社の仕事
4 留学

一男一女正在聊天。男人之前是為了什麼而出國?

女：聽說你下個禮拜又要去英國?

男：嗯,這次是去玩哦!

女：什麼?那之前不是去玩哦?

男：嗯,之前是去外語研修。

女：外語?法國和英國,還有哪裡來著?

男：我去了一趟法國、英國、中國和韓國。

女：你這個人還真有錢地。竟然去這麼多國家學外語。

男：是公司出的錢啦。進公司3年內都可任意地去想去的國家。

女：好羨慕哦!我也想進你的公司。可以去想去的國家旅行。

男：羨慕?旅行?沒辦法像妳所想的自由旅行的。回來後還要考試的。

女：考試?考什麼?

男：就是考妳該國的語言啊。規定成績不理想的話就不能再出去了。

女：啊,原來。

男人之前是為了什麼而出國?

1 玩
2 學外語
3 公司的工作
4 留學

解析

A 之前去英國都不是去旅行。

B 之前去英國的目的是學語言。

C 可以確定之前都不是去旅行。

2 〔044〕

会社で上司と男の人が話しています。どうして男の人は今、資料を作っていますか。

女: 田中君、^{A-}明日の会議の資料の準備はどうなっているの?

男: はい、今、作っているところです。

女: まだなの?明日の朝でしょう?会議の前までにはできるんですよね。

男: あ、すみません。^{B-}今朝、取引先での会議に部長の代わりに行ったもので。

女: それはわかっているけど、それを頼んだのが先週でしょう?なのに、まだだなんて。

男: 申し訳ございません。実は、先週から忙しかったもので、^{C-}会議の資料を清水さんに頼んでおきましたが、それが。

女: それが?

男: ^{C-}私が言った通りの内容になっていないので、書き直しているところです。

女: とにかく、明日の会議に間に合わせて!

男: はい、かしこまりました。

どうして男の人は今、資料を作っていますか。

1 会議があったから
2 清水さんが頼んだ仕事があったから
3 部長と一緒に会議に行ったから
4 資料の内容が間違っているから

主管正在公司和男人說話。男人為什麼現在在做資料?

女:田中,明天開會的資料你準備怎麼樣了?

男:是的,我現在正在弄。

女:還沒做好啊?不是明天早上嗎?開會前可以弄得好對吧?

男:啊,不好意思。今天早上,因為我代替經理去廠商那邊開會,所以…。

女:那我知道,可是資料是我上個禮拜就叫你做的不是嗎?可是,你竟然還沒做好。

男:真的是對不起。事實上,我從上個禮拜就很忙,開會資料我就先拜託清水先生了,但是…。

女:但是?

男:由於內容部分並沒有照著我所說的去做,所以我現在正在重寫。

女:總之,一定要來得及趕在明天開會前完成!

男:是,遵命。

男人為什麼現在在做資料?

1 因為開過會了
2 因為清水先生有拜託工作
3 因為和經理一起去開會了
4 因為資料內容有錯

解析

A 揭示了這段對話的主題。

B 這是讓人誤選的陷阱。

C 這是沒有寫好會議資料的原因。

實戰模擬試題

聽解 答案及解析

会社で男の人と女の人が話しています。女の人はどうして怒っていますか。

男: どうした？さえない顔して。

女: なんか世の中ってこわくなった。

男: え？何かあった？

女: 私いつもバスで会社に来ているんだけど、今日は雪降っているから、電車に乗ったの。通勤の時間のうえに雪も降っているから、すごい人だったわ。予想したことなんだけど。

男: ᴬ-電車が込んでて疲れたわけ？

女: いや、そうじゃなくて、私の乗った電車はそんなに込んでなかったの。

男: じゃ、どうして怒っているんだ？

女: 電車が揺れて隣の男が私の足を踏んだのよ。それが痛くて痛くて。

男: 大丈夫？

女: 今は大丈夫。ᴮ-でもね、その男ってひどいのよ。すまないとか一言もなかったのよ。それで、私が、人の足を踏んだら謝るのがあたりまえじゃないかって言ったの。

男: その男に？

女: うん、そうしたら、その男がね、ᴮ-「自分のせいじゃなくて電車が揺れたからだ、なのにどうしておれがあやまらなくちゃいけないんだ」ってかえって怒られたわよ。

男: そりゃひどい人だね。

女: そうでしょう。ᶜ-本当に怖くて、私、何も言えなかったわ。今考えてもむかつくよ。

女の人はどうして怒っていますか。

1 電車の中が混雑していたから

2 男の人が足を踏んで痛いから

3 足を踏んだ人が謝ってこなかったから

4 自分が何も言えなかったから

一男一女正在公司聊天。女人為什麼在生氣？

男：怎麼啦？看妳一臉不開心。

女：這個世界變得好可怕。

男：什麼？是不是發生了什麼事？

女：我都是搭公車來上班的，今天由於在下雪，所以就搭電車。遇上通勤時間又下雪，所以人很多。雖然我也有料到。

男：難道是電車擁擠感到疲勞？

女：不是，不是那樣，我搭的電車並沒有那麼擠。

男：那麼，妳在氣什麼？

女：電車晃動時隔壁的男人踩到我的腳了。痛得我…。

男：還好嗎？

女：現在是還好。不過，那個男的好過份。連聲抱歉也沒說。因此，我就說踩到別人的腳不是應該要道歉嗎？

男：對那個男的？

女：嗯，我這麼一說，那個男的竟然還反而發怒，說「又不是我的錯，是電車太晃，我為什麼要道歉？」

男：那還真過份吶。

女：對吧？真的很恐怖，我真是啞口無言。現在想起來還很火大。

女人為什麼在生氣？

1 因為電車內擁擠不堪

2 因為男人踩到腳，很痛

3 因為踩到腳的人沒道歉

4 自己什麼都沒能說

解析

A 這是讓人誤選的陷阱。

B 這是女人不愉快的原因。

C 這是讓人誤選的陷阱。

女の人と男の人が話しています。男の人はどうして時間をまちがってしまったと言っていますか。

（電話で）

女: もしもし、大介君？みんな揃ってるわよ。今、どこ？

男: え？今、1時だろう？今日の勉強会は遅い時間じゃなかった？

女: 何言っているの？1月9日午後1時、研究室でしょう？先週、山本が伝えてなかった？

男: うん、山本君が電話してくれたけど、彼が9日午後7時だと言ったよ。それで、僕は今日6時ごろ、家を出ようと思っているけど。

女: え？7時？山本がそう言ったの？

男: そう。間違いないよ。

女: A-1時を7時と聞き間違えたんじゃなくて？

男: え？B-いち時をしち時に？あ、考えてみれば、ありえるね。

女: 今、そんなこと言っている場合ではないでしょう？急いで来てよ。みんな待ってるから。

男: あ、ごめん、わかった。家からすぐだから、20分くらいでつくと思う。

男の人はどうして時間をまちがってしまったと言っていますか。

一男一女正在說話。男人說他為什麼搞錯時間了？

（電話中）

女：喂～喂～，大介嗎？大家都到齊了哦。你現在在哪裡？

男：什麼？現在不是1點嗎？今天的讀書會不是約比較晚嗎？

女：你在說什麼啊？1月9號下午1點、研究室不是嗎？上個禮拜山本沒跟你說嗎？

男：嗯，山本有打電話給我啦，不過他講的是9號下午7點哦！因此，我才想說今天大概6點再出門。

女：什麼？山本這麼說的啊？

男：嗯，的確沒錯。

女：會不會是你把1點聽成7點？

男：什麼？把1點聽成7點？啊，仔細一想，還真有可能啦。

女：現在哪有時間討論這個？你快來吧！大家都在等你。

男：啊，不好意思，我知道了。研究室離我家不遠，我想大概20分鐘就到。

男人說他為什麼搞錯時間了？

1 数字「いち」を「しち」に聞き間違えたから	1 因為把數字 1 聽錯成 7
2 数字「しち」を「いち」に聞き間違えたから	2 因為把數字 7 聽錯成 1
3 山本君が 1 時を 7 時に伝え間違えたから	3 因為山本把 1 點說錯成 7 點
4 山本君が 7 時を 1 時に伝え間違えたから	4 因為山本把 7 點說錯成 1 點

解析

A 電話中，有時候會將日文數字 1(いち) 和 7(しち) 聽錯。

B 男人確定時間聽錯了。

5 047

男の人と女の人が話しています。男の人はどうして明日の旅行の日程が変わったと言っていますか。	一男一女正在說話。男人說為什麼明天的旅程變更了？
女: 明日はどこへ行くんだっけ。	女：我們明天要去哪來著？
男: もともと新幹線に乗って福岡へ行く予定だったけど。	男：原本預計要搭新幹線前往福岡。
女: 福岡？ハウステンボスへも行くんでしょう？楽しみだわ。温泉にも入れるし。	女：福岡？要去豪斯登堡吧？很好玩哦，還能泡湯。
男: いや、それがね、**A** 明日から 2 日にかけて台風で強風とすごい雨だそうで。	男：沒有啦，事實上聽說從明天開始直到二號，颱風會帶來狂風暴雨。
女: え？台風のせいで行けないの？行こうよ。傘さして、雨具着ていたら大丈夫じゃない。	女：啊？因為颱風來攪局所以去不成哦？去嘛～。撐傘穿雨衣不就好了？
男: でも、強風だったら、傘さしてもだめだろう？	男：可是，如果真是強風，撐傘也白搭吧？
女: じゃ、ハウステンボスへは行けなくても、温泉には入れるでしょう？だから、行こうよ。	女：那麼，就算去不成豪斯登堡，温泉總能泡一下吧？好嘛～去嘛～！
男: 強風と雨の中での温泉？やめよう。	男：在狂風暴雨中泡湯？還是別了吧！
女: なんで？いいじゃない。予定通りに行こう、行こう。	女：為什麼？有什麼關係嘛？我們還是按照計劃去啦，走嘛～！
男: あ、**B** 実は、ぼくがうっかりして福岡行きの新幹線のチケット予約しなかったんだ。ごめん。	男：啊，事實上，我不小心忘了訂去福岡的新幹線車票了。對不起！
女: え？そんな？台風は何？うそだったの？	女：什麼？怎麼這樣？那颱風是怎樣？你騙我的哦？

533

男: いや、本当に台風、近づいているんだって。	男：沒有，真的有颱風，說是正在靠近。
女: うそでしょう、もう信じられない。本当にあなたにがっかり!じゃ、それなら明日どうするつもり?	女：騙人的吧？我再也不相信你了。真對你感到失望！那，如果那樣的話，你打算明天怎麼辦？
男: ほんとうだって!明日もここでもう一泊して明後日出発しよう。明日朝早くチケット買っとくから。	男：就說是真的了！明天在這再住一晚，後天再出發吧！我明天會早點去買票的。
女: わかったわよ。	女：知道了啦。

男の人はどうして明日の旅行の日程が変わったと言っていますか。	**男人說為什麼明天的旅程變更了？**

1 巨大な台風が近づいているから	1 因為強颱正在靠近
2 切符を予約しなかったから	2 因為沒去訂票
3 新幹線が満席でチケットがなかったから	3 因為新幹線客滿沒票了
4 ハウステンボスが開場しないから	4 因為豪斯登堡不營業

解析

A 這是讓人誤選的陷阱。

B 這是沒去福岡真正的原因。

6 🔊 048

お母さんと息子が話しています。息子はどうして会社に行きたくないと言っていますか。	**一對母子正在說話。兒子說他為什麼不想去上班？**
女: 敏夫!早く起きなさい!もう、6時半よ。7時半に家、出なきゃいけないでしょう。	女：敏夫，快點給我起床！已經6點半囉！你不是7點半一定得出門嗎？
男: うん、会社なんかもういいよ。	男：嗯，什麼公司，我才不想去。
女: え?どうしたの?A-首にでもなったの?	女：什麼？怎麼啦？你被炒魷魚囉？
男: いや、違うよ。とにかく、会社行かないから、ほうっといてよ。	男：才不是啦。總之，我不去上班了，妳就別管我了。
女: 何言ってんの?入社して1か月も経っていないでしょうに。会社で何かあったの?B-いじめられてるの?	女：你在說什麼啊？明明進公司還不到1個月。公司發生什麼事了？被霸凌？
男: うるさいよ。もうちょっと寝かせてくれよ。	男：妳很煩耶。再讓我多睡一會兒啦。
女: 何かあったの?	女：是不是發生了什麼事了？
男: ただ、C-今の会社の仕事って僕に向いているんだよ。だから、やめたいよ。	男：只是現在這家公司的工作內容不適合我啦。所以，我想走人。

女: え？１か月も経っていないなのに、それがわかるの？３か月ぐらいはやってみないと分かんないじゃない。

男: そりゃ、すぐわかるよ。

女: じゃ、会社にやめるって言った？

男: いや、まだ。

女: じゃ、今日出社して、ちゃんと言いなさい。

男: はい、わかったよ。

息子はどうして会社に行きたくないと言っていますか。

1 首になりそうだから
2 いじめられているから
3 仕事が自分に合わないから
4 今の仕事に飽きてしまったから

女：什麼？還不到 1 個月咧，你曉得嗎？不起碼做個 3 個月怎麼會知道？

男：我馬上就知道了。

女：那麼，你有跟公司說你不做了嗎？

男：是還沒。

女：那麼，你今天還是去公司，好好跟人家說清楚。

男：好，我知道了啦。

兒子說他為什麼不想去上班？

1 因為快被炒魷魚了
2 因為被霸凌
3 因為工作內容不適合自己
4 因為對目前的工作感到厭煩

解析

A 這是讓人誤選的陷阱。

B 這是讓人誤選的陷阱。

C 這是不想去公司上班的原因

問題3

1 049

女の人と男の人が男の人の家の玄関で話しています。

女: おはよう。

男: あ、おはよう。どうしたの？こんな早い時間に？

女: あ、失礼だとは思ったけど、これ、ちょっとお裾分けしようと思って。

男: 何これ？

女: ママが作った肉じゃが。^-朝ご飯の前でしょう？

一對男女正在男人家的玄關說話。

女：早啊！

男：啊，早安。怎麼啦？這麼早起？

女：啊，我原本想說很失禮，這個，想說分你一點。

男：這是什麼？

女：我媽做的馬鈴薯燉肉。你還沒吃早餐吧？

男: うん、まだなんだけど、肉じゃが？ありがとう。

女: 健太郎君の大好物だからって[B]ママがこれ持っていけって！

男: ありがとう、もらっていいかな？

女: どうぞ。それから、ちょっとお願いあるけど、聞いてくれる？

男: うん、何？これももらったから、話してみな。

女: [C]パソコン、今日使わないなら、貸してもらえる？自分のは修理に出しているのよ。

男: え！[C]それが本当の用事だったわけだな。これは口実で。

女: ふふふ、わかった？自分の壊れちゃったから。お願い！

男: いいよ、ただし、明日までには返してもらえるかな。

女: うん、明日の午後、返すからね。

男: はい、はい。ちょっと待ってて。

女の人が男の人の家を訪ねた本当の理由は何ですか。

1 ママが作った料理をあげるため
2 男の人の朝ご飯が心配だから
3 パソコンの修理を頼みたいから
4 パソコンを借りたいから

男：嗯，是還沒吃，馬鈴薯燉肉？謝囉！

女：我媽說這是健太郎你最愛吃的，叫我拿來給你！

男：謝謝，真的可以收下嗎？

女：請笑納。然後，我有件事想麻煩你，可以聽我說嗎？

男：嗯，什麼事？我收都收下了，妳說吧！

女：電腦，如果你今天沒有要用的話，可以借我一下嗎？我的拿去修了。

男：什麼？原來那才是妳的真正用意哦？這個只是藉口。

女：呵，被你抓包了。我的壞了嘛～，拜託啦！

男：好啦。不過，明天前能還我嗎？

女：嗯，我明天下午一定會還你。

男：好吧！妳等我一下。

女人去男人家拜訪的真正原因是什麼？

1 為了要給他媽媽做的菜
2 因為擔心男人沒吃早餐
3 因為想麻煩男人修電腦
4 因為想借電腦

解析

A 這是讓人誤選的陷阱。
B 這是讓人誤選的陷阱。
C 這是來拜訪的真正原因。

テレビで医者が話しています。

男: みなさんは、風邪とか病気になった時に、すぐ病院に行きますよね。それから、注射も打って、薬をもらいますね。病気だと思うとすぐ、医師に診てもらって、注射を打つのはいいです。

^A-でも、みなさんはどうして注射を打つのか、それほど重い病気なのか、と聞いたことがありますか。また、注射までいかなくて済む軽い病気にもかかわらず、まれなケースですが、お金になるからと言って、栄養注射なんかを打たなきゃという医師もいるから、自分から聞いてください。「その注射でなければ治りませんか」、「それはどんな注射ですか」とか、「この薬の副作用は？」と、いろいろ聞いてください。医師の言いなりにならないでください。

もちろん、医師の話を全然聞かないで、反抗しろと言っているわけではありません。^B-患者も自分の病気について詳しく知る権利があると言っているんですよ。医師にも患者に詳しく説明する義務がありますから、遠慮せずに、どんどん聞いてください。

一位醫生正在電視上說話。

男：各位，當你感冒或生病時都會馬上去醫院吧？接著，打針、拿藥對吧？一想到是生病就最好去看醫生、打針了。

可是，各位曾經問過醫生為什麼要打針、是多麼嚴重的病等問題嗎？另外，儘管是不用打針也會好的小病，雖為特例，但畢竟要謀利，所以也有醫生說得打一下營養針什麼的。因此，請親自詢問「不打那支針就好不了嗎？」、「那是什麼針？」或「這個藥有什麼副作用嗎？」，且多多打聽，別被醫生牽著鼻子走。

當然，也並非是叫你將醫生說的話置若罔聞並加以反抗。大家都說病患也有詳細知道自己病情的權利。且由於醫生也有向病患詳述病情的義務，所以別客氣，請盡量多問。

医者は、主に何について話していますか。

1 注射の重要性
2 患者の権利
3 医師の役割
4 薬の副作用

醫生主要在說什麼？

1 打針的重要性
2 病患的權利
3 醫生的角色
4 藥物的副作用

解析

A 這是本篇談話的主題。

B 這是談話者的主張。

ニュースでアナウンサーが話しています。

女: 今日29日、A-帰省ラッシュのピークを迎えました。正月の連休を控えて、羽田空港や東京駅、高速道路などはそれぞれの実家へ向かう人たちで混雑していました。連休明けまで新幹線や高速バスも増やして運行していますが、新幹線の窓口や高速バスターミナルにはまだ、チケットを購入できなかった人も見られます。A-帰省によるこの混雑は12月31日まで続きそうで、Uターンラッシュのピークは1月3日から4日の見通しです。

アナウンサーは何の話をしていますか。

1 新幹線のチケットの販売の現状
2 帰省ラッシュの状況
3 正月を迎える市民たちの様子
4 渋滞している高速道路の状況

主播正在播報新聞。

女：今天是 29 號，正值返鄉尖峰高潮。過年的連續休假在即，羽田機場、東京車站、高速公路等都各因回老家的人潮而塞得水洩不通。雖新幹線及快速巴士都增班行駛到連續假期結束，但新幹線窗口及快速巴士總站都還看得到買不到車票的人。返鄉帶來的擁塞看起來會持續到 12 月 31 號，而收假車潮尖峰則預計會從 1 月 3 號持續到 4 號。

主播正在報導什麼？

1 新幹線的車票的販售現況
2 返鄉尖峰的狀況
3 市民們迎接新年的樣子
4 高速公路正在塞車的狀況

解析

A 重複出現「歸省」這個字彙。

大学の授業で先生が話しています。

男: みなさん、今学期もテストはなしで、その代わりにレポートを書いてもらうことにしましょう。4月末までと6月末までに、2回出します。A-レポートを電子メールで送っても受け付けません。B-手で書いて、A-書留とか、直接、僕の研究室まで持ってきてもらいます。C-テーマは授業で触れたことがあるものなら、なんでもいいです。それから、B-レポートの前書きには、どうしてこのテーマにしたかを必ず書き入れてください。Ａ４用紙で10枚以内にしてください。わかりましたね。

老師正在大學課堂上講話。

男：各位同學，我決定這學期同樣不考試，改用寫報告的方式來取代。分別是在 4 月底前和 6 月底前繳交 2 次。用電子郵件交報告一律不受理。請用手寫，再透過掛號郵寄或直接拿到我的研究室來。只要是在課堂上接觸過的都可當成報告主題。然後，報告的序論部分請務必寫上為什麼要挑這個主題。請用 A4 紙寫，並以不超過 10 張為主。懂了沒？

先生が話していないのは何ですか。	老師沒提到什麼？
1　テストの日時	1　考試的日期
2　レポートのテーマ	2　報告的主題
3　レポートの出し方	3　報告的繳交方法
4　レポートの書き方	4　報告的寫法

解析

A　提交報告的方法。
B　寫報告的方法。
C　報告的題目。

5　053

男の人と女の人が話しています。	一對男女正在說話。
女：ね、来週の日曜日、ちょっと時間ある？私、引っ越すんだけど手伝ってくれない？	女：聽我說，下週日你有空嗎？我要搬家，可不可以幫我？
男：え？お前、引っ越したばかりなんだろう？	男：什麼？妳不是才剛完家嗎？
女：うん、3か月前にね。でも、今のアパートはね。	女：嗯，是在3個月前沒錯。不過，現在這間公寓，實在是…。
男：何かあった？	男：怎麼了嗎？
女：A-入居者の大部分が学生だからか、朝晩うるさいのよ。それに、ゴミ分別もちゃんとしてなくてね。収集日の前日に出しておいたりして、においうしね。それだけじゃないのよ。	女：由於住客幾乎都是學生，所以從早到晚都不得安寧。再加上，垃圾分類也不確實。在收垃圾前一天就先把垃圾丟出來，很臭。而且還不只那樣。
男：だから、引っ越すんだ。	男：所以才要搬家的啊？
女：いや、そうじゃなくて、そんなの我慢できるのよ。環境もいいし、家賃も安いし、けっこう今のアパート気に入っているから。大家にこんな不満を言ったら、対処してくれるべきでしょう。なのに、B-何回も不満をメールで送っても返事がなくて、私が不動産屋に行って言ったのよ。どうして人家が対処してくれないかって。	女：不是啦，不是那樣，那我還能忍耐。畢竟環境又好，房租又便宜，現這間公寓我還蠻喜歡的。跟房東抱怨，一般都會幫忙處理吧？然而，不管我傳幾次抱怨郵件過去都石沈大海，我才去跟房仲說的，問他們為什麼房東可以這樣不處理。
男：そうしたら？	男：然後呢？

女: 大家にはそんな義務がないって。家賃もちゃんと払っているのにね。B-どうして何の返事もないのか納得いかなくてさ。少しでも対処してくれたら、いや、対処するかしないかというまともな返事ぐらいくれたら、引っ越しなんかしないよ。面倒くさいし、お金もかかるしね。	女：房仲說房東沒有那種義務。房租我也有按時交啊，實在想不通房東為什麼連理都不理我。如果房東能至少幫我處理一點，或者是好好地回我郵件告知會不會處理，那我就不必搬家了。好麻煩，又花錢。
男: だからか。	男：原來如此啊。
女の人はどうして引っ越しますか。	**女人為什麼要搬家呢？**
1 ゴミ問題のため 2 騒音の問題のため 3 くさいため 4 大家のため	1 因為垃圾問題 2 因為噪音問題 3 因為很臭 4 因為房東

解析

A 這是讓人誤選的陷阱。
B 這是搬家真正的原因。

問題 4

1 ⌈054⌉

男: 山田さんも明日、一緒に映画に行きませんか。	男：山田小姐明天要不要也一起去看電影？
女: 1 明日はちょっと都合がよくなくて。 　　2 その日はちょっと忙しかったので。 　　3 一緒に行けたらよかったのにね。	女：1 我剛好明天有點不方便。 　　2 那天我好忙哦。 　　3 我要是能一起去就好了。

解析

選項 2、3 的時態是過去式，所以是錯誤答案。

女: 行きたくないなら、行かなくてもいいんじゃない？	女：你要是不想去的話，不是就可以不要去嗎？
男: 1 うん、行くしかないね。	男：1 嗯，只好去了。
2 いや、行かないわけにはいかないんだ。	2 不，不去不行啊。
3 いや、行きたくないんだ。	3 不，原來是不想去啊。

解析

1 女人問不去也可以嗎，男人回答說「行くしかない（只好去了）」，意思不順，所以是錯誤答案。

2 句型：わけにはいかない 不能～

3 女人問不去也可以嗎，男人回答說「原來是不想去」，意思不順，所以是錯誤答案。

男: 昨日のあきら君の料理、なかなかだったよ。	男：昨天阿明做的菜真不是蓋的哦！
女: 1 そりゃそうよ、彼ってコックさんだもん。	女：1 對啊，他畢竟是廚師嘛。
2 え、そんなにまずかったの？	2 什麼？有那麼難吃哦？
3 そんなに待たされたの？	3 你被迫等了那麼久哦？

解析

2「なかなかだ」是「相當好」的意思，非常正面的評價。但回答「是難吃」（まずい），意思不順，所以是錯誤答案。

女: 昨日は猫の手も借りたいくらいだったよ。	女：昨天真想連貓的手都借來用。
男: 1 猫も貸してくれるの？どこで借りられるの？	男：1 連貓都肯借哦？哪裡借得到啊？
2 猫も飼ってるの？遊びに行っていい？	2 連貓也在養哦？可以去玩嗎？
3 そんなに忙しかった？連絡してくれればよかったのに。	3 妳那麼忙哦？妳告訴我一聲不就好了。

用語 猫の手も借りたいほどだ（忙得想請貓來助一臂之力）

男: くよくよすることなんかないよ。元気出して!	男：什麼事讓妳這麼悶悶不樂啊？打起精神來！
女: 1 そうだよね。悩んでも解決できないよね。	女：1 你說得對。煩惱也解決不了問題啊。
2 何もすることがなくて、ちょっと出かけてみただけ。	2 沒什麼事做，所以就只是出門一下。
3 誰がないって言ったの?きっと、あるんだよ。	3 誰說沒有的？一定有的哦！

單字 くよくよする (悶悶不樂)

男: ね、昨日の同窓会で君の初恋のシマダ君に会ったのよ。	男：聽我說，我昨天在同學會上碰到妳的初戀情人島田了哦？
女: 1 本当?私は3年前にたまたま街で会ったきりなんだけど。	女：1 真的嗎？自從3年前在街上偶遇後我就沒再遇到他了。
2 シマダ君にわざわざ会ったの?なんでそんなことを?	2 你特地去見島田哦？你為什麼要那麼做？
3 偶然会った?どこで?彼って元気そうだった?	3 偶遇的嗎？在哪？他看起來還好嗎？

句型 〜たきりだ (〜之後，再也沒有〜)

男: これ、クッキー!作ってみたの。どうぞ。	男：這個，餅乾！我試做的，請笑納。
女: 1 本当?返してもらうよ。	女：1 真的？我再請他歸還。
2 ありがとう!遠慮なくもらうね。	2 謝謝！那我不客氣收下囉。
3 残念だね。おいしそうなのに。	3 好可惜哦。明明看起很好吃的。

解析
2 是「不推辭地接受了」的意思。這和「ご遠慮なく」要對方不要推辭，意思不同。

單字 • ご遠慮なく (請不要客氣)

女: お待たせ!ずいぶん待ったでしょう。	女：讓你久等了！你等很久了吧？
男: 1 うん、少しも待ちましたよ。	男：1 嗯，連一下也等了。
2 ううん、1時間も待ちましたよ。	2 沒有啊，我等了1個鐘頭了哦。
3 ううん、私もちょうど来たところ。	3 沒有啊，我也才剛到。

解析

時間還早對方就先來了，這時可以向對方說「お待たせしました」。這用語也可以用在餐廳向客人送上料理的時候。

句型 • お待たせしました（久等了） • 〜たところだ（〜的時候）

9 062

男: 今度の試験どうだった?うまくいった?	男：這次考試怎麼樣了？考得還好嗎？
女: 1 大変だよ。難しいって。	女：1 很不得了哦。聽說很難。
2 それがね、山が外れちゃったんだ。	2 我都沒猜到題。
3 勉強したところから出さえすればいいのに。	3 只要有出我有念的地方就好了。

單字 • うまくいく（順利） • 山が外(はず)れる（沒猜中） • 山をかける（猜〜）

10 063

女: え?カバンの中に入れたつもりなのに電子辞書がない!	女：什麼？我明明有把電子字典放進包包裡，現在卻找不到了！
男: 1 どうするつもりだったの?	男：1 妳原本打算怎麼辦？
2 え?もう一度よく捜してみなよ。	2 什麼？妳再仔細找一遍啦。
3 どうして電子辞書を持ってきたの?	3 妳為什麼把電子字典帶來了？

句型 • 〜たつもりだ（以為〜）

11 064

男: 会議中についうとうとしちゃって社長に注意されたんだ。	男：不小心在開會時打瞌睡被老闆警告了。
女: 1 それで、見つけたの?	女：1 於是，你找到了哦？
2 だから、もっと準備しなきゃいけないって言ったでしょう?	2 所以，我不是才告訴你得多準備一點的嗎？
3 相当疲れているからでしょう。	3 你一定是累慘了吧？

用語 • うとうとする（打瞌睡） • 居眠(いねむ)りをする（打瞌睡） • つかれる（疲累）

女: 私は人前だとあがってしまってうまく話せないの。	女：我在人前都會緊張到連話都說不好。
男: 1 だめでしょう。そんな高いところにあがっては。 　　2 え？本当？信じられないね。 　　3 ぼくも人の前だと緊張しちゃうね。	男：1 不行吧？爬到那麼高的地方。 　　2 什麼？真的嗎？真難以致信。 　　3 我也是在人前就整個緊張起來。

問題5

家族3人で話しています。	**一家3個人正在聊天。**
父: ᴬ‑今度の正月の連休には北海道へ行こうか。	父： 這次連續年假我們來去北海道好不好？
母: 私は北海道はおととし行ってきたわよ。	母： 我前年才去過北海道的哦！
息子: ママ一人で行ってきたでしょう。	兒子：那是媽媽一個人去的吧？
父: そうか、君は行ってきたか。だったら、どこにする？	父： 這樣哦，原來妳去過了哦？那麼，要去哪兒好？
母: 海外はどうです？ᴮ‑グアムとかサイパンは？	母： 出國玩怎麼樣？關島或塞班好不好？
息子: いいよ。買い物もできて。	兒子：好吧。還能買東西。
父: 12月にグアムとサイパンなのか！いいかもね。	父： 12月去關島和塞班島啊？搞不好不錯哦。
息子: あ、そうなんだ。ᶜ‑僕、来年、友達とサイパンに行くことにしているんだ。	兒子：啊，我想起來了。我明年和朋友約好要去塞班島。
父: じゃ、ᴰ‑グアムにしようか。	父： 那麼，去關島囉？
母: ᴱ‑私はサイパンの方がいいのに。海もずっときれいだし、おいしいものもたくさんあるし。	母： 我覺得塞班島比較好的說，海也清澈很多，又有好多美食。
息子: でも、ママ買い物好きだろう？グアムが買い物もたくさんできるんだよ。	兒子：可是，媽不是愛血拼嗎？關島也能讓妳買到手軟哦！
父: バリにしようか。	父： 還是去峇里島？
母: あそこは高いわよ。飛行機の時間もかなり長くて。ハワイはどう？	母： 那裡很貴哦！搭機時間又長。夏威夷怎麼樣？
父: あそこはもっと時間かかるんだぞ。	父： 那邊不是更花時間嗎？
息子: じゃ、仕方ないか。ᶠ‑僕が変えるから、そこにしよう、お父さん。	兒子：那，沒辦法了。我來更改計劃。爸，就決定去那邊好了。

<table>
<tr>
<td>

父：　そうしようか。

この家族は連休にどこに行くことに決めましたか。

1　北海道
2　グアム
3　サイパン
4　バリ

</td>
<td>

父：　　就那麼辦囉！

這家人決定在連續假期時去哪裡？

1　北海道
2　關島
3　塞班島
4　峇里島

</td>
</tr>
</table>

解析

A 對話的主題是，決定連假要去哪裡玩。

B 正在考慮的備選地是關島和塞班島。

C 塞班島以外的其他地方被考慮了。

D 這是讓人誤選的陷阱。

E 塞班島又可能被選了。

F 意思是將和朋友一起去的地方換成塞班島以外的其他地方，這樣就不會重複了，所以最終的答案是塞班島。

2　🎧 067

<table>
<tr>
<td>

会社で3人の社員が話し合っています。

部長：　A-今年の忘年会について何か意見あったら話してもらえないかな。

社員1：そうですね。去年はお酒が足りなくて困りましたから、今年はお酒を去年よりたくさん買った方がいいと思います。

部長：　そうだったの？お酒を多めにと。それから？

社員2：部長、今年は会議室ではなく居酒屋とかレストランを貸し切りにしたらどうですか。その方が準備するのが楽になると思います。

部長：　あ、それいいね。

社員2：場所は私が調べます。それから、今年は何かB-記念品などをゲームを通してあげる時間をもうけたらどうでしょうか。

社員1：どんなゲームですか。

</td>
<td>

3名員工在公司討論事情。

經理：　關於今年的尾牙，請說說有什麼意見。

員工1：我想想。去年酒不夠，很傷腦筋，所以我認為今年最好比去年多買一點酒。

經理：　原來是那樣啊？酒要多一點。然後呢？

員工2：經理，今年別在會議室辦，去包居酒屋或餐廳好不好？我覺得那樣準備起來比較輕鬆。

經理：　啊，不錯哦。

員工2：地方我來查詢。然後，今年我們挪出點時間玩遊戲來發放紀念品之類的好不好？

員工1：什麼樣的遊戲？

</td>
</tr>
</table>

社員2：歌合戦とか、隠し芸大会とかはどうですか。

部長：うん、いいね。じゃ、記念品は何にする？

社員1：それは僕が調べてリストを作ってみます。

部長：うん、頼むよ。

社員2：予算はお酒も入れて、一人当たり6千円ぐらいにしたらいいですか。そして、メニューはお肉と、刺身。何にしたらいいでしょうか。

部長：うーん、社長はお肉を召しあがらないそうだから、刺身にしたらどうかな。C-あ、居酒屋には刺身も売っているし、いろんなおつまみがあるから、それがいいか。

社員2：わかりました。場所のリストも作ってみます。

部長：うん、みんな頼むね。

忘年会はどうすることにしましたか？

---

1 会議室でお酒を飲みながらゲームをやる
2 刺身屋で刺身を食べながら、歌合戦をする
3 居酒屋で、いろんなゲームをする
4 焼肉屋で、ゲームを楽しみながらお酒を飲む

員工2：歌唱大賽啦或餘興節目好不好？

經理：嗯，不錯。那麼，紀念品怎麼處理？

員工1：那由我來調查並製作清單。

經理：嗯，那交給你了。

員工2：預算部分，含酒每一個人抓6000日圓左右可以嗎？然後，菜單就挑肉品和生魚片。挑哪樣好呢？

經理：這個嘛，聽說老闆不吃肉，挑生魚片如何？對了，居酒屋就有賣生魚片，又有好多種下酒菜，就那個好了。

員工2：我知道了。我也會列好場所的清單。

經理：嗯，辛苦大家了。

尾牙決定怎麼辦？

---

1 在會議室邊喝酒邊玩遊戲
2 在生魚片店邊吃生魚片邊辦歌唱大賽
3 在居酒屋辦並玩各種遊戲
4 在烤肉店邊玩遊戲邊喝酒

解析

A 揭示了對話的主題。

B 訂出了尾牙的活動內容。

C 決定了場地。

女の人が布団の色について話しています。

女1：今日は^A布団の色が人の睡眠に与える影響について話しましょう。色の働きについてはごぞんじでしょうか。いろんな色の中で青、黄色、シルバー、緑は布団に最もよく使われている色です。^B青は人を落ち着かせて長い時間気持ちよく寝られて、黄色は温かく居心地よく寝られるようにします。それから、青と同じく緑も人を落ち着かせて、シルバーは月の明かりのように作用して、人が眠りに入りやすくする効果があります。この中で、青が熟睡に一番だそうですよ。でも、^C紫色は逆に朝目覚めがわるくて、熟睡できませんから、布団を選ぶとき、参考にしたらどうでしょうか。

女2：私は紫色がいいんだけどね。

男：でも、朝目覚めが悪いと言うから、青か緑にしたら？

女2：いや、^D私はやはり紫にする。あの女の人の話、無視しちゃおうっと。好きな色ならぐっすりねむれそうだし。

男：勝手にしなよ。ぼくは、これにしようか。長い時間気持ちよく眠れると言うから。

女2：^Eでも、あなたは青色あまり好きじゃないでしょう。冷たい色って。緑とか黄色にしたら？

男：でも、最もぐっすり眠れると言うから。

女2：^Fでも、この色も居心地よく眠れると言ったでしょう？それに、色も暖かくて。

男：そうしようか。やはり青は冷たくてね、なんかさむくなりそう。

質問1 女は何色の布団を買いますか。

1 青　2 緑　3 黄色　4 紫

女人正在聊棉被的顏色。

女1：今天我們來聊聊棉被顏色會如何影響人的睡眠。各位知道顏色的功效嗎？在各種顏色當中，藍色、黃色、銀色、綠色是最常拿來當作棉被顏色的。藍色能讓人冷靜下來睡頓好覺；黃色很溫暖，可以讓人睡得很舒服；然後，和藍色一樣，綠色也能讓人感到沉穩；銀色則扮演月光般的角色，具有幫助入眠的效果。在此之中，藍色最具熟睡功效哦。可是，像紫色就反而讓人早上有起床氣，因為無法熟睡，所以各位挑棉被時，不妨加以參考。

女2：我比較喜歡紫色的說。

男：可是，說是早上會有起床氣，還是選藍色或綠色好不好？

女2：不要，我還是要紫色。那個女人說的，我才不想管。喜歡的顏色才能讓我睡得好。

男：隨妳好了。我挑這個好了。說是能睡得久，睡得好。

女2：可是，你不太喜歡藍色吧？說是冷色系。要不要挑綠色或黃色？

男：可是，她說這個顏色能睡得最熟。

女2：可是，她不是也說這個顏色能睡得很舒服嗎？而且，色調又暖和。

男：那就依妳好了。藍色還是太冷了，看起來會愈蓋愈冷。

問題1　女人要買什麼顏色的棉被？

1 藍色　2 綠色　3 黃色　4 紫色

質問 2 男は何色の布団を買いますか。	問題 2 男人要買什麼顏色的棉被？
1 青　　2 緑　　3 黄色　　4 紫	1 藍色　2 綠色　3 黃色　4 紫色

解析

A 本段談話的主題是棉被的顏色。

B 說明各種顏色各自具有的功能。這裡一定要記筆記才能解題。

C 因為選項有紫色所以要仔細聽對紫色的說明。

D 女人不考慮功能，她選擇了自己喜歡的顏色。

E 可以知道前一句男人說的顏色是藍色。

F 提到顏色溫暖，所以可以知道男人挑選的顏色是黃色。

JLPT N2 言語知識 (文字・語彙・文法)・読解 解答用紙

受験番号
Examinee Registration Number

名前
Name

<ちゅうい Notes>

1. くろいえんぴつでかいてください。
   Use a black medium soft pencil.

2. かきなおすときは、けしゴムできれいにけしてください。
   Erase any unintended marks completely.

3. きたなくしたり、おったりしないでください。
   Do not soil or bend this sheet.

4. マークれい Marking examples

よい Correct	わるい Incorrect
●	⊗ ◐ ⊘ ⊙ ● ● ◖ ⊖ ○

問題 1

1	①	②	③	④
2	①	②	③	④
3	①	②	③	④
4	①	②	③	④
5	①	②	③	④

問題 2

6	①	②	③	④
7	①	②	③	④
8	①	②	③	④
9	①	②	③	④
10	①	②	③	④

問題 3

11	①	②	③	④
12	①	②	③	④
13	①	②	③	④
14	①	②	③	④
15	①	②	③	④

問題 4

16	①	②	③	④
17	①	②	③	④
18	①	②	③	④
19	①	②	③	④
20	①	②	③	④
21	①	②	③	④
22	①	②	③	④

問題 5

23	①	②	③	④
24	①	②	③	④
25	①	②	③	④
26	①	②	③	④
27	①	②	③	④

問題 6

28	①	②	③	④
29	①	②	③	④
30	①	②	③	④
31	①	②	③	④
32	①	②	③	④

問題 7

33	①	②	③	④
34	①	②	③	④
35	①	②	③	④
36	①	②	③	④
37	①	②	③	④
38	①	②	③	④
39	①	②	③	④
40	①	②	③	④
41	①	②	③	④
42	①	②	③	④
43	①	②	③	④
44	①	②	③	④

問題 8

45	①	②	③	④
46	①	②	③	④
47	①	②	③	④
48	①	②	③	④
49	①	②	③	④

問題 9

50	①	②	③	④
51	①	②	③	④
52	①	②	③	④
53	①	②	③	④
54	①	②	③	④

問題 10

55	①	②	③	④
56	①	②	③	④
57	①	②	③	④
58	①	②	③	④
59	①	②	③	④

問題 11

60	①	②	③	④
61	①	②	③	④
62	①	②	③	④
63	①	②	③	④
64	①	②	③	④
65	①	②	③	④
66	①	②	③	④
67	①	②	③	④
68	①	②	③	④

問題 12

69	①	②	③	④
70	①	②	③	④

問題 13

71	①	②	③	④
72	①	②	③	④
73	①	②	③	④

問題 14

74	①	②	③	④
75	①	②	③	④

JLPT N2 聴解 解答用紙

受験番号 Examinee Registration Number

名前 Name

<ちゅうい Notes>

1. くろいえんぴつでかいてください。
   Use a black medium soft pencil.

2. かきなおすときは、けしゴムできれいにけしてください。
   Erase any unintended marks completely.

3. きたなくしたり、おったりしないでください。
   Do not soil or bend this sheet.

4. マークれい Marking examples

よい Correct	わるい Incorrect
●	⊗ ◑ ● ◐ ⊖ ◒

問題 1

1	①	②	③	④
2	①	②	③	④
3	①	②	③	④
4	①	②	③	④
5	①	②	③	④

問題 2

1	①	②	③	④
2	①	②	③	④
3	①	②	③	④
4	①	②	③	④
5	①	②	③	④
6	①	②	③	④

問題 3

1	①	②	③	④
2	①	②	③	④
3	①	②	③	④
4	①	②	③	④
5	①	②	③	④

問題 4

1	①	②	③	④
2	①	②	③	④
3	①	②	③	④
4	①	②	③	④
5	①	②	③	④
6	①	②	③	④
7	①	②	③	④
8	①	②	③	④
9	①	②	③	④
10	①	②	③	④
11	①	②	③	④
12	①	②	③	④

問題 5

1		①	②	③	④
2		①	②	③	④
3	(1)	①	②	③	④
	(2)	①	②	③	④

國家圖書館出版品預行編目資料

日檢 N2 全方位攻略解析雙書裝：文字語彙本、
文法讀解聽解本（寂天雲隨身雲 APP 版）/
金男注著；洪玉樹，黃曼殊，彭尊聖譯 . --
初版 . -- 臺北市：寂天文化，2022. 04 印刷
面； 公分 .

ISBN 978-626-300-124-4（16K）

1. CST: 日語 2. CST: 能力測驗

803.189　　　　　　　　111004803

日檢 N2 全方位攻略解析
—— 雙書裝：文字語彙本、文法讀解聽解本

作　　　者	金男注
譯　　　者	洪玉樹、黃曼殊、彭尊聖
編　　　輯	黃月良
審　　　訂	田中綾子
校　　　對	洪玉樹

美 術 設 計	林書玉
內 文 排 版	謝青秀
製 程 管 理	洪巧玲
出 版 者	寂天文化事業股份有限公司
發 行 人	黃朝萍
電　　　話	886-(0)2-2365-9739
傳　　　真	886-(0)2-2365-9835
網　　　址	www.icosmos.com.tw
讀 者 服 務	onlinesevice@icosmos.com.tw

出版日期　2022 年 4 月　初版二刷（寂天雲隨身聽 APP 版）
郵撥帳號　1998620-0　寂天文化事業股份有限公司
▪ 劃撥金額 600（含）元以上者，郵資免費。
▪ 訂購金額 600 元以下者，請外加 65 元。

【若有破損，請寄回更換，謝謝。】